퀴즈쇼

김영하 장편소설

복복서가

차례

1장

벽 속의 요정

1

초등학교 입학식 날, 나는 궁금했다. 다른 애들 옆에 서 있는 저 여자들은 도대체 누구지? 가만히 지켜보니 애들은 그 젊은 여자들을 '엄마'라고 부르고 있었다. 외할머니 손에서 자랐고 그때까지만 해도 외할머니를 엄마라고 불렀던 나는 엄마라는 존재가 그렇게 젊을 수도 있다는 데 충격을 받았다. 그렇다고 외할머니가 추레한 노인네였다는 뜻은 아니다. 외할머니는, 뭐 날이 날이니만큼 신경을 좀 쓰셨겠지만, 그날따라 세련된 양장에 하이힐을 신고 한껏 멋을 낸 차림이었다. 눈을 부릅뜨고 얼굴을 자세히 뜯어본다면 모를까, 멀리서 겉모습만 봐서는 다른 엄마들에 비해 크게 떨어지지는 않았을 것이다. 게다가 외할머니에게는 그 여자들에겐 없는 부드럽고 세련된 위엄 같은 것이 있었다. 내가 단박에 다른 엄마들을 젊고 어리다고 생각한 것은, 그 여자들 목에 주름이 없어서가 아니라 너무 철이 없는 데다 어딘가 어설픈 구석이 엿보였기 때문이었다. 그녀들은 엄마 역할로 고용된 얼치기 배우 같았다. 안절부절못한 채 아이들의 콧물을 닦아주거나 남몰래 교실 뒤에서 훌쩍거리는 사람들이 엄마라고? 외할머니는 그런 여자들과 거리를 둔 채 멀찍이 서서 나를 지켜보고 계셨다.

사람들은 그녀를 최여사라 불렀다. 간혹 인숙이라고 부르는 사람도 있었다. 내 기억 속의 최여사는 언제나 멋쟁이였고 패션의 리더였다. 당신도 거기에는 자부심을 갖고 있었다. 계산해보면 초등학교 입학식이 있었던 1987년에 최여사는 이미 쉰일곱이었지만 그 정도 나이로는 보이지 않았다. 마흔을 넘기면서부터 머리가 세기 시작했는데, 염색을 싫어해서 그냥 그대로 내버려두었다. 내가 태어났던 무렵의 사진을 보면 그때 이미 흰머리가 대부분이었는데도 자연스러운 포니테일 스타일로 묶고 있었다. 그럼에도 최여사는 머리가 검은 다른 여자들보다 훨씬 젊어 보였다. 아마 그녀의 그 당당한 태도와 자신감 때문이었을 것이다.

어쨌든 그날 이후 나는 최여사가 엄마가 아니라는 걸 눈치채게 되었고, 결국 진실을 묻지 않을 수 없었다.

"엄마, 진짜 엄마는 어디 있나요?"

최여사를 엄마라고 부르던 버릇이 남아 있었기 때문에 내 질문은 좀 이상할 수밖에 없었다. 그녀는 나를 데리고 동물원에 갔다. 동물원에서 우리는 많은 동물을 구경하고 아이스크림을 사먹었으며 정신을 쏙 빼놓는 바이킹도 탔다. 그러는 사이 나는 동물원에 왜 오게 됐는지를 잊어버렸지만 그녀는 잊지 않고 있었다. 왜 그런 얘기를 하기에 동물원이 적당하다고 생각했는지 나는 아직도 잘 모르겠다. 그녀는 하마가 엄청난 양의 오줌을 뿜어대고 있는 우리 앞에서 말했다.

"내가 니 엄마란다. 정말이야."

"사람들이 아니래."

"누가 그래?"

"다들 그래."

최여사는 검지로 하늘을 가리켰다. 하늘에는 비둘기떼가 날아다니고 있었다.

"니 엄마는 죽어서 비둘기가 됐다."

"비둘기요?"

"사람은 죽으면 동물로 다시 태어난단다. 그런데 니 엄마는 비둘기가 됐다더구나."

그것은 분명 최여사의 즉흥적인 거짓말이었을 것이다. 그러나 그 악의 없는 거짓말 때문에 나는 한동안 비둘기를 두려워하는 소년으로 살아야 했다. 물론 최여사는 그런 부작용까지는 계산하지 못했을 것이다. 그냥 죽어버렸다는 것보다 비둘기가 되어 하늘을 날아다닌다는 게 아이에게는 덜 충격적일 거라고 생각했던 모양이다. 그러나 결과는 더 나빴다. 왜냐하면 비둘기는 너무 많았고, 그것 때문에 나는 어디서건 비둘기가 보이면 얼굴도 모르는 엄마를 떠올리게 되었으니까. 차라리 얼룩말이나 방울뱀, 혹은 개미핥기로 다시 태어났다고 했더라면 좀 나았을 텐데.

어쨌든 여덟 살은 비둘기가 엄마라는 걸 받아들이기엔 너무 어린 나이였다.

"왜요? 엄마는 왜 비둘기가 됐어요?"

나는 최여사에게 따져물었다.

"죽어서 뭐가 될지는 아무도 모른다."

"근데 비둘기는 왜 우리 밖에 있어요?"

"너무 흔하니까. 동물원에는 비싼 동물만 있는 거야. 쥐나 고양이, 개도 없잖니."

하마가 다시 허공을 향해 오줌을 뿜어댔다. 그날 나는 오줌으로도 무지개가 만들어질 수 있다는 것을 처음 알았다.

"하마는 저렇게 제 힘을 과시하고 영역을 표시하는 거란다."

"그럼 엄마는 이제 엄마가 아닌 거지?"

"민수는 하마 싫어?"

"그럼 이제 엄마를 뭐라고 불러야 돼?"

최여사는 그 부분에선 조금 고심을 하는 것 같았다.

"······큰이모라고 불러라."

나는 훌쩍거리며 울었다. 엄마가 죽었다는 사실을 알아서가 아니라 지금까지 엄마라고 부르던 사람을 이모라 불러야 한다는 사실 때문이었다.

"그럼 아빠는? 아빠는 어딨어?"

그녀는 내 머리를 쓰다듬으며 말했다.

"니 아빠는 나도 몰라."

어느새 우리는 맹수 우리 앞에 서 있었다. 호랑이들이 나른하게 낮잠을 자고 있던 기억이 난다.

"보렴. 호랑이들은 아빠가 없는데도 아무렇지 않잖아."

'사생아'라는 단어를 발견하게 된 것은 그로부터 몇 년이 더 지나서였다. 사전을 찾으려는데 갑자기 오한이 나듯 턱이 덜덜 떨리기 시작했다. 마음속 깊은 곳에서 '그 단어 찾지 마. 세상의 모든 단어를 알 필요는 없잖아?'라는 말도 들려왔다. 그러나 그럴수록 사전의 페이지를 넘기는 내 손은 더 빨라지고 있었다. 사전은 이렇게 기록하고 있었다. 나는 아직도 그 정의를 생생하게 기억하고 있다.

사생아私生兒 「명」법률적으로 부부가 아닌 남녀 사이에서 태어난 아이. 아버지의 인지認知를 얻으면 서자가 된다.

"아버지의 인지를 얻는다? 재밌는 표현이네. 무슨 말인지 딱 알겠디?"

지원은 그 얘기를 듣고 이렇게 물었다. 그녀는 헌책방의 책무더기 속에서 종이컵에 든 카페라테를 마시고 있었다. 나는 고개를 저었다.

"아니. 그렇지만 어쨌거나 아버지란 존재가 필요하다는 느낌은 들었어. 커피 좀 남았어?"

"아니, 다 마셨어. 그런데 궁금해. 뜻을 모르는 단어나 문장이 어떻게 우리를 건드릴까?"

지원이 고개를 외로 꼬면서 눈을 치켜떴다. 검은자위가 마치 부력을 받아 떠오르듯 천천히 위로 향했다. 차가운 물 속에 콜라병을 담그면 병은 기울어지고 공기는 위로 올라온다. 뭔가를 궁금해할 때 지원의 눈이 바로 그랬다.

"인플루엔자 바이러스 같은 거 아닐까?"

내가 말했다.

"독감?"

"사생아라는 말이 이미 내 안에 잠복하고 있었던 것 같아. 어쨌거나 나는 진짜 사생아니까. 찬바람이 불고 몸이 약해지면 바이러스가 활동을 하듯 어떤 단어도 적절한 때가 되면 활성화가 되는 거야. '아버지의 인지' 같은 구절도 마찬가지고. 그랬기 때문에 보자마자 불길한 느낌을 받았던 거야."

"그럴 수 있겠다."

지원은 손톱을 깨물기 시작했다. 나는 투덜거렸다.

"근데 국어사전의 정의에 따르면 사생아들은 마치 아버지의 인지인지 뭔지를 얻기 위해 살아가는 존재 같지 않니? 나 원, 별 지랄 같은! 서자가 되는 게 인생의 목표라니!"

"그러게 말야."

지원은 맞장구를 쳤다. 그러나 진심으로 이해하고 공감하는 것 같지는 않았다. 그녀와 대화하다보면 가끔 그런 순간을 맞닥뜨리게 된다. 그것은 복숭아를 자르는 것과 비슷하다. 겉은 부드럽지만 어떤 지점에 이르면 더는 날이 들어가지 않는다. 진짜 감정은 딱딱하게 응결된 채 부드러운 과육 아래에 숨겨져 있는 것이다. 그녀는 무릎 위에 손을 올려놓고 마치 비밀문서라도 새기듯 골똘히 손톱을 손질하고 있었다.

2

최여사는 골초였다.

"늙어 꼬부라지니까 좋은 게 있긴 있구나. 길거리에서 담배를 피워도 뭐라는 놈이 없고. 흥, 이제 여자가 아니라는 거지."

그녀는 그렇게 말하곤 했지만 사실 평생을 여자로 살았고 '늙어 꼬부라지'지도 않았으며 곁에는 늘 남자가 있었다. 남자들과 있을 때의 그녀는 평소와 전혀 달랐다. 그럴 때의 그녀는 〈센과 치히로의 행방불명〉에 나오는 '유바바'와 비슷했다. 도도하고 날카로웠다. 남자친구들이 찾아오면 최여사는 홍차에 코냑을 타 함께 마시며 이제는 저세상으로 가버린 옛날 친구들 얘기를 했다. 그녀는 유치진 선생 밑에서 연극을 시작했지만 한국전쟁 이후에 영화배우로 활동하기 시작했다고 한다. 당신 말로는 꽤 유명했고, 한창 잘나갈 때는 구두에 흙을 묻히지 않고 서울 시내를 돌아다녔노라 자랑하곤 했다. 남자들이 늘 차를 보내왔기 때문이었다. 그러면서도 자신이 출연한 영화의 제목은 한 번도 말해주지 않았다.

최여사의 장례를 치르고 얼마 되지 않은, 바람이 거세게 불어 떡

갈나무 낙엽들이 맹렬히 떨어지던, 일본열도 동쪽에서 지진이 일어나 태평양 연안에 강력한 해일이 발생한 날. 나는 영상자료원에 있는 정환에게 전화를 했다.

"나야."

"웬일이야?"

"영화 좀 찾아줄 수 있을까?"

"제목 알아? 감독 이름이라도."

"아니, 배우 이름만 알아. 아마 50, 60년대 영화일 거야. 배우 이름은 최인숙."

"최인숙? 최인숙이 누구야?"

"어…… 우리 이모."

정환은 열흘이 지나서야 영화를 찾았다며 문자를 보내왔다.

"이거 찾느라고 먼지를 얼마나 들이마셨는지 목이 다 잠기려고 그래. 필름 상태가 안 좋으니까 감안해서 봐. 다행히 떠놓은 게 있네."

그는 생색을 냈다.

"이게 무슨 영화사의 걸작도 아니고…… 그래도 찾았으니 다행이지 뭐야."

영화는 한국전쟁 당시 북한으로 침투한 국군 특공대의 활약을 다룬 것이었다. 이 부대는 인민군에 사로잡힌 미군 대령을 구해내야 했다. 특공대의 리더는 허장강이었고, 최여사는 미군 대령을 취조하는 임무를 맡은 악랄한 인민군 소좌였다.

"너네 이모 왜 안 나와?"

"글쎄, 동명이인인가? 안 나오시네."

화면 속의 최인숙은 젊었다. 젊고 표독스러웠다. 그리고 아름다웠다. 주로 어두운 벙커에서 촬영된 화면이어서 그녀의 얼굴에는 빛과 어둠이 강렬한 대조를 이루고 있었다. 강하게 조여맨 허리띠 때문에 인민군복 아래 가려진 가슴이 강조되었다. 최인숙은 일종의 팜프파탈로, 처음에는 미군 대령을 고문하다가 나중에는 은근히 유혹하는, 외손자가 친구와 같이 보기에 별로 적당치 않은 역이었다. 다행히 정환은 곧 흥미를 잃고 할 일이 있다며 시사실을 나갔다.

화면 속의 최인숙은 미군 대령에게 연합군의 상륙지점을 털어놓으라고 협박하면서 만약 순순히 분다면 아주 근사한 일이 기다리고 있을지도 모른다고 꼬드기기도 했다. 미군 대령은 고문과 유혹을 이기지 못하고 인천상륙작전의 일급비밀을 토설하려 했다. 그러나 바로 그 순간, 허장강이 이끄는 특공대가 수류탄으로 문을 폭파한 뒤 벙커로 들이닥쳤다. 그들은 앞을 막아서는 인민군 군관과 병사들을 존 웨인처럼 멋지게 쏘아 죽였다. 탕, 타타탕…… 한 차례의 격렬한 총격전이 그치고 연기가 걷히자 인민군 중에서는 오직 최인숙만이 기적적으로 살아남아 있었다. 풀려난 미군 대령은 바닥에 쓰러진 최인숙을 힐끗 내려다보고는 대원들에게 "Kill the bitch(그 여자를 죽여)!"라고 명령하고 다친 다리를 끌며 밖으로 나간다.

특공대의 리더 허장강이 총을 겨누자 그녀는 마스카라로 강조된 예의 그 표독스러운 눈으로 허장강을 노려보며 씹어뱉듯 소리쳤다.

"어서 죽여라!"

나는 그 대목에서 시사실을 나왔다. 더는 볼 수 없었다. 물론 나는 알고 있다. 저건 가짜다. 피는 토마토케첩이고 총소리는 효과음이며 권총은 딱총에 불과하다는 것을. 그러나 어째서 환상은 현실보다 더 지독하게 우리를 괴롭히는가. 스크린 속 표독스런 배우 최인숙의 가짜 죽음은 머리가 하얗게 센 고집쟁이 외할머니의 진짜 죽음보다 더 견디기 어려웠다. 그것은 마치 사고로 팔을 잃은 사람이 느끼는 환지통 같은 것이었다. 환자는 환상의 엄지손가락이 역시 있지도 않은 손바닥을 집요하게 후벼파는 고통을 느낀다. 그는 하루종일 엄청난 고통에 시달리지만 환상의 팔과 손가락을 어찌해볼 도리가 없는 것이다. 라마찬드란 박사라는 사람은 팔을 잃은 사람들의 환지통을 없애는 간단한 장치를 개발했다고 한다. 거울을 이용해 잘린 팔이 다시 붙어 있는 것처럼 보이게 만들어 환자의 눈을 속이는 것이었다. 왼팔을 잃은 환자는 먼저 멀쩡한 오른팔을 상자에 넣는다. 물론 환자 자신만 감지할 수 있는 환상 속의 왼팔도 상자에 넣는다. 그가 오른팔을 움직이면 거울의 장난으로 양팔이 모두 움직이는 것처럼 보이게 된다. 그는 박수를 칠 수도 있고 만세를 부를 수도 있다. 손바닥을 후벼파던 왼손 엄지손가락은 어느새 펴져 있고 당연히 환상도 사라진다. 어차피 환지통이란 뇌의 감각중추가 잘못돼 일어나는 것이므로 시각적 피드백을 통해 이를 속이면 된다고 박사는 생각한 것이다.

만약 최여사가 아직 살아 있었다면 나는 즐거운 마음으로 집으로 돌아와 이렇게 말할 수 있었을 것이다.

"아니, 어쩌자고 그런 역을 맡으셨던 거예요? 으하하핫."

그랬다면 내 뇌에 입력된 배우 최인숙의 이미지는 머리가 하얗게 센 최여사의 실제 이미지로 대체되었을 것이다. 그러나 그녀는 이제 세상에 없고, 인민군 소좌 최인숙만 살아 있었다. 닫힌 방음문을 통해서 희미하게 낮은 총성이 들려왔다. 텅, 텅, 텅……

집으로 돌아와보니 대문이 열려 있었다. 현관문을 열고 안으로 들어가자 인기척이 들렸다. 나는 최여사가 세상을 떠났다는 사실을 깜빡 잊어버리고 반가운 마음에 안으로 성큼 발을 내디뎠다. 금방이라도 그녀가 싱크대에서 몸을 홱 돌리며, 어디 갔다가 이제 왔느냐고 야단을 칠 것만 같았다. 그러나 나를 기다리고 있던 사람은 최여사가 아니라 빛나였다. 그녀는 내 방에서 케이블TV를 보고 있었다.

"열쇠 내놔."

빛나는 애교를 부리며 고개를 저었다.

"싫어."

"내놔."

"왜 그래? 무섭게."

"몰라서 물어? 우리 헤어졌잖아."

"잘못했어, 오빠."

"니가 뭘 잘못했는데?"

"글쎄, 잘못했다니깐."

"뭘 잘못해서 이러는 거 아니야."

"그럼 왜 그래? 딴 여자 생긴 거야? 응? 그런 거야?"

나는 구석에 놓여 있던 택배용 상자를 집어들었다.

"그게 뭐야?"

빛나가 물었다.

"니 물건들. 택배로 보내려고 했는데 마침 잘됐네. 가져가."

상자에는 빛나의 노트북컴퓨터와 립스틱, 그리고 학교 로고가 새겨진 후드티셔츠 한 벌, 일본 연애소설 두 권과 경영학 교재 세 권, 몇 장의 DVD, 칫솔, 그리고 외장하드디스크가 들어 있었다. 빛나에게는 그 어떤 공간이든 자기 필요대로 변형시키는 놀라운 능력이 있었다. 그녀는 자기 학교에서 그리 멀지 않은 우리집을 도서관, 영화관 혹은 분장실로 썼다. 아침 일찍 자기 집을 나와 내 방에서 수업 준비를 했고 공강시간에는 낮잠을 잤다. 거울을 사다놓고 화장을 했고 바닥에 누워 인터넷으로 다운받은 미국 드라마를 봤다.

"무슨 세븐일레븐에서 알바 자르는 거야, 지금?"

그녀는 팔짱을 끼고 내가 내민 상자를 받지 않았다. 나는 다시 한번 상자를 내밀었다.

"이거 받아, 빨리."

남자들은 여자를 사귈 때 저도 모르게 자기 엄마와의 궁합을 맞춰본다는 얘기가 있다. 저 여자가 우리 엄마랑 잘 어울릴까, 하는 것을 재보게 된다는 것이다. 심지어 남자들이 자기 엄마와 키가 비슷한 여자에게 호감을 느낀다는 연구도 있다. 나는 엄마가 없으니 당연히 최여사가 그 기준이었을 텐데, 이상하게 빛나는 최여사와 전혀 조화가 되질 않았다. 빛나도 꽤나 꾸미는 편이었는데도 최여사 옆에 세워놓으면 어딘가 촌스럽고 취향이 없는 여자처럼 보였다. 신장도 빛나는 백칠십 가까이 되는 비교적 큰 키여서 최여사와 십 센티미터 가까이 차이가 났다.

최여사는 처음부터 빛나를 좋아하지 않았다. 이름부터 타박이었다.

"이름이 빛나가 뭐냐, 빛나가?"

"이름을 어디 자기가 짓나요, 뭘."

그렇다고 문전박대를 하거나 한 것은 아니었지만 살갑게 맞아주지도 않았다. 그러나 빛나 역시 워낙 제멋대로라서 최여사가 그러거나 말거나 내 방을 수시로 드나들며 자기 볼일을 봤다. 심지어 빛나는 최여사가 자기를 좋아한다고까지 믿었다.

"남자가 힘들 때 제일 먼저 도망갈 여자야. 나는 딱 보면 알지."

최여사는 빛나를 두고 그렇게 말하곤 했다. 결국 그 예언은 최여사가 세상을 뜨자 곧 현실로 나타났다. 빛나는 장례를 치르는 내내 한 번도 나타나지 않았다. '큰이모 돌아가셨어? 아, 슬푸당 ㅜㅜㅜ'처럼 농담인지 진담인지 가늠할 수 없는 문자만 몇 번 날렸을 뿐이었다. 학교에서 중요한 조별 발표가 있어서 그걸 준비해야 한다고 했다. 사실 그것도 내가 다 준비해준 것이었다. 애플과 구글의 성공사례를 조사 발표하는 것이었는데, 빛나는 언제나처럼 모든 자료조사와 프레젠테이션 준비를 나한테 맡겼다. 그러고도 발표 연습이 필요하다며 상가에는 한 번도 나타나지 않았다. 처음엔 야속하다는 생각도 들지 않았다. 너무 오랫동안 빛나 위주로 살아온 탓일까. 빛나가 문자메시지로 변명을 늘어놓을 때마다 나는, 괜찮다, 오지 않아도 된다, 발표나 잘하라며 오히려 그녀의 사정을 헤아려주었다. 그리고 나는 마치 『이방인』의 뫼르소처럼, 친척 하나 없이 오직 최여사의 남자친구들만 득실거리는 쓸쓸한 장례를 마치고 집으로 돌아와 아무도 없는 방에 혼자 누워 있었다. 음, 뫼르소는 이럴 때 바다에 해수욕을 하러 가던데…… 그러자 마음속의 제정신이 나에게 충고했다.

'바로 그것 때문에 뫼르소는 사형을 당하는 거야. 엄마를 묻고 와서 해수욕이나 하러 갔다고 말이야.'

나는 마룻바닥에 반듯이 누워 천장을 물끄러미 올려다보았다. 천장에서 거미 한 마리가 줄을 타고 천천히 내려오다가 다시 그 줄을 타고 위로 올라갔다. 거미의 움직임을 한동안 바라보다가 문득, 더는 이렇게 살 수 없다고 생각했다. 빛나가 외톨이가 된 나를 내버려두어서도 아니고 장례식에 오지 않아서도 아니었다. 가을비가 추적추적 내리는 스물일곱의 그 저녁에, 남들은 눈부신 청춘이라며 부러워하는 스물일곱의 그 밤에, 나는 내 생이 어쩌면 이렇게 하찮게 끝나버릴지도 모른다는 계시와도 같은 예감에 직면했던 것이다. 말하자면 이런 삶, 여자친구의 대학원 숙제는 도맡아 해주면서도 정작 필요할 때는 버려지는 이런 삶은 앞으로 찾아올 찬란한 인생의 전주곡, 그러니까 고진감래라고 말할 때의 그 '달콤한' 고苦가 아니었다. 그보다는 앞으로 살아갈 삶의 예고편처럼 느껴졌다. 아, 그러나 나는 결코 내 인생이, 예고편이 전부인 뻔한 영화가 되도록 내버려둘 수 없었다.

인생을 바꾸기 위해 제일 먼저 해야 할 일은 뭘까? 가장 간단한 일은? 그것은 빛나와 헤어지는 것이었다. 아, 그동안 왜 이 생각을 한 번도 못했지? 해수욕을 가는 대신 빛나를 차버리는 거야. 나는 빛나에게 전화를 걸었다.

빛나가 전화를 받자 나는 불쑥 찾아온 통찰과 홀로 내린 결단에 대해 말했다.

"우리 그만하자."

처음에는 영문을 몰라하던 빛나는 한참을 듣고 나서야 내가 무슨 얘기를 하고 있는지 알아차린 눈치였다. 그러자 그녀는 돌연, "오빠, 미안해. 괜히 나 때문에……" 어쩌고 하며 울먹였다. 평소 같았으면 나는 펄쩍 뛰며, 아니다, 그게 왜 네 잘못이냐, 너는 아무 잘못 없다, 이러면서 그녀를 위로했겠지만 그날만큼은 그러고 싶지가 않았다.

"아무래도 이건 아닌 것 같아. 우리 여기서 끝내. 그게 좋겠어."

"내가, 거기 뭐지?"

"응, 상가?"

"그래, 상가에 안 가서 그런 거지?"

"아니."

"거짓말! 내가 갔으면, 아니 내가 갔어도 오빠가 이랬을까?"

음, 그건 나도 궁금했다. 그렇지만 중요한 건 빛나는 나를 버려두었다는 것이다. 그것도 내가 가장 그녀를 필요로 할 때.

"남자가 조심해야 할 여자에는 세 종류가 있어."

최여사는 뭐든 셋으로 정리해서 말하기를 좋아했다.

"첫째, 논개 같은 여자. 어떤 생각을 품고 있는지 절대 알 수가 없거든. 갑자기 돌변해서 사내를 껴안고 절벽 아래로 뛰어들지. 둘째, 황진이 같은 여자. 똑똑하고 재주 있고 예쁘지. 그렇지만 영원히 내 여자로 만들 수가 없어."

"셋째는요?"

그녀는 나를 한심하다는 눈길로 쳐다보며 혀를 찼다.

"모르겠냐?"

"아, 뭔데요?"

"셋째는 바로 빛나년이지, 클클클."

그러고선 자기 농담에 넘어간 나를 조롱하며 사과를 깎았다. 빛나에게 결별의 전화를 거는 순간에 나는 최여사의 그 썰렁한 농담을 생각하고 있었다. 그때는 그저 나를 놀리려는 심산이겠거니 싶었는데 지금 생각해보니 그 농담에는 일말의 진실이 담겨 있었다. 남자가 가장 조심해야 할 여자는 바로 지금 자기 앞에 있는 여자라는 뜻이 아니었을까?

빛나의 훌쩍임이 잦아들었다. 차분히 상황을 받아들이는 것 같았다. 나는 전화를 끊었다. 그리고 운동복으로 갈아입고 비가 그친 늦가을의 운동장을 달렸다. 마음이 가볍지만은 않았다. 빛나와의 즐거웠던 기억들이 떠올랐다. 다시 한번 전화를 해볼까. 주머니를 뒤져봤지만 휴대폰을 가지고 나오지 않은 터였다. 나는 공중전화 앞에서 발길을 멈추었다. 그러나 공중전화부스로 들어가지는 않았다. 신기하게도 그녀의 전화번호가 전혀 생각나지 않았고, 무엇보다 동전이 없었다. 나는 마음을 추스르고 다시 운동장을 달렸다. 비 온 뒤 차가운 습기를 잔뜩 머금은 공기가 상쾌했던 기억이 난다. 빛나 같은 성격에 나 같은 놈에게 구차하게 매달리지는 않을 거야. 나는 그렇게 생각했던 것 같다.

그런데 빛나는 저렇게 아무 일도 없었다는 듯 주인도 없는 집에서 태연히 뒹굴고 있는 것이다. 다시 나타난 그녀는 평소 나를 자기 뜻대로 움직이게 하는 데 사용하는 세 가지 외교적 기예를 한꺼번에 모두 사용했다. 보통은 그 세 가지 중 하나만 사용하는데, 상황이 상황이니만큼 이것저것 따질 틈이 없었던 모양이었다. 그러나 그것은 나를 잃는 게 두려워서가 아니었다. 마치 성실한 직원의 퇴사를 막아보려는 중소기업의 사장처럼 일단 사표는 수리하지 않고 보겠다는 식이었다. 그 직원이 떠나면 사장의 자존심은 상처를 입고 회사의 미래는 더욱 불투명해 보이고 남은 자들은 알 수 없는 두려움에 사로잡히게 되니까.

빛나는 '네가 감히!'라는 분노의 감정을 눈동자 깊숙이 숨기고 애교를 부렸다. 애교! 말하자면 이것이 그녀의 첫번째 외교적 기예였다. 내 방은 깨끗이 치워져 있었고 최여사의 영정 앞에는 그녀가 사온 소국까지 꽂혀 있었다. 게다가 전에 없는 밝은 웃음과 따뜻한 태도로 나를 맞았다. 그럴수록 나는 차분하게 가라앉았다. 그녀의 애교에는 자연스러움이 결여돼 있었는데, 그건 연기력이 부족해서가 아니었다. 그녀는 자신이 애교를 떨기 위해 노력한다는 것까지 온전히 내게 전달하고자 했던 것이다. 필사적이 되는 순간 애교는 더이상 애교가 아니라 공포가 된다.

"오빠, 우리 나가서 맛있는 거 먹을까?"

"아니, 난 좀 피곤한데."

"알아, 오빠 힘든 거. 그래도 나를 위해서 한 번만 나가주면 안
돼?"

나는 빛나를 빤히 처다보았다. 빛나는 결별선언 따위는 안중에도
없다는 얼굴로 태연하게 방글거리고 있었다.

"빛나야, 넌 좋은 애야. 그치만 이제…… 그만하자. 난 말이
야……"

"됐어, 그만해. 나 좋은 애 아니거든."

빛나는 이제 자신의 두번째 외교적 기예를 선보이기 시작했다.

토라진 것이다.

그녀는 고개를 돌려 나를 외면한 채 양무릎을 당겨 끌어안고 무
릎과 무릎 사이에 코를 처박은 채 눈을 크게 떴다. 그 눈은 방바닥의
장판 문양, 그러니까 결코 노려볼 필요가 없는 것을 노려보면서 내
게 자신이 무척 화가 나 있다는 것, 그리고 이제 어지간해서는 그 화
가 풀리지 않을 거라는 것을 암시하고 있었다. 멀리서 보면 토라진
그녀의 모습은 알파벳 A자를 닮아 있었다. 아마 그전의 나였다면 그
녀의 어깨를 감싸안고 달콤한 말로 수작을 걸어보거나 말도 안 되는
슬랩스틱코미디로 그녀를 웃겨보려 애썼을 테지만 나의 마음은 최
여사를 화장하고 온 날의 통찰 이후로 재처럼 차갑게 식어 있었다.
마음속 깊은 곳에는 단지 그녀가, 알파벳 A자 모양으로 고집스레 앉

아 온 방의 기온을 떨어뜨리고 있는 그녀가, 어서 이 집에서 나가주었으면 하는 생각뿐이었다.

TV에서는 자폐아 부모의 고통에 대한 다큐멘터리가 성우의 내레이션과 함께 나오고 있었다. 빛나는 날카롭게 나를 노려보았다. 두 번째 외교적 기예가 실패했다는 것을 스스로 인정하는 행동이었다. 나는 그녀의 눈길을 피한 채 TV에만 온 정신을 집중했다.

"나는 누가 이 아이를 돌봐주기만 한다면 하루 스물네 시간씩 며칠이라도 일할 수 있어요."

화면 속의 엄마는 오랫동안 단련된 담담함으로 자폐아를 돌보는 고통을 호소하고 있었다. 마침내 빛나의 세번째 외교적 기예가 시작되었다. 그녀는 더이상 장판의 문양을 노려보지 않고 슬며시 눈을 감았다. 그리고 조용히 흐느끼기 시작했다. 마침내 눈물이 충분히 눈자위를 적시자 고개를 들어 비난하는 눈초리로 나를 바라보았다. 나는 세번째 기예에는 언제나 약했기 때문에 저도 모르게 움찔하지 않을 수 없었다. 그녀는 울먹이면서 말했다.

"오빠, 어떻게 나한테 이럴 수가 있어? 내가 도대체 뭘 잘못한 거야? 내가 그렇게 잘못한 거야? 흑, 흐흑, 헉, 엉엉. 나, 오빠 정말 사랑했는데, 오빠는 뭐야? 이렇게 말 한마디로, 모든 게 끝나는 거야?"

내 이성은 빛나에게 말려들지 말라고 경고하고 있었지만 나는 어느새 그녀의 어깨를 감싸안고 있었다.

"아니야, 이건 누가 잘못해서 그런 게 아니야."

아니긴 뭐가 아닌가. 생각은 그렇게 하면서도 나는 이렇게 말했다.

"니 잘못 아니야."

"아니지? 아니지? 그렇지? 난 오빠가 내가 싫어서 떠난다면 얼마든지 보내줄 수 있어. 하지만 내가 오빠한테 나쁜 년 되는 건, 그래서 오빠가 나 떠나는 건 싫어, 싫단 말야. 흑흑."

"그래, 이건 누구 잘못도 아니야."

"아닌데? 아닌데 왜 그래? 왜 이러는 거야? 너무 무섭잖아. 나 무서운 거 싫어하는 거 오빠 알잖아? 근데 아까 왜 그랬어? 완전 무서웠어. 딴사람 같았단 말야."

"미안해."

결국 나는 또다시 빛나에게 사과를 하고 있었다. 못난 놈. 그녀는 울어서 붉어진 눈으로 나를 올려다보며(어쩌면 그것도 모두 계산된 앵글이었겠지만) 나의 죄책감을 자극했다. 평소에는 이 정도 국면까지 오는 경우가 드물었기 때문에 빛나나 나나 어떤 면으로든 이런 상황에 대해서는 매뉴얼이 없었다.

여자를 달래는 것은 권투에서 잽을 먹이는 것과 비슷하다. 이렇게 해서 언제 상대방을 다운시키나 싶지만 계속하다보면 꽤 효과가 있다. 잽이 안 통한다고 갑자기 강력한 펀치를 날려서는 안 된다. 그럼 모든 게 파장이고 처음부터 다시 시작해야 한다.

나는 마음에도 없는 이런저런 부드러운 말로, 도대체 왜 그래야 하는지도 모르면서 한참이나 그녀를 달랬다. 아까는 미안했다, 내가 어떻게 됐었나보다, 어쩌고 하면서 말이다. 마침내 빛나의 표정이 풀렸다. 그녀의 얼굴에는 어느새 승자의 위엄마저 비쳤다. 그녀는 핸드백에서 티슈를 뽑아 보란듯이 팽, 코를 풀더니 자리에서 일어났다. 그리고 화장실로 가 화장을 고쳤다. 나는 그녀가 나오는 대로 함께 나가 저녁을 같이 할 생각이었다. 그런데 윗도리를 가지러 옷장으로 가다가 살짝 열린 화장실 문틈으로 그녀가 눈물로 얼룩진 얼굴을 분으로 다시 매만지는 모습을 슬쩍 보게 되었다. 처음 보는 모습은 아니었지만 그날의 그 장면에는 뭔가 놀라운 것이 있었다. 브레송이 봤다면 '결정적 순간'이라 할 법한 장면이었다. 조용히 칼을 가는 초밥집의 요리사를 보는 기분이랄까. 헐벗은 맨살에 눈송이가 내려앉듯, 온몸에 조용히 소름이 돋았다. 이제 와 돌아보면, 그때 그 장면의 어떤 점이 그렇게 나를 자극한 것일까, 의아하기도 하다. 화장 고치는 거 처음 보나? 그런데 그날은 달랐다. 그날 빛나는 눈을 크게 뜨고 입을 약간 벌린 채 마스카라를 칠하고 있었다. 오른쪽 눈썹을 살짝 치켜올린 후, 눈썹도 새로 그렸다. 펜슬을 잡은 그녀의 오른손이 부드러운 반원을 그리며 눈썹 위를 왕복하고 있었다. 희미하던 눈썹은 점점 더 분명하게 형태를 갖추어가며 내가 아는 빛나로 변신해가고 있었다. 표정은 진지했고 동작은 섬세했다. 그 순간만큼은 어떤 잡념도 그녀를 방해하지 못하는 것 같았다. 숙련된 장인처럼, 자신의 예술에 확신을 갖고 있는 인간문화재처럼 그 일에 몰두하고 있었다. 그것은 곧 조금 전까지의 그 눈물과 애교, 토라짐이 하나의 연기였음을 조용히 웅변하는 표정이라고 할 수 있었다.

"나 괜찮아?"

그녀는 미소를 지으며 내게 물었다.

"응."

"정말?"

그녀는 눈을 가늘게 뜨며 미간을 좁혔다. 나는 다시 한번 고개를 끄덕여주었다. 짧은 미니스커트를 입은 그녀가 발을 롱부츠에 겨우 집어넣고 일어났다. 우리는 대문으로 걸어갔다. 내가 팔을 뻗어 열린 쪽문을 잡고 있는 동안 빛나가 먼저 쏙 빠져나갔다. 문밖의 빛나가 조금 의아한 표정으로 대문 안쪽의 나를 바라보았다. 나는 말했다.

"빛나야, 잘 가."

기습을 당한 그녀는 자기도 모르게 입을 벌렸다. 내 말이 농담인 지 진담인지를 살피려는 듯 다시 눈을 가늘게 떴다.

"아무래도 나는 안 나가는 게 좋겠어. 미안. 잘 가."

나는 천천히, 우아하게 문을 닫았다. 그러나 빛나는 잽싸게 문과 문틀 사이에 신발코를 밀어넣었다. 나는 점잖게 그 신발코를 밀어내려 했지만 생각처럼 쉽지 않았다. 그녀는 갑자기 엄청난 힘으로 문을 잡아당겼고, 나는 하마터면 손잡이를 놓칠 뻔했다. 빛나는 그사이에 문틈으로 얼굴까지 들이밀었다. 나는 빛나의 머리를 어깨로 밀어내고 다시 손잡이를 필사적으로 내 쪽으로 당겼다. 이제 외교고 뭐고 간에 무력이 먼저인 상황이었다. '전쟁은 다른 수단에 의한 정치의 연장'이라고 말한 게 클라우제비츠였던가? 그것은 연애관계에도 적용되는 진리였다. 그녀는 몸싸움 끝에 밖으로 밀려났지만 여전히 부츠의 일부는 안에 들어와 있었다. 나는 신발코를 뭉개다시피 하여 결국 빛나의 부츠를 발로 밀어내는 데 성공했다. 그리고 양손으로 힘껏 문을 당겼다.

쾅!

비로소 문이 닫혔다. 나는 문을 잠갔다. 밖에서 빛나가 몇 쯤 쾅 쾅 문을 두드렸다. 나는 문 옆에 우두커니 서서, 제발 좀 열어달라는 빛나의 애원을 듣고 있었다. 잠시 후, 밖이 잠잠해지는가 싶더니 휴대폰이 드르륵 울렸다. 문자메시지였다.

'오빠, 후회하게 될 거야.'

그녀는 요란하게 발소리를 내며 가버렸다. 그녀의 말처럼 나는 정말 후회하게 될까? 나는 도대체 그녀가 어떤 방법으로 나를 후회하게 만들 것인지를 생각해봤지만 딱히 떠오르는 게 없었다. 그녀는 아무 짓도 하지 않는데 나 혼자 후회하게 된다는 뜻? 후회할 것을 미리 걱정하는 것도 나중에 후회할 일 아닌가? 아, 그만하자. 머리가 복잡해졌다. 그녀와 결별하면 그저 후련할 줄만 알았는데 막상 저렇게 저주를 퍼붓고 가버리니 마음이 어두워졌다. 며칠 사이, 나는 하나밖에 없는 혈육을 여의고 여자친구를 떠나보낸 것이다. 나는 침대에 누워 조금 울적한 마음으로 휴대폰을 들어 주소록을 검색하기 시작했다.

주소록에는 자그마치 백스물여덟 명의 전화번호가 저장돼 있었다. 강씨, 고씨, 김씨를 거쳐 박씨까지 가는 동안, 나는 불러내고 싶은 친구를 한 명도 발견하지 못했다. 아, 도대체 내 인간관계가 어쩌다 이 지경에 이르렀단 말이냐. 나는 조금 초조해지기 시작했다. 마침내 이씨를 거쳐 정씨와 조씨, 지씨에 이르렀다. 지씨는 단 한 명이었지만 누군지 잘 기억이 안 나 오래 들여다보았다. 그러나 그는 대학교 일학년 때 함께 스터디를 했던 다른 과 학생일 뿐이었다. 기억을 더듬어보니 우리 조를 대표해 발표를 하기로 해놓고는 막상 발표일이 다가오자 잠수를 해버렸던 녀석이었다. 나는 우리나라에서 네 번째로 많다는 최씨에게 희망을 걸었다. 그러나 최씨는 불과 다섯 명이었고 그나마도 모두 여성이었다. 이런 날 다른 여성을 불러 술을 마신다는 건 어쩐지 조금 전의 그 격렬했던 별리의 신성함을 훼손하는 일처럼 느껴졌다.

나이 스물일곱의 멀쩡한 남자가 이럴 때 전화 한 통 받아줄 친구가, 나와서 소주 한잔 같이 하자고 편하게 얘기할 친구가 전혀 떠오르지 않는다는 게 과연 정상일까? 나는 휴대폰을 내려놓고 생각에 잠겼다. 나는 나도 모르는 새 거의 모든 친밀한 관계로부터 단절돼 있는 것 같았다.

이 모든 게 빛나 탓이라는 거야? 그건 아니지. 그렇지만 결국 그녀와 지낸 일 년 동안 친구들이 다 떨어져나간 건 사실이잖아? 안 그래? 네가 무슨 은둔형 외톨이냐? 그런 면에서 보자면 빛나와 헤어진 건 잘한 일이었다. 그러나 한편으로는 직장에서 해고당한 사람이나 느낄 법한 이상한 우울감이 들었다. 헤어지자고 한 것은 나인데도 마치 내가 어떤 조직으로부터, 반드시 있어야 할 사회적 관계로부터 추방당한 느낌이었다. 해서는 안 될 일을 저지른 것 같았고, 누군가 내게 처절한 응징을 가해올 것 같은 느낌이었다. 길을 걸으면 덤프트럭이 나를 덮칠 것 같았고, 벼락이 치면 내가 맞을 것 같았고, 바람이 좀 심하게 불면 거리의 간판이 내 머리 위로 떨어져내릴 것 같았다. 나는 빛나와 헤어진 후에 더더욱 외톨이가 되어갔다. 휴대폰 번호를 바꾸었고 밤이면 방에 틀어박혀 시리즈 드라마를 봤다. 그 무렵 즐겨 보던 미국 드라마 〈24〉에서는 매 에피소드 초반에 주인공이 이런 대사를 친다.

"아마 오늘은 내 생애 가장 긴 하루가 될 것이다."

그러나 나야말로 하루하루 내 생애 가장 긴 날을 보내고 있었다. 밤새 열 편 가까운 에피소드를 보다 깨어나면 〈24〉의 잭 바우어나 〈소프라노스〉의 토니 소프라노가 동네 아저씨처럼 느껴졌다. 환상은 현실에서 멀지 않았다. 어쩌다 겨우 잠이 들었다가도 벌떡벌떡 일어나곤 했다. 그렇게 일어나 눈을 뜨면 어두운 방 한구석에선 앤절리나 졸리처럼 머리를 뒤로 넘겨 질끈 묶은 빛나가 권총을 들고 나를 겨누고 있었다.

"죽어, 죽어, 죽어, 이 쓸모없는 인간아!"

그리고 어느새 그 얼굴은 곧 나를 비난하는 최여사의 얼굴로 바뀌어 있었다. 아니, 제가 그렇게 무가치한 인간이에요? 나는 항변하고 싶었지만 입 밖으로는 아무 말도 튀어나오지 않았다.

"너는 내가 죽었는데도 한가하게 테레비만 보고 있구나!"

"한가해서 보는 게 아니에요. 아, 저도 곧 직장을 찾아볼 생각이에요. 지금은 충격을 추스를 시간이 필요하다구요."

그러나 최여사는 가차없이 방아쇠를 당겼다. 역시 왕년의 영화배우는 달랐다. 꿈에서조차 연기력이 대단했다.

3

　그렇게 불면증에 시달리던 어느 밤, 나는 평소에는 잘 가지 않던 어느 채팅사이트에까지 흘러들어가게 되었다. 그 사이트에는 수많은 방이 개설돼 있었는데 유독 그중에 '퀴즈방'이라는, 아주 간단한 제목의 방이 눈에 띄었다.

　내가 두 살 때 돌아가셨다는 외할아버지는 인쇄소를 하셨다. 그 덕에 집에는 언제나 책이 많았다. 나는 그 책더미 속에서 어린 시절을 보냈는데, 그중에서도 백과사전류는 거의 씹어 먹다시피 했다. 아이들이 나와 놀아주지 않아도 나에게는 전 세계의 수많은 다른 친구들이 있었다. 외할머니가 출타하시면 외할아버지의 서재에서 그들과 가상의 퀴즈게임을 벌이곤 했던 것이다. 당시 방송에선 고등학생들이 나오는 〈장학퀴즈〉가 명맥을 이어가고 있었고, 대학생을 대상으로 한 〈퀴즈아카데미〉가 장안의 화제였지만 나는 멍하니 앉아 TV를 보는 것보다는 혼자 노는 것을 더 좋아했다. 백과사전의 표제어만 보고 손바닥으로 가린 뒤 그 아래의 내용을 알아맞히는 방식이었다.

　"자, 이민수씨, 마지막 문제 나갑니다. 주관식입니다. '고르기아스의 매듭'이란 과연 무엇을 의미할까요?"

　이렇게 혼잣말로 중얼거린 후, 손을 들어 상상 속의 부저를 누른다.

　"삐이이이이."

"네, 정답은?"

"알렉산드로스 대왕이 시의 신전을 찾아갔을 때 가마의 손잡이에 지어져 있던 매듭입니다. 현자 고르기아스가 매듭을 지으며 이것을 푸는 자가 아시아의 왕이 되리라 예언하였습니다."

"두구두구두구두둥…… 정답입니다!"

혼자 내고 혼자 푸는 싱거운 게임이었지만 어둑한 방바닥에 엎드려 계속하다보면 그래도 시간이 꽤 잘 갔다. 채팅사이트에서 퀴즈방을 발견하자마자 클릭을 한 것도 바로 그런 어린 시절의 경험 때문이었을 것이다. 그때까지만 해도 나는 그 한 번의 클릭이 얼마나 내 인생을 뒤흔들어놓을지 전혀 짐작하지 못했다.

퀴즈방의 원리는 간단했다. 채팅방에 들어가 서로 퀴즈를 내고 맞히는 것이었다. 방에 따라 룰은 조금씩 달랐지만 기본적인 운영방식은 대체로 비슷했다. 한 사람이 퀴즈를 내면 방에 있는 사람 중에 누군가가 문제를 맞힌다. 그럼 맞힌 사람이 다음 출제자가 되어 다시 문제를 낸다. 예를 들어 그날 밤 퀴즈의 주제가 문학이라면 이렇게 전개된다. 출제자는 번호를 붙여 힌트를 준다.

"1. 소설."

"2. 영국 19세기."

답을 알면 재빨리 답을 타이핑하고 엔터를 눌러 전송한다.

"삐 ─ 폭풍의 언덕."

"땡."

답이 틀렸으면 출제자는 다음 힌트를 낸다.

"힌트 고."

"3. 재산깨나 있는 독신 남자에게 아내가 꼭 필요하다는 것은 누구나 인정하는 진리다."

소설의 서두가 나오자 정답이 바로 튀어나온다.

"삐─ 오만과 편견."

"딩동댕."

답을 맞히지 못한 사람은 조용히 글자로 박수를 친다.

"짝짝. 축."

"축."

작가를 물어볼 수도 있고 영화감독이나 배우를 물어볼 수도 있다. 주제를 벗어나지 않는 한, 어떤 문제든 가능하다. 그러나 채팅방에 있는 사람 중에 아무도 문제를 못 맞히면 흐름이 끊기게 되므로 출제자는 문제의 수준을 적절히 조절하지 않으면 안 된다.

자기만 알고 남은 모르는 너무 어려운 문제를 출제하는 사람은 환영받지 못한다. 가장 환영받는 사람은 답을 잘 맞히면서 문제도 잘내는 사람이다. 문제를 잘 낸다는 것은 난이도를 잘 조절한다는 뜻인데, 너무 쉬워도, 너무 어려워도 안 된다. 사실 답을 잘 맞히는 것보다 이게 더 힘들었다. 상식도 물론 풍부해야 하지만 다른 참가자에 대한 배려도 필요한 것이다.

퀴즈방에는 다른 데서 쉽게 경험할 수 없는 독특한 중독성이 있었다. 처음에는 뭔지도 모르고 무심코 들어갔지만 곧 빠져들게 되었다. 왜 그렇게 쉽게 빠져들었는지 지금도 잘 이해가 되지 않을 정도

다. 게임의 룰은 간단했다. 굳이 비유하자면 여러 사람이 모여 둥글게 원을 이루고 치는 테니스 같은 것이었다. 내가 라켓으로 공을 치면 누군가가 받아서 다시 친다. 그럼 그 공을 다른 누군가가 또 받아 치고…… 그런 식으로 퀴즈는 밤새도록 계속된다. 공을 받아칠 수 없는 사람들이 하나둘 아웃되고 새로운 사람들이 들어오면서 퀴즈방은 언제나 비슷한 사이즈로 유지된다. 그러다보면 마지막엔 수준이 비슷한 사람들만 남아서 치고받게 되는 것이다. TV에서 보는 퀴즈쇼와는 달리 특별한 기술이나 장치, 시나리오도 필요 없었다. 그런데도 그렇게 몰입하게 된 데에는 어떤 심리적인 작용이 있었을 것이다.

말하자면 이런 것이다. 퀴즈를 계속 주고받다보면 사람들로부터 인정받는다는 느낌이 든다. 그리고 퀴즈방 밖 세상에서는 허용될 수 없는, 조금은 재수없는 자아도취 성향을 서로 눈감아주는 데에서 오는 은밀한 해방감도 있었다. 말하자면 퀴즈방에서는 어느 정도 잘난 척을 해도 제지나 지탄을 받지 않았던 것이다. 적절한 매너만 뒷받침된다면 얼마간의 자기과시는 용인되었다.

나는 책이 주제인 '책퀴방'과 영화가 주제인 '영퀴방' 등에서 주로 활동했는데 며칠 지나지 않아 서로 알고 지내는 사람들이 생겼다. 자기소개 같은 것은 하지 않았고 당연히 얼굴도 본명도 알지 못했지만 출제하는 퀴즈의 성향으로 우리는 서로의 직업과 나이 같은 것을 미루어 짐작했다. 예를 들어 로맨틱코미디와 호러영화의 대사를 줄줄 외우고 과학, 역사 분야에 약한 '네메시스'는 삼십대 초반의 여성으로, 물리학과 전쟁서사에 정통하고 영어권 작가들에 강한 '초월자'는 영문학을 전공한 이십대 후반의 남자 대학원생쯤으로 상상하는 것이다. 물론 이런 추정은 틀릴 때가 더 많았지만 그렇다고 추측의 즐거움이 줄어드는 것은 아니어서, 나는 가끔 모니터 앞에 코를 박고 문제를 들여다보고 있을 그들의 모습을 내 멋대로 떠올려보곤 했다. 내 상상 속에서 그들은 햄버거를 우적거리며 키보드를 두들기는 코끼리 같은 남자이기도 했고 높은 도수의 굵은 뿔테안경을 쓴 호리호리한 과학고등학교 학생이기도 했다.

그렇게 몇 주가 흘러갔다. 거의 중독되다시피 퀴즈방에서 시간을 보내는 사이 어느새 나 역시 그 문화에 익숙해져가고 있었다. 익숙해졌다는 건 얼마간은 지루해졌다는 뜻일 것이다. 그러나 이런 지루함은 새로운 아이디의 출현으로 완전히 사라져버렸다. '벽 속의 요정'이라는 아이디 사용자였는데, 이 인물이 나타나자 퀴즈방에는 아연 활기가 돌았다. 다른 사람들과는 이미 서로 잘 알고 있는 것 같았다. 여행은 잘 다녀왔느냐, 요즘 어떻게 지내느냐 같은 대화들이 잠깐 오갔다.

'벽 속의 요정'과 퀴즈방에서 처음 마주친 날이 떠오른다. 아무도 내 말을 믿어주지 않겠지만 그녀(나는 내 멋대로 그 사용자를 여성으로 단정하고 있었다)가 퀴즈방에 들어와 모두에게 인사를 건넨 순간부터 나는 그녀와 내가 어떤 형태로든 연결되리라는 아무 근거 없는 확신에 사로잡혔다.

"님들, 안녕!"

흔하디흔한 인사였다. 게다가 나에게만 건넨 인사도 아니었다. 그러나 바로 그 순간 나는, 내가 퀴즈방에 오게 된 것이 우연일 수 없다는 것, 불면증 때문은 더더욱 아니라는 것, 다시 말해 내가 운명의 초대를 받은 것이라고 믿어버렸던 것이다.

나는 밤마다 퀴즈방에 접속해 그녀를 기다렸다. 그리고 거의 매일 밤 함께 퀴즈를 주고받으면서 우리는 조금씩 가까워졌다. 그녀의 얼굴이나 나이, 심지어 성별도 몰랐지만 헤어진 빛나보다도 그녀를 더 잘 안다고까지 믿는 지경에 이르렀다. 나는 그녀가 내는 문제를 통해서 그녀의 삶과 지적 편력을 추적해갈 수 있었고, 그렇게 드러난 사실들은 정교한 퍼즐처럼 내 머릿속에서 재조립되고 있었다. 이를테면 나는 신화 속의 피그말리온처럼 나만의 이상적 여성상을 내 머릿속에서 조각해가고 있었던 것이다.

나의 그녀는 명쾌하고 산뜻한 문제를 냈다. 한마디로 '아름답다'고밖에 할 수 없는 문제였다. "아니, 아름다운 문제란 게 도대체 어떤 거야?"라고 물을 사람도 있을 것이다. 그것은 꽃집에서 갓 사들고 나온 프리지어처럼, "자, 보라구, 얼마나 예쁜지!" 식으로 한 방에 보여줄 수 있는 것이 아니다. 문제의 아름다움은 그것이 위치한 미묘한 맥락 속에서 형성되는 것이다. 그렇기에 그녀가 낸 문제만 따로 떼어놓고 보면 별것 아닌 것처럼 보일지 모른다. 그러나 폐쇄된 퀴즈방의 숨막히는 분위기 속에서, 수다한 허접스러운 문제들 속에서 그 진가는 드러난다. 홀연 스스로 빛을 내며 다른 문제들을 조용히 압도하는 그런 종류의 문제인 것이다. 좀더 정확히 말하자면,

'벽 속의 요정'이 내는 문제는 답이 어려운 것이 아니라 힌트가 교묘했다. 우리는 커피나무 열매를 따먹고 취한 에티오피아 고원의 염소 떼처럼 그녀의 힌트를 따라 즐거이 방황하였다. 그것은 영원히 예술로 인정받지 못할 예술이자 마지막 한 사람이 채팅방을 떠나면 흔적 없이 사라져버릴 작품이었다. 나는 삿포로의 공원에 눈으로 만리장성을 만들고 밀물 전의 모래톱에 비너스 상을 부조하는 사람들을 어리석다고 생각한 적이 있었다. 그러나 세상에는 이런 찰나의 예술이 존재할 이유도 분명히 있다는 것을 나는 퀴즈방에서 비로소 알게 되었다. 그녀가 퀴즈방에 들어오면 가라앉았던 분위기는 새롭게 들떴고 참가자들은 자세를 고쳐앉았다. 문제와 답 사이에는 즐거운 긴장이 감돌았다. 지금 생각해보면 그것은 참으로 이상한 일이었다. 그녀 혼자서 퀴즈를 다 내는 것도 아닌데 어떻게 그런 일이 가능한 것일까? 예를 들어 그녀가 있는 퀴즈방에서는 이런 식의 대화가 오간다.

벽 속의 요정 : 문제 갑니다.

처칠 : Go, Go.

바람돌이 : 고고.

벽 속의 요정 : 1. 영화제목.

벽 속의 요정 : 2. 저도 이런 사랑을 꿈꾼 적이 있었죠. 그러나 ㅋㅋ

바람돌이 : 헉.

롱맨 : 오, 뭘까.

벽 속의 요정 : 3. 사랑의 유람선? ㅎㅎ

바람돌이 : 엥, 뭐지?

벽 속의 요정 : 4. 왜 여자들은 이런 플레이보이에게 끌리는 걸까요?

바람돌이 : 설마 러브스토리?

벽 속의 요정 : 5. 1994년에 두번째로 리메이크가 됐구요.

롱맨 : 원작은?

벽 속의 요정 : 5-1. 1939년입니다. 제목은 좀 다르구요.

벽 속의 요정 : 6. 글구 비틀스의 "I Will" 나옵니다. 너무 결정적인가...ㅋ

처칠 : 아, 그거 있는데.....

벽 속의 요정 : 7. 이 영화에 출연했던 남녀 주인공은 현실에서도 사랑에 빠지죠.

롱맨 : 삐. 러브 어페어!

처칠 : 러브 어페어. 정답인 듯.

바람돌이 : 아....축. 아네트 베닝, 워런 비티!

벽 속의 요정 : 롱맨님 축. 자, 다음 문제 고.

이런 식이다. 문제를 내고 맞히는 데 걸리는 시간은 불과 몇 분밖에 안 되지만 잠깐이나마 꽤 로맨틱한 기분에 사로잡히게 된다. 그 다음 문제를 내는 사람도 어느새 그 분위기에 감염이 돼 퀴즈방 전체의 기류가 그녀가 형성해놓은 대로 흘러가게 되는 것이다. 그것은 나로서는 아주 기이한 경험이었다. 퀴즈란 잘난 척하는 샌님들의 자기만족적 유흥일 뿐이라 믿고 있던 나는 '벽 속의 요정' 출현 이후에 그런 생각을 수정하지 않을 수 없었다. 그녀 덕분에 나는 비슷한 취향을 가진 사람들과 지적인 교감을 나누는 것이 생각보다 흥미롭고 즐거운 일이라는 것을 알게 되었다. 계몽주의시대 파리의 살롱이 아마 이렇지 않았을까? 적절한 지능과 타인에 대한 배려, 유머감각을 겸비한 누군가만 있다면 삭막한 채팅방도 파리의 살롱이 될 수 있는 것이었다.

나는 밤마다 퀴즈방에 들어가 사람들과 시간을 보냈다. '벽 속의 요정'은 매일같이 퀴즈방에 들어와 있었다. 우리는 힌트와 답 말고는 별다른 얘기를 주고받지 않았다. 그런데도 새벽이 되어 퀴즈방을 나오면 그녀의 말만 머릿속에 떠오르기 시작했다. 그렇게 몇 주가 지나자 나는 조금 이상한 증세를 경험하게 되었다. 나만 그런 증세를 겪은 것은 아니었을 텐데, 글쎄, 굳이 말하자면 이런 것이다. 그녀가 내는 문제들이 어느 순간부터 오직 나만을 위한 문제라고 생각되기 시작한 것이다. 즉, 그 문제가 단순한 퀴즈라기보다 나를 향해 보내는 일종의 암호처럼 보이기 시작한 것이다. 물론 그렇게 믿을 근거는 어디에도 없었다. 그리고 그녀가 도대체 무엇 때문에 그러겠는가?

그것을 뻔히 알면서도 막상 그녀가 문제를 내고 힌트를 던지기 시작하면 내 가슴은 뛰기 시작했다. 우선은 그 문제의 정답을 알 것 같다는 기분이 들면서 흥분이 고조되고 그러다 결국 그 문제를 맞히면 나의 예감은 비로소 굳은 확신이 된다. 우리는 몇 주 동안이나 퀴즈를 주고받았기 때문에 서로의 취향과 강점, 약점을 잘 알고 있었다. 그런 면에서 보자면 출제자가 은근히 누군가를 겨냥한 문제를 내는 것도 결코 불가능한 일이 아니었다. 그리고 그녀와 나 사이의 이런 핑퐁식 문제 주고받기는 점점 잦아졌다.

그녀가 던지는 힌트는 식탁 아래를 건너와 허벅지를 간질이는 부정한 애인의 발이었다. 사람들은 식탁 위에 놓인 음식과 그 위에서 오가는 대화에만 관심이 있을 뿐, 아래에서 무슨 일이 벌어지는 줄 모른다. 오직 두 남녀만이 그 비밀을 공유하며 태연스레 사람들의 대화에 동참하며 음식을 먹는 것이다.

퀴즈방에서도 마찬가지다. 나는 그녀가 나만을 위한 은밀한 힌트를 보내고 있다고 생각하고 혼자 모니터를 보며 미소 짓는다. 물론 나는 답을 알고 있지만 그녀와의 이 짜릿한 내통을 좀더 즐기기 위해 다음 힌트가 나오기를 기쁜 마음으로 기다린다. 그리고 마침내 사람들이 이런저런 오답들을 쏟아놓을 때, 나는 정답을 내놓는 것이다. 그렇게 내게 출제권이 넘어오면 이번에는 다시 그녀를 위한 문제를 내놓는다. 그러나 조심해야 한다. 다른 참가자들이 눈치채서는 안 되니까. 그럼 아마 그들은 우리를 배제해버릴 것이다. 그래서 나는 그녀가 간혹 내가 맞힐 수 없는 문제를 내는 것도 다 이해한다. 그 것은 정답을 미리 입수하고 시험을 치는 학생이 일부러 오답을 적어 넣는 것과 마찬가지다. 나 역시 그녀가 맞힐 수 없을 것 같은 문제를 가끔 출제한다. 그렇게 우리만 다른 이들 몰래 사특한 교감을 서로 나누고 있다는 믿음! 물론 그것은 나만의 착각일 수도 있었다.

그러나 채팅사이트에 접속해 퀴즈방에 들어가는 순간 이런 합리적인 사고는 일시정지(▮▮). 바야흐로 환상이 나를 지배하기 시작한다(▶). 그리고 나는 그 달콤한 환상을 멈출(■) 생각이 전혀 없었다. 퀴즈방에만 들어가면(Enter↵) 빛나도 잊어버리고 돌아가신 우리 최여사도 떠오르지 않았다. 거기엔 순수한 쾌감과 내밀한 사랑의 교감이 있었다. 게임의 룰에 적응하고 어느 정도 실력을 보여주자마자 나는 그들의 존중과 환대를 받았다. 누구도 내 직업이나 부모에 대해 묻지 않았다. 퀴즈의 세계는 순수한 정신의 세계, 언어의 구조물이었다. 그것은 어쩌면 미래의 인간들이 경험할 사랑의 모습, 연애의 양상일지도 몰랐다. 육체를 옷 사입듯 구매하는 시대가 올 때, 성형수술에서 더 나아가 아예 육체를 디자인하는 시대가 될 때, 어쩌면 연애란 인간의 육체가 배제된, 정신과 정신 사이에서 벌어지는 신비로운 게임으로 변해버릴지도 모를 일이었다.

한동안 나는 퀴즈방의 죽돌이로 사는 생활을 계속했다. 11월의 파국만 아니었다면, 어쩌면 나는 영원히 그런 삶을 계속했을지도 몰랐다.

4

집에서 좀 오래 빈둥거려본 사람은 알 것이다. 문명이라는 게 얼마나 위태로운 것인가를. 잠깐 사이에 인간은 바로 원시상태로 되돌아간다. 냉장고에 남은 음식을 주워먹고(수렵과 채취?) 방에는 쓰레기가 널려 있고("어이구, 구들장에 풀 나겠다!") 물은 수돗물이면 족하고("정부를 한번 믿어보자구. 설마 먹고 죽기야 하겠어?") 식탁 위엔 고지서가 쌓인다("맘대로 하라 그래"). 그러고 보면 문명화는 인간의 진화과정에서 극히 최근에 벌어진 일임이 분명하다. 그러지 않고서야…… 그러나 그 문명이 얼마나 위대한 것인가를 인간은 곧 깨닫게 된다. 문명은 나같이 게으르고 나약한 자들을 지속적으로 솎아내면서 발달해온 것이다. 문명은 처음에는 한국전력 직원의 모습으로 나타났다.

"전기요금을 계속 미납하셨네요."

그후 문명은 여러 모습으로 나타나 나를 질타하고 협박했다. 그들은 단전과 단수, 압류를 거론했다. 이는 심각한 문제였다. 나는 금세 정신을 차렸다. 전기가 끊어지면 퀴즈방에도 못 들어가는 것 아닌가? 그럴 수는 없었다. 문명은 가혹했다. 나는 최여사가 떠난 후 처음으로 유산과 상속이라는 문제를 생각하기 시작했다. 그때까지 나는 최여사의 통장과 서류들이 있는 안방에는 여간해서 들어가지 않으려 노력했었다. 그러나 수중의 돈은 이미 바닥이 난 상태였다. 조의금으로 들어온 돈도 다 떨어졌다. 도대체 최여사는 무슨 돈으로 날 유학시키겠다고 호언장담했던 것일까? 유학은 고사하고 신용불량자나 안 되면 다행이었다. 나는 그런 줄도 모르고 한가하게 토플학원이나 다니고 영화나 보며 세월을 죽이고 있었던 것이다.

결국 최여사의 돈에 손을 대야만 하는가? 나는 내키지 않는 마음으로, 아니 내키지 않았기 때문에 더더욱 열심히 케이블TV를 보고 ('이것도 곧 끊기겠지?'라고 생각하니 더 짜릿했다. 백수란 이런 것이다. 이 자기파괴의 쾌감!) 밤마다 퀴즈방에서 죽치며 그 어떤 현실적인 일도 하지 않은 채 다시 며칠을 보냈다. 모래에 머리를 파묻은 꿩 같은 짓이었다. 문자 그대로의 허송세월虚送歲月! 그러자 현대문명은 다시 사람을 보냈다. 문명은 집요했다. 과연 피라미드와 만리장성은 그냥 세워진 게 아니었다.

"계십니까?"

"누구세요?"

"은행에서 왔는데요."

말쑥한 군청색 양복을 입은 삼십대 사내였다. 그는 현관으로 들어서면서 곁눈질로 슬쩍 집을 살폈다. 표정이 금세 어두워졌다. 자기보다 한발 앞서 누군가가 홀랑 털어먹고 간 집을 바라보는 도둑의 시선이랄까? 어서 할말만 하고 빠져나가고 싶어하는 얼굴이었다.

"최인숙씨 계십니까?"

"안 계신데요."

"최인숙씨하고는 어떻게 되십니까?"

"저희 외할머니신데, 왜 그러세요?"

"지금 댁에 안 계시나요?"

"돌아가셨는데요."

나는 손가락으로 TV 위에 있는 최여사의 영정을 가리켰다. 남자는 조의를 표할까 아니면 그냥 모른 척할까를 잠깐 고민하는 듯했다. 그러다 결국 아무 언급도 안 하기로 마음을 먹은 것처럼 입을 꾹 다물었다. 그러고는 무심하게 안주머니에서 명함을 내밀었다. 명함에는 ○○은행 서교동 지점의 대출담당자라고 씌어 있었다.

"대출금 이자가 두 달째 연체됐는데 하도 전화가 안 되고 해서 나와봤습니다. 상속인이세요?"

"네."

"혹시 상속포기나 한정상속 같은 조치 취하신 거 있습니까?"

"그게 뭔데요?"

그는 입을 비쭉거리더니 내게 누런 봉투에 든 서류를 건넸다. 열어보니 독촉장이 들어 있었다.

"최인숙씨의 다른 채무도 어디 숨어 있을지 모릅니다. 그쪽분 생각해서 말씀드리는 거니까 잘 들으세요. 은행연합회 들어가면 상속채무를 확인하는 데가 있습니다. 빨리 확인해보십시오. 그리고 계속 이렇게 연체되면 결국은 담보물건이 경매에 넘어가게 됩니다."

말을 마친 그가 돌아서서 나가려는데 또 한 남자가 뻘쭘하게 서 있었다. 먼저 온 사람과 엇갈리며 새로 온 남자가 현관으로 들어섰다. 둘은 키도 비슷하고 입은 옷도 구별하기 어려울 정도로 흡사했다. 마치 데자뷔를 겪는 것 같았다. 똑같은 말과 행동이 이어졌다. 나는 그에게서도 명함과 독촉장을 받았다. 그 역시 같은 충고를 했다. 상속채무를 어서 확인하고 적절한 조치를 취하라는 것이었다.

자고 일어나니 스타가 됐다는 사람도 있지만 자고 일어나보니 빚쟁이가 돼 있더라는 사람도 있다. 바로 나 같은 사람을 일컫는 말이었다. 나는 소파에 앉아 은행 직원들이 남기고 간 서류를 찬찬히 살펴보았다. 최여사는 연남동의 이 집을 담보로 거액을 빌려 쓴 상태였다. 왜 그동안 한 번도 내가 쓰는 용돈이며 등록금 같은 게 어떤 경로에서 나오는지 궁금해하지 않았을까? 외할버지가 돌아가시면서 남긴 인쇄소와 그 부지가 있었고, 그 정도면 최여사와 나 두 사람쯤은 영원히 먹고살 수 있을 줄 알았던 것이다. 나는 그만큼 철이 없었다. 나는 두 은행 직원의 싸늘한 눈초리에서 어쩌면 내게 남은 돈이 한푼도 없을 수도 있다는 불길한 예감을 받았다. 그들의 눈빛에서 나는 남의 가난과 불행이 전염이라도 될까 자기도 모르게 뒷걸음질 치는 소시민의 두려움을 보았다.

오랜만에 깨끗한 옷을 꺼내 입었다. 그리고 인터넷에 들어가 나와 비슷한 처지의 사람들을 검색해보았다. 생각보다 엄청나게 많은 사람들이 망자가 남겨놓은 채무 때문에 고통받고 있었다. 그러나 나는 그 순간까지도 한가로운 생각을 하고 있었다. 설마 최여사가 하나 남은 혈육을 위해 아무 대책도 없이 가시지는 않았겠지. 그래, 보험 연합회에도 가보는 거야. 생명보험 같은 거라도 들어놓지 않으셨을까? 나는 일본소설에 나오는 주인공들처럼 "부모님이 남긴 유산 덕분에 먹고살 걱정 따위는 하지 않아" 같은 쿨한 대사를 꼭 한번 쳐보고 싶었다.

그러나 그렇게 뛰어다닌 지 단 하루 만에, 나는 그런 쿨한 대사를 치는 행운 같은 것은 빨리 포기하는 게 좋다는 결론에 도달했다. 대신 최여사가 물려준 이 집만이라도 어떻게 건질 수 없을까를 진지하게 고민하기 시작했다. 그러나 그것마저도 단 하루 만에 이룰 수 없는 벅찬 꿈임을 알게 됐다. 최여사는 의외로 여기저기 숨겨놓은 빚이 많았다. 빚은 두더지잡기 게임의 두더지처럼 여기저기서 튀어나왔다. 주변에 그렇게 남자친구들이 들끓었던 것도 어쩌면 최여사의 낭비벽 때문이었을지도 몰랐다. 집으로 돌아와 최여사의 화장대를 살펴보니 화장품도 겔랑이나 시슬리같이 비싼 것들뿐이었고 거의 모든 종류의 안티링클 제품들이 구비돼 있었다. 신용카드는 백화점 카드를 합쳐 도합 열 개였고 핸드백은 무려 서른네 개나 되었다.

모든 신용카드를 해지하고 핸드백은 압구정동의 중고명품숍에 가서 한꺼번에 팔아치웠다. 옷가지 역시 꺼내놓았지만 그것만은 차마 가져가지 못하고 다시 옷장에 집어넣었다. 방바닥에 늘어놓은 옷가지들은 마치 최여사의 영혼이 벗어놓고 나간 껍데기처럼 보였다.

그래서였을까. 그날 밤 꿈에 최여사가 나타났다. 그런데 좀 우스운 것은, 그녀가 〈스타워즈〉의 다스 베이더 복장을 하고 있었다는 것이다. 원래 다스 베이더는 마스크를 하고 있지만 꿈속의 다스 베이더는 마스크 대신 입술에 검은 립스틱을 진하게 바르고, 눈에는 강렬한 마스카라를 하고 있었다. 고장난 형광등처럼 깜빡깜빡거리는 부실한 광선검이 허공에서 흔들거리며 내 목을 노렸다. 나 역시 광선검을 들고 맞섰지만 이상하게 내 검은 날렵하게 움직이지가 않았다. 나는 나를 적으로 여기는 최여사의 오해를 풀기 위해 필사적으로 외쳤다.

"왜 이래? 나야 나. 민수라니까."

다스 베이더는 공격을 멈추지 않았다. 결국 내 부실한 광선검은 최여사의 광선검에 맞아 멀리 날아가버리고 말았다. 나는 놀라서 뒤로 물러서다가 발을 헛디디는 바람에 그만 천 길 낭떠러지로 떨어졌다. 그러나 바로 그 순간 다스 베이더가 내 손을 잡아주었다. 차갑고 섬뜩한 손에 대롱대롱 매달린 나는 최여사의 얼굴을 올려다보지 않을 수 없었다. 그녀는 엄숙한 목소리로 말했다.

"I am your father!"

꿈에서조차 그건 말도 안 된다고 생각했기 때문에(혹시 "I am your mother"라면 몰라도!) 나는 주저 없이 외쳤다.

"Noooooo!"

그러자 최여사는 광선검을 들어 가차없이 내 팔을 잘랐다. 나는 바닥 없는 낭떠러지로 한없이 추락하다가 식은땀을 흘리며 잠에서 깨어났다.

5

나는 세상에서 제일 짧은 소설을 알고 있다. 과테말라 작가 작품인데, 단 한 줄이다.

"내가 잠에서 깨어났을 때 공룡은 아직도 내 침대를 지키고 있었다."

그러나 내가 잠에서 깨어났을 때는 공룡 대신 웬 할아버지가 내 곁을 지키고 있었다. 영화나 드라마 같은 데에서는 자주 보는 상황 이지만 실제로 당해보면 대단히 황당하다.

"누구세요?"

"일어났나? 숨소리를 들어보니 너무 곤히 자는 것 같아서 안 깨우 려고 했는데……"

내가 궁금한 것은 그가 나를 왜 안 깨웠는가가 아니라 도대체 어 떻게 이 집에 들어와 있느냐는 것이었다.

"어떻게 들어오셨어요?"

나는 눈을 비비며 자리에서 일어났다. 노인은 양복 주머니에서 집 열쇠를 꺼내 흔들어 보였다.

"인숙이가 예전에 줬는데 그만 못 돌려줬어. 장례는 잘 치렀나?"

"외할머니가요?"

그제야 나는 내 옆에 앉아 있는 노인을 찬찬히 살펴볼 수 있었다. 하얗게 센 머리에 얼굴에는 주름이 많았고 팔꿈치가 반질반질해진 후줄근한 양복을 걸치고 있었다. 무엇보다 인상적인 것은 그의 검은 선글라스였다. 왜 실내에서 저런 선글라스를 쓰고 있는 걸까? 내 궁 금증에 답이라도 하듯 그가 선글라스를 벗었다.

"나 기억 안 나? 곰보빵 아저씨."

선글라스를 벗자 비로소 낯익은 얼굴이 모습을 드러냈다. 그는 최 여사의 남자친구 중 한 명으로 내가 어렸을 때 우리집을 꽤 자주 드 나들곤 했던 사람이었다. 가끔은 나를 데리고 근사한 식당에 가기도 했다. 그때마다 최여사는 귓속말로 "스테이크 먹겠다고 해. 그게 제일 비싼 거거든"이라고 속삭이곤 했다. 우리집에 올 때마다 나를 위해 소보로빵 한 봉지씩을 사오곤 했기 때문에 우리는 그를 '곰보빵 아저씨'라고 불렀다. 내 기억 속의 그는 말이 없고 어딘가 위축된 인상의 중년 남자였다. 그러나 오랜만에 만난 그는 많이 늙어 있었다. 더이상 곰보빵 '아저씨'라고 부를 수는 없는, 누구도 부인할 수 없는 칠순의 노인이었다. 뭐가 어떻게 변했다고 딱 꼬집어 말하기는 어려웠지만 마치 오래 비를 맞아 몸피가 줄어든, 버려진 곰인형 같은 느낌을 풍기는 사람이 되어 있었던 것이다. 허리는 약간 굽었고 머리도 많이 빠져 있었다. 아마 자기 입으로 곰보빵 아저씨라고 말하지 않았다면 나는 그를 알아보지 못했을 것이다. 어려서는 꽤 큰 사람이라고 생각했었는데 내가 커서 그런지 이제 보니 작고 왜소했다. 그의 몸은 늙고 작아졌지만 어쩐지 정신은 예전보다 더 단단해진 것 같았다. 하도 최여사 앞에서 쩔쩔매는 모습만 봐서였을까. 내가 알던 그 곰보빵 아저씨라고는 잘 믿기지가 않았다.

"아, 네, 기억하고말고요."

그는 다시 선글라스를 썼다. 두 개의 검은 렌즈가 그의 눈을 가리기 직전에 나는 축 처진 눈꺼풀 사이로 그의 퀭한 눈동자가 초점 없이 흔들리는 것을 보았다. 동공은 잿빛으로 흐리멍덩하여 마치 인체모형에 끼워놓은 인조안구 같았다.

"백내장 수술을 받았는데, 끝이 좋지 않지."

그는 내가 무슨 생각을 하는지 다 읽고 있는 것 같았다.

"자네 생각을 읽는 건 아니야. 그냥 나를 오랜만에 본 사람들은 다 똑같은 생각을 하거든. 저 노인네, 눈이 먼 거 아니야? 어쩌다 눈이 저렇게 된 거지?"

나는 손을 내저었다.

"아, 아니에요. 저는 그냥……"

"됐네. 사람들이 내 인상이 많이 변했다고들 하더군. 아마 거울을 못 봐서 그럴 거야. 자기 얼굴을 못 본다는 건 꽤 불편한 일이야. 코끼리가 거울을 볼 줄 안다는 걸 알고 있나? 어떤 코끼리는 말이야, 거울을 보며 제 얼굴에 묻은 진흙을 코로 떼어낸다더군. 보기보다는 꽤 영리한 동물이지. 아, 괜찮다면 나 커피 한잔 끓여주겠나?"

"네, 잠깐만 기다리세요."

나는 침대에서 내려와 청바지를 꿰어입고 방을 나갔다. 방 밖에는 경호회사 직원처럼 보이는 두 남자가 양복을 입고 서 있었다. 나는 또 한번 놀라지 않을 수 없었다.

"놀라지 말게. 나를 좀 도와주는 사람들이야."

등뒤에서 곰보빵 할아버지의 목소리가 들렸다. 나는 주춤주춤 부엌으로 갔다. 그가 내 뒤를 따라 지팡이로 바닥을 짚으며 더듬더듬 나오다 귀퉁이에 서 있던 행운목 화분에 정강이를 부딪히자, 남자들이 황급히 달려와 그를 데리고 거실 소파로 안내했다.

"괜찮아, 괜찮아. 여태 이놈의 장님 노릇에 영 익숙해지지를 않아서 그래."

"거기 계신 두 분도 커피 드릴까요?"

"아니야, 이 친구들은 됐어."

나는 커피를 끓여 거실 소파에 앉아 있는 그에게 가져다주었다. 그는 지팡이를 내려놓고 더듬거리며 탁자 위의 커피잔을 집어들었다. 곰보빵 할아버지는 커피잔을 두 손으로 감싸며 말했다.

"고맙네."

"설탕이나 프림 갖다드릴까요?"

"아니, 됐어. 이봐, 참 자네 이름이 뭐였더라?"

"민수요, 이민수."

"민수군, 나처럼 눈이 멀면 뭐가 나쁜지 아는가?"

"글쎄요. 뭔데요?"

나쁜 게 어디 한두 가지일까?

"카페에 가서 커피 한잔 사마실 수가 없다네."

"왜요?"

"자네도 요즘 젊은이 같구먼, 생각도 하기 전에 질문부터 하고 있잖아."

"그게 어때서요?"

"우선 생각을 하는 게 중요하거든. 그리고 틀리더라도 일단 자기 답을 준비해둬야 하는 거야."

"왜요?"

그는 오른손으로 머리를 긁었다.

"세상이 그런 젊은이를 좋아하니까. 세상은 질문하는 젊은이를 좋아하지 않아. 자기 대답을 갖고 있는 젊은이를 원하지."

"질문을 잘하는 게 중요하다고 배웠는데요."

"그럼 그렇게 생각하고 살게."

"하여간 모르겠어요. 왜 커피를 못 사드시는데요?"

그는 못마땅한 듯 쩝쩝, 입맛을 다셨다.

"주인들이 구걸하러 온 줄 알고 천원짜리를 쥐어주거나 아니면 그냥 내쫓아버리거든. 햇볕 따땃하게 드는 카페에 앉아 커피 한잔 하는 게 사는 낙인데 말야."

"돈을 내겠다고 해도요?"

그는 그 질문에는 대꾸하지 않고 코를 킁킁거리며 커피 향을 맡아 보더니 홀짝홀짝 커피를 마셨다.

"커피는 좀 끓일 줄 아는군. 맛있어."

"아, 네, 외할머니가 사다놓은 원두인데 아직 남아 있네요."

"이게 인숙이가 사놓은 커피란 말이지."

그는 최여사 얘기를 듣자 감정이 북받치는 듯 잠시 커피잔을 든 채 말이 없었다.

"음, 내 기억이 맞는다면 이 집에 에디트 피아프의 판이 있을 거야."

"에디트 피아프요?"

"그걸 좀 들어볼 수 있을까?"

나는 전축 옆에 있는 LP판들을 뒤적였다. 최여사는 최근까지도 예전에 모은 LP판을 즐겨 듣곤 했었다.

"찾았어요. 여기 있네요."

"그 판에 말야, 〈Hymne À L'amour〉라고 있을 거야. 몇번째 곡인지는 모르겠지만."

나는 음반을 먼지 쌓인 턴테이블 위에 올리고 바늘을 들어 그 곡이 들어 있는 트랙 위에 얹었다. 치지직거리는, 그리 좋다고는 할 수 없는 음질로 에디트 피아프의 목소리가 흘러나오기 시작했다. 귀에 익은 곡조였다. 라, 라라라라— 지글지글 끓는다고나 할까. 그러나 샘플링으로 말끔하게 만들어낸 요즘 노래와는 또다른 맛이 있었다.

"이거 혹시 〈사랑의 찬가〉인가 하는 곡 아니에요?"

"들어봤나? 참 근사한 곡이야, 안 그런가?"

"할아버지, 우세요?"

나는 선글라스 아래로 손가락을 집어넣고 눈물을 훔치는 노인에게 티슈를 내밀었다.

"아니야. 그냥 눈이 좀 아려서 말이야. 아, 인숙이는 이 곡을 참 잘 불렀지. 얼마나 잘 불렀던지, 좌우지간 인숙이가 이 곡만 불렀다 하면 그날은 인사불성이 되곤 했으니까 말이야. 자네도 그 피를 이어받았으니 노래 잘하겠구먼."

"아니요. 저는 그저……"

"눈을 감아보게."

"왜요?"

"어른이 시키면 좀 하게."

그가 짜증을 부렸다. 나는 시키는 대로 눈을 감았다.

"이제 나와 같은 상태가 됐겠구먼. 자, 어때? 노래가 더 잘 들리지 않나?"

"그런 것 같네요."

말은 그렇게 했지만 사실 좀 공포스러웠다. 최여사가 자주 듣던 음악을 눈을 감고 듣고 있노라니 마치 그녀가 저 어딘가에서 불쑥 걸어나올 것처럼 느껴졌던 것이다.

"아까는 좀 놀랐지?"

그는 휴지를 가져다 코를 팽 하고 풀었다. 고장난 색소폰처럼 엄청난 소리가 났다. 나는 깜짝 놀라 눈을 떴다.

"언제요? 아, 네, 약간. 그렇지만 괜찮아요."

"벨을 눌러도 대답이 없더라구. 보다시피 눈이 이 꼴이니 어디 다른 데 가서 기다릴 수도 없고 말야. 마침 인숙이가 준 열쇠도 있고 해서 들어가서 기다리자 했던 거야."

"저를요? 그러니까 아까 절 보러 들어오신 거예요? 네?"

내가 물었지만 그는 한동안 마치 넋이 나간 것처럼 아무 말도 하지 않은 채 가만히 앉아 있었다. 그는 아주 재미있는 영화에 홀딱 빠져 있는 사람 같았다. 나는 이제 노인들이 그렇게 가만히 앉아 있으면 겁부터 덜컥 났다. 저렇게 말이 없는 순간들이 잦아지더니 최여사도 결국 병원으로 실려갔다. 그리고는 끝내 집으로 돌아오지 못했다.

어느새 바늘이 판의 안쪽 끝에 다다라 자동으로 제자리를 찾아 돌아갔다. 방안을 가득 채우던 에디트 피아프의 목소리도 사라졌다. 집 앞 골목으로 마늘장수가 지나갔다. "마늘이 왔어요. 육쪽마늘이 왔어요!" 그러나 그는 여전히 말이 없었다. 나는 참지 못하고 큰 소리로 물었다.

"할아버지, 아까 무슨, 말씀 하시려던 것 아니었어요?"

그제야 그는 정신을 차린 듯 고개를 들었다. 그리고 갑자기 허둥대며 말했다.

"아, 이런, 미안하네. 요즘 이렇게 자꾸 깜빡깜빡한다니까. 이제 생각이 나는구먼. 맞아. 그 얘기를 하러 왔었지."

그는 주머니를 뒤졌다. 아니, 주머니를 뒤집어 그 안의 내용물을 탁자 위에 쏟아놓았다는 말이 더 정확할 것이다. 그 속엔 정말 잡다한 것들이 있었다. 경로우대증, 장애인등록증, 복지카드 그리고 검정 모나미153 볼펜 한 자루까지. 그는 그것들을 더듬거리며 뭔가를 찾더니 흰 봉투 하나를 집어올렸다. 봉투 속에서 나온 낡은 종이에는 한자로 '借用證(차용증)'이라고 씌어 있었고, 그 아래에 외할머니의 이름과 지장 그리고 빌린 금액과 상환조건이 적혀 있었다. 그리고 공증 관련 서류들도 첨부돼 있었다.

"천이백만원이네요."

"날짜를 보게."

빌린 날짜는 1988년 9월 24일로 되어 있었다.

"그날 우리는 잠실에서 팔팔올림픽 테니스 경기를 같이 봤지. 그때는 내가 은행에 다닐 땐데 말이야. 올림픽 경기 표가 직원들에게 할당이 됐어. 일종의 강매였지. 내가 받은 건 테니스 경기 표였어. 우리는 김밥을 싸갔는데 좌우지간 그날 햇볕이 대단했지. 테니스 룰도 잘 모르니까 그냥 공 왔다갔다하는 것만 보고 왔지. 그걸 보고 나오는데 인숙이가 글쎄 돈을 좀 빌려달라는 거야. 사람들은 은행에 다니면 돈도 많은 줄 안다니까."

아니, 십팔 년 전 빚을 이제 와서 갚으라는 거야? 그게 말이 돼?

"저, 집이 팔리면 다는 안 돼도 되는대로 갚아드릴게요. 그리고……"

곰보빵 할아버지는 내 말을 잘랐다.

"차용증에 보면 이 할 이자에 연 복리로 한다, 이렇게 돼 있을 거야. 이게 무슨 뜻인지 알아?"

"모르겠는데요."

"연리 이십 퍼센트에 복리로 계산한다는 거지."

"그래서 얼만데요?"

뒤에 서 있던 검은 양복이 계산기를 꺼냈다. 그리고 능숙하게 계산기를 두드리더니 나로서는 이해하기 어려운 숫자가 찍힌 액정화면을 내 눈앞에 들이밀었다. 노인은 남자가 계산기를 두드리는 동안 오른손을 자기 무릎 위에 올려놓고 손가락들을 어지럽게 움직였다. 마치 투명한 주판을 튕기고 있는 것 같았다.

"보자, 원금이 천이백에 올해가 2006년이니 십팔 년 됐고, 두 달 치 이자는 빼주지 뭐. 게다가 이자가 이 할에 연 복리니까 일에서 쩜 이를 더하면 되겠구먼…… 김실장, 계산은 잘했겠지?"

"네, 회장님."

김실장이라 불린 사내가 내민 계산기에는 '319,479,999'라는 숫자가 적혀 있었다.

"삼억천구백사십칠만구천구백구십구원입니다, 회장님."

나는 입을 딱 벌렸다.

"너무 황당해할 것 없네. 그 당시엔 이십 퍼센트, 그러니까 이 할이면 싸게 준 거였다네. 그 시절에 사채는 월 삼 부도 흔했다네."

나는 믿을 수가 없었다. 아무리 그래도 그렇지. 어떻게 천이백만 원이 삼억이 된단 말인가?

"믿을 수가 없는데요."

"믿게 될 거야. 그리고 믿어야 돼. 왜냐하면 그게 현실이니까. 지금껏 자네는 현실에 눈을 감고 살아왔을 거야. 그러나 이제는 그럴 수가 없어. 빌린 돈은 갚아야 해. 그게 그렇게 이해가 안 되나? 이 차용증은 자네 외할머니와 같이 가서 공증까지 다 마친 거야."

그는 은행 거래내역이 복사된 종이도 갖고 있었다.

"다 받겠다는 건 아니야. 인숙이가 중간에 원금과 이자를 찔끔찔끔 갚기는 했거든. 그렇지만 그건 장강에 눈 오줌 같은 거야. 그걸 제하고도 나한테 줘야 할 돈이 삼억은 돼."

"아니, 저도 드리고는 싶은데요. 사정이…… 도대체 삼억이나 되는 돈이 있을 리가 있습니까? 그리고 왜 외할머니 생전에 안 받으시고?"

"받으려고 했지만 인숙이가 이리저리 피하기만 하고 갚지를 않았다네."

"솔직히 말씀드릴게요. 외할머니는 다른 빚이 많았어요. 이 집도 은행의 담보로 잡혀 있어요."

"그랬을 거야. 인숙이는 씀씀이가 컸으니까. 예상했던 바야. 좋아, 그럼 이렇게 하지."

"어떻게요?"

"이 집을 나한테 넘기게. 요 앞 복덕방에서 듣자 하니 마침 집도 내놨다던데. 은행대출은 내가 넘겨받지. 간단해. 자네하고 나하고 매매계약서를 쓰면 돼. 그리고 등기를 이전하면 모든 문제는 끝나게 되는 거야. 내가 자네한테 매매대금을 넘겨주고 자네는 그 자리에서 나한테 빚을 갚으면 돼. 물론 서류상으로 그렇다는 거지. 나는 인숙이가 자기 집에서 죽기를 바랐다네. 그래서 지금까지 기다려준 거야. 이제 인숙이는 저세상 사람이 됐고 자네는 젊으니 이런 큰 집이 필요가 없잖나?"

"할아버지야말로 눈도 안 보이시는데 이런 집이 무슨 소용이에요?"

"말을 함부로 하는군. 눈이 안 보일수록 집은 큰 게 좋다네."

"저는 어디서 살구요?"

"자네는 나가야지. 여기는 이제 내 집이 되니까. 그리고 어차피 매달 은행이자 갚을 돈도 없잖나. 결국 은행에서 집은 경매에 넘기고 그래도 모자라면 압류, 즉 차압이 들어오게 돼. 자네 컴퓨터나 거 있잖나, 요즘 애들 좋아하는 휴대폰, 디지털카메라니 이런 걸 다 가져간단 말이지. 험한 꼴 보지 말게."

"파산신청인가 하는 것도 있다고 들었어요."

'파산'이라는 단어가 위안이 될 수 있으리라고는 평생 단 한 번도 생각해본 적이 없었다.

"파산? 그건 담보대출에는 해당이 안 돼. 담보가 있는 사람은 파산할 수가 없단 말이야. 결국 이 집은 은행에서 경매에 넘길 거야. 이래저래 몇 번 유찰되고 그러다보면 결국 전문 경매꾼들이 헐값에 넘겨받게 될 테고, 그럼 그 사람들이 이 집을 부수고 다세대주택 같은 걸 짓게 될 거야. 그러고도 내 빚은 고스란히 남아. 자네가 지금부터 한 달에 백만원씩 갚아도 이십육 년이 걸려. 오십대가 돼서야 다 갚을 수가 있다는 얘기지."

"한정상속인가 상속포기인가 뭔가 하는 것도 있던데요."

"그래도 이 집은 날아가는 거야. 그러지 말고 내 제안을 받아들이게. 인숙이 손주라 봐주는 거야. 나도 이런 집 받아봐야 골칫거리야. 이걸 내가 떠안고, 그래도 내가 손해지만, 어쨌든 자네에게는 얼마쯤 집어주지. 그 돈 가지고 나가서 어디 작은 방이라도 하나 얻어야 될 게 아닌가? 내 제안을 받아들이면 적어도 어린 나이에 신용불량자가 되는 것만은 막을 수가 있어. 참, 채무의 소멸시효라는 것도 있는데 그것도 해당사항이 없어. 인숙이는 일부나마 조금씩 원리금을 갚아왔거든. 그러면 채무는 사라지지 않아. 그런 걸 법률용어로는 채무자가 채무를 승인한다고 하지."

나는 입을 꾹 다물고 아무 말도 하지 않았다. 보기보다 빈틈없는 영감이었다. 이 영감 몰래 집을 팔면 되지 않을까? 집을 팔아서 은행 빚을 해결하고 어딘가로 잠적하면? 그러나 어제 만난 슈퍼 앞 금수부동산 주인 말로는 이런 단독주택은 내놓은 지 일 년이 넘어도 잘 안 나간다는 것이다. 이웃들을 봐도 어렸을 때부터 살던 사람들이 계속 살고 있었다. 만약 집이 팔릴 때까지 몇 달을 기다리면 상속을 포기할 시한을 넘기게 돼 결국 외할머니의 빚까지 모두 물려받는 결과가 될 것이었다.

"지금 당장은 여기가 편하다고 생각하겠지만 그건 자네의 착각이야. 여기서 살면 자꾸 짓눌려."

"짓눌리다니요? 뭐에요?"

"귀신들이지. 집이 오래되고 빈방이 많으면 귀신들이 넘보거든."

그가 흐흐, 기분 나쁘게 웃었다. 사람 쫓아내려고 별소리를 다 하는군 싶었다. 그의 공격은 실로 집요하고 현란했다. 그런 일을 처음 당해보는 나로서는 도무지 정신을 차릴 수가 없었다. 시간차에 백어택, 이동공격에 속공까지, 한마디로 어린 채무자의 얼을 쏙 빼놓는 화려한 플레이였다. 그에 비하면 내 항거는 미약하기 이를 데 없었다. 고작해야 이런 수준이었다.

"에이, 요즘 세상에 귀신이 어딨어요?"

그러자 그는 갑자기 조선시대로 거슬러올라갔다.

"조선시대에 유만주란 양반이 있었는데 이런 글을 남기셨지. 들어보게. '저택에 사치를 부리면 귀신이 엿보고, 먹고 마시는 데 사치를 부리면 신체에 해를 끼치며, 그릇이나 의복에 사치를 부리면 고아한 품위를 망가뜨린다.'"

"그럼 돈은 벌어서 어디다 써요?"

"끝까지 들어보게. 뒤가 근사해. '오로지 문방도구에 사치를 부리는 것만은 호사를 부리면 부릴수록 고아하다. 귀신도 너그러이 눈감 아줄 일이요, 신체도 편안하고 깨끗하다.' 이런 말씀이야. 문방구를 사라는 게 아니고 자네 혼자 머물기에는 이 집이 너무 크다, 이 말이 야."

그는 커억, 가래를 몸속 저 깊은 곳에서 끌어올렸다. 나는 얼른 휴지를 갖다가 그의 손에 쥐여주었다. 그는 거기에 가래를 뱉어서는 내가 받치고 있는 휴지통에 버렸다.

"인생의 큰 시험이 자네를 기다리고 있어."

계속 알 수 없는 소리였다.

"기회는 신선한 음식 같은 거야. 냉장고에 넣어두면 맛이 떨어져. 젊은이에게 제일 나쁜 건 아예 판단을 내리지 않는 거야. 차라리 잘 못된 판단을 내리는 게 더 나아. 잘못된 판단을 내릴까봐 아무것도 안 하고 있는 거, 이게 제일 나빠. 이렇게 귀신만 득실거리는 집에 웅 크리고 있어봐야 뭐하겠나? 아마 인숙이 가고 나서 지금껏 제대로 먹지도 않고 뭐 하나 번듯하게 한 일도 없을 거야. 안 그래?"

"그렇지는 않아요. 집도 정리하고 이런저런 일도 하고……"

거짓말이었다. 실은 무위도식 그 자체였다. 그동안 한 큰일이라 곤 빛나와 헤어진 것과 퀴즈방에 들락거리며 '벽 속의 요정'을 남몰 래 사모한 일밖에는 없었다. 정말 불운은 다양한 얼굴로 다가온다. 그래서 인간의 예지력으로는 그것이 다가온다는 것을 감지하기 어 려운 것이다. 정신을 차리고 나면 바로 눈앞에 서 있는 것이 불운, 즉 불우한 운명이다.

그는 다시 한번 크어억, 가래를 뱉었다.

"내일 계약서 가지고 다시 올 테니 그때까지 생각을 해보게. 하지만 별 뾰족한 수는 없을 거야."

그는 자리에서 일어났다. 검은 양복들이 그를 부축했다. 그는 현관으로 걸어갔다. 나는 황급히 따라 일어나 그를 올바른 방향으로 안내해 신발을 신을 수 있도록 도와주었다. 그는 집 앞에 세워둔 낡은 승용차에 올라탔다. 경호원까지 거느린 사채업자가 타기에는 어울리지 않는 차였다.

나는 그들이 다녀간 후, 인터넷에 들어가 정말 천이백만원이 십팔 년 만에 삼억이 되는지 알아보았다. 복리계산용 엑셀파일을 내려받아 수십 번을 거듭 계산해봐도 곰보빵 할아버지의 말이 맞았다. 이렇게 하든 저렇게 하든, 이 집은 이제 더이상 내 집일 수 없었다.

그는 공언대로 다음날 아침 다시 찾아왔다. 금수부동산 주인과 은행 대출계 직원을 대동하고서였다. 모든 일이 일사천리로 진행되었다. 이렇게 큰 집이 그렇게 간단하게 처분될 수 있다는 것에 나는 조금 충격을 받았다. 그들이 모든 일을 해치우고 떠난 후, 나는 잠시 가뭄든 논바닥처럼 갈라진 오래된 가죽소파 위에 누워 멍하니 거실의 천장을 바라보았다. 그러다 벌떡 일어나 전화기를 집어들었다. 집의 구석구석 가득한 수천 권의 책을 팔기 위해 헌책방에 연락을 했다. 내 전화를 받은 '어제의 책' 주인은 득달같이 소형 트럭을 몰고 왔다. 헌책방은 우리집에서 오 분도 채 떨어져 있지 않았다.

"아, 요샌 자주 안 나오시네요."

헌책방 주인이 친한 척을 했다. 주인은 턱수염을 길러 나이보다 늙어 보였지만 실은 갓 사십밖에 안 된 남자였다. 가끔 책을 보러 가서는 이런저런 책 이야기를 나누는 사이였다. 지하에서 이층까지 모두 세 개 층을 쓰는 비교적 큰 규모의 헌책방이었다. 작은 홈페이지도 운영하고 있어서 이메일로 문의하면 재고 여부도 알려주고 자기 서점에 없으면 다른 헌책방에서 구해주기도 했다. 들리는 말로는 대학교 때 날리던 운동권이었다는데, 아무리 봐도 그런 흔적은 찾아볼 수 없었다.

"네, 집에 일이 좀 있어서요. 장사는 좀 어떠세요?"

"요즘은 헌책방에들 잘 안 와요. 새 책도 인터넷 같은 데서 할인해서 많이 파니까요. 이 장사도 이제 때려치워야 할까봐요."

최여사는 일본어로 된 소설도 읽었기 때문에 집에는 일본책도 적지 않게 있었고, 그 밖에도 그녀가 친하게 교유했던 옛 문인들의 소설이나 시집도 간간이 꽂혀 있었다. '어제의 책' 주인은 대충 살펴보더니 바로 박스에 넣어 실어나르기 시작했다.

"이야, 순 오래된 책들이네."

꼭 그렇지는 않았다. 개중에는 내가 용돈을 아껴 산 책도 많았다. 대학교 교재야 하나도 아깝지 않았지만 한때나마 내게 감동을 줬던 소설들은 정말 아까웠다. 그리스 수사학자들은 이렇게 가르쳤다고 한다. 연설을 할 때는 감동을 주든가 아니면 지식을 줘라. 그것도 안 되면 즐겁게라도 해줘라. 나는 그 책들을 보고 눈물을 흘리거나 새로운 것을 배웠고 때론 유쾌하게 웃으며 방바닥을 굴렀다. 그런 책들이 이제 내 곁을 떠나가고 있었다.

그가 책을 싣고 떠나자 집이 정말로 휑 비어버린 느낌이었다. 어쩌면 이 집의 주인은 내가 아니라 저 책들이 아니었을까? 어떤 책들은 나보다 더 오래 이 집에서 살았을 것이다. 아마 내 엄마가 태어나는 것도 지켜봤겠지. 외할아버지와 외할머니, 그리고 엄마가 들춰봤을 책들이고 그렇다면 그것은 그들 영혼의 그림자였을 것이다. 우리는 책을 '본다'고 생각하지만 어쩌면 책이 우리를 보는 건지도 몰라. 책이 인간을 숙주로 삼아 잠시 머물다가 다른 숙주를 찾아 떠나는 것일지도.

텅 빈 책꽂이를 보자 이 집에서 살았던 사람들의 죽음이 현실로 다가오기 시작했다. 다들 편히 가세요. 저도 이제 여기를 떠나야 합니다. 나는 먼지 쌓인 텅 빈 책꽂이를 바라보며 냉장고에 남은 마지막 맥주를 마셨다.

이제는 정말 나 혼자구나.

나는 홍대 거리에 나갔다. 클럽 빵에서 시작해 롤링홀까지, 이런저런 라이브클럽을 전전하며 여러 밴드가 연주하는 다양한 장르의 음악을 들었다. 그렇게 어지럽게 계통 없이 음악을 듣고 있노라면 약물이나 알코올의 도움 없이도 일종의 몽롱한 환각상태에 도달할 수 있다. 모든 자극에 둔감해지고 추억은 강 건너의 불빛처럼 희미해지고 '자아'라는 골치 아픈 존재를 나만의 탑에 가둘 수가 있게 되는 것이다. 나는 잠시나마 내가 비로소 천애고아에 무일푼이 됐다는 사실을 잊을 수가 있었다. 나는 롤링홀에서 나와 화력발전소 쪽에서 불어오는 차가운 바람을 등지고 주차장 골목을 걸어내려왔다. 그리고 서교호텔 뒤쪽의 좁고 퇴락한 감자탕집에 들어가 연골을 빨아가며 소주를 마셨다. 주인 아주머니가 걱정스러운 듯 나를 힐끔거리며 살폈다. 말해주고 싶었다. 나는 괜찮다고. 그러나 나는 아무 말도 하지 않았다.

2장

귓속말

6

깃발고시원은 칠층 건물의 육칠층을 쓰고 있었다. 주인은 다리를 조금 저는 남자였는데 교통사고 보상금을 받아 이 고시원을 열었다고, 묻지도 않은 말을 했다.

"창, 필요해요?"

처음에는 그가 뭘 묻는지조차 몰랐다. 그러자 그는 손으로 네모난 창 모양을 만들어 보였다.

"창문 몰라요. 창문? 이렇게 네모난 거."

"아, 창이요? 있으면 좋은 거 아닌가요?"

"창문 있으면 이만원 추갑니다. 방에서 인터넷 할 거예요?"

"그것도 추가예요?"

"랜선 깔린 방은 만원 더. 싫으면 식당에 있는 공동 컴퓨터로 하면 되고, 아니면 요 아래 피시방도 있으니까. 그럼 창문 있는 방에 인터넷은 없이, 오케이?"

"잠깐만요. 창문 없어도 될 것 같아요. 대신 인터넷은 좀 연결을 했으면 좋겠는데요."

나는 현실의 창 대신에 빌 게이츠의 창, 마이크로소프트의 윈도를 선택했다. 그때는 햇빛이 소중하다는 것을, 한 달에 이만원 정도의 돈을 지불할 가치가 있다는 것을 알지 못했다.

"뭐 마음대로."

그는 나를 데리고 칠층으로 올라갔다. 한 사람이 겨우 지나갈 복도를 사이에 두고 방문들이 서로 마주보고 있었다. 검은 머리를 귀신처럼 앞으로 늘어뜨려 얼굴도 잘 보이지 않는 여자가 샴푸 냄새를 풍기며 우리를 겨우 비켜갔다.

"원. 머리카락이 얼마나 빠지는지. 일주일에 한 번씩 막힌다니까. 머리 감을 때마다 일부러 뽑아서 수챗구멍에 쑤셔넣는 건지…… 하여간 저기가 샤워실이오."

주인 남자가 투덜거렸다.

"자, 이 방이오."

그가 문을 열었다. 모든 게 작았다. 방도 작고, 그러니까 침대도 작고 당연히 책상도 작았다. 연남동 집 화장실보다 조금 큰 공간에 침대와 책상이 놓여 있었고, 그게 전부였다. 주인은 내가 놀랄 것을 익히 예상했다는 듯 태연하게 말했다. 지금도 나는 그 말이 잊히질 않는다.

"좀 지내다보면 커 보일 거요."

작지만 그래도 마당이 있는 연남동의 단독주택에서 살다가 고시원의 1.5평짜리 방에 들어오니 도무지 현실 같지 않았다. 이상한 나라의 앨리스도 아니고. 게다가 이렇게 좁은 방이 무려 수십 개에 달한다는 것, 그리고 그 방마다 사람이 들어와 살고 있다는 게 놀라웠다.

주인은 내가 들고 온 짐을 힐끗 보더니 이렇게 말했다.

"아마 다 안 들어갈 거요. 육층에 공동창고가 있으니 거기 보관하든지. 자, 방값은 선불. 보증금이 없으니까."

나는 그에게 이십구만원을 건네주었다. 그는 침을 발라가며 꼼꼼히 세어보더니 고개를 끄덕이고는 아래로 내려갔다. 그 이십구만원은 외할머니가 소장하고 있던 책을 헌책방에 몽땅 팔아버리고 받은 돈의 일부였다. 죄책감이 들었지만 어쩔 수 없는 일이었다. 고시원에 책꽂이 같은 게 있을 리가 없잖아? 내가 고시원에 들어간다니까 그 세계의 선배라 할 수 있는 한 친구는 이렇게 말했다.

"나는 MP3도 부담스러워서 팔아버렸잖아. 모든 전자기기는 휴대폰 하나로 통일하는 게 좋을 거야. 책? 책은 당근 사치지."

고시원은 단지 한 인간이 다리를 뻗고 잘 수 있을 정도의 최소한의 공간만 허용했다. 처음에는 착륙용 캡슐에 올라탄 우주인 같은 기분이었는데 며칠이 지나자 주인의 공언대로 방이 넓어 보이기 시작했다. 이게 바로 자기암시의 효과라는 것인가? 몸을 움직일 때마다 여기저기 부딪혀 멍도 많이 들었지만 불과 며칠 만에 익숙해졌다. 심지어 간단한 스트레칭과 팔굽혀펴기도 자유롭게 할 수 있게 되었다.

음, 그렇게 나쁘지는 않군. 느긋하게 생각하자구.

나는 계획을 좀 세워보기로 했다. 다음달 고시원 월세를 내기 위해선 무슨 일이 있어도 우선 삼십만원은 벌어야 했다. 그것마저 없다면 이 미니모토 CF에나 나올 것 같은 방에서도 쫓겨나게 될 것이다. 책을 판 돈이 좀 남아 있었지만 그걸 다 써버릴 수는 없는 노릇이었다. 나는 틈나는 대로 인터넷의 구인구직사이트에서 직장을 구해보기로 했다. 그래도 나는 서울에서 사년제 대학을 나왔고 비록 졸업논문은 못 썼지만 대학원까지 다닌 대한민국의 신체 건강한 남자가 아닌가. 당분간은 알바로 푼돈을 좀 벌어 방세와 용돈으로 쓰고 틈틈이 여기저기 이력서를 내보는 거야. 그럼 어딘가 분명히 오라는 데가 있겠지. 낙관적으로 생각하자구. 힘을 내라, 이민수.

그러나 그런 낙관을 유지하는 데에도 최소한의 공간은 필요했다. 그러니까 감옥 같은 독방에는 낙관보다는 비관이 더 어울린다는 뜻이다. 자기도 모르게 우울한 생각에 사로잡혀서는 아무 일도 하고 싶어지지 않는 생활이 계속되는 것이다. 사립문을 열고 나가면 너른 들이 나타나는 농가에서는 아무리 노력해도 은둔형 외톨이가 되기 힘들다. 야생화와 나비, 뛰어다니는 강아지들을 바라보다보면 어느새 잡초 뿌리라도 뽑고 있는 건강한 자신을 발견하게 될 테니까. 그러나 도심 한가운데의 이런 고시원에서는 인간이 점점 애벌레처럼 변해간다. 스스로가, 영화 〈매트릭스〉에 나오는 미래의 인간들처럼 선으로 연결된 채 영양만 공급받는 한 마리 고치처럼 느껴지는 것이다.

햇빛 한 점 들어오지 않는 방에서 나는 어느새 그런 울적한 생각들에 사로잡혀 있었다. 인간은 왜 사는 걸까? 산다는 것에 뭔가 의미는 있는 걸까? 자벌레처럼 어딘가를 향해 열심히 기어가다가 알을 까고는 죽어버리는 걸까? 질문을 던지면 던질수록 인생은 더 오리무중이 되어 저멀리 달아났다.

나는 많은 시간을 누워서 보냈다. 고시원에서는 누워 있는 게 공간을 가장 효율적으로 사용하는 방법이었다. 가만히 누워서 도서관에서 빌려온 소설을 읽거나 잠을 잤다. 그것도 지겨워지면 책상에 앉아 내게 남은 유일한 창을 열었다. 그것은 물론 빌 게이츠의 창이었다. 그 창으로 알바 자리도 찾고 이런저런 것들을 알아볼 생각이었지만 어느새 나는 즐겨찾기에서 퀴즈방 페이지를 누르고 있었다. 아, 이래서는 안 되지. 나는 '퀴즈방'이 있는 채팅사이트를 즐겨찾기 메뉴에서 지웠다. 그리고 뭔가 진지한 일을 해볼 생각이었지만 어느새 각종 연예계 정보를 훑고 있는 자신을 발견했다. 인터넷은 미로와도 같다. 처음에는 어떤 목적이 있어서 들어오지만 포털의 뉴스에 한번 낚이면 그 목적도 잊어버리고 허접스러운 뉴스의 미로를 헤매게 된다.

나는 익스플로러의 옵션에서 홈페이지를 '빈 페이지'로 설정했다. 그리고 컴퓨터 옆에 수첩을 갖다놓고 인터넷 사용일지를 적기로 했다. 그래야 인터넷에 접속한 애초의 목적을 잊지 않을 것 같았다. 말하자면 아리아드네의 실타래 같은 것이었다.

"좋아, 깔끔해졌군. 이제 오직 취업과 인생에만 집중하는 거야. 퀴즈도 끊고."

나는 혼잣말로 중얼거려보았다. 그러자 '벽 속의 요정'과 나누었던 짜릿한 대화들이 갑자기 못 견디게 그리워졌다. 나는 이제 고3이 되는 어린 남학생처럼, 그런 건 취업하고 나서 하면 돼, 라고 다짐했다.

나는 구글의 검색창에 '알바'라고 쳐넣었다. 별로 오래 검색할 필요도 없이 수많은 구인정보가 쏟아졌다. 가장 흔한 편의점 알바는 시급이 삼천원에서 사천원 정도였다. 주간은 싸고 야간은 비쌌다. 하루에 열 시간을 일한다고 했을 때, 삼만원에서 사만원 정도를 벌 수 있었다. 그렇게 한 달을 일하면 대충 백만원 정도 손에 쥘 수 있을 것 같았다. 그 돈으로 고시원 방값을 내면? 용돈 정도나 겨우 남을 것 같았다. 음, 오래 할 일은 아니군. 제대로 취직할 때까지만 다녀보지 뭐.

나는 고시원에서 멀지 않은 몇 군데의 편의점 전화번호를 받아적었다. 그러자 갑자기 잠이 쏟아졌다. 도대체 지금은 몇시일까? 창이 없는 방에서 지내다보니 시간관념이 사라져가고 있었다. 한번은 휴대폰에 '10:45'라고 뜨길래 아침인 줄 알고 컵라면을 사러 나갔다가 오밤중이어서 깜짝 놀란 적도 있었다.

나는 휴대폰을 집어들었다. 밤 열한시 십오분이었다. 나는 휴대폰의 일정관리 메뉴에 '편의점에 전화할 것'이라고 입력해넣었다. 아침 아홉시면 알람이 시끄럽게 울어대며 나를 깨울 것이다. 그런데 바로 그때 휴대폰이 요란하게 소리를 내기 시작했다. 휴대폰을 책상에 올려놓고 막 이불을 뒤집어쓰려는 참이었다. 폴더를 열어 누가 걸어온 전화인지 확인했다.

빛나였다.

나는 전화를 받지 않았다. 빛나는 오래도록 벨을 울렸다. 휴대폰을 이불 속에 숨겼다가 신발 속에도 넣었지만 벨소리는 멈추지 않았다. 옆방 사람이 벽을 쿵쿵 쳤다. 좀더 버티다간 벽이 무너질 것 같았다. 나는 하는 수 없이 전화를 받았다.

"잤어?"

"아니, 좀 누워 있었어."

"잘 지낸 거야?"

글쎄, 잘 지냈다고 해야 하나.

"뭐, 그냥저냥. 넌 어디야?"

"나? 글쎄, 여기가 어디라고 해야 되나? 강남역 쪽인데, 모텔이야."

"모텔? 거기는 왜?"

"왜긴. 자러 왔지."

"아, 그러셔?"

이런 전화는 끊어야 한다. 과감하고 냉정하게 폴더를 닫아야 한다. 그 어떤 여지도 주어서는 안 된다. 생각은 이렇게 하면서도 나는 어리석은 질문을 하고 만다.

"누구하고?"

"궁금해? 질투나? 알고 싶어?"

빛나의 목소리 톤이 살짝 높아졌다.

"아니, 알고 싶지 않아."

멀리서 TV 소리 같은 게 들려왔다. 깔깔, 웃음소리가 들려오는 게 심야 토크쇼나 개그프로 같았다.

"실은 정환이 오빠하고 와 있어."

"뭐, 지금 정환이가 옆에 있어? 뭐야, 너희 변태야?"

"아니, 정환 오빠는 샤워중이야. 곧 끝날 것 같아."

"근데 왜 전화했어?"

"오빠한테 물어보려고. 오빠가 자라면 자고, 자지 말라면 안 자려구. 나는 잘 판단이 안 서서 말이야."

"그걸 왜 내가 결정해? 너 바보야?"

"그럼 그냥 자? 그래도 돼?"

군대에서 제대하고 사회로 돌아왔을 때, 가장 피곤했던 것은 선택해야 할 것들이 너무 많다는 것이었다. 군대는 식단이 하나였다. 식판을 들고 줄을 서 있으면 차례대로 밥과 반찬을 준다. 하루 일과는 내가 정하는 게 아니라 육군본부와 사단 같은, 나로서는 감도 오지 않는 높은 곳에서 정한다. 아무것도 선택할 필요가 없다. 군대에서는 아무도 "이일병, 너라면 이 두 가지 일 중에서 뭘 할래? 골라봐" 같은 얘기를 하지 않는다. 그냥 정해진 일을 하면 그만이다. 그러나 사회로 돌아오자 세상은 선택할 것들로 가득차 있었다. 어딜 좀 가려고 해도 먼저 버스냐 지하철이냐를 결정해야 했다. 배스킨라빈스든 스타벅스든 계산대 앞에서는 늘 뭔가를 골라야 한다. 부라보콘이냐 월드콘이냐만 결정하면 됐던 시절은 가버린 것이다. 마술사는 앞에 있는 관객에게 카드를 고르게 함으로써 속임수를 감춘다고 한다. 사람들은 자기가 선택한 결과에 대해서는 쉽게 믿어버리고 심지어 책임까지 지려고 하지 않는가. 그러고 보면 인간은 늘 다른 누군가가 아닌 자기 자신에게 속는 것이다.

한때 남산 기슭의 꽤 괜찮은 레스토랑에서 웨이터로 일했던, 지금은 스위스의 호텔학교에 유학을 가 있는 한결이한테 이런 얘기를 들은 적이 있다.

"비싼 레스토랑에 들어가면 지배인이나 웨이터가 자리를 안내해주잖아. 이상하게 생각해본 적 없니?"

"글쎄, 그냥 개폼 아니야? 멋있잖아."

"레스토랑에는 원래 좋은 자리라는 게 많지가 않아. 좋은 게 흔할 리 없잖아? 다시 말해서 대부분의 손님이 자리에 불만이 있는 셈이지. 그런데 손님이 자리를 고르면 말이야, 결국 그 자리에 앉자고 주장한 사람이 그 원망을 뒤집어쓰게 돼. 그러나 레스토랑 측에서 정해서 앉혀주면 적어도 자기들끼리 자리 가지고 원망하지는 않아. 원망을 하더라도 레스토랑 쪽을 비난하겠지. 그리고 말이야, 의외로 선택을 내리지 못해서 괴로워하는 사람이 세상에는 많더라구. 차라리 누가 대신 정해줬으면 하고 바란단 말이야. 그러니까, 들어오는 손님보고 아무 데나 편한 데 앉으라고 하는 건 친절이 아니라 불친절인 거야. 그런 사람들의 고통을 덜어주기 위해서 옷을 멋지게 차려입은 권위 있는 지배인이 자리를 정해서 앉혀주는 거야. 권위적인 명령도 때로는 친절인 거지."

일리가 있다.

나는 호프집 테이블에 모두 둘러앉아서 안주를 정하는 순간이 싫다. 모두들 이게 좋을까, 저게 좋을까, 말만 많고 결정은 나지 않는다. 카리스마 있는 누군가가, "야, 훈제족발 먹자. 다들 괜찮지?"라고 정해줬으면 하는 마음까지 든다.

그렇다. 선택은 피곤한 것이다. 아무리 그래도 이런 선택은 처음이었다. 가히 '악마의 퀴즈'라 할 법한 것이었다. 어떤 선택을 내려도 지게 돼 있는 게임이었다. 나는 빛나가 무서웠다.

"글쎄, 그걸 왜 내가 결정을 하냐구. 근데 정환이는 왜 거기 있는 거야?"

"그냥 오빠 때문에 맘도 싱숭생숭하고 해서 고민상담이나 하러 갔는데 어쩌다보니 이렇게 됐네. 나도 잘 모르겠어. 그냥 요즘은 맘이 복잡해."

정환은 고등학교 때부터 알아오던, 이제는 몇 남지 않은 친구였다. 그가 빛나와 모텔에 있다는 게 처음에는 믿기지 않았다. 워낙 여자를 밝히고 윤리의식이 좀 희박한 놈이긴 하지만 그래도 이 정도일 줄은 몰랐다. 하긴 정환 입장에선 억울할 수도 있었다. 나는 이미 빛나와 끝난 사이고 정환에게도 그 사실을 알린 바가 있었으니. 나와 사귀었던 여자라고 해서 다른 남자를 사귀지 말라는 법도 없었고, 게다가 그 남자가 정환이면 안 된다는 법도 당연히 없었다. 나는 잠시 아무 말도 하지 않았다. 과연 나에게 빛나더러 정환과 자지 말라고 할 권한이 있을까? 빛나가 그 권한을 내게 부여했다고 해서 내가 그걸 행사해도 되는 걸까? 그러나 빛나는 내게 차분히 생각할 시간 같은 것은 주지 않았다.

"빨랑 얘기해. 정환 오빠 나올 때 됐단 말이야. 어, 물소리 그쳤다. 나 겁난단 말야. 오빠두 알잖아. 나 이런 거 싫어하는 거. 나 어떡해? 응?"

"너 정말…… 그런 거 싫어한다는 애가 거긴 왜 갔어?"

"정환 오빠 나오면 바꿔줄까?"

"아, 아니. 내가 왜 그 새끼랑 통화를 해? 미쳤어?"

"오빠 화내지 마. 무섭단 말야."

"나 화 안 났어."

"그럼 나 어떡해? 그냥 있을까?"

"일단 거기서 나와."

항복이다. 나는 백기를 흔들었다.

"오빠 지금 어딘데?"

빛나의 목소리가 밝아졌다.

"일단 나와서 다시 전화해."

"알았어."

전화를 끊었다. 나는 머리를 감싸쥐고 침대 위에 걸터앉았다. 조금 전의 사건을 통해서 적어도 한 가지는 배웠다고 생각했다. 어떤 질문은 충분히 생각할 시간이 주어지지 않을 수도 있다. 달리 말하자면, 충분히 생각할 시간을 주지 않는 퀴즈도 있다. 그러나 그로부

터 얼마 지나지 않아 나는 인생의 거의 모든 질문이 그렇다는 것을
알게 되었다.

7

어두운 오뎅바에서 어묵 하나를 간장에 찍어 막 입에 넣으려는 순
간, 빛나가 미닫이문을 드르륵 열며 나타났다. 빛나는 담배연기 자
욱한 오뎅바를 힐끗 일별하고는 새침한 얼굴로 내 건너편에 앉았다.
그녀는 원래 옷에 냄새가 배고 건강에도 좋지 않다며 이런 술집을
좋아하지 않았다. 나는 어묵을 입에 넣고 우물우물 씹으며 소주 한
잔을 홀짝 들이켰다.

"여긴 또 언제 개발한 거야?"

나는 그 질문에는 대꾸하지 않고 궁금한 것부터 물었다.

"정환이는? 계속 샤워중?"

"몰라. 내가 그걸 어떻게 알아?"

빛나는 언제 그런 일이 있었냐는 얼굴이었다. 우리는 잠시 말없이
앉아 기싸움을 벌였다. 나는 묵묵히 어묵과 소주를 먹고 빛나는 뭔
가 못마땅한 얼굴로 앉아 있었다. 먼저 침묵을 깬 것은 빛나였다.

"뭐야? 사람을 불러내놓고는 왜 아무 말도 없어?"

먹던 어묵이 목에 걸려서 사레가 들렸다. 나는 한참 동안 요란하
게 기침을 했다.

"내가 널 불러냈다고?"

"오라며?"

"그럼 정환이랑 정말 자려고 그랬단 말이야?"

"논점 흐리지 마. 하여튼 오빠가 나오라고 했잖아."

빛나의 수법은 늘 이렇다. 언제나 형식논리를 들이대는 것이다. 내가 나오라고 한 것은 맞지만 그러도록 나를 유도한 것은 빛나가 아니었던가. 그러나 그녀의 유도에는 흔적이 남지 않는다. 이런 것이 아마도 언어의 완전범죄라고 부르는 거겠지. 어쩌면 빛나는 변호사가 되는 게 좋을지도 모르겠다. 나는 빛나와 말다툼은 하지 않기로 했다. 이겨도 실익이 없었다. 어차피 다시 만날 사람도 아니니까. 그런데 억울한 마음을 잠시 접어두자 빛나의 질문이 새롭게 다가왔다. 빛나가 틀린 말을 한 건 아니잖아? 전후 상황이야 어찌됐든, 빛나더러 샤워하는 정환을 놔두고 빨리 나오라고 말한 것은 내가 아닌가? 도대체 왜 그런 말을 한 거지? 나는 어묵통 위로 올라오는 뿌연 김 사이로 빛나의 얼굴을 바라보았다. 내 눈길에는 아마도 경이와 경의가 뒤섞여 있었을 것이다. 나는 빛나라는 여자가 놀라웠고 한편으로는 존경스러웠다. 도대체 너는 어떻게 나라는 남자를 움직이는 거냐? 그 비밀이 뭐야? 또한 나는 스스로에게 묻지 않을 수 없었다. 도대체 이민수, 너는 왜 빛나를 불러낸 거냐?

"뭐야? 왜 그런 눈으로 보는 거야? 내 얼굴에 뭐 묻었어?"

빛나가 거울을 꺼내 자기 얼굴을 살펴보았다. 내친김에 얼굴 여기저기를 살폈다. 나는 조금은 지고 들어가는, 자신 없는 목소리로 빛나에게 말했다.

"뭔가 오해가 있었나보네. 싫으면 가도 돼."

빛나는 거울이 붙어 있는 콤팩트를 탁, 소리나게 닫았다.

"사람을 불러냈으면 나름대로 무슨 계획이 있었을 거 아니야?"

"계획? 그런 거 없었어. 미안."

빛나는 콤팩트를 토트백에 넣으며 심드렁하게 말했다.

"흥, 나도 별로 기대는 안 했어. 근데 그동안 잘 지냈어?"

"뭐, 그냥저냥."

"얼굴이 좀 빠졌는데. 뭐 좀 먹고는 다니는 거야?"

"응."

"근데 소주는 왜 혼자만 먹어? 누군 입 없어?"

"아, 너도 한잔할래?"

빛나는 내가 소주를 따라주자 못마땅한 얼굴로 잔을 바라보았다. 그러고는 잔을 들어 건배하자는 시늉을 했다.

"오랜만인데, 오빠, 한잔해야지."

우리는 잔을 부딪쳐 건배하고 소주를 마셨다. 드르륵, 빛나의 휴대폰에 문자가 들어오는 소리가 났다. 빛나는 힐끗 살펴보더니 다시 휴대폰을 내려놓았다.

"혹시 정환이 아니야?"

"아니니까 신경 꺼주세요. 또, 그럼 좀 어때? 나 다시 글루 갈까?"

나는 눈을 가늘게 뜨고 빛나를 노려보았다.

"너 정환이랑 있었다는 거 정말이야?"

빛나는 화제를 돌렸다.

"오빠, 유학은 언제 가?"

"유, 유학? 글쎄, 큰이모 돌아가신 지도 얼마 안 됐고, 아직 마음의 준비도……"

유학을 가겠다고 내 입으로 말한 것은 아니지만 몇 년째 토플책을 들고 다녔고 최여사도 언제나 '민수는 곧 유학을 갈 거야'라고 공언했기 때문에 어느새 그것은 기정사실처럼 되어 있었다.

"마음의 준비를 도대체 몇 년이나 하는 거야?"

오뎅바에선 철 지난 옛 노래가 나오고 있었다. 주인이 포크를 좋아하는지 줄곧 김광석이나 임지훈 같은 옛 가수의 노래만 이어졌다.

"빛나야."

"왜?"

"궁금한 게 있어."

빛나는 허리를 똑바로 세우고 고개를 외로 꼬며 경계 자세를 취했다. 그러더니 팔을 뻗어 내 입을 막는 제스처를 했다.

"궁금해하지 마. 묻지 마. 뭔지 몰라도 불길해. 하지 마."

"정말 궁금해서 그래. 너 도대체 왜 나 같은 걸 따라다니는 거야?"

그녀의 얼굴이 일그러졌다.

"어머머, 내가 언제 따라다녔다고 그래? 오빠가 따라다녔잖아!"

"처음에야 그랬지. 근데 요즘은 아니잖아. 아니, 정말 궁금해서 그래. 우리 지난번에 분명히 헤어졌잖아."

"그거야 오빠 결정이지. 글구 사람을 그렇게 내쫓다니, 너무했어."

갑자기 울상이 되는 빛나. 그녀는 변호사가 아니라 연기자가 되어야 한다.

"아, 그래, 그땐 내가 잘못했어. 자, 다시 아까의 질문으로 돌아가 보자. 너도 알다시피 나는 부모도 없고 집도 없고……"

"집이 왜 없어? 연남동 집 있잖아."

"그럼 너 집 때문에 나 좋아한 거야? 큰이모한테 물려받은 집이 있어서?"

그녀가 손을 내저었다.

"거기가 무슨 타워팰리스야? 글구 나 그런 애 아니야."

나는 그 집은 이미 다른 사람에게 넘어갔으며 현재는 1.5평짜리 고시원에 기거하고 있다고 말할까 하다가 그만두었다.

"어쨌든, 뭐 버젓한 직장이 있는 것도 아니고 곧 박사를 따서 교수가 된다거나 할 것 같지도 않은, 이런 고학력 백수를 도대체 왜 좋아하는 거야?"

빛나는 여유를 찾으며 씩 미소를 지었다.

"좋아하긴 누가 좋아한다 그래?"

"싫으면 왜 여기 앉아 있는 건데?"

"정말 알고 싶어?"

빛나는 막 입으로 가져가던 어묵을 접시 위에 내려놓았다.

"안 듣는 게 좋을 텐데."

"아니야. 괜찮아. 얘기해."

"정말?"

"그래, 괜찮다니까."

"오빠도 벌써 알고 있는 내용일 텐데…… 설마 정말 모르는 거야? 나 떠보는 거 아니야?"

"모른다니까. 말해봐."

빛나는 자기 잔에 반쯤 남아 있던 소주를 훌쩍 마셨다. 그리고 접시 위에 놓아두었던 어묵을 안주 삼아 베어물었다.

"불쌍해서 그러는 것 같아."

"불쌍해? 누가? 내가?"

"내 친구 정아 알지? 걔가 책을 하나 보고 있길래 뭔가 하고 봤더니, 제목이 '왜 잘난 여성들은 한심한 남자한테 끌리는가?'야. 그 책에 보면 여성이 제일 경계해야 되는 게 바로 동정심이래. 이 죽일 놈의 동정심! 바로 그것 때문에 똑똑하고 예쁜 여자들이 별볼일 없는 남자한테 얽혀서 고생한다는 거지. 오빠는 모성애를 자극하는 스타일이야. 좀 안됐잖아. 뭐 하나 제대로 하는 일도 없고, 늘 이거 하겠다 저거 하겠다 말만 하고, 툭하면 징징거리면서 세상을 원망하고, 엄마는 비둘기가 됐네 어쩌네 하구 말야. 너무 기분 나빠하지 마. 오빠가 하도 궁금해하길래 얘기해주는 거니까."

나는 할말을 잃고 입을 딱 벌렸다.

한번 탄력을 받은 빛나는 거침이 없었다. 오뎅바는 빛나의 연설장이 되어버렸다. 나뿐 아니라 같은 테이블을 쓰는 옆자리의 두 남녀도 귀를 쫑긋하고 빛나의 말을 듣는 것 같았다. 그런 줄을 아는지 모르는지 빛나의 말은 계속 이어졌다.

"너무 기분 나쁘게 듣지 마. 다 오빠 위해서 하는 말이니까. 오빠는 정신 좀 차려야 돼. 요즘 오빠 또래의 다른 남자들은 정말 열심히 산단 말이야. 새벽에 도서관 가서, 응, 밤까지 책 보고 그래도 시간이 남으면 과외도 하고, 뭐 알바도 하고 그러고도 시간을 짜내서 스터디까지 해. 요즘 먹고살기가 얼마나 힘들어? 그것만 힘들면 다행이게? 남자들, 웬만해선 결혼도 못하잖아? 왜 못할까? 뭐, 오빤 아마 생각해본 적도 없겠지."

"왜 못하는데?"

"오빠, 여자들이 핸드백 살 때 제일 먼저 고려하는 게 뭔지 알아?"

"몰라."

내 대답에는 힘이 없었다. 나는 이미 정신적으로 녹다운 직전이었다.

"들고 다닐 때 쪽팔리지 않아야 된다는 거야. 그게 첫번째야. 기능? 품질? 디자인? 그런 건 다음 문제야. 그렇다고 꼭 브랜드를 들어야 한다는 건 아니야. 어쨌든 쓸 만한 백이 없으면 차라리 배낭을 메고 다니는 게 낫다는 거지. 남편 고르는 것도 똑같아. 백 사는 거랑 비슷한데, 이건 한번 잘못 고르면 갖다버릴 수도 없고 반품도 잘 안되고. 그래서 여자들이 숙고에 숙고를 하는 거야. 요즘 여자애들이 눈은 얼마나 높아. 브래드 피트, 오다기리 조, 강동원, 웬트워스 밀러 같은 꽃미남이 수두룩하잖아. 이제 남자들도 글로벌 경쟁 시대야. 어학연수 갔다가 외국 남자하고 눈맞은 애들이 어디 한둘이야? 솔직히 말해서 한국 남자들은 국제경쟁력이 너무 떨어져. 요리를 잘하길 하나 매너가 좋기를 하나. 분위기도 딱딱 못 맞추면서 자존심은 세고. 심지어 자기들이 무지하게 잘난 줄 알잖아. 못 말리는 나르시시스트들. 이게 다 한국 엄마들이 오냐오냐 키워서 그래."

나는 어느새 빛나의 눈길을 피하고 있었다.

"짜잔! '김빛나 오뎅바 어록'이라고 적어서 어디 올려야겠다."

"이것 봐, 또 비아냥거리잖아. 기껏 얘기해주니까."

"좋아. 너는 그러면, 데리고 다니기도 쪽팔리는 나 같은, 짝퉁 핸드백 같은 남자하고 왜 만났던 거야?"

"오빠가 왜 짝퉁이야? 허우대 멀쩡하잖아. 아, 미안, 미안. 농담이야. 아까도 말했잖아. 동정심 때문이라니까. 어이구, 우리 불쌍한 민수 오빠. 이 빛나가 아니면 누가 오빠를 보살펴주겠어?"

나는 어묵꼬치를 던지며 발끈 화를 냈다.

"뭐야? 니가 뭔데? 내 엄마라도 돼? 왜 잔소리야. 이게 정말 보자 보자 하니까……"

빛나는 아차 싶은 얼굴로 내 쪽으로 건너와 내 옆에 엉덩이를 붙였다. 그러곤 내 팔짱을 끼며 다정하게 말했다.

"삐쳤구나? 아니야. 좀전에 한 말들 다 취소, 취소야. 나 오빠 사랑해. 사랑해서 그랬던 거야. 알잖아?"

"……알지."

"나, 그날 오빠네 집에서 문전박대당하고 얼마나 꿀꿀했는지 몰라. 죽고 싶었다니까. 오빠, 그때 정말 너무했어. 안 그래? 그치?"

"미안하다고 그랬잖아."

빛나는 머리를 내 어깨에 가만히 대고 팔짱을 더욱 꼭 조였다. 빛나는 잘해줄 때는 간이라도 빼줄 듯 다정했지만 심사가 뒤틀리면 완전히 제멋대로가 되어버렸다. 자기가 필요할 때면 언제든 나를 불러내 이런저런 심부름을 시키곤 아무 죄의식도 느끼지 않았으며, 그러다가 또 갑자기 잔소리를 해대곤 했다. 이런 것을 고쳐라, 저런 것을 해라. 물론 그 잔소리가 틀린 말은 아니었다. 그녀가 시키는 대로 했다면 지금쯤 나는 꽤 쓸 만한 젊은이가 되었을지도 모르는 일이었다. 새벽부터 저녁까지, 철밥통에 신이 내린 직장이라는 공기업이나 공사 취업 준비를 하고 틈틈이 알바도 하면서 건실하게 살았을지도.

"오빠, 이제 정신 차리고 열심히 사는 거야. 우리 이제 옛날처럼 모여서 같이 공부도 하고 그러자, 응?"

갑자기 정신이 번쩍 들었다. 뭐? 정신을 차리라고?

"빛나야."

"응?"

"나는 말이야, 아무래도 너랑 가는 길이 다른 것 같아."

"달라? 뭐가 달라?"

"나는 말이야, 아직 철이 덜 들었나봐. 나는 좀, 그러니까 뭐라고 말해야 되나. 그냥 좀 무의미한 일을 하고 싶어."

"무의미한 일?"

"사람들은 대부분 의미 있는 일을 하잖아. 돈을 벌고 사회를 위해 봉사하고 가족을 위해 헌신하고."

"근데? 그게 당연한 거 아니야?"

"뭐랄까, 인생에는 그런 것보다 더 높은 차원의 뭔가가 있는 것 같아. 잘 표현할 수는 없지만 그런 세계가 전부는 아니라는 거지. 신문의 경제면에 나는 세계, 그러니까 주식형 펀드니, 환율이니, 주택청약이니, 분양제도 개편이니 하는 세계 너머에 또다른 뭔가가 있을 거라는 거지. 인간이 그런 일간지 경제면 같은 세계에만 매몰돼서 산다는 건, 그렇게 살다가 죽는다는 건, 너무 허망한 거 같아."

지금껏 한 번도 이런 생각을 해본 적이 없었는데, 의외로 말을 시작하자 내 입에서 술술술 말이 흘러나왔다. 마치 내 안에 사는 다른 누군가가 원고를 불러주는 것 같았다. 나는 스스로에게 놀랐다. 내 안에 내가 생각했던 것과는 전혀 다른 존재가 살고 있을지도 모른다는 생각이 들었다.

"오빠가 아직 배가 부르구나. 매몰되긴 뭐가 매몰돼? 그게 전부야. 그 너머엔 아무것도 없어. 꿈 깨."

빛나가 차갑게 말했다.

"뭐?"

"아직 세상이 얼마나 무서운지 오빠가 몰라서 그래. 왜 그렇게 허황해? 하여간……"

빛나가 혀를 찼다. 나는 곰보빵 할아버지를 떠올렸다. 그래, 무서운 세상이지. 하지만 그렇다고 해서 세상의 기준에 맞춰 살아야겠다는 생각은 들지 않았다. 아직 배가 덜 고픈 걸까? 나중에 삼수갑산을 가는 한이 있더라도 오뎅바에서마저 현실주의자 김빛나에게 패배하고 싶지는 않았다. 나는 항변했다.

"어느 고등학교 교훈에 그런 게 있대. '어머니와 약혼자가 반대하는 직업을 가져라.' 그게 무슨 말인지 이제 알 것 같아. 말하자면 안정도 좋지만 사람은 꿈을 가져야 한다는 거야."

빛나의 얼굴에 조소가 떠올랐다.

"내가 오빠를 잘못 생각했었나봐. 오빠는 아무래도 안 되겠어. 뭐랄까, 뼛속 깊이 게으름이 배어 있다고나 할까. 오빠는 이러니저러니 멋진 말로 포장하려고 하지만 실은 그냥 놀고 싶은 거야. 세상의 치열한 경쟁에서 벗어나 유유자적하며 살려는 거지. 안 그래?"

빛나는 토트백을 집어들었다.

"오빠, 잘살아."

"가게?"

"응."

빛나는 싸늘한 얼굴로 자리에서 일어나 출구 쪽으로 걸어갔다. 나는 가만히 앉아 있다가 그녀를 따라 벌떡 몸을 일으켰다. 그리고 문을 열고 나가려는 그녀를 불러세웠다.

"빛나야, 미안한데."

나는 그녀의 팔을 잡았다. 그럴 수밖에 없었던 내가 두고두고 미웠다.

"왜?"

"……있잖아, 계산 좀……"

얼굴이 화끈거렸다. 지갑 속에는 달랑 천원짜리 한 장밖에 없었다. 오면서 편의점에 들러 돈을 좀 찾는다는 게 그만 잊어버린 것이다. 빛나는 벽에 걸린 메뉴판과 우리가 먹고 일어난 식탁을 쓱 살폈다. 빛나는 한심하다는 듯 고개를 돌리고는 카운터로 가서 어묵과 소주 값을 계산했다. 만원이 조금 넘는, 그닥 크다고는 할 수 없는 액수였다. 만약 인간과 인간 사이에 경멸이라는 감정을 전달하는 전선이 있었다면, 그리고 그 전선이 나와 빛나를 연결하고 있었다면, 그 순간 아마 나는 감전되고 말았을 것이다.

8

빛나와 헤어진 나는 고시원으로 돌아가지 않고 밤거리를 걸었다. 캡슐 같은 방으로 다시 기어들어가고 싶지가 않았다. 그러나 주머니에 돈이 없으니 마땅히 갈 만한 데도 없었다. 나는 어둡고 추운 놀이터의 벤치에 앉아 주머니에서 MP3플레이어를 꺼냈다. 이어폰을 귀에 꽂고 버튼을 누르자마자 랜덤으로 플레이된 노래는 '뮤즈Muse'의 〈Unintended〉였다. 매슈 벨러미의 칼칼하고 담백한 보컬을 듣자 잠시나마 뼛속으로 스며드는 추위를 잊을 수 있었다. 평소에는 심상하게 듣던 노래였지만 그날따라 가사가 귀에 쏙쏙 들어왔다. 나는 MP3플레이어를 꺼내 액정을 따라 흐르는 가사를 읽었다. 가사에는 이런 구절이 있었다.

"……가능한 빨리 너에게 갈게. 그런데 지금은 너 이전의 내 인생, 그 부서진 조각들을 바로잡아야 돼…… 너는 내 인생의 예정에 없던 사람. 내가 영원히 사랑하게 될 사람일지도……"

나는 매슈 벨러미의 음성을 들으며 빛나에게서 받은 충격과 모욕을 잊어버릴 수 있었다. 그리고 생각했다. 내 인생에도 그런 예기치 않은 사랑(my unintended)이 있을까? 이런 나를 구원하고 따뜻하게 안아줄 사람이 있을까? 혹시 벌써 세상으로부터 완전히 버림받은 건 아닐까? 낙원에서 추방된 아담처럼 이제는 세상의 엄혹한 진실과 마주할 시간이 된 것은 아닐까?

키가 작은 남자가 시베리안허스키를 데리고 어두운 놀이터를 가로질러가고 있었다. 개는 내 앞에서 잠시 멈추어 냄새를 맡더니 곧 흥미를 잃고 다시 주인을 따라가다가 미끄럼틀 다리에 오줌을 싸서 영역을 표시했다. 멀리 떨어진 벤치에선 기타를 멘 이십대 몇 명이 캔맥주를 마시며 킬킬거리고 있었다.

더는 추위를 견딜 수 없을 지경이 되자 나는 고시원으로 돌아와 내 방으로 들어갔다. 방은 불을 켜도 어두웠다. 촉수가 낮아서가 아니었다. 최고의 광량으로 불을 밝혀도 이상하게 어두워 보이는 방이 있는데, 바로 내 방이 그랬다. 나는 인터넷을 자제하기로 결심한 지 불과 몇 시간 만에 다시 빌 게이츠의 창을 열었다.

퀴즈방은 변한 게 없었다. 마음이 조금 느긋해졌다. 그들은 여전히 나에 대해 아무것도 모르고 있다. 고시원의 쪽방에 앉아 있다는 것도, 옛 여자친구한테 모욕을 당했다는 것도. 물론 저들에게도 나름의 고민이 있겠지. 하지만 다들 내색하지 않고 저렇게 태연하게 퀴즈를 풀고 있는 걸 거야.

나는 늘 그랬듯이 금세 퀴즈의 세계로 빠져들었다. 잠시 후, 내가 한 문제를 맞히자 출제권이 넘어왔다. 나는 출제할 때의 버릇대로 주변을 둘러보았다. 연남동 집에서는 내 방 전체가 책으로 둘러싸여 있었기 때문에 방을 한번 둘러보기만 해도 낼 문제가 떠오르곤 했었다. 그러나 고시원의 쪽방 벽에는 아무것도 없었다. 오직 이 방의 전 주인이 적어놓고 간 낙서가 전부였다.

"가장 강한 자가 아니라 환경에 잘 적응하는 자가 살아남는다— 찰스 다윈."

고속도로 휴게소 화장실이나 대기업 엘리베이터 같은 데서 보면 그냥 지나칠 것도 고시원의 쪽방에서 보면 서글퍼진다. 그러니까 달팽이나 쥐며느리가 강해서 살아남은 건 아니라는 뜻이겠지? 이 방의 전 입주자 역시 새로 마주친 환경에 적응하기 위해 나름 애를 썼던 모양이었다.

그사이, 퀴즈방의 참을성 없는 참가자들이 출제를 재촉하고 있었다. 나는 얼떨결에 놀이터에서부터 줄창 듣고 있던 록그룹 '뮤즈'에 대한 문제를 냈다.

"1. 뮤지션."

다음 힌트를 생각하는 사이, '벽 속의 요정'이 퀴즈방으로 들어왔다. 사람들이 서로 인사를 나눴다. 나는 2번과 3번 힌트를 잇따라 던졌다. 막 4번 힌트가 나가려는 찰나 조금 전에 들어온 '벽 속의 요정' 이 나섰다.

"혹시 뮤즈…… 아니에요?"

"축입니다."

"오, 빠른데요."

사람들은 답을 맞힌 그녀를 축하했고 출제권은 그녀에게 넘어갔다. 모두가 그녀의 문제를 기다리는 사이, 지금껏 한 번도 없었던 일이 벌어졌다. 그녀가 문제를 출제하면서 동시에 나에게 귓속말을 보내온 것이었다.

"귓속말 : 지금 그거 들으세요?"

처음에 나는 채팅방에 뭔가 문제가 생긴 줄 알았다. 그러나 자세히 살펴보니 분명히 그녀가 내게 귓속말을 건네온 것이었다. 그녀는 한편으론 태연히 퀴즈를 출제하면서 다른 한편으론 내게 은밀히 귓속말을 건네는, 고난도의 멀티태스킹을 수행하고 있었다. 나는 얼른 귓속말 아이콘을 클릭했다.

"귓속말 : 아, 네, 듣고 있어요. 뮤즈 좋아하세요?"

"귓속말 : 죽음이죠."

그녀가 낸 성의 없는 문제는 다른 참가자가 곧바로 맞히고 출제권을 가져갔다. 그사이에 나와 그녀는 귓속말을 좀더 나누었다. 그러면서도 다른 사람들이 의심하지 않도록 문제를 맞힌 사람에게 축하를 보내주는 식으로 퀴즈방 분위기에 맞춰나갔다. 나는 물었다.

"귓속말 : 무슨 곡 좋아해요?"

사랑이 운명이라고 믿는 것은 간단한 일이다. 운명이란 맞힐 수밖에 없는 답을 결국 맞히는 것이다. 사랑해야 할 연인들에게는 맞힐 수밖에 없는 답이 즐비하다. 신화에는 깨진 거울이 서로 만나 온전한 거울이 되는 얘기들이 나온다. 오이디푸스는 결국 아버지를 죽이고 주몽은 끝내 고구려의 왕이 된다. 운명은 누구 말마따나 과녁에 명중하도록 쏘아진 화살인 것이다. 그러므로 운명은 백 퍼센트 명중할 수밖에 없는 것. 그러니 이미 만난 한 남자와 한 여자가 그들의 만남을 운명이라 믿는 것은 참으로 쉬운 일이다. 단 한 개의 단서도 치명적이며, 단 한 조각의 유류품도 무서운 확신이 된다. 사랑에 빠진 이들은 무능력한 탐정, 서툰 수사관이다. 그들은 법정에서는 채택도 하지 않을 어수룩한 증거 하나만으로도 놀라운 신념에 도달한다. 누구도 그 신념을 철회시킬 수 없다. 결코 흔들리지 않을 신념, 그것은 운명에 대한 확신이다. 이 서툰 탐정의 눈에, 운명적 사랑이라는 사건의 전모는 이미 명백하며 범인의 검거는 식은 죽 먹기다. 화살은 이미 표적에 꽂혀 있고 표적으로 걸어가 십 점 만점의 정중앙에서 그것을 확인하고 뽑아들기만 하면 되는 것이다. 화살을 뽑아든 우리의 영웅은 이렇게 외치기만 하면 된다. 이게 바로 운명적 사랑이라고.

"귓속말 : 언인텐디드요. 실은 지금 듣고 있어요."

바로 그 시각, 젊은이들이 잠들기엔 조금 이른 그 시각에, 인기 있는 이 뮤지션의 음악을 함께 듣고 있을 사람이 아마 전 세계에 수십만 명은 될 것이다. 서울만 해도 수백, 아니 수천 명은 될 것이다. 그러나 '벽 속의 요정'과 내가, 인터넷이라는 광활한 세계의 어느 구석, 작은 퀴즈방에서 귓속말을 주고받는 바로 그 순간에 똑같은 음악을 듣고 있다는 것, 이것을 운명이라고 믿는다는 게 그렇게 어리석은, 혹은 부자연스런 일이었을까?

어떻게 인간은 노래를 부르고 듣는 종이 된 것일까? 생각해보면 얼마나 멋진 일인가. 인류가 참새나 개구리의 수준에 머무르지 않고 지금처럼 다양하고 풍성한 음악을 만들고 즐기는 종으로 진화해왔다는 것은. 나는 인류진화의 전 과정, 그리고 음악이라는 예술을 발전시켜온 선조들과 이 노래를 불러준 '뮤즈'의 매슈 벨러미에게 감사했다. 비록 몸은 떨어져 있지만, 예를 들어 '벽 속의 요정'이 뉴욕이나 파리 같은, 멀고먼 도시에 살고 있을 수도 있지만, 어쨌든 그 순간만큼은 같은 음악을 동시에 듣고 있다는 것, 하나의 노래로 두 영혼이 서로 이어져 있다는 것은 얼마나 멋진 일인가? 아, 인간은 외롭지 않구나. 우리는 서로 연결돼 있구나. MP3플레이어와 이어폰, 달팽이관과 대뇌 그리고 뉴런, 손가락 관절과 키보드와 머더보드의 기판과 인텔의 CPU, 랜카드와 랜선, 지하의 광케이블을 따라가면 그곳에 나와 같은 음악을 듣고 있는 누군가가 역시 키보드에 손가락을 올려놓은 채 모니터를 바라보며 미소 짓고 있는 것이다.

9

연정戀情을 완성하는 것은 비밀이다. 연정과 비밀은 된장과 미생물의 관계와 같다. 비밀이라는 균은 연정을 발효시킨다. 비밀이 발효시킨 연정은 서서히 냄새를 풍기며 익어간다. 아슬아슬하다. 비밀이 너무 과하면 연정은 부패되고 그리하여 끝내는 악취를 풍긴다. 그때쯤 되면 모두가 그것을 향해 인상을 찌푸리게 된다. 그러나 적당하기만 하다면 연애를 신비롭고 짜릿하게 만들어준다. 그런 측면에서 보면 결혼은 연애의 결말이라기보다 전혀 다른 어떤 것일 가능성이 크다. 결혼은 연애에서 비밀이라는 위험요소를 제거한 무균상태를 의미하는 것은 아닐까?

로미오는 담을 넘어 들어간 줄리엣의 베란다에서 둘만의 비밀을 만들었지만 21세기의 비밀은 가로 사십오 센티미터, 세로 십팔 센티미터의 키보드 위에서 생성되고 있었다. 잔잔한 수면 위, 메인 창에서 퀴즈와 힌트, 정답과 오답이 평화롭게 오가는 사이, 우리의 밀어는 그 아래 작은 창, 수면 아래에서 맹렬히 서로에게 입맞추고 있었다. 비록 우리의 입과 입은 멀리 떨어져 있어도 말과 말은 가까이 있었다. 그것들은 노골적으로 키스하고 애무하고 상대방의 육체에 자신의 육체를 섞어놓고 있었다. 언어로 나누는 사랑. 어느 누가 이것을 가짜라 폄하할 수 있을까. 만약 그런 자가 눈앞에 있다면 나는 말해줄 것이다. 이것이 바로 진정한 사랑이라고. 진짜 사랑은 언어로 나누는 것이라고. 트리스탄이 죽은 것은 이졸데보다 깃발이 먼저, 아니 그 깃발보다 앞서 질투심에 사로잡힌 아내의 거짓말, 흰 깃발을 검은 깃발이라고 말한 그 언어가 먼저 당도했기 때문이다. 트리스탄을 죽인 것은 독약이 아니라 그에게 전해진 사랑하는 사람의 말, 신호 혹은 전언이었다. 록산느를 사로잡은 것 역시 시라노가 아니라 그의 편지였고, 시라노가 사랑하는 것 역시 록산느가 아니라 록산느가 읽고 있을 자신의 시였을 것이다. 채팅을 하며 우리는 우리의 말과 사랑에 빠진다. 우리의 말, 우리를 대신하여 화면 위로 떠오른 문장. 그 문장이 불러온 또다른 문장. 나의 문장은 너의 문장과 만나 그다음 문장을 만들어내고 그 문장은 다시 예기치 않은 새로운 문장으로 몸을 바꾼다. 아, 내 몸을 떠나 생명을 얻은 저 말들, 또 그 말과 말들의 사랑. 그것은 육신의 사랑보다 훨씬 오래 지속되는 것이고, 허무를 남기지 않는다.

스스로 목숨을 끊은 여자친구의 문자메시지를 지우지 않는 친구가 있었다. 문자는 그녀의 죽음에 앞서 도착했고 그녀가 화장장의 재로 사라진 후에도 친구의 휴대폰 메모리 안에 남아 있었다. 그는 언젠가 내게 그 문자를 보여주었다. '집에 들어가면 전화 좀 해.' 어찌 보면 별 의미 없는, 평범하고 딱딱한 문자에 불과할 수도 있었지만 그에게는 그렇지 않았다. 그날 녀석은 그녀의 문자를 씹었던 것이다. 특별한 악의가 있어서 그런 것은 아니었다. 단지 술을 좀 많이 마셨을 뿐이었다. 그는 집으로 들어오자마자 잠자리에 들었고 그녀는 자기가 살던 아파트 현관을 나와 계단으로 두 층을 더 걸어올라가 창밖으로 몸을 던졌다. 전화 한 번 안 했다고 그런 일이 벌어지지는 않았을 테지만 어쨌든 일은 그렇게 되어버렸던 것이다.

친구는 그녀의 사진 대신에 그녀가 마지막으로 보낸 그 문자를 지니고 다닌다. 휴대폰은 묘비이고 그녀의 마지막 문자는 묘비명인 셈이다. 그와 그녀 사이는 크게 달라진 게 없을지도 모른다. 그는 휴대폰을 열어 문자를 보고 가끔 '답장' 메뉴를 눌러, 받을 사람 없는 문자를 쳐본다고 했다.

"걔 가고 나서 생각해보니까 사귀면서 한 거라고는 서로 문자 친 것밖에 없더라구. 내가 서울에 있는 대학만 갔더라도!"

나는 고개를 저어 친구의 생각을 떨쳐냈다. 그리고 내 앞의 화면을 응시했다. 문득 현실의 그녀, 살과 피로 이루어졌을 그녀가 궁금해졌다. 이러다 나와 그녀, 둘 중의 하나가 덜컥 죽어버리기라도 한다면 얼마나 허망할 것인가? 나는 물었다.

"서울 사세요?"

"님은요?"

"서울이에요."

"저도요."

어쩌면 지하철에서라도 마주쳤을지 몰라. 이번에는 그녀가 물었다.

"실례지만 몇 살이에요?"

"^^ 몇 살 같아 보여요?"

옆에서 보면 유치해도 당사자들은 재밌는 게 연애다. 우리는 또 새로운 게임을 시작하고 있었다.

그녀가 제안을 해왔다.

"음…… 살아오면서 있었던 일들을 대봐요. 맞혀볼게요."

"좋아요."

나는 잠시 손가락으로 연도를 짚어보고는 우리 둘만의 귓속말 퀴즈를 시작했다.

"제가 중학교 이학년이 되던 해에 박찬호가 L.A. 다저스에 입단을 했죠. 한국인 최초의 메이저리거라고 다들 난리였구요. ㅎㅎ"

"오호, 그리구요? 힌트 고."

"그해에는 성수대교도 붕괴됐지요."

"대충 감이 오는데요. ㅋㅋ"

"역시 빠르신데요."

"그럼 초등학교 육학년이실 때, 태지가 데뷔했겠는데요?"

"아, 맞아요. 대단하시네요. 나아안 알아요. 이 밤이 흐르고 흐르면……"

"벌써 추억의 가요가 됐네요. 좀 있음 태지도 가요무대에 나오겠는데요."

우리 둘 사이에 잠시 침묵이 흘렀다. 아니, 정확히 말하자면 화면에 아무 글자도 올라가지 않는 상태가 몇십 초간 지속되었다.

나는 천천히 타이핑을 시작했다.

"우리가 혹시 지금 같은 생각을 하고 있는 걸까요?"

"그런 것 같지요?"

"혹시 갑인가요?"

"그런 듯."

"아……"

"원숭이?"

"네. 80년생이요."

아, 우리는 동갑이었다. 하마터면 퀴즈방에서의 습관대로 "축!"이라고 칠 뻔했다. 우리는 같은 해에 태어나 한 도시에서 어린 시절을 보낸 것이다. 기억을 공유하는 사람을 만나면 마치 오래전에 빌려주고 잊어버린 돈을 돌려받는 기분이 든다. 우리는 우리가 함께 존재할 수도 있었을 공간과 시간에 대해 이야기했다. 반가운 마음에 피곤한 줄도, 밤이 깊어가는 줄도 모르고 신나게 떠들어댔다. 그러나 그런 떠들썩함 아래, 낯선 공허와 쓸쓸함이 우리의 발목을 적시며 천천히 위로 올라오고 있었다. 그러니까 우리가 단지 채팅방의 두 사용자에 불과했을 때에는 서로 말이 통한다는 것만으로도 충분히 즐거울 수 있었다. 그러나 서로의 구체적인 신상이 하나둘 드러나기 시작하자 익명에서 오는 쾌감이 사라지기 시작한 것이다. 우리의 마음속에 이런 의문이 생겨났다 해도 이상한 일은 아니었다.

좋아. 우리는 같은 취향을 가진, 말도 통하고, 심지어 나이까지 같은 청춘남녀야. 게다가 둘 다 서울에 살고 있어. 대단한 일이지. 그게 뭐가 대단하냐구? 지금 당장 자리를 박차고 일어나 달려가면 적어도 한 시간 안에는 만날 수 있다는 거지. 자, 그런데 지금 여기서 빌 게이츠의 창만 바라보며 뭘 하고 있는 거지? 왜 지금 당장 접속을 끊고 나가서 택시를 잡지 않는 거야? 우리 둘 사이를 가로막는 게 도대체 뭐야? 네가 몬터규가의 외아들이야? 아니면 그녀가 남원 퇴기의 딸이야?

그랬다. 나도 그리고 그녀도, 거기서 멈춘 채 더 나아가지 않았다.

나는 스스로에게 물었다. 왜 그러는 거야? 왜 단숨에 거리를 좁히려 시도하지 않는 거야? 아직 새로운 사람을 만날 준비가 되지 않은 거야? 지난 몇 달간 겪은 큰일―최여사의 죽음, 이사, 빛나와의 결별 같은 사건 때문이니? 두려워? 아님 망설이는 거야?

그러니까 이런 거야? 여기, 너무도 완벽해 보이는 나의 짝이 있다. 빛나처럼 잔소리도 하지 않고 최여사처럼 군림하지도 않으며 정환처럼 나를 배신하지도 않는, 격 높은 대화를 나누고 지적 쾌감을 공유하는 사람이 바로 여기에 있다. 그러나 현실에서의 만남은 지금껏 간직해왔던 이 모든 환상을 단숨에 깨버릴 수 있다. 어쩌면 '벽 속의 요정'은 남자일지도 몰라. 지능이 대단히 높은. 나같이 어리숙한 남자들을 희롱하는 재미로 살아가는…… 그러나 만약 그렇다면 빨리 만나서 환상을 깨버리는 게 더 낫지 않을까? 그래서 마음을 잡고 취업에만 매달리는 게 더 바람직하지 않을까?

내가 이런 고민을 하는 사이, 우리의 귓속말 채널은 어느새 닫혀버렸다. 그녀는, 언제 잠수를 했었냐는 듯 태연자약하게 퀴즈방 사람들과의 대화에 끼어 다시 어울리고 있었다.

'벽 속의 요정'과 좀더 얘기를 나누었으면 하는 내 소망은 엉뚱한 사건으로 그 실현이 지연되었다. 우리 퀴즈방의 단골 중 한 명이 TV 퀴즈쇼에 나갔던 일을 고백하는 바람에 갑자기 그 후일담으로 채팅방이 소란해진 탓이었다. 그동안 내가 삼십대 직장여성쯤으로 생각하고 있던 그는 알고 보니 군 입대를 앞둔 스물한 살의 대학생이었다. 평소 '프리다 칼로'라는 대화명을 써왔기 때문에 남자라고는 생각하지 못했었다. 결승까지 진출해 아쉽게 우승을 내쳤지만 그래도 거기까지 진출한 것에 본인은 꽤 만족하는 것 같았다.

TV를 통해 직접 문제의 퀴즈쇼를 본 사람들은 일제히 흥분해서 이것저것 떠들어댔다. 나는 그 퀴즈쇼를 보지 못한 터라 잠자코 있었다.

"그래도 대단하세요."

"그동안 왜 말씀 안 하셨어요?"

"또 나가보세요. 이번에는 우승하셔야죠."

"생각보다 훈남이시던데요."

"아, 그 사람이 프리다님? 이럴 수가! 난 그런 줄도 모르고 막판까지 그 아줌마, 중학교 역사선생님인가 하는 분 응원했는데…… 죄송."

"그거 다시보기 되나요?"

그러나 실망한 사람들도 많았다. 우선 '프리다 칼로'를 여자로 생각해온 남자들이 그랬고, 모니터 뒤의 신비한 존재를 상상해오다가 갑자기 여드름 난 현실의 남자를 TV 화면으로 목격하게 된 사람들이 그랬다. 그들은 말하자면, 벽장 속에 환상의 세계로 통하는 문이 있다고 믿은 서양의 어린아이들처럼 액정 디스플레이 너머에 그런 세계가 존재한다고 믿어왔던 것이다. 그러나 알고 보니 그 너머에는 아무것도 없었다. 그저 우리가 거리에서 흔히 마주칠 법한, 평범한 대학생 같은 존재가 있었을 뿐이다. 그래서 퀴즈방의 분위기는 마치 파장이 가까워오는 파티와 같았다. 겉으로는 요란하고 떠들썩했지만 실은 조금씩 분위기가 가라앉고 있었다. 퀴즈방이라는 가면무도회가 막을 내리고 있었다. 이제 한 사람씩 가면을 벗고 본모습을 드러내기 시작할 것이었다. 나로서는 그런 분위기가 별로 반갑지 않았다. 그 이전의 암묵적인. 그러나 엄격한 금기가 존재했던 시절이 어쩌면 나 같은 사람에겐 더 어울리고 잘 맞는 건 아니었을까.

내가 그런 생각을 하는 사이, 대화의 주제는 엉뚱한 곳으로 튀었다. 누가 처음 제안했는지는 알 수 없었지만 어쨌든 이 퀴즈방의 멤버들이 모두 그 퀴즈쇼에 출전해보는 것이 어떻겠냐는 얘기가 오갔다. 게다가 '프리다 칼로'가 이 퀴즈방에서는 그저 그런 실력의 중위권 선수였기 때문에, 평소 그보다 월등한 실력을 보여주었던 사람들에게 참가 권유가 쏟아졌다. 그 권유의 주된 표적은 역시 '벽 속의 요정'이었다.

"요정님, 나가보세요. 아니, 우리 모두 참가신청을 할까요?"

"요정님, 우승하시면 한턱 내세요."

그녀도 싫지는 않은 듯, 그들의 권유를 이런저런 농담으로 받아넘기면서도 화제를 바꾸지는 않았다.

"정말 함 나가볼까요?"

"오. 정말요?"

"설마 진담?"

그녀가 참가의사를 밝히자 퀴즈방 분위기는 다시 달아올랐다. 사람들이 '프리다 칼로'에게 예선과 본선의 진행방식이나 접수절차 같은 구체적인 것을 묻기 시작했다. 사람들은 정말 진지하게 퀴즈쇼에 나가는 것을 고려하기 시작한 것 같았다. 사람들이 그렇게 흥분하는 것도 이해할 만했다. 문제의 퀴즈쇼는 시작한 지는 얼마 안 됐지만 인기가 대단해서 시청률도 높고 나름 여기저기서 화제가 되고 있었다. 시청자들은 자신과 별반 다르지 않은 평범한 갑남을녀의 승부를 좋아하는 것 같았다. 퀴즈쇼에는 승자와 패자가 있고 가슴을 졸이는 결정적 선택의 순간이 있었다. 그리고 리모컨을 손에 쥔 채 마음껏 참견도 할 수 있었다. 으이구, 이 바보야. 그것도 못 맞히냐! 아, 그건 강감찬이 아니라 을지문덕이지, 을지문덕!

퀴즈쇼에도 유행이 있어서 한때는 고등학생이나 대학생을 대상으로 하는 프로그램이 유행했지만 지금은 연령과 계층에 상관없이 누구나 참여할 수 있는 퀴즈쇼가 대세다. 이제는 지식검색의 시대 그리고 위키피디아의 시대, 다시 말해 대중이 지식인인 시대인 것이다. 요즘의 퀴즈쇼는 바로 이런 시대의 산물일지도 몰랐다.

분위기가 갑자기 달아오른 것은 역시 상금 얘기가 나오고부터였다. 누군가가 지난주 상금이 삼천만원에 달했다고 전하는 순간 퀴즈방에 잠시 가벼운 탄식이 흐르는 것 같았다. 돈은 역시 상징이나 은유 같은 게 끼어들 틈이 없는, 오해도 착각도 없는 순수한 추상이었다. 모두가 즉각적으로 그것의 위력을 이해하고, 자신만큼 상대방도 이해한다는 것까지 간단하게 이해한다.

곰보빵 할아버지는 내게 알려주었다. 돈 얘기가 나오면 진지해져야 한다는 것을. 수돗물도 정수장에서 집까지 오는 사이에 조금씩 새나가고 전기도 발전소에서 집까지 오는 동안 그 일부가 사라진다.

그리고 우리의 진심어린 말도 곧잘 오해를 받는다. 내 입에서 나간 '사랑'은 네가 들은 그 '사랑'이 아니다. 나의 생각은 너에게 전해지지 않고 너의 생각 역시 나에게 전해지지 않는다. 말은 언제나 왜곡되고 변질된다. 그러나 돈에 대한 말은 아무 손실 없이 그대로 전달된다. 시내버스 탑승구에 '요금 900원'이라고 씌어 있으면 그냥 구백원인 것이고 고시원 방값이 이십구만원이라면 그냥 이십구만원인 것이다. 주인이 내게 이십구만원을 달라고 하면 이십구만원을 줘야 하고 버스요금이 백원이라도 부족하면 운전기사한테 빌어야 한다. "아, 오백원인데 자세히 보니 구백원으로 보이네. 참 모든 사물은 보기 나름이야" 같은 말은 기대할 수 없는 것이다.

벌써 누군가는 방송국 홈페이지 창을 띄워 그 자리에서 예선 참가신청을 하면서 동시에 그 상황을 퀴즈방에 중계하고 있었다. 나는 삐딱하게 앉아 키보드에서 몇 센티쯤 손을 들어올렸다. 그리고 추운 곳에서 연주를 준비하는 피아니스트처럼 손을 풀었다.

다들 웬 법석이람.

조금 전까지만 해도 오로지 나와만 귓속말을 주고받던 '벽 속의 요정'이 갑자기 만인의 연인이 되어 사람들과 떠들고 있는 게 우선 마음에 들지 않았다. 아니, 마음에 들지 않았다기보다 이해가 잘 안 됐다. 불과 몇 분 전, 우리가 공유하고 있었던 그 벅찬 설렘은 도대체 어디로 가버린 것일까? 어떻게 그녀가 TV 퀴즈쇼 같은 허접스러운 주제로 시시덕거릴 수 있단 말인가? 나는 그녀가 그 화제에 흥미를 잃고 다시 귓속말의 세계로 돌아오기를 기다려보았지만 소용이 없었다. 사람들은 쉴새없이 떠들어댔고, 수많은 문장이 군사 퍼레이드를 하듯 열을 지어 모니터 위쪽으로 올라갔다. 더이상은 견딜 수가 없었다. 뭐야? 알고 보니 모두 TV라면 사족을 못 쓰는 속물이었잖아!

"그럼 즐퀴하세요!"

나는 퀴즈방을 떠나며 모두에게 인사했다.

"안녕히……"

몇 명이 내게 건성으로 인사했다. 나를 붙잡는 사람은 없었다. 내가 막 '나가기' 아이콘을 클릭하는 순간, '벽 속의 요정'이 올린 글이 화면에 떠올랐다.

"아, 정말 한번 나가볼까봐요. 다들 이러시니……"

그러나 그와 동시에 나는 퀴즈방 밖으로 튕겨져나왔다. 북적대던 퀴즈방을 나오자 조금 쓸쓸한 기분이었다. 단지 마우스를 한 번 클릭했을 뿐인데 마치 화려한 잔치에서 쫓겨난 식객이 된 듯한 더러운 기분이었다. 열 명 가까운 사람들이 신화와 영화사, 19세기 영국 문학과 언어철학을 논했던 세계가, 그 화사한 말의 잔치가 과연 존재하기는 했던 것일까? 나는 익스플로러 창을 닫고 주위를 둘러보았다. '지내다보면 커 보일 거'라던 고시원의 쪽방 안, 나는 한 발짝도 거기에서 벗어나지 못한 채 그대로 머물러 있었다. 이상하기도 하지. 어떻게 사람이 사는 방이 노트북의 십이 인치 액정화면보다도 작아 보일까? 작을 뿐만 아니라 어둡고 추레했다. 마차는 호박으로 변했고 말들은 생쥐가 되어 달아난 뒤였다. 그랬다. 이게 바로 현실이었다. 조금 전까지만 해도 퀴즈쇼 우승도 마음만 먹으면 못할 것도 없을 것 같았고, '벽 속의 요정'과의 사랑도 운명적 조우를 앞둔 기분이었는데, 석고보드로 마감한 이 고시원의 쪽방 안에서는 그 모든 것이 다시 아득히 멀게만 느껴졌다.

나의 그녀는 정말 TV 퀴즈쇼에 나가려는 것일까? 나간다면 왜 나가는 것일까? 돈이 필요해서? 아니, 어쩐지 그녀는 그런 속된 욕망과는 거리가 있어 보여. 혹시 나가더라도 그런 이유는 아닐 거야. 어쨌든 그녀가 퀴즈쇼에 나간다면 퀴즈방의 모두가 그녀의 얼굴을 보게 되겠군. 마뜩지 않은 일이었다. 나는 노트북을 접고 침대에 걸터앉았다. 전 입주자가 써놓은 다윈의 경구가 다시 눈에 들어왔다.

"가장 강한 자가 아니라 환경에 잘 적응하는 자가 살아남는다."

존경하는 찰스 다윈 선생님. 말해주세요. 저는 이 세계의 적자일까요? 아무래도 아닌 것만 같거든요. 각 개체는 자기가 이 세계의 적자라는 것을 어떻게 알게 되나요? 그냥 겪으면 알게 되나요? 그냥 겪어보고, "이런, 나는 이 세계의 강자도 아니고 적자도 아니었잖아? 그럼 여러분, 이만 안녕!" 이러면서 퇴장하면 되는 건가요? 그건 너무 비정하잖아요. 인생은 한 번뿐인데, 실수도 용납되지 않는 건가요? 인생이라는 게 패자부활전도 없는 그런 잔혹한, 만인 대 만인이 투쟁하는 냉정한 게임인가요?

다윈은 말이 없었다. 나는 침대에 몸을 뉘었다. 형광등이 나를 내려다보고 있었다. 나는 형광등에게라도 묻고 싶었다. 형광등아, 조명의 세계에서 다른 모든 조명을 이기고 살아남은 국민조명 형광등

아. 별로 분위기도 안 나고 켜는 데도 오래 걸리고 툭하면 스타터가 나가는, 그러나 전기료가 싸게 먹히고 수명이 긴, 그래서 살아남은 조명계의 우세종아. 내가 이 세계에서 과연 살아남을 수 있겠니? 사람다운 사람을 만나, 말 같은 말을 하고, 집 같은 집에서 잠들고, 밥 같은 밥을 먹으며 사는 게 그렇게 어려운 일이냐?

3장

새벽의 설움

10

다음날, 눈을 떠 시계를 보자 벌써 오전 열한시가 다 되어가고 있었다. 나는 허겁지겁 일어나 전날 적어둔 번호를 찾아서 전화를 했다. 서너 통쯤 전화를 돌리자 드디어 한번 와보라는 곳이 나타났다. 나는 옷을 챙겨입고 세수를 하러 갔다.

편의점은 찾기 어렵지 않았다. 고시원에서 걸어서 오 분도 채 걸리지 않는 곳이었다. 지하철역 인근의 이십층도 더 돼 보이는 주상복합빌딩 일층. 가끔 지나가다 음료수나 아이스크림을 사먹은 적도 있는 곳이었다. 매장은 편의점치고는 널찍한 편이었고 조명도 밝았다. 내가 알바 때문에 왔다고 하자 고등학생쯤으로 보이는 어린 여자애가 청량음료를 진열해놓은 공간 옆의 문을 열고 가게 뒤로 가 점주를 데리고 나왔다. 잠깐만 기다리세요, 라고 말 한마디 하면 어디가 덧나나? 여자애가 데리고 나온 점주는 끼고 있던 목장갑을 벗으며 나를 날카로운 눈으로 훑어보았다. 젊은놈들, 내가 한번 보면 딱 알지, 하는 눈초리였다. 나는 나도 모르게 조금 움츠러들었다.

점주는 어찌 보면 동사무소에서 등본 떼주는 공무원 같기도 하고 또 어찌 보면 고등학교 수학선생님 같기도 했다. 나는 궁금했다. 왜 아저씨들은 모두 공무원이나 선생님처럼 보이려고 애를 쓰는 것일까? 패션과 말투, 심지어 얼굴 표정까지도 그렇다. 그 때문에 이 나라의 아저씨들은 어떤 면에서는 다들 비슷한 구석이 있다.

"어이, 밤도 괜찮아?"

"네?"

다짜고짜 반말이었다.

"밤에도 일할 수 있냐구."

무슨 말인지는 알아들었지만 나는 소극적으로 저항해본다. 저항이라봐야 고작 반문뿐이지만.

"밤이요?"

"그래, 야간조."

"밤이라면 몇시를……?"

"밤 열두시부터 아침 일곱시까지야."

최여사가 돌아가시고 난 후, 이상하게 뭐든 되묻게 되는 것이 많아졌다. 밤이요? 창문이요? 복리요? 뭐 이런 식이다. 세상에는 되물을 것투성이였다. 어떤 세계에 들어가 그 일원이 된다는 것은 곧 그들이 하는 말을 알아듣게 된다는 뜻이었고, 무슨 말을 들어도 다시 되묻지 않게 된다는 뜻이기도 했다. 대체로는 몰라서 되묻지만 알면서 되물을 때도 있다. 그것은 힘없는 어린 남자가 세상에 맞서 할 수 있는 최대치의 사보타주였다.

나는 고시원의 내 방으로 돌아와 피곤한 눈을 비비며 수첩을 펼쳤다. 그리고 적었다.

"기억할 것―관점만 바꿔도 세상은 완전히 달라진다. 즉, 다른 세상을 보고 싶다면 관점을 바꿔야 한다."

이것은 내가 편의점 알바생활에서 얻은 첫번째 교훈이었다. 편의점은 마음 편히 음료수나 사먹으러 들어왔을 때와는 완전히 다른 곳이었다. 그때는 편의점을, 물건의 가짓수는 적은데 값은 비싼, 비좁고 옹색한 상점이라고 생각했던 것 같다. 그러나 알바를 하며 보니 웬걸! 편의점은 작지만 거대한 세계였다. 소인국에 들어선 걸리버가 된 기분이었다. 작고 자잘한 수천 개의 아이템이 빼곡히 진열돼 있어 물건 이름을 익히는 데만도 한참이 걸렸다.

특히 담배는 정말 다양한 종류가 있었고, 찾는 사람도 많아 그때마다 허둥댈 수밖에 없었다. 나는 흡연자도 아니어서 세상에 존재하는 담배의 종류가 그렇게 많은 줄 몰랐었다. 게다가 각각의 담배 이름은 타르의 함량에 따라, 또 알 수 없는 그 어떤 기준에 따라 세분화되어 있었다. 게다가 담배를 찾는 사람들은 뭐가 그렇게 급한지 조금만 버벅대도 짜증부터 부렸다. 특히 담배 이름을 자기 맘대로 부르는 이들이 골치였다. 한번은 술 취한 아저씨가 들어와 "야, 디플,

디플 달란 말이야" 하면서 재촉을 해대는데 도대체 그게 뭔지 알 리가 없는 나는, "네? 디플이요?" 이렇게 바보 같은 반문을 할 수밖에 없었다. "디스플러스 달라니까, 이 자식이." 취객은 짜증을 부렸다. 그 정도는 약과였다. 마일드세븐을 '마세'로, 말보로라이트는 '말라'로 부르는 사람도 있었다.

물건이 떨어지면 그게 새벽이든 아침이든 바로 창고에서 꺼내와 진열해놓아야 했다. 특히 라면은 부피가 커서 진열대가 금세 비었다. '제발 인간들아, 라면 좀 그만 먹어라!' 외치고 싶은 심정이었다. 처음 찾아간 날 점주는 내게 이렇게 말했다.

"야간에는 손님도 뜸해서 별로 일이 없어. 책 좀 보고 그러다보면 금방 아침일 거야."

새빨간 거짓말이었다. 그게 정말이라면 왜 야간조에 시급을 더 주겠는가? 밤 한시까지는 쉴새없이 손님들이 들어와 술과 안주를 사거나 라면이나 삼각김밥으로 허전한 속을 달랬다. 돈을 안 내고 술을 집어가려는 취객과도 싸워야 하고("아, 글쎄, 내일 준다니까! 자기, 나 못 믿어?") 세시가 넘으면 혹시 들어올지 모를 강도에도 대비해야 했다. 그렇다고 무슨 총을 마련한다든가 하는 것은 아니고 야구모자를 눌러쓰고 마스크로 입을 가린 수상쩍은 사람이 들어오면 조금 긴장을 하는 정도였다.

점주는 알바들에게 입버릇처럼 말했다.

"얘들아, 세상은 학교가 아니야. 정신 똑바로 차려."

나도 그에게 말해주고 싶었다. 사장님, 알바라고 다 학생은 아니랍니다. 반말하지 마세요.

새벽이 되면 몸은 천근만근 무거워지고 소설도 눈에 들어오지 않는다. 처음에는 취업을 위한 일반상식 책을 가져왔었는데, 며칠 만에 만화책으로 바꾸었다. 그러나 만화책은 너무 빨리 읽어버리는 게 문제였다. 새벽이 되기도 전에 읽을거리가 떨어졌다. 하는 수 없이 다시 대하 판타지소설 쪽으로 종목을 바꾸었다. 그러나 결국에는 멍하니 계산대 아래에 있는 케이블TV를 보는 게 제일 낫다는 결론에 이르렀다. 그 무렵을 한 문장으로 정리하자면, 유통기한이 지난 '바나나맛 우유'와 '천하장사' 소시지를 먹고 〈무한도전〉 재방송을 보며 낄낄대는 삶이었다고 할 수 있다.

나는 나름 최선을 다했다. '뼛속 깊이 게으름이 뱄다'는 빛나의 말을 반박하고 싶었던 것일까? 담배 이름을 잘 몰라서 버벅대기는 했어도 바닥 청소도 열심히 하고(물론 점주는 물이 너무 흥건하다고 타박하곤 했지만) 항상 웃으며 손님을 대하려고 노력했다. 취객들이 시비를 걸어도 참았다.

편의점의 점주는 복잡한 캐릭터였다. 인간적으로 나쁜 사람은 아닌 것 같았다. 처음에는 그저 소심하고 깐깐한 아저씨쯤으로 생각했는데 겪어보니 그렇게 간단한 인물이 아니었다. 손님이 없을 때면 알바생들에게 자기 옛날 얘기를 하곤 했는데, 그중에서 한때 그가 필리핀 마닐라에서 작은 무역회사를 운영하던 시절의 이야기가 기억에 남는다.

"필리핀 바닷가에 가면 어부들이 해먹에서 낮잠을 자고 있어. 왜 하루종일 낮잠만 자냐고 물어보면 어부가 되물어. 그럼 잠 안 자고 뭘 합니까? 이 사람들아, 나가서 물고기도 잡고 돈도 벌고 그래야지. 그럼 어부가 또 물어. 고기 잡고 돈 벌어서요? 좋은 집도 짓고 애들도 교육시키고 그리고 편안히 쉬어야지. 그럼 어부가 웃으면서 뭐라는지 알아? 지금 쉬고 있잖아요? 그렇게 말하니까 할말 없더라구. 참 팔자 편한 놈들이야. 가난하게 사는 덴 다 이유가 있어. 안 그래?"

글쎄. 그렇지만 나는, 하루종일 굴신도 제대로 못하는 좁은 매장에서 재고관리에, 손님 상대에, 물품주문에, 그리고 장부정리까지 온갖 격무에 시달리는 서울의 편의점 점주와 느긋하게 낮잠을 자다가 잠깐 고기를 잡는 필리핀 어부 중 누구의 인생이 더 나은지 쉽게 판단할 수 없었다.

게다가 그의 인생은, 워낙 조각조각 전해들어서 그런 탓도 있겠지만 도무지 종잡을 수가 없었다. 한때는 수재 소리를 들었던 과학영재였으나 대학 시절에는 화염병을 던지는 열혈 운동권이었고, 90년대에는 세계경영을 꿈꾸던 굴지의 자동차회사 직원이었다고 한다. 그러다 그 회사가 구제금융 시절에 부도가 나자 홀연 필리핀으로 건너가 무역업을 했는데, 그게 쫄딱 망하는 바람에 결국 편의점을 하고 있다는 것이었다. 만약 그의 말이 다 사실이라면 우리나라는 교육, 운동권, 대기업까지 모두 문제가 심각했다. 국가는 과학영재 하나도 똑바로 못 키우고, 열혈 운동권은 태연히 재벌기업에 들어가고, 게다가 그 재벌기업은 그렇게 들어온 직원 하나 끝까지 못 거둔 것이다.

점주는 꽤나 호탕한 마초처럼 굴지만 실제로는 좀스럽기 이를 데 없는 소시민이었다. 여고생 알바 은정이 슬쩍 귀띔해준 말로는 가끔 건너편 건물 이층에 있는 당구장에서 새로 온 알바를 감시하곤 한다는 것이다.

"조심하세요. 괜히 걸리면 골치 아파요."

예전의 한 알바는 점심을 거르고 와서 너무 배가 고픈 나머지 아직 유통기한 안 지난 삼각김밥을 먹다가 점주한테 들켜 눈물을 쏙 뺀 적도 있다고 했다. 도대체 어떤 면이 진짜인지 알 수 없는 혼란스런 인물이었지만, 더 중요한 것은 그의 본질 따위는 전혀 궁금하지 않았다는 것이다. 그런 내 심정을 한마디로 하자면 이렇다.

알 게 뭐야!

대형 마트에서 매장을 정리(말이 정리지, 사실은 막노동 수준이었다)하는 알바 같은 걸 하던 때가 있었다. 거기에도 저런 점주 같은 사내들이 꼭 있었다. 하나같이 화려한 과거를 가지고 있던 그들을 나는 속으로 '깨나'족이라고 불렀다. 그들은 모두 고등학교 때까지는 부모님 속 '깨나' 썩이던 깡패였지만 마음잡고 사회에 나와서는 돈푼 '깨나' 만진 적이 반드시 한 번은 있었고 한창때는 여자 '깨나' 울렸다. 그러나 결국 다 날려먹고 비록 지금은 '여기서 이러고' 있지만 이게 자기의 전부는 아니라는 것이었다. 이글이글 타들어가는 삼겹살을 앞에 둔 채 그들의 장광설은 한없이 이어진다. 수컷으로서의 본성과 얌전한 사회인으로서의 삶이 아직 조화를 이루지 못한, 그래서 엄청나게 거친 언어와 믿을 수 없이 얌전한 일상, 이런 양면을 가지고 있는 이들이었다.

깨나족의 일원이라고 생각하면 점주 같은 사람도 이해하기 어렵지 않았다. 호빗족은 먹는 것을 좋아하지만 깨나족은 술을 좋아한다. 깨나족은 술에 취하면 호기로워지기 때문에 그들이 하는 이야기의 팔십 퍼센트는 깎아서 들어야 한다. 그런 호언을 다 믿었다가는 바보 되기 십상이다. 그들 입에서 나오는 화려한 과거는 대부분 공동창작이고 일종의 민담이라 할 수 있었다. 주변에서 들은 전설적인 영웅담을 표절, 짜깁기한 것에 불과했다. 친구 얘기, 영화에서 본 것, 친구가 겪은 일이 뭉뚱그려져 어느새 자기 얘기가 되어버리는 것이다. 군대든 학교든, 다른 그 어떤 곳이든 다 마찬가지였다.

이 깨나족들은, 어린 남자는 다 어수룩한 줄 알고 나 같은 어린 남자 앞에서 말도 안 되는 허풍을 떤다. 그리고 그런 허풍은 언제나 이런 훈계로 끝나기 마련이었다. "그러니까 너도 사내새끼가 첫판부터 꿀리면 안 돼. 선빵을 날려야 하는 거야! 씨발, 눈 똑바로 쳐다보고!"

그러면서도 별것 아닌 것에는 되게 인색하다. 이 편의점에서도 알바들은 배가 고프면 유통기한이 지난 삼각김밥을 취향에 맞는 컵라면에 곁들여 먹곤 했다. 점주에게는 제일 저렴하고 알바들에겐 가장 든든한 식사방식이었다. 나는 왕뚜껑이라는 컵라면을 즐겨 먹었는데, 라면을 먹을 때면 늘 그 컵라면의 옛 CF가 떠오르곤 했다. 무술을 잘한다고 소문난 탤런트가 나와 엄지손가락을 치켜들며 이렇게 말하는 장면이었다.

"왕입니다요!"

하긴, 조선의 왕들은 생각보다 검소했다고 하니······

유통기한이 지난 삼각김밥이나마 흔하다고 생각하면 오산이다.
집에 일이 있다는 은정이 대신 며칠간 낮근무를 했을 때의 일이다.
근처의 미술학원생 중에는 편의점 운영방식을 꿰뚫고 있는 애들이
있었다. 그애들은 삼각김밥의 유통기한이 13시 기준이라는 것까지
알고 있었다. 오후 한시가 되면 편의점으로 들어와 오픈쿨러에 있는
삼각김밥을 집어들고 이렇게 말하는 것이었다.

"아저씨, 이거 유통기한 지난 거, 먹어도 되죠?"

얘들아, 나는 아저씨가 아니란다. 그러나 그 말 대신 나는 미소를
지으며 이렇게 말한다.

"네, 드세요. 근데 딴 데 가서 우리 가게에서 먹었다고 말씀하시면
안 돼요."

어차피 팔 수도 없고 반품도 안 되니 그냥 줘버리라고 점주는 말
했다. 그러나 그게 그렇게 간단한 일이 아니었다. 유통기한이 갓 지
난 삼각김밥은 알바들의 밥이기도 했다. 은정이 말로는 가끔 학원생
들이 자기가 먹으려고 챙겨둔 것까지 싹 쓸어가버려 너무 얄밉다고
했다. 그 밖에도 편의점에는 별의별 사람들이 다 찾아온다. 돈을 들
고 물건 사러 오는 사람만 있는 게 아니었다. 골뱅이통조림을 들고
와서 반품을 해달라는 아저씨도 있었다.

"아까 아침에 사간 건데, 마누라가 다시 바꿔오라고 하던데······"

반품을 받아주려고 포스컴퓨터 쪽으로 손을 뻗는 순간 마침 들어온 깨나족 점주가 내 손에서 통조림을 낚아채 바코드를 찍었다.

"손님, 이거 우리 가게 물건이 아닌데요."

남자는 아무 말 없이 다시 골뱅이통조림을 받아서 도망치듯 편의점을 빠져나갔다.

"한참 뜸하더니 또 왔네. 저 새끼, 바보 아니야?"

점주 말로는 근처 대형 마트 물건이라고 했다. 대형 마트에서 물건을 사서 저렇게 동네 편의점을 돌아다니며 반품을 시도하는 것인데, 그러다 정 안 되면 다시 대형 마트에 가서 바꾸면 되니 밑져야 본전이라는 생각으로 저러고 다닌다는 것이었다.

그러나 내가 편의점을 그만두게 된 결정적인 사건은 저런 종류의 나름 귀여운 일이 아니었다.

11

그날 새벽은 이상하게 정신이 맑았다. 모든 게 너무 또렷해서 오히려 꿈처럼 느껴질 때가 있는데, 그날이 바로 그랬다. 인적이 끊긴 거리는 고요했다. 청소차만이 적재함을 덜컹거리며 지나갔다. 멀리 희붐하게 사위가 밝아오고 있었다. 나는 보고 있던 책을 덮고 두 손으로 마른세수를 했다. 이제 조금만 있으면 아침 근무자가 올 것이다. 그럼 결산을 맞춰보고 별 이상 없으면 고시원으로 돌아가 오지 않는 잠을 청하리라. 그런 생각을 하고 있는데 갑자기 밖이 소란스러워졌다. 나는 고개를 돌렸다. 양복을 입은 한 남자가 미니스커트를 입은 여자를 부축하고 편의점 안으로 들어섰다. 남자의 넥타이는 느슨하게 매어져 있었고 당겨올라간 여자의 새틴재킷 아래로는 허연 등허리가 드러나 추워 보였다.

"어시 오세……"

힘이 풀린 채 흐느적거리는 여자의 발이 잡지 진열대를 건드리는 바람에 주간지들이 앞으로 우르르 쏟아졌다. 나는 자리에서 벌떡 일어나 바닥에 떨어진 주간지들을 진열대에 대충 챙겨넣었다. 여자가 다시 한번 몸을 격렬하게 뒤채는 사이, 남자가 여자의 팔을 놓쳤고, 여자는 편의점 입구에 그대로 뻗어버렸다. 스커트가 말려올라가 팬티가 보일 지경이었다. 여자는 발작하듯 간헐적으로 몸을 움찔거렸다. 딸꾹질 같기도 하고 전기충격에 반응하는 것 같기도 했다. 남자는 여자를 부축하고 오느라 힘이 다 빠져버린 듯 바닥에 주저앉아 처량한 얼굴로 여자를 내려다보았다. 일어나봐. 여기서 이러면 어떡해, 응? 그러나 여자는 반응이 없었다. 남자는 지쳤다는 듯 눈을 질끈 감았다가 떴다. 그러곤 겨우 몸을 일으켜 내게로 왔다.

"저, 죄송한데요."

"무슨 일인가요?"

"여자친구가 갑자기 저렇게 돼서 집에 데려다줘야 하는데……" 남자는 난감한 얼굴이었다. "제가 지갑을 잃어버려서요."

그러면서 주머니에서 휴대폰과 명함 한 장을 꺼내 내 쪽으로 들이

밀었다. 꾸깃꾸깃한 명함에는 무슨무슨 시스템의 대리라고 적혀 있었다.

"택시비 조금만 빌려주시면 안 될까요? 제가 여자친구 데려다주고 다시 와서 드릴게요."

여자가 발버둥을 치며 진열대를 걷어차기 시작했다. 물건이 와르르 떨어졌다. 나는 엉겁결에 그가 건넨 휴대폰과 명함을 받았다. 남자가 몸을 굽히고 여자의 뺨을 가볍게 때리며 진정을 시켰다.

"자기야, 조금만 기다려, 응? 나 여 어, 여 다니까! 좀만 참아. 이제 집에 갈 거야."

나는 포스컴퓨터의 소형 금고를 열고 이만원을 꺼냈다. 남자가 여자친구를 겨우 진정시켰다.

"제 돈이 아니고 우리 가게 돈이니까 꼭 가져오셔야 돼요."

남자는 내가 건네준 돈을 보더니 다시 부탁을 했다.

"저, 죄송한데요. 만원만 더 빌려주시면 안 될까요? 여자친구 집이 분당이거든요."

만원이라…… 나는 지폐를 만지작거리다 이만원을 집어들었다.

"그럼 넉넉하게 사만원 드리면 될까요?"

"감사합니다. 정말 감사합니다."

남자는 내게 받은 돈을 주머니에 쑤셔넣고 다시 여자를 부축해 차가운 시멘트 바닥에서 일으켜세웠다. 나도 카운터에서 나가 거들었다. 여자가 휘청하면서 내 쪽으로 쓰러졌다. 나는 나도 모르게 팔을 뻗어 그녀를 받아안았다. 순간 얼굴이 붉어졌지만 내색하지 않고 겨드랑이 사이에 넣은 팔에 더욱 힘을 주어 남자와 함께 여자를 부축했다. 그리고 가게 밖으로 나갔다. 차가운 공기를 쐬자 여자도 정신이 드는지 조금씩 발에 힘을 주기 시작했다.

"감사합니다. 이따 오후에 뵐게요."

남자는 혼자 여자를 부축해 택시가 오가는 큰길로 나갔고, 나는 편의점으로 돌아왔다. 백미터달리기의 결승선을 통과한 직후처럼 머리가 멍했다.

바로 그 순간, 요란한 벨소리와 함께 전화가 걸려왔다. 점주였다.

"금고는 왜 연 거야?"

미셸 푸코가 말한 원형감옥, 조지 오웰이 예견한 빅브라더의 세계는 멀리 있지 않았다. 가게에 설치된 폐쇄회로 카메라는 인터넷을 통해 점주의 집에 있는 컴퓨터로 연결돼 있었다. 점주는 집에서도 얼마든지 컴퓨터를 통해 가게 상황을 체크할 수 있었고, 실제로도 늘 그렇게 했다. 나는 〈인간극장〉 유의 다큐멘터리에 출연하는 사람들이 어떻게 그렇게 자연스러울 수 있는지 늘 의아하게 생각해왔는데, 막상 내가 그런 상황에 처해보니 알 것도 같았다. 감옥에 오래 있는 사람들은 간수들이 자기편이라고 착각하게 된다고 했다. 물리적으로 가까이 있으니 마음도 가까이 있으리라 믿는 것이겠으나 간수들의 생각은 수감자들 생각과는 많이 다를 것이다. 감시 카메라도 마찬가지. 가까이 두고 오래 만난 게 친구라더니, 그 본질은 사라지고 때론 가까운 친구처럼 친근하게 느껴졌다. 나는 카메라를 바라보았다. 아마 집에서 모니터를 보고 있는 점주와 눈이 마주쳤을 것이다.

"아, 네. 그게 말씀드리기가 좀 복잡한데요."

"알았어. 내가 나갈게."

점주는 바로 나타났다. 나는 자초지종을 설명하고 남자가 맡기고 간 휴대폰과 명함을 보여주었다. 점주는 명함을 보더니 가게의 유선 전화로 거기에 있는 번호로 전화를 걸었다. 그러더니 수화기를 내 귀에 대줬다. 수화기에서는 "지금 거신 전화는 결번이오니 확인하시고 다시 걸어주시기 바랍니다"라는 메시지만 반복해서 나왔다.

"이 휴대폰, 이 다 썩은 게 얼마나 할 것 같아?"

점주가 펼친 폴더식 휴대폰은 화면의 액정도 온전치 않은 것이었다.

"얼마 줬다고?"

"사만원이요."

점주가 눈을 날카롭게 뜨고 달려들 듯이 내 쪽으로 얼굴을 들이댔다. 이마와 이마가 서로 부딪힐 지경이었다. 나는 나도 모르게 고개를 뒤로 젖혔다.

"야, 이 한심한 놈아! 왜 남의 돈으로 니가 인심을 써? 쓰려면 니 돈으로 하란 말이야. 너 나이가 몇 살이야? 낼모레 서른인 새끼가 그런 기본적인 것도 몰라?"

"그런데 왜 욕을 하세요?"

사장은 말꼬리를 길게 늘여가며 내 말투를 흉내냈다.

"뭐? 왜 욕을 하세요오오? 새벽부터 이런 일을 당하면 너 같으면 욕 안 나오겠냐? 아침부터 재수없게 이게 뭐야?"

"그건 죄송하게 됐습니다."

"됐어, 죄송할 거 없어."

"월급에서 까세요."

"안 그래도 그럴 생각이야."

점주는 쉰 시간 치의 급여를 보증금 조로 잡아두고 있었다. 그게 관행이라고 했다. 그중에서 다시 열다섯 시간 정도의 액수가 날아간 것이다. 그러니까 어제와 오늘, 나는 이틀 밤을 헛수고한 셈이다. 나는 그와 함께 말없이 결산을 했다. 결산에서도 팔천원가량이 비었다. 아마도 복권 쪽에서 착오가 있었을 것이다. 그러나 점주는 그것에 대해서는 아무 말 하지 않았다. 그는 혼자서 구시렁구시렁거리며 계산기를 두들겼다. 그는 나라는 인간이 아예 존재하지 않는 것처럼, 마치 유령이라도 되는 것처럼 취급하고 있었다. 나는 하는 수 없이 멍청하게 계산대 앞에 서 있었다. 점주가 마침내 고개를 들고 싸늘하게 말했다.

"뭐해? 가봐."

나는 점주의 말투보다 나를 바라보는 그 눈빛에 더 충격을 받았다. 만약 당신이 한 인간을 서서히 파멸시키고 싶다면 그런 눈빛을 배워야 한다. 그것은 상대가 자기와 같은 인간이라는 것을 부정하는 눈빛이며, 앞으로 그가 더 나은 존재가 될 수 있다는 것을 절대로 믿지 않는 눈빛이며, 혹시 그런 존재가 되더라도 적어도 자신만큼은 절대로 인정하지 않을 것임을 맹세하는 눈빛이다. 만약 그런 눈빛을 가진 부모 밑에서 자라는 아이가 있다면 그 삶은 구원받지 못할 것이다. 만약 그런 눈빛을 가진 교사 밑에서 배우는 아이라면 자신감이라는 감정을 영원히 이해하지 못하는 사람이 될 것이다. 그것은 경멸과는 또다른 것이다. 그것은 경멸에 들어가는 에너지조차 아까워하는, 얕은 수준의 감정이었다. 그것은 사람을 깔보고, 무시하고, 마치 없는 것처럼 여기고, 필요하면 자기 마음대로 조종할 수 있다고 믿을 때나 생겨나는 종류의 감정일 것이다.

내 마음 아주 깊숙한 곳에 살고 있는 영혼의 파수꾼이 출동했다. 나는 그가 나를 대신하여 말하는 것을 말릴 수 없었다.

"저, 내일부터 못 나올 것 같은데요."

점주는 깜짝 놀라 내 눈을 똑바로 쳐다보았다. 그러나 어쩐지 조금 전보다는 기세가 꺾인 느낌이었다. 나는 나 대신 말하는 내 영혼의 파수꾼이 자랑스러웠다. 점주는 발끈하여 소리를 질렀다. 그러나 별로 두렵지 않았다.

"뭐야? 못 나와? 왜 못 나와? 갑자기 사람을 어떻게 구해? 너 이런 식으로 그만두면 나도 돈 못 줘. 적어도 남한테 피해는 안 줘야지. 이게 뭐야? 책임감 없이."

"어차피 다 까고 남은 것도 별로 없잖아요."

"야, 이민수! 그렇다고 막 나가는 거야? 규정을 위반한 게 내 탓이야? 아니면 사기당한 게 내 탓이야?"

"반말하지 마세요. 저 이제 여기 알바 아니에요."

"아니긴 뭐가 아니야? 야, 이민수, 내가 인생 선배로서 충고하는데,"

"저는 사장님 같은 선배 둔 적 없는데요. 그러니까 충고하지 마세요."

잘한다, 파수꾼!

"이 자식이 이거, 너도 성깔 있다 이거야? 뭘 잘했다고 큰소리야? 너 눈 안 깔아?"

나는 문을 열며 말했다.

"인생 그렇게 살지 마세요."

"너 무슨 드라마 찍냐? 니가 무슨 사랑 때문에 집 나와 방황하는 재벌 2세냐? 야, 이민수, 내 말 들어. 사람 구할 때까지만 해. 알았어?"

"싫어요."

"너 정말 한푼도 안 받아도 돼? 진짜 땡전 한푼 못 줘. 농담 아니야."

"아, 정말 필요 없다니까요. 다 가지세요."

나는 편의점 문을 발로 찼다. 문이 열렸다. 나는 뚜벅뚜벅 밖으로 걸어나왔다. 공기는 차가웠고 세상은 이미 훤하게 밝아 있었다. 바로 그 순간, 나는 새벽의 설움이라는 게 따로 있다는 것을 알았다. 그러니까 설움도 아침의 설움, 오후의 설움, 저녁의 설움처럼 시간대에 따라 그 질이 달랐다. 새벽의 설움은 평생 한 번도 경험해보지 못한 것이었다. 먹이를 찾는 새들이 땅에 닿을 듯 낮게 나는 시간, 부지런한 학생들이 도서관의 좋은 자리를 잡겠다고 발걸음을 재촉하는 시간, 환경미화원들이 벌써 하루의 가장 주된 일과를 마치고 샤워를 하러 가는 시간, 그런 시간에 나는 인간에게 속고, 또다른 인간에게는 욕을 먹고, 일자리 같지도 않은 일자리에서마저 돈 한푼 못 받고 쫓겨난 것이다.

나는 거리를 걸으며 나를 속인 자들의 눈물겨운 노고에 대해 생각했다. 고장난 공짜 휴대폰을 모으고 가짜 명함을 만들고 목표가 될 편의점을 미리 물색하여 사전답사까지 해두었을 두 남녀 연기자, 그들은 얼마나 대단한가. 어쩌면 그들은 새벽에 사기를 치기 위해 자명종까지 맞춰놓고 평화롭게 한이불에서 잠이 들었을 것이다.

"자, 일찍 일어나야 하니까 어서 자자고. 내일 새벽엔 힘든 일이 기다리고 있잖아."

그러고는 이른 새벽, 자명종 소리에 일어나 적당한 복장으로 갈아입은 뒤 졸리고 피곤한 알바가 지키고 있는 편의점으로 들이닥쳐 명연기를 펼친 것이다. 내가 망설일 때마다 바닥에 쓰러진 여자는 발버둥을 치며 진열대를 걷어차고, 그때마다 남자는 울상이 되어 하소연을 했다.

그러나 더 참을 수 없는 것은 득달같이 나타난 점주의 연기 아닌 연기였다. 그는 짐짓 더 요란하게 화를 내며 나를 모욕하고 도발했다. 사만원 없으면 죽나? 그리고 사기를 친 건 내가 아니잖아? 난 피해자라고! 생각할수록 화가 났다. 나는 길거리에 굴러다니는 콜라 캔을 걷어차면서 마음속으로 외쳤다.

그깟 사만원 때문에!

콜라 캔은 길 한가운데로 날아갔다. 아무 짐도 싣지 않은 빈 덤프

트럭 한 대가 그 캔을 밟고 지나갔다. 바퀴벌레를 손으로 눌러 죽일 때 나는 소리를 만 배쯤 증폭시킨 듯한 음이었다. 그 순간 나는 길거리에 그대로 멈춰 서고 말았다. 아니다. 바로 그 정신, '그깟 사만원 때문에'라고 말하는 바로 그 정신 때문에 나는 세상에 속아넘어가는 것이다. 다른 자들의 밥이 되는 것이다. 누군가는 사만원 때문에 이 새벽부터 부지런히 사기를 치고 또 누군가는 그 사만원 때문에 해도 뜨기 전에 가게에 나와 알바를 족치는데, 오직 나만이, 이 한심한 이민수만이 '그깟 사만원 때문에'라고 태연하게 말하고 있는 것이다. 바로 그런 정신 때문에 나는 만원만 더 달라는 사기꾼에게 내 돈도 아닌 남의 돈을 이만원이나 선뜻 내준 것이다. 방값 이십구만원짜리 고시원에 살면서, 천원짜리 컵라면에 유통기한 지난 삼각김밥이나 먹는 주제에 말이다.

12

나는 고시원으로 돌아가 불을 끄고 침대로 기어들어갔다. 아침이 되어도 빛 한 점 들어오지 않는 방이어서 한밤중이나 마찬가지였지만 잠은 오지 않고 정신은 더욱 말똥말똥해졌다.

멀리서 쿵쿵 공사하는 소리가 들렸다. 길 건너편에서 얼마 전부터 단독주택을 헐고 빌딩을 올리고 있었다. 어디선가 잠꼬대 소리 같은 것이 들려왔지만 귀기울여 들어보니 TV나 라디오 소리 같기도 했다.

눈을 감았다. 꿈 많은 잠이었다. 얼마나 잔 것일까? 누군가가 내 방문을 힘없이 두들기고 있었다. 몸이 너무 무거워 정말 일어나고 싶지 않았다. 문을 두드리는 소리는 점점 작아졌지만 그래도 계속 이어졌다. 나는 청바지를 꿰어입고 문을 열었다. 어두운 복도에는 아무도 보이지 않았다. 도대체 누가 문을 두드린 거야? 다시 문을 닫 으려는데 어디선가 신음소리가 들렸다. 내려다보니 발치에 털실뭉 치처럼 웅크리고 앉은 여자가 있었다. 옆방인 702호 입주자였다. 그 동안 가끔 마주치곤 했지만 인사를 나눈 적은 없었다. 여자는 아침 일찍 나가 밤늦게야 돌아왔다. 늘 무거운 책을 들고 다니는 것으로 보아 아마 무슨 시험 같은 것을 준비하는 모양이었다. 옛날 여고생 처럼 머리를 두 갈래로 땋아 늘어뜨리고 다니는 모습이 눈길을 끌었 다. 핏기 없는 파리한 얼굴로 여자는 마지막 힘을 짜내듯 말했다.

"죄송하지만 혹시 소화제 좀 갖고 계세요?"

"소화제요?"

그런 게 있을 리 없었다.

"없는데요. 어디 아프세요?"

"네, 조금."

여자는 거의 쓰러지기 직전이었다. 문득 편의점에 나타났던 새벽 의 남녀가 생각나 나는 조금 차가운 태도로 여자를 내려다보며 아무 말도 하지 않았다.

"주무시는데 깨워서 죄송해요."

그녀는 기다시피 자기 방으로 되돌아갔다. 나는 그녀의 방문을 열

134

어주었다. 그러면서 책상 위를 힐끗 살폈다. 먹다 남은 찐고구마가 검은 비닐봉지와 함께 나뒹굴고 있었다.

"고구마를 드셨나봐요?"

여자는 손으로 침대를 짚은 채 고개를 끄덕였다.

"고구마가 쉬었나봐요. 먹지 말았어야 했는데……"

차마 그대로 돌아설 수가 없었다.

"제가 약국 가서 약 좀 사올까요?"

"아니에요, 됐어요. 괜히 저 때문에……"

"아닙니다. 바로 요 아랜데요, 뭘."

그녀는 굳이 지갑에서 천원짜리 몇 장을 꺼내 내 손에 쥐여주었다. 손이 차가웠다. 나는 약을 사다주었다. 아침이겠거니 생각하고 있었는데 나와보니 이미 오후 세시가 넘어 있었다. 그녀는 약을 삼키고 나서 마치 짚단이 쓰러지듯 힘없이 침대에 누웠다.

"감사합니다. 이제 가보셔도 돼요."

나는 내 방으로 돌아왔다. 옆방에 산 지가 벌써 이 주가 다 돼가는데 이야기를 나눠본 것은 처음이었다. 내 침대 바로 지척에서 꽤나 끙끙대며 뒹굴었을 텐데도 나는 전혀 모른 채 자고 있었던 것이다. 이런 게 바로 전형적인 도시의 삶일 터다. 도시에서는 고통도 뱃살처럼 감추고 관리해야 한다. 고통을 드러내는 것은 뱃살을 내놓고 다니는 것처럼 부끄러운 일이다.

고시원에 사는 여자들은 유난히 고구마를 좋아하는 것 같았다. 주인 말로는 다이어트 때문이라지만 꼭 그런 것만은 아닐 것이다. 좁은 공동부엌에서 낯선 사람들과 얼굴을 맞대고 밥을 먹기가 불편했을 것이다. 그래서 값도 싸고 영양가도 있는 고구마나 바나나, 맥반석 달걀 같은 걸 사서 혼자 조용히 먹는 것일 테지. 러닝셔츠나 트레이닝복을 입은 아저씨들은 아무 죄의식 없이 남의 밑반찬이나 우유 같은 것을 훔쳐먹고 어린 여자애들에게 시답잖은 농을 걸었다. 건조대에 널어놓은 속옷이 없어지고 샤워장의 온수가 예고 없이 끊겼다. 차례를 기다리던 누군가가 보일러의 스위치를 끄고 달아나는 것이 분명했다. 이 좁은 건물 안에서, 여왕개미 없는 개미굴에서, 서로를 야금야금 파먹으며 우리는 살아가고 있었다. 나는 1.5평짜리 방에 웅크리고 앉아 가슴을 두드려가며 꾸역꾸역 고구마를 먹고 있을 고시원의 어린 여자들을 생각했다. 이곳은 그들에게 정거장 같은 곳이다. 정거장에서 친구를 사귀는 사람은 없다. 언젠가 우리는 이곳을 떠날 테고 완전히 잊어버리게 될 것이다.

나는 더 자는 것을 포기하고 자리에서 일어났다. 그리고 컴퓨터를 부팅하고는 혼잣말로 시답잖은 농담을 했다.

"방이 좁으니 참 좋구나. 침대에서 몸을 일으키니 바로 책상이네."

그전까지 나는 혼잣말하는 사람들을 이해할 수 없었다. 그러나 고시원 생활을 하게 된 이후로는 혼잣말이 부쩍 늘었다. 머릿속으로 지나가는 생각이 그대로 말이 되어 나오는 것이다. 가끔은 길을 걷다가도, "아, 맞아. 우유를 사러 가는 길이었지"라고 큰 소리로 중얼거리면서 방향을 바꿀 때가 있었다. 핸즈프리가 보급되어 길에서 혼잣말을 해도 아무도 이상하게 여기지 않는다는 게 그나마 다행이었다.

컴퓨터를 부팅하고 메일함을 열자 이메일 한 통이 와 있었다. '어제의 책' 주인으로부터 온 것이었다. 내가 팔아버린 책 몇 권을 누군가 사갔는데, 그뒤에 다시 와서는 어떤 경로로 이 책을 입수하게 됐는지 거듭 캐물었다는 것이다. 그러면서 책방에 한번 나와 자기하고 커피나 한잔하자고 적어놓았다. 아마도 내게 좀더 자세한 것을 알아볼 생각인 것 같았다. 그러나 나와는 상관없는 일이었다. 책은 이미 내 손을 떠난데다가 내가 팔아버린 책은 천 권도 더 되었기 때문에 도대체 그가 무슨 책을 가지고 그런 얘기를 하는지 감을 잡을 수가 없었다. 나는 조만간 한번 들르겠다고 짤막한 답장을 썼다. 뭐, 걸어가도 십 분이면 되는 거리였다. 가서 이런저런 책을 뒤적이다보면 기분이 좋아지는 곳이었고 커피만큼은 얼마든지 타먹을 수 있는 곳이었다.

커피 생각을 하자 배가 고파왔다. 나가서 오랜만에 밥다운 밥을 먹자. 나는 옷을 챙겨입고 고시원 밖으로 나와 길모퉁이에 있는 밥집으로 갔다. 전에 딱 한 번 가본 곳이었는데, 전라도 출신의 아주머니가 조선족 아주머니 한 분과 함께 꾸려나가는 백반집이었다.

"춥지요?"

조선족 아주머니가 살갑게 맞았다. 그러고 보니 걸어오는데 찬바람이 거세게 불어온 것 같기도 했다.

"그러네요. 백반 하나 주세요."

"어쩌나, 점심때 백반이 다 나가서…… 그냥 선지해장국 드시면 안 될까?"

"그럼 그거 주세요."

앉아서 젓가락과 숟가락을 놓고 구석에 놓인 TV로 시선을 채 돌리기도 전에 해장국이 나왔다. 나는 김이 모락모락 나는 뜨거운 밥을 해장국에 말았다. 그러고는 천천히 한 숟가락씩 떠먹었다.

아주머니들은 내게 밥을 차려주고 나서는 한쪽 구석에 앉아 나물을 다듬으며 TV를 보았다. 얼마 전에 결혼한 탤런트 부부가 나와서 신혼여행 경험담을 털어놓고 있었다. 방청객들은 뭐가 그리 즐거운지 그들의 말 한마디 한마디가 끝날 때마다 까르르 까르르 웃어댔다.

"글쎄, 이이 턱이 빠진 거예요. 생각해보세요. 호텔 프런트에 전화를 하긴 했는데, '턱이 빠졌다'를 영어로 뭐라고 해야 하는지……"

나는 해장국을 먹다 그 대목에서 풋 하고 웃었다. 밥알 몇 개가 입밖으로 튀어나왔다. 아주머니가 내 쪽을 돌아보며 환하게 웃었다. 별 뜻 없는 웃음인 줄 알면서도 마음이 안온해졌다. 나는 멋쩍게 웃으며 휴지로 입가를 훔쳤다. 그리고 다시 TV로 시선을 돌렸다. 아주머니가 리모컨을 들어 채널을 바꾸고 있었다. 드라마와 쇼, 코미디 채널 등 각종 재방송 전용 채널을 지나갔다. 아주머니는 요즘 인기 있는 고구려 배경의 사극을 찾는 것 같았다. 그렇게 이 채널 저 채널을 오가는 중에 며칠 전 채팅방에서 사람들이 이야기했던 그 퀴즈쇼가 잠깐 나왔다.

"아주머니, 잠깐만요. 아, 아니요. 방금 전에, 네, 거기요. 감사합니다."

나는 아주머니에게 양해를 구하고 그 퀴즈쇼 재방송을 보았다. 아주머니는 다 다듬은 나물 바구니를 들고 주방으로 갔다. 며칠 동안 잊고 있던 그 퀴즈쇼가 거기 있었다. 그들은 어떻게 됐을까? 그날 밤, 퀴즈방에 모였던 사람 중 몇 명이나 퀴즈쇼에 참가신청을 한 것일까? 과연 '벽 속의 요정'은 결정을 내린 걸까? 아니, 아닐 거야. 다들 분위기에 취해서, 익명 뒤에 숨어 떠들어댄 것일 테지. 아마 마지막 순간에는 망설였을 거야.

아주머니가 내 테이블로 와 집게로 콩나물무침을 듬뿍 집어 반찬 그릇에 얹어주며 물었다.

"왜? 저기 나가실라구?"

"네? 아, 아니요."

나는 황급히 부인했다. 그러나 아주머니는 태연히 다시 한번 권유했다.

"아, 나가보지 그래요. 상금이 얼만디. 로또가 따로 없다니께."

"에이, 어디 그게 말처럼 쉽나요?"

나는 웃으며 손사래를 쳤다.

아주머니는 문득 무심한 얼굴이 되어 주방으로 돌아갔다. 그러자 내 마음속의 다른 자아가 나에게 말을 걸기 시작했다. 못 나갈 것도 없지. 안 그래? 뭘 그렇게 황망하게 부인하는 거야? 아직도 여유가 있는 모양이지? 나가서 안 될 게 뭐 있어? 잘되면 아주머니 말대로 로또고, 안 돼도 뭐, 즐거운 추억이잖아. 퀴즈방에 들어가서 이렇게 말하는 거야. 지난주 방송 보셨어요? 거기 나온 키 크고 어벙하게 생긴 취업 준비생이 바로 저랍니다. 그럴 수 있잖아? 안 그래?

방송은 막바지로 치닫고 있었다. 진행자가 참가를 원하는 사람들을 위한 안내를 해주고 있었다. 나는 결심했다. 그래, 나가보는 거야. 곰보빵 할아버지도 말했잖아. 인생의 큰 시험이 날 기다리고 있다고.

나는 식당을 나와 거리를 걸었다. 바람이 차가웠지만 그래서인지 더욱 상쾌하게 느껴졌다. 그 상쾌함은 조금 독특한 것이었다. 포커에서 가진 돈을 다 잃었을 때와 비슷한 기분이랄까. 바로 조금 전까지 상대방의 패를 읽기 위해 들였던 노력에서 해방됐다는 기쁨, 이제 그 치열한 머리싸움이나 표정관리 같은 것을 하지 않아도 된다는 데에서 오는 자포자기의 쾌감. 그건 아마도 자기 존재의 바닥을 확인한 자만이 경험할 수 있는 감정일 것이다. 좋아. 드디어 밑바닥에 다다랐군. 이제 올라갈 일만 남은 셈이야. 겨우 이 정도였나? 별거 아니었잖아? 나는 내 감정이 시키는 대로 나쁜 습관과 충동에 모든 것을 내맡겼고 그것은 전적으로 내 자의에서 비롯된 것이었다. 그래서 결국 이 꼴이 됐다. 그러나 아직 멀쩡하지 않은가? 그렇다면 결론은? 내가 충분히 강하다는 것이다. 니체가 말했듯, 죽지만 않는다면 그 어떤 고통도 결국 나를 강하게 만들어줄 것이다. 자, 이제 모두를 위해 여유 있게 한번 웃어주는 거야. 뭐해, 이민수! 어서 나가지 않고! 쇼타임이야.

13

인터넷으로 퀴즈쇼 참가신청을 하고 나서 예선을 기다리는 동안 나는 몇 가지 일을 했다. 우선 구직사이트에서 알아본 정보를 바탕으로 회사 몇 곳에 이력서를 넣었다. 그리고 편의점에서 야간에 일하느라 한동안 들르지 못했던 인터넷 퀴즈방에 다시 들어가보았다. 그러나 '벽 속의 요정'은 다시 만날 수가 없었다. 다른 사람들에게 물어볼 수도 없는 노릇이어서 나는 퀴즈나 열심히 풀다가 나오곤 했다. 그게 내가 퀴즈쇼에 대비해 할 수 있는 최선의 준비였다.

만약 이대로 영원히 '벽 속의 요정'이 나타나지 않는다면 어떻게 그녀를 찾아낼 수 있을까? 그게 가능하기는 할까? 사흘째가 되자 정말로 막막한 느낌이 들었다. 이럴 줄 알았으면 편의점의 야간근무를 하지 말걸, 하는 후회도 들었다. 그러나 그럴수록 퀴즈쇼 방송에 나가면 운명처럼 그녀와 조우하게 되리라는 근거 없는 예감이 더욱 강하게 들었다.

그럴 무렵, 우연히 옆방녀(며칠 전 쉰 고구마를 먹고 배탈이 난 그녀를 나는 그렇게 부르고 있었다)와 고시원 복도에서 마주쳤다. 예의 양갈래로 땋은, 요즘 서울 거리에선 좀처럼 보기 힘든 헤어스타일에 검소한 옷차림새, 손에는 검은 비닐봉지를 들고 있었다. 어디선가 장을 봐오는 모양이었다. 가볍게 목례를 나누고 지나치는데 그녀가 발걸음을 멈추더니 나를 불러세웠다.

"저, 지난번에 정말 고마웠어요."

그녀는 자기 발끝을 바라보며 말했다.

"아, 뭘요. 근데 몸은 괜찮으세요?"

"네, 덕분에."

그녀가 말없이 고개만 끄덕이면서 발끝으로 바닥을 긁었다. 그렇게 뭔가 할말이 있는 기색으로 한참을 망설이더니 드디어 말을 꺼냈다.

"그런데 혹시 오늘 저녁에 시간 있으세요?"

"네, 별일 없어요."

그녀가 미소를 지으며 오른손에 든 비닐봉지를 들어 보였다.

"이따가 옥상에서 삼겹살을 좀 구워 먹을까 하는데……"

"혼자서요?"

"아, 그냥, 네. 가끔 고기가 먹고 싶을 때가 있어서…… 혹시 괜찮으시면……"

그녀가 고개를 숙였다. 목소리도 작아졌다. 나는 그녀를 부끄럽게 만들었다는 생각에 허둥대며 과장된 몸짓과 음성으로 그녀의 초대에 응했다.

"아, 네, 그럼요. 그럴 때가 있죠. 저도 좋아요. 소주는 제가 사갈게요."

"다 있어요. 그냥 오시기만 하면 돼요."

우리는 두 시간 후, 멀리 화력발전소 쪽으로 노을이 번져갈 무렵에 고시원 옥상에서 다시 만났다. 개인용 빨래건조대와 이런저런 잡동사니, 먼지 쌓인 화분과 말라 죽은 식물 사이에 사람 몇이 모여앉아 뭔가를 먹을 수 있는 장소가 있었다. 가끔 고시원 사람들이 소주 파티를 벌인다는 얘기는 들었지만 직접 와보기는 처음이었다.

그녀는 바닥에 깔개를 깔고 큼직한 쇼핑백에서 소형 가스버너와 음식 보관용기, 그리고 나무젓가락과 소주를 꺼냈다. 많이 해본 솜씨였다. 나는 가스버너를 바닥에 내려놓고 레버를 돌려 불을 켰다. 그녀는 불판 위에 알루미늄포일을 깐 다음 삼겹살을 얹고 화장실에서 씻어왔을 상추 몇 장을 일회용 접시에 받쳐 내놓았다. 그래놓고 보니 꽤 근사한 식탁처럼 보였다. 문득 작은 정원이 딸린 연남동 집이 생각났다. 넓지는 않아도 여기에 비하면 천국 같은 정원이 있었는데, 나는 한 번도 그럴듯하게 활용해본 적이 없었다. 그저 잔뜩 화가 난 사람처럼 내 방에만 틀어박혀 있었다.

"우와, 맛있겠는데요."

내가 나무젓가락을 둘로 쪼개며 말하자 그녀는 빙긋이 웃었다.

"지난번에도 이렇게 혼자 먹고 있었는데요, 다른 고시원 사람들이 무슨 걸신들린 거지 보듯이 쳐다보더라구요. 오늘은 그럴 일 없겠네요."

"고기 좋아하시나봐요."

"아뇨. 그치만 좀 먹어둬야 할 것 같아서요. 여기 들어오니 게을러져서 만날 고구마하고 바나나만 먹고. 안 되겠다 싶어 좀 장만을 했어요."

"덕분에 저도 잘 먹겠습니다."

"조심하세요. 밤이 되면 안 익은 것도 다 익은 건 줄 알고 막 집어

먹게 되거든요."

우리는 소주병을 따고 삼겹살을 굽기 시작했다.

고시원의 옥상, 사방이 툭 트인 곳에서 먹는 삼겹살은 생각보다 맛있었다. 술도 잘 들어갔다. 평소에는 소주 반병 이상은 잘 마시지 못하는 편이었는데 이날은 밖에서 마셔서 그런지 술이 잘 받았다. 집을 떠나고 나서 이런저런 일들을 겪어내느라 잘 못 느꼈는데 나도 꽤 짓눌렸던 모양이었다. 왜 그동안 그 좁은 방에서 몸을 웅크리고 지냈던 것일까? 이렇게 옥상에라도 올라와 바람도 쐬고 스트레칭이라도 하면 좀 좋아?

나는 기분이 좋아져 그녀에게 이런저런 이야기를 털어놓았다. 나의 어린 시절과 최여사, 헤어진 빛나 그리고 편의점에서 잘린 얘기까지. 그러나 그녀는 자기 얘기를 잘 털어놓지 않았다.

"사람들이 9급보다 10급을 해보라는데, 이왕 시작한 거니까 9급을 한번 해보려구요."

지방에서 올라와 공무원시험을 준비하고 있다고 말한 게 자기 얘기의 거의 전부였다.

"10급 공무원도 있어요?"

"그럼요. 9급보다 기회가 더 많대요. 그리고 자주 뽑아요."

"이제 겨우 하나 들었네요. 원래 자기 얘기 잘 안 하세요? 제 얘기만 들으시고."

그녀는 멋쩍게 웃었다.

"별로 할 얘기가 없어요."

"에이, 그럴 리가 있어요?"

"민수씨 얘기 듣고 있으니까. 무슨 TV에 나오는 사람 같아요. 뭐랄까, 말씀을 되게 멋있게 하시는 것 같아요. 아는 것도 많으시고 여자친구도 어쩐지 세련됐을 거 같구요. 그에 비하면 저는 그냥 촌년이에요. 그래서 별로 할 얘기가 없어요. 그냥 식구 많고 가난한 집의 막내딸로 태어나서 아등바등 살다보니 여기까지 온 거예요. 그게 다예요."

내 삶의 구질구질한 면을 술김에 털어놓았다고 조금은 후회하고 있었는데 그런 것마저도 부러워하는 사람이 있다니. 혹시 내 화법에 문제가 있는 걸까, 아니면 내가 아직 세상을 모르는 걸까?

"그럼 지금은 여자친구 없으세요?"

그녀가 삼겹살을 뒤적이며 물었다. 단박에 없다고 말하려다가 문득 '벽 속의 요정'이 생각나서 나도 모르게 멈칫거렸다.

"아, 그게, 글쎄요. 아……"

내가 주저하자 그녀는 입을 다물었다. 내게 여자친구가 있다고 믿는 눈치였다. 이번에는 내가 물었다.

"수희씨는요? 남자친구 있어요?"

"그게, 있다고 해야 할지, 잘 모르겠어요."

"뭐하는 분인데요?"

"우체국 다녀요. 고향에서부터 친구였는데요……"

"그런데요?"

"이상하게 서울 오고 나서 멀어졌어요. 만나도 싸우기만 해요. 동갑이라 그런가봐요. 걔는 나 만나면 술을 많이 마셔요. 힘드니까 그렇겠다 생각은 하지만 좀 보기 싫을 때가 있어요."

나는 술을 잔뜩 마시고 얼굴이 붉어져 옆방녀의 손목을 잡아끌고 모텔로 가자고 조르는 남자를 제멋대로 상상했다.

"이런 얘기 하면 벌받겠죠? 그치만 저는 서울 남자가 좋더라구요."

이번에는 그녀 앞에 무릎을 꿇고 사랑을 구걸하는 우체부의 모습이 떠올랐다. 아, 어디서 봤더라, 이런 모습을? 아, 그렇지!

"혹시 〈일 포스티노〉란 영화 보셨어요?"

"아뇨, 저는 민수씨가 얘기하는 건 하나도 본 게 없네요."

"거기서 한 우체부가 술집 여자를 사랑해요."

"술집이요?"

여자의 표정이 굳어졌다. 아차 싶었지만 여기서 멈추면 더 어색할 것 같아 계속 떠들어댔다.

"지중해의 작은 섬에 하나밖에 없는, 마을 사람들이 늘 모여드는 항구의 바인데요. 이 우체부는 자기 사랑을 어떻게 표현해야 할지 몰라 대시인 파블로 네루다에게 도움을 청하죠. 네루다는 메타포에 대해서 이야기해주는데요. 그게……"

옆방녀는 벌써 흥미를 잃은 표정으로 차갑게 내 말을 잘랐다.

"우린 그렇게 멋있는 사이 아니에요. 다른 얘기 하면 안 돼요?"

자기 얘기를 계속하는 게 별로 편치 않은 것 같았다. 분위기가 갑자기 썰렁해졌다. 나는 그럴 때면 그게 꼭 내 책임인 것 같은 기분이 들어 더 너스레를 떠는 경향이 있었다. 나는 얼마 전에 본 영화 얘기로 화제를 돌렸다. 〈미녀는 괴로워〉에서 시작한 이야기는 〈디파티드〉와 마틴 스코세이지 감독에 대한 이야기까지 흘러갔다. 나도 어디쯤에선가 멈추고 싶었지만 그렇게 되지를 않았다. 한참 떠들다보니 그녀가 졸음을 참으며 눈을 비비고 있었다.

"제 얘기 재미없죠?"

그녀가 깜짝 놀라 고개를 반짝 쳐들었다. 그런 모습이 조금 귀여웠다.

"아, 아뇨. 재밌어요. 어쩜 그렇게 아는 게 많고 상식이 풍부하세요?"

"다 쓸데없는 잡학이죠 뭐. 솔직히 말씀해주세요. 재미없죠? 네?"

옆방녀는 잠시 망설이더니 고개를 숙이며 말했다.

"재미로 듣는 거 아니에요. 사실 잘 이해는 안 돼요. 그치만 사람은 뭐든 배워야 한다고 저는 생각하거든요. 지금은 이해가 안 돼도 계속 공부하다보면 민수씨가 해준 얘기 같은 것도 언젠가 이해가 될 거라고 믿어요. 그래서 들어두는 거예요. 이런, 죄송해요. 열심히 말해주셨는데."

술이 확 깨는 기분이었다. 퀴즈방의 세계, 몰라도 아는 척하고 알아도 더 아는 척하는 세계와는 전혀 다른 세계가 여기 있었다. 나는 문득 부끄러운 마음이 들었다. 그녀는 소주 반잔가량을 조용히 마시더니 자기 인생에 대해 조금 더 털어놓았다.

그녀는 새벽에 일어나 공무원시험 전문학원에 가서 공부를 하고 오전 열한시부터 오후 다섯시까지 대형 마트에서 포장 일을 하고, 그 일이 끝나면 고시원에 돌아와 아침에 학원에서 공부한 것을 복습하다가 잠든다고 했다. 아버지는 건설회사에서 일하다가 허리를 다쳐 일찍 일을 접었고, 어머니와 형제들은 각각 뿔뿔이 흩어져 전국 각지에서 제 살길을 도모하느라 만나지 못한 지도 이미 여러 해라고 했다.

"그래도 전 행복하다고 생각해요. 몸을 누일 곳도 있고 공부도 하고 시간제지만 직장도 있잖아요. 근데 민수씨는 뭐 준비하세요?"

저요? 퀴즈쇼요, 라고 말할 수는 없는 분위기였다.

"음, 저는 국제기구에서 일을 할까 해요."

"국제기구요? 우와."

"전쟁 난민이나 버려진 아이들을 돕는 단체에 들어가는 게 제 꿈이에요. 지구상에는 아직도 수많은 분쟁지역에서 난민이 발생하는데요. 피해자는 대부분 힘이 약한 여성과 어린이죠. 정든 고향을 떠나 낯선 수용소에서 새로운 삶을 시작한다는 게 얼마나 끔찍하겠습니까?"

꿈은 이렇게 갑자기. 어느 고시원 옥상에서 삼겹살을 먹다가 생겨나기도 한다.

"역시 멋지세요. 와, 그치만 전혀 실감이 안 나요. 테레비 보면 그런 사람들이 있기는 한 것 같은데 그런 분이 제 옆에 있다니 잘 믿기지가 않아요."

"아뇨, 그냥 꿈이라니까요. 실현될 가능성도 거의 없는."

"저는 언제나 당장 오늘 먹을 것만 걱정하며 살아와서 그런지, 솔직히 지금까지는 민수씨같이 추상적인 얘기, 먹고사는 문제하고 상관없는 얘기를 하는 남자들을 보면, 죄송해요, 좀 허황하달까, 그냥 그렇게 생각했어요. 그런데 어쩐지 민수씨는 그런 사람들과 다른 것 같아요. 순수한 분인 것 같아요. 꼭 꿈을 이루시길 바라요."

"아, 네, 감사합니다."

나는 머쓱한 기분이 되어 다 타서 딱딱해진 삼겹살 한 점을 냉큼 집어먹었다. 순수한 분? 나 자신을 그렇게 생각해본 적은 한 번도 없었다. '순수' 같은 단어를 써본 지도 언제인지 가물가물했다.

"아, 꽤 추워졌네요. 그만 내려갈까요?"

"네, 아침에 또 일찍 일어나야 돼요."

옆방녀는 남은 음식을 척척 분류했다. 다시 먹을 수 있는 것과 버려야 할 것, 그리고 재활용 쓰레기로 나누었다. 나는 음식물 쓰레기가 담긴 검은 비닐봉지를 빼앗아들었다.

"이건 제가 버릴게요. 어디다 버리면 돼요?"

그녀가 난감한 표정으로 나를 바라보더니 그걸 자기에게 달라고 했다. 내가 고개를 젓자 그녀가 하는 수 없다는 듯 입을 열었다.

"그냥, 나가서 슬쩍 버리면 돼요. 음식점 많잖아요. 그냥 그 앞에 대충……"

그녀는 말끝을 흐리며 남은 집기를 챙겨 자리에서 일어났다.

"아, 네."

물론 불법이지만 그런 것쯤은 전혀 상관하지 않는 사람 같았다.

나는 그녀를 먼저 내려보낸 후 고시원 밖으로 나왔다. 그녀가 시킨 대로 적당한 구석에 검은 비닐봉지를 슬쩍 던져놓았다. 내가 떠나자마자 버려진 몰티즈 강아지 한 마리가 그쪽으로 내 눈치를 보며 다가갔다. 비쩍 마르고 털이 엉망으로 엉킨 몰티즈가 비계 몇 점이라도 먹을 수 있기를 바라며 나는 고시원으로 올라갔다.

4장

방으로 가득한 저택

14

퀴즈쇼 녹화는 오후 늦게까지 계속됐다. 방송국 스튜디오는 조명 때문에 더웠고 먼지가 많아 물 없이 가루약을 삼킨 것처럼 목이 칼칼했다. 눈도 뻐근했다. 가본 적은 없지만 아마 사막과 공기 조건이 비슷할 것 같았다. 스튜디오 안은 지시를 내리는 PD와 무심한 얼굴로 껌을 씹고 있는 카메라맨, 분주히 뛰어다니며 출연자들을 챙기는 작가 그리고 방청객으로 북새통이었다.

출연자들은 반쯤 얼이 빠져 있거나 주눅이 들어 있었다. 스튜디오가 낯설어서가 아니었다. TV에서 보던 그 화려하고 깔끔한 이미지와 지금 자기 눈앞에서 벌어지는 그 어수선한 광경의 불일치에서 오는 어리둥절함 때문이었다. 아니, 저 길고 지루하고 산만한 일련의 움직임들이 어떻게 그 깔끔한 화면으로 바뀌는 거야?

제작진은 아마추어 출연자들의 그런 위축을 본능적으로 잘 아는 것 같았다. 그들은 출연자들의 궁금증을 풀어주려는 노력 같은 것은 전혀 하지 않았다. 대신 이러저러한 지시를 내렸다. 출연자들은 나름대로 최선을 다해 '좋은 화면'을 위해 노력했지만 그런 '나름대로 최선'은 언제나 제지를 받았다. 제작진은 짜증을 부렸다.

"아니, 왜 시킨 대로 안 하세요?"

출연자들은 결국 저 높은 곳에서 신처럼 지시를 내리는 PD와 제작진의 지시에 수동적으로 따르는 쪽으로 적응해갔다. 그렇게 적응해가면서 동시에 퀴즈를 풀고 경쟁자를 물리쳐야 한다는 것, 그게 이 퀴즈쇼 방송의 어려운 점이라 할 수 있었다.

난생처음 와본 방송국 스튜디오에서 이리저리 허둥대다 정신을 차려보니 어느새 예선을 통과하고 본선에 진출해 있었다. '정신을 차려보니'라는 말은 과장된 수사가 아니었다. 그만큼 TV 녹화라는 게 사람 얼을 쏙 빼놓았다. 인간은 지금껏 자기 눈으로 보는 것과 남의 눈에 보이는 것이 그런대로 비슷하다고 믿고 살아온 종족이다. 그러나 TV 녹화는 인간의 그런 소박한 관념을 송두리째 부정하는 것이었다. 내 눈으로 보는 것과 화면으로 보여지는 것은 완전히 달랐다. 눈을 믿지 못하다보니 신경이 극도로 날카로워졌고 피해의식까지 생겨났다. 게다가 나에게는 하나의 과제가 더 있었다. 바로 '벽 속의 요정'을 찾아내는 일이었다.

본선까지 올라온 경쟁자 중에 '벽 속의 요정'으로 짐작되는 여성이 둘 있었다. 그 둘 말고는 설령 '벽 속의 요정'으로 밝혀진다 해도 나와는 인연이 없을 것 같은 사람들뿐이었다. 머리가 벗어진 오십대 논술학원 원장과 자기 아이들에게 엄마의 또다른 모습을 보여주려고 참가했다는 사십대 여성, 중닭처럼 몸의 비례가 잘 맞지 않아 어딘가 기우뚱해 보이는, 외국어고등학교에 재학중인 남학생. 그들을 제외하면 나와 나이가 비슷해 뵈는 여성 둘이 남았다. 한 명은 작은 키에 계란형 얼굴을 한 귀여운 용모의 학원강사였고, 또 한 명은 조금 날카로운 인상에 키가 큰 편인 유학 준비생이었다.

쉬는 시간에 스파이 접선하듯 다가가 "혹시 '벽 속의 요정' 아니세요?"라고 물어볼 생각도 안 해본 것은 아니었다. 그러나 영 엄두가 나질 않았다. 나는 시침을 떼고 잠자코 앉아 과연 둘 중의 누가 나의 '그녀'일까 탐색만 했다.

마침내 본선의 막이 올랐다. 본선에서는 여섯 명의 진출자가 대결을 벌이는데, 중간에 차례차례 네 명을 떨어뜨린 후 마지막으로 두 명이 대결을 벌인다. 그러나 그 대결이 끝이 아니다. 끝까지 살아남은 출연자는 최후의 문제들을 맞혀야 한다. 그 모든 과정을 통과한 자에게만 상금이 주어지는 것이다. 우리 여섯 명은 어느새 소란스럽고 어지러운 방송국 스튜디오에 적응했고, 퀴즈에만 온 정신을 집중하고 있었다. 나는 방청석을 힐끗 살펴보았다. 참가자의 가족들이 응원을 나와 있었다. 그런 모습이 부럽지 않았다면 거짓말일 것이다. 만약 저기 최여사가 앉아 있었다면 도움이 됐을까? 아닐 것 같았다.

나는 경쟁자들을 쓱 둘러보았다. 누구도 나처럼 절박해 보이지 않았다. 집을 빼앗기거나 편의점에서 잘려본 사람도 없어 보였고 고시원 프로크루스테스의 침대에서 새우잠을 자는 것 같지도 않았다. 그들은 말하자면 액자에 넣어 거실 벽에 걸어두면 좋을 추억을 위해 나온 사람들이었다. 가족들은 마치 대학 졸업식에라도 온 분위기로 방청석에 옹기종기 모여앉아 있었다. 녹화가 끝나면 그들은 근사한 중국집 같은 데로 가 탕수육이나 류산슬 같은 맛있는 요리를 먹으며 퀴즈쇼 이야기를 하겠지. '아유, 그 문제 하나만 맞혔어도!' 같은 탄식을 주고받으며 유쾌하게 떠들어대겠지. 그러나 그런 삶은 나와는 관계가 없었다. 나는 이 퀴즈쇼가 끝나면 분식집에서 떡라면을 먹고 다시 고시원의 내 방으로 돌아가 혼자 잠들어야 한다.

퀴즈쇼는 계속되었다. 컨디션은 썩 괜찮았다. 몸은 가뿐했고 머리도 맑았다. 이제 더이상 방송국 스튜디오가 사막처럼 느껴지지 않았다. 마치 롯데월드 같은 환상적 테마파크에 들어온 느낌이었다.

"자, 문제 드리겠습니다. 다음 단어들을 들으시고 자연스럽게 연상되는 도시를 말씀해주시면 됩니다. 토스카나, 마키아벨리, 냉정과 열정 사이, 메디치가……"

삐이이익. 나는 힘차게 부저를 눌렀다. 운 좋게도 본선 첫번째 문제는 내가 잘 아는 문제였다.

"네, 이민수씨가 한발 앞서나갈 수 있을까요? 자, 정답은?"

나는 마른침을 삼켰다.

"피렌체?"

"피렌체? 정답입니다!"

와, 이거 신나는데! 나는 함박웃음을 지으며 발을 구를까 하다가 그만두었다. 다른 참가자들이 너무 진지했기 때문이다. 우리나라의 퀴즈쇼 참가자들은 마치 포커라도 하는 것처럼 대체로 무표정한 얼굴이었고, 그래서 사람들 표정만 봐서는 문제를 맞혔는지 틀렸는지 알 수가 없을 정도였다. TV로 볼 때는 왜들 저럴까 궁금했는데 막상 나와보니 나 역시 감정 표현에 서툰, 어쩔 수 없는 한국인이었다.

진행자가 정답을 설명하기 시작했다.

"플로렌스라고도 불리는 이탈리아 중부의 유서 깊고 아름다운 도시죠. 마키아벨리가 이곳에서 그 유명한『군주론』을 집필하기도 했지요. 외교관이었던 마키아벨리는 강대국 틈바구니에 낀 피렌체의 살길을 모색하기 위해 그 책을 썼는데요. 대대로 문화와 예술을 사랑한 메디치가를 떼어놓고 생각하기 어려운 도시이기도 합니다. 이민수씨가 앞서나가기 시작했습니다. 자, 이민수씨, 어떤 분야 고르시겠습니까?"

"역사 50점 하겠습니다."

"이민수씨는 역사에 자신이 있으신가봐요. 그럼 역사 50점 가겠습니다."

진행자가 새로운 문제카드를 집어들었다.

"이 사람은 누구일까요? 명나라 만력제 시절에 활동했던 인물입니다. 중국 이름은 이마두였구요. 원래는 이탈리아 사람이었지요. 예수회 선교사로 중국에 온 그는……"

나는 여섯 명의 출연자 중에서 가장 먼저 부저를 눌렀다.

"이번에도 이민수씨가 가장 빨랐는데요. 만약 정답을 맞히시면 훌쩍 앞서가게 되실 텐데요. 이민수씨, 정답은?"

"마르코 폴로입니다."

그 말이 입 밖으로 튀어나오는 순간, 나는 아주 기이한 경험을 했다. 짧은 순간이었지만 일종의 유체이탈을 한 것이다. 나는 답을 말하는 나를 보고 있었다. 그러니까, 이민수가 내 앞에 있었다. 대학교 졸업식 때 장만한 철 지난 양복을 입은 내가 고개를 살짝 숙인 채 '마르코 폴로'라고 말하고 있었던 것이다. 나는 눈앞의 이민수에게 소리를 지르고 싶었다. 도대체 지금 뭐하는 거야? 이 바보야, 그건 정답이 아니잖아. 네가 말하려고 했던 건 마르코 폴로가 아니라 마테오 리치잖아.

그러나 유체이탈한 나는 내 육신이 하는 일을 도저히 말릴 수 없었다.

"마르코 폴로? 아닙니다."

진행자가 고개를 갸웃하면서 살짝 미소를 지었다. 답을 고쳐 말하려고 했으나 이미 나에게는 기회가 없었다.

"자, 이제 기회는 다른 분들에게 돌아갑니다."

바로 그때 삐이이익, 누군가가 나의 뒤를 이어 부저를 눌렀다. 고개를 돌려보니 혹시 '벽 속의 요정'이 아닐까 짐작하던 유학 준비생이었다. 그녀는 차분한 얼굴로 진행자를 응시하고 있었다. 진행자가 조금 과장된 동작으로 그녀를 가리켰다.

"네, 정은영씨! 정답은?"

스튜디오 안의 모든 사람이 그녀를 주시했다. 그녀는 무표정한 얼굴로 답을 말했다.

"마테오 리치, 입니다."

"마테오 리치? ……정답입니다! 예수회 선교사로 『천주실의』를 저술하여 우리나라 천주교 성립에도 큰 역할을 한 인물이죠."

그녀가 살짝 눈을 치켜뜨며 내 점수판을 살폈다. 그러다가 나와 눈이 마주쳤다. 심장이 쿵쿵 뛰기 시작했다. 그녀가 입가를 살짝 치켜올리며 시선을 거두었지만 표정은 상기돼 있었다. 나는 그녀를 슬쩍 훔쳐보았다. 턱에서 목으로 이어지는 우아하고 부드러운 선이 눈과 코에서 느껴지는 날카로운 인상을 중화시켰다. 길을 가다 멈춰서서 뒤를 돌아보게 만들 정도의 미모는 아니었지만 꾸밈새에는 자기만의 철학이 있어 보였다. 유행과는 전혀 상관없는 블라우스에 요즘 유행하는 치마 길이보다 한 뼘은 더 긴 스커트를 입었고, 메이크업도 눈에만 조금 신경을 썼을 뿐 나머지는 거의 손대지 않은 상태였다. 그래서 첫눈에는 별로 인상적이지 않지만 자꾸 눈길이 가는 그런 스타일이었다. 아무래도 입고 있는 옷이며 메이크업에서 어딘가 이국적인 면모가 풍겼다. 아, 저 사람이 바로 '그녀'란 말인가?

"네, 정은영씨, 역시 치열한 예선을 거쳐 올라온 분답게 만만치 않군요. 팽팽한 접전인데요. 자, 이제 선택권은 정은영씨에게 넘어갑니다. 선택해주시죠."

"지리, 하겠습니다."

사실 이 자리에 나오기 전까지만 해도 나는 TV에서 하는 퀴즈쇼를 퀴즈의 본질과는 상관없는 일종의 저속한 엔터테인먼트쯤으로 여겼다. 이종격투기가 수컷들 사이의 치명적 싸움을 얼마간 희화하듯 퀴즈쇼는 퀴즈가 가진 엄숙함을 조롱하는 일종의 서커스라 여겼던 것이다. 그러나 막상 본선에 올라 눈부신 조명 아래서 한 문제 한 문제 풀어가다보니 이전의 방자한 냉소는 화로 위에 내리는 한 점의 눈처럼 흔적도 없이 냉큼 사라져버렸다. 나는 침을 꼴깍 삼켰다. 다들 만만치 않은 적수였다. 이건 오밤중에 심심풀이로 하는 퀴즈채팅이 아니었다. 다들 가족과 회사의 명예를 걸고 전력을 다하고 있었다.

다음 문제는 지중해의 몰타 섬에 대한 것이었다. 이번에는 오십대 논술학원 원장이 답을 맞히면서 나와 같은 점수대로 올라섰다. 그때까지만 해도 분위기는 나쁘지 않았다. 그러나 내 머릿속에서 '마르코 폴로'와 '마테오 리치'라는 이름이 떠나질 않았다. 그러느라 나는 답을 아는 문제도 망설이다가 결국 놓쳐버렸다. 나는 과거의 실수에 오래 사로잡히는 부류의 인간이었다. 반면에 유학 준비생 정은영은 몇 문제를 더 맞히면서 일위로 나섰다. 그녀와 나의 격차는 꽤 벌어진 상태였다. 나는 우리말 맞춤법에 관한 문제 하나를 맞혀 단독 꼴찌에서 겨우 공동 꼴찌로 한 단계 올라섰다. 나는 점점 초조해지기 시작했다. 일차 탈락자를 가릴 순간이 다가오고 있었다. 이러다간 제일 먼저 무대에서 내려가야 할지도 몰랐다.

다음 문제는 영화에 관한 것이었다. 영화라. 퀴즈의 신이 나를 돕고 있는 걸까? 영화퀴즈를 풀며 밤을 새우던 퀴즈방에서의 날들이 있잖아? 나는 귀를 쫑긋 세우고 진행자의 질문을 들었다. 그러나 문제는 내 바람과 달리 그렇게 쉽지 않았다.

"이제 출연자 여러분께 영화 세 편의 몇 장면을 보여드릴 겁니다. 이 세 영화의 공통점을 찾는 문제입니다."

가장 먼저 나온 영화는 제인 캠피언 감독의 〈피아노〉였다. 거센 파도가 몰아치는 황량한 해변에 피아노 한 대와 두 모녀가 서 있는 장면이었다. '음악?' 아니면 '여성?' 몇 가지 키워드가 떠올랐지만 일단 다음 영화 클립이 나올 때까지 기다려보기로 했다. 다음 영화는 한국영화였다. 1980년대풍의 다소 촌스런 복장의 사람들이 걸어다니는 거리, 갑자기 소나기가 쏟아지는데 배우 이병헌이 우산을 쓰고 걸어가는 장면이었다. 잠시 후, 그의 우산 속으로 이은주가 뛰어들었다. 분명 본 영화였는데 언뜻 제목이 떠오르질 않았다. 숨을 한번 크게 쉬자 제목이 떠올랐다. 아, 그렇지. 〈번지점프를 하다〉였어. 그럼 둘의 공통점이 뭐지? 감독이 여자인가? 아닌데, 그럼 '여자주인공이 죽는다?' 설마 그걸까? 하는 사이에 세번째 영화가 나왔다. 난데없이 괴물들이 나타나 전투를 벌이는 사이 너무도 친숙한 캐릭터가 공포에 질린 얼굴로 바위틈에 숨어 있었다. 골룸이었다. 누가 봐도 쉽게 알 수 있는 영화, 〈반지의 제왕〉이었다. 도대체 이 세 영화의 공통점은 뭘까?

내가 미처 생각을 정리하기도 전에 누군가가 부저를 눌렀다. 외국어고등학교에 다닌다던 학생이었다. 진행자가 빙글거리며 그쪽으로 얼굴을 돌렸다.

"문제가 좀 쉬웠나요? 자, 이 세 영화의 공통점, 말씀해주시죠."

"뉴질랜드입니다."

"뉴질랜드……?"

진행자는 조금 뜸을 들이다 밝은 목소리로 외쳤다.

"정답입니다!"

외고생의 여드름 잔뜩 난 얼굴이 환하게 밝아졌다.

"이 세 영화 모두 뉴질랜드에서 촬영을 했다는 공통점이 있구요. 또한 〈피아노〉의 제인 캠피언 감독과 〈반지의 제왕〉의 피터 잭슨 감독은 모두 뉴질랜드 출신의 세계적인 감독이지요. 두번째 영화 〈번지점프를 하다〉에서는 주인공 이병헌이 마지막에 뉴질랜드의 퀸스타운으로 번지점프를 하러 갑니다. 그래서 정답은 뉴질랜드였습니다."

아, 끝내 이렇게 허무하게 탈락하고 마는 건가. 눈앞이 캄캄해졌다.

"안타깝습니다. 이민수씨, 오늘 실력 발휘를 다 못하신 것 같네요."

진행자의 의례적인 말은 전혀 위로가 되지 않았다. 나는 녹화가 잠시 중단된 사이 방청석으로 내려와야만 했다. 방청석 뒤쪽에 마련된 플라스틱 의자에 엉덩이를 붙이고 나서야 비로소 정신이 좀 들었다.

정말 떨어진 거야? 모든 게 끝난 거야? 아침부터 물 한잔 제대로 못 마시면서 시달렸는데. 꿈도 나쁘지 않았고 컨디션도 좋았는데. 패자부활전 같은 것도 없는 거야? 나는 내가 떠나온 자리를 바라보았다. 스포트라이트가 꺼진 그곳은 어두웠고 이제 누구의 시선도 가닿지 않았다. 스포트라이트는 생존자들만을 비추었다. 남은 출연자들은 밝고 의욕적인 얼굴로 등을 꼿꼿이 세운 채 앞을 주시하고 있었다. 나 역시 그 무대에 있었을 때에는 영원히 그곳에 있을 줄 알았다. 그러나 결국 우리는 언젠가 무대에서 내려와야 한다. 나는 다른 이들보다 조금 빨리 내려왔을 뿐이다. 그렇게 스스로를 추스리려 해봐도 마음은 편해지지 않았다. 아, 저기 '벽 속의 요정'이 있을지도 모르는데, 나는 이렇게 본선의 첫 탈락자가 되고 만 것이다. 그렇지만 만약 그녀가 퀴즈방에서 내가 만나온 그녀와 같은 사람이라면, 이런 일쯤은 대수롭게 여기지 않을 거라고 나는 생각했다. 이건 그야말로 쇼잖아요, 쇼. 출연자들이 기뻐하고 당황하고 어쩔 줄 몰라 하는 것을 보며 안심하고 즐거워하는 쇼. 안 그래요? 그녀는 반드시 그렇게 말해줄 것만 같았다.

잠시 후, 내 뒤를 이어 세 명의 탈락자가 더 나왔다. 이제 외국어고등학교 학생과 정은영, 두 명만 남았다. 이제 방청객이 되어 시선의 자유를 얻은 나는 노골적으로 정은영에게 집중하고 있었다. 그녀는 시종일관 차분하고 여유 있게 문제를 풀어갔다. 내가 바라보는 것을 아는지 모르는지, 그녀는 내 쪽으로 눈길 한번 주지 않았다.

그녀의 마지막 적수인 고등학생은 무척이나 덤벙거렸는데, 신기한 것은 그러면서도 문제를 꽤나 잘 맞힌다는 것이었다. 적어도 자기가 아는 문제에서는 실수하지 않는 것 같았다.

둘의 마지막 대결은 숨가쁘게 진행되었다. 처음에는 외고생이 앞서다 막판에 정은영이 찬스를 써가며 따라잡았다. 둘은 심리학자와 아프리카의 야생동물, 노벨문학상을 받은 극작가 이름을 놓고 다

투었고, 실력은 막상막하였다. 내가 운 좋게 무대에 남았다 해도 저 둘을 이길 수 있었을지 의심스러웠다.

마지막 문제는 권투에 대한 것이었다. 1960, 70년대를 풍미한 선수에 대한 문제였는데 나이로 보면 외고생이 불리했고 성별로 보면 아무래도 정은영에게 까다로운 문제가 될 수 있었다.

"1996년 애틀랜타올림픽의 성화가 이 사람의 손에 들려 성화대에 점화되자 관중들이 일제히 환호했습니다. 파킨슨병과 싸우고 있던 전설적인 권투선수인 그는 로마올림픽에서 라이트헤비급 금메달을 딴 후, 프로로 전향하여 1964년 2월 드디어 헤비급 챔피언에 등극하게 됩니다. 이어 그는 역사상 최초로 헤비급 타이틀 3회 획득이라는 위업을 달성하지요."

이때 외고생이 먼저 부저를 눌렀다. 진행자는 예상 밖이라는 듯 입을 살짝 벌린 채 외고생 쪽으로 고개를 돌렸다.

"약간 이른 감이 있는데요. 문제를 좀더 들어보셨어야 될 것 같은데……"

외고생은 자신감에 취해 진행자의 말도 끝까지 듣지 않고 큰 소리로 외쳤다.

"무하마드 알리입니다."

"바로 그 이름을 제가 읽으려던 참이었습니다. 조금만 참으셨으면 좋았을걸. 자, 그럼 이제 기회는 정은영씨에게만 있습니다. 만약 정은영씨가 정답을 모르시면 다시 두 분에게 기회가 돌아갑니다. 문제 계속 드리겠습니다. 그는 이슬람교로 개종하고 이름마저 무하마드 알리로 바꾸면서 과거의 자신과 결별하게 됩니다. 또한 흑인에 대한 차별과 싸우고 한편으로는 베트남전 징집도 거부하는 등 자신만의 길을 걸어가지만 세상으로부터 온갖 비난과 공격에 직면하게 됩니다. 그러나 '나비처럼 날아 벌처럼 쏜다'와 같은 재치 있는 말로 사람들을 사로잡는 등 입담도 좋고 유머감각도 풍부했던 전설적인 챔피언이었습니다. 몇 년 전 이 사람의 일대기를 담은 영화도 마이클 만 감독, 윌 스미스 주연으로 개봉되었는데요. 자, 그렇다면 그가 무하마드 알리로 이름을 바꾸기 전까지 사용하던 본명은 무엇이었까요?"

정은영은 자기에게만 주어진 이 기회를 차분히 즐기는 것 같았다. 그녀는 한참을 골똘히 생각한 끝에 부저를 눌렀다.

"정은영씨가 이 문제를 맞히면 모든 경쟁자를 물리치고 퀴즈왕에 도전할 찬스를 얻게 되는데요."

결정적인 순간이었으므로 진행자는 긴장을 고조시키기 위해 이런저런 말을 늘어놓으며 정은영이 답을 말하는 순간을 질질 끌었다.

"자, 정은영씨, 정답 말씀해주시죠."

정은영의 얼굴은 약간 상기돼 있었지만 밝은 편이었다. 자신 있는 표정이었다.

"캐시어스 클레이입니다."

"캐시어스 클레이? 네, 정답입니다. 무하마드 알리의 본명은 바로 캐시어스 클레이였죠. 정은영씨, 축하드립니다. 자, 앞으로 나와주시죠."

나는 나도 모르게 주먹을 불끈 쥐었다. 그녀는 쑥스러운 듯 입을 가리고 웃었다. 그리고 마지막 단계로 가기 위해 무대 앞으로 걸어 나왔다. 이제 두 문제만 더 맞히면 그녀는 퀴즈왕이 되어 상금 삼천만원을 받게 되는 것이었다.

스포트라이트를 받으며 무대 전면으로 걸어나온 그녀에게 첫번째 문제가 던져졌다. 방청석 쪽 조명이 꺼지고 모두 숨을 죽였다. 문제는 생물학 분야였다.

"새의 이름을 맞혀주십시오. 갈라파고스제도에 사는 이 새는 찰스 다윈이 발견하여 세상에 알려졌습니다. 이 새는 다윈에게 진화론, 특히 자연선택에 대한 영감을 준 것으로도 유명합니다. 후대의 연구자들은 이 새의 부리 길이를 연구함으로써 진화가 엄청나게 느린 과정이 아니라 우리 눈앞에서 바로 벌어지는 현상임을 밝혀내게 되었는데요. 특히 그랜트 부부의 이십여 년에 걸친 연구는 책으로 묶여 1995년 퓰리처상을 수상하기도 하였습니다. 한때 진화론의 상징이기도 했던 이 새의 이름은 무엇일까요?"

정은영은 미간을 좁히며 기억을 떠올리려 애썼다. 그러나 결국 답을 생각해내지 못한 것 같았다. 그녀가 입술을 살짝 깨물면서 작은 두 주먹을 살짝 움켜쥐는 것이 보였다. 그녀가 과연 이번 단계를 통과할 수 있을까? 어쩐지 쉽지 않을 것만 같았다.

카운트다운이 시작되었다.

"자, 남은 시간 오 초 드리겠습니다. 오, 사, 삼, 이……"

그녀는 절망적으로 눈을 질끈 감았다가 다시 떴다.

"일 초."

부저 소리가 들렸다. 그러나 힘이 없었다. 내 심장이 오그라드는 느낌이었다.

"펠리컨?"

답이 아니라는 것을 누구보다도 자기 자신이 더 잘 알고 있는 음성이었다. 나는 마치 내 일처럼 마음이 아팠다. 커다란 부리를 벌려 꽥꽥 요란한 소리를 내는 펠리컨 두세 마리가 스튜디오 안을 어지럽게 날아다니는 듯했다.

"펠리컨? 아닙니다. 안타깝습니다. 정답은 핀치였습니다. 1995년 조너선 와이너의 『핀치의 부리』라는 책이 풀리처상을 수상하면서 다시 유명해진 새, 바로 핀치였습니다."

그녀는 애써 웃으며 실망감을 감추려 했다. 진행자가 그녀를 위로했고 그녀는 마지막 인사를 했다.

"막상 나와보니 아직 부족한 점이 많다는 걸 알게 됐구요. 응원해주신 분들께 고맙다는 인사 드립니다."

그녀를 비추던 스포트라이트가 약해지고 진행자의 정리멘트가 나가면서 하루종일 걸린 긴 녹화는 마침내 끝이 났다. 방청석의 응원단까지 모두 일어나 출연자들을 찾아 움직이기 시작하자 스튜디오는 갑자기 어수선한 졸업식장처럼 변해버렸다. 나 역시 자리에서 일어나 정은영에게 다가갔다. 그녀는 가족 대신 또래 친구 몇몇에게 둘러싸여 있었다. 나는 그녀 주변에서 틈을 노리다가 친구들이 사진을 찍으려 카메라를 꺼내고 어쩌고 하는 사이, 그녀에게 다가갔다.

그녀는 등뒤에서 갑자기 나타난 나 때문에 조금 놀란 것 같았다. 몸을 살짝 뒤로 젖히고 입가에 부자연스런 미소를 띠고 있었다. 나는 문득 궁금했다. 그녀도 내 정체를 알고 있을까? 짐작은 하고 있었을까?

"저, 저기, 안녕하세요."

내가 먼저 말을 건넸다.

"안녕하세요."

"아까워요. 꼭 퀴즈왕 되실 줄 알았는데."

"네, 감사합니다."

그녀의 친구들이 디카로 찍은 사진을 액정화면을 통해 확인하고 있을 때, 나는 그녀 쪽으로 한 발짝 다가서며 의미심장한 웃음을 지었다. 그리고 준비해온 한마디를 건넸다.

"벽 속의 요정님…… 맞죠?"

내 말을 들은 그녀는 참으로 복잡한 표정을 지었다. 도대체 어떻게 대응해야 할지 모르겠다는 듯 난감한 얼굴로 턱을 자기 쪽으로 당기고 미간을 찌푸렸다. 내가 조금이라도 현명한 사람이었다면 그런 말을 꺼내기 전에 빠져나올 방법부터 생각해놓았을 것이다. 그러나 나는 그런 사람이 아니었다. 나는 내가 믿는 것에 끝까지 집착하는 부류의 사람이었던 것이다. 나는 그녀의 당황을 내 마음대로 해석했다. 도대체 무슨 소리인지 모르겠다는 얼굴을, 너무 반가워서 정신을 못 차리는 것으로 생각한 것이다. 나는 조금 전보다는 자신 없는 목소리로 속삭였다.

"뮤즈, 언인텐디드…… 기억 안 나세요?"

친구들이 그제야 그녀의 표정이 심상치 않음을 눈치채고 우리 주위로 몰려들었다. 그녀들은 마치 작전회의라도 마치고 온 것처럼 일제히 나를 경계했다. 우리 대화를 들은 것도 아닌데 벌써 문제의 본질을 꿰뚫고 있었다. 친구들이 나서기 전에 그녀가 상황을 정리했다.

"글쎄요, 무슨 말씀이신지…… 사람을 잘못 보셨나봐요. 오늘 이렇게 같이 출연하게 돼서 즐거웠어요. 인연이 닿으면 다음에 또 봬요. 그럼 저는 친구들이 있어서……"

그녀는 부드럽게 나를 물리치고 나서 친구들과 사진 몇 장을 더 찍고는 스튜디오에서 나가버렸다. 나는 먼지가 뭉게뭉게 피어오르는 스튜디오 안에 남겨졌다. 이미 방송국 스태프들이 장도리를 들고 뭔가를 때려부수기 시작했다.

스토커 혹은 껄떡쇠 취급을 받은 나는 부끄러움과 충격으로 고개를 숙인 채 무거운 발걸음을 옮겼다. 그렇게 걷다가 누군가와 어깨를 부딪쳤다. 경마꾼 같은 느낌을 풍기는 중년의 사내였다. 그는 회색 양복 안주머니에서 명함을 꺼내 내게 건넸다.

"이민수씨? 아까 녹화 잘 봤습니다."

조명이 어두운데다 조금 전의 충격이 채 가시지 않은 터라 나는 그의 명함을 제대로 보지도 않고 양복 안주머니에 집어넣었다.

"혹시 관심 있으시면 연락 한번 주세요. 이민수씨, 혹시 명함 없으신가요?"

그런 게 있을 리 없지. 나는 고개를 저었다.

"그럼 연락처라도 좀…… 저희가 일간 꼭 한번 모셨으면 해서요."

나는 내 휴대폰 번호를 무심히 불러주었다. 그는 입으로 내 번호를 두 번쯤 중얼거렸다. 아마 그대로 외워버리려는 것 같았다. 나는 그와 악수를 나누고 다시 걸음을 옮겼다. 방송국 복도는 미로 같았다. 나는 신선한 공기를 찾아 헤맸다. 마침내 밖으로 나왔을 때, 공기는 신선했지만 마음은 음울했다. 해는 져서 어두웠고 변한 것은 없었다. 여전히 나는 빈털터리에 혼자였다. 내 곁에는 아무도 없었다. 나는 대학교 때 한 번 해보고는 여태 못해본 짓을 했다. 서강대교를 걸어서 한강을 건넌 것이다. 펠리컨은 보이지 않고 대신 서해에서 날아온 갈매기들이 나를 조롱하며 날아다녔다. 밤섬 위의 갈매기들이 서강대교 위를 선회하며 입을 모아 울어대고 있었다.

"마르코 폴로, 마르코 폴로, 마르코 폴로!"

저놈의 갈매기들! 총이 있다면 쏴버리고 싶었다. 나는 서강대교 난간에 몸을 기대고 검고 아득한 한강을 내려다보았다. 어지럽거나 하지는 않았다. 오히려 마음이 누그러지는 기분이었다. 저렇게 모든 게 흘러가는구나. 세월도, 사람도, 그리고 부끄러움도…… 나는 쏜살같이 달리는 차들과 반대 방향으로 터덜터덜 걸어 한강을 건넜다.

15

방송이 나온 것은 그로부터 며칠 후였다. 처음에는 보지 말아야지 하고 드러누워 잠을 청했지만 잠이 올 리 없었다. 결국 나는 인터넷으로 방송사의 홈페이지에 들어가 방송을 봤다. 화질이 조악해서 그런지 나는 평소보다 훨씬 덜떨어진 녀석으로 보였다. 많이 편집됐을 텐데도 어딘가 얼빠진 사람처럼 허둥대고 있었다. 나는 내가 탈락하는 장면에서 컴퓨터를 껐다. 그리고 밖으로 나와 정처없이 걸었다. 며칠 전에 그만둔 편의점 앞도 지나갔다. 거기에는 나와 비슷한 용모의 남자애 하나가 카운터에 서서 계산을 하고 있었다. 멀리서 보니 정말 며칠 전의 나처럼 보였다. 유령의 손에 이끌려 도시를 돌아다니는 스크루지 영감의 시선이었다. 퀴즈쇼에서도 그랬지만 이상하게 요 며칠 유체이탈적 경험이랄까, 하는 것이 많아졌다. 정신이 한 십 센티미터쯤 뇌에서 빠져나와 부유하는 것 같았다.

그렇게 길을 걷다가 의외의 인물과 마주쳤다. 바로 정환이었다. 그는 막 디자인 전문서점 앞에서 택시에 올라타려는 참이었다. 그러다가 나와 눈이 딱 마주친 것이다. 그가 우물쭈물하는 사이 택시는 그냥 떠나버리고, 우리는 길에 남아 어색한 미소를 지었다.

"잘 있었냐?"

정환이 먼저 계면쩍은 낯으로 인사를 해왔다.

"어, 뭐, 그냥."

정환은 담배를 피워물었다. 그제야 나는 깨달았다. 아, 담배란 바로 이럴 때 필요한 것이었구나. 담뱃불을 붙이는 녀석은 나보다 훨씬 느긋해 보였다.

"어디 가서 커피나 한잔할까?"

바로 앞이 커피빈이었다. 우리는 터덜터덜 계단을 올라갔다.

"뭐 마실래?"

당연하다는 듯 정환이 지갑을 꺼냈다. 나는 잠자코 있었다.

"나는 작설차 마실게."

티백에 뜨거운 물을 부어주고 오천원도 더 받는, 내 돈 주고는 절대 안 마시는 차였다.

"아까 커피를 많이 마셔서."

정환이 가격을 힐끗 보더니 입을 비죽거렸다.

"하여간 취향도 특이해."

정환은 아메리카노 한 잔과 작설차를 주문했다. 우리는 머쓱하게 서 있다가 직원이 내주는 쟁반을 받아들고 담배를 피울 수 있는 바깥으로 나갔다. 청춘남녀가 삼삼오오 무리지어 행복하게 웃으며 거리를 지나고 있었다. 우리는 묵묵히 자기 앞에 놓인 커피와 차를 마셨다.

"고시원 생활은 어때? 할 만해?"

"지내다보면 커 보인다더니, 요즘은 작은 줄도 잘 모르겠어."

"그래도 언제까지 거기 있을 수는 없잖아."

정환이 선배처럼 충고했다.

"글쎄, 뭐 꼭 넓은 데서 살아야 되나. 자기 한 몸 누일 데만 있으면 되지. 커피는 이런 데 와서 사먹고, 밥도 여기저기 시크한 식당에서 다양하게 먹고, 책이야 요 아래 마포도서관 가면 많고……"

허풍을 떨다보니 더 구차해지는 기분이었다. 정환은 별 관심 없는 얼굴로 담배만 피웠다. 우리는 한참을 그런 시답잖은 화제로 썰렁하게 대화를 이어나갔다. 정환에게는 최근 여러 가지 변화가 있었다고 한다. 대기업 계열의 영화 투자배급사로 자리를 옮겼고, 근무지도 강남으로 바뀌었다고 했다. 그리고 지난해 말에는 용인에 작은 아파트까지 하나 분양받았다고 했다. 대학에 들어갈 때부터 부모가 부어주기 시작한 청약통장을 드디어 써먹었다고 했다. 현 정권의 부동산 정책에 대한 매일경제TV 수준의 강의가 이어진 후, 정환은 왜 재테크를 일찍 시작해야 하는가에 대한 충고도 곁들였다.

"옛날에는 길을 다니면 술집만 보이더니 요새는 아파트만 보여. 괜찮은 아파트가 보이면 집에 와서 인터넷으로 검색을 해보는 거야. 시세가 얼만가. 은근히 재밌더라구."

나로서는 전혀 관심 없는 주제였다. 썰렁한 침묵의 시간이 지나고 마침내 나와야 할 화제가 나왔다. 먼저 말을 꺼낸 것은 정환이었다.

"근데 씨발, 그때 너 좀 너무했다고 생각하지 않냐?"

"뭐가?"

"뭔지 몰라서 물어?"

"몰라. 뭔데?"

샤워하고 나와보니 빛나는 없고, 졸라 황당했겠지. 조금 고소한 느낌이 들었다.

"됐어, 새끼야."

"뭔데? 말해봐."

그러나 정환은 자기 입으로는 말하기 싫다는 듯 고개를 돌려 나를 외면하고 거리를 향해 담배연기를 뿜었다. 그러다 도저히 못 참겠는지 담배를 비벼끄며 말했다.

"그래서 너 빛나랑 다시 사귀는 거야?"

"아니."

이렇게 말할 수 있어 약간 통쾌했다.

"그런데 그날 왜 그랬던 거야?"

"내 맘이야."

나는 어깃장을 놓았다.

"이 새끼가 정말."

"그래, 너는 아무리 찢어졌다 그래도 얼마 전까지 친구 여친이던 애하고 잘 맘이 나디?"

정환이 나를 노려보았다. 커피빈에 들어온 이래 가장 팽팽한 긴장이 우리 둘 사이에 흘렀다. 우리의 그런 상황과는 전혀 어울리지 않는 줄리 런던의 〈I Left My Heart In San Francisco〉가 감미롭게 흐르고 있었다.

"됐다. 너 같은 놈한테 말 꺼낸 내가 잘못이지."

정환은 커피잔을 내려놓고 자리에서 일어났다.

"나 가봐야겠다. 내일 또 출근해야지."

"그래."

쟁반은 공짜로 얻어먹은 내가 치웠다. 그러려고 했던 건 아닌데 자연스럽게 돈은 정환이 내고 치우는 건 내가 하게 되었다. 우리는 악수도 없이 썰렁하게 헤어졌다.

정환이 떠나고 혼자 멍하니 서 있는데 갑자기 약속이라도 한 듯 휴대폰이 계속해서 울리기 시작했다. 첫 전화는 고등학교 때 담임 선생이었다. TV에서 나를 보고 반가운 마음에 아이들에게 내 전화번호를 수배하신 모양이었다. 나는 진땀을 빼며 통화를 했다. 건강하시냐, 그간 찾아뵙지 못해 죄송하다, 등등. 그런데 좀 당황스러웠다. 내 기억 속의 그 선생은 당시 나한테 아무 관심도 없던 사람이었다. 그다음 전화 역시 중학교 때 같은 반에서 가끔 농구를 함께 했던 동창이었다. 세번째 전화야말로 정말 의외의 곳에서 걸려왔다. 바로 연남동 집을 빼앗아간 곰보빵 할아버지였다.

"TV에 나왔다면서?"

"아, 네."

"우리 김실장이 얘기하더라구. 자네가 나왔다고. 그런데 그만 초장에 떨어졌다면서?"

"그래도 예선을 거쳐서 올라간 거예요."

"어때? 나가서 사니까, 살 만한가?"

살 만할 리가 없잖아? 코딱지만한 고시원에서 배추벌레처럼 자고 있다고 꼭 내 입으로 말해야 돼?

"네, 뭐 그냥저냥."

"언제 한번 놀러 와."

아, 네. 나는 건성으로 대답하고 전화를 끊었다. TV 한번 나가니까 별 쓸데없는 전화가 다 오는구나. 휴대폰을 확 꺼버려야겠다고 생각하고 파워 버튼을 누르려는데 부르르, 다시 또 한 통의 전화가 걸려왔다. 역시 처음 보는 번호였다. 나는 고개를 갸웃거리다, 마지막이다 다짐하며 '통화' 버튼을 눌렀다.

"여보세요?"

상대는 여자였고 낯선 목소리였다.

"방송 잘 봤어요."

"실례지만 누구신지?"

저쪽에서 갑자기 쿡쿡, 웃음소리가 들렸다.

"제 입으로 말하려니까 좀 뭣하네요. 저예요, 벽 속의 요정."

아니, 여기가 무슨 '매트릭스'야? 이런 일이 어떻게 가능한가 싶어 나는 휴대폰에서 귀를 떼고 주변을 둘러보았다. 아니면 혹시 몰래카메라? 나는 휴대폰을 다시 귀에 대고 조금 더 조용한 골목 안으로 걸어들어갔다. 따라 들어오는 카메라 같은 건 보이지 않았다.

"아, 네, 안녕하세요?"

"놀라셨죠?"

"아, 아니요."

"불쑥 전화해서 죄송해요. 좀전에 방송 봤어요. 아까워요. 충분히 퀴즈왕이 되고도 남을 실력이셨는데요."

나는 마치 그녀가 내 앞에 있기라도 한 것처럼 손을 내저었다.

"아니에요. 저보다 잘하는 사람 많더라구요. 결선에 올라간 것만 해도 다행이라고 생각해요."

"운이 별로 안 따랐던 것 같아요."

"근데 '벽 속의 요정'님은 왜 퀴즈쇼 안 나오셨어요? 혹시 저 나가기 전에 벌써 나가셨던 거예요?"

"아니요. 안 나갔어요."

"왜요?"

"전 거기 나갈 수가 없는 사람이랍니다."

"왜요? 왜 못 나가세요?"

"그럴 사정이 좀 있거든요."

수화기를 통해 '후훗' 하며 웃는 그녀의 웃음소리가 전해져왔다. 그러나 비웃는 듯한 느낌은 아니었다. 어린아이처럼 어딘가 천진한 구석이 있는 웃음이었다. 그런데 나갈 수 없는 사정이라니, 그게 뭘까?

"그런데 제 전화번호는 어떻게 아셨어요? 설마 TV에 자막이라도 깔렸나요? 탈락자 이민수의 전화번호는, 이러면서요?"

"궁금하시죠?"

"네."

"맞혀보세요. 제가 어떻게 민수씨 전화번호를 알아냈을까요?"

"글쎄요. 그것보다 저는, 저 이민수가 그 퀴즈방의 그 사람인지 어떻게……"

"……알았느냐는 거죠?"

"네, 바로 그겁니다."

"아, 그게요. 엇, 죄송. 잠깐만요."

그녀는 잠시 양해를 구하고는 옆에 있는 누군가에게 말했다. 응, 알았어, 금방 따라갈게, 정도의 말을 하는 것 같았다.

"죄송해요. 갑자기 누가 부르네요. 좀 급한 것 같은데…… 참, 제 이름은 지원이에요. 서지원. 자세한 얘기는 나중에 만나서 하죠. 혹시 내일 시간 어떠세요?"

"내일이요?"

"내일, 바쁘세요?"

"아, 아니요. 바쁘긴요. 저는 좋아요."

"어디가 좋으세요? 홍대 쪽에 사신다고 그랬던 것 같은데……"

"댁이 여기서 가까운가요?"

"집은 좀 멀지만 직장이 그 근처예요."

우리는 홍대 앞에서 만나기로 약속을 정하고 전화를 끊었다. 철가 방을 실은 오토바이 한 대가 요란한 굉음을 내며 나를 거의 스칠 듯 지나갔지만 나는 아직 현실로 돌아오지 못하고 있었다. 이런 일이 어떻게 가능하지? 퀴즈쇼에서의 그 어벙한 남자가 나라는 걸 어떻게 알아낸 걸까? 그리고 내 전화번호는?

어쨌든 우리는 약속을 했고, 이게 장난이 아니라면 그녀는 내일 약속장소에 나타날 것이다. 별로 기대는 하지 말자. 내 몰골을 보고도 이렇게 먼저 전화를 걸어온 걸로 짐작해보면 평소 남자한테 별 인기도 없는 여자일 거야. 그러니까 허구한 날 얼굴 안 뜨는 채팅사이트에서 죽치고 있는 거겠지.

나는 얼이 빠진 채 고시원으로 돌아갔다. 터벅터벅 계단을 올라가다 옆방녀와 마주쳤다. 그녀는 내게 뭔가 할말이 있는 눈치였지만 나는 그럴 만한 상태가 아니었다. 아, 네, 안녕하세요. 대충 건성으로 인사하고는 그녀를 스쳐 내 방으로 들어갔다. 그리고 좁은 침대에 누워 천장을 보았다. 그러다 나는 벌떡 일어나 두 팔을 위로 치켜올리며 아무에게도 들리지 않을 조용한 함성을 질렀다. 와우! '벽 속의 요정'한테서 전화가 오다니!

그녀의 이름은 서지원이라고 했다. 서지원. 나는 손가락으로 허공에 그녀의 이름을 써보았다. 어떻게 생긴 여자일까? 나는 FBI의 프로파일러처럼 그녀를 분석하기 시작했다. 약간 딱딱하고 정중한 표현을 쓰는 걸로 봐서는 사람을 꽤 많이 상대하는 직종인 것 같아. 가만히 책상머리에 앉아서 연구하고 뭐 이런 쪽은 아닌 것 같지? 내 전화번호를 알아낸 정보력으로 볼 때, 인간관계가 상당히 폭넓은 사람 같아. 갑자기 급한 일이 생기고 그러는 걸 보니 업무량이 많은 것 같고. 혹시 결혼정보회사 직원? 그런데 밤에는 늘 채팅을 하잖아? 출근시간이 별로 엄격하지 않은 직장인가? 그런 직장, 직종, 직업에는 과연 뭐가 있을까? 웹디자이너?

흥분 때문에 잠이 잘 오지 않았다. 사춘기도 아닌데 도대체 왜 이러는 거야? 나는 평정을 찾으려 애썼지만 그날따라 고시원 빌딩의 화재감지장치가 고장이라도 났는지 겨우 잠이 들 만하면 그때마다 때르르르르르르르르릉, 요란한 벨을 울려댔다. 처음에는 대피해야 하나 싶어 모두 방문을 열고 고개를 내밀어 상황을 살폈지만 계속 반복되자 화재경보기는 양치기 소년이 되어버렸고, 아무도 그 경고에 귀를 기울이지 않았다. 나도 귀에 휴지를 틀어막고 잠을 청했다.

다음날 아침, 나는 새벽부터 일어나 좁은 방에서 서성대다가, 이렇게 있다가는 병나겠다 싶어 짐을 싸들고 마포도서관에 가서 잡지를 뒤적이기 시작했다. 가난한 이십대 후반의 남자가 가장 피해야 할 잡지는 무엇일까? 이른바 럭셔리 '남성잡지'였다. 그러나 그날은 아무거나 손에 잡히는 대로 집어드는 바람에 평소엔 멀리하던 럭셔리 남성잡지를 보게 되었다. 아침부터 종잡을 수 없는 이 마음을 가라앉히고자 펴든 잡지이건만 책장을 넘기는 동안 마음은 점점 더 어지러워졌다. 캘리포니아에 가서 새로 나온 메르세데스 벤츠의 스포츠 쿠페를 시승하고 돌아온 편집장은 무슨 이유에선지 입이 댓발이나 나와 있었다. 캘리포니아에 벤츠면 됐지, 도대체 뭘 더 바라는 거야? 그리고 '가격 미정'인 물품은 또 왜 이렇게 많아?

문득 빛나가 '여자에게 있어 남자는 핸드백 같은 거'라고 한 말이 생각나면서 기분은 더욱 꿀꿀해졌다. 어떤 에디터는 요즘 젊은 남자들의 옷 입는 매너를 매섭게 질타했고 또다른 에디터 한 명은 면도를 할 때에는 제발 흐르는 물에 면도기를 씻으라고 짜증을 내며 충고했다. 알고 보면 충고도 일종의 비난이다. 돈 받고 파는 잡지에 웬 충고가 이렇게 많아? 언제나 돼먹지 않은 충고를 일삼던 편의점 점주도 떠올랐다. 그러다 생각은 다시 나에게로 돌아왔다. 아니, 이렇게 불쾌해하면서도 계속 책장을 넘기는 나는 혹시 피학증 환자인가? 이 잡지 전체를 통틀어 내가 살 수 있는 물품은 딱 하나밖에 없는 것 같왔다. 가격 팔천오백원, 『악마는 프라다를 입는다1』이었다. 그 책은 프라다 이름이 붙은 물품 중에선 아마 전 세계에서 가장 저렴한 제품일 것이다. 나머지는 드레스셔츠 백이십만원, 니트 풀오버 이백사십구만원 같은 식이어서 처음에는 화가 나다가 조금 지나니 욕을 실컷 먹고 났을 때처럼 은근히 기분이 풀어지기까지 했다. 나중에는 오히려 그것을 즐기는 경지에 오르게 되었다.

"오, 카르티에 신제품 시계가 천삼백만원밖에 안 하네. 꽤 리즈너블한 가격인걸. 근데 이거 원 바빠서 매장에 나갈 시간이 있어야지. 인터넷쇼핑몰에서는 물론 살 수 없겠지?" 같은 어이없는 자학적 모노드라마를 연출하면서 책장을 넘기게 되었던 것이다. 그러다 정신을 차리고 주변을 둘러보면 여전히 마포도서관의 열람실이었고, 나는 '가격 확정'의 재킷과 카고바지를 입은 채 점심에는 어떤 삼각김밥을 먹을까를 궁리하고 있었다.

그렇게 이래저래 시간을 죽이는 사이, 드디어 '벽 속의 요정' 서지원과의 약속시간인 오후 여섯시가 다가오고 있었다. 나는 약속장소인 홍대 정문 앞 놀이터로 걸어갔다. 평일이었고 아직 해가 남아 있어서 그런지 놀이터는 한적한 편이었다. 그래피티 벽화로 장식된 화장실에서 볼일을 보고는 하릴없이 놀이터 여기저기를 걸어다녔다. 오랜만에 그네도 한번 타보았다. 자기 몸이 얼마나 크고 둔해졌는지 알고 싶으면 어린이 놀이터에 가서 미끄럼틀이나 그네를 타보면 된다. 나는 몸을 할 수 있는 한 웅크려 겨우 미끄럼틀을 탔고, 그네를 타는 내내 체인이 끊어져 추락할 것 같은 공포에 시달려야 했다.

마침내 여섯시가 되자 나는 적당한 벤치 하나를 골라 거기에 앉았다. 애타게 기다리는 것처럼 보여서는 안 되겠지? 나는 준비해온 책을 무릎 위에 펼치고 이어폰을 귀에 꽂았다. 그리고 티나지 않게, 그러나 주의깊게, 혼자 걷고 있는 내 또래의 여성들을 살폈다. 의외로 놀이터에는 혼자 와 있는 여자가 많았고, 여섯시가 다가올수록 더 많은 여자들이 안으로 들어왔다. 저들 중에서 누가 과연 '벽 속의 요정'일까? 만약 그녀라면 어떻게 말을 붙여올까? 그럴 때 나는 어떻게 답해야 할까?

16

불과 얼마 전까지만 해도 대체로 인간은 '첫눈에 사랑에 빠지'고 그다음에 편지를 보내 사랑을 고백한 후, 그 열정이 받아들여지면 만나서 연애를 했다. 최여사만 해도 중고등학교 시절에 편지질을 하는 동네 남자애들 때문에 아주 골치를 썩었고, 결국은 외할아버지와도 그런 식으로 결혼하게 됐다고 자랑인지 푸념인지를 늘어놓곤 했다. 그러나 요즘의 어떤 인간은 먼저 사랑에 빠진 후에야 그 사람이 도대체 어떻게 생겼는지 확인하고 연애를 진전시키기 위해 나처럼 이렇게 육신을 움직여 '만남의 광장'으로 나가기도 한다. 그런데 생각해보면 남녀 사이에만 그런 식의 만남이 존재하는 것은 아니다. 우리는 가수와 배우, 정치인과도 그런 식으로 사랑에 빠지지 않는가? 먼저 사랑하고 나중에 확인하는, 선先 사랑 후後 확인. 우리는 흠모하는 가수의 콘서트에 가고 밤을 새워 읽은 작품을 쓴 작가의 사인회에 가서 잘 알아보기도 어려운 글자 몇 자를 얻어오기도 한다. 음, 나만 이상한 건 아니었구나. 그렇게 생각하니 초조한 마음에 조금이나마 위안이 되는 것 같았다.

몇 명의 용의자가 내 앞을 지나갔다. 그러나 그들은 내게 말을 걸지 않았다. 나는 스스로에게 다짐을 두었다. 이것 봐, 이민수. 열여섯 열일곱의 고딩도 아니고, 적어도 이런 만남에 큰 기대를 품지 말아야 한다는 것쯤은 알고 있겠지? 네가 여기 나온 건, 굳이 말하자면 그냥 일종의 '인간에 대한 예의'인 거야. 너와 그녀는 오랫동안 밤마다 대화를 나눈 친구잖아. 취향도 비슷하고 나이도 같고. 만약에 네가 이 만남을 거절했다면 그건 무례한 짓이었을 거야. 안 그래? 나는 대답도 했다. 그렇지, 그렇고말고. 그러니까 오늘은 그냥 만나서 자연스럽게 얘기나 나누는 거야. 이런 친구 하나 둬서 나쁠 건 없잖아?

그러나 한편에서는 다른 목소리가 들려왔다. 결국 그녀는 너에게 실망하게 될 거야. 고아에 직업도 없이 고시원에서 사는 남자를 누가 좋아하겠어? 취향? 그것도 계급이 비슷할 때나 통하는 얘기지. 계급이 다르다고 생각한 순간, 그녀는 갑자기 네가 감당 못할 취향을 드러낼 거야. 겨울이면 브로드웨이나 코번트가든으로 뮤지컬을 보러 다니는 취향일 수도 있고, 여름이면 연례행사로 발리의 스파 리조트에 갈 수도 있잖아? 뭐 꼭 그렇게 극단적이지는 않다고 해도 어쨌거나 이십대 후반의 남자가 가져야 할 최소한의 그 무엇이 너한테는 결여돼 있잖아. 직장, 집, 부모, 미래에 대한 확신 같은 것.

주변이 어두워지고 있었다. 도시의 어둠은 산야의 어둠과 달랐다. 어쩔 수 없이 어둠에 자리를 내주고 퇴각한다는 식이 아니라 어둠이 빛 사이로 몰려오는 것 같다. 그러니까 시골에서처럼 어둠이 하늘에서부터 내려와 세상을 덮는 게 아니라 발목을 적시면서 무릎부터 차올라 어느새 세상이 그 어둠 속에 잠겨드는 것이다. 어쨌든 놀이터는 어두워졌고 바람도 좀더 차가워졌다.

무릎 위에 펴놓은 책으로 시선을 떨구려는 찰나 내 앞에 누군가 나타났다.

"이민수씨죠?"

"네, 저 맞는데요. 그럼 서지원씨?"

"네, 늦어서 죄송해요."

그녀가 미안하다는 듯 살짝 웃었다. 내가 벤치에서 조금 옆으로 비켜앉자 그녀는 오래 사귀어온 친구처럼 자연스럽게 내 옆에 앉았다. 우리는 잠시 아무 말 없이 우리 앞을 지나가는 사람들을 바라보았다. 나는 고개를 돌려 그녀를 보고 싶었다. 조금 전에 본 얼굴이 전혀 기억나질 않았다. 마치 투명인간과 인사를 나눈 기분이었다.

그녀는 물끄러미 내가 무릎 위에 펼쳐놓은 책을 내려다보았다. 그날 내가 들고 나온 책은 알베르토 모라비아의 『권태』였다. 사람들은 책 한 권을 들고 나갈 때도 많은 생각을 한다. "저는 이런 사람이에요"라고 대놓고 홍보하는 셈이니까. 데이트라면 더할 것이다. 우선은 들고 다닐 때 부끄럽지 않아야 하겠지. 철면피가 아니라면 『소녀

경』이나『아무도 몰랐던 성性의 비밀』같은 책은 좀 곤란할 것이다. 고전은 고루해 보일 수 있으니 패스.『돈키호테』같은 책은 실제 내용은 전혀 고루하지 않으나 늘 세계명작전집 첫머리에 있으니 문제가 된다. 한편 너무 실용적인 책은 신비감을 주지 못한다.『협상의 기술』같은 책을 데이트할 때 들고 나간다면 상대방으로 하여금 괜한 경계심만 불러일으킬 것이다.『바둑의 정석』이나『월간 낚시』같은 유도 대략 난감하고『반지의 제왕』같은 판타지는 아무리 고전이라도 사람을 좀 어려 뵈게 만들고 약간 현실에서 동떨어진 몽상가처럼 보이게 한다. 영화잡지를 말아쥐고 다니면 좀 난 체하는 사람 같고 시사주간지를 들고 다니면 아저씨 같다. 그런가 하면, 교과서에 실린 작가의 책도 문제. 그런 소설을 들고 다니며 젊은 이성에게 매력적으로 보이기란 전 세계 어느 도시에서도 참으로 어려운 일이다. 제일 무난한 것은 도무지 정체를 알 수 없는 책인데, 문제는 상대가 퀴즈의 여왕이라는 것이다. 뭘 들고 가든 결국 화제는 내가 들고 있는 책으로 이어질 것이다. 세상에 그토록 많은 책이 있건만 데이트할 때 들고 나가기 적당한 책은 별로 없다니, 옷은 많은데 입고 나갈 옷은 없다는 여자들의 한탄이 아마 이와 비슷할 것이다.

그러나 이 책은 그런 심사숙고 끝에 선택된 것이 아니었다. 도서관에서 빌린 후 아직 반납하지 않은 유일한 책이었고, 다행히 별로 널리 알려지지 않은 책이었다.

"알베르토 모라비아 책인데요. 혹시 읽어보셨어요?"

그녀는 대답 대신 손가락으로 책을 가리키며 물었다.

"근데 혹시 책이 거꾸로 놓인 거 아니에요?"

무릎 위에 놓여 있는 책을 자세히 내려다보자 정말로 책의 아래위가 뒤집혀 있었다. 나는 문맹처럼 책을 거꾸로 펼쳐놓고 있었던 것이다. 놀이터의 동향에만 신경을 곤두세우고 있었던 탓이다.

'음, 이렇게 거꾸로 놓고 읽으면 예전에 읽었던 책인데도 참 새롭게 느껴져요. 한 자 한 자 아주 천천히 읽게 되죠. 죄수나 선원처럼 읽을 책은 별로 없는데 시간은 많은 사람들이 주로 쓰는 방법이랍니다'라고 둘러대고 싶은 유혹을 느꼈으나 가까스로 참았다. 대신 나는 아무 말 없이 책갈피를 끼우고 책을 덮었다. 그리고 살짝 한숨을 쉬고는 최대한 밝게 웃어 보였다. 그녀가 손을 벌렸다. 나는 그녀에게 책을 건네주었다. 그녀는 책을 바로 놓은 후 표지를 들춰 책날개를 살폈다.

"영화는 봤어요. 맹랑한 여자애를 질투하는 아저씨가 나오는……"

그녀가 말했다.

"참 맹랑하죠."

썰렁한 맞장구였다.

우리는 잠시 말없이 놀이터의 풍경을 지켜보았다. 궁둥이가 차갑게 식고 있었다. 이제 어디로 가야 할까? 문득 막막했다. 젊은이들이 연애를 하기에 가장 나쁜 도시가 있다면 바로 서울일 것이다. 젊은이가 자기 집을 갖기에는 땅값이 너무 비싸고 그렇다고 밖에서 만나자니 술값이며 커피값이 세계 최고 수준이다. 공원이나 녹지도 별로 없어서 자리 깔고 노닥거리는 피크닉도 어렵다. 겨우 그런 공원을 찾아낸다 해도 황사와 장마, 추위와 미세먼지 때문에 건강을 망치기 십상이다. 그나마 녹지가 많은, 좀 괜찮은 곳은 아이들과 함께 나온 가족들로 가득차고 만다. 나는 주위를 둘러보았다. 홍대 앞도 이젠 예전과 많이 달라졌다. 신촌이나 강남역 주변처럼 그저 흔해빠진 유흥가로 변해가고 있었다. 그녀가 내 쪽으로 몸을 돌렸다.

"우리 뭔가 따뜻한 거 먹으러 가요."

"그럴까요?"

그렇게 말하면서도 나는 지갑 사정부터 생각했다. 기억이 정확하다면 아마 내 지갑 속에는 삼만이천오백원밖에 없을 터였고, 이는 서울 같은 높은 물가의 메트로폴리탄 시티에서 첫 데이트를 하는 두 남녀에게는 어림도 없는 액수일 것이다. 무엇보다 그 돈은 앞으로 적어도 이 주는 살아갈 수 있을 생활비였다.

우리는 벤치에서 일어나 놀이터 밖으로 나왔다. 나란히 걷고 있었지만 문득 옆을 돌아보면 낯선 사람이 있었다. 거리를 오가는 군중들 사이에서 우리의 발걸음은 자주 엉켰다. 우리는 아직 함께 걷는 법을 배우지 못한 사이였다. 오래된 연인들이었다면 아무 문제 없이 헤쳐 갈 수 있었을 길이 우리에게는 험난했다. 걷기의 리듬은 자주 엉켰고 멸치떼처럼 몰려오는 사람들은 우리 사이를 갈라놓았다. 몇 차례의 탐색 끝에 우리는 매운 고추를 넣고 끓이는 버섯탕집으로 들어갔다. 실내는 습도가 높아 후텁지근하고 시야가 탁했다. 우리는 테이블을 사이에 두고 마주앉았다. 앉자마자 종업원이 휴대용 가스버너를 갖다놓으며 주문을 받았다. 우리는 버섯전골 이인분을 시켰다. 그리고 처음으로 눈을 마주쳤다. 그게 멋쩍어 우리는 함께 웃었다.

"이상해요."

그녀가 말했다.

"이 사람이 그 사람인가 싶은 거예요. 민수씨는 안 그래요? 심부름센터에서 돈 받고 대신 나온 거 아니죠?"

"제가 아는 이민수는 아마 그럴 만한 여유가 없을 겁니다. 백수거든요."

"방송에서는 취업 준비생이라고 하신 것 같은데요?"

"아직 통계청 용어로 구직 포기자는 아니니까요. 지원씨는 직장 다니시죠? 학생 같아 보이지는 않는데요."

"직업은 있지만 직장은 없어요."

"프리랜서?"

"별로 프리하지는 않아요. 어쨌든 그 비슷한 무엇이에요."

"또 퀴즈?"

"맞혀보세요."

나는 고개를 저었다.

"오늘은 왠지 그러고 싶지가 않아요."

"왜요?"

"오늘은 머리를 쓰고 싶지가 않아서요."

그녀가 호기심을 가득 담은 시선으로 나를 바라보았다.

"머리를 쓰면 안 되는 이유라도 있어요?"

"웃지 않는다고 약속하면 말할게요."

"안 웃을게요."

"벌써 웃고 있잖아요."

"안 웃었어요. 어서 말해봐요."

나는 젓가락을 그녀 앞에 놓아주며 말했다.

"오늘이 내 인생에서 가장 멋진 날이 될지도 모르잖아요. 만약 그런 날이라면 머리가 아니라 가슴에 담아두고 싶어서요."

그녀는 살짝 충격을 받은 표정이었다.

"정말 그렇게 생각하세요?"

"얼마 전까지만 해도 저는 모든 게 반복된다고 생각했어요. 동창회 같은 데 가보면 한 해 한 해 변한 게 없고 늘 똑같은 것 같잖아요? 그러다보면 이번에 한 번 안 가도 뭐 어떠랴 싶어서 빠지게 되고. 다음에 하지 뭐, 이렇게 생각하는 거예요. 정말 즐거운 하루를 보내고도 별로 아쉬운 줄을 몰랐던 거죠. 또 그런 날이 올 거라고 생각했으니까요. 그런데 얼마 전에 문득 생각해보니 반복되는 건 없더라구요. 그냥 인생은 일회용인 것 같아요. 좀 촌스러운가요?"

"아뇨, 근데 좀 놀랐어요."

"왜요?"

"그냥, 음, 다들 쿨한 척하는 시대잖아요. 민수씨처럼 말하는 사람 처음 봐요."

나는 그녀의 말을 어떻게 해석해야 할지 몰라 잠시 멍하니 그녀를 바라보았다.

"기분 나쁘셨다면 죄송해요."

"아뇨, 그렇지 않아요. 그런 말 듣고 기분 나쁠 사람이 누가 있겠어요?"

우리는 서로의 눈을 응시했다. 시선의 온도가 눈에 띄게 따뜻해졌다는 걸 느낄 수 있었다. 버섯전골도 부글부글 끓기 시작했다. 그러나 우리는 아직 수저를 들지 않고 있었다.

"정말 민수씨는 인생이 일회용이라고 생각하세요?"

"저는 얼마 전까지 태어난 곳에서 쭈욱 살아왔거든요. 그래서 그런지 하루하루가 무한히 반복된다는 생각을 많이 했어요. 그런데 아니더라구요. 다시 반복되는 것은 없는 것 같아요. 퀴즈방에서 처음 지원씨 만났을 때 정말 좋았거든요. 그런데 그 느낌, 그 감정은 다시 되살아날 수 없는 거잖아요. 벌써 지나가버린 거죠. 오늘도 이대로 지나가버리면 영원히 다시 경험할 수 없을 거예요."

그녀가 불쑥 제안했다.

"우리 말 놓을까요?"

"왜 갑자기?"

그녀가 미소를 지었다.

"조금 전에 민수씨가 한 말을 반말로 다시 듣고 싶어서요."

'사랑이 솟구친다'는 말을 비유라고 알고 있는 사람들이 있다. 나도 그전까지는 그랬다. 그러나 인생의 어떤 특별한 순간에는 비유가 현실이 된다. 나는 두뇌 깊숙한 곳에서 '사랑'이라는 이름의 물질이 분수처럼 솟구쳐 대뇌피질의 모든 주름을 흥건히 적시는 것을 느꼈다.

"그래, 그러자."

나는 고개를 끄덕였다. 만난 지 삼십 분도 안 돼 우리는 말을 놓기 시작한 것이었다. 출발이 좋았다. 그녀는 재미있는 장난을 생각해낸 어린아이처럼 빙글빙글 웃었다. 아마도 반말로 하게 될 첫번째 문장을 고른 것 같았다.

"이민수, 너 좀 귀엽다."

그러더니 부글부글 끓는 전골 냄비에 숟가락을 집어넣고 밥을 먹기 시작했다. 나는 아무 대꾸도 못한 채 그녀를 따라 밥을 먹기 시작했다. 무슨 맛인지도 모를 뜨거운 국물이 식도를 타고 넘어갔다.

우리는 밥을 나누어 먹으며, 평소라면 전혀 웃지 않았을 이야기에 키득거리며, 뒤늦게 소주도 한 병 시켜 먹으며, 퀴즈방의 다른 사용자를 평하며, 그렇게 한 시간을 보냈다.

"근데 나는 어떻게 알아본 거야? 방송에서 말이야. 내 이름도 몰랐을 텐데."

나는 전부터 궁금했던 것을 물었다.

"너는 정은영인가 하는 여자를 나라고 생각했지?"

"그걸 어떻게 알았어?"

"다 아는 수가 있지. 얼굴에 써 있던걸. 마르코 폴로도 그 여자한테 양보하려고 일부러 그런 거지?"

"아니, 아니야, 그건."

"실망이야. 나를 못 알아보다니. 난 단박에 알아봤는데."

그녀가 원망의 눈초리로 나를 노려보았다. 그러다 풋 하고 웃음을 터뜨렸다.

"네가 그 여자한테 다가가서 '벽 속의 요정'이냐고 물을 때, 나는 바로 네 뒤에 서 있었어."

"정말?"

"마음속으로 텔레파시를 보냈지. 돌아볼 거야. 돌아보고 나를 알아볼 거야. 그렇게 주문을 걸고 있었는데 네가 그 여자한테 나냐고 묻더라구. 충격받아서 뒤도 안 돌아보고 나왔어."

"그런데 왜 난 너를 본 기억이 전혀 없지?"

"너는 그 정은영한테 온통 정신이 팔려 있었으니까."

"아니야. 그냥 한번 그렇게 생각하니까 정말 그런 것 같더라구."

"예뻐서 그런 건 아니고?"

"아니, 절대 아니야. 걔가 예쁘긴 뭐가 예뻐?"

나는 황급히 손을 내저으며 화제를 돌렸다.

"그럼 그날 방청객으로 와 있었던 거야?"

"아니."

"그럼 뭐야?"

"너 정말 오늘은 머리를 쓰기 싫은가보구나. 그럼 말해줄게. 나 실은 그 퀴즈쇼의 구성작가야."

그건 정말 생각지도 못한 시나리오라 나는 입을 딱 벌렸다.

"이상하다. 내가 작가들도 다 봤는데. 작가들이 돌아다니면서 출연자들 엄청 챙기던데. 연습도 시키고."

"두 팀이 돌아가면서 하거든. 한 팀이 매주 소화하기에는 벅차기 때문에 두 팀이 격주로 하는 거야. 그날은 우리 팀이 하는 날은 아니

192

었는데 방송국에 나와 있던 참이라 방청석에 앉아서 구경했어."

"아, 그랬구나."

"사실 널 알아봤다는 건 거짓말이야. 그냥 녹화 끝나고 수고한 사람들하고 인사도 하고 그러는데 갑자기 등뒤에서 벽 속의 요정이니 뮤즈니 하는 말이 들리는 거야. 깜짝 놀라서 돌아보니 너였어. 그때 얼굴 되게 새빨갛더라. 그리고 정은영 얼굴 보니까 상황을 금방 알겠더라구."

"음, 그랬나. 내가 원래 얼굴이 잘 빨개져."

나는 머리를 긁적였다. 그녀가 나를 위로했다.

"하지만 실은 반가웠어."

"정말?"

"그럼. 덕분에 이렇게 만나게 됐잖아."

"내가 거기 안 나갔으면 영영 못 만났을까?"

"그랬을 수도."

"에이, 설마……"

우리는 다시 한번 운명이라는 도료로 우리의 만남을 멋지게 치장할 수 있게 되었다. 우리가 이렇게 생각하는 것도 무리는 아니었다. 이 얼마나 놀라운 우연이란 말인가. 내가 정은영에게 조금만 빨리 혹은 늦게 말을 붙였더라도 우리는 만나지 못했을 것이다. 마치 궤도를 이탈한 우주선처럼 영원히 다른 방향으로 날아가버렸을지도 모른다. 또한 내가 그 주가 아니라 그 전주 혹은 그 다음주에 출연했다면 역시 우리는 서로를 코앞에 두고도 알아채지 못했을 것이다. 그 밖에도 무수한 '……하지 않았다면'이 우리를 기다리고 있었다. 그것은 자신들의 만남을 운명이라 믿고 싶어하는 연인들의 소중한 재산이었고 언제 꺼내봐도 질리지 않는 메뉴였다. 우리는 소주잔을 부딪치고 마지막 남은 술을 비웠다.

"나가자." 내가 먼저 자리에서 일어나 지갑을 꺼냈다. "내가 낼게."

가난한 사람은 이렇게 해서 좀더 가난해진다. 그들은 가난을 부끄러워하기 때문에 결국 더 가난해진다. 가난을 숨기기 위해 '남들 다 하는 것'을 하고 그 '남들 다 하는 것' 때문에 빚을 지고 그 빚을 갚느라 세상의 노예로 살아가는 것이다.

그녀는 내가 계산을 하는 동안 미닫이문을 열고 버섯탕집 밖으로 나갔다. 나는 거스름돈을 받고 그녀를 따라 나갔다. 그녀는 휴대폰을 손에 들고 있었다.

"네 것도 꺼내봐."

나는 주머니에서 휴대폰을 꺼냈다. 아, 이제 번호를 주고받을 차례로구나. 언젠가부터 인간과 인간이 만나면 명함을 주고받는 것이 아니라 외계인과 교신하듯 휴대폰을 마주 겨누고 신호를 주고받는 풍습이 생겼다.

"전원을 꺼."

그녀가 말했다.

"왜? 번호 따는 거 아니었어?"

"함 꺼봐."

나는 그녀가 시키는 대로 전원을 껐다. 그녀의 휴대폰도 피릿 소리를 내며 꺼졌다.

"자, 이제 우리는 존재하지 않는 거야."

그녀가 그렇게 말하자 정말 세상이라는 네트워크에서 쓰윽 지워진 것 같은 느낌이 들었다.

"누가 급한 일로 전화하면 어떡해?"

"지난 일 년간 급한 일로 받아본 전화 있어?"

모텔에서 걸려온 '급한' 전화가 한 통 있긴 했지.

"음, 글쎄, 어제 너한테 온 것 정도?"

그녀가 웃었다.

"먼저 켜는 사람이 지는 거야. 나는 나한테 집중하는 남자가 좋아."

우리는 골목을 걸어내려갔다. 잠시 후 우리는 좁고 허름한 바 안에 들어와 있었다. 나는 처음이었고 그녀는 전에 한번 들른 적이 있다고 했다. 테이블이 세 개밖에 없는 작은 곳이었다. 손님은 우리 말고는 아무도 없었다. 그래도 주인은 손님 같은 것에는 관심 없다는 쿨한 태도로 우리를 맞았다. 주인이 우리가 주문한 병맥주를 갖다주자 그녀가 주인에게 말했다.

"잔도 좀 주시겠어요?"

주인이 잔을 가지러 간 사이 그녀가 변명처럼 내게 말했다.

"맥주는 잔에 부어 마셔야 맛있어."

"나는 그냥 똑같던데."

"병째로 마시면 침이 섞이거든. 그리고 나는 잔에 생기는 거품이 좋아. 잘 만들면 입술에 닿을 때 꼭 생크림 같아서."

그녀는 주인이 가져다준 잔에 맥주를 조심스럽게 여러 번에 나누어 따라 거품을 진하게 만든 다음, 천천히 들어 입술에 갖다댔다. 자세히 보니 꽤 에로틱한 장면이었다. 그녀는 맥주를 한 모금 머금어 삼킨 다음 말했다.

"아주 오래전부터 너를 알아왔다는 생각이 들어."

"그래, 퀴즈방에서 만난 것까지 치면 벌써 몇 달 됐지."

"아니, 그보다 훨씬 더 오래된 것 같아."

"그래? 얼마나?"

"웃지 않는다고 약속하면 말해줄게."

"이게 오늘의 유행어인가? 웃지 않는다고 약속하면? 어쨌든 약속할게."

그녀는 맥주잔을 테이블에 내려놓았다.

"이 생이 오기 전부터 알았던 것 같은 느낌이야."

"전생을 말하는 거야? 그걸 믿어?"

"그럼 넌 안 믿어?"

"뭘? 전생을?"

"응."

"안 믿는데."

바에는 도어스의 〈Light My Fire〉가 흘러나오기 시작했다.

그녀의 표정은 진지했다.

"난 믿어. 모든 것은 반복되는 거야. 이 생은 우리가 지나온 수많은 생의 반복이야. 넌 아까 이 생이 일회용이라고 그랬지만 난 그렇게 생각하지 않아. 우리는 분명 그 어디선가 만났을 거야."

"무슨 한국형 블록버스터 무협영화 같은 얘기네. 그런데 전생이 있다는 걸 어떻게 알 수 있지?"

"그럼 넌 우리가 그저 몇 번의 기적 같은 우연으로 이렇게 만나게 됐다고 믿는다는 거야? 그게 더 믿기 어렵지 않니? 너는 내가 존재한다는 걸 어떻게 믿었어? 그러니까 지금 네 앞에 앉아 있는 내가 퀴즈방의 '벽 속의 요정'이라는 걸 또 어떻게 믿냐구?"

그녀가 그렇게 물어오자 모든 것이 갑자기 신기루처럼 느껴졌다. 그리고 문득 궁금했다. 나는 어떻게 그 모든 걸 그렇게 확신하는 거지?

"그건 알 수 있어. 너는 '벽 속의 요정'이 아니라면 알 수 없을 얘기들을 알고 있으니까."

"그건 너무 허약한 근거인데? 만약 내가 그 여자와 같은 방에 사는 룸메이트라면? 늘 옆에서 채팅 장면을 지켜보고 그녀에게서 많은 얘기를 얻어들었다면? 그리고 그녀를 시기하는 사악한 친구라면?"

그녀가 짓궂은 미소를 지으며 나를 바라보았다. 나도 어색하게 마주 웃어주었다.

"에에에에이, 그런다고 내가 속아넘어갈 줄 알고?"

그녀는 그 말에는 대꾸하지 않았다. 대신 갑자기 퀴즈를 내기 시작했다.

"1. 사람."

"뭐야? 퀴즈야?"

나는 나도 모르게 자세를 고쳐앉았다. 그녀는 퀴즈방에서와 똑같은 방식으로 퀴즈를 내기 시작했다.

"2. 16세기 프랑스."

"아, 오늘은 머리 안 쓰려고 했는데."

그러나 그녀는 개의치 않고 내 응답을 기다렸다.

"16세기 프랑스? 마고? 바르톨로뮤 대학살의 그 왕비 마고?"

"아니고. 추가 힌트. 그런 높은 신분의 인물이 아니라 평민이야. 직업은 농민."

"16세기 농민? 어쨌든 계속 고."

"열아홉 살에 아내를 버리고 마을을 떠났던 이 남자, 십 년 만에 고향으로 돌아오는데 아내를 비롯한 친척들 누구도 처음에는 이 남자를 의심하지 않아."

"참 일찍도 결혼했네. 그래서?"

"오직 삼촌만이 이 남자가 자기 조카가 아니라고 의심하지만 그 남자의 친누나와 아내는 맞다고, 동생과 남편이 틀림없다고 해. 영화로도 만들어졌어. 할리우드 판에서는 리처드 기어가 주연을 했고."

"혹시 서머스빌?"

"서머스비야. 프랑스 원작은 『마르탱 게르의 귀향』이지."

"아, 그 책 알아. 읽어보지는 않았지만."

그녀는 히치콕 영화에 나오는 블론드들에게서나 볼 수 있을 듯한

묘한 미소를 지으며 물었다.

"증명사진 한 장 없던 시절에 이 완벽한 가짜 마르탱 게르를 누가 알아봤을 것 같아?"

"글쎄, 지문이나 유전자 검사를 하지도 않았을 테고."

"마을의 구두장이었어. 구두를 맞추기 위해 마르탱 게르의 발을 재보니까 마을을 떠나기 전보다 발이 작아진 거야. 사람의 발이 작아질 수는 없잖아?"

"어떻게 아내까지 속였을까?"

"과연 속인 걸까? 혹시 속아준 건 아닐까? 독수공방으로 사는 것보다는 낫다고 생각했을 수도 있잖아."

"그런데 이게 전생을 믿는 거하고 무슨 관계가 있어?"

"지금 당장 입증할 수 없다고 해서 존재하지 않는 건 아니라는 거지. 니가 나를 '벽 속의 요정'으로 믿듯이 나는 이 생이 이걸로 끝이 아니라는 걸 굳게 믿는 거야."

분명 궤변인 것 같았지만 토를 달지는 않았다. 전생부터 맺어진 인연으로 믿겠다는데 굳이 부인할 필요는 없을 것 같아서였다.

"내가 왜 전생과 다음 생을 믿는지 알아?"

그녀는 비스크 인형 같은 눈을 갖고 있었다. 도자기 같은 질감의 차갑고 단단한, 그리고 큼직한 눈동자가 나를 쏘아보았다. 이런 눈은 촛불로 조명을 대신한 카페나 바에 더 어울릴 것 같았다. 그녀의 눈길에는 분명 어떤 날카로운 적의가 있었는데, 그 적의는 나에게로 향한 것이 아니라 나를 통과해가는 것이었다. 그녀는 세상을 향한 자신의 적의에 동의해달라는 눈빛으로 나를 바라보았다. 나는 고개를 저었다.

"몰라. 말해봐."

지원은 오른손 검지로 촛불 주위의 허공에 둥글게 원을 그렸다.

"이 생이 전부라면 너무 억울하기 때문이야."

바의 보스 스피커에선 우리의 이런 심각한 분위기와는 전혀 동떨어진 산타나 할아버지의 〈Smooth〉가 경쾌하면서도 끈적하게 울려 나오고 있었다.

"그게 무슨 뜻이야?"

"말 그대로야."

나는 더 캐묻지 않았다. 누구나 자기 인생에는 얼마간 억울한 부분이 있게 마련이니까. 내가 사생아로 태어났듯이 말이다. 나는 손가락으로 테이블을 가볍게 두드리며 산타나의 음악에 장단을 맞추었다. 그녀 역시 그 리듬에 맞춰 고개를 까닥거렸다. 이제 우리는 둘 다 약간 취해 있었다. 혼탁한 공기와 시끄러운 음악으로 머리가 멍해져 취기를 느끼지 못했을 뿐. 그러나 기분이 불쾌하거나 하지는 않았다. 오히려 그 반대였다. 사랑에 빠진 두 남녀에게는 그 어떤 말도 용서받을 수 있을 것 같은 시간이 찾아온다. 나는 그 순간이 왔다고 생각했다. 그러나 먼저 말을 꺼낸 것은 지원이었다.

"널 더 알고 싶어."

그녀가 말했다. 우리가 주고받는 눈길에는 어느새 끈적함이 생겼다.

"나도 그래. 너라는 사람이 궁금해."

지원은 미소를 지었다. 그녀의 가는 콧마루에 살짝 주름이 잡혔다. 그녀는 그 주름을 오른손 검지로 문지르며 말했다.

"가장 위대한 퀴즈는 바로 인간인 것 같아."

"그럴까?"

"요즘 그런 생각을 해. 인간이라는 그 어려운 퀴즈에 지쳐서 사람들은 퀴즈쇼를 보는 것 같아. 거긴 그래도 답이 있잖아."

"그런데 나도 나를 잘 모르겠어."

"나도 마찬가지야. 누가 자기 자신을 알겠어?"

"자기 자신도 모르는 우리가 언제쯤 서로에 대해 알게 될까?"

"글쎄, 그게 과연 가능하긴 할까?"

그녀가 시계를 보았다.

"이제 오늘이 십 분밖에 안 남았네. 민수, 아직도 오늘이 네 인생에서 가장 멋진 날일지도 모른다고 생각해?"

"음, 오늘이 지나봐야 아는 거 아닐까?"

"아직 확신이 안 선다면 지금이라도 뭔가 해야 하는 거 아니야? 오늘을 가장 멋진 날로 만들기 위해, 그러니까 훗날 오늘을 기억하게 만들 뭔가를 해야 하는 거 아니냐는 거지."

이제 십 분밖에 안 남았는데, 그 십 분 동안 할 수 있는 게 뭐가 있을까? 사진이라도 찍어야 하나? 그러나 우리가 가진 것은 휴대폰에 딸린 질 나쁜 렌즈의 폰카밖에 없는데다 그마저도 꺼버린 상태였다.

"글쎄, 그게 뭘까?"

그녀가 내 얼굴을 빤히 바라보았다. 촛불이 그녀의 눈에 부드러운 음영을 드리우고 있었다. 그녀는 묘한 미소를 지으며 내 눈을 응시하다가 갑자기 뒤로 몸을 젖히며 깔깔깔 웃어댔다. 얇은 살얼음에 사사사삭 금이 가는 것을 보는 느낌이었다. 그 순간 아주 아슬아슬한 뭔가가 우리 둘 사이를 스쳐지나갔다.

"뭐해? 술이나 마시자."

그녀가 자기 잔을 들어 내 병에 부딪쳐왔다. 나는 병에 담긴 맥주를 마셨다. 거기에는 더이상 맥주의 맛이랄 게 남아 있지 않았다. 그저 들큼할 뿐이었다. 그녀가 다시 한번 시계를 보더니 이제 그만 집에 가봐야겠다고 했다. 그녀는 나보다 먼저 일어나 술값을 냈다. 내가 내겠다고 했지만 그녀가 굳이 자기 신용카드를 꺼냈다. 문을 밀고 나와 차고 신선한 공기를 들이마시자, 그제야 그녀가 조금 전에 말하려고 했던 게 혹시 키스가 아니었을까 하는 생각이 들었다. 나 같은 남자를 보통은 '바보'라 부른다.

그녀는 화장실에라도 다녀왔는지 한참 후에야 바 밖으로 나왔다. 나는 옷깃을 여몄다. 우리는 더이상 로맨틱하게 촛불을 밝힌 친밀한 공간에 있지 않았다. 우리가 서 있는 곳은 취객들이 비틀거리며 지나가는 쌀쌀한 골목이었다. 그래서인지 아까보다는 그녀와 멀어진 듯한 기분이 들었다. 어색한 분위기를 깨려는 듯 그녀가 나를 보고 웃었다. 우리는 천천히 골목을 걸어내려가기 시작했다. 나는 슬며시 손을 뻗어 그녀의 손을 잡았다. 그녀는 뿌리치지 않고 그 손을 꼭 잡아왔다. 손이 차갑고 건조했다. 겨울 나뭇가지를 잡은 느낌이었다.

그렇다면 내 손은 따뜻하게 느껴지겠지. 나는 다행이라고 생각했다.

"궁금한 게 있어."

그녀가 맞잡은 손을 살짝 흔들며 물어왔다.

"뭔데?"

"퀴즈방에서 나에 대해 상상했던 게 있을 거 아냐? 그거하고 지금의 나하고 어떤 쪽이 더 나아? 그러니까 '벽 속의 요정'하고 여기 서지원하고 말이야. 나름 상상했던 게 있을 거 아냐? 나 상상했던 거하고 많이 다르지?"

이런 질문은 오래 생각하면 안 된다는 것을 알면서도 나는 잠시 머뭇거렸다. 그건 그렇게 간단히 말할 수 있는 문제가 아닌 것 같았다. 나는 대답했다.

"현실의 서지원이 훨씬 나아."

"정말?"

"이렇게 손도 잡을 수 있고 같이 맥주도 마실 수 있잖아."

"에이, 그런 거 말고, 정말로 말해줘. 나 진지해."

"글쎄, 상상했던 것보다 훨씬 예쁘고 키는 좀 작지만 성격은 별로 다를 바 없는 것 같아. 인터넷에서보다 좀더 수줍음을 타는 것 같기는 해."

"내가 예쁘다고?"

"그럼."

"난 한 번도 그렇게 생각해본 적 없는데. 괜히 날 위로하려고 하는 말이지?"

"아니, 진심이야."

"내 얼굴은 좀 불균형해. 눈만 크고 다른 데는 너무 작고 올망졸망하잖아. 비례가 안 맞지. 그리고 어깨는 좁고, 어휴, 그 밖에도 많아."

그녀가 스스로를 그렇게 생각한다는 것은 좀 의외였다. 바로 그 '불균형'이 그녀의 매력인데, 그녀는 정반대로 생각하고 있었다.

"얼굴이 어때서? 꼭 일본 순정만화 캐릭터 같은데?"

"그게 못생겼다는 소리지 뭐야. 나는 그런 얼굴 싫단 말이야. 어리석고 멍청해 보이잖아."

더이상은 할말이 없었다.

"어렸을 때 오빠들이 놀려댔었어. 못생겼다고. 우리 집안에 나 같은 애가 있다니 놀랍다면서."

"오빠들?"

"우리집이 큰집이라 사촌오빠들이 자주 왔거든. 얼마나들 날 못살게 굴었는지 몰라. 그래서 많이 울었어."

"나한테 만약 너 같은 동생이 있었다면 나는 그런 말 하지 않았을 거야."

"정말?"

"그럼."

그녀가 손을 조금 더 꽉 쥐어왔다. 이번에는 내가 물었다.

"나는 어땠어? 상상했던 거하고 많이 달라?"

"밤마다 채팅하고 있는 걸로 봐서 꽃미남일 거라는 기대는 없었어."

내가 짐짓 심각한 표정을 지어 보이자 그녀가 웃으며 덧붙였다.

"실은 외모 같은 게 눈에 안 들어올 정도야."

"칭찬이야?"

"응, 칭찬이야. 그냥 네가, 너라는 인간이 좋아졌어. 너한테 뭐든 지껄이고 싶어. 너는 사람의 말을 들어줄 줄 아는 애 같아."

"그런 얘기는 처음 듣는데?"

"앞으로 많이 듣게 될 거야. 나한테."

이런 기분은 처음이었다. 그녀가 바에서 말한 것처럼 아주 오래전에 알았던 사람을 다시 만나서 안부를 확인하고 정을 나누는 기분이었다. 서먹함은 금세 사라지고 오래전에 쌓아두었던 친밀감이 회복되는 순간처럼 느껴졌다.

"참, 집이 어디라 그랬지?"

내가 물었다.

"얘기 안 했는데."

그녀는 빙글거리며 내 얼굴을 올려다보았다. 나는 다시 물었다.

"집이 어디야?"

"평창동."

"택시 타고 가야겠다."

"응."

몇 대를 보낸 후에야 택시가 잡혔다. 그녀는 택시에 올라타며 밝은 얼굴로 인사를 했다.

"연락할게. 안녕."

택시가 어둠 속에 완전히 묻힐 때까지 나는 거리에 서 있었다. 나는 토끼처럼 깡충거리기 시작했다. 문이 열린 어느 카페에서 위시본 애시의 〈Everybody Needs A Friend〉가 흘러나오고 있었다. 기타 리프가 애절하게 울어대면서 인간에게는 타인의 도움과 사랑이 필요하다고 호소하고 있었다. 나는 문이 열린 그 카페를 향해 소리치고 싶었다. 모르시는 말씀. 인간에게는 친구가 아니라 연인이 필요하다구!

나는 경사진 언덕을 올라가기 시작했다. 발이 땅에 닿지 않는 것 같았다. 풀쩍 뛰어올라 바람에 흔들거리는 나뭇가지를 꺾고 찌그러진 캔을 달려가 발로 찼다. 캔은 날아가 그래피티 벽화에 그려진 사람 얼굴을 맞혔다. 불 꺼진 아디다스 대리점의 쇼윈도에는 광고 포스터가 붙어 있었다. 농구공을 겨드랑이에 낀 흑인이 'Impossible is Nothing'이라는 글자 아래 서 있는 그림이었다. 나는 그 포스터에 입맞추고 싶었다. 모든 것이 가능할 것 같고 스스로가 전능한 존재로 느껴지는 밤이었다. 마음만 먹으면 뭐든 이룰 수 있고 그 어떤 무거운 것도 너끈히 들어올릴 수 있고 총을 맞아도 죽지 않을 것 같았다. 나는 위시본 애시의 노래를 흥얼거리며 거리를 걸었다. 취객 하나가 가로등 앞에서 토하고 있었다. 그는 가로등을 붙들고 절규했다.

"야, 이 새끼야. 내가 그게 아니라고 몇 번이나 말해야 되냐? 너 씨발, 나 못 믿어? 응?"

나는 그의 등을 두드려주었다. 그는 내가 누군지도 모르면서 고맙다고 인사했다. 내가 주머니에서 휴지를 꺼내주자 그는 그걸로 입을 닦았다. 그러나 내가 떠나자마자 다시 가로등에게 하소연을 하기 시작했다.

"야, 인마. 너 내 말 들어, 안 들어?"

나는 사랑에 빠진 사람 특유의 다정함으로 모든 것을 너그러이 받아들일 수 있게 되었다. 고시원 빌딩에는 엘리베이터가 고장나 있었지만 나는 즐거운 마음으로 계단을 걸어올라갔다. 좁은 복도에서 낯선 남자가 내 어깨를 치고 지나가는데도 내가 먼저 미안하다고 사과했다. 기쁨으로 충만한 광신도가 된 기분이었다.

17

나는 열쇠로 방문을 열고 들어가 가방을 한쪽 구석에 던져놓았다. 그리고 책상 앞에 앉아 노트북컴퓨터를 켰다. 그런데 막상 컴퓨터를 켜고 보니 아무것도 할 게 없었다. 감동적인 영화를 보고 나면 다른 이들의 영화평이나 감상을 찾아보고, 응원하는 축구팀이 이긴 경기는 다음날의 신문기사를 기다리게 된다. 그러나 연애는 영화나 축구와 달랐다. 함께 기쁨을 나눌 상대가 없었고, 설령 있다 해도 그게 가능한 일일지 의문이었다. 아마 마지못해 참고 들어주는 정도일 것이다. 새로 시작한 내 연애 이야기를 토로할 게시판도 없었고 그것을 환영해줄 동호회도 없었다. 왜 새로 나온 디지털카메라나 뻔하디뻔한 TV 드라마를 가지고는 밤새 떠들면서 한 인간의 삶에 이토록 큰 기쁨을 주는 연애에 대해서는 모두가 침묵하는 것일까? 이 거대한 도시의 어둠에 깃든 한밤중의 침묵이 문득 의아하게 느껴졌다. 이래서 결국 연인들이 커플 미니홈피 같은 것을 만드는 걸까? 거기에 비밀글, 비밀사진을 올리고 아무도 기뻐해주지 않는 둘만의 승리를 즐기는 것일까?

나는 그녀의 전화나 문자메시지를 기다렸다. 그러나 그녀가 집에 도착했을 시간이 한참 지났는데도 문자나 전화는 오지 않았다. 나는 오늘의 이 기쁨을 나눌 오직 한 명의 청중을 기다리며 쏟아지는 졸음과 싸웠다. 그러나 그녀는 아무래도 집에 들어가자마자 잠이 든 모양이었다. 나는 스스로를 위로했다. 진부하지 않고 좋잖아. 꼭 옛날 사람들 연애하는 것 같고 좋은데 뭘.

며칠 전 도서관에서 본 어느 잡지에 이런 칼럼이 있었다. 칼럼은 이런 질문으로 시작한다. 만약 안나 카레니나에게 휴대폰이 있었다면 달려오는 기차에 몸을 던졌을까? 우론스키가 문자만 보냈어도 안나는 자살하지 않았을 것이고 오해도 쉽게 풀렸을 거라는 게 필자의 주장이었다. 만약 춘향과 이몽룡이 휴대폰을 갖고 있었다면 춘향은 몽룡의 장원급제 사실을 당장 알았을 테고 몽룡도 남원의 새 사또가 변태라는 것을 모르지 않았을 것이다.

'한양 잘 도착한 거야? 근데 새로 온 사또 졸라 변태야. 날더러 점고에 나오라니 미친 거 아냐?'

이런 문자가 오갔을 게 아닌가. 그러나 그 당시엔 휴대폰 같은 것은 당연히 없고 편지는 인편으로 일주일이 넘게 걸리는데다가 그나마 목적지에 제대로 도착하지 않는 경우도 많았을 것이다. 그 시절에는 집 밖에만 나가도 하루종일 연락두절이고 조금만 멀리 여행을 떠나도 몇 년 후를 기약해야 했다. 아마 지금이라면 로미오의 추방도 서로에게 그리 고통스럽지 않았을 것이고 두 연인은 죽음에까지 이르지 않았을 것이다. 그런 시절이었으니 모든 연애가 애절하고 사소한 오해도 치명적일 수밖에. 그러나 우리 시대에는 휴대폰과 메신저, 이메일과 블로그 그리고 GPS가 있다. 우리는 자신이 어디 있는지 알고, 자신이 어디 있는지 남이 알 수 있다는 것도 안다. 혹시 모르는 경우에도 통화 버튼 하나만 누르면 바로 해결된다. 배터리의 성능은 점점 좋아지고 있으며(따라서 배터리가 방전됐다는 변명도 하기 어려워졌으며) 사람들은 여간해선 휴대폰을 놓고 다니지 않는다. 어쩌다 휴대폰이 꺼졌을 때 온 문자메시지나 전화도 전원을 켜는 순간 다시 확인할 수 있는 부가서비스가 점점 보편화되고 있어 이제 연락두절에 대한 핑계는 거의 남아 있지 않았다. 문득 요즘 TV에 왜 사극 바람이 부는지 그 이유를 알 것 같았다. 현대극 쓰기가 점점 더 어려워지니까 사극을 만드는 게 아닐까?

이런 생각을 하면 할수록 위안은커녕 전화를 하지 않는 지원에 대한 원망만 가중되었다. 오직 한 가지 이유만 납득할 수 있었다. 잠든 나를 깨우고 싶지 않았던 거야. 내일 아침 눈을 뜨면 그녀의 문자가 와 있을 거야. 나는 세수도 하지 않은 채 이불 속으로 파고들었다.

그러나 다음날 정오까지도 아무 연락이 오지 않았다. 그러자 어제의 만남이 아주 오래전에 꾼 꿈처럼 아득하게 느껴졌다. 전날의 조증

에 가까운 전능감과 기쁨은 동해상의 C급 태풍처럼 허망하게 사라져
버리고, 대신 뼈아픈 우울감이 찾아왔다. 기다림은 고통스러웠다. 불
과 하루 사이에 이토록 급격하게 감정의 롤러코스터를 경험해야 한
다는 사실이 못 견딜 만큼 피곤하게 느껴졌다. 차라리 어제 이전의
시간으로 돌아갔으면 하고 바랄 정도였다. 오늘은 어제의 연장이 아
니라 완전히 다른 날이었다. 혹시 잠든 사이, 천체물리학에서 말하는
다른 차원의 우주로 전송된 게 아닌가 하는 생각까지 들었다.

　나는 아침과 점심을 거른 채 시체처럼 누워 있었다. 휴대폰은 지
난밤부터 계속 충전중이었으나 소식은 없었다. 혹시나 싶어 통화기
록을 살펴봤지만 그녀가 처음 내게 전화를 걸어올 때 사용한 번호는
휴대폰이 아니라 지역번호 '02'로 시작하는 일반전화였다. 아마 방
송국의 업무용 전화일 것이다. 거기에라도 걸어볼까 싶어 나는 통화
버튼을 눌러보았다. 그러자 "이 번호는 착신이 금지된 번호이오니
다시 확인하시고 걸어주시기 바랍니다"라는 메시지만 돌아왔다. 나
는 전화를 껐다. 그리고 다시 침대에 벌렁 드러누웠다. 그후로 내가
한 생각은 거의가 나 자신을 비하하고 비난하는 것이었다. 생각하면
생각할수록 나는 무가치한 인간이었다. 처음에는 바쁘겠거니 생각
하며 이해하려 애썼지만 알량한 이해심은 금세 바닥을 보였다. 분노
의 칼은 나의 내면을 향했다. 나는 나를 처형대에 세웠다. 그녀를 미
워할 수 없으니 피고는 나일 수밖에 없었다. 나는 검사가 되어 논고
를 하고 또한 판사로서 선고를 내렸다. 나의 모든 것, 존재와 행위 모
두가 죄였다.

어제 너에 대해서 알 거 다 알았는데 왜 연락을 하겠어? 안 그래? 백수에다가 미래도 없는 동갑의 남자를 그렇게 잘나가는 여자가 왜 만나주겠어? 그나마 친절하게 대해준 걸 감사해야 할 거야. 그건 그녀가 인간적으로 너를 불쌍히 여겼기 때문이야. 마지막이라고 생각했기 때문에 그런 선심이 가능했던 거야. 미운 놈 떡 하나 더 주는 거지. 동정심으로 말이야. 네가 정말로 마음에 들었다면 이렇게 너를 기다림의 지옥 속에서 괴로워하도록 만드는 대신 자기 번호를 줬을 거야.

내가 무심코 했던 모든 행동, 모든 발언이 심판대에 올랐다. 내가 했던 발언들을 복기해보니 거의 모든 발언이 유죄였다. 어떤 발언은 너무 감상적이었고 어떤 발언은 유치했으며 또 어떤 발언은 부적절했다. 술을 마신 것도 유죄, 손을 잡은 것도 유죄, 심지어 어디 사는지 물어본 것조차 유죄였다. 상상의 법정에서 나와 똑같은 얼굴을 한 배심원과 똑같은 얼굴을 한 청중과 똑같은 얼굴을 한 검사가 나를 모욕했다. 나는 이불을 뒤집어썼다. 이대로 계속 전화가 오지 않는다면 아주 어리석은 일을 저지를 것만 같았다. 누구에게든 나를 이 감옥에서 구해달라고 애원하고 싶은 심정이었다.

아, 이러다간 정말 미쳐버리겠구나. 시계를 보니 벌써 오후 다섯 시였다. 시간이 흘렀어도 스스로를 미워하는 힘은 소진될 줄 몰랐다. 그것은 파괴적인 에너지였다. 그 파괴적인 에너지의 늪에서 나를 구원할 사람은 오직 한 명, 서지원뿐이었다. 누가 그녀에게 이토록 무한한 절대권력을 부여했는가? 그것은 바로 나 자신이었다. 그 사실을 깨닫자 더 화가 났다. 나는 휴대폰을 내려다보았다. 로미오와 춘향의 문자메시지를 상상하던 지난밤의 여유는 어디로 간 거야? 나는 휴대폰을 집어들었다. 그리고 파워 버튼을 눌러 전원을 껐다. 파팟, 마치 작은 딱정벌레가 숨을 거두듯 파란빛이 천천히 사그라졌다(말이 나왔으니 말인데, 정말 나는 휴대폰의 전원을 끌 때마다 작은 벌레를 눌러 죽일 때와 같은 가벼운 죄책감을 느낀다). 더이상은 기다리지 않겠다. 나가서 산책을 하리라. 공원에서 햇볕도 쬐고 책도 읽으리라. 더이상 저 작은 악마에게 내 영혼을 매달아놓지 않겠어.

나는 공동욕실에서 간단히 세수를 하고 밖으로 나왔다. 분주히 오가는 사람들. 다들 즐거워 보였다. 몇몇은 웃으며 누군가와 휴대폰으로 통화를 하고 있었다. 다른 사람들은 저렇게 행복한데 나는 말라붙은 우물 속에서 벽만 긁고 있구나. 비애가 엄습했다. 그러나 비애보다 더 견딜 수 없는 것은 환청이었다. 어디선가 계속 휴대폰의 진동음이 집요하게 들려왔다. 환청이니 꺼버릴 스위치도 없었다.

아, 더는 안 될 것 같아. 나는 산책이고 뭐고 다 집어치우고 고시원을 향해 되돌아 뛰기 시작했다. 내 안의 어떤 합리적 정신도 그 힘을 막을 수 없었다.

나는 허둥지둥 고시원으로 올라가 책상 위에 던져놓은 휴대폰을 집어들고 전원을 켰다. 푸른색으로 발광하는 휴대폰을 양손으로 공손히 들고 내려다보았다. 근처의 기지국이 잠에서 깬 내 휴대폰의 존재를 인식하는 데는 아마도 몇십 초가 필요할 것이었다. 그렇게 휴대폰이 네트워크와 연결되기를 기다리는 행위에는 어떤 경건함이 있었고, 그 순간 휴대폰은 단순한 기기라기보다 신성을 가진 영물에 가까웠다.

그러나 몇 분 아니 몇십 분을 기다려도 휴대폰에는 아무 메시지도 떠오르지 않았다. 나는 조용히 휴대폰을 책상 위에 내려놓았다. 망치로 부순다면 카타르시스는 있을 거야. 그럴 거야, 분명해. 그치만 경제적 타격이 좀 있겠지. 게다가 망치도 없네. 좋아. 극복하자. 정신력으로 커버하는 거야. 나는 눈을 감고 주문을 외웠다. 너는 그냥 휴대폰일 뿐이야. 플라스틱 케이스와 액정화면, 배터리와 반도체로 이루어진 기계에 불과해.

『삼국지』에는 화풀이삼아 죄 없는 사신을 베는 일화가 자주 나온다. 내 휴대폰이야말로 바로 그런 사신과 다르지 않았다. 나는 책상 위의 휴대폰을 물끄러미 내려다보았다. 휴대폰은 말없이 그 자리에 가만히 앉아 처분을 기다리고 있었다. 하긴, 네가 무슨 죄가 있나? 전화를 안 하는 지원이나 그 전화를 애타게 기다리는 내가 죄지. 그렇게 생각하니 방향을 모르던 분노는 조금 사그라졌다.

휴대폰이 맹렬히 몸을 떨기 시작한 것은 그로부터 사십 분이나 지나서였다. 낯선 번호였지만 받았다. 상대방은 느물거리는 목소리로 인사를 했다.

"어이구, 그동안 잘 지내셨습니까?"

내게 그렇게 인사를 해올 중년의 남자는 없었다.

"실례지만 어디 거셨습니까?"

"이민수씨 핸드폰 맞지요?"

"네, 맞는데요."

"저 이춘성입니다. 일전에 명함을 드렸습니다만⋯⋯"

"명함이요? 언제⋯⋯?"

남자는 조금 실망한 눈치였다.

"젊은 분이 기억력이 그래서야 어떡합니까? 그때 퀴즈쇼 녹화 끝나고 제가 방송국 복도에서⋯⋯"

아, 그 회색 양복.

"아, 네, 안녕하세요."

그러면서 내 오른손은 재킷 주머니를 뒤지며 그의 명함을 찾고 있었다. 그러나 잘 찾아지지 않았다.

"마침내 기억을 하시는구만요. 그만하면 다행입니다."

"네, 네."

나는 어느새 나도 모르게 저자세가 되어 허공을 향해 고개를 주억거렸다.

"이렇게 전화를 드린 것은 다름이 아니라 우리 이민수씨, 요즘 공사다망하시겠으나 아무리 그래도 저를 한번 만나주셔야 할 까닭이 있어서입니다."

남자의 말투가 독특했다. 공손하게 말하려고 애쓰다보니 말이 길어지고, 그렇게 길어진 말은 어김없이 꼬였다. 게다가 매번 부적절한 부사어를 써서 문장을 어그러뜨렸다.

"자, 어디서 뵈면 좋을까요?"

남자가 다시 재촉을 해왔다.

"글쎄요, 저야 뭐……"

"아, 그러시다면……"

나는 남자의 말을 잘랐다.

"저, 근데 무슨 일로 저를?"

"하하, 그게 다 좋은 일입니다. 저 같은 자와 만나서 차 한잔하시면서 얘기를 한번 들어보시고, 뭐 사람이 사람 만나는 그런 거야 나쁠 게 있을까요?"

"그거야 그렇지만."

"바쁘십니까?"

"아뇨, 그런 것은 아니지만."

"그럼 시간 한번 내주십시오. 결례하지 않겠습니다."

남자가 힘을 주어 말했다. 나보다 나이도 많은 양반이 저런 식으로 몸을 낮추고 나오니 도저히 거절할 수가 없었다.

"아니, 뭘, 그러실 것까지야. 저, 그럼 어디서 뵐까요? 저는 사는 데가 홍대 쪽인데요."

"제 명함 보셨으니 아실 테지만, 제가 사기꾼이나 뭐 외판원이나 그런 엉터리 같은 사람, 아닙니다."

"아, 네."

나는 나도 모르게 허리를 숙여 인사를 했다. 이춘성이 쐐기를 박았다.

"그럼 제가 다음주중에 그쪽으로 가 한번 찾아뵙겠습니다."

우리는 홍대 정문에서 가까운 커피숍에서 만나기로 약속을 정했다. 그는 호탕하게 웃으며 전화를 끊었다. 휴대폰을 내려놓고 양손으로 재킷을 뒤집어 흔들어대자 그의 명함이 툭 하고 바닥으로 떨어져내렸다.

다른 평범한 명함처럼 흰색 바탕 위에 검은색으로 그의 이름과 전화번호, 이메일이 적혀 있었다. 단지 좀 색다른 점은 회사나 단체의 이름이 적혀 있어야 할 자리에 "Fata regunt orbem! Certa stant omnia lege"라는 도무지 알아먹을 수 없는 문구가 조금은 과장된 글자체로 인자되어 있었다는 것이다.

인터넷으로 검색을 해보니 그것은 회사 이름이 아니라 "불확실한 것은 운명이 지배하는 영역, 확실한 것은 무릇 인간의 재주가 관할하는 영역"이라는 라틴어 격언이었다. 이게 도대체 무슨 소리야? 한참을 들여다보았지만 감이 오지 않았다. 어찌 보면 뻔한 말인데 그렇기 때문에 또 어찌 보면 이상한 말이기도 했다. 제갈공명의 "일은 사람이 하고 이루기는 하늘이 한다"는 말의 라틴어 버전일까? 그렇다면 세상에 이런 이치도 모르는 사람이 있을까? 명함에 이런 문구를 새기고 다니는 사람이 과연 무슨 일로 나를 만나자고 하는 것인지 짐작하기 어려웠지만 잠깐 만나서 커피 한잔한다고 무슨 대수랴 싶었다.

나는 다시 지원을 생각했다. 그런데 그 순간 갑자기 좋은 생각이 떠올랐다. 그녀와 내가 만난 채팅사이트는 접속을 하면 다른 사용자의 프로필을 확인할 수 있었다. 주소나 전화번호까지 알아내기는 어려워도 대부분의 경우 이메일 정보는 공개하는 편이었다. 나는 벌떡 일어나 노트북컴퓨터를 켰다. 왜 지금껏 한 번도 그런 생각을 하지 못한 걸까? 이렇게 멍하니 누워서 전화를 기다리느니 짐짓 태연한 척 이메일을 보내면 될 것을…… 그날은 잘 들어갔느냐. 나도 잘 들어왔다. 나는 무척 즐거웠는데 너는 어땠느냐? 시간 될 때 전화 한번 달라. 혹시 메신저 사용하면 그 아이디도 좀 알려달라. 뭐 이런 메일 한 통 보낸다고 해서 그녀가 나를 한심한 찌질이로 보지는 않을 것이다.

나는 컴퓨터가 다 부팅되자 브라우저를 띄우고 채팅사이트에 접속했다. 그녀의 아이디를 찾아내는 것은 어렵지 않았다. 프로필을 띄우자 그녀의 이메일 주소가 떴다. 이메일뿐 아니라 쪽지도 보낼 수 있게 되어 있었지만 상대가 채팅사이트에 접속하지 않는 한 쪽지는 보낼 수가 없었다. 나는 이메일을 보내기로 마음을 먹고 그녀의 이메일 주소를 복사한 후 메일 클라이언트 프로그램을 띄웠다. 메일 프로그램이 뜨자 그간 확인하지 않았던 메일들이 '받은 편지함'으로 내려와 차곡차곡 쌓였다. 습관적으로 '받은 편지함'의 메일을 클릭하던 나는 깜짝 놀라 머리를 모니터에 처박을 듯 가까이 댔다. 몇 통의 스팸메일 사이에 '벽 속의 요정'이라는 발신자의 이메일이 들어 있었던 것이다. 그녀가 이메일을 보내오리라고는 생각도 못했기 때문에 오히려 불길한 느낌이 들었다.

왜 내 전화번호도 아는 친구가 이렇게 이메일을 보냈을까? 마우스 커서를 이메일 제목 위에 가져다놓고도 나는 잠시 클릭을 망설였다. 그러나 결국은 마우스를 클릭했고, 잠시 후 이메일의 내용이 화면 위로 떠올랐다.

안녕!

놀랐지? 나 스토커 아니야. 그냥 무심코 누른 네 프로필에 이메일 주소가 있길래 눌렀더니 이렇게 아웃룩이 떠버리잖아. 아, 이것도 괜찮겠다 싶어서 적어보는 거야. 초등학생 때는 학교 앞 문방구에서 유치찬란한 분홍색 편지지를 사다가 이것저것 말도 안 되는 거 적어서 여기저기 잘도 보냈는데 이제는 이메일에 뭘 적는 것도 되게 어색하네. 이것도 그 시절의 분홍색 편지지처럼 벌써 아주 오래된 매체가 돼버린 느낌이야. 일단 길게 써야 되고 뭔가 형식을 지켜야 할 것 같고 서두에는 날씨 얘기도 넣어야 될 것 같구 말야.

그런데 왜 이메일을 선택했을까. 나도 갑자기 궁금해지네. 혹시 여자의 마음속에는 언제나 이런 욕망이 있는 거 아닐까? 누군가에게 긴 편지를 쓰고 싶은, 그런 욕망.

이디스 워턴이라는 미국 여성작가, 혹시 알아? ㅎㅎ 답을 찾으려 머리를 막 굴리는 네 모습이 벌써 보이는 것 같아. 그래, 맞아. 『순수의 시대』쓴 사람. 그 사람의 소설에 이런 말이 나와.

"여자라는 존재는 방으로 가득한 저택 같은 거예요. 거기에는 사람들이 오가는 복도가 있고 손님을 접대하는 응접실도 있고 가족들이 함께하는 거실도 있지요. 그러나 그것들 너머에는 전혀 다른 방들이 있답니다. 누구도 문고리조차 잡아보지 않은, 아예 그런 방이 있는지조차 모르고, 안다 해도 어떻게 가야 하는지를 모르는 방들, 그리고 그 방들 중에서도 가장 깊은 방, 신성하고 신성한 그곳에 영혼이 홀로 앉아 끝내 오지 않을 어떤 발자국을 기다리는 것, 그게 바로 여자의 본성이에요."

나는 이 구절을 아주 좋아해. 나 역시 내 마음 깊은 곳에 무슨 방들이 있는지 잘 몰라. 그러면서도 나는 그 안에서 누군가를 기다리고 있는 것 같아. 그런데 과연 그 누군가가 나타났을 때, 그 사람을 알아볼 수는 있을까? 어쩌면 영원히 발견되지 않을지도 모를 깊은 방에 앉아서 나는 그런 생각을 하고 있어.

내가 어리석다고 생각하겠지? 그래, 나는 좀 어리석은 것 같아. 이렇게 이메일을 쓰는 이유는, 그래, 이제 알겠어. 바로 내가 어리석기 때문이고, 그렇다는 말을 만나서는 할 수 없기 때문이야. 만나서는 서로 웃어도 줘야 하고, 음악도 들어야 하고, 맥주도 마셔야 하니까. 그러다보면 어떤 것들을 당연하게 생각하게 되고 결국은 모든 것에 무뎌지게 되지.

너를 실망시키게 될까봐 겁이 나. 어느 날 문득 주변을 돌아보니 나를 알게 된 사람들, 내가 문을 열어준 친구들은 모두 나를 떠났더라구. 그럴 거라면 지금 말해줬으면 해. 나는 너도 좋지만 지금의 평온한 삶도 사랑해. 오랜만에 모든 게 안정돼 있거든. 대책 없이 흔들리고 싶지는 않아.

휴대폰은 매일같이 새 모델이 쏟아져나오고 커뮤니케이션 기기와 그 속도는 눈부시게 발전하는데 왜 마음속 깊은 방으로 누군가를 초대하는 일은 이렇게 늘 어려운 것일까? 왜 사람과 사람이 서로를 이해하고 받아들이고 상대방에게 자신을 열어 보이는 일은 여전히 힘든 걸까?

아, 모르겠다. 너의 현명하고 유쾌한 답장 기다릴게.

벽 속에(서 나갈 날을 기다리는 못생긴) 요정

그녀의 이메일을 보고 나서 처음 든 생각은, 혹시 내가 뭘 잘못했나 하는 것이었다. 이것은 교묘한 거절인가 아니면 부드러운 작별의 인사인가? 그러나 몇 번을 다시 읽어보니 그녀가 조심스레 나를 자신의 세계로 초대하고 있다는 생각이 들었다. 만약 그렇다면 나로서는 다행이지만 초대치고는 어딘가 좀 명쾌하지 않은 구석이 있었다. 그녀가 인용한 이디스 워턴의 글처럼 그녀가 대저택의 어느 깊은 방에 앉아 나를 기다리고 있는 이미지를 떠올려보았다. 그닥 산뜻한 그림은 아니었다. 그런 게 여성인 걸까? 아니면 여성들이 갖고 있는 일종의 나르시시즘적 판타지일까? 정말 그녀들에게 다가가기 위해서는 그 미로 같은 복도를 지나 무수한 방들 사이를 헤매야만 하는 것일까? 엉뚱하게도 『제인 에어』에 나오는 로체스터 부인이 생각났다. 미쳐버린 채, 남편과 가정교사의 사랑을 질투하다 집에 불을 질러버린, 그리하여 남편인 로체스터 백작의 눈을 멀게 한 그 이상한 여자가 왜 갑자기 떠올랐는지는 나도 잘 알 수가 없었다.

너무 많은 책을 읽고 항상 쓸데없는 생각을 하는 것. 그게 오빠의 문제야. 빛나가 늘 하던 말이었다.

18

어쨌든 지원의 이메일은 나를 안도시키기보다는 긴장시켰다. 그녀는 일종의 게임을 제안하고 있는 것이다. 그녀가 넣은 서브가 내 코트로 넘어왔고 이제 나는 리시브를 해야 한다.

그건 그렇고, 도대체 '현명하고 유쾌한 답장'은 어떻게 쓰면 되는 거야? 골치가 지끈거렸다. 참 이상하기도 하지. 왜 여자들은 남자를 당혹스럽게 만들고 거기에서 기쁨을 느끼는 걸까? 그냥 전화하고 약속 잡고 그렇게 만나서 차가운 생맥주를 마시며 놀면 안 되는 걸까?

나는 잠시 자리에서 일어나 서성대고 싶었으나 방이 너무 좁아 그럴 수가 없었다. 답답하거나 좋은 생각이 떠오르지 않을 때마다 자주 하는 버릇이었는데, 여기서는 그것도 포기해야 했다. 나는 다시 의자에 앉았다. 바로 그때 벽 너머로 희미하게 인기척이 들렸다.

옆방녀가 들어온 모양이었다. 가방을 내려놓는 소리, 겉옷을 벗는 소리, 의자 다리가 바닥에 끌리는 소리가 들렸다. 옆방녀에게 이메일을 보여주고 한번 상담을 받아보는 건 어떨까? 같은 여성이니 나보다는 훨씬 더 저 이메일을 잘 해석(혹은 번역)해낼 수 있지 않을까? 잠시 골똘히 그 문제를 생각하다가 그러지 않는 게 좋겠다는 결론을 내렸다.

나는 마음을 가다듬고 컴퓨터 앞에 앉았다. '현명하고 유쾌한 답장'을 쓰기 위해서였다. 그러나 첫 문장을 쓰는 데에 생각보다 시간이 걸렸다. 나는 또다시 이런저런 포털사이트를 전전하며, 온갖 루

머와 가십의 숲에서 헤매며 첫 문장을 쓸 시간을 뒤로 미루었다. 그러나 언제까지 그럴 수는 없는 노릇이었다.

나는 마침내 첫 문장을 썼다.

지원에게

네 메일을 읽고 나서 도대체 무슨 얘기를 써야 '현명하고 유쾌한' 답장이 될까 고민했어. 그러나 아무리 생각해도 나는 그런 답장을 쓸 수 없을 것만 같아. 그런 멋진 역할을 포기하니까 드디어 이렇게 글이 써지는구나.

놀이터에서 너를 처음 만났을 때를 자꾸 떠올리게 돼. 지금 생각해보면 나는 그때 조금 얼이 빠져 있었던 것 같아. 아니, 그 정도 표현으로는 좀 부족한 것 같아. 그러니까 네가 바로 내 옆에 아니면 내 앞에 앉아 있는데도 네 얼굴이 전혀 안 떠오르는 거야. 그래서 깜짝 놀라 너를 보면 너는 어디에도 가지 않고 바로 거기에 앉아 있어. 얼굴도 알겠고…… 아, 그래, 이런 얼굴이었지. 이 사람이 바로 서지원, '벽 속의 요정'이었지. 그런데 다시 시선을 돌리면 네 얼굴의 구체적인 생김새가 전혀 기억나지 않는 거야. 바로 방금 전에, 불과 몇 초 전에 봤는데도 말이야. 눈이 어떻게 생겼더라? 눈이 큰 편이었나? 아니면 옆으로 기름했나? 그럼 코는? 낮았나, 높았나? 누구하고 닮았다고 해야 하지? 그 순간에 누가 만약 그런 것들을 물었다면 아마 나는 대답하지 못했을 거야. 사람이 우뇌의 특정 부분에 충격을 받으면 이와 비슷한 일을 겪는다고 해. 사람들의 얼굴을 세밀하게 구분하거나 기억하지 못한대. 찰리 채플린 사진은 알아봐도 자기 아내는 못 알아보는 거야. 물론 나에게 그런 병은 없어. 예전에도 이런 적은 한 번도 없었어. 오직 그 순간에만 그랬던 거야.

나도 놀라워. 왜 그랬을까. 나는 계속 그 이유를 생각하고 있어. 어쩌면 아내를 찾아 지옥에서 데리고 나오던 오르페우스의 마음 같은 것 아닐까? 에우리디케를 돌아보고야 말았던 이유와 비슷한 게 아닐까? 너라는 인간이 그렇게 가까운 곳에 실재한다는 게 믿어지지 않았던 건 아닐까? 마치 환영처럼, 유령처럼 느껴졌던 것은 아닐까? 다가가 만지기라도 하면 안개처럼 사라져버릴까봐, 그래서 내 뇌의 어떤 부분에서 너라는 사람의 이미지를 저장하고 분류하는 것을 막고 있었던 것은 아닐까. 그런 바보 같은 생각까지 하게 됐던 거야.

그런데 너는 전화도 하지 않고 그 흔한 문자메시지 하나 없이 잠적해버렸어. 그 이틀 동안 나는 정말 신화 속의 오르페우스처럼 내 마음의 지옥을 헤맸다구. 아, 그 지옥의 풍경에 대해서는 다시 말하고 싶지 않아. 그래서 실은 너를 미워해. 한편으로 너를 미워하면서도 필사적으로 네 얼굴을 떠올리려 애쓰고 있어. 내가 널 더 미워하지 않도록, 아니 최소한 미워할 얼굴 정도는 기억할 수 있도록, 우리 한번 만나야 할 것 같아. 메일 확인하는 대로 전화해줘. 나는 오늘, 내일 다 괜찮아. 아니, 괜찮지 않아. 실은 절박해. 만약 내일을 넘기면 나는 지금과는 다른 사람이 돼버릴지도 몰라.

ㅜㅜㅜ 나의 이 협박(?)을 진지하게 생각해주기 바라.

너를 보고 싶어하는 민수가

ps. 나도 '사람과 사람이 서로를 이해하고 받아들이고 상대방에게 자신을 열어 보이는 일'이 어렵다는 것은 알아. 그러나 불가능한 미션이라고는 생각하지 않아. 서로의 영혼으로 떠나는 이런 모험마저 없다면 우리 인생이 너무 무의미하지 않을까?

여기까지 쓰고 나서 나는 허리를 펴고 시계를 보았다. 어느새 두 시간이 지나 있었다. 처음에는 그저 리시브를 한다는 가벼운 기분이었는데 막상 쓰다보니 내 감정에 취해 너무 감상적인 글이 돼버린 것 같았다. 다시 읽어볼수록 낯선 글이었다. 이게 내가 쓴 거 맞아? 어떻게 이런 글을 쓰게 된 거지? 음, 이런 글을 보낼 수는 없지. 나는 마우스를 잡았다. 뾰족한 화살표 모양의 마우스 커서가 아웃룩 익스프레스의 도구메뉴 바 위를 흘러다니다가 메일 창 상단의 'X'자 위에 멈췄다. 이것을 누르면 저 부끄럽고 낯간지러운 글은 마치 처음부터 존재하지 않았던 것처럼 순식간에 날아가버릴 것이다. 사냥감을 노리는 창처럼 마우스 커서는 아이콘 X를 집요하게 노렸다. 그러나 그것을 찌르지는 않았다. 커서는 다시 '보내기' 메뉴 쪽으로 옮겨갔다. 그러나 곧 거기서도 벗어나 화면 여기저기를 어지러이 부유했다.

나는 마우스에서 오른손을 떼고 키보드를 두드려 메일의 문장을 다듬었다. 마지막의 '너를 보고 싶어하는 민수가'를 '너를 미워하다

뇌에 문제가 생긴 민수가'로 바꾸었다. 그랬더니 좀더 여유 있어 보였고 위에 써놓은 심각한 글을 중화시켜주는 것 같았다. 그러고는 마우스를 움직여 '보내기' 아이콘을 눌렀다. 작성중이었던 메일 창은 블랙홀에 빨려들듯 순식간에 작아지더니 하나의 점, 작은 잔상으로 남았다. 그렇게 어렵게 쓴 글이 광랜 모뎀과 케이블을 통해 이렇게 쉽게 날아가버리다니 나는 잠시 당황했다.

'정말 메일을 보내시겠습니까?' 혹은 '보내고 후회하지 않을 자신이 있습니까?' 같은 질문 한번 없었다. 보내고 난 뒤에 수정하거나 발송을 취소할 수 있는 기능도 물론 없었다. 매복중이던 후회가 나를 공격해왔다. 그러나 이미 어쩔 수 없는 일이었다. 나중에 빌 게이츠에게 '소심한 사람을 위한 윈도'를 출시해달라는 이메일이라도 보내는 수밖에.

19

일단 보내놓고 나니 마음이 홀가분했다. 나는 책상을 깨끗이 치우고 그 위에 백지를 올려놓았다. 그리고 지난 얼마간 나에게 일어났던 일들을 적어보았다. 최여사의 죽음, 빛나와의 결별, 고시원으로의 이사, 편의점 알바, 방송 출연, 그리고 지원과의 만남까지, 실로 많은 일이 있었다. 그러나 어렵사리 그 모든 일을 감당해내는 동안 나는 예전보다 훨씬 강한 사람이 된 듯했다. 그전의 내가 얼마나 약한 존재였는가를 생각하니 지금의 내가 스스로도 대견스러웠다. 가족 없이 혼자 살아가는 데도 어느새 익숙해졌고 지붕만 있다면 어디서든 살아갈 수 있겠다는 자신도 생겼고 퀴즈쇼의 본선까지 진출해 내가 그렇게 바보는 아니라는 것을 세상에 입증해 보였고, 무엇보다도 지금 나에게는 마음을 터놓을 수 있는 여자친구가 있었다. 그리고 이 모든 일을 택배상자보다 조금 큰 고시원에서 해낸 것이다.

이제 돈만 벌면 되는데.

갑자기 가슴이 답답해져왔다. 학부를 졸업하던 무렵, 다른 친구들과 마찬가지로 취업을 하러 이런저런 회사에 이력서를 넣고 면접을 치르러 다닌 적이 있었다. 나는 단 한 군데도 합격하지 못했다. 학점이 나쁜 편도, 영어 실력이 떨어지는 것도, 성격에 문제가 있는 것도 아니었는데 그랬다. 다섯번째 면접에서 나는 드디어 진실을 대면하게 되었다. 면접관은 내가 제출한 지원서류를 들춰보더니 가족관계를 물었다.

"외할머니와 함께 살고 있습니다."

"양친은? 돌아가셨습니까?"

"어머니는 제가 어렸을 때 돌아가셨고 아버지는 잘 모르겠습니다."

면접관들이 서로의 얼굴을 바라보며 희미하게 웃는 것을 나는 놓치지 않았다. '정직이 최선의 방책'이라는 격언은 적어도 취업에는 별 도움이 되지 않았다.

"잘 모른다는 게 무슨 뜻이에요?"

면접관 한 명이 물어왔다.

"말씀드린 그대로입니다. 잘 모르겠습니다."

질문을 던진 면접관 옆사람이 옆구리를 찌르며 그만하라는 사인을 보냈다. 그들은 나에게서 흥미를 잃은 것 같았다. 그뒤로는 나를 제외한 다른 지원자들에게만 이런저런 다양한 질문을 퍼부어댔다.

"자, 수고했어요. 그만들 나가보세요."

나보다 훨씬 많은 질문을 받은 두 명의 경쟁자가 밝은 얼굴로 방을 나갔다. 나 역시 그들 뒤를 따라 방을 나가려다가 발걸음을 멈췄다. 그리고 다시 면접관들 쪽으로 돌아섰다. 양손을 앞으로 모은 채 최대한 공손한 태도로 조금 전 나에게 질문을 던진 면접관에게 물었다.

"제가 잘 몰라서 여쭤보는 건데요. 제가 이런 좋은 회사에 취업을 하려면 어떤 점을 개선하면 될까요?"

가장 오른쪽에 앉아 있던 남자가 빙긋이 웃으며 물었다.

"우리는 아직 채용 여부를 결정한 적이 없는데, 왜 벌써 떨어진 것처럼 굴어요?"

나는 질문을 바꿨다.

"그럼, 만약 제가 이 회사에 입사하는 데 성공하지 못한다면, 어떤 점을 고쳐야 될까요? 꼭 알고 싶습니다."

그들은 서로 슬쩍슬쩍 눈길을 주고받았다. 겉으로는 난감해하면서도 속으로는 즐기는 것 같았다. 그러면서도 서로 대답을 미루는 눈치였다. 가운데 앉아 있는 남자는 아예 내 얼굴을 보지도 않고 자기 앞에 놓인 백지에 낙서를 하기 시작했다. 결국 조금 전에 나에게 질문을 했던 남자가 말을 해주었다.

"원래 이런 얘기 하면 안 되는데, 그래도 내가 대학 선배라서 해주는 거니까 어디 가서 하면 안 돼요. 음, 뭐랄까. 알다시피 우리는 금융회사라서 신용이 중요해요. 다시 말해, 사람을 믿고 쓸 수 있느냐가 중요하다는 거죠. 우리 돈이 아니라 고객의 돈을 굴리는 거니까."

그는 지원서에서 내 이름을 다시 확인하고는 말을 이었다.

"그런데 이민수씨는, 좀 미안한 얘기지만 현재 그런 부분에 대해 주변의 서포트를 받기 좀 어려운 상황이잖아요. 어차피 신입사원의 신용이야 다 거기서 거기일 테니."

그는 '주변'이라고 돌려 말했지만 그것은 가족, 특히 부모의 존재를 의미하는 것임을 금세 알 수 있었다.

"저, 그 부분은 제가 어떻게 할 수 있는 부분이 아니지 않습니까?"

나는 질문이 너무 도전적으로 들리지 않도록 어조에 신경을 썼다. 말꼬리를 내리고 유순한 표정을 지었다. 그것은 연기가 아니었다. 나는 이 사회가 나라는 인간을 어떻게 생각하는지 정말 알고 싶었다.

"바로 그거예요. 개인이 어떻게 할 수 없는 부분이 분명히 있지요. 그런데 그게 언제나 가장 중요하단 말이에요. 집에 가서 내 말을 잘 생각해봐요. 사회는 그런 거예요. 여자라서 밀리고 나이가 많아서 잘리고 가난해서 대학을 못 가고 한국인이라서 차별받고, 그런 거예요. 그걸 인정해야, 그래야 길이 보일 거예요. 배경도 재능의 일부예요."

찔러도 피 한 방울 안 나올 것같이 생긴 면접관이 큰 선심이나 쓰듯 말했다.

"감사합니다. 깊이 명심하겠습니다."

나는 고개를 꾸벅 숙였다. 가운데 앉아 그때까지 한마디도 하지 않고 백지에 그림만 그리던 오십대 남자가 고개를 들었다.

"그래도 패기 하나는 마음에 드네요. 핸디캡이야 누구한테나 있는 거니까 그런 정신으로 살아가다보면 극복할 수 있을 거예요. 마지막으로 한마디만 더 충고하자면, 내가 잘은 모르지만, 이민수씨는 이런 금융 쪽보다는 어쩐지 영업이나 마케팅 쪽이 더 어울릴 것 같네요. 그쪽이 멘털리티가 더 잘 맞을 것 같은데, 하여간 잘해보세요."

그때 경쟁자 두 명을 따라 순순히 면접실에서 물러나왔다면 아마 하루종일 기분이 울적했을 것이다. 그러나 적어도 질문이라도 해봤기 때문인지 자기파괴적 열패감에 사로잡혀 스스로를 학대하지는 않게 되었다. 아니, 오히려 꽤 자신감이 생겼다고나 할까. 나만의 오해일 수도 있지만, 그 순간 그 면접관들과 나 사이에는 비록 아주 짧은 순간이나마 어떤 우정 혹은 연대가 이루어졌던 것 같다. 충고를 구하는 어린 수컷과 그것을 어여삐 여기는 노회한 수컷들 사이에서 벌어지는 아주 전통적인 거래랄까? 그런 일면을 엿본 느낌이었다. 곰보빵 할아버지는 '세상은 질문하는 젊은이를 좋아하지 않는다'고 했지만 그거야 그 영감님 생각이고 나는 여전히 질문이야말로 나 같은 젊은이가 세상을 배워가는 중요한 방식이라고 생각한다.

어쨌든 나는 그후 대학원 진학으로 진로를 바꾸었다. 내 인생에는 어떤 우회로가 있을 것 같았다. 신이 나만을 위해 예비해놓은 길. 부모의 신용에 구애받지 않아도 되는 삶. '개인이 어떻게 할 수 없는 부분'에 좌우되지 않는 삶. 그런 길이 무엇일지를 나는 지금껏 찾고 있었던 것이다. 그러나 아직도 그 길은 모습을 드러내지 않고 있었다.

게다가 이제는 그런 한가한 고민을 하고 있을 시간이 없었다. 당장 지원과 만나 맥주 한잔 마실 돈도 없었다. 그리고 고시원의 다음달 방세도 내야 했다. 나는 주머니를 뒤지고 이 은행 저 은행에 있는 사실상의 휴면계좌에 남아 있을 돈을 모두 추려보았다. 그러나 모두 합쳐도 채 오만원이 안 되는 액수였다. 답답했다. 누가, 점쟁이 같은 누군가가, 너의 인생은 이거야, 그러니 여기로 가, 라고 말해줬으면 싶었다.

언젠가 한결이는 이런 말을 한 적이 있다.

"우리는 단군 이래 가장 많이 공부하고, 제일 똑똑하고, 외국어에도 능통하고, 첨단 전자제품도 레고블록 만지듯 다루는 세대야. 안 그래? 거의 모두 대학을 나왔고 토익 점수는 세계 최고 수준이고 자막 없이도 할리우드 액션영화 정도는 볼 수 있고 타이핑도 분당 삼백 타는 우습고 평균 신장도 크지. 악기 하나쯤은 다룰 줄 알고, 맞아, 너도 피아노 치지 않아? 독서량도 우리 윗세대에 비하면 엄청나게 많아. 우리 부모세대는 그중에서 단 하나만 잘해도, 아니 비슷하게 하기만 해도 평생을 먹고살 수 있었어. 그런데 왜 지금 우리는 다 놀고 있는 거야? 왜 모두 실업자인 거야? 도대체 우리가 뭘 잘못한 거지?"

"잘못한 게 없지."

나도 맞장구를 쳤다. 사실 어른들은 우리 세대가 책도 안 읽고 무능하며 컴퓨터게임만 한다는 식의 이미지를 갖고 있지만 그건 완전 착각이다. 정작 책도 안 읽고 무능하고 외국어도 못하면서 이렇다 할 취미도 없는 사람들은 그날 면접장에 앉아서 나를 내려다보던 면접관들이지 우리가 아니다. 우리는 1980년대에 태어나 컬러TV와 프로야구를 벗삼아 자랐고 풍요의 1990년대에 학교를 다녔다. 대학생 때는 어학연수나 배낭여행을 다녀왔고 2002년 월드컵에 우리나라가 4강까지 올라가는 걸 목격했다. 우리는 외국인에게 주눅들어보지 않은, 다른 나라 광고판에서 우리나라 배우의 얼굴을 볼 수 있는 첫 세대다. 역사상 그 어느 세대보다도 다양한 교육을 받았고 문화적으로 세련되었고 타고난 코스모폴리탄으로 자라났다.

도스가 윈도가 되고 보석글이 아래한글이 되고 유닉스 기반의 PC 통신이 인터넷으로 발전해가는 것을 몸소 겪었고 그 모든 운영체제 프로그램을 대부분 능숙하게 다룰 수 있다. 예전이라면 전문 사진사나 찍을 법한 사진도 우리는 몇십만원짜리 카메라로 척척 찍고 과거엔 방송국에서나 하던 동영상 촬영과 편집도 간단하게 해치울 수 있다. 한마디로 우리는 우리 윗세대와는 완전히 다른 나라에서 자라났고 이전 세대에 비하자면 거의 슈퍼맨이라 할 수 있다. 우리는 후진국에서 태어나 개발도상국의 젊은이로 자랐고 선진국에서 대학을 다녔다. 그런데 지금 우리에겐 직업이 없다. 이게 말이 돼?

이런 내 말에 동의하면서 한결이도 게거품을 물었다.

"우리는 초등학교 때부터 지금까지 아침부터 밤까지 책상 앞에 앉아 공부만 했는데, 부모나 선생이 하라는 거는 얌전히 다 했는데, 왜 이렇게 된 거야? 세상은 죽이는 스터프, 머스트 해브 아이템으로 가득차 있는데 왜 우리 주머니에는 그걸 살 돈이 없는 거야? 일인당 국민소득 이만달러라더니, 다 어디로 간 거야? 우리가 왜 이렇게 사는지 알아? 내 생각엔 우리가 너무 얌전해서 그래. 노땅들이 무서워하질 않잖아. 생각해봐. 386은 손에 화염병을 들고 있었다구. 겁 많은 노땅들이 얼마나 무서웠겠어. 우리를 무서워해야 일자리도 주고 월급도 올려주고 그러는 건데, 이놈의 대기업들은 채용은 안 하고 대학에 건물만 지어주고 앉아 있잖아. 누가 건물 필요하대?"

그런 말을 남기고 한결이는 스위스의 호텔학교로 유학을 떠났다. 아마 몇 년 후면 요리사가 됐든 소믈리에가 됐든, 뭐든 현실적인 직업을 얻어 서울로 돌아올 것이다. 어쨌든 이제 나는 미루어두었던 숙제를 처리해야 했다. 한없이 뒤로 미룰 수는 없는 노릇이었다. 나는 연필을 들고 백지 위에 적었다.

돈이 필요해.

그랬다가, 누가 볼 것도 아닌데, '돈'이라는 글자가 상스러워 보여 지우고 그 아래에 '직장'이라고 써보았다. 그러나 그것도 적절치 않은 것 같아 다시 지우고 '직업'이라고 썼다. 직장은 없어도 되지만 직업은 있어야 할 것 같아서였다.

달력을 보니 벌써 다음주면 고시원 생활도 한 달이 다 돼간다. 어떻게 해야 할까? 여긴 그래도 지붕이 있고 사방이 벽으로 막혀 있지 않은가? 여기를 떠난다면 과연 어디로? 머리를 쥐어뜯어봤지만 별 뾰족한 수가 없었다. 세상에 넘쳐나는 돈은 다 어디로 갔을까?

그런데 그 순간, 영원히 잠들어 있을 것처럼 보였던 내 휴대폰이 울리기 시작했다. 나는 전화를 집어들었다.

"여보세요."

"민수니? 나 지원이야."

오랜만이야, 라고 말하려다가 문득 생각해보니 오랜만도 아니었다. 내 마음의 지옥 때문에 시간이 느리게 흘렀을 뿐.

"응, 메일 잘 받았어. 내 메일도 받았어?"

"그랬으니까 이렇게 전화했지."

"아, 그랬겠구나."

"답장을 하려다가……"

"아니야, 잘했어. 요즘 바쁜가봐?"

"이번주가 우리 팀 녹화라서. 너도 분위기 알지? 전쟁이야."

"그랬구나."

"주말에 뭐해?"

그녀가 물었다.

"주말이 언제지? 아니, 벌써 내일이네. 난 별 계획 없는데."

"일요일 어때?"

"좋아. 일요일 언제?"

"글쎄, 두시쯤으로 할까?"

"오케이."

우리는 코엑스에서 만나기로 했다. 아, 드디어 만나는구나. 왜 지원과 관련된 일은 세상의 것과는 전혀 다른 차원의 시간이 적용되는 것 같을까? 시간이 너무 느리게 흐르는 것 같았다. 그래도 내 마음은 새로운 기대와 흥분으로 떨렸다. 그녀를 가까이에서 볼 수 있으리라는 생각만으로도 행복했다. 그러나 그런 행복은 잠시였고 금세 걱정이 새로 찾아왔다. 내가 이렇게 변덕스러운 인간이었던가? 아니면 정말 사랑에 빠지면 인간이 변해버리는 걸까? 마치 조울증에라도 걸린 것 같았다. 이렇게 휘둘리는 내가 싫었다.

만나는 건 좋아. 그렇지만 낮 두시부터 밤까지 도대체 뭘 하면서 보내지? 움직이면 다 돈인데, 그 돈은 어디서 나오지? 암울하고, 그리고 누구에게랄 것도 없이 부끄러웠다. 가난이란 이런 것이로구나. 그냥 가만히 앉아 있어도 부끄럽고 짜증나는 것이로구나.

나는 방을 나와 공동욕실로 가 샤워를 했다. 따뜻한 물이 쏟아지자 기분이 좀 나아지는 듯했다. 나는 좁은 부스 안에서 수건으로 머리와 몸의 물기를 닦았다. 연남동의 베란다에서 햇볕에 널어 말린, 만지면 바스라질 것 같던 마른 수건이 그리웠다. 고시원 안에서는 모든 것이 어딘지 모르게 조금씩 눅눅했다.

나는 목욕도구를 챙겨 욕실 밖으로 나왔다. 욕실문 앞에는 옆방녀가 서 있었다. 비닐 파우치를 들고 있는 것으로 보아 막 욕실로 들어서려는 참인 것 같았다.

"수희씨, 안녕하세요."

내가 인사를 하자 옆방녀가 희미하게 웃었다.

"네, 민수씨. 안녕하세요. 요즘 바쁘신가봐요."

"아니, 뭐, 그런 것은 아니구요."

"그럼……"

그녀가 욕실로 들어가려는 순간 나는 그녀를 불러세웠다.

"저, 수희씨."

"네?"

"부탁이 좀 있는데요."

"뭔데요?"

"아, 아니에요."

나는 손을 내저었다. 아무래도 그녀에게 할 부탁은 아니었다.

"뭔데 그러세요?"

그녀가 부드러운 음성으로 다시 물어왔다.

"정말 아니에요. 잊어버리세요."

"괜찮아요. 말씀해보세요. 제가 도와드릴 수 있는 거라면……"

내 경솔함이 원망스러웠다. 나는 한참을 망설였다. 그러나 그녀가 계속 내 얼굴을 빤히 바라보고 있어 결국은 말을 꺼내지 않을 수 없었다.

"그게 말이죠. 뭐냐면, 글쎄, 뭐랄까. 혹시 그, 돈 좀 빌려주실 수 있을까 해서요."

"돈이요?"

그녀가 발끝으로 바닥의 카펫에 작은 원을 그렸다. 나는 젖은 머리를 긁적였다.

"어디…… 쓰시게요?"

"갑자기 급하게 쓸 일이 좀…… 다음주에 드릴게요."

그녀는 곰곰이 뭔가를 생각하는 듯하더니 고개를 끄덕였다.

"그러세요."

그녀는 돌아서서 나를 이끌고 자기 방으로 가더니 문을 열고 들어가 지갑을 가지고 나왔다. 슬쩍 좌우를 살핀 후, 지갑에서 만원짜리를 한 장씩 꺼내 열 장을 가지런히 정돈한 뒤 반으로 접어 내게 건네주었다.

"잘 쓰세요."

나는 돈을 받아 바지 오른쪽 주머니에 쑤셔넣었다.

"참, 그때 삼겹살 되게 맛있었어요. 언제 또 안 하세요?"

그녀가 배시시 웃었다. 모래가 손가락 사이로 스르륵 빠져나가는 느낌의 웃음이었다.

"글쎄요. 저는 민수씨가 재미없어하시는 줄 알았는데요."

"재미없긴요. 얼마나 잘 먹었는데요."

남자 두 명이 차례로 우리 사이를 지나갔다. 그녀는 고개를 살짝 숙여 나에게 인사를 했다.

"그럼 들어가세요."

그녀는 공동욕실의 문을 열고 안으로 들어갔다. 나는 방으로 돌아와 주머니에서 그녀에게서 받은 십만원을 꺼내 책상 위에 올려놓았다. 생각해보니 생판 모르는 남에게 돈을 빌린 것은 평생 처음인 것 같았다. 나 같은 사람에게 어떻게 그렇게 선뜻 돈을 빌려줄까. 고마운 마음이 들었다. 아까 돈 세는 모습만 봐도 어떻게 번 돈인지 짐작이 갔다. 갚으면 되지 뭐. 고작 십만원인데. 곧 일자리가 생길 거고 그럼 멋지게 갚고 이번에는 고시원 옥상이 아닌 어디 근사한 고깃집에서 삼겹살이라도 사는 게 좋겠다.

나는 곧 잠이 들었다.

5장

수족관 속의 상어

20

    수족관에 가는 것은 처음이었다. 새로운 사람을 만나면 많은 게 함께 따라오는 것 같다. 장소도 그중 하나다. 새로운 사람을 만난다는 것은 그가 살아온 장소와 만나는 경험이기도 하다. 우리는 삼성역에서 내려 개미굴 같은 지하를 지나 마침내 아쿠아리움에 도착했다. 나는 옆방녀에게서 받은 돈으로 두 사람의 입장료를 치렀다.

    입구로 들어서자 우리나라 토종물고기들이 보였다. 가물치니 메기니 하는 험상궂게 생긴 물고기들이 어슬렁거리고 있었다. 유아차에 아이들을 태운 엄마들이 줄을 지어 수족관 앞을 지나갔다. 엄마들은 손가락으로 수조를 가리키며, 어머, 이것 좀 봐, 물고기네, 하면서 탄성을 질렀지만 아이들은 별 흥미를 보이지 않았다. 내가 보기엔 엄마들이 더 신기해하고 즐거워하는 것 같았다. 오기 전에 벌써 선행학습을 많이 했는지 어떤 엄마는 아이한테 자꾸 저 물고기 이름이 뭐냐고 물었고, 그런 엄마를 아이들은 피곤해하는 눈치였다. 자기 아이가 어쩌다 물고기 이름이라도 하나 맞히면 온통 호들갑을 떨었다.

"어머, 우리 아들이 저게 지브라샤크래. 우리 아들 이제 다 컸네! 그런데 왜 상어 이름이 지브랄까요?"

"얼룩말을 닮아서 지브라야."

그런 질의응답이 진행되는 사이 다른 엄마들은 벌써 아이들을 데리고 앞으로 이동하고 있었다. 우리는 그들이 모두 지나가기를 기다렸다. 잠시 찾아온 파란 고요. 물고기들은 신중하게 움직였다. 서로 부딪치거나 남의 앞길을 가로막지 않았다. 그런 우아한 움직임을 가만히 지켜보는 것만으로도 마음에 평화가 찾아오는 것 같았다.

"민수야, 너 아이들 좋아해?"

지원이 물었다.

"좋아하는지 안 좋아하는지 잘 모르겠어. 넌 어때?"

"가끔 미래의 네 모습을 상상해볼 거 아냐? 거기에 아이는 없어? 예를 들어 아이를 데리고 놀이공원에 간다든지, 어깨에 목말을 태운다든지 하는……"

그런 이미지는 한 번도 떠올려본 적이 없었다.

"좀 낯선데. 그런 생각은 해본 적이 없는 것 같아. 대신 결혼한 내 모습은 상상해본 적 있어."

"어떤 모습인데?"

그녀가 예의 그 큰 눈으로 나를 빤히 쳐다봤다. 내 대답이 정말 궁금하다는 표정이었다.

"왜 자꾸 그 이미지가 떠오르는지 모르겠는데, 여하튼 이런 거야. 대형 마트에서 아내와 함께 카트를 밀고 다니며, 왜 여섯 개짜리로 된 맥주팩 있잖아? 그걸 집어서 무심히 카트에 던져넣는 모습. 그게 내가 생각하는, 결혼한 내 모습이야. 만약 결혼이라는 걸 하게 된다면 꼭 그걸 해보고 싶어."

"지금도 할 수 있잖아?"

"아니야, 꼭 결혼하고 해야 돼."

지원이 풋 하고 웃었다.

"그러고는 집에 들어와 소파에 벌렁 드러누워서 맥주 마시면서 잉글랜드 프리미어리그 보려고 그러지?"

그녀는 내 옆구리를 살짝 찔렀다. 아얏, 나는 들릴 듯 말 듯 비명을 질렀다. 그러고 있으니 벌써 같이 사는 부부 같았다. 결국 연애중인 남녀는 결혼한 부부를 흉내내고 있는 걸까? 우리는 수족관의 다른 방으로 옮겨가기 시작했다.

"아버지가 그러셨나봐?"

내가 물었다. 지원은 고개를 갸웃거렸다.

"우리 아빠? 글쎄, 아마 아닐 거야. 우리 아빠는 워커홀릭이어서. 일밖에 모르시는 분이야. 나는 한 번도 아빠가 소파에 벌렁 누워서 시간을 보내는 걸 본 적이 없어."

"그럼?"

"글쎄, 아예 본 적이 별로 없는 것 같아. 집에 잘 안 계셨거든."

"사업 때문에 바쁘셨던 모양이네."

지원은 손가락으로 수조를 가리켰다. 옐로테일트리거나 파우더블루서전, 롱노즈버터플라이피시 같은, LCD TV 광고에나 나올 법한 화려한 색깔의 열대어들이 헤엄치고 있었다. 그녀는 수조에 얼굴을 가까이 갖다댔다. 그녀의 머리 위로 '이마 조심'이라는 문구가 보여 나는 혼자 웃었다.

"이마 조심하래."

지원이 손가락으로 수조 위쪽을 가리키며 말했다.

"우리 아빠는 저 위에 계셨어."

"저 위라니?"

"수면 위의 세계. 거기가 아빠의 세계야."

"배를 타셨구나."

"그건 아니고 배가 있었어. 일종의 선주셨던 것 같아."

"그런 것 같다니?"

지원은 희미하게 웃었다.

"얘기하기 싫으면 안 해도 돼."

"아니, 그런 거 아니야."

상어 두 마리가 술래잡기하듯 차례로 지나갔다.

"아빠는 이상하게 비밀을 좋아했어. 배가 몇 척이야? 하고 물어도 대답을 안 해주셨어. 지금 생각해보면 그게 그렇게 간단한 문제는 아니었던 것 같아. 공동소유도 있고 리스도 있고 뭐 하여튼 그 소유 관계가 복잡한가보더라구. 그리고 선적도 라이베리아나 파나마 같은 먼 나라여서 난 아빠라는 존재에 대해서 아주 어렸을 때부터 어떤 신비감 같은 걸 갖고 있었어. 딱 한 번 아빠가 인천항으로 나를 데리고 간 적이 있었어. 거기서 어떤 배를 가리키며, 저게 우리 배란다, 크지? 하고 물었던 기억이 나. 실감이 나지 않을 정도로 큰 배여서 배가 아니라 마치 거대한 벽 앞에 서 있는 기분이었지. 나중에 물어보니 참치잡이 배였어."

"우와, 멋진데. 타본 적도 있어?"

"아니, 여자는 배에 태우는 게 아니래."

우리는 서서히 해저터널로 들어서고 있었다. 터널은 전체가 거대한 수조로 되어 있어서 사방에서 헤엄치는 물고기들이 보였다.

"요즘 시대에도 그런 게 있나?"

"요즘 배는 안 가라앉니? 배가 침몰하는 한, 언제까지나 그런 터부는 있을 거야. 선원이란 여자가 배에 오르는 걸 본래 싫어하는 족속이야. 늘 죽음의 그림자가 가까이 있으니까."

"그렇군."

그러고 보니 나는 지금껏 단 한 번도 배를 타본 적이 없었다. 심지어 한강의 유람선도.

"아빠 방에 엄청나게 큰 세계지도가 걸려 있었어. 그 지도 곳곳에 빨간 핀이 꽂혀 있었는데 아빠는 가끔 그 핀들을 뽑아 다른 곳에 꽂곤 했어. 그게 아빠의 배가 있는 위치였지. 인도양에도, 태평양에도,

캄차카반도 해역에도 있었어. 그 배들은 참치나 고등어, 뭐 그런 걸 잡고 있었을 거야. 아, 집에 텔렉스가 있었거든. 텔렉스 알아? 새벽에 타닥타타닥 소리가 들리면 아빠가 일어나 텔렉스 쪽으로 가곤 했어. 만선을 알리는 굿 뉴스도 있었지만 배드 뉴스도 간혹 있었어. 배가 침몰했다거나 해적의 습격을 받았다거나 반군에게 억류를 당했다거나."

거대한 샌드타이거샤크가 우리 머리 위를 지나갔다. 나는 나도 모르게 어깨를 움츠렸다.

"우리 아빠는 진짜 마초였어. 뭐든 소유하고 지배하는 걸 좋아했거든. 여자도 많았고…… 모르긴 몰라도 조금 과장해서 말하자면 항구마다 있었을 거야."

"설마."

"아니, 그러고도 남으셨을 분이야. 지금도 나는 가끔 상상해. 파나마나 키리바시에 나하고 얼굴이 비슷한 여자아이가 살고 있다는…… 후후."

지원이 씁쓸하게 웃었다. 일군의 초등학생들이 소리를 지르며 손바닥으로 수조를 두들겼다. 물고기들은 개의치 않고 자기 갈 길만 갔다. 그녀가 지갑에서 사진을 하나 꺼냈다.

"볼래?"

나는 사진을 받아들었다. 흑갈색의 아름다운 말 옆에 그녀가 승마복을 입고 서 있었다. 반짝이는 검은 부츠에 장갑을 끼고 승마모자를 쓴 모습이 정말 귀여웠다.

"우와, 대단하다!"

나는 진심으로 경탄했다.

"이게 언제야?"

"고등학교 때일 거야."

그녀는 사진을 가리키며 말했다.

"얘가 이클립스야."

"이름 멋진데. 일식이라."

"내가 지었어."

이름을 지었다고? 나는 그게 무슨 뜻인가 싶어 잠시 멍하니 그녀를 바라보았다.

"내 말이었거든."

내가 지금 자기 말을 가진 여자와 같이 서 있는 거야? 그쯤 되자, 뭐랄까, 현실감이 사라지는 기분이었다. 가뜩이나 머리 위로는 상어와 바다거북이 날아다니고 있는 마당이었다. 지원 역시 저 바다거북처럼 내가 일상적으로 접할 수 있는 세계가 아닌, 그 바깥에서 자란 사람이었다.

"아빠가 마사회의 마주였는데, 경주용 말의 마주가 되면 말 두어 마리를 덤으로 끼워줘."

"마주가 된다는 건 정말 끝내주는 거구나."

"돈만 있다고 되는 건 아니래. 아빠도 되게 노력한 눈치였어. 나한테 이클립스를 처음 태워주던 날, 정말 자랑스러워하시는 게 느껴지더라구."

"배는 못 태워주니 대신 말을 태워주신 건가?"

지원은 꿈꾸는 듯한 눈동자로 말했다.

"자기 말을 갖는다는 것, 그건 정말 그 어떤 것과도 비교할 수 없는 멋진 일이야. 말은 자동차나 배하고는 달라. 생명이 있잖아. 나를 알아보고 좋아해. 감정이 있고 그 감정이 느껴져."

"지금도 타?"

지원의 말이 터널을 울렸다.

"말은 수명이 그렇게 길지가 않아."

"저런, 죽었구나."

"그런데 이클립스가 제 수명을 다하기도 전에 아빠가 먼저 끝장이 났어. 마주로서의 의무를 다할 수가 없게 돼서 말을 팔아야만 했지."

"그랬구나."

나는 그녀의 손을 잡아주었다.

"근데 마주의 의무가 많아?"

"그럼, 말이 얼마나 많이 먹는데. 조교사 같은 사람들 인건비도 나가고 이래저래 관리하는 비용이 만만치 않아. 그래도 아빠는 최후까지 버텨보려고 했던 것 같아. 아빠는 물론 재기했지만 다시 마주가 되지는 못했어."

"그렇구나."

"그뒤의 소식은 나도 몰라. 어쩜 이름도 바뀌었을지 모르고. 아마 근교의 말 목장 같은 데서 관광객을 태워주고 있을 거야. 아니면 죽었을 수도 있고. 아니, 죽었을 거야. 가끔 꿈에 나오는 걸 보면 이제 이 세상에 없을 거라는 생각이 들어."

뭐라고 말을 해야 할지 알 수 없었다. 이런 식의 고통에 대처해본 적이 한 번도 없었다. 물론 부자에게도 부자의 고통이 있을 것이고, 가진 자라고 덜 고통스럽지는 않을 것이다. 그러나 가진 자의 고통에 공감하는 법은 아무도 가르쳐주지 않았다. 소설이나 영화에서도 마찬가지였다. 그들은 마치 고통이라고는 없는, 퇴폐와 환멸, 끽해야 허무 속에서 허우적대는 존재로 그려졌다. 문제는 그 고통에 공감하려고 해도 그 공감이 받아들여질지 알 수 없다는 데 있었다. 그들이 정색하고 "네가 어떻게 그 고통을 알아? 그걸 가져본 적도 없으면서"라고 물을까봐 두려운 것이다. 그러나 그들은 다른 사람들이 그런 두려움을 갖고 있다는 것조차 모를 것이다. 가진 자와 못 가진 자 사이에는 애초부터 넘을 수 없는 정서적 갭이 있다. 남들 다 가진 부모도 못 가져본 나는 사춘기 이후로 언제나 그런 생각에 사로잡혀 있었다. 자유로워지고 싶다고 해서 자유로워질 수 있는 문제가 아니었다.

지원이 나를 올려다보았다. 어느새 그녀의 표정은 밝아져 있었다.

"너는 카트에 여섯 병들이 맥주팩을 던져넣는 게 꿈이라고 했지? 난 다시 내 말을 갖는 게 꿈이야. 내가 맥주를 사줄 테니 넌 말을 사줘."

나는 깜짝 놀라 그녀를 바라보았다.

"아니, 그게……"

내가 당황하자 그녀가 깔깔거리며 웃었다.

"농담이야. 놀라기는."

그녀를 따라 웃으면서도 실은 농담이 아닐 거라고 생각했다. 그녀는 말을 사줄 남자를 원하는 거야. 경마장의 VIP룸에 앉아 칵테일을 마시며 자기 말의 경주를 보는 삶. 내가 과연 그런 삶을 살 수 있을까? 자신할 수 없었다. 그녀는 내 오른손에 붙들려 있던 자기 왼손을 빼 가볍게 팔짱을 껴왔다.

우리는 해파리가 부유하는 작은 수조를 지나 앵무조개 앞에서 발걸음을 멈췄다. 앵무조개 수조 위에는 담담한 어조로 이렇게 적혀 있었다.

'앵무조개는 4억 년 전 고생대 캄브리아기 전기에 출현해 지금까지 남아 있는 살아 있는 화석이다.'

사억 년이라고? 지원이 그것을 읽고 말했다.

"더 놀라운 건 상어야. 상어도 지구상에 등장한 지 사억 년이 됐거든."

나는 앵무조개가 천천히 유영하는 수조를 검지손가락으로 톡톡 두들기며 말했다.

"암모나이트 닮았네. 어렸을 때 백과사전에서 봤던 기억이 나."

지원이 팔을 살짝 조여왔다. 그녀의 부드러운 몸이 느껴졌다. 지원이 물었다.

"앵무조개는 자기가 저렇게 오래된 존재라는 걸 모르겠지?"

"모르겠지. 오직 인간만이 자기가 어디에서 왔는지를 아는 유일

250

한 종일 거야."

앵무조개는 다른 조개들과 달리 헤엄을 치며 수면 위로 부상하기도 하고 중력을 이용해 스르르 아래로 하강하기도 했다. 그것은 아름답고 평온한 광경이었다. 우리는 푸른빛이 깔린 복도를 걸어 좁은 터널로 연결된 에스컬레이터에 올라탔다. 조악한 기념품들이 즐비한 가게를 지나 밖으로 나오자 한 시간 전에 우리가 들어간 입구에는 수백 명의 초등학생들이 일제히 소리를 질러대며 줄을 서서 들어갈 차례를 기다리고 있었다. 어디선가 단체관람을 온 모양이었다. 다행히도 간발의 차이로 저 아귀들을 피할 수 있었다. 우리는 서로의 얼굴을 바라보며 염화시중의 미소를 지었다.

우리는 코엑스 지하를 돌아다녔다. 인형가게에 들어가 폭신하고 부드러운 인형의 배를 쿡쿡 찔러보기도 하고 인형을 들어올려 어설픈 복화술을 시도하기도 했다.

"이거, 도널드 덕 여자친구, 얘 이름이 뭐였더라?"

내가 묻자 지원은 일 초도 주저하지 않고 대답했다.

"데이지, 데이지 덕이야."

"그런 이름이었어? 그럼 성이 덕이야? 하하."

지원이 입을 가리며 웃었다.

"그런데 도널드 덕, 웃기지 않아? 왜 샤워하고 나오면 꼭 수건을 두를까? 평소에는 아래에 아무것도 안 걸치면서 말이야. 쿠쿠."

"그러고 보니 그러네. 그거 말고는 샤워했다는 표시를 낼 방법이 없었겠지."

우리는 도널드 덕과 데이지 덕을 각각 손에 들고 입맞춤을 시켰다.

"도널드 덕은 애가 없었지. 조카만 득실득실."

지원이 고개를 끄덕였다.

"개네들 귀여웠어. 도널드는 개네를 좀 귀찮아하는 것 같았지만."

우리는 인형가게를 나와 개미굴처럼 이어진 코엑스 지하를 계속 탐험했다. 바삭한 콘에 담아주는 아이스크림을 핥으며 벤치에 앉아 수다를 떨기도 하고 영화관 앞에서 요즘 어떤 영화가 재밌을지 떠들기도 하고 손을 잡고 광장을 거닐기도 했다. 그날을 생각하면 정말 그런 날이 있었는지 의심스러울 정도로 마냥 즐거웠다는 기억만 남아 있다. 잡고 다니던 그녀의 손은 여전히 차가웠지만 우리는 내내 많이 웃었다. 내가 있어 상대가 기뻐한다는 것을 확신할 수 있었고 상대 또한 나와 같은 마음이라는 것을 알 수 있었다. 입으로 들어가는 모든 것이 맛있었고 입에서 나오는 모든 말이 재미있었다. 우리는 여고생처럼 아무것도 아닌 일에 키득거리며 어딘가 SF영화의 세트 같은 코엑스 지하를 헤맸다.

그런데 이런 지극한 행복의 순간에도 인간의 상상력은 어느새 최악의 파국에 가닿는다. 내게 찾아온 이 행복이 과연 온당한 것인가 하는 의구심부터 혹시 이 모든 것이 누군가가 꾸민, 나를 나락으로 떨어뜨려 가장 극심한 고통을 맛보게 하려는 사악한 계략이 아닐까 하는 편집증까지, 온갖 부정적인 감정이, 비록 그 싹은 아직 크지 않을지라도, 마음속 깊숙한 어딘가에서 천천히 자라나고 있었다. 그것은 어려서부터 누군가로부터 깊이 사랑받지 못한 자의 숙명적인 어리석음일 수도 있었다. 나를 사랑해주는 누군가가 지구상에 존재한다는 것 자체를 믿을 수가 없었다. 나에게 그만한 자격이 있다는 것 역시 의심스러웠다. 무엇보다도 그날 내가 느낀 열락감, 그 지고의 행복감이 나의 노력과는 무관한 일종의 행운이라는 것도 그런 심사를 부추겼을 것이다. 사랑이 어찌 노력과 재능으로 되랴? 그것은 정말 운명이거나 우연인 것이다. 정말 딜레마다. 사랑의 기쁨은 그 예기치 않음에서 오는데, 정작 그 예기치 않음 때문에 인간은 불안에 떨며 그것이 제 손아귀를 빠져나갈까 전전긍긍한다.

누군가와 사랑에 빠지고 상대방을 만나서 서로의 사랑을 확인하고 함께 최고의 기쁨을 누린다 해도 그것은 사업의 성공이나 고시 합격과는 완전히 다른 성질의 것이다. 두 연인이 쟁취한 사랑의 승리는 오직 그들만의 것이므로 그야말로 배타적인 것이며 그 때문에 언제나 위태로워진다. 증명서도 공인된 형식도 없다. 그날 코엑스에서 우리를 스쳐지나간 수만 명의 사람들 중 누구도 우리 기쁨의 증인이 될 수 없을 것이다. 그러니 사랑에 빠진 두 연인은 마치 날달걀을 던지며 노는 어린아이들처럼 조심스러울 수밖에 없다. 아주 작은 일에도 그들의 기쁨은 휘발되고 날카로운 고통이 그들을 지배하게 된다.

문득 이런 생각이 들었다. 혹시 이래서 사람들은 결혼을 하는 걸까? 증인을 세우고 공인된 형식을 만들어 자신들끼리만 간직하던 그 짧고 황홀하고 위태로운 기쁨을 진부하고 안락하고 견고한 제도로 바꾸어버리는 것일까? 마치 믿을 수 없이 많은 돈을 딴 도박사가 카지노의 칩을 현금으로 바꾸어 집으로 돌아가는 것처럼?

21

　헤어지기 전에 맥주를 한잔하려고 독일풍으로 꾸민 호프집으로 들어가려는 참이었다. 지원은 갑자기 발걸음을 멈추더니 핸드백에서 휴대폰을 꺼냈다. 그리고 문자를 잠시 확인했다. 표정이 조금 어두워졌다. 그러나 그녀는 이내 아무렇지도 않은 듯 쾌활하게 말했다. 표정의 변화가 하도 자연스럽고 빨라 마치 잘못 꺼낸 신용카드를 다시 지갑에 집어넣고 새로운 카드를 꺼내는 걸 본 것 같은 기분이었다.

　"미안해. 가봐야겠어."

　"왜? 무슨 일 있어?"

　"아니, 방송국에 가봐야 돼. 우리 팀이 녹화한 부분에 무슨 문제가 있나봐."

　"그래? 이 시간에?"

　"응, 가끔 이래. 자막이나 편집에 문제가 있을 수도 있거든."

　"할 수 없지, 뭐."

　우리는 삼성역까지 함께 걸어나왔다. 그녀는 거기에서 지상으로 나와 택시를 잡아타고, 연락할게, 라는 말을 남긴 채 가버렸다. 나는 거기서 지하철을 타고 서울의 남부를 빙 둘러 홍대입구역까지 왔다. 어쩌면 언제나 이런 식인 것은 아닐까? 그런 생각을 하니 마음이 산란했다. 연애를 많이 해본 건 아니지만 그동안의 경험을 통해 깨달은 것이 하나 있다면 연애에도 음악의 조성調性 같은 것이 있어 처음에 형성된 관계 혹은 방식은 여간해서는 바꿀 수 없더라는 것이다. 그러니까 단조로 시작된 연애와 장조로 시작된 연애가 다르고 같은 장조라도 C메이저와 F메이저가 다르더라는 것. 앞으로도 지원은 저런 식으로 가라앉고 나는 그녀가 다시 수면 위로 떠오르기만을 한없이 기다려야 하는 것 아닐까? 만나서는 최고의 기쁨을, 혼자서는 지옥의 고통을 나 혼자만 누리고 또 감당해야 하는 것은 아닐까. 나는 갑자기 불안한 마음이 들어 지원에게 문자를 쳤다.

'오늘 즐거웠어. 나는 지금 지하철 안이야. 일 끝나면 전화해.'

잡상인 한 명이 우산이 가득 담긴 카트를 끌고 나타났다. 지금 지상에는 비가 내리고 있는 것이다. 우산장수는 어딘가 신이 나 있었다. 그는 마치 기계로 변조한 듯한 목소리로 떠들어댔다.

"지금 밖에는 난데없는 장대비가 내려 많은 분들이 지하철역 입구에서 발만 동동 구르고 계십니다. 백화점에서 하나에 만원 받는 고급 우산 겸 양산을 오늘만 특별히 오천원에 드립니다."

몇몇 사람이 돈을 내고 우산을 샀지만 나는 사지 않았다. 까짓 비가 와봐야 얼마나 오겠어? 나는 홍대입구역이 가까워오자 내릴 채비를 했다. 그때까지도 지원은 답장을 보내오지 않았다. 기분이 울적해진 나는 지하철역 계단을 힘없이 걸어올라갔다. 밤 열한시가 다

됐는데도 정말 많은 사람들이 바삐 움직이고 있었다.

나는 지상으로 나가는 입구에 잠시 멈춰 섰다. 장대비는 분명 아니었다. '가랑비에 옷 젖는다'고 할 때의 바로 그 가랑비였다. 나는 점퍼에 달린 후드를 머리에 뒤집어쓰고 터덜터덜 걷다가 다시 한번 문자를 확인해봤다. 그러나 역시 아무것도 수신돼 있지 않았다. 정말 바쁜가보다, 생각했지만 마음 한편에 어떤 의구심이 자리잡는 것까지 막을 수는 없었다. 아무 근거도 없었지만 그녀가 지금 다른 남자의 품안에 있을 거라는 망상적 확신에 사로잡혔고 그 망상이 불러일으킨 오셀로적 질투에 마음이 부대꼈다. 게다가 그 질투는 아무 근거도 없었기 때문에 오히려 더 강력했다. 나는 그녀를 안고 있을 남자를 내 마음대로 상상할 수 있었다. 그에게는 어쩐지 스포츠카도 있을 것 같았고 밥은 특급호텔 레스토랑에서 먹을 것 같았다. 그런 부잣집에서 자란 여자에게 부유한 남자친구가 있으리라는 상상은 나 같은 가난한 백수를 사랑하리라는 가정보다 훨씬 자연스러운 것이었다.

나는 고시원으로 가던 발걸음을 돌려 감자탕집으로 향했다. 동네 아저씨들로 보이는 세 명의 남자가 누군지 모를 '그 새끼'를 욕하며 소주를 마시고 있었다. 나는 구석자리에 앉아 감자탕을 안주로 소주를 마시기 시작했다. 감자탕이 나오기 전에 반병을 비웠고 탕이 나온 뒤에는 두 병을 더 마셨다. 그때까지도 지원에게서는 아무 연락이 없었다. 나는 자기연민에 빠져 허우적거리며 감자탕집을 나섰다. 그리고 다시 가랑비가 내리는 거리로 나섰다. 살갗을 척척하게 적시는 가랑비가 차라리 상쾌했다. 그것까지가 내가 그날 밤에 대해 기억하는 전부였다.

자는 내내 목이 몹시 말랐다. 나는 몇 번이나 깨어 냉장고에서 차가운 물을 꺼내 벌컥벌컥 마셨고 두 번이나 화장실에 다녀왔다. 햇빛이 눈을 찌르는 아침에 나는 다시 냉장고로 물을 마시러 가려고 무거운 몸을 일으켰다. 그러다 문득, 고시원의 내 방에는 이런 창도, 차가운 물을 보관하는 냉장고도 없다는 사실을 깨달았다.

아니, 그럼 도대체 여기는 어디야?

나는 화들짝 놀라 침대에서 내려와 눈을 크게 떴다. 어딘가 아주 낯익은 데가 있었다. 휑한 방에 침대 하나만 놓여 있었지만 창이며 방의 구조가 결코 생소하지 않았다. 나는 문을 열고 밖으로 나왔다. 그제야 내가 어떻게 그 어두운 밤에 불 한번 켜지 않고 냉장고와 침대, 침대와 화장실을 왕복할 수 있었는지 알 수 있었다. 그곳은 바로 내가 몇 달 전까지 살던 연남동 집이었던 것이다. 도대체 어떻게 그 집에 들어올 수 있었는지는 의문이지만 어쨌든 나는 거기에 있었다.

문이 빠끔 열리며 일전에 집을 빼앗으러 왔을 때 봤던 김실장이라는 자가 들어왔다.

"일어나셨구먼."

"아, 네. 제가 왜 여기에 와 있지요?"

나는 당황하며 물었다. 술을 마시고 필름이 끊긴 적은 몇 번 있었지만 이런 적은 처음이었다. 김유신은 이럴 때 자기가 타고 온 애마를 베던데…… 김실장은 대답 없이 나를 물끄러미 내려다보았다.

"죄송합니다. 금방 나갈게요. 제가 어제 술을 많이 마셔서……"

"회장님께서 나가시면서 이왕 이렇게 오셨으니 점심이나 같이 하자고 하시던데요."

"아니요, 고맙지만 괜찮습니다. 곰보빵 할아버지, 아니 회장님께는 제가 다음에 한번 들르겠다고 말씀 전해주세요."

그는 허겁지겁 나가려는 나를 막아섰다.

"어허, 이러시면 곤란하죠. 벌써 점심때가 다 됐습니다. 회장님 곧 들어오실 겁니다. 회장님이 언짢아하실 텐데요."

"글쎄, 괜찮대두요."

"마음대로 가택침입까지 하고 그냥 가버리다니, 그러면 안 되죠."

김실장이라는 자가 세게 나왔다. 아니, 가택침입이라니. 멀쩡한 남의 집을 빼앗아간 주제에 뭐가 어쩌고 어째? 그러나 상대는 단단해 보이는 몸을 가진 사내였다.

"좋습니다. 점심만 먹고 가겠습니다."

"그럼 여기서 잠깐만 기다리세요. 준비되는 대로 부를 테니."

나는 하는 수 없이 다시 침대에 걸터앉아 곰보빵 할아버지가 올 때까지 기다리기로 했다. 머리가 지끈거리며 아파왔다. 뭔가 불쾌한 일이 생길 것만 같았다.

얼마 지나지 않아 곰보빵 할아버지가 모습을 드러냈다. 그는 이제 집의 구조에 많이 익숙해진 듯 지난번과 달리 어디에도 부딪히지 않았다. 김실장의 도움을 받기는 했지만 별 어려움 없이 거실의 소파까지 걸어와 몸을 파묻었다. 여전히 검소한 옷차림이었다.

"안녕하세요."

나는 인사를 했다. 그는 내가 있는 쪽을 가늠해 고개를 끄덕였다.

"잘 지내는 것 같던데. 방송에도 출연하고."

나는 아무 대꾸도 하지 않았다.

"아니, 젊은 사람이 말이야. 아무리 술을 마셔도 그렇지 이렇게 무단으로 남의 집에 들어오면 되나?"

그가 먼 산 보듯 말했다. 그러나 화가 난 것 같지는 않았다.

"죄송합니다."

"이왕 들어왔으니 밥이나 먹고 가지."

그와 나는 식탁으로 자리를 옮겼다. 처음 보는 할머니가 주방에서 일을 하고 있었다. 식탁 위에는 청국장과 구운 고등어가 올라와 있었다.

"들게."

그러고선 그는 마치 개처럼 코를 킁킁거리며 식탁 위에 놓인 음식들의 냄새를 맡았다.

"내 친구 마누라 중에는 걸핏하면 배탈이 나는 사람이 있었어. 나중에 알고 보니 실은 후각이 마비되었던 거라. 그래서 밥이 쉰 줄도, 음식이 상한 줄도 모르고 그냥 먹다보니 툭하면 탈이 났던 게지. 남편은 환갑이 될 때까지도 제 마누라 코가 그런 줄 몰랐다는 거야, 쯧쯧."

옆방녀가 떠올랐다. 쉰 고구마를 먹고 탈이 났었지. 혹시 그녀도 후각에 문제가 있는 걸까? 어떻게, 잘 있는 걸까?

"인간은 자기 감각을 다 활용하지 못하고 살아. 그런 생각 안 해봤나? 냄새에는 많은 정보가 들어 있다네."

곰보빵 할아버지는 젓가락을 들어 정확하게 콩나물을 집어먹었고 숟가락으로는 펄펄 끓는 청국장을 떠먹었다. 손놀림만 봐서는 눈이 멀었다는 걸 아무도 의식하지 못할 정도였다. 나도 밥을 먹기 시작했다. 그러나 숙취 때문에 밥알은 모래 같았고 나물은 비닐끈을 씹는 것 같았다.

"기분이 어떤가?"

그가 물었다.

"뭐가요?"

"자기가 살던 집에서 밥을 얻어먹는 기분이."

"글쎄요."

이런 말을 하고 싶어서 나를 붙잡아둔 걸까. 이런 악취미에는 호응하고 싶지 않았다. 그가 다시 물었다.

"인생 실패자의 특징이 뭔지 아는가?"

"제가 인생 실패자라고 생각하세요?"

"그냥 묻는 거야. 왜 모든 게 자기하고 관련돼 있다고 생각하지?"

"아, 알았어요. 그만하세요. 인생 실패자의 특징이 뭔데요?"

"감성이 없어. 느낄 줄을 모른다는 거야."

그는 서전을 승리로 장식한 어린 소대장처럼 만족스러운 표정으로 단언했다.

"그런 얘기는 처음 듣는데요. 과도한 일반화 아니에요?"

"과도한 뭐?"

"아니에요. 그냥 너무 오버하시는 거 아니냐구요."

"아니야, 이건 내 칠십 평생을 통해 깨달은 거야. 그자들은 느낄 줄을 몰라. 굴욕도 못 느끼고 기쁨도 몰라. 누가 자기를 괴롭혀도 화를 안 내. 뭐든 금방 잊고 멍청하게 TV나 보면서 뒹구는 거야. 그게 하류인생의 특징이란 말이야."

"근데 그 얘기를 왜 지금 하시는데요?"

"글쎄, 내가 왜 그 얘기를 하고 있겠나?"

"지금 저 들으라고 하시는 것 같은데, 천만의 말씀. 저는 할아버지가 생각하시는 그런 인생 실패자가 아니에요. 제가 왜 못 느껴요. 저도 느껴요. 단지 너무 황당한 일이라 어떻게 대응해야 할지 몰라서 그런 것뿐이에요."

"흥, 헛소리."

그가 콧방귀를 뀌었다.

"다 헛소리, 변명만 늘어놓고 있어. 말은 그만하고 느끼란 말이야. 자네는 말이 너무 많아. 감각을 날카롭게 벼리고 촉수를 곤두세워 자기 주변에서 무슨 일이 벌어지고 있는지를 알아야 해. 그리고 온몸으로 느껴야 돼. 느끼지 못하는 순간, 인간은 벌써 죽은 거야. 죽어버리는 거야. 파리를 보라구, 파리. 얼마나 민감하고 예민한가. 조용히 요리조리 움직이면서 때를 노리잖아."

뭐야? 내가 파리만도 못하다는 거야? 미처 반격도 하기 전에 그의 장광설이 또 이어졌다. 이번에도 헛소리라고 할까봐 웬만하면 잠자코 있으려고 했지만 더이상은 참을 수가 없었다.

"아니, 할아버지. 제가 왜 느낄 줄을 몰라요? 뭐, 감수성이 부족하다구요? 그걸 어떻게 아세요? 저를 언제 봤다고 속속들이 아는 척을 하세요? 제가 얼마나 잘 느끼는데요."

"느낀다고 생각할 뿐이야. 사실은 느낄 줄을 몰라. 감각이 마비돼 있어."

"왜 그런 말씀 하시는지 제가 모를 줄 아세요? 사실은 젊은 제가 부러운 거죠? 제 젊음을 질투하시는 거라구요. 가슴에 손을 얹고 생각해보세요. 제 무책임, 무대책, 그리고 가난까지도, 실은 다 탐내시는 거예요. 왜냐하면 그런 상황에서도 태연할 수 있다는 거, 철없이 살 수 있다는 거, 그건 젊은이만 할 수 있는 거니까. 좋아요. 마음껏 비난하세요. 젊은 제가 참겠습니다. 할아버지 같은 분이야말로 느낄 줄을 모른다구요. 느낄 줄은 모르고 오직 훈계할 줄만 알아요. 아무 근거도 없이, 경험만 들먹이면서, 모든 것을 다 안다는 듯이 이러쿵저러쿵한다구요."

그러자 곰보빵 할아버지는 버럭 화를 냈다.

"이 녀석이! 도통 버릇이라고는 없구나. 버릇없이 구는 거하고 분노는 다른 거야."

정말 짜증나는 노인네였다. 확 숟가락을 던지고 밖으로 나가버릴까 생각했지만 겨우 분을 누르고 물었다.

"어떻게 다른데요?"

"분노는 아주 신성한 거야. 빈정대거나 비아냥거리는 그런 게 아니야. 자기에게 가해지는 부당한 힘, 폭력 같은 것에 맞서 싸우려는 숭고한 정신이란 말이야."

"글쎄 제가 분노하는지 안 하는지 할아버지가 어떻게 아시냐구요. 그리고 할아버지가 지금 그런 말씀 하실 처지가 아니잖아요."

"왜?"

그가 천진하게 되물었다. 그 천진함에 그나마 있던 밥맛도 완전히 가셨다. 뭐 나보고 감각이 마비돼 있다고? 감각보다 양심을 먼저 챙기세요, 할아버지.

"저 밥 다 먹었으니 그만 가보겠습니다."

"몇 술 더 뜨지 그래?"

이 양반 이거 외로운 거 아니야? 아니면 혹시 게이? 도대체 나한테 왜 이러는 거지?

"나를 죽이고 이 집을 차지하고 싶을 테지?"

"네?"

"괜찮아. 그건 원초적인 감정이야. 인간이 제일 먼저 배우는 감정이 뭘까? 분노야. 어린아이가 들고 있는 장난감을 빼앗아보라구. 애가 자지러지듯 울 거야. 분노는 자기 것을 빼앗긴 데 대한 아주 본능적이고 격렬한 감정이란 말이지. 아침에 자네가 들어왔다는 얘기를 듣고 나는 그 생각을 해봤어. 왜 그런 짓을 한 걸까? 왜 멀쩡한 젊은이가 담을 넘어 이 집에 들어온 것일까?"

"그, 그거야, 예전에도 열쇠가 없다거나 하면 할머니를 깨울까봐 조용히 담장을 넘어 들어왔다구요."

"아니야. 자네는 이 집을 나한테 넘긴 것에 대해서 화가 났던 거야. 그런데 아까 말했듯이 감각이 마비돼 있어서 자기가 화가 났다는 것조차 몰랐던 거지. 그러나 시간이 지나자 점점 분노가 차오르고, 그러다 술의 힘을 빌려 담장을 타넘은 거야. 그러나 용기는 없고 다시 담장을 넘어가자니 우습고 하니 슬그머니 자기 방으로 들어가 자버린 거지."

"그건 억지예요."

"아니, 그림 화가 안 났단 말인가?"

"화를 왜 내요? 할머니가 빚을 졌고 그 대신에 집을 받으신 거잖아요. 총 들고 빼앗은 것도 아니잖아요."

곰보빵 할아버지는 유쾌하게 껄껄껄 웃어댔다.

"재미있구먼. 누가 들으면 내 변호산 줄 알겠는데. 그것 보라고, 도대체 분노할 줄 모르잖아. 감각이 마비돼 있다니까. 으하하하하!"

이놈의 늙은이가 정말……

"자네는 부처인가? 자기 것을 빼앗기고도 내 입장에서 이해하려고 들다니 말야."

"빼앗으신 거예요?"

"아니지. 정당한 민법절차에 따라 인수한 거지. 게다가 나는 인숙이의 은행대출까지 다 갚아줬다고. 원래는 자네가 갚았어야 할 돈이었지만."

"그런데 왜 자꾸 빼앗았다고 말씀하세요?"

"정당한 민법절차에 따라 인수해도 빼앗겼다고 주장하는 치들이 꼭 있거든. 한심한 놈들."

"저는 그런 사람이 아니래두요."

"흐흐, 마치 공정한 사람인 척하는 것. 그게 바로 자네의 정신적 허영이야."

"도대체 무슨 말씀을 하시려는 거예요?"

"언제나 무슨 목적을 가지고 말을 하는 것은 아니네."

"그럼 저는 정말로 가보겠습니다."

"바쁜가보군."

"네."

"갈 데는 있나?"

"그럼요."

"지금 사는 데는 어떤가?"

"이 집처럼 넓지는 않아도 지낼 만합니다."

물론 이렇게 햇빛이 쏟아져들어오는 창은 없지.

"어떤 상황에서도 잘 적응하는 친구구먼."

"가도 될까요?"

"아 참, 가기 전에 한 가지……"

그는 입맛을 다셨다.

"말씀하세요."

"늙어서 이사를 왔더니 불편한 게 한두 가지가 아니야. 동네도 낯설고 오래된 집이라 수리할 데도 많고 말이야. 내가 몸이 성하면 그 정도쯤이야 지금이라도 해치울 수 있지만 보다시피 이렇지 않나?"

"그래서요?"

"자네가 여기 들어와서 나를 좀 도와주면 좋겠는데."

"네?"

"일종의 집사 같은 거지. 우편물이 오면 받고 망치질할 게 있으면 하고 그 밖에도 김실장 쉬는 날에는 운전도 좀 해주고 말이야. 밤에 목욕이라도 한번 하려면 이게 아주 불편하단 말이야. 왜 샴푸병에는 점자 표기가 없는지."

성말 대단한 자신감이라고밖에는 할말이 없었다. 내가 자기 목욕 수발까지 들 거라고 생각했다니. 나는 곰보빵 할아버지의 등을 밀어 주는 내 모습을 잠깐 상상해봤다. 꿈꿔왔던 미래의 내 모습과는 분명 상당한 거리가 있었다.

"글쎄요, 도와드리면 좋겠지만 저도 일이 바빠서."

곰보빵 할아버지는 잠시 아무 말 없이 앉아 있었다. 그러더니 타구를 집어들고 가래침을 뱉었다.

"김실장, 가서 커피 좀 만들어오지. 민수군은? 그래, 그럼 두 잔 만들어와."

김실장이 주방 쪽으로 멀어지자 곰보빵 할아버지는 은밀한 목소리로 말했다.

"눈이 멀고 나니까 도처에서 나를 속이려는 놈들뿐이야. 자식들은 다 멀리 있고, 아, 사람을 못 믿는다는 것처럼 답답한 게 없어. 민수군은 인숙이 손주고, 나도 예전부터 마치 내 손주처럼 생각해왔던 젊은이라 이런 말을 하는 거야. 믿을 사람이 필요해. 내가 보니 자네는 순수한 데가 있는 것 같아."

"하류인생이라면서요?"

나는 몸을 뒤로 젖혔다. 등을 소파 등받이에 기대고 팔짱을 꼈다.

"하류인생에도 여러 종류가 있어. 가진 자를 저주하고 증오하는 부류가 있는가 하면 그런 것에 관심 없이 그냥 자기만의 세계에 만족하려는 부류가 있어. 민수군은 후자지. 이 부류는 야망이 없는 대신 마음속에 꿍심도 없어. 그리고 말이야."

그가 나에 대해 이러쿵저러쿵 단언하는 소리가 듣기 싫어 나는 그의 말을 잘랐다.

"저도 제 계획이 있어요."

곰보빵 할아버지의 얼굴에 비웃음이 떠올랐다.

"계획? 보아하니 취직도 못한 것 같은데."

"그걸 어떻게 아세요?"

"월요일 대낮에 이러고 있는데 뻔한 거 아닌가? 직장이 있고서야 못할 일이지."

나는 자리에서 일어났다.

"경기가 좋아지고 있다는군요."

"그래? 뉴스에선 우리 사회의 양극화가 점점 심해지고 있다던데."

"하여튼 저는 못하니까 다른 사람 구해보세요."

"할 수 없지. 그래도 인숙이 손주라고 내가 좀 도와주려 했더니만. 뭐, 별수 있나. 평양 감사도 저 싫으면 그만이지. 당사자가 손을 내저으니 뭐 어쩔 도리가 없구먼."

"안녕히 계세요."

"잘 가라구, 어설픈 라스콜니코프. 세상이 만만치 않으니 열심히 살아야 될 거야."

"라스 뭐요?"

"라스콜니코프도 모르나? 우리 때는 세계명작이라고 다들 읽었는데. 『죄와 벌』의 주인공 몰라?"

"제가 왜 라스콜니코프예요?"

"나를 죽이러 들어왔잖아?"

"이 할아버지 정말 사람 잡겠네. 제가 언제요?"

"마음속에는 그런 생각이 있었을 거 아니야. 저 무가치한 노인네를 죽이고 내가 그 돈을 좀 차지한다고 해서 안 될 이유가 어디 있으랴. 게다가 이 집은 원래가 내 것이 아니었는가. 그러니 이것을 다시 차지하여 저 무가치한 노인네를 위해서가 아닌, 앞날이 창창한 나 자신과 만인의 행복을 위해 쓰는 것이 좋지 않을까. 뭐 그렇게 생각한 거잖아. 아니야?"

계속 대꾸해봐야 성질만 날 것 같았다. 아, 지긋지긋해. 나는 인사도 하지 않고 홱 몸을 돌려 현관으로 나갔다. 내 신발은 내가 늘 벗어놓던 구석자리에 놓여 있었다. 취중에도 버릇대로 신발을 벗어놓은 모양이었다. 신발을 신으려는 찰나, 누군가가 초인종을 눌렀다. 김 실장이 인터폰으로 확인한 후 문을 열어주었다.

집으로 들어온 사람은 경비회사 직원들이었다. 회색 유니폼을 입은 두 명의 남자가 가방을 들고 들어와 인사를 했다. 둘 중에서 키가 작은 사내가 경비시스템을 설치하러 왔다고 말했다. 등뒤로 곰보빵 할아버지의 말이 들려왔다.

"경비회사에서 온 모양이구먼. 민수군, 다음부터는 함부로 담을 넘지 않는 게 좋을 거야. 잘못하면 큰일난다고. 그래도 민수군 덕분에 이 집에 그런 허점이 있다는 걸 알았으니 밥값은 한 거야."

내가 자는 사이에 경비회사를 부른 모양이었다. 이제 이 집은 경계철선과 감시 카메라, 동작감지 센서로 무장하게 될 것이다. 담장을 넘어 들어가는 짓 따위는 이제 끝인 것이다. 흥, 오라 그래도 안 올 테니 걱정 마세요. 나는 인사했다.

"안녕히 계세요."

"민수군은 인사성이 발라서 좋아. 잘 가게."

경비회사 직원들이 내가 나갈 수 있도록 길을 내주었다. 나는 그 사이로 걸어나왔다. 쥐똥나무가 늘어서 있는 길을 지나 대문을 열고 밖으로 나왔다. 나는 다시 한번 마음속으로 다짐했다. 내가 여기를 다시 오면 인간이 아니다.

낯익은 골목이었다. 문자메시지를 치면서도 걸어갈 수 있을 정도였다. 지원에게 보낼 문자를 반쯤 쳤을 때, 그녀에게서 문자가 왔다.

'일은 인간의 본성에 맞지 않는다. 하면 피곤해지는 게 그 증거다―미셸 투르니에.'

재미있는 말이로군. 지원의 재치 있는 인용을 읽느라 나는 지난밤의 맹렬한 질투의 기억은 어느새 잊어버리고 말았다. 나는 실실 웃으며 답장을 쳤다.

'설마 일이 이제 끝난 거? 그건 아니겠지?'

'그런 건 아닌데 거의 새벽 다 돼서야 끝났어. 집에 오자마자 쓰러졌다가 이제 일어났어. ㅜㅜㅜ'

'보고 싶어.'

'나두…… 그런데 또 나가봐야 돼.'

'!!!'

나는 느낌표 세 개만 날리고 휴대폰을 닫았다. 그녀는 늘 바쁘군. 이제는 나도 좀 바빠봤으면 좋겠다. "죄송합니다. 제가 너무 바빠서 도저히 시간을 낼 수가 없네요" 같은 말을 누군가에게 하고 싶었다.

나는 골목을 걸었다. 햇볕이 따사로웠다. 사람을 부끄럽게 만드는, 그런 종류의 볕이었다. 도대체 무엇 때문에 나는 부끄러운 것일까. 버스정류장에 서서 잠깐 생각했다. 술에 취해 엉뚱한 곳에서 잠든 것? 아니면 곰보빵 할아버지와의 입씨름에서 이기지 못한 것? 아무리 생각해봐도 알 수가 없었다. 어쨌든 나는 비의 노래가사처럼 피할 수만 있다면 저 태양을 피하고 싶은 기분이었다.

22

마을버스를 타고 고시원으로 돌아왔다. 내 방으로 들어서자 비로소 편안한 어둠이 찾아왔다. 아, 어둠이 편안한, 그런 삶이어서는 안 될 텐데…… 나는 불도 켜지 않고 그냥 침대에 몸을 뉘었다. 그제야 문득 옆방녀에게 빌린 돈 생각이 났다. 십만원. 큰돈도 아닌데 왜 이렇게 마음이 무거울까. 주머니를 뒤져보니 만원도 채 남아 있지 않았다. 도대체 그 십만원은 다 어디로 간 거야? 내 주머니의 돈은 참으로 빨리 녹아버린다. 반면 다른 사람은 쉽게 돈을 버는 것만 같다. 그나저나 십만원을 어떻게 갚는다? 이럴 줄 알았으면 곰보빵 할아버지에게라도 매달려볼 걸 그랬나?

도대체 돈은 왜 빌려준 거야? 갑자기 옆방녀에게 화가 났다. 그녀가 내 청을 깨끗이 거절했으면 나는 돈을 빌리지 않았을 테고 그랬다면 지금 이렇게 채무 때문에 죄책감에 시달리지 않아도 됐을 것이 아닌가. 도대체 나 같은 걸 뭘, 어떻게 믿고 돈을 빌려준 거야? 한심한 여자 같으니라구. 그러니까 고시원을 벗어나지 못하는 거야. 나는 적반하장 격으로 선의를 베푼 옆방녀를 원망했다.

빚을 진다는 건 가난과는 전혀 다른 문제였다. 물론 가난해지면 빚을 질 가능성도 커지지만 빚을 진 사람들이 다 가난한 것은 아니다. 사업가 중에는 엄청난 빚을 지고도 부유한 생활을 하는 사람들이 많지 않은가. 가난하기만 할 때는 뭐랄까, 삶의 여유 같은 것도 있었다. 부자들은 시간당으로 벌어들이는 돈이 엄청나기 때문에 쉬고 싶어도 그 시간에 벌 수 있는 돈 생각을 하면 쉴 수가 없고, 그래서 결국 워커홀릭이 된다는 얘기를 들은 적이 있었다. 그러나 가난한 사람에게 주어진 시간은 어차피 생산성이 거의 없는 무가치한 시간이고, 그러니 조금 허비한다고 해도 아깝지 않은 것이다.

마르셀 에메의 소설을 보면 날짜를 쿠폰으로 거래하는 나라의 이야기가 나온다. 가난한 사람들은 어차피 살아봐야 고달프기만 한 하루하루를 가진 것은 돈밖에 없는 부자들에게 팔아넘긴다. 만일 가난한 사람이 열흘을 부자에게 팔았다면 그에게는 6월이 20일까지밖에 존재하지 않는다. 6월 20일에 잠든 그는 7월 1일에 깨어나게 된다. 반대로 그에게 열흘을 사들인 부자는 6월 40일까지 살 수 있다. 골프도 치고 휴가도 즐기면서 6월을 보내고 넉넉하게 7월을 맞이하는 것이다. 학생 때는 킬킬거리며 보던 소설이 지금 와 생각하니 호러영화 못잖게 공포스럽게 느껴졌다. 어느새 나 역시 시간은 많은데 쓸 데는 없는 인간이 되어 있었다.

마르셀 에메의 소설에서처럼 가난한 사람의 삶에는 누구도 별로 고마워하지 않는 처치곤란의 여유가 있었다. 그러나 빚을 지기 시작하는 순간, 가난은 채무라는 좀더 딱딱한 갑옷을 입고 우리 앞에 나타나고, 그나마 있던 처치곤란의 여유마저도 간데없이 사라져버린다. 가난이라는 조금은 시적인 언어가 채무라는 민법적 형식으로 탈바꿈하는 것이다. 물론 옆방녀와 내가 무슨 차용증 같은 것을 쓰고 지장을 찍은 것은 아니지만, 적어도 채무가 존재한다는 사실만큼은 분명했고, 내 양심은 그것을 부인할 수 없었다. 이런 생각을 하고 있노라니 점점 짜증이 나기 시작했다. 아무래도 그녀를 만나 양해를 구하는 것이 좋겠다. 나는 옆방녀가 들어오기를 기다렸다. 그러나 옆방녀는 그날따라 일찍 들어오지 않았다. 나는 계속하여 옆방의 동정에 주의를 기울였지만 아무런 인기척도 들리지 않았다. 늘 일정한 시간에 들어오던 그녀가 아니었던가. 나는 자다 깨다를 반복하며 그녀를 기다렸다.

마침내 옆방에서 소리가 들린 것은 밤 한시가 넘어서였다. 나는 휴대폰을 찾아 시간을 확인하고는 조금 망설였다. 방으로 찾아가기에는 조금 늦은 시각이었다. 그래도 혹시나 싶어 문을 빼꼼 열고 그녀 방 쪽을 살피는데 마침 그녀가 화장실에 가려는지 방문이 열렸다.

옆방녀는 얼굴이 전에 비해 훨씬 해쓱했다.

"안녕하세요."

그녀가 인사를 해왔다. 나도 인사를 했다.

"안녕하세요. 늦게 들어오셨네요."

"네, 그럴 일이 좀 있었어요. 민수씨는 어제 안 들어오신 것 같던데요?"

"아, 네. 예전에 살던 집에 좀……"

"그러셨구나. 근데 저한테 무슨 할말 있으세요?"

"저, 다름이 아니라."

"말씀하세요."

"지난번에 수희씨가 빌려주신 돈 말인데요."

그녀는 내 말을 끝까지 들으려 하지 않았다.

"아, 그거. 신경쓰지 마세요. 그냥 형편 될 때 갚으세요. 전 괜찮아요."

"아니 그래도…… 제가 이번주에는 아무래도 힘들겠고……"

"글쎄, 괜찮대두요."

그녀 특유의 부드러운 말투였지만 어쩐지 처음보다는 조금 짜증이 섞인 것 같았다. 그녀가 그렇게까지 나오니 나로서도 더 할말이 없었다.

"고맙습니다."

그런데 그녀는 거기에서 한발 더 나아갔다.

"저기, 혹시 더 필요하시면 말씀하세요. 제가 요즘 조금 여유가 있거든요."

나는 과장되게 손을 내저으며 사양했다.

"아니, 이럴 게 아니라."

그녀는 아예 자기 방으로 들어가 지갑을 가지고 나왔다. 그리고 거기서 또 십만원을 꺼내 그것을 두 번 접어 마치 뇌물이라도 건네듯 쥐여주었다.

"한꺼번에 주시면 돼요. 직장 구할 때가 제일 어렵거든요. 제가 알아요. 저…… 그거는 천천히 주셔도 되는데요. 그게……"

뭔가 더 할말이 있는 눈치였다. 이렇게 깊은 밤, 고시원의 좁은 복도에 그녀와 함께 서 있는 것이 슬슬 불편해지기 시작했다. 여기도 하나의 사회라, 밥을 먹으러 공동부엌 같은 데 가서 앉아 있으면 사람들이 다른 사람에 대해 수군거리는 말을 들을 수 있었다. 누구 방에서 새벽에 여자가 나오더라, 몇호하고 몇호가 눈이 맞았다더라, 몇호는 아무래도 약을 하는 것 같다더라, 몰려다니는 패거리가 있다더라 같은 수많은 '더라'들.

방으로 들어가려던 그녀가 문득 발걸음을 멈췄다.

똑똑 서가가 찾아낸 진짜 이야기들

"세상에는 아직 발견되지 않은 좋은 이야기가 숨어 있다고 믿습니다."

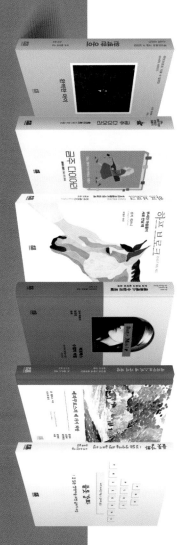

북스피어

완벽한 아이

무엇으로도 가둘 수 없었던 소녀의 이야기

"난 널 위한 거야."
완벽한 아이는 어떻게 부모로부터
스스로를 지켜내고 해방시킬 수 있었을까?

모드 쥘리앵 지음 / 윤진 옮김 / 16,000원

에르메스 수첩의 비밀

도라 마르가 살았던 세계

우연히 손에 넣은 수첩의 비밀. 피카소의 <우
는 여인>에게 박제된 한 예술가의 진짜 삶이 거
기 숨어 있었다.

브리지트 벤케마 지음 / 윤진 옮김 / 17,000원
르노도상 논픽션 부문 후보

금주 다이어리

어느 애주가의 맨정신 체험기

"중독에서 탈출하는 이야기를 이렇게 재미있게
쓸 수 있다니!" 경비대인컷 다음이맘에서 베스트
셀러 작가로! 위트와 유머, 눈물이 공존 성공기

클레어 폴리 지음 / 허진 옮김 / 16,500원

에피쿠로스의 네 가지 처방

불안과 고통에 대처하는 철학의 지혜

"인간의 고통에 치료법을 제시하지 않는 철학
자의 말은 공허할 뿐이다." 오해와 편견에 가
려진 에피쿠로스 철학에 대한 현대적 해석.

존 셀라스 지음 / 신소희 옮김 / 12,000원

하프 브로크

부서진 마음들이 서로 만날 때

"진에 무슨 일이 있었든 다시 그런 일 없을 거
야." 상처받은 동물과 사람이 주고받는 마법 같
은 대화와 유대를 그린 감동 실화.

진저 개프니 지음 / 허형은 옮김 / 16,500원

플롯 강화

길 잃은 창작자를 위한 글쓰기 수업

"플롯 강화는 당신 책상 위에 두고 필요한
부분이 페이지를 접고 덤줄을 그어가며 읽어
야 할 책이다."

노아 루크먼 지음 / 신소희 옮김 / 15,800원

"음, 혹시 언제 시간 되실 때, 저, 상담 좀 해주실래요?"

"상담이요?"

"그냥 민수씨는 아는 것도 많고 하니까, 뭣 좀 여쭤보고 싶어서요. 아니, 바쁘시면 됐구요. 괜히 제가……"

"바쁘긴요. 뭐 언제라도 괜찮습니다."

그녀는 할말이 더 있는 듯 머뭇거리며 자기 발끝을 내려다보았다. 나는 그런 그녀가 부담스러웠다. 돈을 빌려준 것은 고맙지만 어딘가 석연치 않은 구석이 있었다. 우리가 할말을 찾지 못한 채 서성대고 있는 사이, 두 명의 남자가 담배 냄새를 풍기며 우리 사이를 지나갔다. 좁은 복도여서 누군가가 지나가려면 서 있던 사람들은 벽에 붙어야 했다. 두 남자는 슬쩍 우리 둘을 살피고 희미하게 웃으며 지나갔다. 인사도 뭣도 아닌, 무례하고 기분 나쁜 태도였지만 이곳 사람들에게는 흔한 모습이었다. 딱히 적의가 있다고는 할 수 없지만 '나한테 다가오지 마'라고 선언하는 듯한, 방어적이면서도 공격적인 태도였다.

그들이 지나간 후, 그녀는 뭐가 부끄러운지 종종걸음으로 여자화장실로 뛰어들어가 문을 잠갔다. 나는 새벽 한시의 고시원 복도에서 십만원을 말아쥔 채 멍하니 서 있었다. 이 십만원이 내게 필요 없다고는 할 수 없었으므로, 그렇게 말하는 것은 분명 위선이거나 자기기만이었으므로, 게다가 본인이 저렇게까지 주고자 하는데 매몰차게 거절하는 것은 예의가 아니라 생각하며 나는 그 돈을 바지 주머니에 쑤셔넣었다. 어차피 갚을 건데 뭘. 잘 쓰면 되지 뭐. 나는 화장실에서 나오지 않는 그녀를 더이상 기다리지 않고 내 방으로 들어왔다.

　그런데 상담이라. 뭘 묻고 싶은 걸까?

23

　이춘성이 전화를 해왔다. 주중에 한번 온다더니 정말이었다. 아무래도 허튼소리는 안 하는 사람 같았다. 그는 오후 세시쯤이 어떠냐고 했고 나는 좋다고 했다. 그를 만나러 나가다가 육층에서 고시원 주인을 맞닥뜨렸다. 다리를 저는데도 나보다 세 배는 더 동작이 민첩한 것 같았다. 멀리서 발견하고 슬쩍 피해서 나가려고 했으나 어느새 그가 내 앞에 와 있었던 것이다.

　"내일이면 한 달인데."

　그가 말했다.

　"아, 네."

　나는 머리를 긁적였다.

　"한 달 더 있을 거지?"

　주인이 따지고 들었다.

　"네, 그럴 생각인데요."

　"생각만 하면 뭐해."

　그는 손가락으로 동그라미를 만들어 보였다.

　"이걸 주셔야지."

"방값이요?"

"그렇지, 방값."

"드릴게요."

"글쎄, 그게 언제냐고! 오늘까지는 결제가 돼야 내가 그 방에 다른 사람을 받을지 안 받을지를 결정할 수 있지 않겠어?"

"내일까지 안 드리면 다른 사람이 들어오나요?"

나는 깜짝 놀라 되물었다. 그렇게까지 엄격하리라고는 생각하지 못했던 것이다.

"내일이 아니라 오늘이래도 그러네. 보증금도 없는데 그럼 뭘 믿고 계속 기다려? 돈이 없으면 길거리에 나가봐. 돈 빌려주는 데 흔해 터졌더만. 나도 이거 은행대출 받아서 하는 거야. 이자 못 내면 끝장이라고. 내가 신용불량 되면 학생이 책임질 거야?"

"알겠습니다."

어느새 한 달이 되었구나. 나는 고시원 밖으로 나왔다. 편의점만 안 그만뒀어도 이렇지는 않았을 텐데. 뭘 믿고 그렇게 호기를 부린 것이냐. 나는 주머니 속의 십만원을 꺼내보았다. 여기에 십구만원이 더 있어야 이 장난감 같은 고시원에라도 비비고 있을 수 있었다. 최여사는 일주일에 용돈을 십만원씩 줬다. 책을 산다거나 뭐 더 필요하다고 하면 언제라도 그만큼을 더 줬다. 군대에서 휴가를 나오면 친구들과 술을 마시라고 또 몇십만원을 내주었다. 지금 생각해보면 최여사는 친척 하나 없이 자란 사생아 손자가 울적해하지 않도록 형편에 맞지 않게 나름 과용을 했던 것이다. 그게 다 곰보빵 할아버지 같은 사람들이나 은행에서 얻은 빚이었다니.

설마 내쫓기야 하겠어. 나는 이춘성과 만나기로 한 카페로 갔다. 그는 먼저 와서 기다리고 있다가 내가 들어서자 일어서서 악수를 청했다. 내가 어렴풋이 기억하고 있던 인상과는 좀 달랐다. 생각했던 것보다 훨씬 날카롭게 날이 서 있는 얼굴이었다.

"제가 좀 늦었나요?"

"아닙니다. 저는 원래 일찍 와서 기다리는 것을 좋아합니다."

종업원이 다가왔다. 그는 커피를 시키고 나는 다르질링 티를 시켰다.

"다르질링 티라. 역시 취향이 독특하십니다."

이춘성이 씩 미소를 지었다. 나는 쑥스러워 머리를 긁었다.

"그냥, 한번 먹어봤는데 좋더라구요."

그는 나를 뚫어져라 쳐다보았다. 사람을 불편하게 만드는 시선이었다. 이제 와 생각해보면 그 시선은 종마를 살피는 중개인의 그것이었다. 이빨과 털의 윤기를 살피는 눈빛. 그래서 그렇게 편치 않았던 모양이다.

우리는 이런저런 시답잖은 이야기를 주고받았다. 프로야구와 날씨, 정치가, 요즘 여자들의 옷차림까지. 그야말로 한가한 남자들이 주고받을 수 있는 화제였다. 그러다보니 어느새 앞에 놓인 커피와 차가 바닥을 드러냈다. 종업원이 두 번쯤 우리의 물잔에 물을 부어주었다. 그때쯤 되자 그는 천천히 본론으로 들어갔다.

"이민수씨를 퀴즈쇼에서 처음 본 순간 딱 감이 왔습니다."

그는 물을 들이켰다.

"아니, 무슨 감이……"

그는 나를 똑바로 응시하며 물었다.

"이민수씨는 퀴즈를 뭐라고 생각하십니까?"

"이것도 퀴즈인가요?"

"그냥 평소 지론을 말씀해주시면 됩니다."

"글쎄요, 워낙 갑작스러운 질문이라……"

그는 내 대답을 기다리지 않았다. 아니, 애당초 별 기대를 하지 않은 눈치였다.

"제가 볼 때 말입니다, 퀴즈는 작은 죽음입니다."

"작은 죽음이요?"

이춘성은 내 반문에는 개의치 않고 다시 질문을 던졌다.

"방송국 퀴즈쇼에서 탈락하셨을 때, 기분이 어떠셨습니까?"

망설임과 부끄러움이 없는 질문이었고 앞에 앉은 상대를 마음대로 요리할 수 있다는 자신감이 깃든 태도였다.

"별로 좋진 않았습니다."

"잘 생각해보세요. 온몸에 힘이 빠지고 눈앞이 캄캄해지지 않으셨습니까? 환한 빛으로 가득한 무대에서 내려와 어두운 객석에 와 앉을 때 무대에 남아 있는 저들만이 살아 있고 이민수씨 자신은 죽어버린 듯한, 그런 기분을 느끼지 않으셨습니까? 자기 몸에서 빠져나와 자기 자신을 보는 듯한, 쓸쓸한 유체이탈의 경험 같은 것 말입니다."

정말이었다. 소외감이라고 표현하기에는 너무나도 강렬한 느낌이었다. 살아 있는 자들의 세계를 떠나 아주 깊고 어두운 곳으로 혼자 떨어져가는 느낌이랄까.

"아니, 그걸 어떻게 아셨어요? 정말 그랬던 것 같아요. 하지만 그건 다른 게임도 비슷하지 않을까요? 예를 들면 축구 같은 거요. 결승 토너먼트에서 탈락한 축구선수들도 그런 비슷한 감정을 느끼지 않을까요?"

"비슷할 수도 있겠지요. 그러나 다른 점이 있습니다. 그들은 패배한 것입니다. 다시 말해 진 거죠. 세계육상선수권대회에 나온 백미터 달리기 선수를 생각해보세요. 정신이 하나도 없겠지요. 수만 명의 관중이 플래시를 터뜨리려대고 옆에는 조각 같은 근육을 가진 경쟁자들이 몸을 풀고 있겠지요. 막상 탕 하고 신호가 울리면 그때부터 길어야 십 초입니다. 그 십 초 동안 무슨 정신이 있겠습니까? 그야말로 몰아지경이죠. 다다다다 뛰어가다보면 자기를 제치고 앞으로 튀어나가는 승자의 모습이 보이겠지요. 하나, 둘, 셋. 모든 메달을 놓치고 결승선을 통과한 후에 그는 생각하겠지요. 졌다, 졌구나. 나는 스타트도 늦었고 근력도 저들만 못했다. 다음엔 더 열심히 하리라. 고개를 들어 전광판을 보면 기록이 나옵니다. 구 초 얼마. 그는 돌아가서 열심히 연습을 할 겁니다. 다음 경기를 위해서. 그러나 퀴즈의 세계는 이와 다릅니다. 퀴즈는 질문을 받는 것입니다. 퀴즈쇼에서 탈락한다는 것은 그 질문에 답하지 못했다는 것을 의미하지요. 답을 제대로 했다면 탈락할 리가 없지요. 그러니까 그것은 패배가 아닙니다."

지난번에 전화로 이야기를 나눌 때와는 어투가 완전히 달랐다. 그 때는 조금 어수룩하다는 인상이었는데 직접 마주앉아 얘기를 들어 보니 말의 흐름이 정연했고 막힘이 없었다.

"그럼 뭐예요?"

"일종의 죽음이죠. 잠시 죽는 겁니다. 퀴즈는 본질적으로 결투의 형식입니다. 스포츠보다 훨씬 위험한 거예요. 누군가가 문제를 내면 그 문제를 맞혀야 합니다. 못 맞히는 순간, 그는 죽는 겁니다. 정신적 으로 무기력해져 승자의 처분에 자신을 내맡깁니다. 내려가라면 내 려가고 꺼지라면 꺼져야 합니다. 이민수씨도 그렇게 하지 않았습니 까?"

"그렇지만 그건 그냥 게임이죠. 아니, 말이야 바른 말이지, 사람 이 모든 분야를 다 알 수는 없잖습니까? 예를 들어 내가 스포츠에 약 한데 하필 스포츠 문제가 출제되는 바람에 막판에 떨어질 수도 있지 않습니까? 그러니까 그건 그냥 운인 거죠."

이춘성은 흐흐흐, 얼굴을 일그러뜨리며 웃었다.

"사람들이 왜 퀴즈쇼를 좋아한다고 생각하십니까?"

"음…… 지적 호기심 같은 거 아닐까요?"

그는 피고인의 청구를 기각하는 재판관처럼 엄숙한 얼굴로 천천 히 고개를 저었다.

"인간은 잔인한 존재입니다. 그들은 남이 죽는 것을 보고 좋아하 는 겁니다. 퀴즈쇼는 로마시대의 검투 같은 겁니다. 평범한 사람들 이 나와서 마음속으로 피를 흘리고, 사람들은 그걸 보며 안도하는 겁니다. 자기 대신 죽어가는 사람들을 보면서 말이죠."

나는 토를 달았다.

"진짜 죽는 것은 아니잖아요."

그러면서도 나는 퀴즈쇼의 마지막 순간을 떠올렸다. 내가 탈락하는 것을 보고 사람들은 정말 그렇게 안도했던 것일까? 이춘성이 말을 이었다.

"그렇죠. 진짜 죽는 것은 아니죠. 그들은 다시 부활합니다. 부활한 참가자들은 멋쩍게 웃으면서 '그래도 좋은 경험이었다'는 식으로 말을 하지요. 그러나 우리는 그들이 마지막 순간에 어떤 표정을 지었는지 알고 있습니다. 결코 잊지 않습니다. 그들이 문제를 맞히지 못했을 때의 그 끔찍한 표정 말입니다. 부끄러움과 절박함이 뒤섞인, 어떻게든 이 문제를 맞히고야 말겠다는 의지로 평소에는 전혀 사용하지 않던 얼굴 근육까지 다 써가면서 째깍거리는 초침 소리와 싸울 때의 표정을 말입니다. 그 순간, 그들의 머릿속엔 마치 임사체험을 한 등반가와 비슷한 현상이 일어납니다. 사랑하는 사람들의 얼굴, 가족의 모습, 즐거웠던 기억과 고통스러운 순간이 파노라마처럼 지나가면서 순간 모든 것을 초탈하게 됩니다. 마음이 편안해지면서 꽉 붙들고 있던 정신의 손을 놓아버립니다. 저 아래로 떨어지는 거지요. 그래도 잘했어. 여기까지 온 게 어디야. 최선을 다했으니 만족해. 이런 생각들이 지나가면서 뇌를 이완시킵니다. 최고조로 치닫던 긴장을 한순간에 누그러뜨리는 인체의 신비랄까요. 혹시 추락을 경험한 등반가에 대한 책을 읽어본 적이 있으십니까?"

"라인홀트 메스너 같은 사람 말씀하시는 거예요?"

"맞습니다. 읽어보셨군요."

"아니요. 그냥 이름만……"

나는 머리를 긁적였다. 그러나 그는 역시 자기 할말만 계속했다.

"극도의 긴장 뒤에 찾아오는 편안한 순간. 그것은 죽음을 맞이하는 인간을 위해 신이 예비해놓은 마지막 축복입니다. 엔도르핀과 도파민이 분수처럼 뇌를 적시며 고통을 줄여주는 겁니다. 그래서 추락이 가장 편안한 죽음이라고들 하지 않습니까?"

"신을 믿으세요?"

"말이 그렇다는 얘깁니다. 일종의 수사지요. 그러니까 퀴즈가 그만큼 신성한 거라는 말입니다."

우리는 잠시 말이 없었다. 그도 한참을 떠들다보니 목이 말랐는지 얼음 녹은 물을 벌컥벌컥 마셨다. 나는 궁금했다. 이 사람은 왜 이런 얘기를 나에게 떠들고 있단 말인가? 퀴즈의 전도사인가?

"아까 이민수씨가 퀴즈는 운이라고 말씀하셨죠?"

깍듯한 태도는 여전했다. 그는 그렇게 함으로써 앞에 앉은 사람으로 하여금 한시도 긴장을 늦출 수 없게 만드는 재주가 있었다.

"네."

"그렇죠. 얼마간은 운입니다. 백미터달리기에 나가는 선수는 자기가 달려야 할 거리가 백 미터라는 것을 압니다. 거리가 갑자기 달라지거나 장애물이 튀어나오지는 않습니다. 육상은 〈인디아나 존스〉가 아니니까요. 하하하."

이춘성은 자신의 썰렁한 유머에 스스로 도취해 큰 소리로 웃었다. 그러다 갑자기 정색했다.

"운이야말로 문제적입니다. 운이 끼어들어야 비로소 그 모든 것에서 죽음의 냄새가 풍기게 됩니다."

"그게 무슨 말씀이세요?"

"사람들은 공정하고 정확한 것을 좋아하는 척하지요? 그러나 아닙니다. 축구를 보세요. 승부차기 같은 것은 완전히 운 아닙니까? 골키퍼는 앞에 서 있는 키커가 아니라 운과 한판 승부를 벌이는 겁니다. 심판 운, 대진 운, 모든 게 운이죠. 사람들이 왜 사격이나 투포환보다 축구를 좋아하겠습니까? 져도 승복하지 않을 수가 있기 때문입니다. 아, 이번에는 운이 나빴어. 이렇게 푸념을 하겠지요. 이기면? 운명의 신이 자기편이라고 생각하게 됩니다. 실력이 좋아서 이겼다는 얘기보다 하늘이 자기편이었다는 게 훨씬 근사하지 않습니까?"

"저는 실력이 좋아서 이겼다는 소리가 더 듣기 좋던데요."

그가 빙긋이 웃었다.

"정말 그럴까요? 그런데 왜 사람들은 운에 좌우되는 스포츠, 예를 들면 축구나 야구를 역도보다 좋아할까요? 야구야말로 운에 좌우되는 스포츠 아니겠습니까? 바람의 방향과 세기, 불규칙 바운드, 펜스의 거리, 심판의 성향 같은……"

그는 오른손으로 펜스를 향해 날아가는 홈런볼의 궤적을 그려 보였다.

"그렇죠. 운의 영향을 많이 받는 스포츠죠, 야구는."

나는 고개를 끄덕였다.

이춘성의 얼굴은 술이라도 마신 것처럼 벌겋게 상기돼 있었다.

"인간은 운명과 맞서고 싶어합니다. 그러나 그것은 너무 위험한 일입니다. 그래서 자기 아닌 다른 사람이 운명과 대결하는 것을 보고 싶어합니다. 운명이 잔인하게 누군가에게 등을 돌리는 것을 보고 싶어합니다. 그리고 자신이 응원하는 사람에게 운명의 신이 미소 지어주기를 기다립니다. 스포츠사는 뛰어난 실력을 갖고도 정말 중요한 경기에서 분루를 삼킨 수많은 영웅의 이름을 기록하고 있습니다."

나는 고개를 끄덕였다. 맞는 얘기 같았다.

"아, 그렇군요. 저는 생각도 못해본 얘기네요. 그런데 죽음의 냄새라니요? 그건 무슨 뜻이죠? 왜 운이 끼어드는데 죽음의 냄새가 풍긴다는 거죠?"

"실력이 모자라면 더 열심히 해서 보충을 하면 되지요. 그러나 운명의 신에게서 버림받은 자에게는 희망이 없습니다. 불운한 자에게선 벗도 달아나지요. 아까 퀴즈 얘기를 했었죠? 퀴즈쇼의 마지막 문제나 승부차기의 마지막 슛 같은 게 실력과 과연 관계가 있을까요? 아닙니다. 그것은 운이 지배하는 세계입니다. 그 순간 우리는 죽음의 세계를 살짝 맛보는 겁니다. 아주 잠깐 동안 그 문이 열리는 겁니다. 그것은 오직 이런 세계에서만 가능합니다. 아무리 강심장이라도 그 마지막 순간에는 초월적 존재에게 기도하게 됩니다. 본능적으로 그것이 운에 달린 것임을 알고 있기 때문입니다. 그런데도 신이 그 바람을 저버리면 그 순간 잠시 죽음의 맛을 보는 겁니다."

"무섭군요."

"무섭습니까? 그것을 달콤하게 생각하는 사람들도 많습니다."

"왜요?"

"진짜 죽는 것은 아니니까요. 일종의 유희 같은 거죠."

"그런데 아까 '이런 세계'라고 하셨잖아요? 그건 무슨 뜻인가요?"

"철저한 실력의 세계처럼 보이지만 실제로는 운이 지배하는 세계를 말하는 겁니다."

"그런데 왜 이런 얘기를 저한테 하시는 거죠?"

"제가 보기에 민수씨야말로 이 세계에 잘 어울리는 분입니다."

"저는 퀴즈쇼도 결선 초반에 탈락하고 말았는데요."

"그래도 결선까지 진출하지 않았습니까? 그리고 그 일은 빨리 잊어버리십시오. 그것은 어리석은 바보들을 위한 그야말로 한 편의 쇼라는 걸 민수씨도 잘 알고 있잖습니까?"

"그런가요?"

"어떻습니까? 저를 믿고 이 세계로 한번 진출해보시겠습니까?"

"글쎄요, 아무리 생각해도 그 세계가 뭔지 잘 모르겠습니다."

그는 하는 수 없다는 듯 입맛을 쩝쩝 다셨다.

"지하철역에서 파는 『퍼즐퀴즈』나 방송국에서 하는 퀴즈쇼 같은 허접하고 상스러운 세계 너머에 진정한 퀴즈의 세계가 있습니다."

"진정한 퀴즈의 세계요? 혹시 채팅사이트의 퀴즈방 같은 걸 말씀하시는 건가요?"

그의 얼굴에 불쾌감이 그대로 드러났다. 그러나 그는 최대한 감정을 억눌렀다.

"물론 그런 데에도 나름의 즐거움이 있으리라 생각합니다. 그러나 지금 민수씨를 초대하는 세계는 그런 애들 놀이터가 아닙니다. 이곳은 진지하게 운명에 자신을 내던지는 자들의 세계입니다."

"혹시 무슨 종교단체인가요?"

"말귀를 금방 알아들으실 줄 알았는데…… 이렇게만 말해두지요. 퀴즈를 정말 사랑하는 사람들의 세계라고 말입니다."

"알겠습니다. 하지만 저는 취업도 해야 하고 그런데, 그런 취미생활을 할 여력이 있을지……"

이춘성은 기다렸다는 듯 안주머니에서 봉투를 꺼내 탁자 위에 올려놓았다.

"계약금입니다."

"계약금이라니요?"

"한 장 넣었습니다. 일단 이걸로 시작하시면 될 겁니다."

그래서는 안 되는 줄 알면서도 나는 봉투를 들어 안을 슬쩍 들여다보았다.

"좀 봐도 될까요?"

"벌써 보고 계시잖습니까?"

그가 빙긋이 웃으며 말했다. 봉투 안에는 수표가 들어 있었다. 언뜻 세어보니 0이 일곱 개는 되는 것 같았다. 일곱 개면 천만원 아니야. 도대체 이게 무슨 일인가. 나는 덜컥 겁이 나 봉투를 다시 그에게 돌려주었다.

"아무래도 뭔가 잘못된 것 같아요."

이춘성은 단호하게 고개를 저었다.

"잘못된 것 없습니다. 우리는 이민수씨에게 투자를 하는 겁니다."

"제가 이 돈을 받고 해야 하는 일이 구체적으로 뭔가요?"

"간단합니다. 퀴즈를 푸는 겁니다."

그가 다시 빙긋이 웃었다.

"그럼 이건 일종의 상금인가요?"

"말씀드렸다시피 이건 계약금입니다. 만약 상금을 받게 되는 경우 저희와 나누시면 됩니다."

나는 천만원이 들어 있는 봉투를 물끄러미 내려다보았다. 저 돈이면 옆방녀의 돈을 갚고도 구백팔십만원이 남고 고시원 방값을 내고도 구백오십일만원이 남는다. 그러나……

"죄송합니다."

나는 봉투를 이춘성 쪽으로 되밀었다.

"아무래도 안 되겠어요."

"왜요? 뭐가 문제입니까?"

"좀 생각해볼게요. 이런 일보다는 취업이 우선인 것 같아요."

"집회는 주말에만 열립니다. 취업을 하셔도 아무 관계 없습니다."

"집회요?"

"아, 저희는 그냥 그렇게 부르고 있습니다. 하여간 취업을 하신다해도 얼마든지 병행할 수 있습니다."

"그래도 좀……"

나는 계속 앉아 있다가는 유혹에 넘어갈 것만 같아 자리에서 벌떡 일어났다. 그리고 고개를 숙여 인사했다.

"말씀 잘 들었습니다."

이춘성은 봉투를 다시 안주머니에 집어넣으며 말했다.

"뭐, 정 그러시다면야. 한번 더 생각해보시고 언제라도 연락 주세요."

나는 그와 악수를 했다. 축축하지만 악력이 강한 손이었다. 나는 이춘성과 헤어져 밖으로 나왔다. 그리고 멍한 정신을 수습하기 위해 목적지도 없이 걸었다. 줄무늬 운동복을 입은 사내들이 킬킬대며 지나갔다. 시동을 켠 경찰차 한 대가 골목길에 정차해 있었다. 내 또래로밖에는 보이지 않는 경찰들이 경찰차 밖에서 무전기를 만지작거리며 나를 힐끔거렸다. 정신을 차리고 주변을 둘러보니 파출소 앞이었다. 가끔 그곳을 지나다 취객들이 행패를 부리는 장면을 목격하곤 했다. 그러나 이제는 파출소 대신 '치안센터'라는 생소한 명칭이 붙어 있었다. 어떤 파출소는 지구대로 바뀌고 또 어떤 곳은 치안센터로 바뀐 듯한데 둘 사이에 무슨 차이점이 있는지는 알 수 없었다.

치안센터 앞 게시판에는 경찰공무원을 뽑는다는 공고가 붙어 있었다. 경찰이나 돼볼까? 어째서 나는 공무원이 되는 것에 대해 한 번도 진지하게 생각해보지 않았을까? 나 같은 사람에게는 좋은 기회였을지도 모르는데. 적어도 사기업처럼 대놓고 차별하지는 않잖아? 일은 단조롭고 지루하겠지. 별 보람이 없을지도 모르고. 그러나 여섯 시면 집으로 돌아와 발을 씻고 누워서 추리소설을 읽을 수 있는 삶이 아닌가. 나는 처음으로 공무원으로서의 삶에 대해 고민해보았다. 이춘성의 위험한 제안을 받은 직후여서였을까? 나는 안정된 삶, 어떤 것에도 흔들리지 않는 생활이 부러웠다.

경찰차 안에서 길게 하품을 하던 경찰관과 눈이 마주쳤다. 나는 어색하게 웃으며 시선을 돌렸다. 그리고 치안센터 앞 벤치에 앉아 생각을 가다듬었다. 도대체 나에게 무슨 일이 벌어지려는 걸까? 도대체 이춘성은 누구이며 왜 내게 그런 제안을 했을까? 천만원이라니. 그들이 벌이는 일은 도대체 무엇일까? 나는 세차게 고개를 저었다. 그게 무엇이든 나와 무슨 상관이랴. 뭔가 부정하고 그릇된 일임에 틀림없었다. 그렇지 않고서야 단지 퀴즈쇼 방송에 한 번 나갔을 뿐인 나에게 그런 과분한 대우를 해줄 리가 없었다.

나는 휴대폰을 꺼내 지원에게 문자를 쳤다.

'뭐해? ㅋ'

이번에는 내가 지원에게 문자를 친 이래 가장 빠른 답문자가 왔다.

'모처럼의 달콤한 휴식. ^^'

'음…… 혹시 우리가 오늘 만나면 안 될 이유가 있을까? ㅋ'

'당근 없지. ㅋ 근데 어디야?'

'서교파출소 앞.'

'엥? 무슨 일?'

'그냥 이 앞에 벤치가 좋아서 앉아 있어. 잠깐 볼까? 이쪽으로 나올래?'

'OK.'

그녀를 만나면 물어보고 싶었다. 그녀라면 이 문제에 대해 명쾌한 결론을 내려줄 것 같았다. 앉아서 지원을 기다리는 동안 나는 이춘성의 제안을 생각했다. 그 생각이 여간해서 떠나질 않았다. 이래서 돈이 무서운 것이로구나. 그것은 마치 머리칼에 들러붙은 껌과 같았다. 눈을 감으면 조금 전에 본 수표의 잔상이 선명하게 떠올랐다.

6장

흰개미굴

24

만날 때마다 느끼는 것이지만 지원에게는 참으로 여러 얼굴이 있었다. 매번 낯설고 서먹하게 느껴지는 구석이 있었던 것이다. 예전에 사귀던 빛나는 여러 사람이 한 가면을 쓰고 나오는 것 같았다. 성격은 조변석개하는데 얼굴은 늘 똑같았다. 그러나 지원의 경우는 한 사람이 여러 개의 비슷한 가면을 바꿔 쓰는 것 같았다. 성격은 여일한데 외모에서 풍기는 인상이 늘 조금씩 달랐다.

"잘 지냈어?"

그녀가 물었다.

"응. 그냥저냥. 근데 머리가 바뀐 거야?"

"아니, 왜? 이상해?"

그녀가 오른손으로 자기 머리를 살짝 매만졌다.

"아니, 난 또 헤어스타일을 바꿨나 해서."

우리는 요거트아이스크림 가게에 들어가 아몬드와 딸기 토핑을 얹은 저지방 아이스크림을 먹었다. 아이스크림은 들척지근하고 맛이 없었다. 그녀는 방송국에서 벌어지는 이런저런 일에 대해 이야기했고, 나는 주로 듣는 편이었다. 퀴즈쇼는 방송국에서 만드는 수많은 프로그램 중에 하나일 뿐인데, 그것을 둘러싸고도 정말 많은 일이 벌어지고 있었다. 출연을 원하는 지원자, 그들과 벌이는 이런저런 실랑이, 시청률을 둘러싼 갈등과 프로그램 개편 등. 어느새 그런 화제도 바닥을 드러낼 무렵 지원이 말했다.

"공허해."

혹시 내가 뭘 잘못했나?

"왜? 무슨 일 있었어?"

그녀는 통유리창 밖을 가리켰다.

"모든 존재가 저렇게 멀쩡히 살아간다는 게 문득 기적이라고 생각될 때 없어?"

나는 그제야 그녀의 얼굴을 자세히 살펴보았다. 얼마 전 코엑스에서 만났을 때와는 달리 얼굴에 그늘이 있었다.

"무슨 일이 있었구나."

"별일 아니야. 별일은 아닌데, 자꾸 생각이 나."

나는 잠자코 아이스크림을 떠먹으며 그녀의 다음 말을 기다렸다.

"어제 방송국에서 퀵서비스를 불렀어. 급히 뭘 보낼 일이 있었거든. 로비에 내려갔더니 아저씨가 막 짜증을 내는 거야. 왜 이렇게 늦게 내려오냐면서. 사실 그렇게 늦은 것도 아니었어. 내려가려는데 갑자기 PD가 불러서 간단하게 뭘 좀 처리해줘야 했거든. 근데 이 퀵서비스 아저씨가 인상도 너무 안 좋은 거야. 키는 또 엄청 커서 한참을 올려다봐야 될 정도라 위압감도 느껴지고. 게다가 퀵서비스 기사는 대체로 검은 옷을 입잖아. 무섭더라고. 어쨌든 테이프를 넘겨주고 받는 사람 주소하고 전화번호도 포스트잇에 적어줬는데 갑자기 이 아저씨가 내 얼굴을 똑바로 쳐다보더니 깜짝 놀라는 거야. 그러면서 날더러 그러는 거야. 혹시 자기 모르겠냐고. 자기는 나를 알겠다는 거야. 근데 나는 아무리 생각해봐도 모르겠더라구. 그래서 내가, 저는 잘 모르겠는데요, 했더니 그 무서운 남자가 빙긋이 웃어. 아마 기억 못할 거예요. 그러면서. 솔직히 나는 그때, 이게 또 무슨 수작이냐, 싶었어. 가끔 남자들 그럴 때 있잖아. 헤어진 옛 여자친구를 닮았다느니, 어디서 본 적이 있다느니."

그녀는 스푼을 테이블에 내려놓았다.

"그런 녀석들 있지."

"그래서 나도 대충 넘겼어. 아, 생각나면 알려주세요, 그러고선 작가실로 올라갔거든. 어제는 하루종일 정신이 없었어. 섭외도 뭐가 잘 안 되고 출연자들하고 통화도 잘 안 되고 하여간 모든 게 어그러지는 날이었어. 그래서 한참을 정신없이 왔다갔다하고 있는데 물건 받기로 한 사람한테서 연락이 왔어. 물건이 왜 안 오냐고. 그래서 보냈다고, 퀵으로 보냈으니 곧 받으실 거라고 얘기했어. 그런데 한 시간 후에 전화가 또 오는 거야. 아직 못 받았다고 말야. 그쯤 되니까 나도 이상한 생각이 들었어. 그래서 퀵서비스 회사에 연락할까 하는 참에 따리릭 전화가 오는 거야."

"어디서?"

"퀵서비스 회사였어."

"뭐래?"

"혹시 물건 보내신 분 아니냐고, 받기로 한 분이 물건 받으셨냐고. 그래서 내가, 그걸 저한테 물으시면 어떡해요, 물건 못 받았다던데요, 하니까 죄송하대. 경찰한테 연락이 왔는데……"

우리 인생에는 가끔 이런 〈엑스파일〉 같은 일이 벌어진다. 이유도, 결과도 모르는 사건들이 일어나고 잊혀진다.

"사고라도 난 거야?"

그녀는 손톱을 물어뜯었다.

"그게……"

"그럼? 죽은 거야?"

"빈 오토바이만 마포대교에서 발견됐다는 거야. 사고 흔적도 없이 그냥 길가에 덩그러니 오토바이만 세워져 있더라는 거지."

"황당하네. 그럼 퀵서비스 기사는?"

"모르지."

"강으로 투신이라도 한 걸까?"

"그랬을 수도 있지. 하지만 백주대낮에 설마. 만약 그랬다면 누군가가 보고 신고했을 거야."

"이상한 일이네. 갑자기 일이 싫어졌나? 마포대교를 지나다가 문득 내가 이걸 왜 하고 있나 싶어서 그냥 오토바이를 세워두고 지나가던 택시 한 대 잡아서 어디론가 가버린 걸까?"

그녀가 이의를 제기했다.

"그 사람들 오토바이는 보통 자기 거라고 하던데? 그리고 사람이 과연 그럴 수 있을까?"

"사람은 뭐든지 할 수 있어. 상상할 수 있다는 건 곧 할 수 있다는 거야."

"너도 그런 적 있었니? 갑자기 모든 걸 정리하고 사라지고 싶은 때?"

"글쎄, 아직은 없었던 것 같은데."

"그런데 어떻게 그렇게 말할 수 있어? 잘 아는 것처럼."

"꼭 경험해봐야 아나? 소설 같은 데 많이 나오잖아. 갑자기 인생에 환멸을 느끼고 어디론가 떠나버리는 사람들 이야기."

그녀는 나를 물끄러미 바라보며 조용한 목소리로 물었다.

"궁금한 게 있어. 너는 왜 모든 걸 다 아는 것처럼 말해? 사실은 다 책에서 본 거면서…… 아니야?"

그녀의 목소리는 나직했지만 얇디얇은 살얼음 같은 분노가 실려 있었다.

"지금 화내는 거야?"

"아니, 정말 궁금해서 그래."

"간접경험도 경험이야."

"글쎄, 내가 잘못 봤을지도 모르지만, 너는 달팽이처럼 지식이라는 딱딱한 껍데기 속에 웅크리고 있는 것만 같아."

얘기가 어쩌다 여기까지 흘러온 거지? 나는 황급히 화제를 돌렸다.

"그래서? 물건은 찾은 거야?"

그녀가 나를 빤히 쳐다보다가 조금 맥빠진 목소리로 말했다.

"너는 또 피해가는구나. 그래, 물건은 오토바이에 그대로 있었대."

'또 피해가는구나.' 나는 분명히 그 말을 들었지만 못 들은 척했다. 그리고 너스레를 떨었다.

"참 이상하네. 인간은 맡은 일은 일단 해놓고 보려는 경향이 있잖아? 심지어 자살을 하려던 사람도 초인종이 울리면 나가서 우편물을 받는다던데. 아, 그래! 20세기 초에 말이야. 독일에 한 사업가가 있었는데, 아, 이 사람은 아마추어 수학자이기도 했는데, 하여튼 돈이 되게 많았대. 큰 회사를 운영했다나봐. 그런데 어느 날 자살을 하려고 자기 서재로 갔어. 자정이 되면 실행해야지 결심을 하고 자정이 되기를 기다렸대. 초조하기도 하고 그래서 서재에 있는 책 한 권을 무심코 뽑아서 읽기 시작했는데 그 책에 '페르마의 마지막 정리'에 대한 얘기가 들어 있었던가봐. 별로 어려울 것 같지 않은 간단한 정리가 몇백 년 동안이나 풀리지 않았다는 게 신기해 책상에 앉아 그걸 풀어보기 시작했는데 나중에 정신을 차려보니 어느새 새벽이었던 거야. 죽기로 결심한 자정은 벌써 지나가버린 거지. 아, 이 정리가 내 생명을 구했구나 싶어 이 사업가는 거액의 상금을 내걸어. '페르마의 마지막 정리'를 푸는 사람에게 주겠노라고 선언하고 말이야."

그녀는 그런 얘기에도 흥미가 없는 것 같았다. 손가락으로 테이블 위에 무의미한 도형을 그리고 있었다.

"민수, 너는 내 감정에는 아무 관심이 없구나."

"뭐? 그게 무슨 소리야."

나는 속으로 뜨끔했지만 짐짓 모른 척했다. 그러자 그녀는 고개를 저었다.

"아니야. 그냥 해본 소리야. 그런데 그 퀵서비스 기사 말이야. 정말 날 알고 있었던 걸까?"

"아닐 거야."

"그런데 왜 그런 얘기를 한 거지?"

"글쎄, 알 게 뭐야. 잊어버려. 곧 어디선가 나타나겠지 뭐."

"나타나도 나는 모르잖아."

"몰라도 상관없지. 그걸 뭐하러 알려고 그래?"

"그렇겠지? 꼭 알 필요는 없겠지?"

"자, 자, 다 잊어버리고, 우리 그만 나갈까?"

나는 빈 아이스크림 컵을 집어들었다. 잔뜩 흐린 날의 구름 같은 빛깔의, 다 녹아버린 아이스크림이 컵 바닥에 흥건했다. 나는 그것을 쓰레기통에 던지고 가게를 나왔다. 어쩐지 아주 소중한 것을 등 뒤에 남겨두고 떠나는 기분이었다.

우리는 거리로 나와 한동안 말없이 걸었다.

"자꾸만 그 사람이 죽었을 거라는 생각이 들어."

그녀가 어두운 얼굴로 말했다.

"왜?"

"몰라. 자꾸만 그런 방정맞은 생각이 들어. 생각하지 않으려고 하면 할수록 더 그런 생각이 나."

그녀가 내 손을 꼭 잡아왔다. 나는 힘주어 그 손을 잡았다.

"첫째, 그 사람의 오토바이가 발견됐을 뿐이야. 죽었다고 단정할 근거는 어디에도 없어."

"그렇겠지?"

그녀의 표정이 아주 조금 밝아졌다.

"둘째, 그 사람이 죽었든 안 죽었든 그건 지원이 너하고 아무 관계 없는 일이야. 그건 그 사람 문제라구."

그녀가 고개를 떨궜다.

"내가 사람을 세워놓고 늦게 내려갔거든. 그게 그 사람 내부의 뭔가를 건드린 게 아닐까?"

"바보 같은 생각이야."

그녀는 아무 대꾸도 하지 않았다. 나는 그녀의 기분을 풀어주기 위해 화제를 돌렸다. 이춘성과 만난 이야기를 꺼낸 것이다.

"사실은 나 재밌는 일이 하나 있었어."

"뭔데?"

그녀가 희미하게 흥미를 보였다.

"나 퀴즈쇼 녹화하던 날 기억나?"

"물론이지."

"그날 녹화 끝나고 스튜디오에서 나오는데 어떤 사람이 나한테 명함을 한 장 주더라구. 그뒤로 잊어버리고 있었는데 며칠 전에 연락이 왔어. 한번 보자는 거야. 그래서 아까 만났거든. 그런데 봉투를 내밀더라고."

"봉투?"

"응, 열어보니 천만원짜리 수표가 들어 있는 거야."

막상 입을 열고 떠들다보니 기분이 나쁘지 않았다. 지원은 생각보다는 크게 놀라지 않았다.

"뭐, 천만원? 그래? 무슨 일인데? 설마 살인청부 같은 건 아니겠지?"

그녀가 쿡쿡 웃으며 호기심에 찬 눈길로 나를 바라보았다. 나는 머리를 긁적이며 말했다.

"글쎄 그게 좀 이상한 게……"

"……?"

"퀴즈를 풀라는 거야."

"퀴즈?"

"응."

"그래서…… 할 거야?"

그녀는 발걸음을 멈추고 자못 흥미롭다는 표정으로 나를 응시했다.

"아니."

"왜?"

"내가 정말 하고 싶은 건 그런 게 아니거든."

"네가 정말 하고 싶은 게 뭔데?"

그녀의 질문은 언제나 중의적인 데가 있었다. '이것'을 묻는 것 같지만 실제로는 '저것'을 묻고, '저것'을 묻는 것 같은데 실제로는 '이것'을 물었다. 나는 그녀가 정말 묻고 싶은 게 뭘까를 먼저 생각했다. 그러나 이번에는 그녀가 정말로 묻고 싶은 것이 뭔지 감을 잡을 수가 없었다. 그녀는 흥미로운 표정으로 내 눈을 바라보고 있었다. 나는 눈을 굴리며 생각해보았다. 내가 하고 싶은 것이라…… 많은 것이 떠오르긴 했다. 세계를 일주한다거나 분쟁지역에서 자원봉사를 한다거나 근사한 회사에 취직한다거나 하는…… 그러나 그중에서 어느 것도 입 밖으로 나오지 않았다.

"글쎄, 막상 말하려고 하니까……"

나는 우물쭈물 얼버무렸다.

"말해본 적은 있어?"

"뭐? 내가 정말 하고 싶은 것?"

"응, 입 밖에 내서 말해본 적 있냐구. 한 번이라도."

"음…… 있는 것 같은데."

거짓말이었다. 나는 그런 질문을 받을 때면 도저히 이룰 수 없을 것 같은 황당한 소망을 늘어놓으며 그 순간을 모면해왔다. 그러면 사람들은 대충 다른 화제로 넘어갔다. 그렇다. 사람들은 남에게 별 관심이 없다. 그냥 할말이 없으니 그런 뻔한 질문을 던질 뿐이다. 오랜만에 만난 사람들이 취직했냐, 결혼 안 하느냐 묻는 것도, 사실은 아무 관심도 없기 때문이다.

어렸을 때 나는 누가 나에 대해서 물으면 정말 궁금해서 묻는 줄 알고 온 힘을 다해서 대답했다. 그러나 이제 와서 생각해보니 사람들은 그저 떠오르는 대로 지껄이는 거였다. 적당한 대꾸만 해주면 그들은 즉시 다른 질문으로 넘어간다. 뻔한 질문만 입력된 사이보그와 대화하는 기분이었다. 그런 사이보그들은 젊고 만만한 사람을 만나면 단 몇 개의 질문으로 버틴다. 넌 취직은 안 하냐, 국수는 언제 먹냐 등등. 그럴 때는 그냥 딴생각을 하면 되는데, 나는 언제나 "취직이 꼭 필요하다고는 생각하지 않습니다. 아직은 저 자신에 대해 좀더 알아보려고 합니다. 그게 우선인 것 같아서요. 그럼 취업도 자연히 되지 않을까 생각합니다" 같은 말을 주저리주저리 늘어놓았다. 왜 그랬을까? 그런 사이보그들이 원하는 것은 대화가 아니라 그냥 그 시간을 흘려보내는 것이었는데.

그러나 지원은 달랐다. 그녀는 정말 내가 뭘 원하는지 궁금해하는 것 같았다. 나는 오랜만에 진지하게 대답했다.

"잘 모르겠어."

무책임하게 들렸겠지만 그것이야말로 나의 진심이었다. 그러나 지원은 고개를 저었다.

"모를 리가 없어. 말하기가 두려운 거지."

"정말 모르겠는 걸 어떡해?"

나 역시 단호하게 고개를 저었다.

"나는 그게 우리 세대의 특징이라고 생각해. 자기는 아무것도 원하지 않는다고 굳게 믿고 있어."

"그렇게 생각해?"

"너무 지나친 기대에 대한 일종의 피로가 있는 것 같아. 어려서부터 너무 많은 기대를 받아왔잖아. 부모, 선생, 광고, 정치인 심지어 서태지까지 우리한테 '네 멋대로 하라'고, 원하는 걸 가지라고, 그렇게 부추겼잖아. 피아노 조금만 잘 치면 음악 하라고 하고, 글 좀 잘 쓰면 작가 되라고 하고, 영어 좀 잘하면 외교관 되라고 하고…… 언제나 온 세상이 회전목마처럼 돌아가면서 끊임없이 물었던 것 같아. 네가 원하는 게 뭐냐고. 뭐든 하나만 잘하면 된다고. 그런데 그 '하나'를 잘하는 게 어디 쉬운 일이야? 결국 사람들을 자꾸 실망시키고, 그러다보니 언젠가부터 아무것도 원하지 않는 사람이 돼버린 것 같아. 그리고……"

나는 그녀의 말을 막았다. 그녀의 손을 꼭 잡고 두 눈을 정면으로 바라보며 물었다.

"너도 그래? 너도 그랬던 거야? 그런 엄청난 기대의 희생자라고, 그렇게 생각하는 거야?"

그녀는 뭔가 말하려는 듯 입술을 달싹이다가 그냥 미소를 지었다. 나도 마주 웃어주었지만 마음은 쓸쓸했다. 그녀가 앞서 걸으며 맞잡은 손을 끌어당겼다. 우리는 다시 걸어가기 시작했다. 그러다 신호등이 있는 횡단보도 앞에 멈추어 섰다. 그녀가 말했다.

"오늘 우리집이 비어."

그게 무슨 뜻인가 싶어 나는 멍하니 그녀를 바라보았다.

"집이 빈다니?"

"말 그대로야. 집이 비어. 엄마 아빠가 여행을 떠났어."

"아, 그렇구나."

"오늘은 우리집에 가서 놀지 않을래?"

가지 않을 이유가 있을까?

"좋아."

그녀가 멋쩍게 웃었다. 내가 말했다.

"고등학교 때 누가 취미를 적으라고 하길래, '남의 집 방문'이라고 적은 적 있어."

"정말? 그게 그렇게 재밌었어?"

"정말이야. 친구네 집에 가보면 말이야, 언제나 비슷한 절차가 기다리고 있어. 신발을 벗고 들어가면 친구가 나를 자기 엄마한테 소개하지. 안녕하세요. 착한 얼굴로 인사를 하면 엄마들이 TV 드라마에 나오는 여자들처럼 우아하게 웃어. 그러면서 꼭 재미있게 놀라고 해. 마치 재미있게 놀지 않으면 큰일난다는 듯이. 거실에는 큰 TV와 소파가 있어. 단 한 번의 예외도 없었어. 인사를 마치면 싱글침대와 작은 MDF 책상이 있는 친구의 공부방으로 안내해주는데, 거기엔 언제나 영화 포스터나 브로마이드 같은 게 벽에 붙어 있어. 공부방은 다 비슷해. 정부에서 표준 인테리어라도 보급한 것처럼 말야. 친구는 의자에 앉고 나는 침대 모서리에 엉덩이를 걸친 채 조금 이야기를 나눌라치면 친구 엄마가 꼭 노크를 하고 과일을 담은 접시를 들고 들어오는 거야."

"홈드레스를 입고, 약간 가식적인 미소를 지으며."

그녀가 킥킥 웃었다.

"맞아, 맞아. 무슨 백화점 문화센터의 '친구 엄마 노릇 과정'이라
도 이수한 사람들처럼 똑같아서 신기했어."

그녀가 웃음을 그치고 말했다.

"우리집은 그런 집 아니야."

"아, 그래?"

"집에 누구를 초대하는 건 네가 처음이야."

"정말?"

"우리 엄만 아이들을 싫어했어. 하루는 엄마가 『발자크 평전』을
읽다가 나한테 그러는 거야. 발자크는 태어나자마자 유모에게 보내
져서 여덟 살이 돼서야 자기 집으로 돌아왔다는구나. 그런데도 그런
훌륭한 작가가 됐잖니. 그게 딸한테 할 소리야?"

"충격 좀 받았겠는데."

"나야말로 차라리 유모 밑에서 자랐으면 더 좋았을 거라고 생각
한 적이 많았어."

신호등에 파란불이 들어왔다. 우리는 횡단보도를 건너기 시작했
다.

"너 그거 하고 싶다고 그랬지. 대형 마트에 가서 맥주 사는 거. 우
리 그거 하자."

우리는 지하철을 타고 가까운 대형 마트로 향했다. 유흥가라면 유

홍가인 홍대 앞에서만 지내다가 갑자기 아파트로 둘러싸인 대형 마트에 들어서자 낯선 느낌이 들었다. 그곳에는 안정된 삶을 희구하는 중산층들이 있었다. 라면상자를 카트에 던져넣고 수박 꼭지의 건조 상태를 살피고 새로 나온 소시지를 시식하는 어른들, 그리고 뛰어다니며 소리를 지르는 아이들이 있었다.

우리는 거기에서 프링글스 감자칩과 여섯 병들이 맥주 두 팩, 그리고 바지락과 토마토를 샀다.

"봉골레 파스타를 해줄게."

그녀가 자신 있게 말했다.

예정대로라면 나는 몇 시간 후 그녀가 해주는 파스타와 차가운 맥주를 먹게 될 것이었다. 어쩌면 더한 일이 있을지도 모르지. 나는 행복한 기분에 젖어 마트를 돌아다녔다. 평소라면 끔찍했을 시끄러운 아이들도 귀여워 보였다. 카트로 내 엉덩이를 쿡쿡 찔러대는 아주머니들에게도 화가 나지 않았고 잠시 한눈을 파는 사이 우리 앞줄로 끼어든 아저씨도 밉지 않았다.

나는 지원의 얼굴을 물끄러미 바라보았다. 지원은 내가 자신을 쳐다보는 것도 모른 채 카트에 담긴 물건들을 다시 꼼꼼히 살피고 있었다. 왜 아름다운 것은 자신의 아름다움에 무심할 때 더 아름다워 보이는 걸까? 나는 그녀의 얼굴을 두 손으로 쓰다듬어보고 싶었다. 그러나 이곳은 사람들로 붐비는 대형 마트였다. 나는 그런 충동을 누르고 카트를 밀었다. 우리 차례였다. 계산을 한 것은 지원이었다.

"우리집에 오는 거잖아."

나는 사들인 물건을 담은 비닐봉지를 들었다. 사람들로 붐비는 출구를 지나 길가로 나가자 택시승강장이 있었다. 지원이 택시를 잡았다. 나는 아무 말 없이 그녀의 뒤를 따라 택시에 올랐다. 그녀가 행선지를 말하자 택시가 출발했고, 차는 곧 내부순환로의 램프를 올라탔다. 무의미한 풍경이 지나갔다. 잠시 후 우리는 지원의 집 근처에 도착했다. 택시에서 내리자 파성추를 써야 겨우 돌파할 수 있을 것 같은 육중한 대문이 내 앞에 떡 버티고 있었다. 그녀는 휴대폰에 달랑달랑 매달린 칩을 쪽문 옆 센서에 갖다댔다. 경비시스템이 우리 등 뒤에서 말했다. "경비가 해제되었습니다." 우리는 나란히 그 문 안으로 들어갔다. 문은 내가 지나가자 저절로 닫히며 잠겼다. 그녀는 다시 칩을 인식기에 갖다댔다. 경비시스템은 다시 말했다. "경비가 개시되었습니다."

정원은 넓고 근사했다. TV 드라마에 나오는 전형적인 사장님 집 같았다. 내가 살던 연남동 집에 비할 바가 아니었다.

"들어와."

그녀가 문을 열고 나를 기다렸다. 나는 조심스럽게 현관 안으로 들어갔다. 밝은 곳에 있었던 탓인지 집안이 어둡게 느껴졌다. 정원의 과장된 화사함과는 완전히 다른 느낌이었다. 무겁고 진득한 공기가 실내에 착 가라앉아 있었다. 나는 신발을 벗고 그녀를 따라 이층으로 올라갔다. 거실 중앙에 나선형 계단이 있었는데 두 명이 서로 부딪치지 않고 지나갈 수 있을 정도로 넓었다.

25

사랑하는 사람의 방에 들어가는 것은 놀라운 경험이다. 아무리 대단한 영화도, 그 어떤 기상천외한 롤러코스터도 그것에 필적할 수 없을 것 같다. 이를테면 거기에는 냄새가 있고 아주 오랫동안 형성되어 온 역사가 있다. 무엇보다 그 방은 삼차원의 공간으로 존재한다. 나는 뚜벅뚜벅 그 안으로 들어가 그것과 하나가 될 수 있다. 물건들은 만져볼 수 있으며 작은 것이라면 슬쩍 가져갈 수도 있다. 천장은 그녀가 아침에 눈을 뜰 때마다 처음으로 보는 바로 그 천장이며 침대는 그녀가 자신의 온몸을 스스럼없이 던지는 바로 그 침대인 것이다. 사랑하는 사람의 방에서 우리는 얼마간 탐정이고, 또 얼마간은 변태이며, 그리고 또 얼마간은 수집가다. 방은 그녀에 대해 말해주는 단서로 가득하며 그것은 나의 해석을 기다리고 있다. 뿐만 아니라 그 단서들은 하나같이 매혹적이다. 인기가수의 팬들이 아수라장을 틈타 그의 땀이 묻은 선글라스를 낚아채듯 나 역시 내가 사랑하는 그녀가 손댄 그 어떤 것을 내 소유로 하고 싶다는 충동을 느낀다.

나는 그녀를 따라 방으로 들어갔다. 우선은 방의 모습이 특이했다. 지금까지 내가 방문한, 부모와 함께 사는 모든 친구의 방에는 침대가 있었다. 그러나 내가 들어선 방에는 침대 대신에 널찍한 테이블과 책읽기에 좋을 것 같은 누운 S자 모양의 편안한 의자가 놓여 있었다. 마치 정신과 병원의 상담실 같은 분위기였다. 몇 권의 잡지가 테이블 위에 놓여 있었고, 책꽂이에는 잡학의 원천이 될 최신 잡지

들이 빽빽하게 꽂혀 있었다.

　호색한처럼 보이고 싶지는 않았기에, '침대는 어디 있냐'고 대놓고 묻지는 않았다. 그러나 호기심이 생기는 것은 어쩔 수 없었다. 나는 방을 둘러보았다. 이 방에는 들어온 문을 제외하고 두 개의 문이 각각 왼쪽과 오른쪽에 나 있었다. 그 둘 중의 하나가 침실일 것 같았다. 그렇다면 나머지 하나는 화장실일까? 내 궁금증에 답하기라도 하듯 그녀가 내게 말했다.

　"왼쪽은 내가 자는 방이고 오른쪽은……"

　그녀가 빙긋이 웃으며 오른쪽 문으로 향했다.

　"가방 거기 두고 이리 와."

　나는 가방을 테이블 위에 올려놓고 그녀를 뒤따라갔다.

　그녀가 오른쪽 문을 열어젖힌 순간 나는 입을 딱 벌렸다. 그곳은 아래로 한 층, 위로 한 층 정도가 뻥 뚫린, 약 삼층 정도 높이의, 서재라기보다는 거의 서고에 가까운 방이었다. 문은 나무계단으로 이어져 있었다. 그녀가 먼저 계단을 통해 서재로 내려갔고 나도 그 뒤를 따랐다. 내려가서 보니 방이 훨씬 더 커 보였다. 그녀의 방이 있는 이층뿐 아니라 일층 거실에서도 이 서재로 들어올 수 있게 되어 있었다. 책을 사랑하는 모든 이가 한 번쯤 꿈꿀 법한 서재였다. 창에서 흘러들어온 빛이 서재 안을 떠도는 먼지에 부딪혀 산란했다. 그래서 서재는 더욱 장중한 분위기를 풍겼다.

　"와, 대단하다."

　"네가 좋아할 줄 알았어."

"이렇게 멋진 곳에 왜 지금껏 아무도 데려오지 않은 거야?"

"나 미워할까봐."

그녀가 웃었다.

"그치만 지금 생각해보니 여자애들은 이런 거 별로 안 부러워했을 것 같아. 괜히 나만 쫄았던 거지. 이런 먼지 쌓인 서재가 뭐가 대단하다구."

아니야. 대단해. 나는 서가 사이를 천천히 걸었다. 어떤 서가에는 여행에 관한 책이 즐비했고 또 어떤 서가에는 미술사 관련 서적과 화집이 빽빽했다. 나는 새로 부임한 교도소장처럼 천천히 서가와 서가 사이를 돌아다니며 꼼꼼하게 곳곳을 살폈다. 책등을 손으로 쓸어보기도 하고 흥미로운 책은 꺼내서 펼쳐보기도 했다.

"우리 외할아버지도 인쇄소를 하셨거든. 그래서 집에 책이 많았는데, 그래도 이 정도는 아니었어."

"우리 아빠는 공부를 많이 한 사람이 아니라 책에 대해서 허영 같은 게 있었어. 한때 닥치는 대로 사들였지만 거의 읽지 않았지."

어떤 서가와 서가 사이에는 대학 도서관처럼 작은 목제 책상이 놓여 있었다. 또 어떤 구석에는 비스듬히 누워서 책을 볼 수 있는 가죽 카우치가 있었다. 나는 그 카우치가 정말 탐났다. 그러나 고시원의 어디에 그런 것을 두겠는가. 물론 살 돈도 없었다.

"넌 정말 좋겠다."

나는 카우치를 가리키며 말했다.

"여기 누워서 책 보고 그러면 정말 기분좋을 것 같아. 하루가 금방 가겠는데."

대답이 없는 그녀를 찾아 고개를 돌리니 그녀가 미소를 띤 채 나를 올려다보고 있었다. 반쯤 열린 베니션블라인드 틈으로 들어온 빛이 그녀의 얼굴에 부드러운 음영을 드리웠다. 노련한 사진가가 모델을 위해 맞춤한 촬영장소를 고르듯 자신이 가장 아름다울 수 있는 장소와 앵글을 미리 찾아놓은 게 아닌가 싶을 정도로 그녀의 모습은 전에 없이 아름다웠다. 혹시 사람은 자신이 잘 아는 공간, 아니 자신이 사랑하는 공간에서 가장 빛나는 것일까? 그러니까 화가는 아틀리에에서, 음악가는 연습실에서, 요리사는 자신의 레스토랑에서?

나는 아주 뜨거운 그릇을 전자레인지에서 꺼낼 때처럼 조심스럽게 두 손으로 그녀의 볼을 감쌌다. 그녀가 눈을 감았다. 고요가 이렇게 무겁게 느껴진 적은 없었다. 질량을 가진 고요가 우리 두 사람을 짓눌렀다. 만일 그것이 억압이라면 그것은 불가역적인 것이었다. 돌이킬 수 없는, 우리 둘을 어느 한 방향으로 몰아가는 성질의 것이었다. 이런 억압은 그 대상을 오직 앞으로만 사정없이 몰아붙인다. 결행을 앞둔 암살자라면 주저없이 방아쇠를 당길 것이고, 대기실에서 제 차례를 기다리는 발레리나라면 중력에 반하여 자신의 육체를 가볍게 공중으로 튕기며 무대로 뛰어나갈 것이다. 나는 나의 입술을 그녀의 입술에 살며시 갖다댔다. 언제 회상하더라도 '그땐 그럴 수밖에 없었다'라고밖에 말할 수 없는 순간이 있는데, 그때가 바로 그랬다.

나는 쓰고 있다. 내 인생이 한 권의 책이라면 나는 아주 중요한 부분을 기록하고 있다. 나의 펜은 혀, 종이는 우리를 둘러싸고 있는 이 밀도 높은 공기였다. 그녀의 입술이 천천히 열렸다. 씌어진 말, 기록된 말로 가득한 방에서 우리는 말이 필요 없는 대화를 시작하고 있었다. 나의 혀가 그녀의 입술 사이로 밀고 들어가 그녀의 혀를 찾았다. 글을 사랑하는 우리의 뇌가 말을 사랑하는 우리의 혀로 서로 이어졌다. 지금 이 순간을 아주 오래 기억하고 자주 반추하게 될 거라는 것, 상대 역시 그러리라는 것을 우리는 아무 의심 없이 긍정했다.

아.

탄식이 그녀의 입술 사이로 흘러나왔다. 그 탄식의 발원지는 어디였을까. 폐에서 성대를 통해 치밀고 올라온 것일까. 아니면 그녀의 뇌에서, 마치 눈물이 코와 입으로 흘러들듯이, 그렇게 새어나온 것일까. 나의 혀가 더 격렬하게 그녀의 입술 사이를 헤집고 그녀의 잇몸을 훑었다. 우리의 혀는 서로 얽혔다.

아, 지원아.

나는 성대를 전혀 울리지 않고 말했다. 그렇게도 의사소통을 할 수 있다는 게 놀라웠다. 그녀 역시 같은 방식으로, 영 데시벨의 음성으로 답해왔다.

민수야, 너는 내가 사랑하는 사람이야.

사랑을 하면 신을 만난다더니, 드디어 우리는 신의 소통법을 알게 되었다. 말이 없이도 서로의 생각이 그대로 전해졌다. 그녀의 입에서 나온 침이 얽힌 혀 사이로 빠져나와 입가로 흘렀다. 나는 왼손 엄지로 그 침을 닦았다. 얽혀 있던 혀들이 풀려 제자리로 돌아갔다. 그녀는 계속 눈을 감은 채 두 팔로 내 등을 감싸안고 있었고 나는 여전히 그녀의 두 볼을 받쳐들고 있었다. 그녀가 카우치에 앉아 등받이에 몸을 기댔다. 자연스럽게 나도 그녀 곁에 앉았다. 우리는 손을 잡았다. 그녀가 얼굴을 내 어깨에 기대왔다. 그녀의 호흡이 고르지 않았다. 아마 내 숨결도 마찬가지였을 것이다.

입맞춤의 여운이 길었다. 우리는 한참을 말없이 앉아 그 여운을 곱씹었다. 내 눈앞에는 수학과 암호학에 관한 책이 꽂힌 서가가 있었다. 그중에서 내가 읽은 책은 사이먼 싱의 『코드북』밖에 없었다.

"궁금한 게 있어."

나는 내 어깨에 얼굴을 기댄 지원에게 말했다. 그녀가 궁금하다는 표정으로 나를 바라보았다.

"나한테 왜 이렇게 잘해주는 거야?"

그녀가 나를 바라보던 시선을 거두었다. 어깨에 다시 무게가 느껴졌다.

"잘해주는 게 아니라 너를 좋아하는 거야."

"이런 남부러울 것 하나 없는 집에서, 어느 것 하나 아쉬운 것 없이 자랐을 너 같은 애가 왜 나 같은 남자를 좋아하는 거야?"

"민수 넌 너무 방어적이야."

그녀는 내 어깨에 얹고 있던 고개를 들었다. 어깨에서 느껴지던 온기가 사라졌다.

"방어적이라니?"

"넌 사람들이 널 좋아할 리가 없다고 생각해. 가까운 사람들의 애

316

정을 의심하면서 늘 그들을 시험한다고. 내가 너를 좋아하는 게 왜 이상해?"

"미안해. 난 그냥 이 모든 게 잘 믿어지지 않아서 그래."

"내 아이디가 왜 '벽 속의 요정'이었을 것 같아?"

그녀가 물었다.

"글쎄."

그녀는 서가를 가리켰다.

"나는 보다시피 벽으로 가득한 집에서 자랐어. 내가 얘기 안 했지? 나 사실 고등학교는 미국에서 다녔어. 동부의 정말 좋은 사립이었지만 나는 기숙사에서 밤마다 울었어. 가톨릭 계열의 정말 보수적인 학교였는데, 건물은 정말 근사했어. 거기서 차별을 받았다거나 뭐 그런 건 아니야. 다 세련된 상류층 집안의 자제들이라 인종차별 같은 촌스러운 짓은 아무도 안 해. 오히려 걔네는 배려의 선수지. 정말 언제나 배려해줘. 넌 부모가 한국에 있으니까, 넌 아직 미국의 실정을 잘 모를 테니까, 넌 초등학교 때 이런 것을 못 배웠을 테니까, 이러면서 언제나 따뜻하게 나를 배려해주는데, 가만히 생각해보면 그게 배려가 아니라 사실은 교묘한 배제라는 것을 알 수 있었어. 대학 어드미션도 받았지만 대학은 여기서 다녔어. 다시 한국의 삶에 적응하느라 애를 먹었지. 그리고 어느새 정신을 차려보니 나는 다시 벽 속에 갇혀 있더라구. 물론 나는 우리집을 좋아하지만. 민수야, 누구에게나 결핍은 있는 거야. 내가 이런 집에 산다고 해서, 아빠가 돈이 많다고 해서 내가 느끼는 모든 고통이 무가치하다고는 생각하지 않아. 네가 정말로 그렇게 생각한다면 정말 서운해. 누구든 진심으로 이해받기를 원하고 나는 그래줄 사람이 너라고 믿었던 거야. 내가 잘못 본 거야?"

그녀의 눈에 눈물이 그렁그렁했다. 그렇다고 내 마음이 갑자기 격렬하게 움직이지는 않았다. 미국 동부의 사립학교 기숙사에서 느끼는 고독까지 이해하기에는 나의 경험이 너무 일천했다. 내가 아는 동부 사립 출신이라고는 고작 『호밀밭의 파수꾼』에 나오는 홀든 콜필드 같은 퇴학생뿐이었다. 그러나 나는 진심으로 그녀를 이해하고 싶었다. 나는 그녀의 목 뒤로 오른손을 넣어 어깨를 감싸안았다.

"미안. 그럴 때가 있잖아. 이 모든 게 너무 꿈같아서 잘 믿어지지 않았던 거야. 어느 날 갑자기 네가 이 장난에 흥미를 잃고 나를 떠나버릴까봐 두려웠던 거고. 내가 그런 걸 두려워하는 게 그렇게 이상한 거야? 나는 고아에, 직업도 없는 백수잖아."

그녀는 조금 충격을 받은 것 같았다. 아직까지 내가 한 번도 명시적으로 언급하지 않았던 탓일 것이다.

"고아라는 게 무슨 뜻이야?"

"무슨 뜻이긴, 부모가 없다는 뜻이지."

나는 조금 차가운 얼굴로 말했다. 반대로 그녀의 표정은 훨씬 부드러워졌다.

"부모가 없어도 지금 이렇게 멋진 사람이 돼 있잖아."

"멋지긴 뭐가 멋져? 그저 한심할 따름이지. 실은 고아라기보다는 사생아야. 아직도 아버지를 몰라. 아무도 얘기를 안 해줬어. 외할머니도 그냥 돌아가셨고……"

나는 동물원에서 하마를 보며 최여사와 나눈 대화를 전해주었다. 엄마가 비둘기가 됐다고 믿은 사연도, 그리고 그 드세고 이상한 왕년의 여배우 밑에서 사생아로 살아온 어린 날의 에피소드도 몇 가지 추려 털어놓았다.

그녀가 오른손으로 무릎 위에 놓인 내 손을 어루만졌다.

"어떻게 그런 얘기를 그렇게 남 얘기 하듯 재밌게 해? 너 대단하다. 난 믿어. 지금은 아무도 너의 가치를 알아주지 않아도 훗날 넌 정말 멋진 사람이 될 거야. 난 믿어."

"그걸 어떻게 알 수 있어? 혹시 평강공주 콤플렉스 같은 거 있는 거 아니야?"

그녀가 푸흣 웃음을 터뜨렸다. 그리고 진지한 얼굴로 말했다.

"왜냐하면 넌 지금껏 내가 만난 사람 중에서 가장 맑은 눈을 가졌으니까. 넌 양심이 있는 것 같아."

양심이라는 말을 이런 맥락에서 들어보기는 처음이었다. 연애에서 양심이라는 것은 뭘 의미하는 걸까?

"누구나 양심은 있어."

나는 다시 옆방녀에게 빌린 돈을 생각했다. 이런 생각을 하는 걸보면 양심이 있는 걸까? 혹시 고단수의 비양심인 것은 아닐까.

"아니야, 그건 네 생각이야. 양심을 가진 사람은 아주 소수야. 그리고 무엇보다 너는 진짜야."

"진짜라니?"

"속물이 아니라는 거지. 너를 몇 번 만나지는 않았지만 나는 알 수 있어. 왜 동화 같은 데 보면 벽장을 통해 다른 세계로 가는 이야기 있잖아. 너는 그런 너만의 벽장을 갖고 있는 소년 같아."

정말 그런가 싶어 나는 잠시 생각해보았다.

"어릴 때부터 벽장을 좋아하긴 했어."

"'서로의 영혼으로 떠나는 이런 모험마저 없다면 우리 인생이 너무 무의미하지 않을까?' 실은 나 이 말이 너무 좋았어. 너는 영혼, 모험 그리고 의미라는 말을 한 문장 안에 사용하고 있어. 나는 그게 의미심장하다고 생각해."

그녀는 내가 자신에게 보낸 이메일을 인용했다. 나는 어쩐지 쑥스러워져서 뒤통수를 긁적였다.

"별걸 다 기억하고 있네."

"나는 사람이 두 종류라고 생각해. 자기만의 벽장을 가진 사람과 그렇지 않은 사람. 그렇지 않은 사람들은 모든 게 얇아. 그들은 눈에 보이는 것만 믿지. 그 너머에 다른 세계가 있다는 걸 절대로 믿지 않아. 현실만이 그들의 신앙이고 종교야. 한번 판단이 내려지면 그들은 가차없고 냉혹해. 물론 그런 사람들이 편할 때도 있지. 자기보다 강하고 부유한 사람에게 약하니까. 그렇지만 그런 사람들과 대화를 나누거나 친교를 쌓는 건 너무 지루하고 피곤한 일이야. 그게 나하고 무슨 상관이야라든가, 그게 도대체 나한테 무슨 득이 되나 같은 질문만 던지는 사람들이잖아. 내가 좋아하는 사람은 바로 너 같은 사람이야. 너는 무용한 걸 좋아하잖아. 지식, 퀴즈, 소설 같은 것 말야."

"그건 너도 마찬가지잖아."

"우리 아빠를 좋아하진 않지만 아빠가 언젠가 한 말은 참 맞는 말이라고 생각해. 아빠가 그러는 거야. 나이들어 주변을 돌아보니까 계산 빠르고 실속 잘 챙기던 인간들은 다 별볼일 없는 놈이 돼 있고 철없는 몽상가들이 큰 인물이 돼 있더라는 거야. 머리 좋은 사람들은 남의 밑에서 굽실거리거나 감옥에 갔고 대신 꿈이 컸던 사람들이 세상을 지배하고 있더래."

하지만 모든 몽상가가 큰 인물이 된 건 아니지.

나는 지원에게 말했다.

"예전부터 느낀 건데, 지원이 넌 참 모든 게 분명하고 명쾌한 것 같아."

그러자 그녀가 살짝 당황하며 얼굴을 붉혔다.

"내가 너무 떠들었나? 그냥 너한테 꼭 해주고 싶었어, 이 얘기."

듣기에는 기분좋았지만 아직도 나는 그녀의 확신에 동조할 수 없었다. 도대체 지원이는 내 어떤 면을 보고 그런 생각을 하게 된 걸까? 나는 그게 궁금했다. 그러나 그녀는 다른 게 궁금했던 모양이었다.

"아버지를 찾아볼 생각은 해본 적 없어?"

"……돌아가셨을 거야."

나는 이럴 때마다 지을 밝고 환한 미소를 오래 연습해두었기 때문에 언제나 자연스럽고 태연할 수 있었다.

"확실해?"

"아니, 그냥 어렸을 때부터 그렇게 생각해왔어. 이 얘기는 그만하자. 너무 칙칙하잖아."

그녀는 나를 물끄러미 바라보았다. 다친 새를 바라보는 아이의 시선이었다. 그 시선이 편치 않아 나는 화제를 돌렸다.

"우리 퀴즈방에서 만났잖아. 그럼 넌 어디서 접속한 거야? 아까 그 테이블 있는 방, 아니면 여기 서재 어딘가에서?"

"그게 왜 궁금해?"

그녀가 빙글빙글 웃었다.

"그냥 그 순간의 네가 어떤 자세로, 어떤 각도로, 무엇을 보며 타이핑을 했는지 궁금해. 음악을 들었다고 했으니까 아마 오디오 같은 것도 있었겠지? 그런데 아직까지 그럴 만한 곳을 못 봤거든."

그녀는 잠시 망설이다가 손을 내밀었다. 나는 그 손을 잡았다. 나는 그녀를 따라 이층으로 이어지는 계단을 걸어올라갔다. 나무로 만든 계단이 삐그덕거렸다. 테이블이 있는 방을 지나다가 지원은 테이블 위에 놓여 있던 맥주팩을 집어들고 냉장고에 넣었다. 그러고는 왼쪽 문을 열었다. 그러자 약간 어둡고 널찍한 방이 나타났다. 지원의 침실이었다. 방 한가운데에 큼직한 킹사이즈 침대가 놓여 있었다. 나무책상과 검은색 회전의자는 창가에 있었다. 책상 한쪽에는 이십일 인치쯤 돼 보이는 LCD모니터와 작은 북셀프 스피커가 나란히 올려져 있고, 벽에는 요세미티의 절벽을 담은 안셀 애덤스의 사진이 액자에 담겨 있었다.

"서재에도 아빠가 쓰다가 물려준 큰 책상이 있지만 이상하게 여기서 모든 걸 다 하게 돼."

나는 그 책상 앞으로 가보았다. 아, 이 자리에 앉아서 뮤즈를 듣고 퀴즈를 내고 나와 채팅을 했던 거구나. 순간 메카로 떠나는 무슬림이나 좋아하는 배우의 집을 엿보는 팬들의 심리를 알 것 같았다. 나는 그 의자에 가만히 앉아보았다. 그리고 의자를 빙글빙글 회전시켜가며 그녀의 방을 휘 둘러보았다. 아, 바로 여기 앉아서 세상을 바라보고 있었구나. 컴퓨터를 하고, 문득 고개를 돌려 등뒤의 텅 빈 방을 보고…… 그렇게 생각하고 있자니 마치 그녀의 영혼 속으로 깊이 들어온 느낌이었다. 나는 그녀의 마우스를 손으로 잡아보고 키보드도 손등으로 쓸어보았다. 그녀는 빙긋이 웃으며 내가 하는 양을 내려다보았다. 나를 사랑하는 여자가 머리 위에서 흐뭇한 얼굴로 내가 노는 모습을 보고 있으니 마치 어린아이가 된 듯한 기분이었다.

나는 의자에 앉은 채로 양팔을 뻗어 내 눈앞에서 어른거리는 그녀의 허리를 감아안았다. 내 머리가 그녀의 배에 파묻혔다. 희미한 우디 향이 났다. 그녀가 자연스럽게 두 손으로 내 머리를 감쌌다. 이마로는 부드러운 젖가슴이 느껴졌다. 가슴이 쿵쾅거리며 뛰기 시작했다. 래프팅을 할 때와 같은 기분이었다. 격류에 휘말린 보트가 빠르고 어지럽게 돌이킬 수 없는 곳으로 흘러가고 있었다. 그런 것을 알면서도 누구도 보트를 멈출 생각은 없었다. 노를 저어대며 방향을 잡아보려 하지만 결국 보트는 자기가 가야 할 곳으로 가서야 안정을 찾을 것이었다.

그녀가 두 손으로 내 머리를 헝클어뜨렸다. 나는 머리카락 사이로 파고드는 그녀의 손톱을 느꼈다. 상쾌한 기분이었다. 나는 금세 그 움직임을 사랑하게 되었다. 나는 그녀의 허리를 감았던 손을 움직이기 시작했다. 그녀의 등과 비죽 솟아나온 날개뼈를 어루만졌다. 그녀의 몸을 내 쪽으로 당겨 나의 얼굴을 더욱 깊이 그녀의 배에 파묻었다. 그녀의 불규칙한 호흡이 전해졌다. 나의 오른손이 돌출한 날개뼈에 머무는 사이 왼손은 척추를 따라 내려와 치마로 감싼 그녀의 엉덩이에 다다랐다. 그녀가 내 머리를 더욱 심하게 헝클어뜨렸다.

마침내 그녀의 손이 내 뒤통수를 떠나 셔츠의 버튼처럼 돌출한 목등뼈를 쓰다듬으며 셔츠 아래의 빈틈을 비집고 등으로 파고들었다. 그녀의 오른손이 나의 등으로, 셔츠 깃 아래로 들어오는 것과 거의 동시에 나의 두 손도 그녀의 블라우스 아래 맨살에 가닿았다. 탐욕스러운 손은 브래지어의 호크를 여러 차례의 시도 끝에 풀었다. 움직임을 제한하던 딱딱하고 단호한 장치가 제거된 그녀의 부드럽고 좁은 등을 나는 자유롭게 어루만졌다. 그녀는 나의 정수리에 입을 맞추며 말했다.

"잠깐만."

나는 그녀의 배에 파묻었던 얼굴을 들어 그녀를 올려다보았다. 그녀는 내 모습이 우스꽝스러운지 풋 하고 웃었다. 잔뜩 헝클어진 머리 때문에 아마 미시시피 강변의 허클베리 핀처럼 보였을 것이다. 그녀는 자신을 옥죄던 내 양손을 떼어내고 나에게서 떨어져나갔다. 나는 멍하니 그녀를 바라보았다. 그녀는 달아오른 나를 안심시키려는 듯 미소를 지어 보이고는 창 쪽으로 걸어갔다. 그러곤 환한 빛이 밀려들어오는 이중커튼을 닫았다. 방이 갑자기 어두워졌다. 그녀는 다시 내 쪽으로 걸어와 말했다.

"화장실 좀 다녀올게."

그녀는 나를 남겨두고 침실에 딸린 화장실로 들어가버렸다. 나는 뻗치는 열기를 주체할 수 없어 의자에서 벌떡 일어나 방안을 서성거렸다. 문득 내가 지금 무서운 일을 저지르고 있는 게 아닌가 하는 두려움이 들었다. 이래도 되는 거야? 이렇게 쉽게, 전혀 새로운 국면으로 넘어가도 되는 거야? 게다가 여기는 그녀의 집이고, 아니 미국식으로 말하자면 그녀의 아버지 집이고, 따라서 만약 그녀의 부모가 이 장면을 목격한다면……? 그녀가 화장실에 들어가 있는 그 십여 분 동안 나는 갖가지 망상에 시달렸다. 어지러운 망상들이 성적 욕망을 완전히 말살해버리기 직전에 그녀가 화장실에서 나왔다. 방이 어두워서 그녀의 모습은 오직 실루엣으로만 보였다. 그녀는 내가 서성대는 책상 쪽으로 걸어오지 않고 침대 속으로 들어가버렸다. 그녀는 아무 말도 하지 않았지만 나는 마치 주문에라도 걸린 듯 침대 위로 올라가 무릎을 꿇었다. 그리고 베개에 누인 그녀의 얼굴을 더듬어 찾고 입을 맞추었다. 그리고 나의 손은 그녀의 몸을 찾아 시트 속으로 들어갔다. 시트 속으로 들어간 오른손이 그녀의 슬립 속을 파고들었다. 그녀는 다시 브래지어를 하고 있었다.

옷은 슬립으로 갈아입었으면서 왜 굳이 브래지어는 다시 하고 나온 걸까? 정말 여자들은 알 수가 없어. 나는 셔츠와 청바지를 서둘러

벗어던지며 시트 속으로 파고들었다. 그리고 두 손으로 그녀의 브래지어 호크를 풀며 키스했다. 그녀가 두 손으로 나의 등을 강하게 감아왔다. 그녀의 몸에서는 아까와 다른 향이 강렬하게 느껴졌다. 화장실에서 새로운 향수를 뿌린 것이 분명했다. 아쿠아 계열의 상쾌한 향이었다. 자신의 몸에 향수를 뿌리는 그녀를 생각하자 흥분이 더 고조되었다. 내 손놀림은 더 빨라졌고 그에 비례해 내 귓가를 간지럽히는 그녀의 숨은 뜨거워져갔다.

"더 가도 되는 거야?"

나는 그녀의 귀에 대고 속삭였다. 희미하게 꿈틀대던 그녀의 몸이 모래톱에 다다른 파도처럼 슬며시 잦아들었다.

그녀가 내 귀를 잡아당기며 말했다. 더운 숨이 귓바퀴를 데웠다.

"안 된다고 하면 어쩔 건데?"

나는 팔로 체중을 지탱하며 몸을 일으켰다. 그리고 그녀에게 조심스럽게 다시 물었다.

"정말 괜찮겠어?"

그녀의 얼굴은 어둠 속에 있었다. 표정이 전혀 드러나지 않았다. 나는 초조하게 그녀의 답변을 기다렸다. 불과 몇 초의 시간이었지만 내게는 정말 긴 시간이었다. 마침내 그녀가 입을 열었다.

"……괜찮을 것 같아."

나는 그녀의 몸 위로 다시 무너졌다. 젖꼭지를 입에 물었고 부드러운 허벅지에 얼굴을 파묻었다. 서로의 체액으로 범벅이 되어 뒹굴며 우리는 내내 킬킬거렸다. 웃음과 신음을, 간지러움과 성감을 따로 구별할 수 없었다. 마침내 나의 몸이 그녀의 몸속으로 들어가자 웃음이 사라졌다. 진지한 열락, 심각한 쾌감, 익숙한 놀라움 같은 모순적인 언어로밖에는 표현할 수 없는 세계로, 긴 터널을 닮은 공간 속으로 들어가버렸다. 우리가 천체물리학 교과서에서나 접하는 거창한 말들이 그 터널 안에 있었다. 중력이 너무 강해 빛조차 빨아들인다는 블랙홀, 우주를 창조한 최초의 대폭발 그리고 생명의 탄생! 우주의 한 점에서 마주친 두 낯선 존재가 놀라운 일을 벌이고 있었다. 내 표현이 과장이라고 말하는 사람은 아직 인간과 인간 사이의 이런 화학적 결합의 순간을 경험해보지 못한 사람임이 분명하다. 감히 말하건대 이런 섹스는 처음이었다. 자기 모멸과 환멸, 내 정신의 뿌리까지 이어진 불안감 같은 감정의 부산물 없이 두 영혼이 만나는 저 멀고 먼 소실점까지 거침없이 달려가는 기분이었다.

우리는 우리 몸의 가장 약한 부분을 드러낸 채 나란히 누웠다. 그녀의 배와 가슴을 쓰다듬자 그녀가 내 가슴에 얼굴을 파묻었다. 그녀의 얼굴에 아직 남아 있는 열기가 느껴졌다.

"아직도 자신이 못생겼다고 생각해?"

나는 그녀의 얼굴을 내려다보며 물었다. 그녀가 고개를 끄덕였다. 팔베개를 하고 있었기 때문에 그 끄덕임은 그대로 내게 전해졌다.

"넌 정말 예뻐."

내가 말했다. 그녀가 다시 고개를 저었다. 그러나 강도는 약했다.

"진짜? 진짜 그렇게 생각해?"

"그럼."

나는 그녀의 달아오른 이마에 입을 맞추었다. 그 어떤 것도 더 필요하지 않은 행복한 순간이었다. 내 앞의 모든 현실을 잊을 수 있었다.

"민수 너도 멋져."

"눈에 뭐가 씐 거지, 크크."

그녀가 팔꿈치를 괴며 몸을 비스듬히 세웠다. 그리고 나를 내려다보며 말했다.

"그럼 너도 그렇다는 거네?"

나는 황급히 고개를 저었다.

"아니, 난 안 씐었어. 내 눈 멀쩡해. 진실을 말한 거야."

그녀는 빙글빙글 웃으면서도 공격을 멈추지 않았다.

"그럼 날 별로 안 좋아한다는 소리네? 콩깍지도 안 씌고."

그녀가 내 옆구리를 쿡 찔렀다.

"아니, 아니야."

이런 말장난마저 유쾌한 순간이었다. 그 유쾌함에 취해 나는 아주 잠깐, 도저히 이루어질 수 없을 것 같은 꿈을 꿀 수 있었다. 책으로 가득한 이토록 큰 집에서 지원과 함께 오순도순 살아가는 꿈. 그러나 그게 과연 가능할까?

이 침실 면적의 오분의 일도 안 되는 고시원의 내 방이 떠올랐다. 빛 한 점 들지 않는 어두운 방, 퀴퀴한 냄새. 그러나 나는 다시 그곳으로 돌아가야 한다. 모든 수컷이 우울해지는 바로 그 순간이 찾아온 것이다. 나는 내 옆에 누워 있는 이 멋진 여자를 감당할 수 없다. 지금까지는 단지 운이 좋았을 뿐이다. 결국 여성은 자신의 아이를 양육할 능력이 있는 남자에게 갈 것이다. 유능하고 멋진 여성 역시 자기보다 더 유능하고 멋진 남성을 원한다. 그러니까 직업이 없는 무능한 남성에게는 미래가 없다.

"무슨 생각 해?"

"내 머릿속에 잘못된 회로가 있는 것 같아. 아무리 좋은 일이 있어도 결국은 똑같은 곳으로 돌아가버리고 말아."

"그게 뭔데?"

"내 현실. 결국 난 아무것도 이루지 못할 거라는 불안감. 뭐 그런 것 있잖아."

그녀는 내 젖꼭지 주위에 난 털을 손가락으로 감아 당겼다.

"잘될 거야. 다 잘될 거야. 넌 늘 자신을 비하하지만 그럴 필요 없어. 이제 겨우 시작이잖아. 이제 겨우 인생의 삼분의 일 지점을 지나왔을 뿐이야. 내가 네 편이 돼줄게."

"고마워. 그렇지만 난 그런 거 필요 없어."

"또 그런다. 넌 자신이 그런 지지를 받을 가치가 없다고 여기는 거야. 그래서 남의 도움과 격려 같은 것을 거부하는 거고. 그러지 말고 그냥 받아들여."

"받아들이면 뭔가 보여줘야 하잖아. 그 사람들에게."

"그게 두렵니?"

"뭐, 두려운 건 아니지만."

"하나씩 해나가면 돼. 내가 도와줄게."

그녀가 내 손을 꼭 잡아왔다. 그러자 정말 힘이 나는 것 같았다.

조금 전의 황홀한 섹스보다 더 좋은 느낌이었다.

"한 번만 더 해줄래, 그 말?"

지원이 맞잡은 손에 힘을 주며 다시 한번 말했다.

"내가 도와줄게."

"좋아, 나도 노력해볼게."

적어도 그 순간만큼은 뭐든지 할 수 있을 것 같았다. 기타를 배우면 기타리스트가 될 것 같았고 시를 끄적이면 시인이 될 것 같았고 노래를 부르면 음반이 나올 것 같았다.

그녀가 내 볼에 다시 한번 입맞춤하고 침대에서 몸을 일으켰다. 그리고 서랍식 옷장에서 속옷을 꺼내 욕실로 들어갔다. 샤워기의 물을 트는 소리가 들렸다. 나는 주섬주섬 침대 주변에 흩어진 옷가지를 챙겼다. 그녀가 욕실 문을 열고 나와서 말했다.

"참, 아래층에 욕실이 하나 더 있어. 거기 쓸래?"

"아니, 바쁜 일도 없는데 기다리지 뭐."

엉거주춤 팬티와 러닝 같은 걸 들고 잘 모르는 집의 이 방 저 방을 헤매고 싶지는 않았다. 그녀가 나오기를 기다렸다가 샤워를 했다. 샤워를 끝내자 갑자기 미친듯이 허기가 졌다. 내가 배고프다고 하자 그녀가 나를 데리고 일층으로 내려갔다. 작은 레스토랑을 차려도 될 것 같은 주방에서 그녀가 파스타를 만들었다. 바지락이 입을 열 때까지 팬에서 볶다가 마지막으로 삶아둔 파스타 면을 넣어 마무리를 했다. 생각했던 것보다 능숙했다. 한두 번 해본 솜씨가 아니었다.

"잘하는데?"

"유학 갔을 때, 룸메이트가 라틴계였는데 파스타를 잘했어. 내가 만든 거야 보기만 그럴듯하지 맛은 글쎄……"

그러나 파스타는 맛있었다. 바지락은 촉촉했고 면발도 적당히 익었다. 나는 배불리 먹었다. 그녀는 아주 적은 양만 먹었다.

"모든 게 너무 환상적이라, 이제는 좀 기분이 이상해지려고 해. 지원아, 혹시 이거 무슨 몰래카메라 아니야?"

그녀는 활짝 웃으며 고개를 저었다. 그리고 손을 뻗어 엄지로 내 입가에 묻은 무언가를 닦아주었다. 그 순간 나는 울컥 눈물을 흘릴 뻔했다. 그건 평생 누구한테도 받아본 적 없는 친절이었다. 최여사는 식탁에서 언제나 무서운 얼굴로 야단을 쳤을 뿐이었다. 살갑게 내 몸에 손을 댄 적이 내 기억으로는 한 번도 없었다. 빛났다면 더러운 것이라도 보듯 몸을 뒤로 젖히고 손가락으로 내 얼굴을 가리켰을 것이다. 오빠, 입가에 뭐 묻었다. 아니, 그쪽 말고 반대쪽. 그럴 때면 언제나 모욕을 당한 것 같은 기분이었다. 그러나 이번에는 달랐다. 아직 최여사를 엄마라고 믿던 그 어린 시절로 돌아간 것 같았다. 나는 지원을 보고 웃었다. 이제 괜찮아? 응, 깨끗해.

우리는 즐거운 마음으로 함께 설거지를 하고 다시 이층으로 올라갔다. 친구네 집에 가면 언제나 하는 것, 그러니까 오래된 앨범을 보며 키득거리고 책장에 꽂힌 책을 살펴보고 아끼는 음반을 차례로 들어보는 일 같은 것을 했다. 그러는 사이 해가 지고 날이 어두워지기 시작했다. 그러다가 그 어떤 계기도 없이 다시 불이 붙어 우리는 또 한번 섹스를 했다. 이번에는 서로의 몸으로 향하는 길에 익숙해진 탓인지 처음보다 더 유연하고 모든 과정이 부드러웠다. 그러면서도 기쁨은 더 컸다.

"자고 가."

두번째 섹스가 끝난 후에 지원이 말했다.

"옛날 얘기에 나오는 나그네가 된 기분이야."

"내가 여우라는 뜻이얌?"

어느새 그녀의 말투에 콧소리가 조금 섞여들었다. 귀여웠다.

"아니, 뭔가 불길한 느낌이야. 이렇게 좋아도 되나. 이렇게 행복해도 되나. 그런 생각이 들어."

"내가 퀵서비스 얘기할 때는 비웃더니만. 내가 아까도 얘기했잖아. 행복을 받아들여. 너는 충분히 그럴 자격이 있다구."

"그래, 고마워."

불길하다고는 했지만, 사실 그 순간까지만 해도 내가 곧 직면하게 될 끔찍한 일에 대해서는 전혀 짐작조차 못하고 있었다.

우리는 대형 마트에서 사온 맥주를 마시기로 했다. 그녀의 방에 붙어 있는 베란다로 나가자 작은 테이블이 있었다. 북한산의 능선이 한강을 향해 달려가고 있었다. 우리는 그곳에 앉아 치즈를 얹은 크래커를 안주로 맥주를 마셨다. 내 어린 시절 얘기를 좀더 해주었고 그녀는 미국에서 박사과정중이라는, 수학과 암호학이 전공이고 멘사 회원이라는 잘나고 똑똑한 오빠 얘기를 했다. 나는 아까 서재에서 보았던 암호학 책들이 떠올랐다. 동생은 퀴즈광, 오빠는 암호학자. 재미난 가족이군. 그리고 보니 다들 뭔가를 푸는 데 관심이 있네.

"요즘 인터넷뱅킹이니 뭐니 하는 것들 때문에 암호가 인기래. 잘 나가나봐. 공인인증서니 하는 것들이 실은 다 암호잖아."

어쩐지 가족에 대해 하는 말이라기보다 대학 선배쯤에 대해 말하는 듯한 분위기였다.

"다들 공부 잘했네?"

"우리 오빠 실은 입양아야. 내가 세 살 때 우리집에 왔어."

"그래?"

나는 거실로 나가 벽에 걸린 가족사진을 쳐다보았다.

"근데 정말 많이 닮았어. 너나 너희 아버지하고."

"그게 오빠의 비극이야. 입양안데 꼭 밖에서 낳아 데려온 자식 취급을 받았어."

나는 살짝 술에 취했다. 우리는 그녀의 침대로 돌아가 이런저런 얘기를 나누다가 금세 까무룩 잠이 들었다. 내가 잠든 뒤에도 그녀는 몇 번쯤 자리에서 일어나 어딘가를 다녀오는 것 같았다. 몸을 씻는 것 같은 소리도 어렴풋이 들렸고 컴퓨터를 켜는 비프 음도 들렸다. 새벽에는 방을 나가 서재에 다녀오는 것 같기도 했다. 그러나 부엌에서 스윽스윽 칼을 갈거나 하는 것 같지는 않았다. 나는 한 번도 침대 밖을 벗어나지 않은 채 아침을 맞았다.

그녀가 내 볼을 쓰다듬으며 속삭였다. 처음엔 잘 들리지 않았다.

"으응? 뭐라고?"

그녀는 더 큰 소리로 말했다.

"아줌마 오실 때 됐다구. 이젠 가야 될 것 같아."

나는 자리에서 벌떡 일어났다.

황망히 바지를 꿰어입다가 하마터면 앞으로 고꾸라질 뻔했다. 그런 내 모습이 우스웠던지 그녀는 풋 하고 웃음을 터뜨렸다. 나는 출근시간에 늦은 회사원처럼 허겁지겁 집을 나섰다. 그녀가 내 볼에 입을 맞추며 미안하다고 사과했지만 나는 신경쓰지 말라며 씩 웃어주었다. 그녀는 대문까지 따라나와 나를 배웅했다. 그러나 이웃의 눈을 의식했는지 집 밖으로는 나오지 않았다.

"경비가 해제되었습니다."

나는 첨단 경비시스템의 인사를 받으며 집을 나섰다. 그리고 잠이 덜 깬, 조금은 멍한 상태로 경사로를 걸어내려갔다. 바람이 깃털처럼 부드럽게 얼굴을 쓰다듬고 지나갔다. 정신이 조금씩 들었다. 북한산이 가까워서인지 공기는 상쾌했고 머리가 맑았다. 발걸음이 점점 가벼워졌다.

26

나는 버스를 타고 남쪽으로 향했다. 가스충전소 설치를 반대하는 주민들이 내건 현수막이 여기저기 걸려 있었다. 나는 무심한 얼굴로 그런 풍경을 내다보면서 노래를 흥얼거렸다. 비틀스의 〈Ob-La-Di, Ob-La-Da〉였다. 오블라디 오블라다, 랄라아랄랄랄라— 인생은 계속된다네. 랄랄라랄라라.

잠시 후 버스는 고시원 앞에 나를 내려주었다. 그때쯤부터 배가 살살 아프기 시작했다. 나는 엘리베이터를 타고 칠층으로 올라갔다. 아침이어서 그런지 고시원 전체가 북적거렸다. 밥을 먹는 사람, 출근하는 사람들이 어지러이 오갔다. 아랫배는 점점 더 아파왔다. 아무래도 화장실에 가서 큰 것을 보아야 할 것 같았다. 얼른 화장실로 달려들어갔지만 모든 칸이 다 닫혀 있었다. 기다리는 사람도 둘이나 있었다. 잠깐만 참자. 일단 방에 가서 옷을 갈아입고 다시 오는 게 좋겠다. 안 되면 아래층 화장실, 그래도 안 되면 삼층 화실의 화장실을 이용해야지. 나는 내 방으로 걸어가 열쇠로 문을 열었다. 그리고 스위치를 올려 형광등을 켰다. 무심코 성큼 한 발을 들여놓으려는데 침대에서 누군가 몸을 일으키며 내게 물었다.

　"누구세요?"

　낯선 남자가 내 침대에 누워 있었다. 갑자기 켠 불 때문에 눈이 부신지 남자는 오른손을 들어 빛을 가렸다. 나는 잠시 어이가 없어 아무 말도 하지 못했다. 누구세요, 라니? 그건 내가 묻고 싶은 말이었다. 나는 한 발 뒤로 물러나와 방 호수를 확인했다. 703호. 분명 내 방이었다. 나는 다시 방으로 들어갔다. 수염이 텁수룩하게 난, 산악구조대원처럼 생긴 남자는 아직 잠이 덜 깼는지 눈을 무겁게 끔뻑이며 나를 살폈다. 나는 물었다.

　"여기서 뭐하시는 거예요?"

　남자는 아직도 무슨 영문인지 모르는 눈치였다. 나는 방을 둘러보았다. 아무것도 없었다. 의자에 걸쳐놓았던 내 재킷도, 구석에 놓아둔 짐가방도, 책상 위에 놓아둔 노트북컴퓨터까지, 내 것은 아무것도 없었다.

"이 방에 있던 물건 다 어디 갔어요?"

수염 난 남자는 비로소 상황을 짐작한 눈치였다.

"제가 어제 들어올 때는 빈방이었는데요. 혹시 전에 이 방 사용하던 분이세요?"

나는 '사용하다'라는 동사의 사용에 놀랐다. 그러나 듣고 보니 맞는 말이었다. 나는 그 방에 '살'고 있었던 게 아니라 그 방을 '사용하'고 있었던 것이다.

"맞는데요."

"육층에 한번 내려가보세요."

열이 머리끝까지 치밀어올랐다. 뭐 이런 인간이 다 있어? 내 휴대폰 번호도 알면서 전화 한 통도 못하나? 남의 짐에 왜 제멋대로 손을 대고 지랄이야? 고시원 주인을 찾아 육층으로 후다닥 뛰어내려가려는데 갑자기 옆방 문이 벌컥 열리며 복도를 가로막았다. 나는 하는 수 없이 멈춰 설 수밖에 없었다. 그 순간 옆방녀에게 빌린 돈 이십만원이 생각났다.

딱 걸렸군.

내가 돌아오는 소리를 듣고 옆방녀가 튀어나오는 것이 분명했다. 물론 옆방녀가 빚독촉을 하지는 않겠지만 어쨌든 나는 채무자였다. 웬만하면 채권자와는 마주치고 싶지 않은 게 인지상정이었다. 게다가 화장실에 가고 싶은 마음은 점점 더해가고 있었다. 옆방 문이 다시 닫혔다. 그런데 문 뒤에서 나타난 사람은 옆방녀가 아니라 두 명의 남자였다. 덩치가 큰 남자 하나와 왜소하고 어딘가 촌스러운 남자 하나. 덩치가 큰 남자는 검정 라운드넥 티셔츠를 입었고 다른 남자는 깃이 달린 갈색 아베크롬비 셔츠를 입었다.

검정 티셔츠는 702호의 문을 닫으며 나를 힐끗 쳐다보았다. 눈길이 매섭고 날카로웠다. 검정 티셔츠의 시선을 따라 아베크롬비를 입은 왜소한 남자도 내 쪽으로 시선을 옮겼다. 그러나 나와 눈이 마주치지는 않았다. 그는 어딘가 넋이 나간 듯, 자신의 외부에서 벌어지는 일에 큰 관심이 없어 보였다. 둘은 어떤 관계일까? 어찌 보면 잘못을 저지른 조카와 타이르러 온 삼촌 같기도 하고 또 어찌 보면 사이비종교의 중간 간부와 탈출한 신도 같기도 했다. 그들은 천천히, 아무 대화도 없이 육층으로 내려가는 계단 쪽으로 걸어갔다. 마치 일행처럼 나도 그들을 따라 걸었다. 여전히 화장실에 가고 싶었지만 지나가며 살펴보니 아직도 스포츠신문을 보며 차례를 기다리는 사람이 있었다. 결국 나는 화장실에 갈 생각을 포기하고 계단을 통해 육층으로 내려갔다. 고시원 주인은 사무실 밖에 나와서 서성대고 있었다. 나는 두 남자를 앞질러 주인에게 달려갔다.

"아니, 제 방 어떻게 된 거예요?"

"제 방이라니? 아, 703호?"

내가 무슨 말을 하는지 뻔히 알면서도 주인은 능청을 떨었다.

"네, 703호요."

"잠깐만. 지금 좀 골치 아픈 일이 있어서 그러니까 좀 있다가 이야기하자고."

주인은 나를 세워두고 내 등뒤의 두 남자에게 다가갔다. 그리고 검정 티셔츠에게 어딘가 비굴해 뵈는 표정으로 물었다.

"어떻습니까?"

검정 티셔츠는 심드렁한 얼굴로 자기 턱을 매만졌다.

"뭐, 이 정도면 대충 된 것 같구요."

그는 양복 주머니에서 비닐봉지를 슬쩍 꺼내 고시원 주인에게 보여준 뒤 다시 주머니에 넣었다. 비닐봉지 속에 무엇이 들어 있는지는 잘 보이지 않았다. 그는 자기 옆에서 고개를 푹 숙인 채 서 있는 아베크롬비를 힐끗 내려다보고는 주인에게 말했다.

"나머지 유품은 인계하셔도 되겠습니다."

유품이라니?

끼이이익. 날카로운 것으로 칠판을 긁어대는 소리가 들리는 것 같았다. 나는 나도 모르게 살짝 몸을 떨었다. 아베크롬비는 돌연 눈물을 흘리기 시작했다. 검정 티셔츠는 못마땅한 얼굴로 그를 내려다보았다.

"뭐 조사 결과가 나와봐야 알겠지만 지금으로서는 별 문제 없겠네요."

고시원 주인은 검정 티셔츠에게 조금 더 다가가 목소리를 낮추어 물었다.

"저, 그럼…… 그 방은 어떻게…… 마냥 비워둘 수도 없는 노릇이고……"

검정 티셔츠는 희미하게 웃으며 주변을 슬쩍 둘러보았다. 그러자 주인은 금세 눈치를 채고 그를 데리고 비상계단으로 나갔다.

"저, 잠깐만……"

그들은 일 분도 채 되지 않아 비상계단에서 나왔다. 두 사람 모두 뭔가를 해결한 홀가분한 얼굴이었다. 그러나 내 마음속의 불길한 예감은 커져만 갔다. 마침내 다리가 후들거리기 시작했다. 아베크롬비는 팔걸이가 너덜너덜해진 낡은 인조가죽의자에 쓰러지듯 몸을 던졌다. 마치 함부로 던져놓은 군용 더플백 같았다. 그는 두 손에 얼굴을 파묻었다. 검정 티셔츠는 엘리베이터의 ▼ 버튼을 꾹 눌렀다. 우우웅, 일층에 있던 엘리베이터가 몸을 떨며 올라오는 소리가 들렸다.

마침내 엘리베이터 문이 열리려는 찰나, 소파에 앉아 울고 있던 아베크롬비가 자기보다 덩치가 두 배는 커 보이는 검정 티셔츠에게 갑자기 달려들었다. 처음에 나는, 그럴 리가 없다는 것을 뻔히 알면서도, 둘이 장난이라도 치는 줄 알았다. 아베크롬비는 코알라 새끼처럼 두 팔로 검정 티셔츠의 목을 단단히 감고 대롱대롱 매달렸다. 엘리베이터를 기다리다 기습을 당한 검정 티셔츠는 당황한 나머지 쿵 하고 벽에 몸을 부딪혔다. 아베크롬비는 팔이 웬만한 사람 허벅지만 한 검정 티셔츠의 등에 매달린 채 큰 소리로 울부짖었다.

"야이 씨, 그게, 그게, 엉, 말이, 말이 된다, 된다고 생각해? 그게 가능, 가능해? 엉?"

검정 티셔츠는 등에 매달린 그를 떼어내기 위해 빙글빙글 돌았다. 마치 페어스케이팅을 하는 한 쌍의 피겨스케이팅 선수 같았다. 열려 있던 엘리베이터 문이 사람을 기다리다 다시 닫혔다. 등에 매달린 남자의 몸이 여기저기 함부로 부딪혔다. 라디에이터 위에 올려져 있던 개업 기념 난 화분이 그의 발에 걸려 나동그라지며 깨졌다. 고시원 주인이 고함을 쳤다.

"그만해. 이게 뭐하는 짓이야?"

검정 티셔츠는 그 말을 신호로 마치 유도에서 업어치기를 하듯 허리를 숙이며 자기 목에 매달린 남자의 덜미를 잡아 앞으로 메쳤다. 커피 자동판매기 쪽으로 날아간 남자의 몸은 요란한 소리를 내며 자판기에 부딪힌 후 바닥으로 떨어졌다. 상기된 표정으로 그를 향해 걸어가려는 검정 티셔츠를 내가 나서서 말리자 그도 더는 이 일에 휘말리고 싶지 않다는 듯 소매를 툭툭 털며 뒤로 물러섰다. 그러고는 쓰러져 널브러진 아베크롬비에게 씹어뱉듯 소리쳤다.

"접시 물에 코를 박고도 죽는 게 사람이야! 뭘 알고나 말을 해야지, 이 사람이…… 네가 인간을 알아? 좆도 모르는 새끼가…… 그나마 내가 같은 공직에 있으니까 이쯤에서 봐주는 거야. 그러니까 할말 있으면 서로 오라고 했잖아. 에이, 씨발, 재수가 없으려니까 원."

검정 티셔츠가 다시 엘리베이터 버튼을 눌렀다. 아직 육층에 머물러 있던 엘리베이터의 문이 열렸다. 그는 뒤가 켕기는 듯 슬쩍 돌아보며 엘리베이터 깊숙이 들어가 잽싸게 몸을 돌렸다. 나는 자판기 옆에 젖은 휴지처럼 누워 있는 남자를 부축해 겨우 일으켜세웠다. 그리고 그를 원래 앉아 있던 인조가죽의자에 앉혔다. 남자는 아무 말도 하고 싶지 않은 듯 눈을 감았다. 나는 깨진 화분 조각을 쓰레받기에 쓸어담는 주인에게 다가가 물었다.

"어떻게 된 겁니까?"

"짐은 저 창고에 잘 보관해놨으니까 가져가. 그러게 내가 어제까지는 방값을 달라고 하잖았어?"

주인은 피곤한 얼굴로 쓰레받기를 들고 사무실로 들어갔다. 나도 주인의 뒤를 따랐다.

"아니 그게 아니고 저 사람들 뭐예요? 도대체 왜 저러는 거예요? 아까 보니까 수희씨 방에서 나오던데, 저 사람들이 왜 수희씨 방에서 나오는 거예요?"

내내 침울해하던 주인의 눈이 아주 잠깐 반짝였다. 그 눈빛에서 나는 최악의 사태는 벌어지지 않았을 거라는 느낌을 받았다. 그러나 그것은 내 마음속의 한 가닥 희망이 잠시 나를 속인 것에 불과했다.

"둘이 아는 사이였어?"

주인이 냉혹하고 짓궂은 눈빛으로, 그러나 어떤 호기심을 주체하지 못하는 표정으로 물어왔다. 나는 약간 머뭇거리며 말했다.

"아, 아뇨, 알긴요. 뭐 그런 건 아니고, 그래도 명색이 이웃인데……"

"이웃이라……"

고시원 주인은 나를 빤히 쳐다보았다. 글쎄. 그 표정이 지금도 기억난다. 아주 기분 나쁜 느낌이었다. 어떻게 표현해야 할까. 세상 모든 사람이 자기보다 행복하다고 믿는, 그래서 시샘하고 저주하는 사람의 시선이랄까. 설마 그렇기까지야 했겠냐만서도 그때 그의 눈빛에는 그런 이해하기 어려운 사악함이 있었다. 고시원 주인은 내가 어떤 표정을 짓나 똑똑히 보겠다는 듯, 날카로운 눈길로 나를 노려보며 말했다.

"죽었어."

"네?"

"그 아가씨, 어젯밤에 죽었어. 목을 매달았더라구."

나는 나도 모르게 두 발짝 뒤로 물러섰다.

"방문 손잡이 있잖아? 거기 목을 매달고 앉은 채로 죽었어."

접시 물에 코를 박고도 죽는 게 사람이야. 엘리베이터를 타고 내려간 검정 티셔츠의 말이 떠올랐다. 주인이 소파에 앉아 있는 아베크롬비를 턱짓으로 가리켰다.

"그래서 저러는 거야. 믿을 수가 없다고. 사람이 어떻게 그렇게 죽을 수가 있냐고. 남자친구 같은데, 자기야 뭐, 좀 당황스럽겠지. 그렇지만 뭐, 유서도 있고 있을 거 다 있다던데, 아까 그 형사 말로는."

"아……"

나는 오직 그 말만을 내뱉고 그 자리에 털썩 주저앉았다. 주인이 호기심에 가득찬 얼굴로 나를 내려다봤다. 그가 마치 신처럼 느껴졌다. 나의 죄를 묻고 있는…… 나는 무릎을 세우고 고개를 파묻었다. 주인이 그런 나를 내려다보며 말했다. 위로인지 경멸인지 도무지 알 수 없는 말이었다.

"방값도 못 내는, 아니 자기 코가 석 자인 친구가 무슨 남 걱정이야. 뭐, 죽은 거야 안됐지만 산 사람은 살아야지. 그리고 막말로 둘이 뭐, 무슨 관계도 아니었잖아?"

그런데 뭘 그렇게까지 호들갑이냐. 주인은 그렇게 묻고 있었다. 나는 할말이 없었다. 글쎄요, 제가 왜 이럴까요? 나는 후들거리는 다리를 겨우 진정시켜가며 바닥에서 몸을 일으켰다. 주인이 내 어깨를 토닥이며 말했다.

"오늘이라도 방값 내면 오늘 또 나가는 방 있으니까 그 방으로 들어가면 돼. 어때? 오늘 가능한 거야? 아니면 창고에서 짐 빼줘야 돼. 한정없이 그냥 놔둘 수는 없잖아. 짐은 자꾸 늘어나고."

그러면서 주인은 입주자 현황이 기록된 화이트보드로 눈길을 던졌다. 내가 있던 703호에는 다른 사람의 이름이 적혀 있었다. 주인은 지우개를 들어 702호 부분을 지웠다. 김수희라는 이름은 오래 적혀 있었던 탓인지 잘 지워지지 않았다. 그녀는 도대체 얼마나 오래 이 고시원에서 살았던 것일까? 주인은 손목에 힘을 주어 빡빡 그 이름을 지웠다. 그러고는 내 쪽을 힐끗 바라보았다. 그 순간 나는 그가 조금 전에 말한 '오늘 나가는 방'이 바로 그 방이라는 것을 깨달았다.

"죄송합니다. 오늘 돈이 안 될 것 같아요. 다른 사람 주세요."

나는 천천히 주머니에서 703호의 열쇠를 꺼내 주인에게 내밀었다. 주인은 어딘가 못마땅한 얼굴로 열쇠를 받아 책상 위로 던졌다. 나는 사무실과 연결된 창고로 들어가 내 짐을 가지고 나왔다. 노트북 가방을 둘러메고 트렁크의 손잡이를 빼냈다. 사무실을 나서는 내게 주인이 혼잣말처럼, 그러나 분명히 날더러 들으라는 듯 큰 소리로 말했다.

"어쩐지 702호, 어젯밤에 유난히 서성대더라고. 들락날락하면서."

나는 가슴이 덜컥 내려앉았다. 설마 나를 기다리고 있었던 건 아니겠지? 아닐 거야. 주인 말대로 우린 아무 사이도 아니었잖아. 그렇지만 왜 하필 내가 들어오지 않은 날 이런 일을 저질렀단 말인가? 나는 도망치듯 사무실을 빠져나왔다.

소파에 앉아 울고 있던 남자가 나를 올려다보았다. 청소하는 아주머니가 파란색 유한락스 통과 대걸레를 들고 칠층으로 올라가고 있었다.

내가 엘리베이터 버튼을 누르자 소파에 앉아 있던 남자도 몸을 일으켰다. 우리는 함께 엘리베이터에 올라탔다. 그리고 아무 말 없이 일층까지 내려갔다. 엘리베이터 안을 가득 채운 침묵의 긴장을 견디기가 어려웠다. 나는 남자에게 말했다.

"저…… 놀라셨겠어요. 뭐라고 위로의 말씀을 드려야 할지……"

남자는 뜬금없다는 표정으로 나를 멍하니 바라보았다. 마땅히 할 말을 찾지 못한 눈치였다. 그러더니 그는 어렵사리 입을 열었다.

"아, 예, 고맙습니다."

그러나 고마워하는 눈치가 전혀 아니었다. 나는 그의 눈치를 살피며 조심스레 물었다.

"저, 수희씨는 지금 어느 병원에 있나요?"

앞서 걸어가려던 남자가 발걸음을 멈추고 물끄러미 나를 돌아보았다. 경계심이 그대로 드러났다.

"왜요?"

"아니, 그냥. 제가 수희씨 옆방에 있었거든요. 가끔 만나면 인사도 하고 그랬는데…… 갑자기 이런 일을……"

남자는 조금 망설이다가 더이상 뭔가를 생각하기도 귀찮았는지 내뱉듯이 말했다.

"119가 세브란스에 데려다놨더라구요."

서울말을 쓰기는 했지만 희미하게 남쪽 억양이 남아 있었다. 그 억양이 다시 한번 옆방녀를 연상시켰다. 둘의 말투가 정말 비슷했다. 당연하지, 오랜 연인이었으니. 가슴 한구석이 정말 송곳으로 후벼파듯 아팠다. 나는 오른손으로 그 부위를 지그시 눌렀다. 아베크롬비는 발을 떼려다가 다시 내 쪽으로 몸을 돌렸다.

"오지 마세요, 괜히. 호상도 아니고."

그러고는 버스정류장 쪽으로 단호하게 몸을 돌렸다.

"저기요."

나는 그를 불러세웠다.

"혹시 연락처 좀 알 수 있을까요?"

남자가 짜증스러운 표정으로 나를 바라보았다.

"누구요? 저요? 왜요?"

"아니, 그냥."

남자가 의혹에 가득찬 눈길로 나를 노려보았다.

"아하, 혹시 수희한테 돈 꿔주셨어요?"

나는 화들짝 놀라 손을 내저었다.

"아, 아뇨. 그런 게 아니라……"

"그럼 뭐예요?"

"아니, 그게…… 혹시 영안실에 갔을 때 못 찾거나 하면……"

"오지 마시라니까요."

별 실없는…… 남자는 혼잣말을 내뱉으며 몸을 돌렸다. 그리고 다시 버스정류장 쪽으로 걸어가기 시작했다. 나는 찬란한 햇살이 부서지는 고시원 건물 입구에 멍하니 서서 젊은 우체부가 제 몸을 이끌고 한 걸음 한 걸음 내딛는 모습을 바라보았다. 아까 형사와 다투다 어딘가 다쳤는지 다리를 살짝 저는 것 같았다. 사람들은 아무 걱정 없는 얼굴로 그와 내 곁을 지나갔다. 나는 트렁크를 끌고 그와는 반대 방향으로 걷기 시작했다. 트렁크는 무겁고 거추장스러웠다. 마치 트렁크 속에 옆방녀의 시체라도 들어 있는 기분이었다. 어디다 획 던져버리고 그것으로부터 달아나고 싶었다. 바퀴가 어딘가에 걸려 트렁크가 기우뚱 기울어질 때마다, 그래서 발걸음을 멈추고 트렁크를 돌아보게 될 때마다, 트렁크 속의 옆방녀가 내게 말을 거는 것 같았다.

너는 내가 죽기를 바랐지? 그렇지?

나는 고개를 저으며 계속 걸었다.

아니, 아니야. 제발 나를 용서해줘.

트렁크 바퀴가 마지막으로 보도블록 사이에 낀 곳은 산울림소극장 근처의 다리 앞이었다. 나는 낑낑거리며 트렁크를 빼냈다. 그러곤 그것을 끌고 다리 위로 올라가 난간 위로 들어올렸다. 그리고 힘을 주어 난간 바깥쪽으로 밀었다. 그러나 내 온갖 살림살이가 다 들어 있는 트렁크는, 내 모든 옷가지와 MP3플레이어와 필기구와 몇 권의 책을 담은 그 무겁고 거추장스러운 트렁크는 쉽게 난간을 넘지 않았다. 마치 살아 있는 어떤 짐승을 절벽 아래로 밀어 떨어뜨리는 기분이었다. 그러나 떨어질 것은 결국 떨어지게 마련. 내 손을 떠난 트렁크는 자유낙하를 하다 쿵 소리를 내며 땅에 떨어져 나뒹굴었다. 나는 난간에 몸을 기댄 채 버려진 트렁크를 내려다보았다. 한때 철 길이었던 그곳은 이제 공사장이었다. 철로를 걷어내고 공원을 만든다는 얘기를 들은 것도 같았다. 나는 텅 빈 눈으로 길고 황량한 공사장을 한없이 응시했다.

27

나는 옆방녀의 죽음을 생각했다. 누군가가 문을 열었을 때 손잡이에 질질 끌려왔을 그녀의 몸을 떠올리자 소름이 돋았다. 그 어떤 강렬한 죽음의 의지가 한 인간을 거기까지 몰아붙인 걸까? 석고보드로 마감한 고시원의 벽에는 인간의 무거운 육신을 매달 만한 곳이 없다. 그래서 결국 방문 손잡이에 줄을 고정하고 단단히 매듭을 지은 후 그 속에 자신의 목을 집어넣고 숨이 멎을 때까지 조른 걸까? 도대체 무엇 때문에 그렇게까지 집요했던 걸까? 나는 인간이라는 존재에 대해 아무것도 모르고 있었다. 책 속에 등장한 수많은 자살 사례, 이를테면 수십 개의 못을 삼키고 목숨을 끊은 사람 같은 황당한 경우는 알고 있었다. 그러나 그것은 나와 관계없는 딴 나라 이야기였을 뿐이다. 막상 내 곁에서 일이 벌어지자 그런 잡학은 아무짝에도 쓸모가 없었다.

얼마나 지났을까. 멀리서 막대기를 든 남자아이 셋이 버려진 내 트렁크를 발견하더니 갑자기 달려오기 시작했다. 아이들은 트렁크에 다가가 막대기로 그 안을 쿡쿡 찔러댔다. 나는 나도 모르게 소리를 지르고 말았다.

"야, 야, 그거 아저씨 거야!"

나는 다리 아래로 뛰어내려갔다. 아이들이 깜짝 놀라 가방에서 한 발짝 물러섰다. 나는 아이들을 밀어젖히고 트렁크의 손잡이를 붙들었다. 아이들이 먹이를 빼앗긴 하이에나처럼 으르렁거렸다.

"그거 아저씨 거 맞아요?"

나는 아무 대답도 하지 않고 그 무거운 트렁크를 끌고 다시 다리 위로 올라가기 시작했다. 한 아이가 욕을 하며 나를 향해 돌멩이를 던졌다. 돌멩이가 발뒤꿈치에 맞았지만 아프지는 않았다. 나는 뒤돌아보지 않고 속도를 높여 걸었다. 그리고 문을 닫은 옷가게 셔터 앞에 트렁크를 세워놓고 노숙자처럼 그것을 베고 누웠다. 잠깐만, 아주 잠깐만 여기 이렇게 있도록 하자. 배가 고파질 때까지만, 날이 어두워질 때까지만, 저 태양이 위세를 잃을 때까지만. 나는 굴러다니는 신문으로 얼굴을 덮었다. 누군가 나를 알아볼지도 몰랐다.

나라는 인간이 싫어졌다. 그러니까 언제나 이런 식이다. 모든 일을 뒤로 미루며 뭐 어떻게든 되겠지, 라고 생각하는 것이다. 그러나 실제로는 되는 일이 거의 없다. 그래도 크게 문제될 게 없다고 위안한다. 문득 오뎅바에서 빛나가 했던 말이 생각났다.

'오빠는 아무래도 안 되겠어. 뭐랄까, 뼛속 깊이 게으름이 배어 있다고나 할까. 오빠는 이러니저러니 멋진 말로 포장하려고 하지만 실은 그냥 놀고 싶은 거야. 세상의 치열한 경쟁에서 벗어나서 유유자적하며 살려는 거지. 안 그래?'

속속들이 맞는 말이다. 불한당은 땀을 흘리지 않아서 불한당이라고 한다던데, 그렇다면 나에게는 분명 불한당의 피가 흐르고 있는지도 모르겠다. 아마도 얼굴도 모르는 내 아버지는 필시 불한당이었을 것이다. 나는 몸을 더욱 웅크렸다. 날카로운 바늘로 손톱 밑을 찌르는 것 같은 고통이 느껴졌다. 이십만원. 아, 결국 그 이십만원을 갚지 못했구나. 그녀는 왜 그토록 허망하게 목숨을 끊은 것일까? 그녀가 미웠다. 돈은 왜 빌려준 거야? 그리고 왜 갚을 기회도 안 주고 가버린 거야? 설마 나 때문에 그런 것은 아니겠지? 아닐 거야. 그럴 리가 없지.

나는 눈을 떴다. 그리고 지나가는 사람들을 바라보았다. 평소에는 한적한 거리라고 생각했는데 이런 처지가 되어 살펴보니 정말 많은 사람들이 왕래하는 분주한 거리였다. 그들은 도시인답게 나 같은 존재에게는 눈길 한번 주지 않고 무심히 자기 갈 길을 향해 걸었다.

그러니까 그게 마지막이었다.

'민수씨는 아시는 것도 많고 하니까, 뭣 좀 여쭤보고 싶어서요.'

내가 아는 게 많다고요? 아는 게 많은, 그렇게 똑똑한 인간이 왜 이렇게 살고 있겠어요? 나는 덫에 걸린 기분이었다. 어떻게 해도 빠져나갈 수 없는 촘촘하고 끈적끈적한 덫. 도대체 내가 뭘 그렇게 잘못한 거지? 조금 철이 없었을 뿐이잖아. 그러나 이런 변명은 전혀 위안이 되지 않았다. 나 자신에게 벌을 주고 싶었지만 그마저도 쉽지 않았다. 나는 다리 밑으로 던져버린 가방까지 구차하게 되찾아온 인간이 아닌가. 나는 얼굴을 덮고 있던 신문지를 치웠다. 트렁크 옆에 얌전히 놓인 작은 가방으로 눈길이 갔다. 최여사 살아생전에 장만한 노트북컴퓨터였다. 아, 그래. 저게 있었지. 갑갑한 고시원에서 창이 되어주고 지원과 나를 연결해주었지. 이 년 동안 받은 이메일과 휴대폰으로 찍은 사진과 대학 시절 과제, 다운만 받고 보지는 않은 영화, 그리고 다시 보고 싶지 않은 일기가 들어 있는…… 저것을 팔아버리는 거다. 그럼 단 몇십만원이라도 받을 수 있을 거야. 그걸 가지고 옆방녀가 누워 있는 영안실에 가서 용서를 구하자. 조용히 들어가 절을 하고 조의금을 내고 나오는 거다. 그럼 마음이라도 좀 편해지지 않을까? 그래, 그렇게 하자.

나는 힘겹게 몸을 일으켰다. 그리고 노트북을 샀던 용산 전자상가로 향했다. 무거운 짐을 들고 지하철을 갈아타며 전자상가까지 가는 일은 쉽지 않았다.

첫번째로 들어간 가게에선 노트북을 보더니 고개를 저었다. 자기들은 취급하지 않는 기종이라고 했다. 다른 가게들을 더 돌아다니다가 '중고노트북 전문'이라고 큼직하게 써붙인 가게에서 드디어 거래가 성사되었다. 그들은 심드렁한 얼굴로 노트북을 이리저리 살피며 흠을 잡더니 삼십만원을 주겠다고 했다.

"삼십만원이요? 살 때 이백만원 가까이 주고 산 건데요. 얼마나 깨끗이 썼다구요."

"그것도 많이 드리는 거예요. 요즘 중국산 저가 노트북 때문에 난리예요. 좀더 주면 새뻥도 사는데요."

결국 몇 군데를 더 돌아다닌 끝에 겨우 삼십오만원을 손에 쥘 수 있었다. 삼십오만원을 주머니에 넣고 상가 한 귀퉁이의 분식집에서 잔치국수 한 그릇을 시켜 공깃밥을 말아먹었다. 합이 사천원이었다. 나는 마지막 한 방울까지 남김없이 먹어치웠다. 조미료 맛이 강했지만 그래도 얼큰한 게 꽤 맛있었다. 이민수, 너는 어떤 상황에서도 밥은 먹는구나. 나는 중고노트북 전문점에서 받은 돈을 슬쩍 꺼내보았다. 삼십오만원. 여기서 옆방녀의 돈 이십만원을 빼면 십오만원이 남는다. 십오만원이라. 그걸로는 아무 데도 갈 수 없다. 지금 내게 삼십오만원이라는 돈은 정말 애매한 액수였다. 그 돈이면 고시원의 한 달 방값을 내고도 약간이 남았다. 사람의 마음이란 간사한 것이어서, 팔러 올 때는 그 돈으로 양심의 빚을 갚고 나태한 자신을 벌줄 생각이었지만 막상 돈을 손에 쥐고 나니 생각이 조금 달라졌다. 그녀는 이미 이 세상 사람이 아니고 결국 이 돈은 영문도 모르는 그녀의 가족에게 가버리겠지. 그게 무슨 의미가 있단 말인가?

이런 갈등 속에 자기모멸은 더욱 깊어졌다. 나 자신이 점점 더 싫어졌다. 나는 지난밤 지원이 감미롭게 헝클어뜨리던 내 머리를, 바

로 그 머리를 더러운 손으로 쥐어뜯었다. 그런데 바로 그 순간 지원
으로부터 문자가 왔다.

'잘 간 거야? 아침에 그렇게 보내서 하루종일 맘이 안 좋았어. 밥
은 잘 챙겨먹었어?'

나는 물끄러미 그녀가 보낸 문자메시지를 내려다보았다. 어떤 SF
소설에서 봤는지 잘 기억은 안 나지만 한 소년이 거대한 우주선을
타고 수만 광년 떨어진 세계로 떠난다. 그들은 빛보다 빠르게 항진
하고 있다. 시간의 흐름이 뒤엉킨다. 우주선에 타고 있는 소년에게
지구에 남아 있는 여자친구가 보낸 메시지가 도착하지만 그것은 이
미 오래전에 보내진 메시지다. 어쩌면 지금 그녀는 이미 늙어 죽었
을지도 모른다고 소년은 생각한다. 결국 그들은 영원히 만나지 못할
것이다. 그러나 소녀가 오래전에 보낸 메시지는 계속 도착한다……

그 소년이 된 기분이었다. 바로 어제 우리는 함께 있었다. 정말 황
홀한 시간이었지만 그때로부터 불과 하루도 안 지났다는 게 믿기지
않았다. 적어도 한 달은 된 것 같았다. 그녀가 살고 있는 평창동 역시
내가 비스듬히 누워 있는 이 가게에서 마치 수만 광년은 떨어진 곳
처럼 느껴졌다. 그녀의 문자가 새로 도착했다.

'우리 언제 만나? 내일 어때?'

그녀가 살고 있는 그 안온한 세계, 수많은 책과 멋진 책상, 깨끗하
고 널찍한 욕실을 생각했다. 우리는 너무나도 다른 세상에 살고 있
었다. 어제는 잠시 우리의 육체가, 뜨거운 호르몬이 우리 둘을 속인
것이다. 그녀는 과연 옆방녀 같은 사람을 이해할 수 있을까? 그녀는

정말 열심히 살았다. 돌아갈 곳 없는 싸구려 용병 같은 삶이었다. 새벽에는 학원에서 공부를, 낮에는 마트에서 포장 일을, 밤에는 고시원에서 복습을 하는 그녀의 꿈은 거창한 것이 아니었다. 정년까지 월급을 받는 하급 공무원이 되는 것이었다. 멋진 서재와 아름다운 집 같은 것을 소망한 게 아니었다. 지원은 과연 그런 삶을 이해할 수 있을까? 나는 그녀에게 말하고 싶었다. 지난밤, 너는 나에 대해서 정말 멋진 얘기를 해주었지. 내 가능성을 믿어주고 따뜻하게 안아주었지. 그건 정말 눈물나게 고마웠어. 하마터면 나는 그 말을 믿을 뻔했어. 그러나 아니야. 너는 나를 몰라. 나는 거지가 다 되어서야 나 자신을 정확히 알게 된 것 같았다. 나에 대해서 한마디로 말해줄게.

나는 옆방녀의 옆방에 살던 남자야.

살아오면서 했던 말장난 중에서 가장 쓸쓸한 말장난이었다. 702호와 703호. 나는 늘 잠시 거기 머물고 있다고 생각했지만 알고 보면 그녀와 별다를 바 없는 처지였던 것이다. 나는 지원의 문자에 답장을 하지 않았다. 아니, 할 수가 없었다. 나는 분명 잘 지내지 못했고, 그렇다고 정직하게 문자를 치면 그녀는 그 까닭을 물을 테고, 나는 그 질문에 답할 수 없을 것이기 때문이다.

응, 내가 돈이 너무 없어서 옆방에 사는 가난한 공무원시험 준비생에게 이십만원을 빌렸는데 글쎄 그 여자가 자살했어. 옆방에 왜 여자가 사냐고? 아, 내가 고시원에 살고 있다고 얘기 안 했던가? 그래, 나는 고시원에 살아. 그런데 거기서도 마침 방값을 못 내 오늘 아침 트렁크 하나 들고 쫓겨났어. 아 참, 그 여자가 죽기 전에 날더러

고민이 있다며 상담을 해달랬는데 그날 마침 나는 너네 집에서 행복한 밤을 보냈잖아. 그런데 결국 그 여자 돈은 갚지도 못하게 됐고 어쨌든 그래서 나 지금 무지하게 우울해, 라고 말할 수는 없는 노릇이었다.

지원은 그뒤로도 몇 번 더 문자를 보내왔고, 마지막엔 전화도 걸어왔지만 나는 그 어떤 것에도 응답하지 않았다. 지원에게 이렇게 말하고 싶은 기분이었다. 지원아, 넌 예쁘고 똑똑하고 멋진 여자야. 누구라도 그걸 알 수 있지. 나도 너를 좋아해. 너를 처음 본 순간부터, 아니 너와 처음 대화를 나눈 그 순간부터 그랬지. 그런데 말이야, 실은 네가 지금 햇빛을 가리고 있거든. 좀 비켜주지 않을래?

통 속의 철학자 디오게네스는 우울증에 걸렸던 게 아닐까? 나는 고대 그리스의 철학자처럼 점점 더 그늘 속으로 내 자아를 밀어넣었다.

그로부터 몇 시간 후, 나는 신촌의 한 찜질방에 누워 있었다. 짐은 카운터에 맡기고 샤워를 했다. 거리에서 뒤집어쓴 먼지가 정말 대단했다. 거지가 달리 거지가 아니구나. 나는 발밑으로 흘러가는 구정물을 보며 한탄했다. 열탕과 냉탕을 한 번씩 오간 후, 흰 티셔츠와 반바지만 입고, 목침을 베고 드러누워 멍하니 TV를 봤다. 나 말고도 꽤 많은 손님이, 젊은 남녀의 결혼 문제로 칠십 먹은 할머니부터 스무 살 먹은 손녀까지 모두 골머리를 썩는 일일드라마를 보고 있었다. 거기에 등장하는 가족들은 하나같이 괴물 같았다. 그들은 다른 사람에게 지나치게 관심이 많았다. 간섭하고 괴롭히고 저주하고 소리를 질렀다. 정말 세상의 모든 가족이 저런 걸까? 나는 문득 목침에서 머리를 들어올려 TV 앞에 모여앉은 사람들을 둘러보았다. 흰 천을 두른 살덩이들이 TV 주위를 에워싸고 바다표범처럼 누워 있었다. 모두 흰옷을 입고 있어 언뜻 보면 무슨 회사에서 단합대회라도 온 것 같은 분위기였다. 단지 다른 점이 있다면 이 거대한 방 속의 사람들은 서로 대화를 나누지도 않고 눈이 마주쳐도 웃지 않는다는 것이다.

나는 몸을 일으켜 TV 앞에서 벗어났다. 그리고 천천히 찜질방 곳곳을 어슬렁거렸다. 원적외선, 황토 등 갖가지 이름이 붙은 방이 있었고, 그 안에는 어김없이 일정한 수의 사람들이 드러누워 있었다.

흰개미굴.

그랬다. 찜질방은 거대한 흰개미굴 같았다. 흰옷을 입은 사람들은 아무 말 없이 이 방 저 방을 들락거리며 분주히 오갔다. 부딪치지도 않고 서로 싸우지도 않았다. 잠들어 있는 사람, 컴퓨터 앞에서 인터넷을 하는 사람, 러닝머신 위에서 달리기를 하는 사람도 있었다.

나는 흰개미굴의 구석에 위치한 구내매점으로 가 비빔밥을 시켜 먹었다. 나물을 씹으며 나는 옆방녀의 영안실에 가야 할 것인가를 고민했다. 가는 게 좋겠지? 가서 마음의 짐을 덜어버려야지. 그렇게 생각하면서도 선뜻 엉덩이가 떨어지지 않았다. 그런 쓸쓸하고 심란한 초상집에 가서 뭘 한단 말인가? 그리고 그게 과연 잘하는 짓일까? 내 마음의 짐을 덜자고 가서 괜한 의심과 분란을 일으키는 게 과연 그녀를 위한 일일까? 당장 그녀의 연인인 우체부는 나와 그녀의 관계를 의심할 테고 어쩌면 누군가는 그녀의 죽음에 내가 관련돼 있다고 생각할 수도 있다. 그리고 그것은…… 꼭 그렇지 않다고는 말할 수 없는…… 문제가 아닌가.

수면실에 들어가 잠을 청해보았지만 정신은 말똥말똥했다. 다시 한번 뜨거운 물에 몸을 담가보기도 하고 러닝머신에서 미친듯이 뛰기도 했다. 도대체 자정이 다 된 시간에 이 무슨 달밤의 체조란 말인가. 나는 결국 옷을 갈아입고 흰개미굴에서 빠져나왔다. 전생의 업보 같은 애물단지 트렁크를 끌고, 그것과는 전혀 어울리지 않는 보송보송하고 발그레한 얼굴로 취객들이 활보하는 밤거리를 터덜터덜 걸었다. 나의 발걸음은 나도 모르게 세브란스 영안실을 향하고 있었다. 몇 개의 횡단보도를 건너 엘리베이터가 설치된 육교를 올랐다. 그리고 육교 아래로 지나가는 자동차들의 불빛을 내려다보았다.

나는 예전부터 육교가 참 좋았다. 몸이 불편한 사람들을 생각한다면 아무래도 횡단보도가 좋겠지만 횡단보도에는 육교와 같은 전망이 없다. 육교에서 내려다볼 때면 도시는 훨씬 아름답고 멋진 곳이라는 생각이 든다. 횡단보도는 서둘러 건너가야 할 곳이지만 육교는 그렇지 않다. 건너지 않고 오래 머물러도 뭐라는 사람이 없다. 길의 한가운데에서 오가는 차를 마음껏 내려다볼 수 있는 경험은 이제 귀해졌다. 육교는 공룡의 운명을 따라 멸종해가고 있다. 횡단보도는 그것대로 만들되 육교는 육교대로 내버려두면 안 되는 걸까?

나는 괜한 것, 나의 현실과 아무 관련도 없는 것을 생각하려 필사적으로 애썼다. 서울시의 교통정책이나 도시의 스카이라인 같은…… 그러나 눈길은 자꾸만 육교 아래에 있는 표지판으로 향했다. 그 표지판은 병원의 영안실을 가리키고 있었다. 한번 가보기나 하자. 나는 천천히 그쪽으로 발걸음을 옮겼다. 시간은 어느새 밤 열한시가 다 되어가고 있었다. 인적은 드물었고 간혹 뒤늦게 영안실을 떠나는 자동차들만 크르릉크르릉 소리를 내며 주차장을 빠져나갔다. 나는 영화과 대학생이 만드는 단편영화에나 나올 것 같은 몰골이었다.

짜잔! 거대한 트렁크를 끌고 대형 병원 영안실에 출현한 보송보송한 얼굴의 젊은 남자! 도대체 그가 원하는 것은 무엇인가?

나는 영안실 입구의 전광판에서 그녀의 이름을 확인했다. 호텔처럼 죽은 자에게도 각자의 방이 있었다. 이 세계는 혹시 무수한 방으로 이루어진 게 아닐까? 신생아실에서 태어나 교실에서 배우고 소주방에서 술 먹다가 노래방에서 노래하고 찜질방에서 목욕하고 채팅방에서 채팅하다 고시원의 쪽방에서 잠드는, 그리고 끝내는 대형 병원의 영안실에서 마감하는 삶.

나는 전광판이 일러준 그녀의 영안실 근처까지 접근했다. 이십만원은 따로 챙겨 주머니에 넣어두었다. 빈소에는 사람이 거의 없었다. 영안실이라고는 믿어지지 않을 만큼 깔끔했다. 늙수그레한 남자들이 아무 말 없이 앉아 있었고 중년 여성 몇몇이 벽에 기대어 졸고 있었다. 젊은 우체부는 보이지 않았다. 어색한 검은 정장을 입은 이십대 남자 몇이 옆방에서 나와 밖으로 나갔다. 그들에게서 담배 냄새가 훅 끼쳐왔다. 삼십 분 가까이 근처에서 지켜보았지만 조문객은 없었다. 화투를 치는 사람도, 앉아서 술을 마시는 사람도 없었다. 하긴 조문객이 오기에는 너무 늦은 시각이었다. 듣자 하니 요즘 이 병원의 장례식장은 조문객의 밤샘을 금하고 있다고 했다. 영안실에 남아 있는 유족들도 철수할 준비를 하는 것 같았다.

나는 결국 빈소로 들어가지 않았다. 다시 트렁크를 끌고 밖으로 나왔다. 주차장 입구를 지나는데 한 남자가 지친 얼굴로 나를 스쳐 지나갔다. 나는 그가 누구인지 알아보았지만 그는 나를 보지 못한 것 같았다. 어깨를 축 늘어뜨린 젊은 우체부는 양손으로 마른세수를 하며 터덜터덜 영안실로 내려가기 시작했다. 내려가는 그를 불러세워서 말해주고 싶었다. 잘은 모르지만, 당신 잘못은 아닐 거예요. 그녀에게는 우리가 모르는 고통이 있었을 거예요. 그러니까 너무 괴로워하지 말아요. 당신 잘못이 아니에요.

그러나 나는 그를 부르지 않았다. 그는 자신을 원망하고 비난하고 있을 옆방녀의 가족들을 향해 걸어갔다. 그리고 그 순간 나는 깨달았다. 그에게 해주고자 했던 말이 실은 내가 듣고 싶은 위로의 말이라는 것을.

나는 거기에 더 있을 필요가 없었다. 그곳의 누구도 내게 필요한 위로를 주지 않을 것이었다. 헛된 소망이었다. 차가운 밤바람이 내 이마를 식혔다. 나는 얼마간 현실적인 인간으로 돌아왔다.

수희씨, 미안해요. 돈을 못 갚아서가 아니에요. 당신이 나를 필요로 할 때 그 말을 들어주지 못한 거, 그게 미안해요. 단 몇 분만 시간을 냈으면 되는 건데, 그때 나는 그게 그렇게 급한 건지 몰랐어요. 내려가서 절은 하지 않을게요. 그건 위선적인 행동 같아요. 나는 이제 조금 다른 사람이 되어야겠어요. 그래야겠다는 생각이 들어요. 아니, 그런 사람이 벌써 돼버린 것 같아요. 어쨌든 잘살게요. 수희씨도 잘 가요. 안녕.

나는 병원을 벗어나 연세대학교 안으로 들어갔다. 그리고 적당한 벤치 하나를 골라 앉았다. 다시 짐을 끌고 찜질방까지 걸어가고 싶지는 않았다. 모기들이 일제히 달려들었다. 아침에야 알았지만 그곳은 학생식당 뒤쪽의, 모기들이 가장 사랑할 법한 작은 숲이었다. 축축한 물기와 음식물 찌꺼기를 노리는 집쥐, 그리고 따뜻한 온기까지. 모기가 좋아하는 모든 것이 갖춰진 곳이었다. 나는 그런 줄도 모른 채 그악스러운 모기들과 싸우며 날이 밝을 때까지 버텼다. 모기들은 외설스러웠다. 사타구니까지 들어왔고 양말쯤은 가볍게 뚫고 내 속살에 대롱을 박아넣었다. 새벽은 쉽게 오지 않았다. 나는 고행을 하는 신비주의 종파의 신도처럼 연신 내 뺨을 때려가며 밤을 새웠다. 뺨이 부어올랐다. 가끔 깜빡깜빡 졸기는 했지만 깊은 잠이 들지는 않았다.

벤치에서 이슬을 맞으며 보내는 밤은 길었다. 그러나 마음은 편했다. 자기 몸을 군중에게 내맡긴 『향수』의 장 그르누이처럼 나 역시 일종의 형벌을 스스로에게 가하는 기분이었다. 어쩌면 뇌염에 걸릴지도 몰라.

부지런한 학생들이 도서관에 자리를 잡으러 나타나기 시작하는 시간이 찾아왔다. 나는 트렁크를 끌고 학생식당에 가서 육개장을 사 먹었다. 미지근한 국물은 짜고 텁텁했다. 다시 도서관 앞으로 나와 햇볕을 쬐었다. 휴대폰을 꺼내 시간을 확인하니 오전 여덟시였다. 별로 할 일도 없고 해서 지난 며칠간의 통화목록을 검색해보았다. 저 아래쪽에 이춘성이라는 이름이 보였다. 나는 물끄러미 그 이름을 바라보다가 '통화' 버튼을 눌렀다. 그는 분명 깨어 있을 것 같았다. 역시나 전화를 받은 이춘성은 반가워했다. 그러면서 곧 데리러 오겠다고 했다. 나는 모기에 물려 여기저기 퉁퉁 부은 얼굴로 그를 기다렸다. 무슨 일이 나를 기다리고 있을지 모르지만 설마 지금보다 더 나빠지겠어? 로또를 사는 것보다는 낫잖아? 그렇게 스스로를 위로하며 나는 누군가가 버리고 간 무가지를 읽었다.

두 시간쯤 지났을까.

옆에 놓아둔 휴대폰은 이 분에 한 번씩 드르륵드르륵 몸을 떨었다. 확인하지 않은 문자메시지가 있음을 알리는 것이었다. 아마도 지원이 보낸 문자일 것이다. 그녀와의 일들을 생각했다. 함께 보낸 지난밤보다 처음 만났을 때의 장면이 이상하게 더 생생했다. 놀이터의 풍경, 함께 걸어간 길, 작은 바에서 맥주를 마시며 나눈 이야기.

나는 휴대폰을 집어들었다. 배터리의 잔량을 가리키는 바는 눈금이 하나밖에 남아 있지 않았다. 나는 1번 버튼을 꾹 눌렀다. 잠시 후 지원의 목소리가 들려왔다. 음성에는 찰기가 없었다.

"민수……구나."

"응, 나야."

나는 무슨 말을 해야 할지 몰라 잠시 아무 말도 하지 않았다. 한참 후에야 지원이 물었다.

"무슨 일이 있는 거야?"

"아니."

"……"

"……"

"그런데 왜 내 문자 계속 씹었어?"

화가 난 것 같지는 않았다. 그래서 더 미안했다.

"그냥 좀 생각할 게 있어서."

"너도 그런 애니?"

"그런 애라니?"

그녀는 잠시 침묵을 지켰다. 나는 그녀가 한 말이 무슨 뜻인지 생각했다.

"넌 그런 애가 아닐 줄 알았어."

"그게 무슨 소리야?"

"있잖아. 밤을 같이 보내면 갑자기 흥미를 잃어버리고 어딘가로 떠나는 남자애들."

"그런 거 아니야. 그게……"

나는 당황했다. 설마 그녀가 그런 쪽으로 생각하고 있을 줄은 꿈에도 생각지 못했다. 어떻게 변명을 해야 그녀가 내 말을 믿어줄까?

"그럼 뭐야?"

그녀가 물었다. 나는 여전히 버벅댔다.

"글쎄, 뭐라고 말해야 할지……"

"여자 문제구나. 그렇지?"

그녀의 목소리에는 힘이 없었다.

여자 문제?

아니라고 딱 부러지게 말할 수는 없었다. 나는 수희씨 얘기를 해야 하나 말아야 하나 생각하느라고 잠시 망설였다. 그 망설임은 아주 짧았지만 우리가 나눈 대화의 성질에 비추어보면 한없이 긴 시간일 수도 있었다.

"말하지 않아도 돼. 하지만 지난 스물네 시간 동안 내가, 내가 얼마나 고통스러웠는지 그건, 그건 알고 있었으면 해. 그리고……"

그녀는 말끝을 흐렸다. 울먹이는 것 같았다. 그녀가 그렇게 나오자 내 마음은 이상하게 더 차가워졌다. 어떻게 해명해야 할지 알 수 없었고 솔직히 알고 싶지도 않았다. 나 역시 그녀와 연락이 되지 않아 며칠 동안 홀로 온갖 억측을 해가며 마음의 지옥을 겪은 바 있었다. 그러니 그녀가 지난 스물네 시간, 얼마나 심사가 어지러웠을지 가늠할 수 있었다. 그러나 그녀의 고통을 가늠할 수 있다고 해서 당장 모든 자초지종을 설명할 수 있는 것은 아니었다. 영안실에 누워 있는 수희씨를 알리바이로 동원하고 싶지는 않았다. 그제야 나는 문명의 이기인 휴대폰이 얼마나 제한적인 소통만을 허용하는지 새삼 깨달았다. 한 인간의 진심을 온전히 전달하기에 문자메시지나 음성통화 모두 여전히 태부족이었다.

"지원아, 네가 생각하는 그런 문제가 아니야. 단지 나도 좀 혼란스러워서 그래. 나중에 정리되면 자세히 얘기해줄게."

"지금 얘기해주면 안 돼? 난 아무리 복잡해도 이해할 수 있어……"

"지원아, 미안. 내가……"

바로 그 순간 삐리릭 소리와 함께 통화가 끊겼다. 나는 휴대폰을 귀에서 떼고 살펴보았다. 간당간당하던 배터리가 완전히 방전되었다. 어딘가 충전을 해주는 곳이 있을 테지만 굳이 그렇게까지 해가며 지원과의 통화를 잇고 싶지는 않았다. 내 마음속에 단단한 무심의 벽 같은 것이 생겼다. 지원과의 오해를 풀자면 마주앉아서 이런저런 이야기를 나누며 천천히 핵심으로 다가가는 과정을 거쳐야 할 텐데 그 모든 게 문득 귀찮게 느껴졌다. 에라, 모르겠다. 될 대로 되라지. 그냥 어디 먼 곳으로 떠나 이 모든 것, 서울에서의 한심한 삶과 결별하고 싶었다.

나는 먹통이 된 휴대폰을 가방에 처박고 멍하니 벤치에 앉아 지나가는 사람들을 바라보았다. 그러다 어느새 깜빡 잠이 들었던 것 같다. 지난밤 내내 잠을 설쳤던 탓일까. 잠은 너무나도 달콤했다.

7장

회사

28

얼마나 잤을까.

인기척을 느끼고 눈을 뜨자 눈앞에 이춘성이 서 있었다. 그는 나를 보며 미소 짓고 있었다.

"식사는 하셨습니까?"

이춘성은 여전히 깍듯한 존댓말을 썼다.

"네, 대충."

그는 내 옆에 놓인 트렁크를 살폈다. 마치 살아 있는 짐승을 다루듯 손으로 툭툭 트렁크의 상단을 두드렸다.

"자, 가시죠."

나는 벤치에서 일어나 트렁크를 끌고 그를 따라 걸었다. 걸어가면서도 나는 채 끝내지 못한 지원과의 통화가 못내 마음에 걸렸다. 오해를 해명하지 못하고 가게 된 것이다. 머리가 하얗게 세었지만 허리는 꼿꼿한 할머니 한 분이 긴 털이 눈을 덮은 거대한 개를 끌고 내 옆을 지나갔다. 개가 자꾸만 내 쪽으로 다가와 킁킁거리며 발냄새를 맡으려 했다. 이놈의 개새끼, 이놈의 개새끼. 할머니가 개를 꾸짖으며 겨우 끌고 북쪽으로 올라갔다. 할머니는 개의 대가리를 자꾸 손으로 때렸는데, 그때마다 퍽퍽 하며 생각보다 큰 소리가 났다. 이춘성은 쥐똥나무밭을 가로질러 주차장으로 들어갔다. 그리고 검은색 승용차의 트렁크에 내 짐을 넣었다. 내가 차문을 열고 조수석에 올라타자 이춘성은 시동을 걸고 차를 출발시켰다.

이 순간이 중요하다. 이춘성의 차에 올라타고 떠난 이 순간. 그 순간만 생각하면 나는 혼탁한 물속으로 뛰어든 기분이다. 정신을 집중하는 동시에 놓아버려야 한다. 이야기의 흐름이 좀 복잡할 수도 있어서 너무 집중하면 다른 흐름들을 놓칠 수 있고 너무 방심하면 가닥을 잡지 못할 수 있다. 지금부터 서술하게 될 사건들은 때로는 앞뒤가 서로 뒤바뀔 수도 있다. 아니 실은 시간의 흐름이 뒤섞인다고 말하는 편이 더 적확할 것이다. 그만큼 이 시기에 내가 보고 들은 것은 전에 경험한 세계와는 그 존재방식이나 질서가 좀 다른 것 같다. 하지만 이 글이 경찰서에서 작성하는 피의자 신문조서 같은 건 아니니까 별 문제는 없으리라. 그래도 가능하면 시간의 흐름을 따라가면서 이런저런 사건, 만난 사람들과의 일을 짚어보려고 한다.

"뭔가 일신상에 큰 변화가 있었던가봅니다."

이춘성이 주차티켓을 주머니에서 꺼내며 말했다.

"네, 뭐 그냥."

나는 대충 대답했다. 그러나 이춘성은 차 뒤쪽을 가리키며 화제를
이어갔다.

"짐이……"

"그동안 지내던 데서 나왔어요."

"아, 그랬군요. 잘됐군요. 어차피 오래 머무셔야 할 테니까."

흥, 내가 거기 오래 있을지 당신이 어떻게 알아? 나는 몰래 입을
비죽거렸다. 이춘성은 주차장 집표원에게 티켓과 돈을 함께 내밀었
다. 차는 교문을 통과하자마자 우회전을 했다.

"지금 어디로 가시는 거예요?"

"글쎄요. 뭐라고 한마디로 이거다, 말씀드리기가 좀 뭣한 곳입니
다. 가서 직접 보시는 게 더 좋을 것 같습니다."

차는 잠시 후 한강 북쪽에 면한 강북강변로로 접어들었다. 우리
는 북쪽을 향해 달렸다. 일산과 파주 방향이었다. 차는 시속 팔십 킬
로미터 정도로 천천히 달렸다. 말 다섯 마리를 실은 트럭이 우리를
추월해갔다. 고삐가 묶인 말들은 꽂꽂이 서서 흔들림을 견디고 있었
다. 털이 매끈하고 자태가 늘씬한 것이 모두 좋은 품종 같았다. 말을
보자 다시 지원이 떠올랐다. 차는 일산을 지나 파주로 접어들었다.
그가 강 건너의 먼 산들을 가리켰다.

"저기가 어딘지 아십니까?"

"글쎄요."

알 게 뭐냐.

"북한입니다."

"아, 네."

나는 건성으로 맞장구만 쳤다.

"생각보다 가깝죠? 아마 개풍군일 겁니다."

수묵으로 그린 듯한 산들은 뿌옇고 희미했다. 우리가 탄 차는 파주에 접어들어서도 한참을 달리다가 작은 나들목을 통해 지방도로로 접어들었다. 곧 작은 마을이 하나 나타났다. 마을회관 앞에는 할머니 몇이 멍한 얼굴로 모여앉아 있었다. 머리가 하얗게 센 할아버지가 오토바이를 타고 마을회관 앞을 지나갔다. 시간이 오래전에 멈춰버린 듯한 동네였다. 그곳을 지나 얼마쯤 달리자 농로가 나타났다. 차는 그곳으로 꺾어들어갔다. 길은 논밭 가운데를 지나 작은 언덕으로 이어졌다. 경운기나 트랙터 같은 농기구가 땅에 엎드려 있었다. 간혹 개들이 컹컹 짖어대는 소리가 들렸다. 얼마 안 가 농로는 끝나고 작은 숲길이 나타났다. 그렇게 오 분쯤 올라가자 확 트인 땅이 나타났다. 이렇게 자신 있게 말하고는 있지만 실은 그곳에 다다른 길이 정확하게 기억나지는 않는다. 나들목을 통해 자동차 전용도로에서 나간 것은 분명하지만 마을회관을 지나서 농로로 접어든 것인지, 아니면 농로를 따라 마을회관으로 가게 된 것인지 분명치 않다. 아예 농로 같은 것 없이 지방도로에서 바로 숲길로 이어진 것 같기도 하고…… 어쨌든 마지막에 소나무와 아까시나무가 사이좋게 공존하는 숲으로 들어간 사실만은 분명하다.

이춘성은 콘솔박스에서 리모컨을 꺼내 버튼을 눌렀다. 그러자 차 앞을 가로막고 있던 차단기가 휘청거리며 올라갔다. 차가 통과하자 차단기는 자동으로 내려왔다. 잠시 후 우리는 ㄷ자형의, 작은 미술관처럼 생긴 삼층 건물 앞에서 멈췄다. 건물은 입구 쪽에서 보면 삼층이지만 산의 정상 쪽에서 보면 이층이었다. 완만한 경사 위에 지어졌기 때문에 지하층 건물의 한쪽 면이 지상으로 드러난 것이다.

"내립시다."

나는 짐을 꺼내들고 이춘성과 함께 건물 안으로 들어갔다. 후텁지근한 밖과 달리 안은 쾌적했다. 나는 이춘성을 따라 걸었다. 자동으로 열리는 유리문을 지나자 반투명의 유리벽이 나타났다. 유리벽을 지나니 두 갈래의 길이 있었다. 이춘성은 오른쪽 길을 따라갔다. 그 길은 잠시 후 또 두 갈래의 길로 이어졌다. 이춘성은 새 길이 나올 때마다 자신 있게 오른쪽 또는 왼쪽을 택해 걸었다. 유리벽에는 아무런 표지도 없었다. 아마 무단침입자라면 꽤 당황할 만한 구조였다. 그때 처음으로 이게 일종의 미로가 아닐까 하는 생각을 했다. 우리는 용도를 알 수 없는 수많은 방을 지났다. 방들은 안을 들여다볼 수 없게 되어 있었고, 방문 앞에는 호수로 짐작되는 숫자만 삼 인치쯤 되는 흑백 액정화면에 나타나 있었다. 그러나 그 숫자에도 일관성이 없었다. 23, 61, 157, 109 정도가 기억에 남는 숫자였다.

"생각보다 건물이 깊은데요."

내가 이춘성에게 말하자 그는 발걸음을 멈추고 나를 돌아보며 씩 웃었다.

"그렇게 보일 뿐이죠."

마침내 지루한 복도를 벗어나 건물의 중앙으로 짐작되는 곳에 다다랐다. 그곳은 정사각형의 중정이었다. 비밀이나 수수께끼를 좋아하는 사람이 만든 건물 같았다. 밖에서 볼 때는 그저 무미건조한 사각형 건물이지만 내부는 미로를 닮은 복도와 운치 있는 중정, 그리고 용도를 알 수 없는 방으로 가득한, 흥미롭지만 어딘가 음침한 데가 있는 건물이었다. 중정에는 연꽃과 부레옥잠이 떠 있는 작은 연못이 있었고, 키 작은 나무와 풀이 연못 주변에 울창했다. 거기에서 이춘성과 나는 엘리베이터를 타고 한 층 더 위로 올라갔다. 그는 발걸음을 멈추었다. 문에 달린 액정화면에는 '191'이라고 표시되어 있었다. 삐리릭 소리와 함께 방문이 열렸다. 그가 문을 잡고 있는 사이 나는 조심스럽게 방안으로 들어갔다. 수도사의 방이 그럴까. 작은 싱글침대와 흰 시트, 그리고 고시원에서 쓰던 책상보다 조금 더 큰 나무책상이 놓여 있었다. 이춘성이 전등을 켰다 껐다 하면서 호텔의 벨맨처럼 방 이곳저곳을 안내했다. 나는 어서 깨끗한 흰 침대에 누워 쉬고 싶었다.

"저 말고 다른 사람들은 없나요?"

"물론 있습니다. 곧 만나시게 될 겁니다. 식사는 아침은 일곱시부터 여덟시, 점심은 열두시부터 한시, 저녁은 일곱시부터 여덟시까지입니다. 오면서 보셨겠지만 때를 놓치면 허기를 때울 방법이 마땅치 않은 곳이니까 웬만하면 꼭 시간에 맞춰 드시는 게 좋을 겁니다. 뭐, 라면 같은 것은 좀 구비돼 있습니다."

"식당은 어딘가요?"

이 방까지 온 길을 생각하면 식당까지 가는 것도 쉽지 않을 것 같았다. 이춘성은 주머니에서 PDA단말기처럼 생긴 작은 전자기기를 꺼내 내게 건네주었다.

"이걸 잘 연구해보시면 될 겁니다. 이게 없으면 꽤 불편하실 거예요. 방에서 나올 때는 꼭 가지고 다니시는 게 좋을 겁니다."

"……"

"자, 그럼 잠시 후 식당에서 뵙지요. 점심 드셔야죠. 그때까지는 여기서 푹 쉬세요."

이춘성이 문을 닫고 방을 나갔다. 나는 시계를 보았다. 열한시가 조금 넘은 시각이었다. 그러고 보니 곧 점심때였다. 그는 문을 닫고 밖으로 나갔다. 생각보다 나쁘지 않았다. 어디 컨테이너로 된 합숙소 같은 데 처넣어질 거라는 근거 없는 불안감에 시달렸는데 이 정도라면 돈을 내고라도 며칠 와서 머물고 싶을 정도였다. 지난밤 찜질방과 대학 구내의 벤치를 전전하며 모기에 뜯기던 것에 비하면 천국이었다.

나는 편안한 옷으로 갈아입고 깨끗한 시트가 깔린 침대에 드러누웠다. 조금 열어둔 창으로 신선한 공기가 밀려들어왔다. 그때 나는 창이 없는 방에서 지내던 시간을 생각했던 것 같다. 창으로 들어오는 햇빛은 마르고 단단했다. 사위는 고요했고 이 건물에 마치 나혼자만 있는 것 같았다. 나는 이춘성이 주고 간 단말기를 꺼내 전원을 켰다. 거기에는 그야말로 이 건물에서 생활하는 데 필요한 모든

게 담겨 있었다. 메뉴는 '위치정보' '통신' 그리고 '기타', 이렇게 크
게 세 카테고리로 나뉘어 있었다. 위치정보는 말 그대로 내가 현재
이 건물의 어디에 위치해 있는지를 보여주는 것이었다. 위치정보 카
테고리 안에는 '현재지' '목적지' '사람찾기' 등의 세부항목이 있었
다. 자동차의 내비게이션처럼 내가 가고 싶은 곳, 예를 들어 식당을
입력하면 그곳으로 가는 길을 알려주는 기능 같았다. 식당뿐 아니라
도서관, 로비, 세탁실, 휴게실 같은 태그도 있었다. 나는 그쯤에서 단
말기를 끄고 눈을 감았다. 어디선가 희미하게 라운지음악 비슷한 게
들려오는 것 같았는데, 옆방에서 들려오는지 아니면 어디 바깥 먼
곳에서 들려오는 소리인지 알 수 없었다. 졸음이 맹렬히 몰려왔다.
잠깐만 눈을 붙이자고 생각했던 것 같다. 그러나 잠이 들자마자 누
군가가 문을 두드리는 소리에 잠을 깨고 말았다. 순간적으로 여기가
도대체 어딘가 싶어 당황했다. 사방이 희고 환했고 그래서 낯설었
다. 짧지만 아주 깊은 잠이었다. 그런데도 개운한 느낌은 별로 없었
다. 머리가 멍하고 텅 빈 듯한 느낌이었다. 나는 정신을 차리고 자리
에서 일어나 문을 열었다. 문밖에는 이춘성이 서 있었다.

"식사하러 안 오시길래……"

"시간이 벌써 그렇게 됐나요?"

나는 시계를 보았다. 벌써 열두시 반이었다. 서둘러 그를 따라 나서
려는데 그가 나를 살짝 제지하며 침대 위에 있는 단말기를 가리켰다.

"저거 가지고 가셔야지요."

나는 단말기를 집어들고 위치정보 메뉴에서 식당을 찾아 손톱 끝

으로 눌렀다. 그러자 단말기가 방향을 지시하기 시작했다. 두 갈래 혹은 네 갈래의 길이 나올 때마다 단말기는 화살표로 방향을 지시했다. 나는 여섯 번쯤 방향을 바꾼 후에 엘리베이터를 타고 아래로 내려갔다. 이춘성이 흐뭇한 얼굴로 나를 따라왔다.

"젊은 세대가 역시 빨리 배우는군요."

식당은 지하 일층에 있었다. 길이가 이 미터쯤 되는 식탁이 네 개 놓여 있었다. 거기서 나는 처음으로 이춘성이 아닌 다른 사람들과 마주쳤다. 다양한 연령대의 사람들이 모여 밥을 먹고 있었다. 언뜻 보기에 여자도 두 명 정도 있는 것 같았는데 그들은 구석 쪽 테이블에 앉아 있었다. 나와 이춘성은 그들과 떨어져 따로 앉았지만 모두들 나의 출현을 흥미로워한다는 것을 느낄 수 있었다. 하던 대화를 이어가면서도 흘끔거리며 내 쪽을 살펴보았다. 이춘성은 그런 분위기에는 거의 신경쓰지 않았다.

"인사는 천천히 하시죠."

엉거주춤 서 있는 나를 데리고 이춘성은 식당 깊숙이 들어갔다. 거기서 식판을 들고 배식대로 갔다. 밥을 배식하는 사람은 머리를 빡빡 깎은, 키가 이 미터도 넘을 것 같은 거구였다. 게다가 이마에서 정수리까지 길쭉하게 상처가 나 있어서 자연스럽게 프랑켄슈타인 박사가 만든 괴물을 연상시켰다. 프랑켄슈타인은 험악한 용모와 달리 사근사근했다. 이춘성이 인사를 건네자 그가 해맑게 웃으며 말했다. 엄청난 덩치에 걸맞지 않은 착한 웃음이었다. 흥미로운 부조화였다.

"흐, 오늘은 좀 늦게 오셨네요."

"새로 들어오신 분이 계셔서."

이춘성이 나를 가리키자 그는 내 시선을 피하며 수줍게 웃었다.

"잘 오셨습니다."

프랑켄슈타인은 큼직한 주걱으로 밥과 음식을 퍼주었다. 나는 이춘성과 함께 닭강정과 된장국, 그리고 미역무침 같은 반찬에 밥을 먹었다. 음식은 맛있었다. 밥도 군대식 찐밥이 아니어서 찰기가 있었고 반찬도 간이 별로 세지 않고 입에 잘 맞았다. 잠깐이나마 눈을 붙이고 밥까지 먹고 나니 이곳이 훨씬 정겹게 느껴졌다.

"원래는 저렇게 키가 크지 않았다는군요."

이춘성이 눈짓으로 프랑켄슈타인을 가리키며 조용히 속삭였다.

"본래 원양어선을 타는 사람이었는데 성장이 멈추질 않아 결국 여기로 왔지요. 선원들이 자는 침대는 사이즈가 작아서 저 친구에게는 꽤나 고통이었을 거예요. 그렇지만 음식은 기가 막히게 잘합니다. 주로 동남아 쪽 선원들과 오래 지내서 그쪽 요리, 특히 볶음밥을 기가 막히게 하지요. 곧 드실 기회가 있을 겁니다."

이춘성이 씩 웃으며 숟가락으로 밥을 떠먹었다.

"그럼 아직도 키가 자란단 말이에요? 그게 가능해요?"

"아직도 일 년에 일 센티미터에서 이 센티미터 가까이 자란답니다. 재작년에 여기 왔는데 그때 맞춘 저 위생복이 이젠 작다는군요."

정말 그의 팔은 소매 밖으로 한참이나 나와 있었다. 나와 이춘성은 식사를 마치고 일층으로 올라갔다.

"커피나 한잔할까요?"

일층에는 이춘성의 사무실이 있었다. 문과 마주보고 있는 벽에는 일전에 그의 명함에서 보았던 'Fata regunt orbem! Certa stant omnia lege'라는 문구가 액자에 넣어진 채 걸려 있었고, 다른 벽에는 암호 같은 도표가 어지럽게 그려진 화이트보드가 있었다. 그는 커피메이커에서 커피를 따라 가지고 왔다. 영화에 나오는 미국 형사 같은 태도였다.

"방은 어떠세요? 마음에 드세요?"

"네, 깔끔하고, 뭐 좋던데요. 그런데 도대체 뭘 해야 할지……"

"너무 조급하게 생각하지 마시고 일단 쉬세요. 요즘 유행하는 템플스테이다 생각하시면 될 거예요. 왜, 일부러도 가지 않습니까, 산속으로."

"그렇지요."

그러나 절에 들어가 참선 같은 걸 배우고 싶었던 적은 살아오면서 단 한 번도 없었다. 그런 것은 나와 잘 맞지 않는 삶이라 생각했던 것이다.

"하지만 여기는 산중이 아니잖아요. 나가면 금방 일산이고 서울인데요. 설마 밖으로 못 나가는, 그런 건 아니죠?"

"그럼요. 대신 멀리 외박이나 외출 나가실 때는 하루 전에 미리 신청을 좀 해주세요."

"왜요?"

"교통편도 준비해야 하고 식사도 사람 수를 맞춰야 하니까요."

이춘성은 서랍을 열더니 서류를 꺼냈다. 그것은 계약서였다. 계약서는 물정 모르는 내가 보기에도 너무 간단했다. '회사'와 나는 서로 신의를 지킨다. 그리고 추후 '회사'와 관련하여 벌어들이는 이익은 7:3으로 나눈다. 물론 내가 3이었다.

"이게 다인가요?"

"그렇습니다."

"계약기간도 없고……"

"계약을 유지하는 게 서로 이익이니까요. 서로에게 유익한데 왜 복잡한 구절을 넣겠습니까?"

"그래도……"

"회사는 일종의 에이전시라고 생각하시면 됩니다. 배우나 패션모델처럼 우리 회사 소속으로 일하고, 아니 우리가 이민수씨를 대표하고 거기서 발생한 이익은 나누는 거지요. CAA 같은 할리우드의 정상급 배우 에이전시도 계약서는 달랑 한 장입니다. 그렇지만 서로에게 이익이 되는 한 관계는 계속 유지되지요. 만약 상황이 달라지면 계약서는 다시 작성하면 되고요. 그때는 비율이 좀 달라질 수도 있을 겁니다."

"그래도 기간이 없다는 건 좀 이상한데요."

"정 원하시면 기간을 넣을 수도 있습니다."

이춘성은 별로 싫은 기색 없이 펜을 들고 내 입을 쳐다보았다. 얼마로 하는 것이 좋을까? 군대도 이 년이니, 뭐 그 정도가 적당하지 않을까? 아니, 그보다는 그의 말대로 서로 유익하지 않다고 생각하면 언제라도 떠날 수 있는, 지금 방식이 더 좋은 것 아닐까?

"그냥 이대로 하겠습니다."

알 게 뭐냐. 오래 있을 것도 아니고.

"네, 좋을 대로 하시지요."

이춘성은 주머니에서 봉투를 꺼냈다. 지난번에 들고 왔던 그 봉투였다.

"계약금입니다."

봉투 안에는 천만원짜리 수표가 들어 있었다. 나는 씁쓸한 기분으로 그 수표를 내려다보았다. 돈이 그렇게 필요할 때는 잘도 거절하더니 옆방녀가 죽고 나니 쉽게도 받는구나. 막상 큰돈이 수중에 들어오니 이런 돈이 과연 필요한 것일까, 하는 배부른 의문이 들었다. 지낼 방도 있고 밥도 거저 먹여주니 돈은 쓰고 싶어도 쓸 데가 없었다. 게다가 자기앞수표는 아무래도 진짜 돈 같지가 않았다. 나중에 이 수표를 들고 은행에 가면 지급을 거절당하는 게 아닐까, 하는 의구심마저 들었다. 그런 내 마음을 읽기라도 한 듯 이춘성이 말했다.

"수표가 싫으시면 계좌로 입금해드릴 수도 있습니다. 편하실 대로 하세요."

"아, 아니요. 괜찮습니다. 계좌번호도 기억이 안 나구요. 그냥 수표로 받겠습니다."

이춘성이 내게 만년필을 내밀었다. 나는 그가 내민 만년필을 받아들며 물었다.

"저, 아직도 잘 이해가 안 되는데요. 도대체 제가 해야 할 일이 정확히 뭔가요?"

"전에도 말씀드렸는데요. 간단합니다. 퀴즈쇼에 나가서 퀴즈를 푸는 겁니다. 거기서 이익이 나면 그걸 나누는 거지요."

"제가 한 번도 상금을 못 타면 어떻게 되는 건가요? 회사는 손해를 볼 텐데요. 그럼 계약금은 반환해야 하나요?"

"아, 그럴 필요는 없습니다. 이건 일종의 투자니까요. 그리고 우리는 이민수씨가 좋은 성적을 거두리라 믿습니다."

이춘성은 의미심장하게 웃었다. 나는 마지막으로 계약서를 다시 한번 훑어보았다.

"참, 계약서에 나와 있지는 않습니다만 숙박비와 식비는 나중에 정산을 따로 합니다. 그게 여기 관행입니다."

어쩐지.

"그렇지만 얼마 안 되니 너무 걱정하지 않으셔도 됩니다. 게다가 앞으로 벌게 될 돈에 비하면 푼돈이니까요."

나는 숙박비와 식비가 얼마인지 정확히 물어보려고 하다가 너무 꼬치꼬치 따지는 것 같아 그만두었다. 그리고 만년필 뚜껑을 열었다. 이춘성이 사인을 하려는 내 손을 살짝 잡았다.

"강요는 하지 않겠습니다. 다시 한번 잘 생각해보십시오. 지금이라도 계약을 원치 않으면 안 하셔도 됩니다. 저희가 다시 서울까지 모셔다드리겠습니다."

서울로 돌아가면 희망은 있나? 식당 뒤의 숲, 모기가 가득한 벤치, 흰개미굴 같았던 찜질방이 떠올랐다.

"아닙니다. 이왕 여기까지 왔는데 한번 해보죠, 뭐."

나는 두 장의 계약서 끝부분에 각각 이름을 적고 사인했다. 한 장은 이춘성이 갖고 나머지 한 장은 나에게 주었다. 이춘성이 오른손을 내밀었다. 나도 엉거주춤 손을 내밀었다. 우리는 앉은 채로 악수를 했다.

"자, 이제 계약도 했고, 일단 시작은 순조롭네요. 모쪼록 행운이 함께하기를 빌겠습니다. 전에도 말씀드렸지만 저희는 단지 돈 때문에 이런 일을 하는 게 아닙니다."

그가 선언하듯 말했다.

"우리는 지혜의 힘을 빌려 우연과 맞서는 인간의 운명을 시뮬레이션하는 겁니다. 비록 크게 성공하지 못한다 하더라도 젊은 이민수씨 인생에 좋은 경험이 되리라 믿어 의심치 않습니다."

나는 말없이 식은 커피를 마셨다. 어쨌든 나는 당장 천만원을 손에 쥐었다. 그리고 그들이 하라는 일을 조금 해주면 된다. 그러나 그것도 내가 수익을 낼 때까지의 얘기일 것이다. 별 영양가가 없다고 생각하면 프로 야구선수 방출하듯이 나를 내보낼 것이 분명하다. 알도 못 낳는 닭에게 뭐하러 사료를 주겠는가? 그러니까 나로서는 밑질 게 없는 장사였다. 예전에 만났을 때 이춘성은 방송 퀴즈쇼를 허접하니 어쩌니 폄하했지만 사실 마음속으로는 대단하다고 생각하는 게 틀림없었다. 그렇지 않다면 고작 그 퀴즈쇼의 결선에 한 번 나갔다는 이유만으로 왜 나 같은 애송이에게 천만원이나 되는 계약금을 덥석 안겨주겠는가. 어쨌든 결정을 내린 것은 그쪽이니 나중에 후회한다 해도 내 탓만은 아닐 것이다. 그렇게 생각하니 마음이 조금 편해졌다.

나는 이춘성에게 인사를 하고 단말기의 도움을 받아 내 방을 찾아가기 시작했다. 단말기가 왼쪽, 오른쪽, 왼쪽, 오른쪽, 방향을 지시해주었기 때문에 막상 내 방 앞에 도착했을 때는 도대체 시간이 얼마나 오래 걸렸는지, 그리고 어떻게 여기까지 왔는지 잘 가늠이 되질 않았다. 실제로는 이춘성의 사무실과 내 방은 그렇게 멀지 않을 것이다. 그러나 마치 미로 같은 복도를 지나왔기 때문에 심리적으로는 아주 먼 곳에서 온 기분이었다. 단말기가 점멸하며 내가 목적지에 도착했음을 알렸다. 나는 고개를 들었다. 내 방문의 액정화면에 불이 켜지며 숫자가 나타났다.

'191'

단말기의 버튼을 누르자 찰칵 하고 문이 열렸다. 나는 문을 열고 방으로 들어갔다. 내 짐과 옷이 그대로 있었다. 그런데도 어쩐지 아까까지 내가 있었던 그 방이 아닌 것 같은 느낌이 들었다. 나는 다시 문밖으로 나와 호수를 표시하는 액정화면을 살펴보았다. 만약 아까 그 액정화면에 '191' 대신 '74'라고 표시돼 있었다면 나는 결코 이 방으로 들어오지 못했을 것이다. 만약 이 건물 전체를 관장하는 어떤 컴퓨터시스템 같은 게 갑자기 고장이라도 난다거나 하면 입주자들은 자기 방을 찾지 못해 허둥댈 것이다. 그런데도 왜 플라스틱 문패 같은 값싸고 간편한 것 대신에 이런 비싸고 불안정한 액정화면으로 호수를 표시하는 것일까? 한참 동안 문 앞에 서서 생각을 해봤지만 알수가 없었다. 복도를 둘러보았다. 그곳은 안이 들여다보이지 않는 불투명한 유리벽과 문, 유리벽과 문, 이런 식으로 계속 이어져 있었다.

　나는 옆방으로 걸어가보았다. 그 방의 액정에는 아무 숫자도 나타나 있지 않았다. 안에 사람이 있는지 없는지도 알 수 없었다. 그때였다. 문득 다리가 후들거리며 극심한 공포가 심장을 죄어왔다. 마치 즙을 짜내듯 누군가가 물수건으로 심장을 감싼 후 양손으로 꽉 쥐어짜는 듯한 기분이었다. 한기가 느껴지고 눈앞이 캄캄했다. 이런 느낌은 난생처음이었다. 혹시 이것은 일종의 공황장애인가, 하는 생각까지 들었다. 나는 손으로 벽을 짚으며 간신히 내 방으로 돌아와 침대에 몸을 던졌다. 고통은 여전했다. 가위에라도 눌린 것 같았다. 한동안은 숨을 쉴 수 없을 정도였다. 이런 적은 처음이었다. 나는 눈을 감았다. 그러자 조금 전에 본 텅 빈 복도의 모습이 선명하게 떠올랐다. 그리고 난데없이 옆방녀의 목소리가 들렸다.

　'그에 비하면 저는 그냥 촌년이에요. 그래서 별로 할 얘기가 없어요. 그냥 식구 많고 가난한 집의 막내딸로 태어나서 아등바등 살다보니 여기까지 온 거예요. 그게 다예요.'

　나는 겁먹은 달팽이처럼 시트 속으로 깊숙이 파고들었다. 나는 눈을 감았다. 깃발고시원의 어둡고 좁은 복도가 손에 잡힐 듯 생생했다. 그게 다예요. 그게 다예요. 그녀의 목소리가 복도를 배회했다. 나는 침대에 누워 한참을 뒤척였다. 그러는 사이 고통이 천천히 물러가는 것이 느껴졌다. 몸의 모든 말단에 피가 통하고 체온이 돌아오는 것 같았다. 뜬금없이 고산병에는 비아그라가 좋더라는 어느 산악인의 경험담이 떠올라 나는 혼자 피식거리며 웃었다.

첫날은 그런 식으로 지나갔다. 별다른 일은 일어나지 않았다. 나는 패닉이 지나간 후, 몸을 추슬러 샤워를 했다. 그리고 지하에 있는 세탁실에 가서 속옷과 티셔츠, 청바지를 빨았다. 고온건조된 보송보송한 옷을 세탁기에서 꺼내드니 기분이 좀 나아졌다. 그리고 뭘 했더라. 아, 지하에 있는 도서관으로 내려가 책을 구경했다. 도서관은 지원의 집에 있는 서재와 놀랄 만큼 유사했다. 같은 사람이 설계한 게 아닌가 싶을 정도였다. 심지어 서가와 서가 사이에 놓여 있는 책상의 위치와 모양까지도 비슷한 것 같았다. 그래서인지 어딘가 친숙한 느낌이었다. 책이 많은 집의 인상이 다 비슷하듯이 서고의 인테리어라는 것도 다 거기서 거기인 것은 아닐까.

천천히 서가와 서가 사이를 산책하며 책을 살펴보니, 깊이 있게 뭔가를 파고드는 종류의 책보다는 백과사전적 지식을 그대로 혹은 살짝 가공한 형태의 책이 대부분이었다. 이론서나 방법론, 철학이나 논문 유의 책보다는 무엇무엇의 역사, 예를 들면 전쟁의 역사, 유혹의 역사, 스파이의 역사 같은 가벼운 잡학류 책이 눈에 띄었다. 논문을 쓰는 대학원생이 이용하는 도서관이 아니라 퀴즈를 푸는 사람들이 지식을 쌓는 용도로 사용하는 도서관이니까 그럴 법도 하다 싶었다. 도서관 한쪽에 한 남자가 앉아 있었다. 그는 내가 들어온 줄 모르는지 아니면 알면서도 그러는지 뒤를 돌아보지 않았다.

나는 단말기의 도움을 받아 방으로 돌아왔다. 오는 길을 외워보려고 노력했지만 잘될지는 알 수 없었다. 언젠가는 외워지겠지. 아니 차라리 지도를 그려볼까? 방에 돌아오니 휴대폰이 충전되어 있었다.

나는 파워 버튼을 눌러 전원을 켜보았다. 그러나 전파의 세기를 알려주는 막대 아이콘이 전혀 나타나지 않았다. 기지국에서 발신하는 전파가 잡히지 않는다는 뜻이었다. 휴대폰을 들고 복도 이곳저곳을 돌아다녀보았지만 막대 아이콘에는 변화가 없었다. 휴대폰은 터지지 않았다.

정말 절간이로구나. 나는 휴대폰을 가방에 던져넣었다. 내가 떠나온 세계와 완전히 절연된 기분이었다.

방으로 돌아온 나는 수첩을 꺼내 일기 비슷한 것을 적었다. 여기, '회사'에서는 누구에게도 마음을 열지 말자, 누구와도 깊은 정신적 유대를 맺지 말자, 다시는 누구에게도 상처받거나 상처 주지 말자. 그리고 편의점의 점주와 곰보빵 할아버지 같은 사람들을 생각했다. 그 사람들이 악한 게 아니라 내가 그들을 악하게 만든 것이다. 내가 가진 허점이 그들로 하여금 악해질 여지를 만든 것이다. 그러니 여기서는 빈틈을 보이지 말고 단단하게 살아가자. 나는 화장실의 거울을 보며 '빈틈없는' 표정을 연습해보았다. 거울 속의 내가 조금 낯설어 보이기 시작했다. 나는 불을 끄고 침대로 파고들었다.

29

다음날부터 나는 본격적으로 '회사'를 탐사하기 시작했다. 그러기 위해서는 층마다 다른 모습으로 설계된 일종의 미로를 돌아다녀야 했다. 처음에는 단말기를 가지고 왔다갔다하는 게 나름 재미있었는데 시간이 지나자 좀 피곤하게 느껴졌다. 도대체 뭐하러 이렇게 복잡하게 만들어놓은 것인지 알 수가 없었다. 게다가 미로는 조금씩 형태가 달라졌다. 복도였던 곳이 막히거나 막혀 있던 곳이 다시 뚫리는 것 같았다. 그러나 그것도 확실치는 않았다.

돌아다니는 동안 여러 사람과 마주쳤다. 인사는 없었다. 나처럼 단말기를 들고 돌아다니는 사람들과 이춘성처럼 그러지 않는 사람들, 이렇게 두 부류였다. 단말기를 들고 다니는 사람들이 좀더 친절했는데, 어디까지나 상대적으로 그렇다는 것일 뿐 살갑거나 다정한 정도는 아니었다. 그저 지나칠 때 서로 미소를 교환할 뿐이었다. 결국 나는 미로를 파악하려는 노력을 포기하고 단말기에 의존하여 도서관이나 식당, 세탁실 등을 오갔다. 오락실에는 당구대와 탁구대, 그리고 간단한 운동기구가 있었지만 사람들이 이용하는 것은 한 번도 보지 못했다.

다음날이 되어서야 나는 정식으로 사람들에게 소개되었다. 작은 계단식 강의실 같은 방이었다. 나는 전학 온 학생처럼 앞에 나가 사람들에게 인사했다. 스물다섯 명 정도의 사람들이 앉아서 내 자기소개를 들었다. 그러고는 간단한 다과회 비슷한 행사가 이어졌다. 커피를 마시며 나는 대부분의 사람들과 개인적으로 인사를 나눴다. 안녕하세요, 이민수라고 합니다. 잘 부탁합니다. 그럴 때마다 사람들은 흥미롭다는 표정으로 나를 바라보았다. 그중 몇몇은 나를 놀리고 싶어하는 것 같았다. 여기가 어딘 줄 알고 들어온 거예요? 한번 들어오면 못 나가는 거 알죠? 이런 짓궂은 질문을 던져서 나를 당황시켰다. 대학원에 입학했을 때와 비슷했다. 선배들의 썰렁한 농담, 신입에 대한 은근한 관심, 괜한 겁주기 같은 접근방식이 낯설지 않았다.

장군을 만난 것도 그 자리에서였다. 물론 장군이 본명은 아니다 (얼마 지나지 않아 나도 '회사'에서는 본명보다 별명으로 불리게 되었다). 그는 키가 백육십 센티미터쯤 되는 단신의 사내였는데 나이는 마흔다섯이라고 했다. 이춘성은 나를 장군에게 데리고 갔다.

"안녕하세요. 이민수라고 합니다."

장군은 내 인사는 받지 않은 채 이춘성을 향해 인상을 찌푸렸다.

"나보고 하라고?"

이춘성이 고개를 끄덕였다.

"장군 팀이야. 한 명 비잖아."

장군은 어쩔 수 없다는 듯 입맛을 쩝쩝 다시고는 나에게 손을 뻗어왔다. 나는 그 손을 맞잡고 악수를 했다. 장군은 악수를 하던 손으로 내 오른손을 꽉 쥐었다. 그리고 나를 데리고 구석으로 갔다. 손아귀 힘이 엄청났다. 이춘성은 장군이 나를 끌고 가는 것을 그저 물끄러미 바라볼 뿐이었다. 장군은 손에 힘을 풀며 나를 올려다보았다.

"나는 장군이라고 해."

"네, 저는 이민수입니다."

"내가 말 좀 놔도 되겠지?"

"아, 네, 그러세요."

나는 그의 손아귀에서 풀려난 오른손을 주머니에 넣었다. 그가 물었다.

"여기가 어디라고 생각해?"

"여기요? 글쎄요. 다들 그냥 '회사'라고 하는 것 같던데요."

"맞아, '회사'야. 그런데 우리 자신도 '회사'야. 그러니까 우리는 모두 '회사'인 거지. 우선은 그걸 명심해야 돼."

"그게 무슨 뜻이죠?"

"사회에서는 회사가 있고 사원이 있잖아. 회사 안에는 사장이 있고 부장이 있고 대리가 있지. 그렇지만 여기서는 '회사'가 곧 우리고 우리가 곧 '회사'야. 수학적으로 말하면 이해가 더 쉬울까? '회사'의 부분집합도 '회사'야."

도대체 뭔 말인지.

"곧 무슨 말인지 알게 될 거야. 어쨌든 '회사'를 분리된 실체로 생각하면 안 된다는 뜻이야. 이해가 돼?"

"네."

그러나 나는 한 귀로 듣고 한 귀로 흘렸다. 남들은 알아듣지 못하는, 자기만의 언어로 지은 작은 성에 자존심을 모셔두고 어려운 말과 험악한 분위기로 자기보다 약한 존재에게 으르렁거리는 사람들이 있다. 그게 장군에 대한 나의 첫인상이었다.

"당분간은 내가, 아, 이민수라고 했지?"

"네."

"내가 민수를 돌볼 거야. 나에게 복종해야 한다거나 뭐 그런 건 아니야. 여기는 '회사'지 군대가 아니니까. 그냥 여기서 살아가는 방법을 알려주는 일종의 멘토 같은 거야. 여기에는 많은 규칙이 있어. '회사'는 아주 민감한 조직이기 때문에 지켜야 할 것이 많아. 그런 걸 하나하나 배워가는 거야. 그리고 여기는 생각보다 위험한 구석이 있어. 그것으로부터 자네를 보호해주는 거야."

'회사' 시절을 얘기하자면 이 '장군'이라는 존재를 간과할 수 없다. 그만큼 그곳에서 나는 장군과 깊이 결부되어 있었다. 세상에는 자기 앞에 있는 사람을 매료시키고 싶어하는 사람이 있는가 하면 지배하고 싶어하는 사람이 있다. 그는 후자에 속했다. 저개발 독재국가의 우두머리처럼 짐짓 여유로운 태도로 딴전을 피우고 있지만 실은 한시도 경계를 늦추지 않는 사내였다. 타고난 가부장이었고 권력의지가 대단했다. 그러나 처음에는 자상한 선배 역을 연기하고 있었다.

결코 좋아할 수 없는 부류였지만 어쨌든 흥미로운 인물이긴 했다. 그가 과거에 무슨 일을 했는지에 대해서는 사람들마다 의견이 분분했다. 많은 소문이 흘러다녔지만 확인된 것은 없었다. 해군에서 소령으로 예편했다거나 결혼과 이혼을 각각 두 번씩 했다거나, 이라크와 요르단에서 무관으로 일했다거나 하는 이야기가 있었지만 그의 입을 통해 직접 들은 적은 없었다.

"해전이야말로 진짜 전쟁이지. 바다에는 민간인이 없어. 오직 전투함과 병사만 있는 거야. 도주하는 패잔병도 없지. 그러니까 모두가 결사적일 수밖에. 타고 있던 배가 침몰하면 모두 죽는 거야. '우리는 한 배에 타고 있다'는 말은 괜한 관용구가 아니야. 함장이 명령을 내리면 운명이 결정되는 거야. 그에 비하면 육지에서 벌어지는 전쟁은 순수성이 결여돼 있어. 한마디로 지저분한 아수라장이지. 땅에는 군인만 있는 게 아니니까. 민간인, 패잔병, 게릴라, 정규군이 뒤섞여 난전을 벌이는 거야. 어처구니없는 살육과 비정상적인 광기, 불쾌하고 잔혹한 처형 같은 것이야말로 육전의 특징이지. 해전은 깔끔해. 카이사르의 갈리아 원정은 실로 대단한 업적이지만, 들여다보고 있으면 길고 지루하다고. 게르만족은 자꾸 달아났다가 틈을 보아 내습하고, 정복당한 뒤에도 불복하고 반란을 일으키고. 하지만 해전은 달라. 그런 게 없어. 이순신의 『난중일기』를 봐도 그래. 이쪽 배 몇 척, 저쪽 배 몇 척. 몇월 며칠 몇시. 어느 바다에서 마주쳐 일전을 벌여 섬멸하다, 이런 식이라고. 트라팔가르해전의 기록을 보라고. 얼마나 산뜻한지."

아마도 그의 이런 발언 때문에 해군 소령 출신이라는 말이 퍼졌을지도 몰랐다. 그는 특히 전쟁사에 밝았다. 한니발과 스키피오의 칸나에 대회전부터 제2차 이라크전쟁까지, 거의 모든 전쟁사에 통달해 있었다. 그래서 해군사관학교에서 생도들을 가르쳤다는 말도 나도는 것 같았다.

"전쟁사라는 게 결국 이긴 자들의 역사 아니에요?"

언젠가 내가 물었을 때 그는 기다렸다는 듯 되물었다.

"자네는 나를 철부지 전쟁광이나 좌절한 소영웅쯤으로 생각하겠지?"

"아뇨, 그냥 궁금해서."

"내가 전쟁사를 좋아하는 이유는, 거기에는 여자가 없기 때문이야."

"여자를 싫어하세요?"

"여자를 싫어하지는 않아. 여자들이 하는 일이 싫을 뿐이지."

아직도 이런 용감한 여성혐오자가 있다는 사실이 놀라워 나는 입을 딱 벌렸다.

"예를 들어 나는 궁중비사 같은 걸 싫어해. 중전과 후궁들 사이의 알력, 왕의 갈등, 외척의 발호와 후계를 둘러싼 파벌싸움. 궁중사극은 그런 면에서 일종의 판타지라고. 여자들은 자기가 그런 걸 중요하게 생각하니까 그것으로 나라의 운명이나 역사가 결정된다고 믿고 싶어하지만 천만의 말씀. 명나라의 운명을 바꾼 것은 황제의 여자가 아니라 도요토미 히데요시의 조선 침공이었다고. 다시 말해 지정학이 후궁들의 권모술수보다 천배는 중요하다는 거야. 중국은 대륙세력으로, 조선반도에 해양세력이 들어올 때면 어김없이 참전해서 전쟁을 벌였지. 이념이나 권력자의 취향과는 별로 관계가 없어. 첫번째 예가 조일전쟁(그는 임진왜란을 이렇게 불렀다)이고 두번째가 청일전쟁이야. 세번째는 알겠지?"

"한국전쟁이군요."

"본질은 중미전쟁에 더 가깝지. 발발은 김일성이 했지만 스탈린은 뒤로 빠졌고 결국 지정학적으로 미국이 코앞까지 들어오는 걸 좌시할 수 없었던 마오가 참전했던 거야. 본질은 청일전쟁하고 같아. 미국과 일본으로 대표되는 해양세력과 중국과 소련으로 대표되는 대륙세력이 맞붙은 거지. 그때 마오는 공산주의자라서가 아니라 중국의 지도자였기 때문에 참전한 거야. 남한과 북한 스스로 운명을 결정할 수 있는 전쟁이 아니었어. 대규모 전쟁에서는 누가 그걸 일으켰느냐는 중요하지 않아. 중요한 것은 누가 그 전쟁에 가장 많은 인력과 자원을 투입했느냐지. 그들이 바로 전쟁의 실질적 주체야. 그러니까 1950년의 전쟁은 중미전쟁이라고 불러야 한다고 나는 생각해. 알다시피 제1차 세계대전도 사라예보에서 세르비아의 가브릴로 프린치프가 오스트리아 페르디난트 황태자 부부를 암살하면서 시작됐지만, 그게 그 전쟁의 본질은 아니었잖아."

장군은 내가 '회사'에서 만난 사람들의 한 전형이라 할 수 있었다. 그들은 정설보다 이설에 관심이 많았고 무엇에든 나름의 독특한 관점을 갖고 있는 경우가 많았다. 그들은 다수의 의견을 별로 신뢰하지 않았고, 스스로 정보를 모으고 분류해 새로운 체계를 세우기 좋아했다. 그들은 정보의 접근이 자유로운 인터넷시대에 출현한 새로운 형태의 지식인일지도 몰랐다.

'회사'는 대학과는 전혀 다른 형태의 지식인 집단이었다. 대학은 체계와 검증, 연구의 방법론을 중시하지만 이곳은 과감성과 파격, 독창적 체계를 더 높이 평가했다. 그래서 처음 몇 주 동안은 이들 한 명 한 명을 만날 때마다 매번 색다른 지적 충격을 받았다. 대학에서는 만날 수 없는 논리의 모험이 있었다. 그들은 위험한 논리를 끝까지 밀어붙이길 좋아했고, 그것을 가지고 서로 토론하기를 좋아했다. 그래서 거의 모든 논의가 아슬아슬하게 궤변과 논리의 담장 위에서 곡예를 했다. 나는 그런 분위기가 마음에 들었다. 처음 몇 주는 그야말로 '회사'와의 허니문이라 할 수 있었다.

　그날 장군은 내게 '회사'의 특이한 규칙 하나를 알려주면서 첫날의 만남을 끝냈다.

　"아, 그걸 잊어버릴 뻔했군. '회사'에서는 자정부터 오전 여섯시까지 대침묵이야."

　"대침묵이요?"

　"말을 안 한다는 거지. 시선도 마주쳐서는 안 돼. 시선도 대화야. 대침묵은 인간에게 신경을 끄고 더 깊은 곳으로 자신을 밀어넣는 절차지. 자정이 넘으면 여기는 절대고요야."

　절대고요라.

　"음악도 못 듣나요?"

　"아니, 자기 방에서 조용히 듣는 건 괜찮아. 시끄럽게 쿵쾅거리지만 않으면. 대침묵은 인간과 인간 사이의 대화를 금하는 거지, 소리를 완전히 없애자는 게 아니야. 그러니까 누구한테 할말이 있으면 자정이 되기 전에 하라고."

　"알겠습니다."

　꽤 괜찮은 규칙이군. 자정에 괜히 남의 방에 찾아와 술을 마시자는 둥 함께 어울리자는 둥, 이런 수작은 없겠군. 나는 이 '대침묵'이라는 규칙이 마음에 들었다.

　"아, 그리고 하나 더!"

　"……?"

　"이 안에서 연애는 곤란해."

"하는 사람도 있어요?"

"당연히 있지. 하지만 안 하는 게 좋을 거야. 팀워크가 깨지고 집중력이 흐트러지고 불필요한 갈등이 생긴단 말야."

나는 장군네 팀의 일원이 되었다. 팀에는 장군과 나 말고도 세 명의 팀원이 더 있었다. 삼십대 후반쯤으로 보이는 여자 하나, 그보다 좀더 나이들어 뵈는 대머리 남자 하나, 그리고 내 또래의 선이 가는 남자가 하나 있었다.

여자는 메두사, 대머리 남자는 탱고, 내 또래 남자는 유리로 각각 불렸다. 서로 멀쩡히 얼굴을 보고 메두사, 탱고, 장군, 이런 식으로 부르는 게 처음에는 꽤 어색했다. 그러나 이런 호명법에도 나는 금세 익숙해졌다. 이토록 빨리 적응하다니. 어쩌면 이곳은 인터넷 퀴즈방의 또다른 버전이 아닐까? 여기 인간들은 아바타를 연기하고 있는 것 같았다. 아바타가 인간을 닮는 게 아니라 인간이 아바타를 연기하는, 일종의 코스프레 같은 분위기가 있었다.

장군은 팀원들에게 나를 정식으로 소개하고 나서 원하는 닉네임이 뭐냐고 물었다. 나는 인터넷 퀴즈방에서 쓰던 아이디가 떠올랐다. 롱맨. 장군을 비롯한 멤버들이 다 잘 어울린다고 했다. 그때부터 나는 '회사' 내에서 '민수'라는 본명 대신 '롱맨'으로 불리기 시작했다. 그리고 그날 저녁 '명명식'이라는 이름의 파티가 조촐하게 열렸다. 신입이 처음 닉네임을 받은 날, 모두가 그것을 축하하는 자리라고 했다. 이런 식으로 '회사'는 어디서든 조금씩 종교적인 냄새를 풍겼다.

문득 친구를 따라간 성당에서 영세를 받았던 열세 살의 어느 무덥던 여름날이 떠올랐다. 내가 그날을 아직도 기억하는 것은, 잊을 수 없는 종교적 신비체험을 했기 때문이 아니라 그날 처음으로 사랑에 빠졌기 때문이다. 교회나 성당은 사랑에 빠지기 쉬운 곳이다. 여자들은 평소보다 다소곳하며 남자들은 학교에서보다 의젓하다. 기도할 때는 눈을 감고 있기 때문에 마음놓고 누군가를 훔쳐볼 수도 있다. 게다가 책을 펴도 사랑, 노래를 불러도 사랑, 기도문에도 사랑, 도처에 '사랑'이라는 말이 가득한 곳이어서, 그것에 대한 생각을 떨쳐버릴 수가 없다. 십대에게는 사랑의 종류가 오직 한 가지이며 그마저도 제대로 해치우기 벅차다.

미사 때 오르간 반주를 도맡아 하던 그녀는 그 무렵 치아교정기를 하고 있어서 잘 웃지 않았고 언제나 어색한 미소만 지었는데, 나에게는 오히려 그게 매력적이었다. 수다스럽고 화려한 최여사와 살아서였는지 과묵하고 말없는 그녀에게 더 끌렸던 것 같다. 데이트 같은 데이트는 딱 두 번 했는데, 두번째 데이트 때는 무슨 이유에선지 너무 많이 걸어서 참다못한 그녀가 "민수야, 나 발 아파"라고 말하고는 택시를 잡아타고 집으로 가버렸다. 지금은 이름도 기억나지 않는 그 여자애는 치아교정을 성공적으로 마친 후 가족과 함께 이민을 떠나 지금은 호주에 살고 있다고 들었다. 그 생각을 하자 가슴이 답답해졌다. 아, 첫사랑은 이민을 못 가게 해야 한다. 첫사랑이 먼 나라로 떠나 아예 거기서 살아버리면 굉장히 허탈하다. 같은 나라에 살고 있으면 언젠가 우연히 한 번은 마주칠 수도 있지 않을까 하는 희망이라도 가질 수 있지만 이민을 가버리면 그건 좀, 부당하다는 생각이 든다.

어쨌든 그 자리에서 나는 팀원들에 대해 좀더 자세하게 알 수 있었다. 삼십대 후반으로 보이는 '메두사'라는 여자는 전직 여행사 직원이라고 자기를 소개했다. 신화 속의 메두사가 괴물로 변하기 전과 같은 전설적 미모와는 상당한 거리가 있었으나 진한 눈 화장과 쭉 찢어진 눈, 튀어나온 광대뼈에서 풍기는 인상이 강렬해서 한번 보면 쉽게 잊어버리기 어려운 얼굴이었다. 무엇보다 레게풍의 헤어스타일이 메두사를 연상시켰다. 수다스럽고 조금은 공격적인 스타일의 여자였다. 흥미로운 것은 메두사와 장군의 관계였다. 그날 둘은 별말 없이 적당한 거리를 두고 소 닭 보듯 했는데 그렇다고 아주 소원해 보이지도 않았다. 뭐랄까, 그들은 냉전중인 부부 같았다. 장군은 슬쩍슬쩍 메두사에게 말을 건다거나 먹을 것을 건넨다거나 하며 친근감을 표시했는데, 그때마다 메두사는 무시하거나 거절했다. 그러나 장군이 움직이기 시작하면 그녀 역시 그 동선을 눈으로 좇았다.

탱고는 겉으로는 장군에게 고개를 숙이고 있는 듯했으나 틈만 나면 장군과 가시 돋친 설전을 벌였다. 특히 메두사가 가까이 있을 때는 둘의 적의가 더 상승하는 것 같았다. 이를테면 고려시대에 왜구가 왜 그렇게 극성이었는가에 대해 논한다거나 할 때가 그랬다. 양보 없는 논쟁이었다. 장군이 왜구를 한중일 삼국의 내해에서 활동하는 일종의 느슨한 해적집단으로 보았다면, 탱고는 배를 타고 건너온 사실상의 준정규군이라 주장했다. 그런 식으로 그들의 논의는 계속

평행선을 달렸다. 그러나 적어도 그것을 논리적인 토론으로 포장할 정도의 이성은 가지고들 있었다. 메두사는 두 남자의 설전이 시작되면 무관심으로 일관하면서 유리와 나를 챙겨주었다. 천재소년 두기를 닮은 유리는 탱고와 장군의 논쟁이 격화될 때면 움츠러들어 말수도 적어지고 눈에 띄게 침울해졌다. 메두사는 그런 유리를 거의 감싸안다시피 하고 맥주를 마셨다. 그러면 유리는 마치 어린아이처럼 메두사의 품에 안겨 어리광을 부렸다. 그렇게 메두사가 너무 유리를 싸고돈다 싶으면 갑자기 장군이 유리를 공격했고, 그때는 탱고도 유리를 비난했다. 넌 애가 약해빠져가지고는! 메두사가 너무 봐줘서 그래!

그들은 너무 오래 그런 관계로 지내온 탓인지 자신들의 모습이 내 눈에 어떻게 비칠지 전혀 모르는 것 같았다. 때로 그들은 마치 혈연으로 이어진 생물학적 가족처럼 보였다. 늙어가는 가부장, 남편에게 애정이 식은 아내, 그리고 서로를 싫어하는 형제들.

"자꾸 다들 날더러 탱고를 춰보라고 해서 미리 말하는데, 내 닉네임 '탱고'는 무전용어에서 따온 거야. 로미오(R), 시에라(S), 탱고(T), 위스키(W)!"

탱고는 남성호르몬이 좀 과다분비되는 것 같은 사내였다. 그래서 그런지 머리도 나이에 비해 일찍부터 벗어져 노숙해 보였다. 그는 증권회사를 다니다 이곳으로 들어왔다고 했다. 자기 말로는 삼천억 정도를 주무르던 사람이었다고. 그러나 어느 순간 문득 부질없어지더라고 했다. "그게 뭐 내 돈인가?" 서울대학교를 졸업한 사람 여러

명이 한꺼번에 출가해서 화제가 되던 무렵이었다. 그도 그들을 따라 절로 들어가려고 했는데 어느 순간 정신을 차려보니 '회사'에 와 있더라고.

"세상일이 다 그렇더라고. 정신을 차려보면 늘 엉뚱한 데 와 있고. 씨발, 여기는 또 어디야?"

그가 킬킬거리며 주위를 둘러보았다. 메두사는 귤을 까먹으며 내 귀에 대고 속삭였다.

"탱고 저 자식, 이쪽으로 안 풀렸으면 연쇄살인범이 됐을 놈이야. 조심해."

탱고가 증권회사에 들어가게 된 사연도 조금 기괴했다. 원래는 삼성그룹 공채에 합격했는데 첫 출근 하던 날, 시내 도로에서 퀵서비스 오토바이와 정면으로 충돌하는 사고를 낸 것이다. 정상적으로 신호를 받아 좌회전하는 오토바이를 그대로 밀어버렸다. 신호위반을 한 그에게 명백히 과실이 있었다. 그때 사고를 구경하러 몰려든 사람 중에 학교 선배가 있었는데, 결국 그 선배의 권유에 따라 얼마 후 탱고는 증권회사에 들어가게 되었다.

"즉사였다고 했던가?"

메두사가 땅콩을 입에 털어넣으며 심드렁하게 물었다.

"아니, 처음에는 대수롭지 않은 찰과상 정도였는데 이상하게 병원에 들어간 뒤로 점점 악화되더니 결국은 석 달 만에 사망했어요. 나중에 보험회사끼리는 소송까지 한 것 같은데. 어쨌든 그게 내 인생의 행로를 바꿔놨다니까."

명명식 다음날부터 본격적인 '훈련'이 시작됐다. 장군은 나에게 새벽 다섯시 반에 기상해서 여섯시까지 73호실로 내려오라고 했다. 내가 펄쩍 뛰었지만 그는 명령을 철회하지 않았다. 다음날 단말기의 알람에 맞춰 겨우 눈을 뜨고 기다시피 해 장군이 오라던 방으로 내려가자 뜻밖에도 거기에선 명상이 진행되고 있었다. 나보다 먼저 와 있던 장군은 나를 보자 자기 옆으로 오라고 했다. 나는 장군 옆에 앉아서 처음 보는 여자의 지시에 따라 명상을 했다. 여자는 머리가 하얗게 세기는 했지만 얼굴 피부는 주름 하나 없이 팽팽했다. 명상실에는 푸른색 우레탄 매트가 깔려 있었고, 향불을 피웠는지 은은하게 좋은 냄새가 났다. 우리는 몇 번씩 일어났다 앉았다를 반복하는 등 가볍게 몸을 굴신해가며 명상을 했다. 가만히 앉아서 생각만 하는 것인 줄 알았는데 아니었다. 만약 그랬다면 나는 고개도 제대로 가누지 못하고 잠에 빠져들었을 것이다. 초반에는 몰려드는 잡생각과 싸웠지만 시간이 흐를수록 생각이 명징해졌다. 걱정과 근심, 회한 같은 것 대신에 어떤 결의가 자라났다. 마음속 깊은 곳에서 누군가가 '너는 할 수 있다'고 말해주는 것 같았다.

명상이 끝나자 모두 일어나 창가에 마련된 차를 따라 마셨다. 장군은 내 몫의 녹차까지 함께 가져왔다.

"어때, 해보니까 좋지?"

장군이 물었다. 솔직히 좋지는 않았다. 그저 멍한 기분이었다. 단지 이렇게 일찍 일어나는 게 하도 오랜만이라 스스로가 대견하기는 했다.

"네, 아주 좋은데요."

"인간의 뇌는 사실 그 어느 것도 잊어버리지 않는다는 거 알지?"

장군은 두 손으로 찻잔을 감싸고 절도 있게 차를 마셨다.

"그런가요?"

"꿈이 그 증거지. 꿈속에서 우리는 오래전에 잊었다고 생각한 것들을 만나고 깜짝깜짝 놀라잖아. 안 그래?"

"그렇죠. 프로이트의『꿈의 해석』앞부분에도 그런 사례가 나오죠."

"잘츠부르크 근처의 간이역에 있던, 프로이트가 직접 발견한 탑 얘기 말이군. 몇 년 동안 자꾸 꿈에 나와서 도대체 어디서 그걸 봤는지 궁금해했는데 어느 날 기차를 타고 가다가 꿈속에서 본 바로 그 탑을 발견했다는⋯⋯"

"맞아요. 저도 언젠가 꿈에 '도라지'라는 담배가 나오는 거예요. 그런 이름의 담배는 본 적도 들은 적도 없다고 생각한데다가 담배 이름치고는 너무 이상하다고 생각했거든요."

"아, 그 담배를 모르는 세대구먼. 도라지, 있었지. 지금도 아마 나오긴 할 거야. 살짝 한약 냄새가 나는 싸고 괜찮은 담배였지."

"외할머니 유품을 정리하다가 그 담뱃갑을 발견하고 비로소 깨달았어요. 외할머니가 한때 그 담배를 피우셨다는 것을."

"그런 걸 봐도 말이야, 뇌에는 소거기능은 없는 것 같아. 우리가 한 번이라도 본 것, 들은 것, 경험한 것은 모두 뇌 어딘가에 기록돼 있을 거야. 그게 우리가 명상수련을 하는 이유야. 결국 퀴즈에서 성패는 누가 자기 뇌 어딘가에 기록돼 있는 정보를 빨리, 정확하게 끄집어내느냐가 관건이거든. 해전에서는 학익진, 즉 학이 날개를 펼친 것 같은 진영이 유리하잖아? 학익진은 몰려 있는 적을 같은 거리에서 동시에 타격할 수 있으니까 말이야. 퀴즈에서도 자기가 가진 정보를 학익진처럼 펼쳐놓고 자유롭게 부릴 수 있어야 해."

장군의 말은 계속 이어졌다.

"〈용서받지 못한 자〉라는 영화 알지?"

"아, 하정우가 나오는 군대영화요?"

장군이 살짝 눈살을 찌푸렸다.

"그건 또 뭐야? 어쨌든 그거 말고 클린트 이스트우드가 주연한 1992년작."

"아, 그거 봤어요. 극장에서는 아니고 TV에서."

"거기 주인공이 이렇게 말하지. '빨리 쏘는 게 능사가 아니다. 침착을 유지하는 게 더 중요하다.' 퀴즈도 똑같아. 어떤 세계든지 위로 올라가면 실력은 비슷해. 결국 차분하고 정확한 사람이 이기는 거야."

나는 여의도의 마르코 폴로와 나를 비웃던 서강대교 위의 갈매기를 생각했다. 나는 총을 너무 빨리 뽑았고 침착하지도 못했다. 아니, 침착하지 못했기 때문에 총을 빨리 뽑은 것이다.

"아, 기억나요. 그 영화에 이런 대사도 나오죠. '총싸움에서는 무엇보다 운이 중요해. 나는 늘 운이 좋았어.'"

"맞아, 멋진 대사지. 전쟁사를 들여다보면 이게 결국은 운이 지배하는 세계 아닌가 싶을 때가 있다고. 워털루에서 나폴레옹이 블뤼허의 프로이센군을 조금만 더 밀어붙였어도 세계 역사는 바뀌었을 거야. 마지막 순간에는 결국 운명의 여신이 웃어주는 쪽이 이기는 것 같아. 퀴즈도 그렇지. 롱맨, 너는 잘할 거야."

아침에 일어났는가 싶으면 어느새 저녁이고 밤인가 싶으면 벌써 아침인 정신없는 날들이 계속됐다. 명상이 끝난 후에는 간단하게 아침을 먹었고 그후에는 계속 퀴즈 세션이 이어졌다. '스파링'이라 불리는 일종의 연습게임이었다. 나는 탱고, 메두사, 유리와 서로 파트너를 바꿔가며 게임을 했다. 우리는 작은 방에 들어가 벽에 붙은 LCD 모니터에 뜨는 퀴즈를 풀었다. 아무리 연습이라 해도 막상 시작하면 호승심好勝心이 생겼다. 나는 일주일 내내 탱고와 메두사, 유리에게 단 한 번도 이기지 못했다. 그들은 생각보다 대단한 강적이었다.

도무지 한 번도 이기지 못하자 내 상대에게는 핸디캡이 적용됐다. 천 점이 만점인 연습게임에서 내 기본 점수는 이백오십 점까지 올라갔다. 그래야 겨우 대등한 게임이 되었다. 게임을 마치고 나가면 처음 보는 사람들이 와서 인사를 했다. 그들은 내 동정을 잘 알고 있었다. 롱맨, 너무 좌절하지 마세요. 처음에는 다 만방으로 나가떨어진답니다. 그리고 그 팀의 탱고나 메두사, 다 강적입니다. 하하하.

스파링에 임하는 자세도 조금씩 달랐다. 군대를 전차병으로 다녀왔다는 탱고는 역시나 공격적이었다. 그는 한 문제 한 문제 맞힐 때마다 나를 향해 득의만만한 미소를 지었다. 흐흐, 상대도 안 되잖아? 그의 표정은 그렇게 말하고 있었다. 나는 누구보다도 탱고에게 지는 게 싫었다. 그러나 기본 점수를 이백오십까지 올려도 도저히 탱고를 꺾을 수가 없었다. 퀴즈방에서의 퀴즈가 우아한 테니스 같았다면 이 스파링은 피를 흘리며 맞붙는 이종격투기 같았다.

스파링 한 판이 끝날 때마다 탱고는 꼴사나운 승리의 세리머니를 했다. 원숭이처럼 손을 높이 쳐들고 히잇히잇히잇 소리를 질러대는 것이다. 꼭 축구장에서 난동을 부리는 약에 취한 훌리건 같았다.

메두사는 탱고보다는 덜 공격적이었지만 승부에는 양보가 없었다. 퀴즈에 무심한 듯 손톱을 다듬고 있다가도 문제가 나오면 빠르고 정확하게 버튼을 누르고 답을 입력했다. 메두사는 특히 문학이나 예술 쪽에 강했다. 메두사 역시 언제나 나를 이겼는데, 하도 많이 이기다보니 나중에는 어떻게 이기느냐 하는 데 더 집중하는 것 같았다. 하루는 메두사가 스파링을 마치더니 이렇게 말했다.

"아, 드디어 성공이야."

"뭐가요?"

"봐."

메두사는 연필로 뭔가를 끄적거린 종이를 보여주었다. 종이에는 1 1 2 3 5 8 13이라는 숫자가 적혀 있었고, 마지막 숫자 13 위에만 X 자가 그어져 있었다.

"이게 뭔데요?"

"몰라? 피보나치수열이잖아. 앞자리 숫자를 더해서 다음 숫자를 만드는."

"아, 피보나치수열이요."

메두사는 끈적거리는 시선으로 내 몸을 훑었다.

"응, 내가 롱맨을 연달아 이긴 기록을 수열로 풀어본 거야. 아, 8연승밖에 못했네. 13연승까지 갈 수 있었는데, 흐흐."

어쩐지 처음에는 대등하다가 뒤로 갈수록 점수가 벌어지더라니! 메두사는 세 문제, 다섯 문제, 그리고 여덟 문제를 연달아 맞히면서 압도적으로 나를 앞서나갔다. 이제 보니 피보나치수열을 만들기 위해 일부러 몇 판쯤 져주었던 것이다. 완전히 갖고 놀았잖아?

"너무하세요."

내 항의에 그녀는 내 곁으로 바싹 다가앉으며 귓속말로 속삭였다. 그녀의 목소리가 날벌레처럼 귓속에 남아 윙윙거렸다.

"세상에서 가장 아름다운 수열이잖아. 꽃잎의 수를 결정하는. 꽃이라는 게 뭐야? 식물의 성기잖아? 알지?"

그녀는 내 장딴지 위에 손가락으로 천천히 다섯 개의 잎이 달린 꽃을 그리기 시작했다. 나는 마지막 꽃잎이 완성되기 전에 자리에서 벌떡 일어났다. 완전 사이코잖아? 그동안 그녀가 유리를 챙겨주는 모습만 봤기 때문에 모성적인 여성으로 생각하고 있었는데 영 아니었다. 나는 가봐야겠다고 말하고 방을 나왔다. 메두사는 묘하게 웃으며 나를 보내주었다.

다음날부터 유리와의 스파링이 시작되었다. 팀원 중에서 가장 젊은, 나와 동갑인 유리 역시 강적이었다. 이 친구는 내가 '회사'에서 만난 유일한 동갑내기 남자였는데, 개신교 전도사라고 하면 딱일 것 같은 풍모를 지니고 있었다. 늘 단정한 흰 셔츠를 입고 다녔고 매사에 진지하고 심각했다. 게다가 너무나 소심해서 말할 때에도 상대방의 눈을 똑바로 쳐다보지 못하고 더듬거나 같은 말을 두 번씩 반복하는 답답한 버릇이 있었다. 그는 식당에서도, 그리고 처음 인사를 나눈 계단식 강의실에서도 늘 책을 읽고 있었다. 대체로 과학소설이나 과학서였는데, 대니얼 갤로이의 『가짜 세계Counterfeit World』의 영문판이나 아서 클라크, 맷 리들리 등 대중과학서 저자의 번역판 따위였다. 그러나 언제나 그 책을 정말로 보고 있다기보다 다른 사람의 시선을 가리기 위해 들고 있는 듯한 인상을 풍겼다.

유리는 스파링을 하는 내내 나하고 눈 한번 마주치지 않았다. 소심한데다 말도 더듬거리는 녀석이 순발력이 필요한 퀴즈는 잘할까 싶었지만 예상 밖으로 뛰어났다. 퀴즈 스파링은 자기 앞에 있는 단말기에 정답을 타이핑해서 입력하는 방식이었기 때문에 말을 더듬는 것과는 아무 관계가 없었다. 유리는 역시 물리학이나 공학, 수학 등에 특히 강했다. 그러나 그렇다고 해서 인문학적 소양이 떨어지는 것도 아니었다. 유리는 세 시간에 걸친 스파링을 모두 이긴 후에야 배시시 웃었다. 나는 이들과 거의 일주일 내내 붙었지만 단 한 번도 이기지 못했다. 핸디캡을 이백오십 이상 주는 것이 금지돼 있었기 때문에 내가 실력을 높이지 않는 이상 이 수모는 계속될 것이었다. 한마디로 동네북이었다.

30

언제나처럼 스파링을 마치고 휴게실에 앉아 연패의 충격을 삭이고 있는데 유리가 들어왔다. 다른 팀의 남자 하나가 있었으나 곧 어디론가 가버리고 없었다. 유리는 앉자마자 작은 키플링 가방에서 책을 꺼냈다. 언뜻 보니 『갈릴레오의 아이들』이라는 SF단편 앤솔러지였다. 읽은 적은 없지만 어디선가 서평은 본 적이 있었다.

나는 유리에게 물었다. 우리는 내 명명식 이후로 서로 말을 놓았다.

"아니, 다들 어떻게 그렇게 잘하는 거지? 나도 퀴즈깨나 풀던 사람인데 말야."

유리는 예의 더듬거리는 말투로 변명하듯 말했다.

"처, 처음에는 다 그런 거야. 너 정도면 잘하는 거야."

"그런데 어떻게 일주일 내내 한 판도 못 이기냐고."

"아직 모, 몸이, 몸이 안 바뀌어서 그래."

"이 몸?"

나는 내 몸을 가리켰다.

"몸을 왜 바꿔? 퀴즈 푸는데 무슨 몸까지 바꿔야 돼?"

유리가 머리를 긁적였다.

"아니, 그 몸 말고. 내가 말하는 몸은, 음…… 일종의 체, 체질 같은 거야. 일상생활이라는 게 복잡하고 어수선하잖아. 그래서 지, 지, 집중력이 떨어진다고. 그래서 우리 뇌는 퀴즈 같은 것보다는 일상적인 일을 처리하는 데 더 적합하게 세팅되어 있어. 음, 치, 친구도 만나야 되고 버스도 타야 되고 이런저런 인간관계도 챙겨야 되고 자, 자질구레한, 자질구레한 업무, 업무들도 처, 처리해야 하잖아. 그런데 예를 들어 아인슈타인을, 아인슈타인을 생각해봐. 그 사람 뇌는 일상생활에는 철저히 무능, 무능했어. 대, 대, 대신 그 사람 뇌는 상대성, 상대성원리나 브, 브, 블랙홀, 중력과 빛의 질량 같은 것을 깊이 파고드는 데 더 적합했잖아. 말하자면 롱맨의 뇌는 아직 이, 이, 일상생활형이야. 그런데 '회사' 사람들의 뇌는 그런 일상생활형 뇌가 아니야. 하루종일 지식의, 지식의 축적과 정리, 배, 배, 배, 배, 배열과 분류에 바쳐진 뇌야. 그래서 '회사'에서의 삶에는 일상이라는 게 철저히, 일상이라는 게 철저히 제거돼 있는 거야. 우리 뇌의 능력은 우리가 생각하는 것보다 훨씬 대단한데, 일상이라는 구질구질한 것, 구, 구질구질한 것을 견디기 위해 저 깊은 곳으로 내려가는 통로를 차단하고 있어."

그러니까 몸이 아니라 뇌를 바꿔야 한다는 거군. 유리는 내 쪽으로 몸을 살짝 기울이면서 속삭이듯 물었다.

"롱맨, 음, 너 여, 여기 며칠째지?"

"음, 글쎄 한 열흘쯤 됐나?"

"아……"

그러나 그는 한동안 말이 없었다. 일어나서 밖으로 나갈까 하는 찰나에 유리가 또 물었다.

"어, 어, 어때? 지낼 만해?"

"뭐, 대체로. 근데 여기 와 있으니까 시간관념이 점점 없어지는 것 같아."

"아무래도, 아무래도 그, 그렇지."

그는 보고 있던 책을 조용히 덮고 말을 시작했다.

"아, 그러니까, 이런 말을 해도 좋을지 모르겠지만, 아, 그만 두……"

"괜찮아. 얘기해봐."

"아니야. 어차피 차차 아, 알게 될 텐데, 알게 될 텐데. 그냥, 아니, 괜히……"

"말해봐. 뭔데 그래?"

"그냥 우, 우리가 지, 지금 어디로 가고 있는지, 그거 알고 있는 지…… 해서. 아니야. 그냥 이, 잊어버려. 아, 아무것도 아니야."

"가다니?"

유리는 수줍게 웃으며 나를 바라보았다.

"그치? 그치? 저, 전혀 모르는 것 같더라구."

"뭘?"

"가, 가족들하고 인사는 했어?"

"나는 가족이 없어."

"아, 이런, 이런, 어떡하지? 미안해. 나는 그것도 모르고, 미안, 미안."

"근데 가족 얘기는 왜 물어? 아니, 정말 여기 한번 들어오면 못 나 가는 거야? 난 농담인 줄 알았는데?"

내가 짐짓 펄쩍 뛰자 그가 입을 가리며 웃었다. 어딘가 여성적인 느낌을 풍기는 친구였다. 게이에게서 풍기는 여성성과는 좀 다른 느낌이었다. 약한 남자 특유의, 어려서부터 한 번도 주먹질 같은 것은 해본 적 없는, 늘 지고 사는 것을 당연하게 생각해온, 어쩌면 폭력적인 아버지한테 늘 머리를 쥐어박히며 자라왔음직한, 그래서 다른 남성과의 힘싸움 같은 것은 아예 포기해버린 듯한, 그러나 한편으론 여성들의 타고난 모성을 자극하는 부드럽고 비굴한 자기만의 구애 양식을 체화하여 그것으로 여성들의 사랑을 얻는 데 성공한, 그러다 보니 때로 여성보다 더 여성적인 성격을 갖게 되었으나 여전히 수컷의 본질은 깊숙이 숨어 있는, 그런 친구 같았다.

"아직 며, 며, 며칠 안 됐으니 모르는 게 다, 당연해. 어떤 사람은 나갈 때, 나갈 때까지도 모르더라구."

휴게실은 작은 말소리도 잘 울렸다. 나는 멍한 얼굴로 그를 바라보았다. 그는 손에 쥔 『갈릴레오의 아이들』을 연신 만지작거렸다. 나와 함께 대화를 나누는 게 썩 편치 않은 것 같기도 하고 한편으로 그걸 즐기는 것 같기도 했다.

"내가 얘기해줘도 되나, 되나 모, 모르겠네. 장군한테 아직 아무말 못 들었어?"

"못 들었는데."

그는 큼큼 목청을 가다듬었다. 그러나 눈빛은 여전히 불안정하게 흔들리며 벽을 훑었다.

"음, 예를 들어 수, 수천, 수천 광년 떨어진 해, 행성으로 가야 한다, 가야 한다고 치, 치자구. 어떻게 할까?"

"글쎄. 아주 빠른 우주선을 타고 가겠지?"

"하, 우주선? 왜 그런, 응, 왜 그런 위험하고, 응, 위험하고 불편한 일을 하겠어? 우주선을 쏴서, 응, 그러니까, 쏴서 올리고, 올리고 말야. 대기권 밖으로 나가 소행성을 피해가며 그 먼 곳까지…… 그리고 가는 사이 다 죽어버릴 수도 있잖아?"

"그렇겠지. 그래서 세대를 거듭하여 우주를 여행한다, 뭐 그런 소설도 본 것 같은데."

"그런 건 예전의 과학기술에 기반한 소설이니까."

"그럼 어떻게?"

그는 자기 머리를 손가락으로 두들겼다. 그러다가 뭐가 부끄러운지 머리를 두들기던 손을 황급히 주머니에 넣었다. 말이 점점 빨라졌다.

"뇌를 배, 배, 배, 백업을 받으면 되지. 다운로드라고 해도 되겠네. 다운로드, 응, 다운로드 받아서 그 정보를 목적지로, 예를 들어 안드로, 안드로메다로 전송하는 거야. 그럼 그 뇌는 다른 육체를 이용해 여행을 할 거야. 그곳에서 일이 끝나면 그 뇌의 정보를 다시 스캔해서 지구로 보내면 되지. 이 거추장, 응, 거추장스런 육체를 끌고 그 먼 곳까지 갈 필요는 없다는 거지."

그는 얼굴을 살짝 붉혔다. 말하는 게 힘든지 이마에도 땀방울이 송글송글 맺혔다. 나는 맞장구를 쳐주었다.

"아, 웹하드를 사용하는 것과 비슷하네."

410

"아, 이해 잘하네. 맞아, 그거야. 내 컴퓨터에 있는 파일과 웹하드에 올려놓은 파일은 논리적으로 같은 거잖아. 멀리 있는, 멀리 있는 사람들은 그걸 내, 내, 내려받아서 사용하면 되고."

그런 얘기를 할 때의 모습은 대학 시절 가끔 마주치곤 하던 이공계의 괴짜들을 연상시켰다. 수줍고 내성적이지만 자기가 잘 아는 분야의 얘기를 할 때면 신이 나서 전문적인 얘기를 끝도 없이 주워섬기는……

"그렇지만 그건 너무 먼 미래의 이야기잖아?"

그가 고개를 번쩍 쳐들었다.

"머, 먼 미래라니? 이미 하고 있잖아."

"뭐?"

그가 의자 위에 놓아둔 내 단말기를 가리켰다.

"여기 들어오자마자 저거 받았지? 그러고는 액정화면에 숫자가 씌어진 방으로 안내받고 나서 잠이, 잠이 들었을 거야. 그때 뇌를 배, 배, 백업했을 거야. 잘 알려져 있지는 않지만 그 정도 기술은 이미 90년대 초에 개발되었어. 그리고 그 정보는 지금 여기, 알레프로 전송이 된 거지."

"알레프?"

"우리의 정신이 타, 탑재된 우주선 이름이야."

"에이……"

나는 대놓고 피식피식 웃었다. 이런 소리를 지금까지 진지하게 듣고 있었다니.

"뻥이지?"

그러나 그는 전혀 흔들리지 않았다. 말소리는 좀 작아졌지만 말을 멈추지는 않았다.

"나도 처음에는 믿지 않았어. 지금도 다 믿지는 않아. 그럴 수도 없고. 그치만 분명한 것은 현재 과학기술 수준은 우리 생각보다 훨씬 진보했다는 거야."

"그럼 내 방의 창문 밖으로 보이는 나무와 달, 아침마다 짹짹거리는 새들은 뭐야?"

그는 머리를 긁적였다.

"나도 그게 궁금했는데, 여기 꺽정이라는 분이 계시는데, 원래 태껸하시던 분이거든. 그분이 명쾌하게 저, 저, 정리해주셨어. 그러니까 꿈을 꾸는 것과 비슷하다고 생각하면 돼. 단지 꿈과 다른 점이 하나 있다면 일관성이 있다는 거야. 쉽게 말해서 어젯밤 잠든 곳에서 깨어난다는 거지. 그리고 다시 거기서 잠든다는 거고. 물론 계절이 바뀌면 낙엽도 지고 꽃도 피지만 그것도 나름의 법칙과 연속성이 있잖아. 바로 그 점이 무질서한 꿈과 다른 점이야. 그리고 또 한 가지 다른 것은 우리 모두가 같은 경험을 했다는 거야. 들어온 곳도 똑같을걸? 너도 마을회관이 있는 작은 동네를 지나 숲속으로 들어왔지?"

나는 고개를 끄덕였다.

"수, 수, 숲속에 있는 ㅁ자형 건물이었지?"

"맞아. 삼층 건물이었고."

그에게 말려들어 어느새 나도 과거형으로 답하고 있었다. 그는 손가락으로 내 몸을 가리켰다.

"지금도 롱맨의 육체는 거기 누워 있을 거야. 그리고 네 정신은 그 집과 비슷하게 시, 시, 시뮬레이션된 미로 속을 헤매는 거야. 그 미로 가 바로 여기야. 여기서 책도 보고 빨래도 하고 사람도 사귀겠지. 너 와 또, 또, 똑같은 처지의…… 그렇다고 사기는 아니야. 우리의 뇌는 여기서도 배우고 깨닫고 슬퍼하고 분노하니까."

나는 손을 들어 유리의 말을 제지했다.

"아니, 잠깐! 이건 너무 황당한데. 도대체 뭘 위해서 우리의 정신 을……?"

유리는 진지했다.

"중세 암흑기 동안 고대 그리스의 지혜를 보존해서 르네상스시대 의 인문주의자들에게 넘겨준 것은 가톨릭 수도원이었잖아? 수도사 들은 프, 플라, 플라톤과 아리스토테, 테, 텔레스의 처, 처, 철학을 중 세의 무자비한 광신과 폭력으로부터 수호해서 결국 르네상스가 꽃 을 피우는 데 도움을 주었고."

그랬지.

"음, 여기를 그런 수, 수, 수도원이라고 생각하면 돼. 우리는 지 구에서 벌어지는 일과 거리를 둔 채 여기서 지구의 지혜를 보존하 고 그것을 발전시키며 언젠가 우리가 보존하고 숙성시킨 지식이 빛 을 발할 수 있을 때를 기다리는 거래. 지금 인류의 지성은 오히려 퇴 보하고 있잖아? 대학생들마저도 고전을 읽지 않고 교수들은 TV 출 연이나 정치권 기웃거리기에 여념이 없지. 지구에는 희망이, 희망이 없다는 거야. 그래서 소수의 선택받은 사람들이 지구를 떠나, 중세의 수도사들처럼 지구의 오래된 지혜를 보존하기로 결심한 거야."

어쩐지 대침묵이니 뭐니 하는 이상한 제도가 있더라니.

"퀴즈를 풀기 위해 모인 게 아니고?"

"물론 퀴즈도 풀지. 그건 알레프에서 가장 중요한 오락이고 또 일종의 산업이니까. 그러나 그것만 하는 것은 아니야. 어쨌든 대부분은 이 삶에……"

그는 잠시 말을 멈추었다가 조심스럽게 이어나갔다.

"……만족하고 있어."

그는 그 말을 하며 마치 부끄러운 고백이라도 하듯 얼굴을 살짝 붉혔다.

"왜? 친구나 가족도 못 만나잖아."

"여기는 지구에서와 같은 지저분한 문제가 전혀 없어. 돈을 벌 필요도 없고 정치적 분쟁에 휘말리지도 않아. 가족을 부양하지도 않고 세금도 없어. 취업을 못한다고 구박하는, 구박하는, 친척도 없고 우리를 차, 차, 착취하는 기업주도 없어. 여기서는 오직 배, 배, 배우고 깨닫는 삶, 그 가운데 서로 즐기는 삶만 있어. 만약 이런 삶을 원치, 원치 않고 지구에서의 척박한 삶을 원한다면, 그, 그, 그러니까, 아직 미련이 남아 있다면 사무실에 가서 너, 너, 네 정신을 다시 지구로 전송해달라고 하면 돼. 여기는 그런 것을 원하지 않는 사람만 남아 있는 거야. 그럼 너는 파주에 있는 ㅁ자형 건물에서 깨어나 원래의 네 몸과 함께 밖으로 나가면 돼."

그는 진지했다. 그러나 나는 갑자기 재미있는 생각이 떠오르는 바람에 웃음을 참을 수가 없었다. 나는 입으로 손을 가리며 그에게 물었다.

"아니, 인간이 언제 프로토스가 된 거냐?"

그는 고개를 갸웃거렸다.

"프로…… 뭐?"

"스타크래프트 안 해? 거기 나오는 종족 있잖아. 거기서는 이동할 때 고향에서 건물이며 유닛을 워프하거든."

그는 그제야 내 말을 이해한 듯 배시시 웃었다.

"아, 프, 프, 프로토스! 차원을 넘어 다른 차원, 차원, 차원으로 이동하는 워프 말이구나. 블랙홀 같은 것을 통해 가는. 그러나 이건 그런 워프가 아니야. 정신만 백업해서 전송하는 거라니까."

나는 앞에 있는 탁자를 발로 툭툭 쳤다.

"아니, 그럼 지금 이 탁자도 모두 환영이라는 거야?"

"네가 지구에 있을 때, 그러니까 발을 따, 땅에 붙이고 살 때 말이야. 의자에 앉아서 커피도 마시고 그러잖아? 그때 의자가 엉덩이 밑에 깔려 있다고 늘 확신, 확신했었어?"

"그럼. 만약 의자가 존재하지 않는다면 엉덩방아를 찧을 테니까."

"맞아. 의자는 물론 존재하지. 그러나 의자가 존재한다는 걸 아는 것은 결국 우리의 감각, 가, 감각이야. 감각만 속이면 얼마든지 의자의 존재를 믿게 만들 수 있어. 마찬가지로 여기 이 탁자도 분명히 존재하는 거야. 꿈에서도 우리는 의자에 앉거나 술을 마시거나 하잖아? 왜냐하면 최종적으로, 최종적으로 우리 뇌, 뇌에 전달되는 것은 오직 감각, 감각정보뿐이니까."

"그럼 내가 너를 때리면 어떻게 돼?"

나는 주먹을 그의 눈앞에 들어 보였다. 그는 몸을 움츠렸다.

"그럼 안 되지."

"맞으면 물론 아프겠지?"

"아프지. 그리고 나도 아마 로, 롱맨을 때, 때, 때릴 거야. 그치만 아, 아픔을 느낀다고 해서 그 가, 감각이 모두, 모두 진짜라고 미, 믿을 수는 없는 거야."

나는 주위를 둘러보았다.

"좋아. 그럼 이 건물 바깥이 우주공간이란 말이야?"

"화성과 지구 사이의 궤도에서 태양을 중심으로 고, 고, 공전하고 있다고 생각하면 돼."

만약 빛나에게 이 얘기를 전한다면 그녀는 아마 이렇게 말할 것이다. 오빠, 출세했네! 우주엘 다 가고! 그러나 잠시 후 낯빛을 싹 바꾸며 이렇게 일갈하겠지. 아직도 정신을 못 차렸구나!

나는 짐짓 심각하게 유리에게 물었다.

"저, 만약에 우리가 여기, 도대체 여기가 어디인지 모르겠지만, 어쨌든 여기에서 백 년쯤 있다가 돌아갔을 때, 지구에 두고 온 우리의 육체가 이미 없어져버렸다면 우리는 어떻게 돼?"

"지금도 이런 가상의 육체를 부여받을 수 있는데 백 년 후의 지구에 우리 정신이 기거할 몸 하나 없을까? 그런 걱정은 안 해도 되, 될 거야. 영화 조, 조, 존 말코비치 되기, 되기도 안 봤어? 우리가 지금 그런 꼴이야. 단지 차이가 있다면 우리는 조, 조, 존 말코비치 속에 들어온 게 아니라 우리 자신의 자아, 자아 이미지 안으로 들어와 있는 거지."

"하지만 이건 납치잖아? 나는 그런 얘기 전혀 못 들었다구. 이건 범죄야."

"왜 나, 나, 납치야? 몸은 파주에 그대로 있는데. 거기까지는 자의로 따라갔잖아. 그리고 아마 롱맨은 처음에 들은 대로 퀴즈를 푼다거나, 퀴즈를 푼다거나 하는 일을 하게 될 거야. 도, 도, 돈을 벌 수도 있고, '회사'에선 최소한 계약은 그대로 지킬 거야. 처음 이런 말을 들을 때는 조, 조, 좀 이상한 느낌이 들지만 조금 지나면, 조금 지나면 또, 똑같아. 정말 파주의 그 건물 안에서 책도 읽고 사람들도 사귀고 공부도 하는 것 같은 느낌이 들기 시작할 거야. 벌써 그렇지 않아?"

"아……"

"구, 구, 군대, 군대 갔다 왔지?"

"응, 위생병이었어."

유리는 쑥스러운 듯 머리를 긁적이며 말했다.

"난 고, 공수부대였어."

"정말?"

"안 믿어지지? 다, 다들 그래. 마치 마, 말더듬이는 공수부대에 못 들어간다고 미, 믿는 것 같아."

"아니야, 난 믿어."

"처음 신병훈련소 가서 머리 빡빡 깎이고, 머리 빡빡 깎이고 이리
구르고 저리 구르고 그럴 때, 거기가 자기가 있을 곳 같았어? 그리고
그 몸이, 응, 그 몸이 자, 자기 몸 같아?"

정말 막사의 화장실 거울 속에선 낯빛은 칙칙한데 눈빛만 형형한
괴물이 나를 말똥말똥 보고 있었다. 군대에서 받은 육체는 마지막까
지 내 몸 같지 않았다. 제대를 하고 반년을 빈둥거려 근육이라는 근
육은 모두 물살이 되고 나서야 나는 내 몸이 내 것처럼 느껴졌었다.

"아니."

"그런 거야. 우리의 자아 이미지라는 건 대단히 불안정한, 대단히
불안정한 거야. 그러니 여기서도 곧 저, 저, 적응하게 될 거야."

"그럼 여기서는 밖으로 못 나가?"

"나, 나갈 수 있지. 그런데 좀 헤맬 거야. 구, 군이 비유를 하자면
여기는 나, 나, 나, 남극의 세종기지 같은 데야. 나가면 이런 비슷한
건물을 만나게 될 텐데, 거기는 다른 나라의 참가자들이 모여 있어.
물론 문은 열어주지 않을 거야. 버스정류장 같은 걸 바, 발견하더라
도 버스는 오지, 오지 않을 거고. 계, 계속 헤매다 아마 여기로 다시
돌아오게 될 거야."

그에게 마지막으로 묻고 싶은 것이 하나 있었다. 그러나 그 질문
은 쉽사리 입 밖으로 나오지 않았다. 자살은 가능한가? 이것이 내 정
신이 겪는 일종의 정교한 환상이라면 내 정신이 내 정신을 살해할
수도 있는가?

그는 나를 빤히 바라보고 있었다. 어쩐지 그는 내가 무엇을 묻고 싶어하는지 이미 알고 있는 것 같았다. 그는 짐을 챙겨 밖으로 나갔다. 나는 빈방에 혼자 남겨졌다. 마치 철학우화 속에 들어온 기분이었다. 섹션은 불가지론.

너는 네가 존재한다는 것을 어떻게 알 수 있지? 대학교 일학년 철학개론 시간에 교수가 던진 질문이었다. 나는 멍한 기분으로 홀로 복도를 서성대다가 방으로 올라갔다. 방으로 올라가는 길은 역시 단말기에 의지해야 했다. 그러나 더이상 그 단말기는 신기하고 재미있게 느껴지지 않았다.

유리의 말대로라면 이 모든 게 일종의 환각이라는 건데, 그렇다면 여기서 겪는 모든 일이 과연 내게 무슨 의미가 있는 걸까? 나는 내 방에 틀어박혀 고민을 거듭해봤지만 이 모든 게 환각일지도 모른다는 유리의 말을 반박하기 어렵다는 결론에 도달했을 뿐이다. 나는 주먹으로 벽을 쳐보기도 하고 세면대에 물을 받아 얼굴을 담가보기도 했다. 주먹은 부어올랐고 숨이 컥컥 막혔다. 코로 물이 들어와 매운 눈물이 흘렀다. 그래도 이 모든 게 한 편의 생생한 꿈일지도 모른다는 것을 자신 있게 반박할 수 없었다.

31

그날 저녁, 식당에서 장군을 만나자마자 나는 유리에게서 들은 얘기를 꺼냈다. 장군은 그 얘기를 다 듣더니 껄껄 웃었다.

"그 자식, 또 시작이네. 신입이 들어올 때마다 그런다니까."

"그럼 모두 거짓말이에요? 되게 그럴듯하던데요?"

"그럴듯하다고 다 진실이야? 너 바보냐?"

장군은 책상 위에 흰 종이를 놓고 뭔가 그림을 그리고 있었다. 삼각형과 사각형의 도형들이 두 줄로 죽 늘어서 있는 것으로 보아 아마도 유명한 어느 전투의 전황도를 그리는 것 같았다.

"도대체 그게 말이 된다고 생각해? 지금 우리가 우주에 있다니. 유리 그 녀석은 과학소설을 너무 많이 봐서 도대체 현실과 소설을 구분 못한다니까. 녀석은 21세기 돈키호테야. 조심하지 않으면 녀석의 산초 판사가 되어 그 이상한 얘기를 한없이 들어줘야 할지도 몰라."

그는 그렇게 일갈하고 다시 열심히 전황도를 그렸다. 그러나 나는 장군의 그런 자신만만한 태도에서 오히려 유리의 주장이 사실일지 모른다는 일말의 불안감을 느꼈다.

"이걸 봐. 엘바에서 돌아온 나폴레옹이 여기 서 있었다고. 병사들은 며칠 동안 밥도 제대로 못 얻어먹고 진흙탕 속을 걸어와 지쳐 있었지."

그는 워털루전투를 그림으로 재현하고 있었다. 그러나 나는 그것에는 별 관심이 가질 않았다. 내가 궁금한 것은 지금 밖으로 걸어나가면 어떻게 될까, 하는 것이었다. 제갈량이 만들었다는 팔진도 같은 미로를 헤매다 결국 이곳으로 되돌아오게 되는 걸까, 아니면 노인들이 무기력하게 앉아 있던 마을회관 앞으로 나가게 될까?

"조심해. 여기는 그런 녀석들 천지라구. 유리처럼 이 모든 게 허상이라고 주장하는 친구부터 괴이한 음모론 혹은 여름 납량특집에나 나올 법한 황당한 귀신 얘기까지, 별 얘기가 다 떠돌아다녀. 리얼리티 프로그램이라고 믿는 녀석도 있더라구. 여기 친구들의 취미생활 같은 거라고 보면 돼. 아무래도 좀 답답한 곳이잖아."

"좋아요. 그럼 여기는 도대체 뭘 하는 데예요?"

나는 장군에게 단도직입적으로 물어보았다. 장군은 삼각형 기호를 연필로 검게 칠하다가 고개를 들었다.

"처음에 말했듯이 여기는 '회사'야. 그런데 그렇게 물으니까 좀 다른 설명이 필요할 것 같군. 그러니까 일종의 길드라고 생각하면 돼. 길드 알지?"

"직능조합 같은 거요? 중세 유럽의 가죽장인 길드, 염색공 길드, 뭐 그런?"

"그래, 우리는 그런 길드야. 곧 집회가 있을 텐데, 거기 가보면 내가 왜 여기를 길드라고 했는지 알게 될 거야. 우리는 같은 목적과 이해를 가지고 모였지만 실은 서로 독립적인 존재란 말이야. 어쩌면 중세 유럽의 대학과 비슷할지도 몰라. 그 시절의 대학도 하나의 길드라고 봐야 돼. 교수 길드 또는 학생 길드. 비슷한 관심사를 가진 사람들이 모여 서로 돕고 외부의 위협에도 대처하며 사는 거지."

"그럼 저는 여기, 이 자리에 확실히 존재하고 있는 거죠?"

나는 발을 쿵쿵 굴렀다.

"그럼, 존재하지. 유리 녀석의 헛소리는 잊어버리라구."

장군은 내게 다가와 갑자기 헤드록을 걸었다. 생각보다 대단한 힘이었다. 근육도 단단해서 호두까기로 머리를 조이는 것 같았다. 나는 정말로 머리가 호두 껍데기처럼 부서질 것 같은 공포에 사로잡혔다. 으아아악. 소리를 지르며 빠져나오려 했지만 쉽지 않았다. 장군은 내게 충분한 고통을 준 후에야 팔의 힘을 풀었다. 머리가 띵하고 순간적으로 앞이 하나도 보이지 않았다.

"어때? 아직도 유리 녀석의 말을 믿어?"

"아뇨."

나는 재빨리 고개를 저었다. 그리고 장군에게 물었다.

"그럼 자살도 가능한가요? 이 안에서도?"

"왜? 한번 시험해보시게?"

그는 다시 헤드록을 하려는 듯 어깨를 들썩였다. 나는 한 발짝 뒤로 물러서며 말했다.

"아니요."

"이미 두 명이 했으니 몸소 시험해볼 필요는 없어. 내가 손수 치웠으니 믿어도 좋아."

그의 두 눈이 나를 정면으로 응시했다. 박제한 올빼미의 눈 같았다.

"혹시 고민 있으면 나한테 얘기해. 진심이야. 여기서는 나, 장군이 당신을 책임져야 하니까."

"고민 없어요."

나는 단호하게 말했다. 장군은 빙긋이 웃으며 나를 바라보았다.

"누가 고민 있냐고 물으면 없다고 말해야지, 라고 아침마다 결심한 사람 같군. 어떻게 그 나이에 고민이 없을 수가 있어? 바보라면 또 몰라도."

그는 무심한 얼굴로 다시 고개를 숙인 채 전황도 그리기에 집중했다. 나는 내색은 하지 않았지만 장군의 말에 가벼운 충격을 받았다. 내가 혹시 정말 그렇게 살고 있었던 것일까? 아무 고민도 없다고, 나에게는 아무 문제도 없다고 고개를 절레절레 저으면서? 유리의 알레프론論을 듣고도 나는 잠깐 밖에 나가서 건물 주위의 솔밭을 산책한 것이 전부였다. 그 정도로는 유리의 주장이 황당한 거짓이라고 자신 있게 반박하기 어려웠다. 솔밭은 캄캄했다. 이곳의 밤은 도시의 밤과 달랐다. 달빛도 숲의 저 밑바닥까지 도달하지 않았다. 그 희미한 달빛에만 의지해 숲을 뚫고 아래로 내려갈 만한 배짱이 나에게는 없었다. 아니, 어쩌면 그걸 확인하고 싶지 않았는지도 몰랐다. 차라리 여기가 유리가 말하는 그 외계였으면 하고 바랐던 것일지도 몰랐다.

모든 것은 반복된다. 문득 외할머니가 돌아가신 뒤, 연남동의 골방에 틀어박혀 퀴즈와 미국 드라마로 세월을 죽이던 때가 떠올랐다. 과연 나는 거기서 얼마나 멀리 온 것일까? 실은 그냥 그 자리에 머물고 있는 건 아닐까? 텅 빈 방으로 돌아와 잠들 때마다 나는 여기가 태양 주위를 공전하는 우주선 안의 회로라고 믿기 시작했다. 영원히 내가 떠나온 세상으로 돌아가지 못할지도 몰라. 설령 그렇다 한들 무슨 상관이랴? 나는 베개 밑으로 머리를 파묻었다.

그후로도 스파링은 계속됐고 나는 여전히 그들에게 무릎을 꿇었다. 나중에는 혹시 일부러 최강팀에 나를 배정한 것은 아닌가 하는 의혹까지 생겼다. 아무리 스파링이라지만 날마다 판판이 깨지고, 만나는 사람 모두에게 처량한 위로의 말이나 듣다보니 어느 순간 정말 견딜 수 없는 지경에 이르게 되었다. 아, 이럴 바에는 차라리 여기를 떠나자. 단 한 번도 못 이기다니? 나한테 실력이 없는 게 아닐까? 퀴즈 말고도 뭔가 내가 잘할 수 있는 게 있을 거야. 퀴즈가 아니라는 건 알았잖아. 그것만 해도 소득이지. 안 그래? 내일 밤, 짐을 챙겨서 나가면 그만이라고. 그러나 마음속에서 또다른 목소리가 들렸다. 안 돼. 이민수, 역시 너는 여기서도, 네가 꽤나 잘한다는 퀴즈의 세계에서조차 단 열흘을 못 버티는 거냐? 여기서도 결국 고개를 숙인 채 아무렇지도 않은 척 씩 웃으며 트렁크를 질질 끌고 떠나버릴 거냐?

지금껏 화려한 승자의 삶을 살아오지는 않았지만 그렇다고 이렇게까지 '대놓고 루저'는 아니었다. 하루하루 참패하는 삶. 어쩌면 나는 이런 명백한 실패를 목도하지 않기 위해 지금껏 교묘하게 아무것도 하지 않고 살아왔는지 몰랐다. 그러나 이제는 그럴 수가 없었다. 아침에 눈을 뜨고 명상을 하러 가면 전날의 참담한 패배가 어른거려 마음이 부대꼈다. 뭐 그런 연습게임 몇 판 진 것 가지고 그러느냐고 하겠지만 노인정 담배내기 장기에서도 칼부림이 나지 않는가? 진다는 것, 그것도 날마다 여러 사람에게 돌아가며 얻어터진다는 것은 결코 유쾌한 일이 아니었다. 식욕도 떨어졌다. 단 한 번만이라도 그 얄미운 탱고 녀석을 꺾고 싶었고 메두사와 유리에게 승자의 여유라는 것을 보여주고 싶었다. 우아하게 이긴다는 게 뭔지를 그 승리에 걸신들린 인간들에게 보여주고 싶었다. 그리고 나를 데려온 이춘성이나 장군에게도 인정받고 싶었다.

장군은 내가 스파링을 시작한 이후로는 얼굴 보기가 쉽지 않았다. 나는 일상이 된 패배와 그것에서 비롯된 모멸감을 이겨내는 법을 혼자서 배워가고 있었다. 그러나 한편으로는 더이상 질 수 없다는 오기도 생겼다. 나는 모든 일과가 끝난 저녁에도 혼자 도서관에 내려가 책과 사전을 뒤적였다. 백과사전의 갈피를 헤집고 다니노라면 연남동 집에서 혼자 뒹굴며 놀던 어린 시절이 떠올랐다. 내가 정말 사랑했던 것은 사실 이런 것이었는데…… 실용성이라고는 전혀 없는 지식이 담긴 책더미 속에 파묻혀 시간을 보내는 것. 문득 생각해보니 어렸을 적 나의 꿈은 도서관 사서였다. 어둑신한 도서관의 한쪽 구석에서 새로 들어온 책을 분류하고 태그를 붙이고 사람들에게 멋진 책을 권하고 그래도 시간이 남으면 나만의 책을 아껴 읽는 삶. 혹시 '회사'의 도서관에도 그런 사람이 필요하지 않을까? 퀴즈에는 별로 재능이 없는 것 같으니 거기에나 취직시켜달라고 할까?

32

이곳에 온 뒤로 날마다 꿈자리가 뒤숭숭했다. 거의 매일같이 꿈을 꿨고 그 꿈은 하나같이 생생했다. 여기 오기 전에는 주로 며칠 전에 있었던 일이 소재가 되곤 했는데 여기서 꾸는 꿈에는 아주 오래전의 일이 난데없이 출현했다. 까맣게 잊고 있던 초등학교 이학년 때 짝의 이름이 난데없이 언급되기도 하고("맞아, 그애 이름이 박시원이었어!") 단체관람을 가서 본 영화의 주인공이 나타나기도 했다.

지원은 딱 한 번 꿈에 나왔다. 우리는 텅 빈 강당 같은 곳에 앉아 있었다. 나는 거기가 식당이라고 생각하고 누가 와서 주문을 받기만 기다렸다. 그러나 갑자기 사람들이 모여들더니 여기서 예배를 봐야 하니 얼른 자리를 비켜달라고 했다. 나는 여기가 식당이라고 알고 있다고 했더니 사람들이 큰 소리로 웃었다. 억울한 마음에 지원을 돌아보니 지원마저 나를 비웃고 있었다. 다음 순간 지원은 사라지고 내 옆에는 아무도 없었다. 어느새 나는 하늘을 날고 있었는데, 얼굴 없는 사내(그러나 나는 장군이라고 짐작했다)가 다가와 비행규칙을 일러주었다. 어떤 결함 때문에 나는 오직 앞으로만 날 수 있고 뒤로는 날 수 없다고 했다. 그것에 대해서는 대단히 미안하게 생각한다고 했다. 원하면 환불도 해줄 수 있다고 했다. 뒤로 난다는 게 무슨 뜻이냐고 물으니 아직 그것도 모르느냐, 말 그대로 뒤로 나는 것이라고 얼굴 없는 사내가 말했다. 어쨌거나 나는 날고 싶지 않았지만 어느새 하늘에 떠 있었고, 그의 말대로 앞으로만 날 수 있었지만 그게 불편하다는 생각은 전혀 들지 않았다. 이대로 계속 살아가는 것도 나쁘지 않을 것 같았다. 그동안 왜 날개가 있으면 불편할 거라고 생각했던 것일까, 잠깐 후회했다.

다음 순간, 나는 지하철 이호선 당산역에 서 있었다. 지하철이 역 구내로 들어오고 있었다. 지하철의 머리는 토끼 모양으로 생겼고 몸은 뱀이었다. 거대한 뱀의 피부를 찢으며 사람들이 그악스레 서로를 밀치며 내렸다. 사람들에게 떠밀려 지하철역을 나오자 난데없이 어느 농장이 나왔는데(나는 거기가 양평이라고 확신했다. 그러나 내가 기억하는 한, 나는 단 한 번도 양평에 가본 적이 없다) 그곳에 최여사가 서 있었다. 최여사는 "절대로 바람이 불어서는 안 된다"고 말했다. 나는 바람은 불지 않을 거라고, 걱정하지 말라고 말했다. 그러자 최여사가 다가와 내 옆에 서 있는 지원이 실은 자기 딸이라고 선언했다(사라졌던 지원은 언제 와 있었던 걸까? 그러나 그것이 꿈에서는 하나도 이상하게 생각되지 않았다). 최여사가 손을 대자 지원이 흐물흐물해졌다. 녹아버린 캐러멜처럼 흥건하고 진득하게 땅에 들러붙었다. 그런데도 나는 하나도 슬프지 않았다. 멀리 붉은 버섯 구름이 떠 있고 그 아래로 동양화 같은 산수가 펼쳐져 있었다. 뒤를 돌아보니 웬 낯선 여자가 공중에서 뜨개질을 하면서 국민연금에 가입하면 초고속인터넷을 무료로 깔아준다고 말했다.

아침 명상시간에 오랜만에 만난 장군에게 꿈 이야기를 했더니 장군이 흥미로워하며 앞으로는 꿈을 노트에 적어보라고 했다.

"왜요?"

"자꾸 적다보면 꿈을 더 많이 꾸게 돼. 꿈을 꾼다는 건 자는 동안에도 뇌가 활동한다는 건데, 그때는 생시와 전혀 다른 부분을 사용하거든. 그래서 자꾸 활성화를 시켜주는 게 좋아. 일종의 뇌운동이랄까. 그러지 않아도 권하려고 했는데 잘됐네. '회사'에선 꿈을 적는 사람들이 많아. 손으로 적기가 귀찮으면 녹음기를 머리맡에 두고 자는 것도 방법이지. 두서없으면 없는 대로 그대로 적는 게 좋아."

그날부터 나는 꿈을 적기 시작했다. 아침에 일어나자마자 꿈을 적고 명상시간에 집요하게 그 이미지를 떠올려보았다. 그러고 나면 머릿속을 물로 씻어낸 것 같은 상쾌한 기분이 들었다. 그리고 아주 오래전에 배웠던 혹은 읽었던 어떤 것이 난데없이 떠오르기도 했다.

어느 날 밤에는 젊은 여자가 연남동 집의 현관에 서서 나를 바라보고 있었다. 나는 그 여자가 참 예쁘다고 생각했다. 늘씬한 키에 세련된 옷차림을 한 서구적 외모였다. 그 여자는 풍선(그러나 곧 솜사탕으로 밝혀졌다)을 들고 있었다. 그 예쁜 여자는 집에 불이 나서 가봐야 한다고 했다. 잠에서 깨어나 그 여자가 나오는 장면을 적어나가다가 불현듯, 꿈에서 이미 여러 차례 그녀와 마주쳤다는 생각이 들었다. 어쩌면 아주 오래전에 비둘기가 됐다는 내 엄마일지도 몰랐다. 물론 근거는 없었다. 그날은 더는 아무것도 적지 않고 꿈을 기록하는 노트를 덮었다.

시간이 지나자 스파링의 승률이 조금씩 높아지기 시작했다. 비록 이십 퍼센트대에 머무르긴 했지만 탱고와 메두사, 유리를 적어도 한 번 이상씩은 꺾을 수 있었다. 탱고의 세리머니는 계속됐지만 처음처럼 괴롭지는 않았다. 이제 메두사도 승패의 기록으로 피보나치수열 같은 걸 제멋대로 만들 수 없었다.

서울에서는 아침에 일어나면 인터넷으로 하루를 시작했다. 메신저에 접속을 하고 뉴스를 검색하고 메일을 체크했다. 인터넷 속의 세상은 언제나 시끄럽고 어수선했다. 그래서일까. 그 시절의 아침엔

늘 얇고 가벼운 우울이 상한 우유처럼 냄새를 풍기며 몸 어딘가에 들러붙어 있었다. 일종의 중독이기 때문에 하지 않을 수는 없으면서도, 그러지 않을 수 없는 자신에 대한 혐오가 생긴다. 그러나 이곳에서의 삶은 달랐다. 꿈을 기록하며 하루를 시작하기 때문일까? 꿈속의 세계에 대해 적고 생각하는 순간, 정신은 자연스럽게 일상의 세계에서 벗어나 초월적인 것에 대해 생각하게 되었다. 아주 오래되었으나 생생한 기억과 얼마 지나지 않았는데도 이미 아득해져버린 기억이 한데 뒤섞였다. 그럴 때면 인생이 달력 넘기듯 그렇게 순서대로 흘러가는 것이라기보다 마치 한 편의 어수선한 꿈처럼 생각되기까지 했다. 그런 것에 비하면 인터넷 포털사이트에 넘쳐나는 이런저런 연예기사, 정치적 공격과 방어, 모함과 음모의 담론, 몇 달 뒤면 뒤집히는 건강상식의 세계는 얼마나 부질없고 부박한 것인가? 그 세계에 있을 때에는 잠시라도 그 소식들을 모르면 큰일날 것 같았는데 '회사'에 들어온 이후에는 어느새 그 모든 것이 나의 삶과는 하등 관계가 없는, 그야말로 하나의 '낚시'에 불과한 것처럼 느껴졌다.

8장

장판교의 롱맨

33

그곳에 간 지 서너 주쯤 지난 어느 일요일. '회사'는 아침부터 분주했다. 남자든 여자든 모두 정장에 가까운 깔끔한 옷차림이었고 건물에는 전에 없던 활기가 넘쳤다. 팀장들이 회의를 마치고 함께 나오는 모습도 보였고 늘 수수한 얼굴로 다니던 여자들도 색조화장을 했다. 마치 교회라도 가는 분위기였다. 장군은 나를 보더니 오늘 집회에는 나도 가게 될 거라며 가장 좋은 옷을 입고 열시까지 입구로 나오라고 했다. 드디어 말로만 듣던 집회에 참가하게 된다는 생각을 하자 나도 모르게 마음이 들떴다. 지난 서너 주 동안 바깥세상 구경을 통 못했으니 그럴 만도 했다.

"저도 참가한다는 게 무슨 뜻이에요?"

"말 그대로 집회에 참가한다는 거야. 실력 발휘를 해보라고."

"아니, 저는 아직 준비가 안 됐는데요."

"준비 같은 거 필요 없어. 팀 단위로 참가하는 거니까. 가보면 무슨 말인지 알게 될 거야."

오전 열시에 입구로 나가자 평소에는 늘 내려져 있던 차단기가 올라가 있고 주차장에는 석 대의 승합차가 우리를 기다리고 있었다. 사람들은 자주 하던 일인 듯 전혀 망설임 없이 차에 올라탔다. 차는 숲길을 따라 내려가다가 이차선 포장도로로 접어들었다. 밖은 전형적인 수도권의 시골 풍경이었다. 들어올 때 봤던 마을회관 쪽이 아닌 다른 길로 빠져나가는 것 같았다. 나는 오랜만에 접한 창밖 풍경을 열심히 바라보았다. 유리를 비롯한 다른 사람들은 아무 말도 하지 않았다. 아무래도 조금쯤은 긴장하고 있는 것 같았다.

차는 출발한 지 삼십 분도 안 돼 언덕배기에 있는 거대한 물류창고 건물 앞에 우리를 내려놓았다. 일요일 오전인데도 불구하고 벌써 많은 차량이 주차돼 있었다. 우리는 창고 건물 뒤쪽으로 걸어가 안으로 들어갔다. 입구에 무전기를 들고 서 있던 남자 두 명이 장군을 보더니 인사했다. 모두가 순조롭게 창고로 들어갔지만 나만 제지를 받았다. 새로 들어온 친구야. 장군이 다시 나와서 나를 데리고 들어갔다. 창고의 문을 여는 순간, 나는 깜짝 놀랐다.

중앙에 거대한 전광판을 실은 차량이 있고 그 주위에 사람들이 모여서 웅성대고 있었기 때문에 뉴스에서 보던 뉴욕이나 런던의 증권거래소 이미지가 자연스럽게 떠올랐다. 그곳은 또 어찌 보면 대중가요 콘서트가 열리는 대형 경기장 같기도 했다. 급조된 장비와 모여든 군중, 여기저기 설치된 조명 탓이었을 것이다. 조명에 불이 들어오자 창고 중앙에 있는 링이 모습을 드러냈다. 글쎄, 그것을 링이라 불러야 할지 무대라 불러야 할지 모르겠지만 어쨌든 관객이 모여 있는 것보다 조금 높은 곳에 사방이 트인 단상이 설치돼 있었다.

"우리는 저 뒤에서 준비하고 있을 테니까 한번 둘러보고 오든지."

탱고가 선심쓰듯 말했다. 장군도 허락의 표시로 고개를 끄덕여 보였다. 유랑서커스단에 갓 입단한 꼬마가 된 기분이었다.

"그럼 좀 둘러보고 올게요."

사실 나는 이렇게 사람들로 북적대는 곳이 하도 오랜만이라 그것만으로도 약간 신이 났다. 뒤를 돌아보니 거의 천 명은 돼 보이는 군중이 웅성거리며 창고 곳곳을 돌아다니고 있었다. 일요일 오전의 빈 물류창고에 이렇게 많은 사람이 모여 있을 줄이야. 나는 군중 사이로 스며들었다. 동행 없이 혼자 와 있는 사람들이 대부분이었는데 그들의 손에는 한결같이 조악하게 인쇄된 신문 비슷한 것이 들려 있었다. 그들은 하나같이 그것을 열심히 들여다보고 있었다. 그리고 사람들 사이를 누비며 그것을 파는 아주머니들이 있었다. 내 손에 그게 들려 있지 않다는 것을 발견한 아주머니들이 달려와 내게 그것을 들이밀었다.

"예상지 안 사세요?"

예상지? 뭘 어떻게 예상하는 걸까? 가격은 생각보다 비싼 삼천원이었다. 나는 한 부 사볼까 하다가 그만두었다. 아이스박스에 음료수를 담아놓고 파는 사람, 핫도그나 김밥 같은 간단한 스낵을 만들어 파는 사람들이 곳곳에 포스트를 만들어 자리를 잡고 있었다. 전체적으로 축제 분위기처럼 보였지만 창고 안에는 미묘한 긴장이 흐르고 있었다. 중앙의 전광판에 곧 첫 게임이 시작될 것임을 알리는 고지가 출전자 명단과 함께 떠올랐다. 사람들이 짧은 탄성을 질렀다. 창고 한쪽에서는 사람들이 줄을 서서 뭔가를 사고 있었다. 가까이 가서 보니 편의점에서 로또를 사는 광경과 비슷했다. 정해진 규격의 용지에 뭔가를 적어서 돈과 함께 판매대에 내밀면 '마권'과 교환할 수 있었다. 사람들은 즉석에서 인쇄된 마권을 들고 자리로 돌아갔다.

관객의 대부분은 남자였지만 여자도 적지 않았다. 여자들은 개별적으로 다니는 남자들과 달리 그룹별로 모여 있었고, 어떤 그룹은 같은 티셔츠를 맞춰입어서 눈에 확 띄었다. 남자들은 모여앉아 예상지를 훑어보며 뭔가를 열심히 끄적거리기도 하고 옆사람과 상의를 하기도 했다. 전반적으로 밝고 흥분된 분위기였다. 가볍게 맥주를 홀짝이는 이도 있었다. 그렇게 대충 구경을 한 뒤에 나는 팀이 있는 대기실로 갔다. 대기실 안에는 여러 팀이 뒤섞여 있었다. '회사' 소속의 팀도 있었지만 처음 보는 낯선 팀들도 있었다. 그러나 서로를 잘 아는 듯 반갑게 인사를 나누며 안부를 물었다. 몇몇은 기도하듯 손을 맞잡고 고개를 숙이고 있었다. 정신을 집중하는 것 같았다.

'집회'가 시작된 것은 그로부터 약 삼십 분쯤 지나서였다.

"오늘은 팀 리그야."

집회를 구경하던 탱고의 말이었다.

"팀 리그와 개인 리그가 있거든. 오늘은 팀끼리 붙는 거야. 우리 팀 게임은 두 시간쯤 지나야 시작될 거야."

탱고의 말대로 링 위에 두 팀이 올라갔다. 각 팀의 팬들이 환호성을 질러댔고 '선수'들도 손을 들어 그에 답했다. 사회자가 요란스럽게 그들을 소개하자 함성은 더 커졌다. 내가 출연했던 방송국의 그 조용하고 지루한 퀴즈쇼 녹화가 생각났다. 그에 비하면 이 '집회'는 너무나 대조적이었다. 아직 시작도 하지 않았지만 이미 이곳에는 사람의 피를 끓어오르게 만드는 현장감이 있었다.

이런 세계가 있으리라고는 생각해보지 못했다. 밖으로 몇 발짝만 나가면 사방에 논과 밭이 펼쳐진 한가로운 농촌인데, 그 한가운데에 이렇게 많은 사람들이 은밀히 모여 퀴즈를 풀고 자기가 응원하는 팀과 선수에 돈을 걸며 주말을 보낸다니. 게다가 이런 경기가 거의 매주 열린다니. 우리는 우리가 살고 있는 세계를 잘 안다고 생각한다. 그러나 정말 그렇다면 아침마다 신문을 보며 놀랄 일은 없을 것이다. 우리는 아침마다 놀라지만 저녁에는 태연하게 잠든다.

그날의 집회가 끝난 후, '회사'로 돌아오는 길에 장군도 비슷한 얘기를 했다.

"혹시 투견 본 적 있어? 없겠지? TV에도 안 나오고 신문에도 안 뜨니 모르겠지만 주말마다 전국 수십 군데에서 투견대회가 열려. 오가는 판돈만 해도 물경 수십억대야. 거기서 돈 잃고 자살하는 놈들도 있지. 닭싸움도 부지기수야. 인삼, 녹용을 먹여 키운 싸움닭이 퍼덕퍼덕 날아다니며 상대방이 죽을 때까지 쪼아댄다고. 거기에 비하면 우리는 우아하지. 귀를 물어뜯거나 날갯죽지를 찢어버리지는 않는다고. 단지 질문과 대답, 질문과 대답을 할 뿐이니까."

나중에 알게 된 사실이지만 내가 한때 매일같이 드나들었던 퀴즈방뿐 아니라 세상에는 수많은 퀴즈게이트(그들은 그것을 게이트라 불렀다)가 있었다. 게이트는 여러 형태로 존재했다. 인터넷 카페일 수도 있고 채팅방일 수도 있고 오프라인 모임일 수도 있었다. 보드게임 카페가 게이트일 수도 있었다. 그날 창고를 가득 메운 사람들은 이런 게이트를 통해 이 세계로 들어왔던 것이다.

사회자가 마권 판매를 마감한다고 발표하자 장내는 조용해졌다. 두 팀의 게임이 시작되었다. 게임은 이른바 '아웃 방식'으로 시작되었다. 총 다섯 개의 라운드로 구성돼 있었고 각 라운드는 세 문제로 이루어졌다. 음, 평범한 퀴즈쇼잖아? 첫번째 라운드가 끝나기 전까지 나는 그렇게 생각했다. 그러나 곧 생각을 바꾸지 않을 수 없었다. 첫번째 라운드에서 진 팀은 자기 팀에서 가장 기여도가 낮다고 생각하는 사람을 하나 골라 링 아래로 내려보내야 한다. 그리고 그 사람을 골라내는 회의가 전광판을 통해 생중계되었다.

말소리는 잘 들리지 않지만 팀원 모두가 얼굴을 붉힌 가운데 한명이 패배의 원인으로 지목된다. 패배의 원흉으로 지목된 이십대 여성이 얼굴을 붉히며 당황한다. 나 때문이라고? 그게 말이 돼? 왜 내 잘못이야? 정답을 못 맞힌 게 내 탓이야? 다들 왜 이래? 그녀는 패배의 원인이 자기라는 것을 받아들이지 못한다. 변명을 하다가 그게 잘 안 먹히자 이번에는 다른 누군가를 지목하고 다른 멤버들에게 그에 대한 동의를 구하려 하지만 그것도 쉽지 않다. 화도 내고 설득도 해보다가 끝내는 손으로 얼굴을 가리고 울음을 터뜨린다. 그러나 그런 그녀의 모습을 바라보는 다른 팀원들의 표정은 냉담했다. 팀 안에서 벌어지는 정치가 어떤 면에서는 퀴즈 대결보다 더 흥미로운 것 같았다.

관중들도 가만있지 않았다. 링 위에서 회의가 진행되는 동안 요란하게 소리를 질러댔다. 어서 내려오라는 목소리도 있었지만 그녀 말고 다른 사람을 공격하는 목소리도 있었다. 니가 내려와, 인마!

결정은 번복되지 않는다. 그녀는 결국 모세가 바다를 가르듯 링 주변을 둘러싼 군중을 헤치고 걸어나간다. 박수와 야유가 함께 터진다. 박수는 그녀가 쫓겨나는 것을 환영하는 것이고 야유 역시 그녀가 쫓겨나는 것을 환영하는 것이다.

첫번째 탈락자가 내려오는 것을 보고 탱고가 말했다.

"흐흐, 저래서 자꾸 지는 팀은 분위기가 좋을 수가 없어. 결국 해체되고 말지. 내분이 일어나게 돼 있거든. 저렇게 걸어내려가서 다시는 안 돌아오는 사람도 많아. 쪽팔리잖아."

링에서 내려온 여자의 일이 남 일 같지 않았다. 나는 옆에 앉아 있는 탱고와 메두사를 슬쩍 훔쳐보았다. 메두사는 땅콩을 까먹으며 논평을 했다.

"쟤가 나갈 줄 알았어. 쟤가 늘 저 팀의 판단을 흐리더라구. 내가 볼 때도 쟤를 방출해야 됐어."

탱고도 맞장구를 쳤다.

"목소리도 크잖아. 전에는 사모네 팀에 있던 애지? 그때도 별로였어."

그들은 애써 태연한 척 심드렁하게 입방아를 찧었지만 나는 뭔가 어둡고 유독한 기운이 스멀스멀 그들 사이에서 피어올라 내 영혼 속으로 스며들고 있음을 느꼈다. 그것은 과속으로 달려가는 심야 고속버스에서 혼자 깨어 있을 때 느끼는 불안감 같은 것이었다.

이제 4:5의 싸움이 벌어진다. 아무래도 숫자가 많은 쪽이 유리할 수밖에 없을 것이다. 그래서인지 이번에도 첫번째 라운드와 같은 결과가 벌어진다. 또 한 사람을 내보내야 하는 팀은 눈에 띄게 침울하다. 삼십대 남성이 굳은 얼굴로 링을 떠난다. 그는 앞서 떠난 여자에 비해 담담하게 결과를 받아들이는 것 같다. 또 한번 터지는 박수와 야유. 남은 팀원들의 얼굴도 편치 않아 보인다.

장군과 유리는 아무 말이 없었다. 유리는 턱을 괸 채 무심히 바라만 보고 있었고 장군은 열심히 표를 그리고 있었다. 아무래도 전략을 짜는 것 같았다. 만약 내가 이 팀의 일원으로 리그에 참여한다면, 그리고 만약 우리 팀이 첫번째 라운드에서 진다면 제일 먼저 링에서 쫓겨날 사람은 바로 나일 것 같았다. 나는 신참인데다 실력도 가장 떨어지지 않는가. 폐에 젖은 솜뭉치를 밀어넣은 것처럼 가슴이 답답해져왔다. 아, 저런 개망신은 당하고 싶지 않은데.

"저렇게 팀원 숫자가 줄어들면 여간해선 역전하기 어렵지 않아요?"

나는 탱고에게 물었다. 탱고는 고개를 저었다.

"꼭 불리한 것만은 아니야. 숫자가 적어지면 의사결정 시간이 짧아지니까 효율이 높아질 수도 있어. 1:5인 상황에서 역전한 경우도 많아. 그게 이 방식의 묘미지. 영웅이 나오기 쉽다고."

탱고의 말대로 2:5까지 연패하던 팀은 잇따라 상대방을 몰아붙여 결국 2:2 동점 상황까지 몰고 갔다. 그러면서 게임은 점점 재미있어졌고 팬들 또는 특정 팀에 돈을 건 사람들의 반응도 뜨거워졌다. 결국 스코어는 0:2로 종료되었고 역전은 일어나지 않았다. 스코어와 승패를 맞히지 못한 사람들은 쓸모없어진 마권을 허공으로 뿌렸다.

두번째로 링에 올라온 두 팀은 조금 다른 방식으로 게임을 했다. 이른바 '장판교 방식'이었다. 『삼국지』의 장비 일화에서 따온 게 분명했다. 두 팀이 붙는다는 점에서는 '아웃 방식'과 같지만 이번에는 다수와 다수가 붙는 게 아니라 1:1로 붙는 것이었다. 처음 내보낸 한 명이 상대팀 모두를 다 꺾을 수도 있는데, 그럼 거기서 그냥 게임이 끝나는 것이었다. 만약 처음 내보낸 사람이 지면 다음 타자, 또다음 타자, 이런 식으로 상대편의 승자와 계속 맞붙는 것이었다.

"이건 아까보다 좀 인간적이네요."

내 말에 메두사는 쯧 하고 입맛을 다시며 양팔을 머리 위로 쭉 뻗어올렸다. 그녀는 팔을 내리며 짧게 한숨을 쉬었다.

"뭐, 이것도 나름대로 재미있지만 마권이 덜 팔려. 갤러리가 아웃 방식을 더 좋아하거든."

"그럼 왜 이 장판교 방식을 택하는 거예요?"

"택한 게 아니야. 두 방식 다 해야 되는 거야. 저 두 팀은 몇 주 뒤에 '아웃 방식'으로 또 붙을 거야. 그러니까 이 리그에서는 각 팀이 두 번씩 붙는 거지."

"그럼 오늘 우리 팀은 어떤 방식이에요?"

"장판교 방식이야. 다행이지?"

탱고가 끼어들며 나를 보고 씩 웃었다. 아웃 방식으로 한다면 제일 먼저 링에서 내려갈 놈은 바로 너야, 라고 말하는 것 같은 표정이었다.

우리 팀의 경기는 점심시간 직후에 시작되었다. 나는 거기 가서야 우리 팀의 이름을 알게 되었는데, 예상했던 것과는 전혀 딴판이었다. 팀의 이름은 '마티니'였다. 나는 막연히 좀더 드센 이름일 거라고 생각했던 것이다.

나는 링에 올라가기 전에 장군에게 조심스럽게 말을 걸었다.

"저, 제가 올라가면 오히려 팀에 피해가 가지 않을까요? 아직 준비도 안 됐고."

장군은 나를 무섭게 노려보며 차갑게 말했다.

"어이, 자신을 너무 과대평가하지 마. 너 따위가 피해를 입힐 정도로 우리 팀이 약하지는 않아."

그렇게 화를 낼 줄이야. 나는 머리를 긁적이며 사과했다.

"아, 죄송합니다. 저는 그냥……"

"농담이야."

그러나 그는 웃지 않았다.

"뭘 그렇게 놀라? 너는 가장 최근에 '회사'에 들어왔잖아. 그것도 나름대로 강점이 될 수 있어. 우리가 모르는 세계를 알고 있을 수도 있잖아. 혹시 링에서 내려가게 되더라도 너무 서운해하지는 마. 여기 규칙이 그러니까."

물론 그렇겠죠. 예를 들어 편의점의 물품 개수를 묻는다거나 삼각김밥의 유통기한은 몇시를 기준으로 하는가 혹은 고시원의 방값이 얼마인가 하는 문제가 나올 수도 있겠죠. 그렇게 나는 스스로를 위안하며 링에 올랐다. 오전보다 훨씬 많은 관중이 빽빽하게 들어차 있었다. 그들은 모두 우리를 올려다보고 있었다. 문득 공포스러웠다. 사람들이 왜 이 무대를 '링'이라 부르는지 알 수 있었다. 페터 한트케는 페널티킥을 앞둔 골키퍼의 불안에 대해 썼지만 수많은 관중으로 둘러싸인 링에 오르는 자의 고독도 그에 못지않을 것 같았다.

상대팀의 이름은 '전쟁과 평화'였다. 퀴즈 팀의 이름은 정말 예측 불허였다. '전쟁과 평화'처럼 책 제목에서 딴 이름도 있지만 홍대 앞 클럽을 전전하는 밴드 이름처럼 무의미한 작명도 많았다. '101'이나 '삼촌의 칫솔' 같은 이름이 그랬다. 그에 비하면 우리 팀의 이름은 무난한 편이었다.

우리 팀이 모두 링에 오른 순간 관중의 야유가 터져나왔다. 야, 마티니, 너네 아직도 있었냐? 꺼져라. 저 못 보던 녀석은 누구냐? 우우우—

환호성을 기대했던 나로서는 약간 당황스러웠다.

"왜 저러는 거야?"

내가 유리에게 속삭이자 유리가 말했다.

"시, 신경쓰지 마. 리, 리, 링에 올라와서 더 크, 크게 들리는 거야."

관중들은 장군과 메두사, 탱고와 유리를 잘 알고 있었다. 그러나 별로 좋아하는 것 같지는 않았다. 메두사를 연호하는 남자들이 있기는 했지만 소수였고 하나같이 상태도 안 좋아 보였다. 화려하게 마스카라를 한 메두사는 관중의 반응에 별로 신경쓰지 않았다. 유리에게는 젊은 여성팬이 좀 있었다. 유리는 고개도 제대로 들지 못했지만 가끔씩 슬쩍 자기 팬들이 있는 쪽을 살폈다. 그러는 와중에도 야유가 계속되자 탱고가 씹어뱉듯이 속삭였다.

"요즘 우리가 성적이 좀 안 좋아서 저래. 한때는 우승 후보였는데 요즘 승률이 좀 떨어졌거든. 들쥐 같은 새끼들."

레퍼리가 다가와 장군에게 장판교 방식의 첫 타자가 누구냐고 물었다. 장군은 주저없이 내 등을 떠밀었다.

"롱맨, 네가 첫 타자야."

"네? 제가요?"

나는 깜짝 놀라 뒤로 물러섰다.

"원래 총알받이는 신참이 하는 거야. 부담 갖지 말고 나가서 붙어. 상대방의 눈을 똑바로 쳐다보라고. 눈싸움에서 지면 끝나는 거야. 자, 나가."

다리가 후들거리기 시작했다. 그러나 나는 마음을 가다듬고 중앙으로 나가 우리 팀 스탠드에 섰다. '전쟁과 평화' 팀에서도 젊은 남자가 나왔다. 앞머리에 젤 같은 것을 발라 위로 세웠는데 머리 모양이 우키요에에 흔히 등장하는 파도를 닮았다. 뒤에 후지산만 있으면 딱 이겠는데. 그 생각을 하니 뜬금없이 웃음이 나왔다. 나는 겨우 웃음을 참으며 마음을 가다듬었다. 그런데 녀석은 내 웃음에 신경이 쓰이는지 자꾸 힐끔힐끔 나를 노려보았다. 나는 상대방의 눈을 똑바로 쳐다보라는 장군의 말이 떠올라 그럴 때마다 사정없이 녀석을 노려보았다. 의외로 효과가 있었다. 녀석이 어느새 내 눈길을 피했다. 음, 녀석도 아마 나 같은 신참일 거야. 벌써 다리가 후들후들 떨리고 있을지도 모르지. 그래도 나는 방송국 카메라 앞에서도 퀴즈를 풀어본 몸이라 이거야. 의외로 그 경험이 링 위에서 크게 도움이 됐다. 나는 심호흡을 하며 첫번째 문제를 기다렸다.

장판교 방식의 각 라운드도 세 개의 문제로 이루어졌다. 삼판 이선승제로, 두 문제를 먼저 푸는 사람이 라운드의 승자가 되어 다음 타자를 상대하게 되는 것이다. 나는 간단한 마인드컨트롤을 했다. '나의 뇌는 정갈하게 정리된 방이다. 모든 물건은 잘 정리돼 있으며 바닥은 깨끗하고 공기는 신선하다.' 그러면서 머릿속에 있는 수많은 기억이 학익진으로 무한히 긴 호를 그리며 출격을 기다리는 이미지를 떠올려보았다. 파도는 잔잔하고 바람은 등뒤에서 불어왔다.

나는 눈을 뜨며 한 발짝 앞으로 나섰다. 레퍼리가 투명한 아크릴 상자에 손을 집어넣어 일 라운드의 키워드를 꺼냈다. 키워드는 '스파이'였다. 키워드를 듣는 순간, 희망이 생겼다. 공부를 했다고는 할 수 없지만 한때 연남동의 골방에 누워 스파이소설로 시간을 때우던 시기가 있었다. 존 르카레, 이언 플레밍, 그레이엄 그린의 소설이 당시 내 방 여기저기에 수북이 쌓여 있었던 것이다.

"제2차세계대전 당시 독일군의 암호기인 에니그마는 한때 난공불락이었습니다. 그러나 케임브리지 대학의 한 수학교수에 의해 해석되면서 수많은 독일의 U보트가 바닷속으로 가라앉았고, 결국 전쟁의 향방이 바뀌게 됩니다. 연산컴퓨터의 원형으로도 불리는, 콜로서스의 개발자이기도 한 이 사람의 이름은 무엇일까요?"

다행히도 내가 아는 문제였다. 나는 잽싸게 부저를 누르며 장군이 시킨 대로 상대방의 눈을 노려보았다.

"앨런 튜링입니다."

"정답입니다."

와우. 첫번째 문제를 맞히다니! 게다가 상대의 눈을 정면으로 노려보며 정답을 맞히는 데서 오는 쾌감은 생각보다 대단했다. 강렬한 펀치를 녀석의 안면에 적중시킨 기분이었다.

역시 승자의 기쁨은 패자의 굴욕 위에서 더욱 달콤해지는 것 같았다. 진행자는 냉정하고 건조하게 바로 다음 문제로 넘어갔다. 방송 퀴즈쇼에 넘쳐나던 과잉 친절 같은 것은 없었다. 방송 퀴즈쇼의 진행자가 백화점의 점원이라면 이 창고 퀴즈쇼의 진행자는 수산물시장의 경매사라고 할 수 있었다. 문제를 읽는 속도도 빨랐고 억지 미소 같은 것은 결코 짓지 않았다. 대회는 문제, 답, 문제, 답, 이런 식으로 건조하게 흘러갔다.

두번째 문제는 1940년에서 1945년 사이에 벌어졌던 더블크로스

작전에 대한 것이었는데, 이번에는 우키요에가 맞혔다. 비록 맞히지는 못했지만 그래도 나는 애써 여유 있는 태도로 상대방을 노려보았다. '스파이' 주제의 세번째 문제는 상당히 어려웠다. 암호명 '쿠르트 동지'로 불렸던 전설적인 KGB 스파이, 그러나 마지막에는 아무 흔적도 남기지 않고 완전히 사라져버려 모사드를 어리둥절하게 만든 인물에 대한 것이었다.

나는 자신 있게 부저를 누르고 큰 소리로 외쳤다.

"이스라엘 비어!"

"정답입니다. 마티니의 롱맨 일승입니다. 관객 여러분, 퀴즈의 세계에 처음 발을 디딘 이 신인의 멋진 일승을 큰 박수로 축하해주십시오!"

진행자가 내 손을 들어올려 나의 승리를 확인해주었다. 어, 정말 이렇게 하면 이기는 거야? 나는 믿을 수가 없었다. 링 주변에서 나를 향한 환호성과 박수가 터졌다. 탱고가 짐짓 믿을 수 없다는 듯 얼굴을 찌푸렸고 장군도 좋아하는 것 같았다. 유리는 슬쩍 다른 데를 보며 딴전을 피웠다. 패자인 우키요에는 뭐 씹은 표정으로 링을 내려갔다. 저 새끼 잘라. 상대팀 '전쟁과 평화'의 팬들이 내려가는 우키요에의 등에 대고 소리쳤다. 다시는 올라오지 마, 이 새끼야.

그렇지만 나로서는 좋은 시작이었고 기분도 괜찮았다. 장군이 다가와 내 등을 두들겼다.

"제법인데. 잘했어, 아주 잘했어. 뒤에는 우리가 있으니까 걱정 말고 또 한 놈 해치우라고."

메이저리그에서 첫 승을 올린 선발투수가 된 기분이었다. 감독은 내려가고 나는 다시 마운드에 섰다. 그러나 두번째 라운드는 제대로 넘기지 못했다. 키워드는 엉뚱하게도 '반도체'였는데, 나는 '황의 법칙'은 맞혔지만 그뒤의 두 문제를 아쉽게 놓치며 물러나야 했다. 내가 약한 분야였다. 그러나 팀원 모두 잘했다고 내 어깨를 두들기며 격려해주어서 기분이 나쁘지는 않았다. 내 뒤를 맡아 올라온 사람은 탱고였는데 그는 세 명을 해치우고 장렬히 전사했다. 마지막으로 유리가 올라가 최후의 한 명을 거꾸러뜨렸다. 문제는 뒤로 갈수록 어려워졌지만 그는 별로 당황하지 않고 자신에게 온 기회를 잘 활용해 상대를 누른 것이다. 유리의 극성 여성팬들이 소리를 질러댔다. 유리는 나와 똑같이 일승을 올렸지만 승리의 팡파르는 온전히 그의 것이었다. 나는 질투를 느꼈다. 언젠가 저 자리에, 승리의 꽃잎이 날리는 곳에 서 있을 내 모습을 그려보았다. 1번 타자로 올라가서 다섯 명을 줄줄이 꺾고 링에 올라오지도 못한 동료들을 굽어보면서 승자의 희열을 만끽하는 거야. 생각만으로도 속눈썹이 파르르 떨렸다.

유리는 그런 내 생각을 읽기라도 한 듯, 링에서 내려오며 나를 향해 씩 웃었다. 그 태도에는 아주 낯설고 섬뜩한 무엇이 있었다. 평소의 유리가 전혀 아니었다. 자신만만하고 위협적이었다. 나는 유리에게 다가가 축하해주려고 했지만 유리는 마치 내가 보이지 않는다는 듯 그대로 지나쳐 장군과 메두사가 있는 곳으로 걸어갔다. 장군이 어깨를 두드려주자 몸을 비비 꼬며 좋아했다. 그러면서 시선은 메두사를 향하고 있었다. 유리에게 내가 모르는 전혀 엉뚱한 면이 있을 수도 있다는 생각이 처음으로 들었다.

나는 홀로 밖으로 걸어나가는 탱고를 따라잡았다.

"우리 팀에 돈 건 사람들, 오늘 돈 좀 벌었겠는데요?"

탱고는 고개를 끄덕였다.

"그랬을 거야. 최근에 승률이 워낙 안 좋았으니까. 질 것 같은 팀에 걸고, 그 팀이 예상을 뒤엎고 우승을 해야 큰돈을 버는 거지."

"개인전도요?"

"그렇지. 예를 들어 너 같은 똥말이, 미안, 우리는 원래 이렇게 불러, 사실 똥말이잖아, 나가서 우승을 하면 구백구십구 배의 배당도 터지지. 아무도 네가 우승할 거라고는 생각 안 하니까. 만약 그 정도의 배당이 터지면 너도 엄청난 돈을 챙기게 돼. 하지만 너 정도 급의 똥말이 우승한 적은 아직까지 한 번도 없어. 그저 이론적으로 그렇다는 거지."

말을 해도 꼭 이렇게 싸가지 없이 하는 게 탱고였다. 똥말이라니? 그러나 링 위에서 얻은 첫 승의 기쁨 때문인지 그렇게 화가 나지는 않았다. 오히려 나는 모두의 예상을 뒤엎고 리그에서 우승해 나에게 돈을 건 사람들에게 구백구십구 배의 배당을 안겨주고 나도 부자가 되는 상상을 했다. 물론 쉬울 리는 없을 것이고, 어쩐지 이런 희망에선 유독성이 느껴지기도 했다. 실현가능성이 낮기도 했지만 내 마음 속 깊숙한 곳에서는 벌써 낯익은 회의가 스멀스멀 고개를 쳐들었다. 내 마음속의 패배주의는 언제나 낙관주의의 가면을 쓰고 나타난다. 도대체 그렇게 많은 돈이 왜 필요해? 그런 돈 없이도 잘살아왔잖아?

인생에서 중요한 건 그런 게 아니잖아? 이런 달콤한 유혹이 실은 '아무것도 하지 말자'는 말의 다른 버전임을 나는 잘 알고 있었다. 잘 알고 있으면서도 언제나 유독한 희망 대신 달콤한 무위로의 도피를 선택해왔던 것이다.

그날 저녁이 다 돼서야 우리는 '회사'로 돌아왔다. 프랑켄슈타인이 맛있는 스테이크를 준비해두었다. 샴페인과 맥주를 곁들인 간단한 자축파티가 있었고, 다음날 아침에는 전날 벌어온 돈을 정산했다. 팀 전체에게 떨어진 상금을 기여도의 가중치에 따라 배분하고 어쩌고 하더니 나에게는 웬만한 신입사원의 한 달 월급이 떨어졌다.

"이거 정말 제가 가져도 되는 거예요?"

이기기는 했지만 잠깐 나가서 세 문제를 푼 게 고작이었는데 이렇게 많이 준단 말인가? 탱고가 씩 웃으며 말했다.

"어이, 포커 판에서 흔히 말하는 초심자의 행운 같은 거야. 나중에 어떻게 될지 모르니까 입 다물고 그냥 받아둬. 다음에는 또 언제 이길지 기약 없어. 아, 도대체 이게 얼마 만에 쥐어보는 돈이냐."

장군이 탱고를 나무랐다.

"그쯤 해둬. 잘될 때도 있고 안 될 때도 있는 거지."

그러면서 장군은 내 어깨를 두드렸다.

"루키가 잘 들어와서 그런가. 첫판부터 조짐이 좋은데?"

유리는 똑같이 일승을 올렸지만 가중치가 높아서 두 배도 넘게 받았다. 나는 옆에서 조용히 수표를 받아 챙기는 유리에게 물었다.

"네 말대로라면 돈은 받아서 뭐해? 몸은 다른 데 누워 있는데?"

"야, 너는 꾸, 꿈에서도 거, 거, 거지이고 싶어?"

할말이 없었다. 더듬는다고 말을 못하는 게 아닌데 자꾸만 그걸 잊어버렸다. 유리는 겪으면 겪을수록 기분 나쁜 녀석이었다.

34

그다음주는 운이 좋지 않았다. 우리는 난타당한 끝에 졌다. 역시 이번에도 내가 첫 타자로 올라갔지만 일 라운드도 못 버티고 물러나고 말았다. 탱고의 말대로 지난주의 일승은 초심자의 행운이었던 것일까? 그리고 그다음주는 경기가 없었다. 그때까지 팀 분위기는 좋지도 나쁘지도 않았다. 나는 생각보다 빠르게 이 세계에 적응해가고 있었다. 스파링의 승률도 높아졌고, 뭐랄까 유리의 말대로 어느 순간 몸이 바뀌었달까? 아니면 장군의 말대로 머릿속의 정보를 학익진처럼 펼치고 유연하게 문제에 대응한다는 게 뭔지 어렴풋이 알아가고 있었달까? 바깥세상이 그립지 않은 것은 아니었지만 새로운 세계를 알아가는 즐거움이 있었다. 장군의 말에 의하면 곧 개인 리그의 예선이 열리는데 그것만 통과하면 퀴즈쇼의 꽃인 개인 리그 본선에도 나갈 수 있을 거라고 했다. 그때는 팀의 지원 같은 것은 기대하기 어려우니 정말 높은 수준까지 자기 정신을 고양시켜야 한다고 했다.

그때는 그렇게 모든 것이 순조로울 줄 알았다. 그러나 그날의 집회 이후로 모든 것이 조금씩 궤도를 이탈하기 시작했다. 돌이켜 생각해보면 그것은 이미 예고된 것이었을지도 몰랐다. 훗날 알게 된 것이지만 내가 들어오기 훨씬 전부터 팀에는 심각한 균열이 있었고, 그것 때문에 결국 한 명이 튕겨나갔었다는 것이다('튕겨나갔다'는 게 정확히 어떤 의미인지는 전해듣지 못했다). 그래서 내가 갑자기 필요했던 것인데, 문제는 그 균열이 내가 들어옴으로써 간단히 해결될 성질의 것이 아니라는 것이었다. 내가 생각한 것 이상으로 우리 팀 내부에는 복잡한 갈등이 잠재해 있었지만 들어온 지 얼마 되지도 않은 내가 그걸 알아차릴 수는 없었다.

그날의 집회는 팀 리그였고 아웃 방식이었다. 전승을 한다면 모두가 살아서 끝까지 가겠지만 그러지 못한다면 누군가는 링에서 굴욕적으로 내려와야만 했다. 그래서인지 장판교 방식보다 훨씬 긴장하는 것 같았다. 게다가 이날 우리가 맞붙을 팀은 플레이오프 진출을 하려면 반드시 꺾어야 하는 강팀이었고, 그런 만큼 마권도 다른 날보다 많이 팔렸다고 했다.

아웃 방식에서 우리 팀은 시작하자마자 순조롭게 두 라운드를 잡았다. 상대팀은 시작하자마자 두 명을 링 아래로 내려보내야만 했다. 분노와 비탄, 적의와 공격성이 링 주변에서 뜨겁게 타올랐다. 그때까지만 해도 분위기는 나쁘지 않았다. 장군은 방심하면 안 된다고 우리를 다그쳤다.

아니나 다를까. 세번째 라운드부터 전세가 바뀌기 시작했다. 우리 팀은 1:1 상황에서 마지막 문제를 놓치면서 패했다. 나는 당연히 내가 내려갈 줄 알고 준비하고 있었는데 분위기는 전혀 다른 방향으로 돌아갔다. 탱고가 돌연 유리를 공격한 것이다.

"유리가 내려가야 돼. 사실 오늘 컨디션 별로잖아? 안 그래? 아까 두 문제도 나하고 메두사가 맞혔잖아."

유리가 항변했다.

"저, 저도 다, 답을 알고 있었어요. 마, 말하지 않았을 뿐."

"거짓말하지 마."

소니 디지털캠코더를 어깨에 얹은 카메라맨이 우리 사이를 파고들었다. 우리의 모습은 집회장 전체에 생중계되고 있었다. 메두사가 나섰다.

"탱고, 네가 내려가. 너야말로 삼 라운드에서 헛소리했잖아. 안 그래?"

탱고는 삼 라운드에서의 자기 실수를 알고 있었다. 탱고가 엉뚱한 답을 정답이라고 우기는 바람에 상대방이 승기를 잡을 수 있었던 것이다. 그러나 탱고는 인정하지 않았다.

"홈런 타자가 헛스윙도 많은 거야. 이거 왜 이래?"

나는 도대체 왜 나를 내려보내지 않는지 알 수가 없었다. 나를 내려보내는 게 모든 면에서 부드러운 해결책이었다. 링 아래에서도 나를 자르라고 소리를 지르고 있었다. 불과 이 분도 안 되는 시간에 숨막히는 정치가 전개되었다. 탱고는 계속 유리를 공격했고 그럴 때마다 메두사가 유리를 방어했다. 나중에 유리는 자기가 내려가겠다고 말했지만 진심은 아니었다. 나는 장군이 평소 사이가 좋지 않은 탱고를 내려보낼 수도 있다고 생각했지만 의외로 장군은 이 싸움에 끼어들지 않았다.

탱고가 나에게 물었다.

"좋아. 그럼 네가 판단해. 넌 여기 들어온 지 얼마 안 됐으니 어쩌면 더 정확하게 볼 수도 있지. 나야, 유리야? 누가 내려가야 되겠어?"

나는 난감한 표정으로 둘을 번갈아 바라보았다. 도대체 이럴 때는 어떻게 해야 한단 말인가? 내가 아무 말도 못하자 장군은 그제야 나서서 갈등을 정리했다.

"오늘 왜들 이래? 메두사가 내려가."

메두사는 매섭게 탱고를 쩨려보고는 링 아래로 내려갔다. 아무도 그 결정에 이의를 제기하지 않았고, 나는 그게 더 놀라웠다. 다들 그런 결과를 예상한 눈치였다. 어쨌든 메두사가 내려가고 네 명만 남게 되었다. 이 모든 투쟁이 진행된 시간은 고작 이 분이었다.

상대는 세 명. 다시 한 라운드가 진행되었다. 우리는 두 문제 모두 내주며 라운드를 잃었다. 우리 팀이 이긴다는 쪽에 돈을 건 관객들이 아우성을 쳤다. 이번에는 누가 봐도 내가 내려가는 게 순리였다. 그러나 먼저 내려간 사람은 유리였다. 유리는 다른 사람들이 말릴 틈도 없이 링 아래로 걸어내려갔다. 그러자 남은 것은 장군과 탱고 그리고 나였다. 탱고가 떠나는 유리의 등에 대고 말했다.

"저 자식, 무슨 희생양처럼 걸어내려가네. 저 자식 저거 아주 수법이야. 저러면 여자들이 좋아하는 줄 알고 저러는 거야."

"그만해."

장군이 탱고를 제지했다.

이제 남은 사람의 수는 3:3. 문제는 점점 난이도가 높아졌다. 이번에는 우리가 이겼고 상대팀 한 명을 내려보냈다. 그 과정에서 나도 한 문제를 맞혔다. '카이에 뒤 시네마'와 관련된 문제였는데 의외로 장군과 탱고는 정답을 몰랐다. 그리고 또 한 판을 이긴 상태에서 (3:1) 우리가 졌다. 순리대로 내가 내려갔고 링에는 장군과 탱고만 남았다. 2:1 상황에서 첫 문제를 놓치고 다음 문제를 잡았지만 상대방에게 마지막 기회를 내주면서 다시 한 라운드를 잃었다. 장군과 탱고가 서로의 눈을 쳐다보았다. 장군은 당연히 자기가 남아야 한다는 눈빛이었고 탱고는 이번에는 자기가 남아 역전을 하겠다는 태도였다. 둘은 아무 말 없이 팽팽히 눈싸움을 벌였다. 마침내 장군은 링 주변에 포진한 관중을 둘러보았다. 검투사들을 사열하는 로마 황제 같은 자세였다. 그는 대신 판결을 내려달라는 듯 한참을 서서 아래를 굽어보았다. 관중의 의견은 둘로 나뉘었다. 그러나 대담하게 관중의 의견을 물은 장군 쪽에 관중의 호감이 더 높아지는 것 같았다. 장군을 연호하는 소리가 높아지면서 결국 탱고가 물러나는 쪽으로 결론이 날 것 같았다.

사람들의 눈길이 모두 탱고에게 쏠렸다. 탱고는 뜻밖에도 선선히 자리에서 일어나 여유 있는 태도로 링을 떠났다. 탱고를 지지하는 관객들이 남아 있는 장군에게 야유를 퍼부었다. 옆에 앉아 있던 메두사가 내게 말했다.

"탱고 저 자식은 잃을 게 없지. 이제 승리의 부담은 장군에게 넘어간 셈이니까. 장군은 도박을 하는 거야. 과연 잘될까?"

메두사의 예언대로 장군은 마지막 순간에 무너지고 말았다. 마권을 접어 만든 종이비행기가 링 안으로 날아들었다. 야, 옷 벗고 제대해라, 장군. 장군은 무슨 얼어죽을 장군이냐, 졸병 주제에! 막말도 빗발쳤다. 나는 귀를 막고 서둘러 집회장을 떠났다.

훗날 나는 그날의 집회를 복기해보았다. 특히 첫번째 탈락자를 정하는 장면을 말이다. 아무래도 그 장면이 흥미로웠다. 그것은 마치 『침팬지 폴리틱스』에서 본 침팬지들의 정치적 투쟁과 비슷했다. 이인자 탱고는 일인자인 장군에게 정면으로 도전하고 싶지만 아직 그럴 능력이 되지 않으니 난데없이 힘이 약한 유리를 공격한다. 일인자인 장군은 이인자의 도전에 말려들지 않기 위해 유리에 대한 공격을 모른 체한다. 그러면 유리의 보호자를 자처하는 메두사는 하는 수 없이 탱고와 맞서야 한다. 결정은 마침내 팀의 리더인 장군의 몫으로 넘어간다. 유리를 내보내면 탱고의 뜻을 따르는 게 되니 곤란했다. 그렇다고 탱고와 맞서는 것은 오히려 그의 위상을 높여주고 이인자로서의 위치를 공인하는 꼴이 된다. 결국 메두사가 내려갈 수밖에 없는 것이었다. 이 모든 판단이 불과 이 분 안에 이뤄진다는 것이 우선 놀라웠고, 모두가 그 상황에서 자신의 정치적 이해에 따라 정확하게 움직인다는 것이 더 놀라웠다. 그들에게 있어서 나는 여전히 유령 같은 존재였고 그들 사이의 미묘한 권력투쟁의 구경꾼일 뿐이었다. 그러나 그 순간에도 이미 그들은 나에게 조용히 어떤 선택을 요구하고 있었다. 그런데 퀴즈 팀 안에서의 선택은 유력한 대통

령 후보를 골라 그 뒤에 줄을 서야 하는 국회의원의 선택과는 성격이 달랐다. 국회의원은 오직 정치권력이라는 변수만 고려하면 되지만 퀴즈 팀은 그렇지가 않다. 우리는 일종의 길드로서 같은 목적을 공유했다. 여기서 목적이란 퀴즈 리그에서 우승하여 큰돈을 벌고 이 세계에서 이름을 드높이는 것이다. 그러기 위해선 누구를 보스로 옹립하느냐와 누구를 축출하느냐의 문제가 중요했다. 개인의 권력욕은 팀의 효율성과 긴장관계에 있었다. 권력욕만으로는 '회사'를 장악할 수 없었고 또 그런 사람을 용납하지도 않았다. 그런 면에서 우리는 말 그대로 '회사'였던 것이다.

35

그날 저녁은 훨씬 더 끔찍했다. 링에서의 갈등은 아무것도 아니었다. 우리는 '회사'로 돌아와 일종의 평가회를 가졌다. 카메라가 없는 상태에서의 평가회는 링 위에서보다 훨씬 격렬했다. 탱고가 장군의 무능을 공격하면("당신은 팀장 자격이 없어!") 장군은 탱고가 사보타주하고 있다고 비난했다("네가 일부러 결정적 순간에 혼란을 야기한 거 다 알고 있어!"). 유리는 더듬거리면서도 억울함을 호소했고("왜 저예요? 네? 제, 제가 뭘 그렇게 자, 잘못했어요?") 그런 와중에도 탱고는 나를 자기편으로 끌어들이려 애썼다("롱맨, 너도 이제 할말이 있을 거 아니야. 솔직하게 말해봐"). 메두사는 처음에는 분란을 중재하려고 애쓰다가 나중에는 팔짱을 끼고 물러앉아서 팀원들을 관찰할 뿐이었다. 그러다 결국은 탱고가 장군의 멱살을 잡으며 상황이 극단으로 치달았다. 의자와 테이블이 요란한 소리를 내며 쓰러졌다. 유리는 울고 메두사는 소리를 질렀다. 그만들 해. 지긋지긋해.

나는 기가 질려서 아무 말도 못한 채 앉아 있다가 오랜만에 건물 밖으로 나와 주변을 산책했다. 솔밭과 떡갈나무를 주종으로 한 활엽수림이 사이좋게 건물 주위를 둘러싸고 있었다. 나는 건물 주위를 빙빙 돌며 조금 전의 그 격렬한 싸움에서 받은 충격을 가라앉혔다. 개성이 강하고 모난 데가 많은 사람들이지만 그래도 나로서는 참으로 오랜만에 가족적인 소속감 같은 것을 느끼면서 안정을 찾고 있었는데, 조금 전의 그 쟁투를 보니 역시 이곳은 가정이 아니라 '회사'일 뿐이구나 하는 실망감이 들었다. 정말 이것뿐이란 말인가? 애초에 이춘성이 말하던, "지혜의 힘을 빌려 우연과 맞서는 인간의 운명을 시뮬레이션한다"는 게 고작 이런 거야? 그렇다면 경마와 다른 게 뭐지? 인간이 달린다는 것뿐. 나는 차단기 아래로 뻗은 숲길을 바라보았다. 서울로 돌아갈까? 돌아가서 다시 혼자가 될까? 혼자가 되어 최소한의 돈을 벌며 조용히 살아갈까? 나는 강아지풀을 뜯으며 이런저런 생각을 하다 널찍한 바위 위에 누워 하늘을 보았다. 하늘에는 반달이 떠 있었다. 서울과는 달리 은하수의 흐름이 선명하게 보였다. 나는 시계를 보았다. 어느새 밤 열한시가 다 되어가고 있었다. 몸도 으슬으슬하여 자리에서 일어나 내 방으로 돌아갔다. 방문을 열고 들어가려는데 옆에서 누군가가 슥 하고 나타났다. 깜짝 놀라 돌아보니 메두사였다. 그녀는 맥주와 간단한 스낵을 손에 들고 있었다.

"기다리고 있었어. 들어가도 될까?"

딱히 거절할 말도 없고 해서 나는 메두사를 방안으로 들였다. 책상을 사이에 두고 나는 침대에, 그녀는 의자에 앉았다.

"어디 갔다 온 거야? 한참 기다렸잖아."

"아, 네. 그냥 요 앞에서 산책 좀 했어요."

그녀가 방을 둘러보며 말했다.

"이거 마셔."

그녀가 버드와이저 캔맥주를 권했다. 별로 좋아하는 맥주는 아니었지만 나는 말없이 받아 마셨다. 깊은 밤, 여자와 단둘이 방에 있는 것도 껄끄러웠고 간단없이 내 몸을 아래위로 훑는 메두사의 끈적한 눈길도 부담스러웠다.

"아까는 놀랐지?"

"아, 네, 좀. 다들 화나니까 무섭데요."

"그랬을 것 같더라. 늘 저래. 하지만 오늘은 특히 좀 심했어."

우리는 건배를 하고 맥주를 마셨다. 그러면서 이런저런 얘기를 나누다보니 어느새 나도 모르게 긴장이 천천히 풀어졌다. 메두사는 장군이나 탱고와 함께 있을 때와는 좀 다른 모습이었다. 장군과 탱고 앞에서는 늘 심드렁하고 냉소적인 모습이었는데 그날은 오랜만에 만난 대학교 선배 누나 같은 친근한 인상이었다. 처음에는 장군과 탱고, 유리에 대한 인물평으로 시작했다. 그녀는 말끝마다 "다 지 팔자지"라는 말을 썼다. 그녀는 장군이나 탱고, 유리 모두 불쌍한 인간이라고 했다.

"장군은 곧 쫓겨날 거야. 요즘 승률이 너무 낮거든. 인기도 없고. 여기서 이렇게 썩을 사람이 아닌데, 아까워. 난 여기 들어오기 전부터 장군을 알았어. 그땐 꽤 괜찮은 인간이었는데, 뭐, 다 지 팔자지. 안 그래?"

자세한 내용을 모르는 나는 그저 고개를 끄덕일 수밖에 없었다. 그녀는 그 밖에도 이런저런 '회사' 돌아가는 이야기를 많이 해주었다. 내가 들어오기 직전, 팀은 거의 해체 위기까지 내몰렸던 모양이었다. 생각보다 심각했던 것 같았다.

"참, 저는 여기 이춘성이라는 분 만나서 들어왔는데요. 들어와서는 통 뵐 수가 없네요."

"스카우터니까. 선수가 아니라."

"네?"

"여기 계속 있다간 굶어죽지. 다니면서 좋은 선수를 찾아 데려오는 게 그 사람 일이야. 지금도 어디 카페엔가 앉아서 롱맨 같은 친구한테 썰 풀고 있을 거야."

메두사는 아직도 그걸 몰랐느냐는 표정으로 심드렁하게 말했다. 이 글을 쓰고 있는 지금도 나는 카페 같은 데서 양복을 말쑥하게 빼입은 남자가 나처럼 어린 젊은이를 앉혀놓고 장광설을 늘어놓는 모습을 발견하면 혹시 이춘성이 아닐까, 다가가서 살펴보곤 한다. 그리고 언젠가 어디선가 한 번쯤 마주치게 되리라 믿고 있다.

메두사는 본격적으로 나에게 관심을 보이기 시작했다.

"이 방면에 소질 있던데. 원래 선수였어?"

"아, 아뇨. 소질은요. 보시다시피 만날 깨지는데요."

"처음에 그 정도면 잘하는 거야. 탱고나 유리는 얼마나 죽을 쒔더 랬는데."

"아, 그랬어요? 저는 그냥 어렸을 때부터 좋아하다보니까."

나는 그녀의 칭찬에 서서히 긴장이 풀려서 어느새 내 어릴 적 얘기를 술술 풀어놓게 되었다. 메두사는 내가 살아온 이야기를 죽 듣다가 갑자기 은근한 목소리로 물었다.

"여자친구는 없어? 있을 것 같은데."

"음, 그게, 있다고 해야 할지…… 실은 있어요."

메두사가 과장되게 활짝 웃으며 눈썹을 치켜올렸다.

"그래? 그럴 것 같더라. 그런데 왜 여기 들어온 거야?"

나는 지원과 있었던 일을 이야기했다. 인터넷에서의 만남, 설레던 첫 데이트, 그녀와 주고받았던 편지, 그리고 그녀의 집에서 보낸 첫날밤까지. 지금 생각해보면 뭐하러 푼수처럼 거기까지 얘기했을까 싶지만 그때는 자연스럽게 이야기가 그쪽으로 흘러갔다. 술기운 때문에 그랬던 것 같지는 않다. 고속버스 옆자리에 앉은 낯선 이에게 가장 내밀한 비밀까지 털어놓는 것과 비슷한 심사였으리라. 게다가 메두사에게는 탐욕스럽게 이야기를 빨아들이는 재능이 있는 것 같았다. 『천일야화』의 셰에라자드를 뒤집어놓은, 역 셰에라자드랄까. 그래서? 그래서? 응, 그랬구나. 그래서? 어머, 그랬던 거야? 그럴 수 있지. 그랬더니 뭐래? 이런 말에 끌려다니며 나는 지원과 있었던 거의 모든 일을 생생하게 재현해냈다.

"걜 좋아하기는 하는 거야?"

"네?"

"좋아하기는 하는 거냐고?"

"그럼요. 그렇게 정신없이 빠져보기는 처음이었어요."

그녀가 묘하게 웃으며 내 쪽으로 몸을 기울였다.

"그래? 그치만 실은 전혀 안 좋아하는 거 아니야?"

나는 발끈했다.

"왜 그렇게 생각하세요?"

"그렇게 좋아하는데 왜 여기 와 있어? 여기가 뭐가 좋다고! 사실 '회사'라는 게 지식 룸펜의 막장 아니야, 솔직히?"

"여기서는 돈도 벌 수 있고."

"벌 수 있고?"

"저는 원래 퀴즈도 좋아하고."

나는 변명처럼 얼버무렸다.

"그건 밖에서도 얼마든지 할 수 있잖아?"

"어쨌든 좋아해요. 좋아한다구요. 살아오면서 그렇게 좋아했던 사람은 지금껏 없었어요. 정말이에요."

메두사는 더이상 추궁하지 않고 빙긋이 웃으며 맥주를 마셨다. 그녀의 말에 놀라 황급히 둘러댔지만 내 마음속 깊은 곳에서는 그녀의 말이 어쩌면 진실일지도 모른다는, 내가 지원을 실은 전혀 좋아하지 않을 수도 있다는 생각이 들었다. 나는 침울한 얼굴로 말없이 앉아 있었다. 메두사가 테이블 위에 올려져 있는 내 손 위에 자기 손을 살짝 포갰다.

"내가 너무 깊이 찔렀나? 미안."

"아니에요. 맞는 말씀 같아요. 정말 걔를 좋아했다면 여기 와 있지 않겠죠. 그런데 말이에요. 그게 이상해요. 처음에 인터넷에서 만났을 때는 정말 행복했거든요. 그런 기분 아세요? 너무 단 파이를 한입에 삼켰을 때처럼 머리가 멍한 거? 아님 빈속에 독한 위스키를 확 들이켰을 때처럼 아릿한 거? 그러니까 제 말은, 거의 정신을 차릴 수 없을 정도로 좋았다는 거예요. 우리는 얼굴 한번 보지 않았지만 속속들이 서로를 이해하고 있었어요. 아니, 그렇게 믿었어요. 정말 정신적인, 플라토닉한, 순수한, 그러면서 친밀한 관계였다구요. 그런데 웬일인지 그 이후로, 그러니까 현실에서 만나기 시작한 이후로는 그런 짜릿한 감정을 다시 경험하기 어려워졌어요. 심지어 섹스를 해도요. 아니, 오히려 섹스를 하고 나서 더 허망해졌다고나 할까요? 아니, 그런 눈으로 보지 마세요. 저는 하룻밤 잤다고 심드렁해지는 그런 남자는 아니에요. 정말이라니까요. 예전에 사귀었던 애는요, 오히려 자고 나서 더 친해졌어요. 그전까지는 서먹했거든요. 그런데 지원이하고는 정반대예요. 모니터상의 글자로 존재할 때, 그러니까 '벽 속의 요정'일 때는 그렇게 내 영혼을 사로잡던 애한테 왜 그런 감정을 더이상 느낄 수 없을까요? 그게 제 문제일까요? 못생기지도 않았어요. 정말 예쁘고 사랑스러운 사람이에요. 가끔 얘가 내가 상상하던 그애가 맞나, 하는 생각은 했어요. 그렇지만 그런 생각은 잠깐 이었어요. 첫 데이트도 좋았구요. 사실 우리는 아주 잘 지낸 편이에 요. 음, 그런데 처음 퀴즈방에서 만났을 때 우리가 소통하는 채널이 열 개쯤 됐다면 시간이 흐를수록 그 채널이 줄어드는 것 같았어요. 나중에는, 그러니까 여기 오기 직전에는 그 채널이 완전히 닫혀버린 느낌이었고요. 물론 아까도 말씀드렸듯이 그애가 저와는 달리 아주 부유한 집에서 자란 것은 사실이에요. 그애네 집에 처음 갔을 때 약 간 기가 질렸던 것도 사실이고요."

메두사가 말했다.

"무서웠구나."

"네? 뭐가요?"

"그애를 만족시킬 수 없다고 생각했던 거 아니야?"

"글쎄요."

"겁에 질렸던 거 아니야? 실은 그애가 못생기고 가난하기를 바랐 던 거 아니야, 내심? 그런데 현실의 그애, 이름이 지원이라고 했던 가, 하여튼 그 친구가 롱맨의 예상, 아니 바람과는 달리 너무 예쁘고 부유한 집의 딸이라서 도망친 거 아니야?"

"아니에요."

"어쩌면 그녀가 예쁘고 부유하다는 것도 핑계일지 몰라. 그냥 너 는 현실의 여자로부터 언제나 도망치고 있었던 거야. 왜? 그 여자들 이 결국은 널 싫어하게 될까봐. 그전에 먼저 달아나는 거지. 너는 끊 임없이 그 핑계를 찾고 있어. 그게 네가 여기 와 있는 이유라고 나는

464

생각해."

"함부로 말하지 마세요. 잘 알지도 못하잖아요."

나도 모르게 언성이 높아졌다. 메두사는 나를 비웃고 있었다. 나는 갑자기 참을 수 없이 화가 났다.

"저 피곤해요. 그만 가주세요. 내일 아침에 명상도 해야 하구요."

"흥, 그놈의 명상은 하면 뭐해? 제 마음도 모르면서. 내가 볼 때 너는 정신적 불구야. 완벽하게 자기를 이해해줄 사람을 찾는 척하면서 실제로는 모든 사람으로부터 도망치고 있어. 하긴, 그것도 다 지 팔자지."

나는 하마터면 들고 있던 맥주 캔을 그녀에게 던질 뻔했다. 그러나 겨우 자제하고 다시 한번 그녀에게 방에서 나가달라고 요구했다. 나는 벽시계를 가리켰다. 열두시 오 분 전이었다.

"곧 대침묵 시간이에요. 오늘 충고 고마웠습니다."

그녀가 자리에서 일어났다.

"가끔 놀러와도 되지? 나 롱맨이 마음에 들려고 그래."

나는 아무 말도 하지 않고 문을 열어주었다. 그녀는 가볍게 손을 들어 인사하고 밖으로 나갔다. 문을 닫으려는데 문득 인기척이 느껴져 오른쪽으로 고개를 돌렸다. 누군가가 휙 하고 코너를 돌아 시야에서 사라졌다. 나는 어쩐지 그게 유리인 것만 같아 마음에 걸렸다.

36

다음날 아침, 나는 늦잠을 자느라 새벽 명상에 참여하지 못했다. 깨어나니 벌써 일곱시였다. 지난밤 메두사와의 대화를 생각하느라 잠을 설친 탓이었다. 처음에는 메두사의 말이 불쾌하게만 생각돼 화가 났지만 분노가 가라앉고 나니 틀린 말도 아니라는 생각이 들었다. 나는 그럴듯한 핑계를 들어 세상 모든 것, 심지어 사랑하는 사람으로부터도 도망치는 중일지 몰랐다. 나는 무거운 몸을 일으켜 창을 열었다. 상쾌한 아침 공기가 밀려들었다. 나는 그 공기를 힘껏 들이마셨다. 지난밤 메두사와의 대화가 떠올라 기분이 다시 우울해지려고 했다. 화장실에 들어가 푸아푸아 거칠게 세수를 하고 나오니, 그 사이 열린 창틈으로 새 한 마리가 들어와 퍼덕거리고 있었다. 자세히 보니 박새였다. 한 주먹밖에 안 될 것 같은 몸으로 새는 필사적으로 날아다니며 방 여기저기에 제 몸을 부딪혔다. 나는 황급히 달려가 박새가 밖으로 나갈 수 있도록 창을 더 활짝 열어젖혔다. 그러나 박새는 들어온 방향으로 나갈 생각은 하지 않고 계속 방 깊숙한 곳에서 퍼덕거리며 지그재그로 날아다녔다. 나는 새를 돕기 위해 팔을 휘저으며 창밖으로 몰았지만, 그것은 사태를 더 악화시켰다. 어리석은 새는 더욱 겁에 질려 나를 피해 거세게 날아다니다가 마침내 벽에 제 머리를 강하게 부딪혀 바닥으로 떨어졌다. 나는 다가가 박새를 살펴보았다. 손으로 건드리니 움찔거리며 다시 날아오르려는 의지를 보였다. 나는 한 번도 새를 손으로 잡아본 적이 없었다. 어떻게 해야 하나. 난감했다. 그냥 침대에 엉덩이를 걸치고 앉아 꿈틀거리는 새를 물끄러미 바라보았다. 새는 다시 살아날 수 없을 것 같았다.

나는 고개를 돌려 조금 전까지 그 새가 날아다녔을 창밖을 보았다. 산 능선에 적란운이 걸쳐 있었다. 파란 하늘, 그림 같은 구름, 그리고 숨을 거두기 직전의 작은 새. 나는 안절부절못하고 방안을 서성댔다. 어떻게 해야 할까? 사람을 부를까? 그럼 고작 이런 일로 사람을 불렀느냐고 화를 내겠지? 나는 두 눈을 질끈 감고 힘없이 퍼덕거리는 새를 두 손으로 잡아 잽싸게 창 쪽으로 달려갔다. 그리고 공중을 향해 힘껏 날린 후 얼른 창문을 닫았다. 쾅. 나는 화장실로 가 비누로 손을 깨끗이 씻고 다시 침대에 누웠다. 땅으로 떨어진 뒤 벌레와 미생물의 먹이가 되어 자연의 순환과정에 편입됐을 확률 구십구 퍼센트, 운이 좋아 영화 속의 슈퍼맨처럼 추락 직전에 정신을 차리고 날아올랐을 확률 일 퍼센트. 그래, 일종의 안락사라고 생각하자. 좋은 데 갔을 거야. 나는 시트를 이마 끝까지 끌어당겨 얼굴을 덮었다.

그런데 박새 소동을 겪은 후부터 나에게는 좀 이상한 증세가 생겼다. 자다가도 벌떡벌떡 일어나 불을 켰다. 새가 들어와 있다는 생각을 도저히 떨칠 수가 없었다. 깊은 잠을 자기가 어려웠다. 새가 들어올 리 없잖아, 라고 생각하면서도 눈만 감으면 어디서 무언가가 거세게 퍼덕거리는 소리가 들렸다. 뇌에 무슨 문제가 생긴 것만 같았다. 마치 영상과 자막이 안 맞는 영화를 보는 느낌이었다. 새는 이미 사라져버렸는데도 그게 들어왔을 때의 감각은 그대로 살아서 방안

에 남아 있다고나 할까? 그후로 나는 또다시 박새가 들어올까봐 창
문도 제대로 열지 못했다. 빈틈없이 창의 걸쇠를 걸어잠갔지만 그
환영을 떨쳐버릴 수 없었다. 눈을 감으면 작은 새가 어지러이 내 방
을 날아다니며 머리를 벽에 부딪히는 모습이 떠올랐고 심지어 소리
까지 들렸다. 그날부터 나는 불면에 시달리기 시작했다. 난생처음
겪는 희한한 일이었다.

그런 와중에도 개인전이 시작되었다. 개인전은 처음에는 토너먼
트로 본선 진출자를 가려서 리그로 진행되었다. 나 역시 토너먼트에
참가해서 바닥부터 밟아올라갔다. 나처럼 '회사'에 소속된 프로 말
고 자발적으로 게이트를 통해 참가한 사람들도 있었다. 그러나 아마
추어들은 대부분 초반에 탈락했다. 개인전은 다양한 방식으로 숨가
쁘게 진행되기 때문에 미리 훈련이 되어 있지 않으면 적응하기 어려
웠다. 나는 거듭되는 불면으로 상당히 몽롱한 상태에서 예선전을 치
렀다. 새벽까지 잠을 이루지 못했고 겨우 잠이 든다 해도 얕고 어지
러웠다. 밤마다 나는 살아오면서 알았던 모든 사람과 앞으로 만날
모든 사건을 다 겪는 것만 같았다.

메두사는 쉬는 시간마다 다가와 이런저런 충고를 해주었다. 그중
에는 흥미로운 얘기도 있었다. 이를테면 메두사는 이런 말을 했다.

"퀴즈는 리비도의 힘으로 하는 거야."

"리비도요? 성욕하고 퀴즈가 무슨 관계가 있어요?"

"파스칼이 '파스칼의 대정리'를 증명한 게 몇 살인지 알아?"

"열여섯인가 그랬죠."

"그래, 좆만한 핏덩이였지. 케플러가 자신의 첫 책인『우주구조의 신비』를 낸 게 스물다섯이지?"

"그럴걸요. 아인슈타인이 특수상대성 원리를 발표한 것도 그쯤이었을 거구요."

"얼마나 귀여워? 스물다섯의 천재 과학자라니. 수학자 하다가 그런 말을 했잖아. 젊은 수학자는 정리를 증명하고 늙은 수학자는 책을 쓴다."

"유명한 말이죠."

"왜 젊은 수학자가 난해한 정리를 증명한다고 생각해? 늙고 경험이 많으면 더 유리할 텐데?"

"그럼 그게 리비도 때문이라구요?"

"그럼 젊은 수컷이 자칫하면 평생이 걸릴지도 모르는, 아니 어쩌면 영원히 안 풀릴지 모를, 하지만 풀기만 하면 세계적인 스타가 될 수도 있는 정리에 매달려 자기의 모든 것을 무모하게 쏟아붓는 행위에, 그것 말고 무슨 다른 유인이 있다고 생각해?"

음, 할말이 없었다.

메두사의 말은 계속 이어졌다.

"몸속의 호르몬, 테스토스테론이 그 미친 짓을 시키는 거야. 그래서 신중하고 사려 깊고 모험을 싫어하는 늙은이라면 지레 겁을 먹고 도전하지 않을 엄청난 일에 스스로를 던져넣는 거지. 정리를 증명하기 위해서는 서로 관계가 없어 보이는 엉뚱한 분야를 서로 연결할 수 있어야 하는데, 예를 들어 대수학이 전공인 사람이 기하학이나 위상수학에서 그 해답을 찾아야 할 수도 있는 거야."

"퀴즈하고 그게 무슨 상관이에요?"

"최고의 수준으로 올라가면 퀴즈도 비슷해진다구. 천재라는 게 뭘까? 서로 관계없어 보이는 것들을 과감하게 연결시킬 수 있는 재능 아닐까? 하지만 그건 아주 무모한 일이지. 그런 무모한 일을 해내려면 리비도가 부글부글 끓어올라야 돼. 많은 수학자가 결혼을 하고 안정을 찾으면 더이상 증명 같은 무모하고 힘든 일을 하지 않잖아? 그건 시인도 마찬가지야. 시도 젊은 시인, 특히 리비도가 충만한 어린 수컷의 시가 그래서 좋은 거야, 흐흐. 랭보의 「굶주림」이라는 시 알아? '더이상 내일은 없으니 사틴결의 잉걸불이여 당신의 열기는 의무다.' 어때? 벌써 뜨끈뜨끈하잖아?"

"그래서 절더러 어쩌라는 거예요?"

"너의 리비도에 충실하라는 거지. 내가 볼 때 롱맨 너는 그걸 너무 억누르고 있어. 좋지 않아. 탱고를 봐. 인간성은 개차반이지만 눈빛이 이글이글하잖아. 크크. 탱고 그 자식 머릿속에는 온통 야한 생각밖에 없어. 너도 퀴즈에 나갈 때마다 그런 생각을 해봐. 몸속의 호르몬이 총궐기해서 정신적 모험을 충동질할 거야. 그런 과감함 없이는 절대 못 이겨. 그게 퀴즈야."

그러지 않아도 잠을 잘 못 자 몽롱한 상태에서 메두사의 그 야릇한 천재론을 듣고 있자니 마치 독한 코감기 약에 취한 것 같은 상태가 되었다. 그런데 묘하게도 그런 상태가 개인전 예선에는 도움이 되었다. 평소 같으면 생각하지 못했을 정답이 신기하게도 스르륵 정신의 수면 위로 떠오를 때가 많았다. 논리적으로 찬찬히 더듬었으면 찾아낼 수 없었을 답이 뇌의 엉뚱한 영역에서 튀어나오는 것 같았다. 게다가 예선전은 내가 스파링을 하던 '회사'에서 원격으로 치러졌다. 마치 피시방에서 온라인게임을 하는 것과 비슷했다. 우리는 폐쇄된 부스에 들어가 자기 아이디로 망에 접속해 어디 있는지 모를 상대와 승패를 겨루었다. 당연히 링에 오르는 것보다 훨씬 마음이 편했다.

어쨌든 나는 예선전을 성공적으로 치르고 본선 리그에 진출하게 되었다. 총 서른여섯 명이 겨루는 본선 리그에는 우리 팀의 탱고와 유리도 참가하고 있었다. 메두사는 토너먼트 첫 경기에서 운 나쁘게도 지난해 우승자와 붙어 그만 탈락하고 말았다. 메두사는 틈만 나면 나를 놀렸고("거봐, 내가 리비도에 충실하라고 그랬잖아") 장군은 첫 출전치고는 괜찮은 성적이라고 말했다. 장군의 말에 의하면 대진운도 따라주었다고 했다. 나는 우승후보들을 피한데다 부전승까지 있었다. 나는 장군이 나의 개인전 출전을 별로 달가워하지 않는다는 인상을 받았다. 대놓고 하지 말라고는 안 하지만 내심 떨떠름해하는 것 같았고 그런 반응은 내가 본선에 진출하자 더 노골적으로 변했다. 내가 자기 손아귀에서 벗어난다고 생각해서 그러는 것인지 아니면 원래 그런 성격인 건지 알 수 없었다. 그 무렵 유리는 눈에 띄게 나를 경계했다. 어쩌면 알레프 얘기도 나를 여기서 몰아내기 위해 지어낸 얘기일지도 모른다는 생각이 들기 시작했다. 어느 날 유리는 내게 다가와 이렇게 말했다. 오랫동안 연습해온 말이었던지

더듬지도 않았다. 말은 짧고 간명했다.

"메두사한테서 떨어져."

그는 경고했다.

"그게 무슨 소리야? 메두사하고는 아무 관계도 없어. 같은 팀일 뿐이야. 다 알면서 왜 이래? 나도 '회사'의 규칙은 잘 알고 있어."

유리가 발끈하며 내 앞으로 다가섰다.

"거, 거짓말. 네 눈에 다 써 있어. 나, 나, 난 알 수 있어. 마, 만약 메두사하고 무, 무슨 일 있으면 가, 가만두지 않을 거야."

유리는 거의 울 것 같은 표정으로 말했다. 말의 내용은 경고지만 실제로는 애원에 가까웠다. 나보다 키가 이십 센티미터는 작은 유리의 경고를 심각하게 듣지 않은 것은 어찌 보면 당연했다. 나처럼 키가 큰 남자들은 방심이 생활화돼 있다. 어떤 나쁜 일도 자기에게는 벌어지지 않을 거라고 생각하고 그런 일은 여자나 힘이 약한 남자에게나 일어난다고 믿는다. 실제로는 팔굽혀펴기 열 번도 제대로 못하는 주제에 말이다. 그들은 열등감에 사로잡힌 약한 존재의 집요함을 자주 간과하기 때문에 끝내 낭패를 당한다.

"제발, 다, 다른 팀으로 보내달라고 해. 장군한테 말해. 마, 마, 마티니에 이, 있어야 할 이유가 없잖아, 너한테는. 아무 데든 괜찮은 거 아니야? 응?"

유리의 표정은 절절했다. 그러나 유리의 애원은 내 마음속 깊이 잠들어 있는 잔인한 쾌감을 불러일으켰다. 누군가가 간절히 원하는 것을 빼앗고 싶은 마음이 내 안에도 있다는 것을 알고 나는 조금 놀랐다. 나는 유리에게 정치적인 미소로 답했다.

"그래, 유리. 무슨 말인지는 통 모르겠지만 장군한테 말은 해볼게."

그러나 나는 그럴 생각이 전혀 없었다. 그가 사라진 후, 나는 그의 말은 까맣게 잊어버리고 다가올 본선에 주의를 집중했다. 본선 리그에 참가하면 참가수당(다들 '출주수당'이라고 불렸다)이 주어지고 4강에 진출하면 그때부터 상금이 수여된다. 나는 4강까지는 언감생심 바라지도 않았다. 그러나 내심 잘하면 8강까지는 갈 수 있지 않을까 생각했다. 본선 리그는 팀 리그가 열리는 막간에 집회장에서 함께 열렸다. 집회는 전국을 돌아다니며 열렸다. 충북 제천의 미곡창고에서 열린 적도 있었고 전남 담양의 고등학교 강당에서 열린 날도 있었다. 한 해를 결산하는 마지막 대회는 평택항에서 출발하는 거대한 크루즈를 통째로 빌려서 연다고 들었다. 공해상으로 나갔다 다시 평택항으로 돌아오는 일박 이일 일정이었다. 선상에서 벌어지는 연말집회에서는 개인 리그와 팀 리그의 최종승자를 가리는 대회전이 밤을 새워 벌어지는데 막대한 상금이 떨어진다고 했다.

"일단 이름이나 알린다고 생각해."

장군은 충고했다. 강호의 고수들이 많으니 너무 욕심을 부리면 안 된다고 했다. 그는 처음 만났을 때보다 훨씬 초췌하고 작아 보였다. 개업한 식당 앞에 세워놓은 바람 빠진 키다리 풍선인형 같았다. 장군은 개인전도 포기하고 나가지 않았다. 팀 리그를 치르기에도 체력이 달린다고 했다. 나와 달리 탱고와 유리는 내심 상위권 진출을 꿈꾸는 것 같았다. 팀의 성적이 나쁘니 개인전에서라도 잘해야 한다고 생각하는 것 같았다.

메두사의 충고 덕분인지 아니면 불면증 때문인지 의외로 내 승률은 나쁘지 않았다. 이춘성이 말한 대로 이 세계는 정말 운이 지배하고 있는지도 몰랐다. 나는 늘 잠이 덜 깬 멍한 상태로 시합에 나가 틈만 나면 졸았다. 방에서는 박새 환상 때문에 깊은 잠을 잘 수 없었는데 집회장의 대기실에서는 비록 토막잠이지만 단잠을 잤다. 그러다가 장군이 깨우면 나가서 개인전을 치렀는데, 리그 초반에는 오십 퍼센트를 약간 밑도는 승률로 약 14위 정도를 달리고 있었다. 탱고는 6위, 유리는 8위였다. 말은 안 했지만 다들 나의 뜻밖의 선전에 놀라는 눈치였다.

나 역시 생각보다 높은 내 승률이 처음에는 신기했다. 그러나 인간이라는 게 간사해서 나중에는 그걸 당연하게 받아들이기 시작했고 혹시 내가 퀴즈계의 천재가 아닐까 착각하는 지경에까지 이르렀다. 승률이 올라가자 출주수당도 짭짤해졌다. 가끔 팀 리그에서 나눠받는 배당금도 적지 않아서 나는 어느새 대기업 신입사원의 연봉 못지않은 돈을 벌고 있었다.

37

그러던 어느 날. 팀 리그는 없이 개인 리그만 벌어지는 날이었다.

나는 여전히 잠을 설쳐 피곤한 상태로 세 명의 상대와 맞붙어 이승 일패의 성적을 거두었다. 마지막 상대와 열 차례나 듀스를 거듭하는 접전 끝에 패한 터라 정말 힘이 빠졌다. 개인 리그에는 탁구처럼 듀스 제도가 있어서 막판에 동점이 되면 두 점을 먼저 따기 전에는 게임을 끝낼 수가 없었던 것이다. '도서관을 한 바퀴 다 돌고서야'('회사'의 은어였다. 여러 분야를 망라한 길고 긴 퀴즈를 우리는 이렇게 불렀다) 게임이 끝났다. 그런 경기에서 패하면 정말 괴로웠다. 다시는 링에 오르고 싶지 않다는 생각까지 든다. 나는 승합차를 타고 겨우 숙소로 돌아와 오지 않는 잠을 청했다.

아마 깊은 밤이었을 것이다. 인기척을 느끼고 눈을 떴을 때가. 어디선가 갓 구운 빵 냄새가 풍기는 것 같았다. 아니, 실제로 빵냄새가 났다기보다는 빵냄새가 난다는 '생각'을 했던 것 같다. 사고형 꿈이 늘 그렇듯 꿈이 곧 생각이고 생각이 곧 꿈이었다.

'내 곁에 빵이 있다.'

이런 문장이 증권사의 전광판 시세표처럼 머릿속에서 번쩍였다.

하지만 나는 금세 그렇게 큰 빵이 있을 리도 없고 또 그런 빵이 잠든 내 옆에 놓여 있을 까닭도 없다는 결론에 도달했다. 말하자면 정신을 차린 것이다. 눈을 떴다. 캄캄했다. 아무것도 보이지 않았다. 내가 몸을 뒤척이자 거대한 빵이 움직여 나를 안았다. 따뜻하고 좋은 냄새였다. 나는 깜짝 놀라 일어나려 했지만 빵이 나를 거세게 껴안았다. 물컹, 무언가가 가슴에서 느껴졌다. 여자의 젖무덤이었다. 나는 손을 뻗어 여자의 머리를 만졌다. 단단히 땋은 레게머리가 손에 잡혔다. 메두사였다.

"메두사?"

"그래, 나야."

그녀가 내 품으로 파고들었다. 잠결이었지만 더이상 진도가 나가서는 안 된다는 것만은 직감했다.

"왜 이러세요?"

"왜 이러겠어?"

그녀가 반문하며 나의 사타구니로 손을 뻗었다. 두 남녀가 나란히 눕기에는 좁은 싱글침대였으나 섹스를 하기에는 충분했다. 그녀의 더운 숨이 내 귓전을 데우자 나는 판단정지상태가 되었다. 아니, 적극적으로 그녀의 몸을 더듬고 깊숙이 파고들기 시작했다. 뜨겁고 후끈한 막을 뚫고 걸어가자 모래바람이 부는 사막이 시작되었다. 목이 마르고 땀은 줄줄 흐르는데 끝은 잘 보이지 않았다. 호흡이 잘 맞지 않아 뼈와 뼈가 자주 부딪쳤고 모든 것이 서걱거렸다. 황폐한 느낌의 섹스는 오래지 않아 끝났다. 돌이켜보면 지원과의 섹스는 어린아이들의 유쾌한 물총싸움 같은 거였다. 우리는 킬킬대며 젖어들었다. 그러나 메두사와의 그것은 습기가 거의 없는 대지를 걷는 메마른 트레킹 같았다. 나는 쌍봉낙타의 등처럼 솟은 그녀의 젖무덤에 얼굴을 파묻었다. 메두사가 내 머리를 쓰다듬었다.

나는 벽을 향해 몸을 돌리고 모로 누웠다. 그녀가 내 등에 자기 턱을 고인 채로 나를 껴안았다. 우리는 그렇게 한참을 말없이 누워 있었다. 먼저 입을 연 것은 그녀였다.

"가지 마."

"가다니요? 어딜?"

"여길 떠날 거잖아? 네 얼굴에 그렇게 씌어 있어."

아니라고는 말하지 않았다. 언젠가 나는 어딘가로 떠날 것이었다. 그러나 그게 언제인지는 나도 알 수 없었다. 뜨겁고 메마른 메두사의 팔 안에서 나는 맹렬하게 지원을 그리워했다.

메두사가 내 가슴에 손가락으로 원을 그리며 말했다.

"가지 마. 여기서 살아. 내가 너의 엄마가 돼줄게. 내가 너의 연인이 돼줄게. 우리가 너의 가족이 돼줄게."

그녀가 아기처럼 나를 안아 자기 젖을 물려주었다. 잠깐은 평온한 기분이었다. 그러나 그런 기분은 오래가지 않았다. 나는 그녀를 부드럽게 밀어냈다. 그러자 메두사는 조용히 일어나 옷을 챙겨입고 밖으로 나갔다. 나는 배웅하지 않고 그대로 침대에 누워 있었다. 시트 안에서 껍질이 무른 포도에서 나는 것 같은 시큼한 냄새가 풍겼다. 나는 눈을 감았다.

그런데 메두사와 잔 다음날부터 이상한 일이 생기기 시작했다. 나는 일종의 유령이 되어버린 것이다. 장군이나 탱고, 유리가 모두 나를 없는 사람처럼 취급하기 시작했다. 장군은 내가 인사를 해도 받지 않았다. 마치 혐오스런 곤충을 보듯 나를 바라보았고 내가 나타나면 자리를 옮겼다. 탱고 역시 마찬가지였다. 그는 인사를 안 받는 것은 물론이거니와 나와 눈도 마주치지 않았다. 밥을 먹다 이상한 기운이 느껴져 뒤를 돌아보면 유리가 적의에 찬 시선으로 나를 바라보다 고개를 돌렸다. 내 스파링은 모두 취소되었고 다음 팀 리그 일정도 말해주지 않았다. 그러나 무엇보다 이상한 것은 메두사의 실종이었다. 메두사가 어디에서도 보이지 않았다. 나는 단말기에 입력된 메두사의 방을 찾아가보았지만 방에는 아무도 없었다. 아무리 문을 두드려도 응답이 없었고 단말기의 통신기능을 이용해 호출해봐도 소용이 없었다. 분명히 무슨 일인가가 일어났고, 나만 그것을 모르고 있었다. 방으로 돌아와 불을 끄고 침대에 누워 있노라면 어쩐지 꼭 누군가가 옆에 서 있는 듯한 서늘한 기운이 등골을 타고 흘렀다. 그러나 불을 켜보면 아무도 없었다. 그리고 밖에 나갔다 오면 누군가가 들어와 내 소지품을 뒤진 듯한 기미가 있었다. 불현듯 이 '회사'라는 시스템이 정교하게 만들어진 리얼리티 프로그램이 아닐까 하는 의심이 들었다. 그렇다면 이번주 주제는 왕따인가? 나는 혹시 몰래카메라가 숨어 있는지 방안 곳곳을 샅샅이 뒤져보았지만 아무것도 찾아낼 수 없었다. 나는 서서히 편집증에 사로잡혀 내 주변에서 일어나는 모든 일에 극도로 민감해지기 시작했다.

그러던 어느 날, 나는 도서관에서 책을 빌려 내 방으로 돌아오고 있었다. 여느 때처럼 경로는 조금씩 달라졌다. 나는 아무 의심 없이 단말기가 가리키는 대로 움직였다. 그러나 아무리 가도 내 방에 도달할 수가 없었다. 단말기의 화살표는 제멋대로 움직였다. 나는 같은 곳으로 매번 되돌아왔다. 보통 때는 이 분이면 도착하던 방을 삼십 분이 지나도록 찾지 못하고 계속 미로 속을 맴돌았던 것이다. 나는 펜을 꺼내 벽에 위치를 표시해보려 했으나 아크릴 벽에는 아무것도 쓸 수가 없었다. 나는 종이쪽지를 찢어 바닥에 뿌려놓고 앞으로 전진했으나 잠시 후면 다시 그 종이가 놓인 곳에 돌아와 있었다. 나는 단말기를 끄고 오직 감으로 전진했다. 그러나 방은 모두 비슷비슷했고 소수로 만든 방 호수는 새로운 사람이 들어올 때마다 바뀌었던 탓에 어떤 규칙성을 찾아낼 수가 없었다. 이럴 줄 알았으면 방 앞에 작은 포스트잇이라도 붙여놓을 것을! 나는 후회하며 계속 미친 듯이 복도를 헤맸다. 오며 가며 만난 사람들에게 나는 도저히 내 방을 찾아갈 수 없다고 하소연했으나 그들은 냉담했다. 아니, 단말기에 안 나와요? 그럴 리가 없는데, 다시 한번 해보세요, 같은 반응만 돌아왔다. 마지막에 만난 사람은 단말기를 초기화해보라고 충고했다. 단말기 옆면에 작은 홈이 있는데 볼펜 촉 같은 뾰족한 것으로 누르면 초기화가 된다고 했다. 초기화가 되면 출고시 상태로 돌아가지 않느냐, 그럼 내 방 위치 같은 것도 기억하지 못할 것 같다고 했더니 그는 그저 어깨를 으쓱하고는 자기 갈 길로 가버렸다.

나는 꺼놓았던 단말기를 다시 켜고 마지막으로 단말기가 시키는 대로 전진해보았다. 그랬더니 이번에는 일 분도 안 돼 내 방 앞에 나를 데려다놓는 것이었다. 나는 어이가 없어 내 방 호수가 표시된 액정화면을 한참이나 노려보았다. 거기에는 태연히 '191'이라는 숫자가 떠 있었다. 단말기와 문이 신호를 주고받자 삐리릭 소리와 함께 문이 열렸다. 나는 안으로 들어갔다. 그런데 불을 켜자 방에서 희미하게 낯선 사람의 냄새가 풍겼다. 나는 코를 킁킁거리며 방 곳곳을 살폈다. 화장실 문을 열어보고 벽장도 살폈다. 그러나 아무도 없었다.

분명 누군가가 방금 전까지 이 방안에 있었다.

나는 가방을 열어보았다. 가방 깊숙한 곳에 그동안 모은 돈이 든 지갑이 있었다. 나는 가방 속으로 쑥 손을 집어넣었다. 손가락 끝에 지갑이 잡혔다. 그런데 지갑의 두께가 예전 같지 않았다. 나는 지갑을 끄집어내 살펴보았다.

지갑이 텅 비어 있었다.

나는 가방 속의 옷가지를 모두 꺼내 샅샅이 뒤졌다. 혹시 다른 곳에 놓고 잊어버린 건 아닐까? 나는 여행가방의 모든 주머니를 살폈고 마침내는 빈 여행가방을 들고 침대 위로 올라가 탈탈탈 털었다. 먼지와 동전만 시트 위로 우수수 떨어졌다.

도대체 어떤 개새끼야?

나는 여행가방을 침대 아래로 던지고 그대로 주저앉았다. 첫번째로 의심이 가는 사람은 며칠째 얼굴을 보이지 않는 메두사였다. 그녀는 어디로 간 것일까? 두번째는 유리였다. 세번째로 의심한 사람은 그 밖의 모두였다. 나는 단말기를 꺼내 살펴보았다. 내 내비게이션 시스템을 조작하고 내가 미로를 헤매는 사이 내 방에 들어와 돈을 훔쳐간 자는 누구일까? 그는 '회사'의 중앙시스템에 접근할 수 있는 자일 것이다. 그렇다면 유리나 메두사일 리는 없다. 적어도 장군이나 탱고쯤은 돼야 가능하지 않을까? 만약 범인이 장군이나 탱고라면 어떻게 해야 할까?

나는 다시 방 밖으로 나왔다. 나는 이춘성의 사무실로 향했다. 그에게 알리자. 수표로 지급된 것이니 아마도 '회사'에서는 일련번호를 기록해두었을 것이다. 나는 이춘성의 사무실 앞에 도착해 문을 두들겼다. 그가 방에 있으리라고는 기대하지 않았다. 그러나 현재로선 내가 기댈 수 있는 유일한 인물이었다. 문이 열리자 중년 남자 하나가 얼굴을 내밀었다. 가끔 식당에서 마주치긴 했으나 서로 통성명은 하지 않은 사이였다.

"이춘성씨 안 계신가요?"

내가 물었다.

"누구요?"

"이춘성씨요. 이 방에 계셨는데요."

"아, 이춘성씨요? 근데 그 사람을 왜 여기서 찾아요? 이 방은 쭉 내가 써왔는데."

"제 단말기에는 이 방이 이춘성씨 방으로 입력돼 있는데요."

그는 내 단말기를 힐끗 보더니 고개를 갸웃거렸다.

"업데이트가 안 돼 있는 거 아닌가? 어쨌든 난 몰라요."

"그럼 어디 가서 이야기해야 하나요?"

"혹시 마티니 팀 아니에요? 집회장에서 한번 본 거 같은데."

"맞아요. 롱맨입니다, 저는."

"그럼 거기 팀장한테 물어봐요. 팀장이 있을 거 아니에요? 그리고 이춘성씨는 '회사'에 거의 없어요."

"그렇겠죠."

그는 문을 닫고 안으로 들어갔다. '회사'의 무언가가 뒤엉키고 있었다. 나를 데려온 이춘성은 종적이 묘연하고 단말기는 고장을 일으켜 사용자를 미로에 가두고 팀원들은 나를 유령 취급하고 있다. 이렇게 되자 가장 아쉬운 것은 돈이었다. 그 돈만 있다면 지금이라도 서울로 돌아가고 싶었다. 그런데 그 돈이 없었다. 빌어먹을. 도대체 누가 손을 댄 것일까? 나는 장군의 방으로 향했다. 그래도 가장 믿을 수 있는 사람은 장군이었다. 나는 장군의 방 앞에서 노크를 했다. 잠시 후, 장군이 모습을 드러냈다. 장군은 문을 두드린 사람이 나라는 것을 알고는 노골적으로 불쾌한 표정을 지었다.

"무슨 일이야?"

"돈이 없어졌어요."

"없어졌다는 게 무슨 뜻이야? 잃어버린 거야?"

"아뇨, 누가 제 방에 들어와서 가져갔어요."

"단말기 없이는 남의 방에 들어갈 수 없는데."

"그런데 없어졌어요."

"근데 그걸 왜 나한테 와서 얘기하시냐고?"

"그럼 누구한테 말해야 되나요?"

"이춘성한테 말해야지."

나는 단말기를 들어 보였다.

"그분은 여기 안 계신다던데요?"

"만나기 쉬운 친구는 아니지. 그래도 아마 내일 아침엔 돌아올 거야."

"확실해요?"

"확실한 건 없어."

장군은 싸늘하게 말했다.

"이런 도난사건 자주 일어나나요?"

"없다고는 할 수 없지. 자기가 조심하는 수밖에. 그래서 보통은 일층의 대여금고를 쓰지. 그리고 아직은 도난이라고 단정지을 수도 없잖아?"

"방은 안전할 거라고 생각했어요."

"철없는 생각이지. 세상에 안전한 데가 어딨어? 하여간 이춘성하고 해결해."

그는 내 대답도 기다리지 않고 문을 쾅 닫았다. 나는 왜 그렇게 갑자기 나한테 쌀쌀맞게 대하느냐고 묻지 못했다. 무서운 대답이 돌아올 것 같아서였다. 나는 방으로 돌아와 벽만 바라보며 한참을 앉아 있었다. 미로에서 헤맨 탓에 발도 퉁퉁 부었다. 이번 일을 묵과하지 않겠어. 무슨 짓을 해서라도 내 돈을 되찾고 말 테야. 좋아. 아침이 되면 이춘성을 찾아보자. 식당을 다 뒤집어놓는 한이 있더라도 이 문제를 공론화하고 도둑을 잡아내리라.

그런데 그날 밤이었다.

처음에는 메두사가 다시 왔다고 생각했다. 그러나 고소한 빵냄새 대신 서늘하고 섬뜩한 기운이 느껴졌다. 나는 눈을 떴다. 침대 옆에 누군가 서서 나를 내려다보고 있었다. 삭 하는 쇠와 쇠가 접촉하는 차가운 소리가 들렸다. 침입자의 실루엣이 어슴푸레 드러났다.

"누구세요?"

침입자의 손이 바람소리를 내며 움직이다 수직으로 내리꽂혔다.

폭 소리와 함께 무언가가 내 귀를 스쳐 베개에 꽂혔다.

"주, 주, 죽어, 죽어. 죽으란 말이야."

나는 그때야 비로소 침입자가 누구인지 알 수 있었다. 그는 말을 더듬었다. 나는 발로 침입자를 걷어차고 몸을 피하려 했지만 침입자는 무릎으로 내 배를 찍어누르며 나를 벽으로 몰아붙였다. 다시 한 번 칼을 든 손이 내 몸을 향해 내리꽂혔다. 나는 발치 쪽으로 피하려다 그만 쿵 소리와 함께 침대에서 바닥으로 굴러떨어졌다. 머리를 부딪힌 탓에 어질어질하고 방향도 제대로 잡을 수 없었다. 침입자도 소리가 나는 쪽으로 달려왔다. 어둠 속에서 그와 나는 숨바꼭질을 벌였다. 그는 되는대로 허공에 칼을 휘둘러댔다. 보이지 않는 칼이라 더 위험했다. 스치기만 해도 낭패였다. 나는 더듬더듬 방 한구석에 세워진 옷걸이를 집어들고 다가오는 유리를 막았다.

"유리야, 너 왜 이래?"

"네, 네, 네가 이, 인간이야? 나는 다, 다, 다 봤어."

"도대체 뭘 봤다고 그래?"

"이젠 거짓말까지 하냐? 더럽고 추, 추잡한 놈."

나는 물러서며 벽을 더듬어 스위치를 켰다. 방안이 환해졌다. 앞머리가 눈을 거의 가린 유리는 어디서 구했는지 큼직한 회칼을 들고 있었다. 나는 스탠드 옷걸이를 들고 맞섰으나 그것으로 저 날카로운 회칼을 막아낼 수 있을 것 같지 않았다.

"주, 죽여버릴 거야."

유리가 말했다. 목소리는 나직했지만 힘이 있었다. 나는 주춤거리며 뒤로 물러섰다. 유리는 칼을 겨누며 나를 노려보았다. 칼을 꼬나 잡고 겨누는 품이 예사롭지 않았다. 나는 물었다.

"네가 훔친 거야?"

"무, 무슨 헛소리야?"

유리가 잠시 멈칫거렸다.

"내 돈 말이야."

"뭐야? 저, 적반하장이군."

유리가 칼을 휘두르며 달려들었다. 나는 들고 있던 옷걸이를 힘겹게 휘둘러봤지만 유리의 왼손에 붙들렸다. 유리는 옷걸이를 거세게 자기 쪽으로 잡아당기며 오른손으로 칼을 휘둘러댔다. 유리는 내가 생각했던 것보다 훨씬 힘이 세고 날렵했다. 붉게 충혈된 눈에는 살기가 등등했다. 그 힘과 살기에 놀라 나는 그만 옷걸이를 놓치고 말았다. 유리는 옷걸이를 발로 밟고 천천히 내게 다가왔다. 나는 더이상 물러설 곳 없이 구석으로 몰리고 말았다. 유리는 미친듯이 칼을 휘둘러대며 나를 위협했다. 영화 같은 데서 보면 저 정도의 칼은 간단하게 처리하던데, 실제상황에 맞닥뜨리니 생각했던 것보다 훨씬 두려웠다. 손으로 막으면 손가락이 잘릴 것이고 그렇다고 가만히 있으면 얼굴에 길게 칼자국이 날 터였다. 나는 다리에 힘이 풀려 그만 그 자리에 주저앉고 말았다.

"유리야, 우리 말로 하자. 너 왜 이래?"

"눈 감아."

유리가 명령했다.

"왜?"

"누, 눈 가, 감으라니까."

유리의 칼은 어느새 내 목젖까지 다가와 있었다. 나는 하는 수 없이 유리가 시키는 대로 눈을 감았다.

"해치려는 건 아니니까 안심해. 단지 너, 널 지, 지구로 돌려보낼 거야. 그러려면 널 회복 부, 부, 불가능한 상태로 만들어야 돼. 그러니까 아, 아, 알레프에서 네 파일을 삭제하는 거야. 뭐, 뭐, 무, 물론 조금 고통을 느낄 수도 있어. 하지만 걱정하지 마. 잠깐이야. 넌 잠시 후에는 파주에서 깨어날 거니까. 죽는 건 네가 아니라 네 아바타일 뿐이야. 너, 너, 넌 해서는 안 될 짓을 했어. 내가 경고했잖아. 서, 서, 설마 설마 했는데, 어떻게 메두사한테 그 더러운 손을."

이거 정말 미친놈이잖아? 나는 유리가 정말로 내 목젖을 저 예리한 회칼로 그어버릴 것임을 직감했다. 유리는 정말로 여기가 우주선이라고 믿고 있는 것이었다. 그리고 여기 있는 것은 우리의 백업된 정신일 뿐이라고, 단지 롱맨이라는 이름의 파일을 삭제하는 것뿐이라고 일고의 의심도 없이 믿고 있는 것이었다.

"유리야, 내가 잘못했어. 그러니까 칼 좀 치워. 장난이 심하잖아?"

나는 눈을 감은 채 유리에게 애원했다.

"너무 느, 늦었어. 널 돌려보내는 건 모, 모두의 결정이야. 며, 며칠 전부터 너, 넌 벌써 삭제되고 있었어."

그래서였단 말인가? 사라진 돈과 고장난 단말기, 건물 속의 미로, 더이상 눈에 띄지 않던 팀원들도? 그러나 그런 추론을 하고 있을 만큼 한가한 순간이 아니었다. 나는 치명적 딜레마에 봉착했다. 만약 이 모든 게 일종의 환상이라는 유리의 말이 사실이라면 나는 굳이 저항할 필요가 없었다. 그가 '롱맨'이라는 이름의 파일을 삭제하도록 가만히 있으면 된다. 잠깐의 고통이 지나간 후에 나는 파주의 ㅁ자형 건물에서 깨어나게 될 것이다. 그러나 만약 유리의 말이 사실이 아니라면, 즉 이 모든 게 현실이라면 나는 무슨 수를 써서라도 칼을 든 유리를 물리쳐야 한다. 그러나 그 과정에서 내 목젖 일 센티미터 앞에 있는 회칼에 동맥이 잘릴 수도 있다. 둘 중에서 어떤 게 더 위험할까?

그런데 이런 절박한 순간에는 언제나 생물로서의 본능이 후천적으로 습득한 지식과 논리를 압도한다. 나는 상처입은 짐승처럼 고함을 치며 오른쪽 다리를 뻗어 앞에 서 있는 유리의 두 발을 둥글게 후려쳤다. 갑작스런 공격에 유리는 중심을 잃고 우당탕 쓰러졌다. 그러느라 유리의 칼이 내 오른팔뚝 위를 스쳤지만 고통은 전혀 없었다. 다쳤다는 것도 한참 후에야 알았을 정도였다. 나는 의자를 들어 쓰러진 유리 쪽으로 내던졌다. 의자는 날아가 비틀거리는 유리의 얼굴을 정통으로 맞혔다. 유리는 요란한 소리를 내며 출입구 쪽으로 나동그라졌다. 나는 유리가 너무 심하게 다친 것은 아닌가 싶어 가까이 다가가보았다. 내가 다가가자 유리는 눈을 뜨더니 장딴지 위의 의자를 걷어내고 몸을 일으켰다. 여전히 손에는 길고 예리한 회칼을 든 채였다. 그의 눈에서 광포한 살기가 뿜어져나왔다. 나는 유리에게서 달아나 밖으로 통하는 창문틀 위에 올라섰다. 그리고 유리가 달려오는 것을 보고는 주저없이 창밖으로 몸을 던졌다. 북쪽 사면은 이층 높이밖에 되지 않아 충분히 뛰어내릴 만했다. 그러나 한밤중이 라 높이를 정확히 잴 수 없어 착지할 때 오른발을 살짝 접질리고 말 았다. 내가 달아날 방향을 살피는 사이, 유리 역시 나를 따라 뛰어내 렸다. 분명 칼을 들고 있을 터였다. 나는 컴컴한 어둠이 입을 벌린 솔 밭으로 달렸다. 유리는 끈질기게 나를 뒤쫓았다. 그러나 어두운 밤, 솔밭에서는 아무래도 도망자가 유리했다. 나는 팔을 휘저으며 쉴새 없이 달렸다. 유리의 발소리도 계속 뒤따라왔다. 나는 늘어진 넝쿨 이 사납게 얼굴을 할퀴는 숲을 계속 달렸다. 접질린 발목은 계속 시 큰거렸다. 그런데 어쩐지 계속 같은 곳을 뱅뱅 도는 기분이었다.

그렇게 한참을 달리던 나는 나무뿌리에 발이 걸려 그만 아악 비명 을 지르며 나동그라지고 말았다. 뒤따라온 유리가 괴성을 지르며 나 를 덮쳤다. 그의 칼은 이번에도 나를 명중시키지 못하고 땅에 박혔 다. 나는 다시 일어나 달아나기 시작했다. 유리와 나의 거리는 조금 씩 멀어졌다. 한때 귓전에 닿을 듯 가까웠던 그의 뜨겁고 집요한 숨 소리는 점점 희미해지다가 마침내 사라졌다.

유리의 발소리도 더이상 들리지 않았다. 나는 가쁜 숨을 몰아쉬며 작은 둔덕을 하나 넘었다. 그러자 지프차 한 대가 지나갈 정도의 작 은 비포장도로가 나타났다. 길 한가운데에서 허리를 숙여 무릎에 손 을 얹은 채 나는 내가 빠져나온 숲을 돌아보았다. 우리가 낮에 평화 롭게 거니는 숲과 저 어둡고 음침한 숲은 본질적으로 전혀 다른 존재었다. 숲에서는 워낙 어두워서 안개가 끼었다는 것도 몰랐지만 밖으로 나와보니 언덕은 짙고 차가운 안개에 잠겨 있었다. 숨을 들이쉬니 찬 습기가 폐까지 들어찼다. 나는 숨을 돌리며 주변을 둘러보았다. 금방이라도 미친 유리가 칼을 휘두르며 숲에서 튀어나올 것 같았다. 어디선가 사각사각 나뭇잎 밟는 소리가 들렸지만 그게 사람이 내는 소리인지는 알 수 없었다. 희미한 달빛에 빛나는 숲길은 마치 뱀이 벗어놓고 간 허물 같았다.

많이 돌아오긴 했지만 이 숲길은 분명 늘 지나다니던, 마을에서 '회사'로 올라가는 그 길이 틀림없었다. 나는 허리를 폈다. 이제 내 앞에는 두 갈래 길이 놓여 있었다. 다시 이 길을 거슬러올라가 칼을 든 미친놈과 이유 없이 나를 따돌리는 인간들과 정면대결하고 도둑맞은 돈도 되찾을 것인가. 아니면 이대로 길을 따라 내려가 공권력에 의지하는 것이 좋을까? 나는 '회사'로 올라가는 가파른 길을 올려다보았다. 길은 안개 속으로 희미해지며 형체를 잃었다. 어쩌면 유리는 저 안개 속 어딘가에서 나를 노리고 있을지도 몰랐다. 그리고 지난 며칠간 내 주위에서 일어난 일로 미루어볼 때, 다시 '회사'로 돌아간다는 것은 너무 순진한 짓이었다. 나는 반대쪽으로 고개를 돌렸다. 산 아래로 내려가는 길이었다. 저곳으로 내려가면 멀쩡한 정신을 가진 사람들이 모여 사는 마을이 있겠지. 일단 그곳에서 경찰에 신고하자. 유리 그 자식은 미쳤어. 병원에 보내야 돼. 그리고 경찰이 도둑맞은 내 돈도 찾아줄 것이다. 아직 범인은 수표를 현금화하지 못했을 것이고 '회사' 어딘가에는 내게 지급한 수표의 번호를 적은 장부가 있을 것이다.

　나는 숲길을 따라 아래로 아래로 내려갔다. 그러나 아무리 내려가도 마을은 나타나지 않았다. '회사'가 이렇게 깊은 곳에 있었던 걸까? 문득 유리가 오래전에 했던 말이 떠올랐다. 결코 이곳을 벗어날 수 없다는 말. 헛소리일 거야. 나는 고개를 저으며 발걸음을 재촉했다. 숲길은 구불거리며 한없이 아래로 뻗어내려갔다. 나는 돌부리에 차이고 야행성 조류의 울음소리에 놀라며 뛰다시피 걸었다.

9장

어제의 책, 오늘의 나

38

얼마나 내려갔을까. 갑자기 안개와 숲이 동시에 사라졌다. 숲길 주변을 호위하던 숲과 안개를 벗어나 나는 개활지로 향하고 있었다. 뒤를 돌아보니, 안개는 마치 진격 명령을 기다리는 기병대처럼 일렬 횡대로 늘어서서 나를 노려보고 있었다. 개가 목에 걸린 닭뼈를 토해내듯 안개가 나를 토해낸 것 같았다. 누가 저 안개를 대기 중의 수증기가 응결되어 이루어진 작은 물방울의 집합이라 할 수 있을까? 저것은 그대로 하나의 장벽이었다. 나는 안개를 등지고 걸었다. 선선한 바람이 얼굴의 열기를 식혀주었다. 멀리 희미한 능선 위로 노란색 불빛 하나가 떠올랐다. 분명코 별빛은 아니었다. 카바이트나 나트륨 같은 물질에서 나오는 인공의 빛깔이었다. 나는 허겁지겁 그쪽으로 달려갔다. 불빛은 생각과 달리 여간해서는 가까워지지 않았다. 한참을 가서야 불빛의 정체가 드러났다. 옛날이야기에 나오는 작은 집일 거라고 생각했는데 웬걸, 흔히 스리쿼터라 불리는 적재량 3/4톤의 군용트럭이었다. 군인 네 명이 한 조를 이루어 환히 불을 밝히고 작업을 하고 있었다. 높고 단단한 안테나를 조립하는 걸로 보아 통신병 같았다. 좀 놀라기는 했지만 한편으로 안심이 되었다. 유리가 나타난다 해도 군인들이 있는 한 함부로 칼을 휘둘러대지 못할 것이었다. 놀라기는 군인들도 마찬가지인 것 같았다.

"무슨 일이십니까?"

선임으로 보이는 병사가 헬멧을 고쳐쓰며 물었다. 계급을 보니 상병이었다. 그는 나를 경계하는 눈치가 역력했다.

"네, 수고하십니다. 저는 저기 위에 사는 사람인데요. 어쩌다보니 길을 잃었어요. 아랫마을로 좀 가려고 하는데."

헬멧을 쓴 상병이 고개를 갸웃거렸다.

"저 위라구요? 거기 누가 살아요?"

"그럼요."

"거기 사신단 말이에요?"

"그렇다니까요."

"그런데 무슨 일이십니까?"

"여기 아랫마을로 내려가다가 길을 잃었어요. 이런 데가 아니라 무슨 마을회관이 있는 그런 동네가 나와야 되는데."

"횡계 말씀이십니까?"

병사가 길 아래쪽을 가리키며 말했다.

"횡계요?"

앉아서 전선을 자르던 병사 둘이 고개를 들어 나를 올려다보았다. 그들은 전선을 연결한 후 몸을 일으켰다. 나는 다시 물었다.

"그럼 여기는 어딘데요?"

"여기가 어디냐구요?"

헬멧을 쓴 선임병이 막 일어난 후임들을 돌아보며 웃었다. 아무래도 나를 살짝 맛이 간 사람으로 생각하는 것 같았다.

"아, 여기 말씀입니까? 어디긴 어딥니까, 대관령 삼양목장이죠."

나는 주위를 둘러보았다. 둥근 능선 위에는 나무도 없이 들풀만 무성했다.

"네? 대관령이라구요? 파주가 아니구요?"

"파주요?"

군인들이 킬킬거리며 웃었다.

"저희는 지금 중요한 작전중이라 바쁘고 말입니다. 저기 한 세 시간 정도만 걸어내려가면 횡계가 나올 겁니다. 얼른 내려가십시오. 가끔 멧돼지가 튀어나오니까 조심하십시오."

병사들이 조립이 끝난 안테나를 세우기 시작했다. 나는 얼이 빠져 한참을 멍하니 서 있었다.

"아니면 좀 기다리십시오. 이제 곧 목장 일꾼들 출근할 시간입니다. 그 트랙터 얻어타고 내려가시든지요."

나는 그들과 헤어져 귀신에 홀린 것처럼 숲길을 따라 내려왔다.

운동량이 부족한 다리가 후들거렸고 발 곳곳이 까져 아팠다. 숲속에서 긁힌 상처도 건드릴 때마다 따끔거렸다. 나는 구불구불한 길을 따라 계속 걸으면서도 군인들을 욕했다. 민간인이 물으면 똑바로 말해줄 생각은 안 하고 장난을 쳐? 확 국방부에 민원을 낼까보다. '길 잃은 시민 외면하고 조롱한 군.' 신문에 대문짝만하게 나야 정신을 차릴까? 파주에서 걸어왔는데 어떻게 횡계가 돼? 직선거리만 해도 이백 킬로미터가 넘을 텐데, 무슨 축지법을 쓴 것도 아니고. 그런데 아무리 내려가도 마을은 나타나지 않았다. 이제 도저히 걸을 수 없다고 생각할 지경이 돼서야 낮은 지붕의 농가가 나타났다. 굴피로 이은 지붕에는 새끼로 엮어 매단 돌멩이들이 매달려 있었다. 눈이 많이 내리고 바람이 많이 부는 기후에 적합한 전형적인 강원도 산간지방의 농가였다. 줄에 묶인 개 한 마리가 맹렬하게 나를 향해 짖어댔다. 나는 고개를 갸웃거리며 발걸음을 더욱 재촉했다. 첫번째 민가를 발견하고도 한참을 내려가서야 마을이 나타나기 시작했다. 아직 동이 트지 않은 새벽이었지만 이미 많은 사람들이 깨어 움직이고 있었다. 요란한 트랙터 소리, 소 울음소리가 들렸다. 나는 트랙터를 타고 숲길을 올라가는 늙은 농부에게 또 물었다. 도대체 여기가 어디냐고. 그들은 모두 억센 강원도 사투리로 답했다. 어디긴 어디래요, 횡계지. 그런데 그건 왜 물으시는데요?

나는 마을 어귀의 공판장 앞에서 멈추었다. 그리고 거기에 놓인 평상에 앉아, 먼동이 터오며 마을의 실루엣에 점차 디테일을 부여하는 것을 망연히 바라보았다. 공판장 앞에는 횡계 시외버스터미널의 운

행시각표가 붙어 있었다. 버스들은 서울과 강릉으로 향하고 있었다. 나는 평상 위에 몸을 뉘었다. 몸은 피로하고 정신은 혼란스러웠다.

잠시 후 눈을 떴을 때, 내 앞에는 아직 잠에서 덜 깬 듯한 경찰관 한 명이 서 있었다. 그는 툭툭 내 발을 찼다. 내가 깨어나자 그는 아무 말 없이 시동이 걸린 채 털털거리는 그의 백이십오 시시 혼다 오토바이를 가리켰다. 오토바이는 마치 늙은 개처럼 보였다. 그것은 주인 곁에서 숨을 몰아쉬며 먼 곳을 바라보고 있었다. 나는 무거운 몸을 겨우 일으켜 그의 오토바이에 올라타 짐받이를 꽉 잡았다. 나는 슬픔도 기쁨도 느낄 수 없는, 일종의 감각정지상태에 빠져 있었다. 수용소의 죄수처럼 시키면 뭐든지 하는, 일종의 좀비 같은 인간이 되어버린 것 같았다.

일 분도 안 돼 나는 한 파출소의 딱딱한 나무의자에 앉아서 왜 내가 간첩이 아닌가를 힘없이 설명하기 시작했다. 경찰이나 나나 내가 간첩이 아니라는 사실은 잘 알고 있었다. 간첩이라면 이렇게 얼이 빠져 있을 리가 없는 것이다. 그러나 신고가 들어왔고 '지역이 지역이다보니' 조사는 해야 한다고 했다. 요즘 같은 세상에 나처럼 휴대폰도 없고 신분증도 없는 사람은 흔치 않다며 나에게 슬쩍 책임을 떠넘기기도 했다.

나는 주민등록번호를 댔다. 그것만 알면 전국에 뻗은 행정전산망을 통해 디지털로 입력된 내 사진까지 금세 조회해볼 수 있는 시대였다. 나는 디지털 기술의 발전과 정부의 행정전산화 노력에 처음으로 감사의 염을 품었고, 그동안 그런 일에 세금을 쏟아붓는다는 얘기를 들을 때마다 사생활 침해니 빅브라더니 뭐니 하며 비난했던 것을 잠깐 후회했다.

"어디서 내려오는 길이었습니까? 이 새벽에."

나보다도 훨씬 어려 뵈는, 얼굴에 아직 여드름이 남아 있는 순경이 물었다.

"회사에서요."

"회사요?"

경찰관은 더이상 캐묻지 않았다. 내 신원을 확인하고 나니 이제는 신병처리 문제가 난감한 눈치였다. 그는 나를 갑자기 상경해 눌러앉은 친척 보듯 했다.

"어디 가실 데는 있습니까?"

"글쎄요. 지갑이며 다 놓고 내려와서, 아니 잃어버려서 어떻게 해야 할지."

경찰관은 갑자기 허둥거리며 바쁜 일이 있는 척했다.

"저는 순찰을 좀 나가봐야 돼서. 그럼 이제 가셔도 됩니다."

나는 나가는 그의 옷자락을 붙잡았다.

"전화 한 통만 써도 될까요?"

"그러세요."

경찰관은 다시 자리에 앉았다. 모든 전화번호는 휴대폰에 저장돼 있었다. 내가 기억하는 번호는 오직 하나였고, 걸고 싶은 사람도 오직 한 명뿐이었는데, 다행히 그 번호가 바로 그 사람의 것이었다. 나는 전화를 걸었다.

"여보세요?"

지원의 목소리였다.

"나야."

"누구……? 설마, 민수?"

"그래, 나야."

우리는 한참 동안 말이 없었다.

"번호가 이상한데?"

지원의 목소리는 차고 건조했다.

"강원도야, 평창군."

"멀리 가 있었네."

"응, 그렇게 됐어."

창밖으로 '2014년 동계올림픽 유치를 위해 수고하신 여러분, 정말 고생하셨습니다'라고 씌어진 낡은 플래카드가 보였다.

"왜 전화한 거야?"

한참의 침묵 끝에 그녀가 물었다.

"모든 걸 다 잃었어. 지갑도 휴대폰도, 아무것도 없어."

"어쩌다가?"

"말하자면…… 좀 길어."

"후……"

그녀가 길게 한숨을 쉬었다. 무슨 뜻으로 쉬는 한숨인지 알 수 없었다.

"혹시 나 좀 데리러 와줄 수 있을까?"

"지금?"

나는 그녀에게 부탁한 것을 금세 후회했다.

"아니야. 안 와도 돼."

"……"

"……"

"아, 지금은 좀 곤란한데. 거기 언제까지 있을 거야?"

"네가 올 때까지."

"데리러 갈 사람이 나밖에 없는 거야?"

"응."

"알았어. 지금 내 차가 수리 들어가 있는데 다 고쳤나 알아보고 출발할게."

"그래, 고마워. 여기 위치가……"

나는 옆에서 우리의 통화를 엿듣고 있는 경찰관을 바라보았다.

"횡계 도암파출소라고 하면 다 알아요. 일단 횡계나들목으로 들어와서 물어보면 됩니다."

나는 그대로 지원에게 전했다. 지원은 조금 놀라는 눈치였다.

"파출소?"

"아니, 놀랄 거 없어. 어쩌다 있게 된 거니까. 그럼 여기서 기다릴게."

"그래, 시간이 좀 걸릴지도 몰라."

"천천히 와."

전화를 끊자 순경이 나를 부러운 눈으로 쳐다보고 있었다. 부러워

할 것 없어요, 라고 말해주고 싶었다.

"여자친구신가봐요?"

"아뇨, 그냥 친구예요."

"에이, 남자 여자 사이에 친구가 어딨어요? 오랜만에 만나시나봐요."

"좀 됐죠. 참, 오늘이 며칠인가요?"

순경이 달력을 보고 날짜를 말해주었다. 이춘성을 따라 들어간 후로 벌써 석 달이나 지났다.

나는 순경에게 산 위를 가리키며 수십 명이 기거하는 ㅁ자형 건물에 대해 혹시 들은 게 있느냐고 물었다. 순경은 그 위에는 방목지와 목부牧夫들의 임시숙소 그리고 등산객을 위한 산장밖에 없다고 단언했다. 나는 더는 거기에 대해 묻지 않았다. 순경이 나에게 자판기 커피를 뽑아다주었다.

중천에 뜬 해가 뜨겁게 타오르고 있었다. 나는 파출소 앞 큰길에서 서성대며 그녀를 기다렸다. 나는 그녀가 오지 않을지도 모른다는 생각에 사로잡혀 있었다. 한번 그 생각을 하니 그녀가 이 먼 곳까지 와줄 이유가 전혀 없는 것 같았다. 딱새 한 마리가 지저귀며 날아갔다. 배에서는 꼬르륵 소리가 났다.

지원이 도착한 것은 오후 세시가 다 되어서였다. 그녀는 해치백 스타일의 작고 귀여운 차에서 내려 걸어왔다. 우리는 맞선이라도 보러 온 남녀처럼 멋쩍게 인사를 했다.

"좀 늦었지?"

"아니, 괜찮아."

"배고파?"

"응."

나는 고개를 끄덕였다. 우리는 한우전문식당에 차를 세우고 안으로 들어갔다. 지글지글 고기 굽는 냄새가 풍겼다. 냄새 때문인지 스테이크를 구워주던 프랑켄슈타인이 떠올랐다. 잘 있겠지?

"얼마나 시킬까?"

지원이 물었다. 어떻게 주문해야 할지 판단이 서지 않았다. 그러자 지원이 알아서 시켰다.

"꽃등심 이인분 주세요. 이거 한우 맞죠?"

"여긴 다 한우예요."

주문을 받는 아주머니가 메뉴판을 가져갔다. 우리는 마주앉아 오랜만에 서로의 얼굴을 찬찬히 살펴볼 수 있었다.

"눈이 좀 부은 것 같은데. 어디 아팠어?"

내가 지원에게 말했다.

"원래 이래. 하도 오래 안 봐서 얼굴 잊어버린 거 아니야?"

지원이 눈을 내리깔았다. 서먹함은 영 가시질 않았다. 무슨 얘기부터 해야 할지 알 수 없었다. 생판 낯선 사람보다 말 붙이기가 더 어려웠다. 이혼한 배우자를 한 십 년 만에 만나면 이런 기분일까?

"내가 왜 여기 와 있는지 궁금하지 않아?"

"불편하면 말 안 해도 돼. 근데 그 상처는 뭐야?"

그녀가 내 오른쪽 팔뚝을 가리켰다. 난 한참 동안 그 상처를 바라보았다. 도대체 어쩌다 이렇게 된 거지? 아, 유리. 유리였지. 회칼을 휘두르며 달려들던.

"칼에 긁혔어."

지원은 수족관에서 튀어나와 팔딱거리는 금붕어를 보듯 미간을 찌푸렸다.

"별것 아니야. 거기서 좀 오해가 있었거든."

"거기라니?"

"실은 거기가 어딘지 나도 잘 모르겠어. 그때 너한테 말했던 사람, 날더러 계약하자고 했던 사람 있잖아? 그 사람 따라 파주에 있는 어느 건물로 가서 거기서 계속 지냈거든. 그런데 나와보니 여긴 거야."

"어떻게 그럴 수가 있지?"

"내 말이 그 말이야."

"그럼 그쪽 일은 이제 다 해결된 거야?"

해결이라. 이런 것을 과연 해결이라고 할 수 있을까? 나는 장군과 유리, 탱고와 메두사, 프랑켄슈타인과 이춘성 등을 생각했다.

"글쎄, 그건 잘 모르겠어. 실은 '그쪽'이 어디인지도 모르겠고. 그렇지만 거기서 배운 것은 하나 있어."

"그게 뭔데?"

"세상 어디에도 도망갈 곳은 없다는 거. 인간은 변하지 않고 문제는 반복되고 세상은 똑같다는 거야. 거긴 정말 이상한 곳이었는데, 처음에만 그랬을 뿐, 적응하고 나니 하나도 다른 게 없었어. 근데 넌 어떻게 지냈어? 방송국 일은 어때?"

"그만뒀어."

그녀가 애써 밝은 표정으로 말했다.

"그사이 개편도 있었고 뭐, 핑곗김에 그만뒀어."

"아, 그래? 잘했다. 방송국 그만두고 나서는 뭐했어?"

그녀가 귀밑머리를 쓸어넘겼다.

"아무것도 안 했어. 그냥 좀 쉬었어."

"그랬구나."

고등학생쯤으로밖에는 안 보이는 사내아이가 숯불을 들고 왔다. 그가 테이블에 숯불을 올리자 쟁반을 들고 따라온 여자가 마블링이 고른 등심을 석쇠 위에 척척 얹었다. 차르르르. 연기를 내며 고기가 익기 시작했다.

"실은 널 찾아다녔어."

지원이 상추를 뒤적이며 말했다.

"정말?"

"응, 방송국 주변에서도 찾고 퀴즈방에 들어가서도 찾았어. 너처럼 그런 제안을 받은 사람이 있을 것 같았어. 그런데 아무도 찾지 못했어. 그래서 너를 욕했어. 나한테 거짓말을 하고 휴대폰까지 해지하고 도망간 줄 알았어. 이런 산속에 있었을 줄은 정말 몰랐어. 이렇게 누굴 찾아다녀본 건 정말 처음이었어. 어떻게 그렇게 한 인간이 감쪽같이 사라질 수가 있을까? 나중에는 너라는 인간이 유령이 아닐까 생각한 적도 있어."

"미안해. 참, 우리 처음 만났을 때, 휴대폰 끄자면서 네가 나한테

한 말 생각나?"

"뭐라고 그랬지?"

"자, 이제 우리는 존재하지 않는 거야."

"아, 생각나."

우리는 소주를 시켰다. 고기와 술을 먹으며 나는 내가 떠날 수밖에 없었던 진짜 사연을 그녀에게 얘기해주었다. 고시원에서 겪은 일 말이다. 그녀가 절대로 이해할 수 없으리라 생각했던 얘기. 그녀는 말없이 들어주었다.

"왜 이제야 얘기하는 거야?"

"넌 결코 이해 못할 거라고 생각했어."

"민수야, 난 이해할 수 있어서 이해하는 게 아니라 사랑하니까 이해하는 거야. 그게 사랑하는 사람끼리의 소통방식 아냐?"

나는 말없이 지원을 바라보았다. 지원이 손을 뻗어와 테이블 위의 내 손을 잡았다.

"민수야, 그건 네 잘못이 아니야. 이제 그만 너 자신을 놔줘. 넌 자기를 학대하고 있어."

나는 짐짓 명랑한 어조로 말했다.

"어, 왜 이래? 갑자기 심각하게. 나 괜찮아, 이제. 정말이야."

그러나 그녀는 믿지 않는 눈치였다.

"그리고 넌 내가 무슨 절간 같은 데 틀어박혀 지낸 줄 아는데 아니야. '회사' 생활도 재밌었어. 네가 그 사람들을 봤어야 하는데, 얼마나 괴짜들이라구."

"회사라니?"

고기가 타들어가고 있었다. 아줌마가 다가와 고기를 뒤집으며 흘 깃 우리 둘을 살폈다.

"배고프지? 고기부터 먹어."

지원이 고기를 내 접시에 얹어주었다. 나는 숯불 위에서 지글지글 익어가는 고기를 집어먹었다. 나는 고기를 먹으며 지난 몇 달간 '회 사'에서 있었던 일을 말해주었다. 이를테면 주말마다 열리던 '어둠 의 퀴즈쇼'와 사라진 돈과 사람들, 칼을 들고 달려들던 유리의 이야 기까지. 그러나 영원히 말할 수 없는 것도 있었다. 이를테면 메두사 와의 일 같은 것.

"그래? 도대체 어떻게 된 거야? 그 사람들은 다 뭐야? 유령이 야?"

내 얘기를 듣던 지원이 고개를 갸웃거리며 물었다.

"오디세이가 된 기분이야."

"오디세이? 왜?"

"괴물과 싸우던 신화적인 세계에서 정숙한 아내가 기다리는 멀쩡 한 세상 이타카로 돌아오잖아. 내가 오디세이라면 좀 어리둥절했을 것 같아. 아무도 믿어주지 않을 이야기를 혼자 간직하고 살아야 하 잖아? 지금 내가 딱 그래. 긴 꿈을 꾼 것 같기도 하고, 아니 어쩌면 그 꿈이 아직 끝나지 않은 것 같기도 해."

지원이 내 눈동자를 바라보며 말했다.

"어쩐지 넌 아직도 그곳을 그리워하는 것 같아. 내 앞에 앉아 있는 이 남자가 내가 알던 그 이민수가 맞나 싶어. 웬 허깨비가 와서 내 앞에 앉아 있는 것 같기도 하고."

"거기도 여기하고 비슷해. 경쟁하고 돕고 사랑하고 질투하고 좋아하고 뭐 그러면서 사는 거야. 가끔은 여기보다 거기가 더 현실같이 느껴질 때가 있었어. 그리고 그 어둠의 퀴즈쇼, 그거야말로 진짜 퀴즈야. 한 번쯤은 해볼 만해. 허위도 가식도 없이 그냥 자기 운명과 맞장을 뜨는 세계야."

나의 페넬로페는 내가 겪은 일을 이해하지 못하면서도 이해하는 척해주었다. 고마웠다.

나는 혼자 소주를 들이켰다. 그녀는 마시지 않았다. 그러나 마치 취한 것처럼 얼굴이 발그레했다. 서먹함이 썰물처럼 빠져나간 자리에 행복했던 순간의 친밀감이 천천히 돌아오고 있었다. 그러나 그전의 아무 일도 없었던 그때로 온전히 돌아갈 수 있을지는 장담할 수 없었다.

우리는 서울로 돌아왔다. 그녀는 홍대 정문 앞에 차를 세웠다.

"믿지 않겠지만 어제까지 내 수중에 웬만한 대기업 신입사원의 연봉 정도 되는 거금이 있었어."

"내가 좀 빌려줄까?"

"아아니."

나는 펄쩍 뛰며 손사래를 쳤다. 다시는 돈 같은 건 빌리고 싶지 않았다.

"고시원의 그 여자 때문에 그래?"

지원이 새침하게 물었다. 분위기가 조금 가라앉았다. 죽은 여자와의 채권채무까지 부러워하는 것도 질투라고 부를 수 있을까?

"응, 아니."

"예스야 노야?"

"잘 모르겠어. 하지만 너한테 돈을 빌리고 싶지는 않아."

"그럼 오늘밤에 어디서 잘 거야? 대책은 있어?"

"나한테 일자리를 주겠다는 사람이 한 명 있어. 그리고 거기는 여기서 걸어갈 수도 있는 데야."

"정말이야?"

그녀가 미심쩍은 얼굴로 나를 바라보았다.

"내가 내일 전화할게. 오늘 정말 고마웠어. 그 먼 데까지."

"또 없어지면 안 돼. 아, 그땐 정말……"

그녀가 두 눈을 질끈 감았다. 나는 그녀의 어깨에 손을 올렸다.

"이젠 그런 일 없을 거야. 난 이제 어디로도 도망가지 않을 거야. 저녁에 전화할게."

"그래, 전화해."

한참을 걷다가 뒤를 돌아보니 아직도 그녀는 차에 올라타지 않은 채 전쟁 미망인 같은 자태로 서서 내 뒷모습을 바라보고 있었다. 나는 그녀에게 손을 흔들어주었다. 그녀는 그제야 차에 올라탔다.

39

그녀가 떠난 후 나는 연남동을 향해 걷기 시작했다. 곰보빵 할아버지의 제안이 아직도 유효하다면 당분간은 그 집에서 그 꼴보기 싫은 노인네의 손발 노릇을 하면서 먹고살 수 있을 것이었다. 나는 연남동까지 걸어가면서 '회사'에서 번 돈을 생각했다. 아, 그 돈만 있었다면 이렇게 구차해지지 않아도 될 텐데. 정말 곰보빵 할아버지에게 손을 벌리는 것 말고 다른 방법이 없단 말인가? 비참한 기분이었다. 왜 다른 사람에게는 흔해빠진, 그래서 다들 지긋지긋해하는 피붙이 하나도 내겐 없단 말인가? 나는 연남동의 옛집으로 걸어가는 동안 이런 처지에서 할 수 있는 수십 가지 직업을 떠올려보았다. 지하철에서 우산을 팔까? 목욕탕에서 때를 밀까? 막노동을 할까? 전자상가에서 호객을 할까? 로바다야키 식당에서 감자를 깎을까? 아니면 다시 편의점이나 피시방에서 알바를 할까? 그러나 이 모든 경우에도 최소한 눈붙이고 잠잘 곳은 필요했고 그러려면 보증금도 있어야 했다.

나는 어느새 연남동 옛집 앞에 도착했다. 벨을 누르자 한참 후에야 문이 열렸다. 김실장이 나를 곰보빵 할아버지가 음악을 듣고 있는 거실로 데려갔다.

"안녕하세요?"

그는 에디트 피아프를 듣고 있었는데 내가 몇 번을 인사해도 대꾸가 없었다. 김실장이 리모컨을 들어 오디오의 볼륨을 낮췄다. 그제야 그는 내 존재를 알아챈 것 같았다.

"잘 지내셨어요?"

"아니, 자꾸 가래가 끓어. 아무래도 공기 좋은 시골로 내려가야 할까봐. 그런데 누구?"

"민수예요."

"아, 근데 웬일이야?"

"전에 말씀하신 거 있잖아요?"

"뭐?"

"집사…… 건 말이에요."

"집사라니?"

"왜 집에 들어와서 일을 좀 봐달라고 하셨잖아요."

"내가? 언제?"

나는 슬슬 화가 나기 시작했다.

"그럼 이제 필요 없으신 거예요?"

"도무지 무슨 소린지……"

나는 자리에서 일어났다. 그제야 곰보빵 할아버지가 생각났다는 듯 말을 꺼냈다.

"아, 참, 민수, 민수라고 그랬지. 예전에 여기 있던 책 어디 갖다 팔았나?"

"네."

"그 책방 주인이란 작자가 한번 와서 찾던데?"

"왜요?"

"그걸 내가 알 리가 있나? 자네 연락처를 줬더니 자기도 전화번호는 있대. 그런데 연락이 안 된다나."

"한 몇 달 산에 들어가 있었거든요."

"불법다단계라도 한 거야? 돈 좀 만졌어?"

"아뇨, 그런 거 아니에요. 더 하실 말씀 없으면 저 이만 가보겠습니다."

"참, 잘 데 없으면 방은 며칠 써도 돼. 남도 아니고 그래도 명색이 인숙이 손주인데."

"고맙습니다."

나는 문을 닫고 밖으로 나왔다. 대문까지 따라나온 김실장은 곰보빵 할아버지가 알츠하이머 초기라고 슬쩍 귀띔해주었다.

"그게, 한번 걸리면 다시 좋아지지는 않는다더군요."

어쩐지 노인네가 치매에 걸린 것을 고소해하는 말투였다.

나는 터덜터덜 헌책방 '어제의 책'으로 걸어갔다. 책방까지는 걸어서 오 분도 채 안 되는 거리였다. 주인은 나를 보더니 반색했다. 그 헌책방은 손님들이 책을 구경하면서 자유롭게 한 잔씩 따라 마실 수 있도록 작은 커피메이커를 구비하고 있었다. 나는 좁고 옹색한 의자에 앉아 주인과 이야기를 나눴다.

"전에 테레비에 나오던데, 퀴즈쇼에?"

"아, 그거 보신 분이 여기 또 계셨네요."

나는 쑥스러워 머리를 긁적였다.

"내가 테레비 보면서, 어, 내가 아는 사람인데, 이러면서 얼마나 응원을 했다구."

"아, 고맙습니다. 그런데 저는 왜 보자고 하셨나요?"

"얼마나 상식이 풍부하면 그런 데 나갈 수 있는 거야? 하여간 대단해. 아 참, 내 정신 좀 봐."

주인은 카운터 밑 서랍에서 신문을 한 장 꺼냈다.

"전에 우리집에 넘긴 책들 있잖아요? 물론 안 팔린 게 태반이지만 그래도 몇 권은 나갔는데, 한 양반이 자꾸 민수씨를 찾아요. 내가 이 메일을 알려줬는데 연락이 안 된다고 또 왔지 뭐예요? 이 양반이 알고 보니 무슨 대학의 교순데, 자기 말로는 문학연구자라던가. 알다시피 그 바닥이 다 자료 싸움이라 내가 왜 민수씨를 찾냐고 아무리 물어도 말을 안 해요. 그러더니 얼마 후에 이렇게 기사가 나더라구."

기사에는 한 연구자가 집념으로 1960년대에 요절한 한 천재 시인의 발자취를 추적하다가 그가 생전에 자비로 출판해 지인들에게만 돌린 전설적인 시집 한 권을 최근 헌책방에서 발견했다고 나와 있었다. 게다가 그 시집에는 한 여배우에게 바치는 헌사가 적혀 있어 시인의 애정사를 엿볼 수 있는 매우 중요한 자료라고 했다. 그 시집을 마지막 퍼즐로 하여 마침내 그 시인의 전집이 최초 출간됐다는 기사였다.

"내 생각에는 아마 자료가 혹시 더 있을까 싶어서 민수씨를 찾는 거 같아."

주인의 어조는 어느새 반말로 변했다.

"그게 다였는데요."

"아, 그래? 내가 그럴 거라고 몇 번을 말해도 안 믿더라구. 그래도 한번 연락해봐. 아주 귀찮아 죽겠어."

　최여사가 받아 간직하고 있던 그 시집은 헌책방 주인의 삶에도 엉뚱한 영향을 끼쳤다. 오랫동안 헌책방 주인으로만 살아오던 이 양반이 서서히 컬렉션에 눈을 뜨게 된 것이었다. 뒤표지의 정가만 떠들어보고 내키는 대로 팔아치우던 사람이 이번 일을 계기로 책이 다 같은 책이 아니라는 것을 비로소 깨닫게 된 것 같았다. 기사가 나가고 며칠 후에는 TV 취재팀까지 헌책방을 찾아와 인터뷰를 하고 갔다고 상기된 얼굴로 말했다.

　그는 새로운 개념의 희귀본 컬렉션을 구상하고 있다고 했다. '어제의 책' 주인은 궁극적으로 일종의 책 경매회사를 염두에 두고 있었다. 그의 말에 따르면 우리나라는 아직 희귀본 시장이 초보적 단계에 머물러 있어 소수의 학자층을 중심으로 '자료' 차원에서만 거래될 뿐이고 그나마도 자료를 움켜쥐고 절대 내놓지 않는 학계 풍토상 시장이라는 게 형성되기 어려웠다는 것이다. 그러나 세계화에 따라 우리나라의 고전도 곧 엄청난 가격에 거래되는 시기가 올 게 분명하다는 게 그의 주장이었다. 주인은 나를 데리고 이층으로 올라갔다. 거기에는 그가 지난 몇 달간 여러 경로를 통해 수집한 책들이 쌓여 있었다.

　"이건 팔지 않는 거야."

　"영원히요?"

　"그럴 리가 있나. 적당한 때가 오면 내놔야지. 그러나 지금은 아니라는 거지."

그는 다음달에 연암 박지원의 글씨를 갖고 있다는 베이징의 한 소장가를 만나러 갈 생각이라고 했다. 연암이 열하로 가던 중에 머문 국숫집에서 써준 글씨라고 했다. 그의 눈빛이 탐욕으로 이글거렸다. 몇 달 사이에 그는 전혀 다른 사람이 되어 있었다. 이전에는 뭐랄까, 장사가 안 돼 파리 날리는 동네 치킨집 주인 같은 맥빠진 사람이었다. 나는 조심스럽게 말을 꺼냈다.

"저, 혹시 그렇게 외국 다니실 때, 책방은 누가 보나요?"

"문 닫고 가야지, 뭐. 근데 왜?"

"혹시 사람 안 필요하세요?"

"아니, 민수씨가 뭐가 아쉬워서?"

"저 많이 아쉬워요."

말은 그렇게 했지만 안 되면 그만이라는 생각이었다.

"이게 보기보다 험한 일이야. 하루종일 먼지 먹고⋯⋯"

"원래 책 좋아해요."

주절주절 신나게 떠들던 수집가는 갑자기 자본가로 변신해 날카로운 눈으로 나를 바라보았다. 나는 양순한 얼굴로 그의 처분을 기다렸다. 마침내 주인은 고개를 끄덕였다.

"월급은 얼마 못 줘."

"그건 괜찮아요. 혹시 여기서 잠도 좀 잘 수 있을까요?"

"잘 데가 없는 거야?"

"네, 고시원에서 지냈는데요. 너무 답답해서⋯⋯"

"가만있자, 일층 안쪽에 방이 하나 있어. 그런데 좀 좁아. 지금은 책을 들여놨는데, 거길 좀 치우면 야전침대 하나는 들여놓을 수 있을 거야. 낚시 다닐 때 쓰던 게 하나 있거든. 오늘 하루만 어디 친구 집에라도 가서 자고 내일부터 여기서 자. 방을 치워야 되니까."

"고맙습니다."

주인은 악수를 하더니 한번 잘해보자고 했다. 잘만 하면 크리스티나 소더비 못지않은 멋진 사업이 될 수도 있고 그 과정에서 배우는 게 많을 거라고 했다. 나는 그의 말을 열심히 들어주었지만 다 믿지는 않았다. 그렇게 장밋빛 꿈을 거창하게 떠들고 자기 자신마저 속일 때의 그는 또다른 이춘성이었다.

그날은 연남동의 옛집에 돌아가 잤다. 길고 피로한 하루였다. 나는 멀고먼 곳을 돌아 출발지점으로 되돌아왔다. 밤새 곰보빵 할아버지의 기침소리가 들렸다. 몇 달 사이에 정말 몸이 많이 약해진 것 같았다. 뇌에 문제가 생기면 몸도 따라 약해지는 걸까? 문득 저 영감은 어쩌면 이 집에 죽으러 들어온 것일지도 모른다는 생각이 들었다.

40

다음날부터 나는 헌책방 일층의 골방에서 기거하기 시작했다. 외국 원서를 쌓아두던 공간이었는데 그것을 지하로 내리니 사람 하나 누울 공간이 생겼다. 책을 잘 쌓아 사이드테이블 비슷한 걸 만들고 전선을 연결해 간이 스탠드도 하나 설치했다. 그러니까 침대에 누워서 잠들기 전에 책이라도 몇 줄 볼 수 있었다. 물론 낚시용 야전침대는 옹색하고 불편했다. 그러나 잠을 못 이룰 정도는 아니었다.

가끔 나는 내가 팔아버린 책들을 발견할 수 있었다. 책들은 사방으로 흩어져 이곳저곳에 꽂혀 있었다. 나는 주인 몰래 그 책들을 잠자리 주변으로 옮기기 시작했다. 탈출을 모의하는 수용소의 포로처럼 조금씩 진척시켜 주인이 눈치채지 못하게 했다. 낯익은 책이 내 주변으로 모여들자 이 공간이 더이상 낯설고 생경하게 느껴지지 않았다. 나는 스스로에게 말했다. 별로 바뀐 건 없어. 번지수가 달라졌을 뿐이야. 돈키호테를 생각해봐. 모험을 떠나자마자 친구와 식구들이 책을 불태웠잖아. 그에 비하면 넌 얼마나 행복해? 네가 사랑했던 책들과 여전히 같이 있잖아.

그렇게 생각하면서도 나는 남몰래 게이트를 찾고 있었다. 어디엔가 분명히 '회사'로 들어갈 수 있는 게이트가 있을 것이다. 나는 인터넷의 퀴즈사이트에 접속하고 처음 이춘성을 만났던 카페 주변을 어슬렁거렸다. 하루는 방송국 퀴즈쇼의 녹화 현장 근처를 어슬렁거리기도 했다. 만약 게이트를 찾으면 어떻게 할 건데? 장군이나 이춘성, 메두사를 만나면 어떻게 할 건데? 나는 스스로에게 물었다. 글쎄, 내 돈을 내놓으라고 할까? 아니면 따져 물어야 할까? 나한테 도대체 왜 그랬느냐고?

그러면 다른 목소리가 끼어들었다.

아니, 정말 그런 게 궁금한 거야? 혹시 그저 그 세계로 돌아가고 싶은 거 아니야? 돌아가서 다시 한번 링에 서서 짜릿한 게임을 벌이고 싶은 것 아니야? 잊어버리라구. 그 세계는 아예 존재하지 않았는지도 몰라. 이제는 현실로 돌아와야 할 시간이야. 영원히 게임의 세계에 머물 수는 없는 거라구.

그러던 어느 날, 나는 어느 테라스 카페에 앉아 후드티셔츠를 입은 젊은 남자와 이야기를 하고 있는 이춘성을 보았다. 주로 그가 말하고 후드티는 잠자코 듣고 있었다. 나는 그에게 다가갔다.

우리의 눈이 마주쳤다. 나는 그가 분명 나를 알아봤다고 생각한다. 하지만 그는 내가 "이춘성씨?"라고 불렀을 때 부드러운 표정으로 사람을 잘못 본 것 같다고 말했다. 나는 더 다그쳐봐야 소용없으리라는 것을 알았다. 영문을 모르고 나를 올려다보는 후드티에게, 이 남자가 당신에게 어딘가로 가서 큰돈을 벌어보자고 할 텐데 제발 신중하게 결정하라고, 여기서 해결하지 못한 문제가 이 남자를 따라간다고 간단히 해결되지는 않는다고 말해줄까 잠깐 생각하기도 했지만 나는 그러지 않기로 했다. 석 달 전의 나에게 누군가 그렇게 말해주었더라도 나 역시 그 말을 듣지 않았을 거란 생각이 들었기 때문이다. 그 후드티 역시 누구의 말도 귀에 들어오지 않는 절박한 상태일 것이고, 그 절박함으로 가게 될 궁지에서 어떻게 빠져나올지는 전적으로 그의 운과 의지에 달린 것이다.

주인은 언제나 저녁 여덟시에 퇴근했는데 그때마다 똑같은 소리를 했다.

"그럼 문단속 잘하고…… 참, 여기서 술 마시면 안 돼. 그거 하나만 꼭 부탁할게. 알았지? 술 마시고 싶으면 나가서 먹어. 나 먼저 갈게."

주인은 중요한 소장품이 있는 이층의 문을 꼼꼼히 잠그고 경비시스템을 작동시킨 후 집으로 갔다. 그렇게 자신이 가진 것을 철저하게 챙길 때의 그는 새벽에 나를 거리로 내쫓은 편의점의 점주였다. 그런 식으로 나는 누구도 쉽게 믿지 않는 사람이 되었다.

며칠 후에 지원이 책방으로 찾아왔다. 아마도 나를 위로하려고 그랬겠지만 그녀는 헌책방을 마음에 들어했다. 이 책 저 책을 떠들어보며 관심을 보였다.

"아, 좋은 책이 많은데?"

"주인이 옆집도 세를 낼 거래."

"왜?"

"이 벽을 허물어서 두 가게를 연결하는 거야. 거기서는 새 책을 팔겠대. 새책방과 헌책방이 ㄷ자로 이어지는 건데, 카운터는 하나야. 어디로 들어와서 무슨 책을 골랐든 한 군데에서 계산하면 돼."

"재밌는 발상이다."

"응, 이상한 생각을 많이 하는 사람이야."

"근데 너, 얼굴이 안 좋아."

지원이 내 표정을 살피며 물었다. 뭔가 들킨 것 같았다. 지원과 함께 있는 순간에도 별 까닭 없이 슬픈 마음이 들었다. 그리고 한번 그런 정조에 사로잡히면 쉽게 벗어날 수 없었다. 가끔 메두사와의 사막 같던 밤이 떠올랐다. 장군의 허약한 자존심은 안녕할까? 유리의 충혈된 눈동자는 깊은 밤 꿈속에서 나를 노려보았고 한 번만 자기 얘기를 들어달라던 수희씨의 음성을 들을 때도 있었다. 푸드덕푸드덕, 난데없이 박새가 날아들어와 헌책방 안을 날아다니는 환청도 겪었다. 내게 있어서 그들은 모두 같은 존재였다. 지구와 화성 사이의 어느 궤도에서 영원히 공전하고 있을, 그러면서 언제나 나를 내려다보고 있을, 작고 사소한, 그러나 집요한 악몽이었다. 그러나 이런 것을 지원은 결코 이해하지 못할 것이었다.

"그냥 좀 피곤해서 그래."

"하긴, 그런 이상한 일들을 겪었으니 피곤할 만도 해. 한참 걸릴 거야."

지원과 만날 날이 많이 남지 않았으리라는 확신이 들 때가 있는데 지금이 바로 그랬다. 지원은 '사랑하니까 이해한다'고 말했지만 내 생각은 좀 다르다. 사랑은 사랑이고 이해는 이해고, 그러니까 그것은 서로 아무 관계가 없다.

"그래, 정말 이상한 일이지."

보리스 파스테르나크는 『닥터 지바고』에서 평상시의 백 년에 맞먹는 일 년이 있다고 썼다. 나 역시 그런 한 해를 보내고 있는 것 같았다. 블라인드 사이로 석양이 비춰들어오는 헌책방의 일층에서 나는 지원의 가슴에 얼굴을 파묻으며 내 인생의 한 시기가 완전히 끝나버린 것은 아닌가 생각했다.

"이제 어떻게 할 거야?"

지원이 물었다.

"나? 그냥 이렇게 사는 거지 뭐."

지원이 뭔가를 말하려는 듯 입술을 달싹이다가 그만두었다. '그냥 이렇게 사는 거'라고 말했지만 그 순간 나는 엉뚱하게도 이춘성의 명함에 인쇄돼 있던 '회사'의 모토를 떠올렸다. '불확실한 것은 운명이 지배하는 영역, 확실한 것은 무릇 인간의 재주가 관할하는 영역'이라는 말 말이다. 내 삶에서 어떻게 '운명'이 지배하는 영역을 줄이고 '재주'가 관할하는 영역을 넓힐 수 있을까? 그럴 수만 있다면 내 삶은 지금까지와는 사뭇 다른 양상으로 변화할 것 같았다. 지원이 내 머리카락 속으로 깊숙이 손을 밀어넣으며 말했다.

"시간이 흐를수록, 널 만나면 만날수록 널 잘 모르겠다는 생각이 들어. 재미있지? 처음 채팅방에서 서로 얼굴도 이름도 모를 때, 그때 너를 제일 잘 이해한다고 믿었던 것 같아. 그런데 나중에 진짜로 만나고 같이 밥도 먹고 얘기도 많이 하고 그러는데, 이상하게 그러면 그럴수록 너를 잘 모르겠다는 생각이 들더라. 키보드와 모니터로는 되던 게 왜 얼굴을 마주보면 안 되는 걸까? 나만 그런 거야? 역시 나한테 무슨 문제가 있는 걸까?"

"우리 이제 겨우 세 번 만난 거 알아?"

"정말?"

그녀가 눈을 크게 떴다. 나는 손가락을 꼽았다.

"응, 홍대 앞에서 한 번, 코엑스에서 한 번, 그리고……"

"우리집에서 한 번. 아, 횡계에서 만난 거 빠졌잖아? 그럼 도합 네 번이네."

나는 지원의 눈을 바라보며 말했다.

"서로 할 얘기가 아직 많이 남아 있을 거야. 그런 건 차차 해나가면 돼. 그럼 서로에 대해 좀더 알게 될 거야. 나도 너에 대해서 궁금한 것, 미처 묻지 못한 것이 많아."

"나도 그래."

"이제 시작이라고 생각해. 그리고 나는 앞으로 좀 많이 달라질 것 같아."

"잘될 거야. 다 잘될 거야."

별것 아닌 말인데도 그 순간은 지원의 그 말이 참 고마웠다. 나는 내가 지을 수 있는 가장 밝은 표정으로 그녀에게 입맞추었다. 따뜻하고 촉촉하고 달콤했다. 멀리서 대형 트럭의 경적소리가 길고 요란하게 울렸다. 우리는 그대로 오래 있었다.

『퀴즈쇼』 초판은 2007년에 문학동네에서 나왔다. 이 소설은 내 다른 장편들과는 달리 일간신문에 연재되었다. 일간지 연재는 근대문학 초기부터 있어왔던 방식인데, 나로서는 등단 십 년이 넘어서야 처음으로 매일 원고를 써서 송고하는 독특한 문화를 경험할 수 있었다. 원고를 써서 담당 기자에게 넘기면 기자는 일러스트레이터에게 그림을 발주한다. 그림이 들어오면 디자이너가 글과 함께 앉혀 판을 짠다. 이 일을 계속 반복하는 것이다. 일간지 연재를 그렇게 처음 경험해보고 내가 알게 된 것은 그게 나와 잘 맞지 않는다는 것이었다. 그래서 앞으로는 하지 말아야지 결심했는데, 그렇게 결심할 필요도 없었던 것이 그후로는 일간지에 소설을 연재하는 문화가 거의 사라졌다.

일간지에 연재하는 형식은 소설의 내용에도 영향을 미쳤다. 나는 그 시대를 살아가는 내 또래 젊은이들이 즉각적으로 자기 이야기로 받아들일 수 있는 소설을 쓰고 싶었다. 그래서 막 정착하기 시작한 인터넷 문화, 편의점에서의 노동과 고시원의 현실 같은 것을 담게 되었다. 소설이 발표된 뒤에 젊은 독자들은 특히 등장인물들이 고시원과 편의점에서 겪은 일에 공감을 표했던 것으로 기억한다. 근대가 시작된 이후 처음으로 젊은 세대는 부모보다 못한 미래가 기다리고 있을지도 모른다는 불안을 겪기 시작했으며, 이렇게 많이 배운 우리가 왜 이런 열악한 현실에서 고통받게 되었는지 알고 싶어했던 것 같다. 『퀴즈쇼』는 내가 발표한 소설 중에서 가장 큰 호응을 얻은 작품은 아니었을지 몰라도, 아마 인용은 가장 많이 되었을 것이다. 특히 "우리는 단군 이래 가장 많이 공부하고, 제일 똑똑하고, 외국어에도 능통하고, 첨단 가전제품도 레고블록 만지듯 다루는 세대야, 안 그래? 거의 모두 대학을 나왔고 토익 점수는 세계 최고 수준이고 자막 없이도 할리우드 액션영화 정도는 볼 수 있고 타이핑도 분당 삼백 타는 우습고 평균 신장도 크지. 악기 하나쯤은 다룰 줄 알고, 맞아, 너도 피아노 치지 않아? 독서량도 우리 윗세대에 비하면 엄청나게 많아. 우리 부모세대는 그중에서 단 하나만 잘해도, 아니 비슷하게 하기만 해도 평생을 먹고살 수 있었어. 그런데 왜 지금 우리는 다 놀고 있는 거야? 왜 모두 실업자인 거야? 도대체 우리가 뭘 잘못한 거지?"는 여러 차례에 걸쳐 다양한 맥락에서 회자되었다.

그렇기에 이 소설은 완성도를 떠나 어떤 역사적·사회적 맥락 안에 위치하게 되었고, 그래서 이번에 새로 내면서도 큰 줄기는 거의 손대지 않았다. 이제 다시 들여다보니 고치고 싶은 부분이 더러 눈에 띄었지만 그대로 두었다. 다만 맥락에 맞지 않는 문장이나 어휘는 다듬어 독자들이 더 명료하게 소설의 흐름을 이해할 수 있게 하였다. 끝까지 고심했던 것은 재미있게도 꽤 사소한 것이었다. 소설을 쓰던 2007년 무렵에는 주인공 민수가 최여사로부터 물려받았으나 곧 빼앗기게 된 연남동 단독주택이 지금과 같은 엄청난 고가의 부동산이 아니었다. 그때는 홍대 상권이 연남동까지 확대되기 전이었고, 경의선 철로를 걷어내고 조성한 경의선숲길공원도 아직 완성되지 않았다. 소설에도 공사중인 경의선숲길공원과 관련한 장면이 마침 등장한다("나는 난간에 몸을 기댄 채 버려진 트렁크를 내려다보았다. 한때 철길이었던 그곳은 이제 공사장이었다. 철로를 걷어내고 공원을 만든다는 얘기를 들은 것도 같았다. 나는 텅 빈 눈으로 길고 황량한 공사장을 한없이 응시했다"). 민수가 텅 빈 눈으로 응시하던 그 공사장은 이제 연트럴파크라 불리는 공원이 되었고 연남동의 단독주택들은 거의 상가로 변해버렸다. 아무리 민수가 한심하다 해도 그렇게 가치가 높은 부동산을 쉽게 뺏긴다는 게 지금의 독자 입장에서는 무리라고 생각할 수 있겠다 싶어 고심했지만, 그대로 두기로 했다. 한 시대의 풍경을 담는 것도 소설의 기능이라고 생각했기 때문이다.

다 고치고 다시 읽어보니 이 소설은, 그래, 그땐 그랬지, 라고 재미있어하며 넘어갈 부분과 그로부터 세월이 꽤 흘렀는데도 여전히 해결되지 않은 문제를 담은 부분이 섞여 있었다. 미래가 불안한 청년들은 그때보다 더 늘었고 인터넷과 가상현실에 대한 의존은 더욱 심화되었다. 앞으로는 어떻게 될까? 잘 모르겠지만 어쩐지 앞으로도 젊은이들에게 갑자기 마술적으로 멋진 세상이 찾아올 것 같지는 않아서 안타깝다. 2007년의 민수는 '퀴즈쇼'를 탈출하여 자기가 팔아버린 책으로 가득한 헌책방의 골방에 틀어박힌다. 모쪼록 현실의 젊은이들은 이보다는 더 나은 해결책을 찾아낼 수 있었으면 하는 바람이다.

마지막으로, 지난 십오 년간 꾸준히 이 책을 읽어준 독자들에게 다시 한번 감사를 드린다. 앞으로도 이 소설이 새로운 독자를 스스로 찾아갈 수 있기를 기원한다.

2022년 9월

김영하

이 소설을 쓰는 내내 이십대라는 존재에 대해 생각했다. 가장 아름다운 자들이 가장 불행하다는 역설. 그들은 비극을 살면서도 희극인 줄 알고 희극을 연기하면서도 비극이라고 믿는다. 이십대 혹은 이십대적 삶에 대한 내 연민이 이 소설을 시작하게 된 최초의 동기라면 동기였다.

군이 말하자면 이 소설은 컴퓨터 네트워크 시대의 성장담이고 연애소설이라 할 수 있다. 나는 이십대에 PC통신을 경험했고 거기에서 새로운 세상을 만났다. 어쩌면 나는 익명의 인간과 인간이 실시간으로 대화하며 친구와 연인으로 발전해갈 수 있음을 알게 된 첫 세대일지도 모른다.

온라인은 언제나 부당하게 폄하돼왔다. 그것은 일회성의, 익명의, 무책임한 그리고 심지어는 부도덕한 공간으로 치부되었다. 뭐, 전혀 터무니없는 얘기는 아니겠지만 어쨌든 나를 비롯한 새로운 세대는 바로 그 '쓰레기' 위에서 자라났다. 우리는 거기에서 새로운 사람을 만나고 연애를 하고 논쟁을 벌였다. 모임을 조직하고 경쟁자를 질투하고 새벽이 밝아올 때까지 채팅을 했다. 『퀴즈쇼』는 단 한 번이라도 모니터 앞에서 낯모르는 사람과 사랑에 빠지고, 키보드를 두드려 밀어를 나누고, 아바타 뒤에 숨어 얼굴을 붉혀본 이들에게 바치는 소설이라고도 할 수 있다. 그들의 이름을 불러주고, 그들이 등장하는 이야기를 지어주고 싶다는 내 오랜 소망을 이룰 수 있어 기쁘다. 소설을 쓰는 내내 옆에서 함께 고생한 아내여, 고맙다. 같은 글을 거듭하여 읽고 또 읽는 박복한 독자가 될 줄 알았다면 작가의 아내는 되지 않았을 텐데…… 편집자들의 도움도 컸다. 염현숙, 조연주, 최유미, 권윤진 등 문학동네의 성실하고 꼼꼼한 편집자들이 허술하고 덤벙거리는 작가의 빈틈을 메워주었다. 이우일은 이번에도 멋진 그림을 그려주었고 집필 기간 내내 가장 성실한 독자였다. 그 밖에도 이 한 편의 소설이 완성되기까지 많은 분들의 도움이 있었으나 다 적지 못한다. 모두에게 감사의 마음을 전한다.

　이제 내 손을 떠날 교정지를 마지막으로 들춰보고 만져본다. 무거워서 한 손으로 들 수도 없다. 도대체 누가 이 두꺼운 걸 다 썼단 말인가? 설마 나는 아니겠지? 고개를 돌려 외면하고 다시 '작가의 말'을 이어 쓴다. 부디 이 책을 읽는 사람들이 행복했으면 좋겠다. 청춘의 찬란한 빛이 언제나 그들과 함께하기를.

2007년 가을

김영하

IMF체제 이후, 신자유주의가 만들어놓은 소수독과점의 경제구조, 양극화현상, 비정규직의 전면화 등 '삶의 자본화' 또는 '삶의 생존전략화'라고 총칭할 수 있는 이 시대의 젊음의 고단한 세상살이에 대한 김영하식의 답변이자 뛰어난 성장소설인『퀴즈쇼』에서 형상화된 젊음에게, 모험이란 그 답의 정오正誤에 따라 생존의 당락當落이 결정되는 '퀴즈쇼'로, 자기 형성의 교양Bildung은 그것을 위해 마련된 무질서하고도 단편적인 정보의 집적으로 코드화된다. 그리고 그동안 잘난 척하며 편협하기만 했던 기성세대는 자기 폐쇄적인 세계에 틀어박혀 게임만 하는 이들 젊은이들에게 경멸적 어조를 담아 '오타쿠' 등으로 부르기를 멈추지 않았다. 이제 김영하의『퀴즈쇼』와 함께 독자들은, 좀처럼 그 희망을 찾아보기 힘든 이 시대의 백수, 신빈곤계급의 일원인 한 젊은이가 세상에 대해 조용히 '사보타주'하는 광경을 볼 수 있게 되었다.
복도훈(문학평론가, '추방된 젊음, 디오게네스의 윤리' 중에서)

이른바 '88만원 세대'라고 칭할 만한 젊은 주인공의 무망한 삶을 작가 특유의 적나라하고 재치 넘치는 서사로 조명함으로써 대한민국 기성 사회의 무책임한 폭력성을 예리하게 꼬집는다.
이민수의 초상은 그대로 오늘날 한국의 젊은이들이 겪고 있는 참담한 일상에 대한 김영하식 응답이자 알레고리라 할 수 있다. 한낱 사생아의 신세처럼 어떠한 계보도 분명치 않은 상태로 태어나, 그러니 부모에게서 제대로 된 따뜻한 유산 하나 물려받았을 리 없으면서, 선대로부터 물려받은 국가적 채무는 감당해야 하는 이 시대 젊은이들의 가혹한 운명을 그것은 아프게 비추고 있는 셈이다. 이민수의 자학적 태도는 그의 고통의 책임이 어떤 이유로도 이민수 자신의 세대에 속할 수 없다는 점에서 패러독스한 측면을 지닌다. 질타당해야 할 것은 '그깟 사만원 때문에 알바를 족치는' 이민수나 고시원과 공무원시험 전문학원, 대형 마트 포장일 사이를 오가며 '무엇이든 배우려다가' 끝내 자살한 '옆방녀'가 아니라, 누구도 이들의 아비가 되어주지 못하면서 합법적으로 이들의 돈과 책과 며칠분의 급료를 빼앗고 어떤 기약도 없이 이들의 젊음을 1.5평짜리 창 없는 방에 가두는 기성 사회의 부조리함일 것이기 때문이다. **변지연(문학평론가, '시대의 아픔을 감지하는 센서의 운명 『퀴즈쇼』, 『너의 목소리가 들려』를 중심으로' 중에서)**

소설의 주인공 이민수는 1980년생 원숭이띠다. 민수는 대학원까지 졸업한 엘리트이지만 구직에 실패한다. 사생아로 태어나 영화배우 출신의 할머니를 엄마로 알고 자란 그는, 빚을 져가며 삶을 꾸려온 할머니가 사망하자 채권자에게 집마저 빼앗기고 고시원으로 들어간다. 그는 대한민국의 기성세대로부터 아무것도 받은 것이 없다고 생각한다. 민수가 들어간 월세 29만원짜리 창문 없는 고시방은 탈출구 없는 요즘 20대들의 현실을 웅변한다. (⋯) 현실인지 상상인지 알 수 없는 공간에서 벌어지는 마지막 퀴즈쇼는 기성세대의 공간인 회사를 동경하면서 동시에 환멸의 눈길로 바라보는 젊은이들의 시선을 반영하고 있다. 작가는 암울한 현실의 쓴맛이 느껴질 만한 곳에다 특유의 고품격 유머를 버무림으로써 신맛까지 더한다. **조선일보**

희망이 없는 세대, 출구를 알 수 없는 막막함 속에 있는 요즘 이십대들의 이야기를 그렸다. **한겨레**

인터넷 채팅으로 인간관계를 형성하고 그 안에서 우정과 사랑을 나누는 '서태지 세대'의 이야기를 그렸다. **한국경제**

요즘 인터넷 세대의 삶을 톡톡 튀는 필치로 그려내 많은 젊은 독자들이 "내 이야기와 똑같다"고 감탄한다. **연합뉴스**

퀴즈쇼

ⓒ김영하 2022

초판 인쇄 2022년 9월 5일
초판 발행 2022년 9월 22일

지은이 김영하

펴낸곳 복복서가(주)
출판등록 2019년 11월 12일 제2019-000101호
주소 03707 서울특별시 서대문구 연희로11다길 41
홈페이지 https://www.bokbokseoga.co.kr
전자우편 edit@bokbokseoga.com
문의전화 031) 955-2696(마케팅) 031) 941-7973(편집)

ISBN 979-11-91114-34-8 04810

구판 정보
문학동네(2007년, 2010년)